KB074593

69프로젝트

## 69프로젝트

**초판 1쇄 인쇄** 2019년 10월 7일
**초판 1쇄 발행** 2019년 10월 10일

**지은이** 강경래 외
**펴낸이** 전승선
**펴낸곳** 자연과인문
**북디자인** D.room

**출판등록** 제300-2007-172호
**주소** 서울시 종로구 인사동7길 12(백상빌딩 1033호)
**전화** 02)735-0407
**팩스** 02)6455-6488
**홈페이지** http://www.jibook.net
**이메일** jibooks@naver.com

# 69

## 프로젝트

코스미안 심포니

강경래 외

자연과
인문

# 함께 하는 세상

제1회 코스미안상 공모에 응모해 주신 여러분들에게 감사의 말씀 드립니다. 특히 많은 응모자들을 중에 입선하여 공동저자로 '69프로젝트'에 동참해주신 분들과 대상과 금상을 수상하신 분들에게 축하와 깊은 감사를 드립니다.

한 문장 한 문장 심혈을 기우려 쓴 여러분들의 글은 무지개 같은 삶의 모습이며 사랑의 노래입니다. 글이란 거울에 비친 자신을 발견하는 과정이지요. 언어라는 마술로 자신을 다듬고 다듬어 금강석 같은 삶을 만들어 나가는 삶의 진화과정입니다.

저는 어렸을 때부터 글이라는 놀이를 통해 나를 성장시켜 왔습니다. 인생이라는 종이 위에 삶이라는 펜으로 사랑의 피와 땀과 눈물로 한 문장 한 문장 써 내려 가는 것이 인생이라고 생각했습니다. 죽기 아니면 살기의 생존본능에 따라 모든 행운을 하나도 놓치지 않고 순간순간 최선을 다해 살아오다 보니 세상에 버릴 것은 하나도 없었습니다.

정신적인 대 변혁의 시대를 맞이하여 부조리와 모순의 시대를 뛰어 넘어도약해야 합니다. 그 도약의 정신으로 우리는 글의 힘을 빌려 세상을 바꾸어야 합니다. 변화의 중심에 서서 용기를 내어 세상을 높이 날아보시기 바

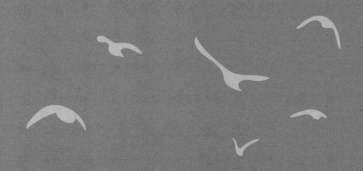

랍니다.

　가슴 뛰는 대로 사는 우주적 인간 '코스미안'이 되기 위해 우리는 오늘도 자유롭게 날아올라 모험과 긍정의 삶을 살아가야 합니다. 살아있는 지금, 여기, 이 순간을 뜨겁게 열정적으로 살아가는 여러분들이 바로 코스미안입니다.

　'코스미안호'에 탑승하신 여러분들에게 깊은 경의와 감사를 드립니다.

코스미안뉴스
회장 이태상

## 코스미안의 길

　가을바람에 나부끼는 코스모스Cosmos는 소녀의 머리카락처럼 여리고 가날프지만 그 어원은 광대한 우주를 뜻한다. 작은 꽃 한 송이에 온 우주가 들어 있다는 말이다. 우주가 바라보는 지구별의 모습은 어떠할까. 모기가 흘린 눈물로 만든 태평양 바다의 작은 무인도에 들어가서 조개 하나를 잡았을 때 그 조개가 지구별의 크기와 비슷하지 않을까. 아니 그보다 더 작을 수도 있다.

　이렇게 작은 지구 속에서 한 개 점으로 살아가고 있는 인간이, 어느 길가에 핀 한 송이 코스모스를 만나 우주와 합일하면 비로소 코스미안Cosmian이 된다. 코스미안이라는 단어는 재미 작가이자 코스미안뉴스 설립자인 이태상 회장님이 만든 신조어다. 그는 이 코스미안을 지구별에 소풍 와서 가슴 뛰는 대로 사는 우주적 인간이라고 정의한다. 그리고 우리 모두 코스미안이 되자고 말한다.

　그러나 현실은 녹록하지 않다. 코스모스 피는 가을은 왔는데 세상은 가을처럼 청명하지 못하다. 이 좋은 가을날 사람들은 편을 갈라 싸우고 욕을 하고 거짓말을 한다. 온 나라가 한숨과 분노로 가득하다. 돈과 권력과 명예가 영원할 줄 알고 불나비처럼 날뛰는 사람들이 왜 이리도 많은지 알 수가 없다.

　코스미안뉴스와의 인연으로 만난 사람들이 오늘 이 자리에 모여 거대한 코스모스 바다를 이루어 세상을 비추고 있는 것이 그나마 큰 희망이다. 이제 우리는 새로운 길을 모색해야 한다. 낡은 이념이나 사상이 아닌 사랑으로 충만한 코스미안의 길로 나아가야 한다. 이런 날엔 훌쩍 길을 떠나 끝없이 핀 코스모스 길을 달리고 싶다.


코스미안뉴스 논설주간
이봉수

# 나날의 일상, 끊임없이 쓰고 싶어야

문학은 삶의 파수꾼이다. 사유하고 성찰하며 글을 쓰기 때문이다. 수필은 삶을 반영하는 거울이자 삶의 고백이다. 평범한 일상에서 건져 올린 자각적自覺的인 단상斷想들이 투영된 글이기 때문이다.

삶의 궤적은 저마다 다르다. 때로는 아픔과 절망이 가슴을 저리게 만들고, 때로는 치유와 희망의 꽃으로 피어나 벅찬 감동을 안겨주기도 한다. 삶의 신산한 풍경들을 수필 속으로 끌어들이면 시간의 강물을 타고 흐르던 삶의 여정은 비로소 언어로 옷을 갈아입는다.

'수필은 땀을 흘리는 사람들의 진실'이라고 한다. 이번 코스미안 문학상에 응모한 수많은 작가들은 이런 무형無形의 순간들을 놓치지 않고 잘 형상화시켜 내고 있다. 이들의 작품 속에서 심연보다 더 깊숙한 곳에서 울려 나오는 뜨거운 욕구를 발견하고 마음 한구석이 먹먹해진다. 이는 끊임없는 열정과 창작의 힘씀이 부단하였음을 뜻하는 증표이기도하다.

가을 길을 걸으면 코스모스 향기가 코끝을 스치고 어느새 들녘에는 갈대꽃이 핀다. 석양 노을빛 비추는 가을 길을 걷노라면 사랑은 가을처럼 그리움은 갈대처럼 찾아온다. 이윽고 가을 숲으로 들어가니 신선한 바람과 함께 풀벌레 소리가 요란하다. 더 깊이 사고하고 고뇌하여 울부짖으라는 메

시지인 듯하다.

　물질적 가치 기준에 의해 이루어지는 현대적 삶 속에서도 고운 소리를 내기 위해, 맑은 향기와 정신을 지니기 위해, 주옥珠玉같은 작품을 보내주신 분들의 열정과 가슴의 영혼을 잊지 않을 것이다.

　아울러 입상하신 작가님들을 진심으로 축하하며 더욱 다함없는 정진으로 크나큰 보람 있기를 기대한다.

코스미안뉴스 선임기자, 수필가
여계봉

# 글 꽃으로 피어난 코스미안 향기

코스미안Cosmian이 글 꽃향기로 피어났다. 가슴 뛰는 대로 살아가는 우주적 존재. 마주하는 삼라森羅에 감사한 마음을 가지고 살아가는 사람들. 사상이 아니라 사랑이라는 생각을 다듬으며, 더불어 살아가는 공동체. 어울려한 결 같이 살고자 함이 궁극窮極의 지향점이다.

제1회 코스미안상 공모에 입상한 분들이 바로 코스미안이다. 그분들의 옥고玉稿를 모은 공저共著가 비춰 같은 한 묶음으로 세상에 얼굴을 내민다. 문예창작은 대두 콩을 불려 갈아서 두부를 지어내는 과정과 같다. 입상한 모든 분들의 글은 순두부와 같다. 그 분들의 열정, 간수 물을 걸러내는 삼베 망과 같은 씨줄 날줄의 마음에 박수갈채를 보내드리며, 아울러 입상하신 분들께 마음의 꽃향기를 보내 드린다.

'평화를 위해 던지는 낯선 시선 -노인을 위한 나라는 없다.'부제목이 생뚱맞았다. 문제제기와 현실적시, 고령화 100세 시대에 던지는 화두가 눈에 펄쩍 들었다. 시대와 세대를 관통하여 노인을 공경하는 사회를 지향하는 필사가 귀하다. 노인들의 지혜와 관용으로 우리 공동체는 더울 빛날 수 있다. 세상을 바라보는 두 갈래 눈, 독수리의 직관과 자벌레의 미세한 통찰을 겸한 필력이다. 노인은 젊은이들 미래의 오늘이다.

　말과 글 그리고 오래된 것들의 힘. 말과 글이 담고 있는 고유의 본질은 무엇일까. 고전문학, 독서의 힘은 무엇일까. 말과 글과 언어는 민족과 종족의 몸과 영靈이다. 인간의 본질적 가치를 전달하고 보전하는 힘, 물리력이다. 고전은 이전 세대들이 오늘로 살아내면서 고민을 한 흔적을 남겨 준 것이다. 온고지신溫故知新이다. 평범한 진리를 실행하면 평범하지 않은 가치가 보전된다. 글을 쓰는 것은 과거·현재·미래의 진행형 과정에서 사랑을 다듬고 조탁彫琢해 가는 풀무질과 같은 코스미안의 열락悅樂이다.

코스미안뉴스 선임기자
활초 유차영

# 코스미안의 정신이 확산되는 시작점에서

코스미안뉴스에서 칼럼과 기사를 쓰고 있는 기자로 '제1회 코스미안상'의 심사를 맡게 된 것도 스스로에게 영광이었는데, '제1회 코스미안상' 입상자들의 작품을 모은 『69프로젝트』에 축하의 글까지 쓰게 되니 더더욱 영광스럽고 감회가 새롭다. 이 글을 빌어서 '코스미안상' 행사를 기획하고 책 출간까지 많은 노력을 해주신 코스미안뉴스의 관계자분들께 감사하다는 말과, 『69프로젝트』의 주인공인 '제1회 코스미안상' 입상자분들에게 축하드린다는 말을 전하고 싶다.

심사를 하며 많이 놀랐다. '이런 글을 감히 내가 심사할 수 있을까?', '나의 심사가 작품이 가지고 있는 의미를 훼손하는 것이 아닐까?' 하는 느낌이 들 정도로 과분한 작품들이 매우 많았다. 입상자들의 작품 속에서 공감과 소통의 정신과 함께 문학을 사랑하는 마음이 볼 수 있었다. 심사를 진행하는 동안 심사위원의 관점으로는 고통스러웠지만 개별 독자의 입장에서는 즐겁고 감격스러웠다.

작가는 단순히 글을 쓰는 사람을 넘어, 자신의 소우주가 담긴 하나의 작품을 남기는 웅대한 작업을 하는 사람들이 바로 작가이다. 『69프로젝트』의 개개별 작품들은 입상자들의 소우주가 담겨있다. 각자의 소우주를 아름답게 그려냈다는 점에서 책의 저자들은 모두 작가이다.

현대사회는 혐오사회이다. 모두 같은 공동체라는 생각아래 서로 사랑하고 화합하는 것이 아닌, 편을 나눠 남을 시기하고 질투하며 갈등을 반목하고 있다. 이러한 안타까운 현실을 해결하는 길은 타인에 대한 공감과 지속적인 소통이다. 『69프로젝트』의 출간이 작가들에게는 공감과 소통을 향해 가는 과정이며 또 사회적으로는 혐오가 아닌 화합을 추구하는 시발점이 될 것으로 믿는다. 끝으로 다시 한 번『69프로젝트』의 모든 구성원들에게 축하의 이야기를 전하고 싶다.

코스미안뉴스
양동규 기자

## CONTENTS

강경래

krk1915@naver.com

# 망우정忘憂亭의 팽나무

                    망우정은 임진왜란 때 의병장으로 활약한 망우당 곽재우 장군(1552~1617)이 노년의 15년을 보낸 곳입니다. 임진왜란과 정유재란 두 번의 전란을 치른 장수에게 돌아온 것은 영암으로 3년간의 유배였습니다. 그가 울분을 삭이며 잊고자 한 것은 과연 무엇이었을까요? 420년 전 장군의 발자취를 따라갑니다.

   정자 뒤편의 무궁화 계단을 오르는데 무궁화는 죄다 쓰러져 있고, 계단 좌우로 도열하듯 서있는 팽나무들은 야윈 자태로 길을 내어주고 있어 봄에 피었을 꽃향기만큼 아련합니다. 장군의 마음을 아는지 무궁화의 꽃말은 "변하지 않는 일편단심"이며 팽나무의 꽃말은 "강인한 마음"입니다. 이곳을 조성한 관계자는 우리나라 꽃 무궁화와 팽나무의 꽃말을 알고 심었을까요?

   "충익공 망우 곽선생 유허비"가 유유히 흐르는 낙동강을 바라보고 서있습니다. 언덕 마루에 오르면 멋진 자태로 서있는 느티나무와 비각, 정자 지붕 너머로 보이는 낙동강의 풍경은 편안함을 줍니다. 망우정 왼쪽으로 난 출입문을 통해 안으로 들어가봅니다. 첫 인상은 좁고 갑갑하다는 느낌과 장군이 이렇게 작은 집에서 살았을까 하는 의구심마저 듭니다.

   망우정의 가운데 처마 끝에 忘憂亭 편액이, 마루 칸 처마 끝에는 與賢亭 편액이 걸려 있습니다. 무슨 사연이 있는 듯... 한 건물에 두개의 편액이 걸려 있습니다. 망우정 편액은 곽재우 장군의 호가 忘憂堂이기 때문입니다. 나라의 걱정이 많았던 시절에 忘憂는 "걱정을 잊고자 한다"는 뜻 입니다. 장군이 직접 쓴 글씨로 전합니다. 여현정與賢亭은 "어진 이에게 물려준 정자"라는 뜻입니다. 장군은 노년에 거처하던 망우정을 자신의 사위 신응의 사위인 이도순(1585~1625)에게 물려주었습니다. 당시 장군에게 네 아들이 있었지만 이도순의 사람됨을 더욱 높이 보았던 것 같습니다.

마루중방에 걸린 여현정기는 간송 조임도가 지었고, 그는 이 정자의 두 번째 주인이 된 이도순의 친구입니다. 하지만 이도순은 안타깝게도 정자를 받은 지 8년 만인 1625년 41세로 세상을 떠납니다. 두 번째 주인을 잃은 망우정은 망우당의 셋째 아들 탄이 보살피게 됩니다.

좁은 두 칸 규모의 방을 들여다봅니다. 장군이 만년을 보냈다고 하는 망우정의 두 칸 방에서 들창을 열면 강 건너 함안 칠서 땅 너머 그가 자라고 성장한 의령 세간마을의 외가 동네가 보이는 듯합니다. 장군은 자신에게 닥친 화가 그의 가족이나 식솔들에게까지 미치는 것을 경계하고자 강 건너에서 고향을 바라보며 노년을 보냈나 봅니다.

장군이 잊고자 한 근심과 걱정은 백성과 나라를 생각하는 義로운 선비의 삶 그 자체였습니다. 곡기를 끊고, 거문고를 타며, 고기잡이에 정신을 쏟아도 도저히 잊을 수가 없었던 장군의 삶이 그려집니다.

정자 앞으로 난 대숲에 무심한 바람이 입니다. 정자 앞에는 보기에도 갑갑한 마당과 동쪽으로 난 작은 출입문 앞의 휘어진 팽나무가 보았을 장군의 노년의 삶과 속마음을 휘어지고 굴곡진 가지로 대변하는 듯합니다. 하지만 그런 장군에게도 위안을 주는 의로운 선비들이 있었으니, 한강 정구선생과 여헌 장현광이었습니다. 1607년 1월 그들과 함께 한 시절의 詩가 전합니다.


### 강가 집에서 시를 읊다


친구들은 곡기 끊은 나를 불쌍히 여겨
낙동강 변에 함께 오두막집을 지었네
솔잎을 먹으니 허기는 없어지고
맑은 샘물 마시니 목마르지 않구나
고요함 속에 거문고 타니 마음도 고요하고
문 닫고 호흡 고르니 생각이 깊어지네
백년이 흘러 진실을 잊은 후에
나를 비웃던 이들
도리어 나를 신선이라 하리라

1789년 (정조13)에 세운 유허비와 1991년에 세운 유허비가 나란히 있습니다. 문제는 뒤에 세운 유허비인데 그 자리에는 원래 망우정과 역사를 같이하는 참나무가 있던 자리인데 유허비를 하나 더 세우려고 장군의 숨결이 느껴지는 참나무를 베어냈다고 하니... 장군의 유허비도 좋지만 역사를 품은 참나무를 베어냈다는 얘기를 듣는 순간 새 유허비가 흉물처럼 느껴지는 감정을 숨길 수 없습니다. 장군과 함께 힘든 시간을 보낸 팽나무는 이제 홀로 남아 망우정을 지키고 있습니다. 인간의 이기심으로 사라져간 참나무를 그리워하면서....

　　이제 장군을 아버지처럼 따랐던 간송 조임도 선생의 合江정으로 걸음을 옮겨봅니다.

# 해미읍성의 호야나무

　　　　　　　순교자의 피로 물든 슬프고도 아름다운 바다마을, 서산 海美邑城에는 호야나무라 불리는 회화나무가 있습니다. 회화나무는 비교적 발음이 어려워 지방마다 여러 가지 이름으로 불리는데, 회나무, 해나무 등으로 다양하게 불립니다. 안개비가 내리는 4월의 하순은 생각보다 훨씬 추웠습니다. 읍성 내의 입장객이라고는 나와 여학생 세 사람뿐이니 조용하다 못해 을씨년스럽기까지 합니다.

　　역사에 병인박해(1866년)로 기록된 가톨릭 순교자는 1천~2천명으로 추정하는데, 조선 전체 순교자가 8천명 정도였다고 하니 이곳의 교세를 짐작할 만합니다. 읍성 중앙에 위치한 감옥 앞에는 회화나무 한 그루가 서 있는데, 이 나무는 형틀이라는 얄궂은 운명을 가졌습니다. 당시 조정은 교인들에게 배교를 강요했고 불응하는 사람들을 호야나무 옹이 부근에 철사를 매어 고문하고 죽이는 형틀로 사용했던 것입니다.

　　세월이 흘러 해미읍성 주변은 순교성지로 지정되고, 호야나무는 비극적인 운명에서 벗어나 "가톨릭 보호수"로 지정되었습니다. 주변의 나무들은 새 잎으로 물들어 가는데 반해, 350살 쯤 된 호야나무는 그 나이에 걸맞게 펼쳤어야 할 가지들이 없이 가톨릭 교인들의 애달픈 죽음과 함께 자신의 가지를 스스로 떨궈낸 듯 앙상한 모습입니다. 같은 자리, 같은 땅에 자라는 나무인데 어떻게 이런 생장의 차이를 보일 수 있을까요? 생물학적으로는 도저히 설명이 되지 않습니다. 호야나무는 피비린내 나는 순교의 현장을 목격한 유일한 증인입니다.

　　반면에 동헌 앞의 느티나무는 세상의 어떤 나무보다 화려한 부귀영화를 누린 듯, 무성한 가지를 사방으로 고르게 뻗친 풍요로운 자태를 지녔습니다. 이 나무는 동헌을 드나들던 권세가들을 지켜보던 나무로 늠름하고 화려한 행색을 한 사람들을 위해 시원한 그늘을 제공해 주는 운명을 지닌 나무였을 겁니다. 하지만 이 느티나무가 몇 걸음 떨어진 호야나무에서 죽어간 사람들의 비명을 듣지 못했을 리가 없습니다. 어떻게 보면 당사자인 호야나무보다 지켜볼 수밖에 없는 느티나무가 더 고통스러웠는지도 모를 일입니다.

그래서 저 느티나무도 견디기 힘들어서 저렇게 호야나무 쪽으로 온 몸을 숙여서 비틀어져 있는지....

해미읍성은 호서좌영으로 인근 12개 군영을 관할하고 재판권을 행사하는 곳이었고, 성종 때 축조한 석축 읍성으로 한때 이순신 장군도 이곳에서 해안 방어의 임무를 수행했던 곳입니다. 지금과 달리 읍성을 축조할 당시의 해미읍성 바로 앞은 바다였습니다. 물길을 따라 수많은 이야기와 역사의 흔적 들이 아름다운 바다마을... 海美

강혜림
muphobia2@naver.com

# 파란 꽃에게 보내는 편지

어느 날 매미가 되어버린 사내가 있었다. 그가 바로 나다. 나는 매미가 되었고 이제 나는 어느 시점까지는 매미로써 살아가고 있다. 나는 우연히도 매미의 힘을 빌려 그리 짧지 않은 1년이란 시간을 두고 인간으로서의 삶을 버린 채 매미로 살고 있는 것이다.

뜨거운 여름이 오면 매미는 고목 나뭇가지를 붙들고 슬피 울어야했다. 매미가 슬피 우는 사연은 아무도 몰랐다. 사람들은 매미의 울음을 여름이면 들리는 그저 그런 소리로만 알고 있었다. 그러나 까닭은 있었다. 그렇게 슬피 우는 매미는 1년 동안을 서럽게 울다가 고목나무 밑에서 매미의 생生을 마감하는 것이다.

매미의 일생이 1년이 되는 날, 매미는 그 여름철이 끝나갈 쯤에 서럽게 울었던 울음소리와 같이 영원히 사라지는 것이다. 나는 왜 매미가 되었을까? 왜 1년 동안만 사는 매미로써 살아야만 했을까?

매미가 서럽게 울어야했던 그 감정 그리고 쏟아질 것 같은 그 고백, 그래서 나는 더 이상 인간으로서 남아 있을 수 없게 된 것이다. 꿈에서 환상에서 그리하여 나는 꼭 한번만의 사랑을 위하여, 매미가 된 것이다. 매미의 울음, 그 매미의 울음은 오직 매미만이 가질 수 있는 처절한 감정이었고 피어린 절규였다. 매미는 울었다. 나는 다른 암컷매미에겐 아무런 관심이 없다. 내가 인간의 껍질을 벗고 탈바꿈을 하면서까지 매기가 된 이유는 단 하나밖에 없는 것이다. 매미가 되어야만 사랑할 수 있는 운명을 알고 있기 때문이다. 매미는 아침부터 어두워질 때까지 쉬지 않고 울어댔다. 그랬다!

매미는 여름에만 꽃피우는 파란 꽃을 사랑했었다. 그 파란 꽃은 매미가 울고 있는 고목나무의 언덕 너머에서 요요한 모습으로 피어 있었다. 파란 꽃은 여름철 내내, 매미의 울음소리를 들으며 낮에는 파란 꽃을 피었고 저녁에는 별빛을 받으며 사랑의 향기를 피웠다.

나는 매미가 되었다. 매미의 운명은 참으로 안타깝다. 같은 암컷의 매미를 사랑하지 못하고 그렇다고 다른 매미들처럼 짝짓기도 못하는 것이다. 암컷의 매미를 사랑하는 감정도 없었고 매미의 본능인 짝짓기도 못하면서 오직 다른 세계에 있는 파란 꽃을 사랑해야하는 운명에 그렇게 부르르 부르르, 몸을 떨면서 울어야 했다.

매미와 파란 꽃도 자연계속의 생명체이다. 서로 다른 운명으로 사랑할 수밖에 없었겠지만 매 순간 압박해 오는 운명적인 사랑을 매미와 파란 꽃은 알고 있는 것이다. 서로가 사랑할 수 있는 시간은 1년이다. 1년이 지나면 매미의 일생은 끝나는 것이고 파란 꽃도 동시에 가을낙엽 속으로 사라지는 것이다.

인간의 삶은 허구가 아니고 실제로 보여 지는 것이다. 그러한 삶속에서 지나고 나면 알게 될 매미와 파란 꽃의 사랑은 분명 운명적이었다. 서로가 시한부사랑을 뻔히 알면서 왜 사랑할 수밖에 없었는지 세상에 하나뿐인 슬픈 이야기는 이렇게 만들어지고 있는 것이다.

분명, 사랑은 두 가지이다. 이루어질 수 있는 사랑도 있지만 이루어질 수없는 사랑도 있는 것이다.

오늘은 찜통더위로 가는 삼복지절의 하나인 초복初伏이다. 매미는 파란 꽃을 향하여 아침부터 울어댔다. 매미는 닥쳐올 앞으로의 위기감보다 사랑하고 그리운 감정으로 파란 꽃을 부르고 있는 것이다.

고목나무 밑으로 파란 꽃이 찾아왔다. 역시 파란 꽃은 신비하고 향기로웠다. 그러나 그토록 푸르고 향기로웠던 파란 꽃도 밤새 잠을 못 잤는지 얼굴이 푸석푸석하고 창백한 기운이 엿보였다. 매미는 울음을 멈추고 파란 꽃을 정답게 맞이했다. 매미와 파란 꽃은 고목나무 밑을 떠나 오랜만에 오붓한 둘만의 데이트 길로 들어섰다.

"잘 왔어, 근데 어디 아파요? 얼굴이 너무 안 됐어."

매미는 파란 꽃의 손목을 잡으며 안쓰러운 듯 말을 건 낸다. 그러나 파란 꽃은 아무 말이 없다. 여름날의 뜨거운 열기가 후끈 달아오른다. 어느 덧 매미와 파란 꽃은 맑은 물이 흐르는 실개울 가에 도달했다. 흘러가는 물소리가 무척 정겹다.

"아! 이젠 어떡해요, 앞으로 한 달 후면 우리는 끝이에요. 오늘이 7월 초복初伏이니 한 달 후, 8월 말복末伏에는 우리들의 사랑도 끝이에요."

파란 꽃은 얼굴을 파묻고 어깨를 들썩이며 서럽게 흐느끼는 것이다.

"그래요, 우리들이 만난 지도 벌써 1년이 되었구려, 그러나 난 절대로 후회하지 않아요, 1년 동안 당신을 위해 마음껏 울었었고 그 울음의 떨림이 당신의 사랑으로 내 가슴속에 영원히 남을 거니까요."

매미는 파란 꽃의 어깨를 살며시 두들기며 애써 눈물을 삼키는 것이다.

"내가 뭔데 당신은 매미가 되어 나를 이렇게 힘들게 하는가요? 그러나 사랑이란 걸 당신 때문에 알게 되었고, 늦게나마 그 사랑 때문에 행복을 알았습니다. 그러나 우리들의 사랑은 1년이었어요. 그 1년의 사랑 때문에 당신은 왜 매미가 되어 내가 가진 운명과 같이 하는지요?. 흑흑흑"

파란 꽃은 매미의 품속에서 서럽게 울고 있다. 매미는 자신의 생명이 끝나는 날 사랑도 끝난다는 결별의 날을 알고 있었지만 행복했던 추억을 더듬으며 그리고 1년 동안 파란 꽃을 사랑했던 행복을 되새기며 소리 없이 울고 있는 것이다. 인간에게 주어진 예측된 운명이 싫어서 꼭, 매미가 되어야만 파란 꽃을 사랑할 수 있다는 또 다른 운명을 받아들인 나!

비록 나에게 있어서 이루어질 수없는 사랑을 알면서도 한 번만의 사랑을 위하여, 기꺼이 1년 동안의 사랑과 나의 생명을 바꾼 것이다. 나에게 있어서 파란 꽃은 생명 이상의 귀중함이요, 영원함이었다. 그것이 내가 찾는 사랑이었고 내 생애에 한 번 있는 큰 사랑이었기 때문이다.

매미는 중복中伏을 맞는다. 오늘따라 울어 제키는 매미의 울음소리는 고목나무의 뿌리가 흔들릴 정도로 멀리 멀리 퍼져 나갔다. 무엇을 경고하려고 하는지 그 울음소리는 파란 꽃이 있는 언덕너머까지 가슴 곳곳을 파헤치는 슬픈 격랑으로 이어졌다.

매미는 알고 있다. 앞으로 20일 후면 자신의 생명이 끝나는 걸 알고 있다. 앞날의 운명을 알고 있는 매미, 그리고 사랑했던 파란 꽃의 기억들을 갈무리하여 아무도 모르게 자신의 일생에 묻어야하는 매미!

남들은 전혀 짐작조차 하지 못하는 파국이나 변화의 도래를 본능적으로 감지하고서 (나는 매미가 되어서 내가 겪어야하는 아픔을 미리 알고 있지만), 때로는 비장한 사명감으로, 때로는 고통스런 체념으로 속절없이 온몸으로 울고 있는 매미, 그게 바로 나였다.

물론 인간들은 앞날의 운명을 모른다고 하지만 자신의 운명적인 사랑을 미리알고 파란 꽃을 사랑할 수밖에 없었던 그 매미는 오늘도 우주공간 어느 구석에 파묻혀 밤새도록 파란 꽃에게 편지를 쓰고 있다.

손이 아프도록, 손이 부르트도록, 나중엔 쓴 글씨가 눈물에 어리어 지워질 때까지 파란 꽃에게 사랑의 편지를 쓰고 또 썼다.

그러나 매미는 자신이 가진 본래의 형태를 찾지 못하고 하늘만 보고 슬피 울어대면 자신의 사랑이 무조건 파란 꽃에게 전달되는 줄 알았다. 그러다 문득 정신을 차려보면 매미의 일생이 얼마 남지 않았다는 걸 알았고 왜 '한번만의 사랑을 위하여' 매미가 되어야만 했는지?

그래서 그 매미의 울음은 너무나도 슬펐고 마냥 눈물이 나는 것이다. 때로는 사랑이란 고대신화 속에서 나오는 별들의 이야기처럼 아니 사랑의 파랑새를 찾으려고 목숨까지 버리는 숭고한 사랑의 전설이 결코 남의 이야기가 아니란 걸 매미는 알고 있는 것이다.

그래서 나는 그 숭고하고 신비한 사랑을 찾으려고 매미가 되었다. 결국 인간적인 모든 것을 떨쳐버리고 사랑을 위한 명실상부 매미가 되고자 했다.

오늘도 파란 꽃을 향한 매미의 울부짖음! 목숨까지도 버릴 그 매미가 부르짖는 처절한 절규는 하늘 끝까지 전달되는 영혼의 메아리처럼 깊게 울려 퍼지고 있었다.

드디어 8월로 접어들었다. 매미에게 완전한 정적의 시간이 닥쳤다. 모든 생명들이 자기들의 모습을 보일여고 아침부터 발버둥 칠 때에 매미는 그 정적의 시간 속에서 숨을 죽이고 있었다. 이젠 마지막으로 매미에게 주어진 온 힘을 다하여 고목나무를 붙들고 울어야 했다.

그것은 파란 꽃을 사랑했던 매미의 숙명이었는지 모르겠다. 파란 꽃을 사랑한다고 울어야할 매미의 일생은 이미 정해져 있었고 탈바꿈하여 매미가 되었던 이유는 실제로 너무 힘들었고 슬픈 일이었다.

시간은 멈추지 않았고 어느 덧, 매미와 파란 꽃 앞에 이별의 상자가 놓여있다. 그 상자 속에는 사랑을 위하여 살았던 1년의 시간들이 열정과 추억을 오가며 잊어야 할 흔적을 담뿍 안고 있었다.

"언제나 밤하늘을 보면 아스라이 먼별에서 온 것처럼 당신의 영혼은 너무 청순하고 아름다웠어, 당신은 신비함이었어! 그래서 나는 당신을 밤하늘의 별빛이라고 불렀어, 근데 세월이 너무 빨라. 내가 언젠가 당신에게 행복은 아침이슬 같다고 했지, 이슬은 금방 사라지는 것처럼 행복도 금방 사라지니 항상 옷깃을 여미면서 잘 지켜야 한다고 했지"

매미는 파란 꽃의 두 손을 꼭 붙잡으며 뜨거운 눈물을 흘리고 있는 것이다. 매미의 품속에서 흐느끼고 있던 파란 꽃은 매미에게 작별의 키스를 하는 것이다.

"하늘나라에 가서도 잊지 못할 거예요, 당신과 나의 사랑은 잊혀지는 추억이 아니라 여름날, 빗줄기 내리면 당신을 그릴 것이고 (가을날, 낙엽지면 당신의 고독이라고 생각할 것이고) 겨울날, 땅에 바람이 부는 날이면 당신의 그리움으로 생각할 거예요"

왜 매미는 자기의 일생을 1년의 사랑으로 바꾸었는지? 인간의 일생이 아니더라도 한번만의 사랑은 위대하고 거룩했기에 나는 기꺼이 매미가 되길 원했었고 언덕 너머 파란 꽃을 일생의 사랑으로 여겼다.

비록 그 사랑이 매미의 일생인 1년밖에 사랑할 수밖에 없었다 하더라도, 그렇게 아주 먼 세월이 흐른다 해도 여름날이 오면 매미의 울음은 신비한 파란 꽃의 사랑을 부르듯 오늘도 고목나무가지에 붙어서 울고 있을 것이다.

인간의 탈을 버리고 매미가 된 나에게 왜, 매미가 되었냐고 묻는다면 나는 이렇게 말할 것이다.

"아니야, 비록 아프고 1년밖에는 살지 못했지만 1년 동안 파란 꽃과 사랑을 나누었다는 것이 내게는 너무 소중해!"

어느 날 고목나무 밑에 죽어있는 매미의 형체위에 파란 꽃도 나란히 죽어있는 모습이 발견되었다.

# 종이학 여인

6 9

누구나 그렇듯 지나간 사랑은 무척 동화적이다.

열일곱, 고등학교 나이에 쓴 일기장을 넘겨볼 때마다 수줍은 사랑에 얼굴이 붉어지곤 한다. 빨간 가방을 들고 검정교복에 단발머리였던 뒷집, 여학생 모습을 숨어서 지켜보며 마음 설레던 것은 얼마동안 지속되었다. 이런 마음이 사춘기에 내가 처음으로 가졌던 짝사랑이었는지 모르겠다.

그렇게 소설처럼, 한편의 영화처럼 내가 가졌던 짝사랑의 세월은 과거 속으로 흘러갔다. 하지만 까까머리의 고등학생 때 가슴에 품었던 짝사랑의 기억은 나에게는 아직도 소중하다.

그런 청순淸純함을 어디에서 찾을 수 있을까? 그 고결하고 아름다운 여인상을 어디에서 찾을 수 있을까? 그리고 발꿈치를 들고 담장너머로 그 청순한 여학생을 훔쳐보았던 나의 순수한 마음은 어디에 있을까?

고등학생인 사춘기시절, 그때부터 생기기 시작한 청순한 여인상女人像은 성인이 될 무렵엔 신비한 여인상으로 바뀌어 그런 여인을 꼭 찾아야겠다는 생각이 마음 한구석에 자리 잡고 있었다.

청순한 것은 하늘빛처럼 마음이 푸른 것이다. 밤에도 구름사이로 달빛이 보이듯 청순한 것은 또 다른 신비함을 부른다. 너세니얼 호손의 단편소설 큰 바위 얼굴에 나오는 주인공 어니스트는 평생 산위에 있는, 얼굴처럼 생긴 바위를 보며 살았다. 그는 언젠가는 큰 바위 얼굴처럼 자상하면서도 훌륭한 인품을 지닌 사람이 나타나리라는 전설을 굳게 믿었다.

큰 바위 얼굴을 닮았다는 사람들이 숱하게 나타났지만, 진짜로 산山의 기품을 지닌 사람은 없었다. 그렇다면 큰 바위 얼굴을 닮은 사람은 누구였을까? 늙어버린 주인공 자신이었다. 오랜 세월, 큰 바위얼굴을 마음에 품고 살다보니 어느덧 자기 모습이 그렇게 변해버린 것이다.

정신적인 사랑, 즉 플라토닉 러브Platonic love도 그렇다. 진정으로 사랑에 빠진 사람은 자신의 전부를 건다. 손가락을 불속에 집어넣은 고흐의 이야기는, 사랑의 열병에 시달리는 이에게는 결코 특별한 사례가 아니다. 이렇듯 사랑은 우리의 삶에 엄청난 에너지를 불어 넣어준다. 아울러 그 사람처럼 되고 싶다는 강한 소망을 갖게 만든다.

나의 마음을 설레게 했고 담장 너머로 훔쳐보며 좋아했던 여인, 그 빨간 가방을 들었던 청순한 여학생은 그 후 어떻게 되었을까? 그럼 어느 날로 되돌아 가보자. 파랗게 봄꽃이 피었고 하늘엔 몇 마리 새들이 날개 짓을 할 때 호수가 있는 숲속은 무척이나 조용하고 맑았다. 호수 한 귀퉁이가 연꽃으로 뒤 덮인 호수의 수면은 한 폭의 수채화 같다.

나는 호수가 옆, 벤치에 앉아 호수풍경 전체를 마음에 담기라도 하듯 호수의 잔잔함에 심취해 있었다. 호수 주변은 내가 좋아하는 청순함의 극치였다. 나무들은 너무 푸르러 신비스러울 정도로 하늘을 향해 힘차게 뻗어 있었고 바람은 작은 풀숲을 잠재우고 있다.

시내에서 차로 약 사십분 정도 달리다보면 담양군을 들어가기 전 경계선에 북구 청옥동이란 마을에 대단위 호수공원이 조성되었다. 이곳을 찾는 이유를 말한다면 하늘에서 떨어지는 맑은 사색思索을 가슴에 담아 가려고 한다면 시적詩的인 표현이 될지 모르겠다.

그때였다. 종이로 접은 학을 공중에 날리는 여인을 보았다. 그 종이학은 여인의 머리위에서 방향 없이 몇 미터를 날아가다 이내 떨어지고 만다. 여인은 떨어진 종이학을 다시 줍더니 자기의 소망을 날리 듯 다시 하늘을 향해 날린다. 떨어지면 또 날린다. 나는 호기심어린 눈으로 그 여인을 보았다. 떨어진 종이학이 내 발등에 떨어졌다. 여인은 주춤하더니만 내 앞에 떨어진 종이학을 주우려고 한다.

"여기 있습니다, 그런데 종이학이 멀리 날아가지 않는 이유가 있습니다."

나는 떨어진 종이학을 주워 여인에게 건 내며 이렇게 말했다. 여인은 나의 말에 답변 대신 얇은 미소로 화답을 한다.

"종이학에 눈을 안 그렸으니 앞이 안 보일 것 아닙니까? 그래서 멀리 날아가지 않는 겁니다."

여인은 나의 말에 눈을 동그랗게 뜨고 재미있다는 듯 말을 받는다.

"선생님! 참 재미있는 분이군요. 뭐하시는 분이세요?"

한참 후에 안 일이지만 여인은 장애인학교 교사였다. 사십대 후반쯤으로 보이는 여인은 티 없이 맑은 눈으로 말하는 모습은 잔잔한 호수 같았다. 호수공원 근처에 학교가 있는데 가끔씩 학생들을 데리고 이곳을 찾는다고 한다.

유치원 아이들이나 하는 종이로 접은 학을 무슨 재미로 저렇게 허공을 향해 날리고 있는지 나는 조심스럽게 물었다.

"선생님!, 저는 마음이 우울하고 답답할 때는 종이를 접어 학을 만듭니다. 그 종이학에다 우리 아이들의 소망을 적어서 하늘을 향해 날려 보냅니다. 그리고 하나님께 기도를 합니다."

여인은 말을 마치자 성모聖母상의 모습으로 두 손을 모은다. 온화한 얼굴이었다. 그리고 목성은 잔잔한 호수의 물결처럼 차분하면서도 정이 흘러 넘쳤다. 장애인 애들을 가르치는 일은 자기의 천직이라며 웃어 보이는 종이학의 여인은 진정 기독교에서 말하는 천사의 심성을 가진 여인이 아닐까?

천사가 따로 있는 게 아니다. 본인의 바람보다 장애를 가진 아이들의 소망을 기도하며 종이학을 날려 보내는 저 여인의 청순함은 어디에서 오는 것일까?

온화하면서도 정이 넘치는 목성, 그리고 천사 같은 사랑과 청순한 심성, 티 없이 맑은 눈동자, 먼 옛날, 설레는 마음으로 훔쳐보며 밤잠을 설쳤던 그 청순한 여학생이 큰 바위 얼굴처럼 내 앞에 나타난 것이다.

그게 착각이었다 하더라도 종이학 여인은 분명 오래 전, 내가 사랑했던 여학생이었고 그렇게 신비함의 모습을 기다렸던 큰 바위 얼굴이었다. 모둠발로 가슴 설레며 훔쳐보았던 사춘기 시절의 청순한 여인상은 이제 내 앞에 또 다른 신비한 모습으로 나타난 것이다.

플라톤은 사랑은 영원을 향해가는 사다리라고 말했다. 괴테는 나이 칠십에도 10대 소녀를 사모했고, 장년의 피카소는 스물세 살 여대생에게 장미를 바치며 열정적으로 사랑을 고백했다. 그들이 위대한 예술가가 되는 데는 사랑도 큰 힘을 발휘했다. 누군가를 사랑하며 애타는 마음이 불타오르고 있다면 분명 내가 찾은 호수에서 종이학 여인을 보게 될 것이다.

어느 조그만 가을날을 만들고 싶다. 그리고 청순하고 신비한 그녀 같은 종이학 여인을 내 옆에 앉히고 싶다. 두 눈에서 그리운 눈물이 한 없이 흐르고 내 죽어도 잊지 못할 여인이라면 차라리 신비한 사랑을 가슴에 묻고 나는 움직이지 않는 망부석이 될 것이다. 때로는 종이학 여인은 나에게 혼자라는 외로움을 준다. 왜 그럴까? 밤 속에 둘이 있다면 종이학 여인은 사랑한다고 울고 있을 것이고 나는 그 눈물에 쓰러져 죽고 싶을 뿐이다.

조그만 가을날, 호수가 있는 벤치에도 가을밤은 찾아 왔다. 나의 그림자가 외로움에 눈물 흘리고 있을 때, 어둠 속에서도 동행자는 있었다. 동행자는 다름 아닌 종이학 여인이었다.

그것은 바로 동화 같은 사랑이었다.

고승우
konews80@hanmail.net

# 인간이란 무엇이고 그 미래는

'인간의 정체는 무엇인가'

'인간은 동물의 하나인가, 아니면 신과 동물의 중간, 혹시 신비한 존재인가'

나이가 한참 들었는데도 인간에 대한 본원적인 질문의 해답은 여전히 아리송하다. 주변과 대화를 해봐도 모호하다. 나 자신이 그렇듯, 모든 사람은 자신이 원치 않았지만 태어난다. 다른 생명체도 마찬가지다. 그리고 수명을 채우는 식으로 생을 마친다. 인간은 대를 이어 지구상에 생존하는 형식으로 유전적 차원에서는 후대로 계속 이어지고 있다고 보아야 한다.

그러면 인간이 왜 무슨 이유로 지구상에 태어났는가 하는 의문이 나오기 마련이다. 물론 그에 대한 해답은 역사적으로 너무 많이 내려져 있다. 그것은 종교와 관습, 문화 등의 차이에 의해 서로 상반된 내용을 담기도 한다. 너무 많다 보니 혼란스럽다.

인간은 사회적 동물이라서 사회 등을 통해 인간의 의미가 드러난다. 사회는 전쟁, 갈등과 같은 혼란이 그치지 않고 그에 따라 지배, 피지배 관계가 형성되면서 불평등이 존재하고 있다. 생존경쟁이 심화되면서 이해관계가 다른 집단 등에 대해서는 적대적이거나 약탈적 태도를 지니는 경우도 많다. 이러니 모든 인간을 평등하게 보는 시각이 부족하고 적과 나, 선과 악, 정의와 불의 등으로 구분하는 경우가 많다. 특히 지구상에 오늘날 70억 인구가 존재하면서 지구는 만원이라는 소리와 함께 모든 사람을 존귀하게 여기는 시각은 희박하다.

내 스스로를 돌아보면서 느끼는 바이지만 본능 중에 생식 본능이 가장 강하다. 그래서 무릇 인간은 후손을 남기는 확률이 많다고 보여 진다. 그러나 요즘 뭔가 좀 이상하다. 결혼을 못하거나 아니면 스스로 거부하는 경우가 늘어나는 추세다. 종족 유지는 본능 차원의 것으로 일컬어지기도 했지만 그것은 사회화 과정에서 거부

될 수도 있다는 것이 확인되고 있다. 결혼 거부를 당당히 선언(?)하는 현실을 보면 당혹스럽기도 하다.

인생은 선택의 과정이라 하니 결혼을 하거나 하지 않거나 그것은 개인의 자유라 하겠다. 그러나 개인적 차원으로 가두는 식의 삶을 모두가 택한다면 어떻게 될까 하는 것도 생각해볼 필요는 있다. 예를 들면 임의 침묵으로 유명한 한용운 선생이 이른바 파계를 할 때의 말씀을 들어보면 숙연해진다. 그는 '인간 모두가 출가해서 후손을 생산치 않으면 지구상에서 인간이 사라지고 그럴 경우 부처님의 가르침 등은 어떻게 할 것인가'라고 말하면서 파계한 뒤 결혼해서 자녀도 생산했다. 이처럼 인간이 사회와 자신을 분리시키지 않는 삶도 대단히 의미가 있다. 개인적 호불호에 의해 인간의 의미를 축소하면서 생활하는 것은 다각도에서 고민해 볼 필요는 있다.

예를 들어 우리나라의 출산율이 1% 이하로 떨어지고 회복이 되지 않으면 한민족이 멸종의 순간을 맞을 수도 있다고 한다. 한민족이 뭐 대수라고 멸종을 걱정하느냐 할 수도 있다. 하지만 자신이 한민족으로 태어나 자신의 뜻대로 생을 살아가는 행복을 누렸다면 그런 행복을 확대재생산하는 것도 생각해 볼일이다. 사람이 왜 태어나는지도 모르면서 세상에 나온 것을 상식적인 차원에서 생각하는데 그칠 것이 아니라 혹시 삶이 세대로 이어지는 것에 무슨 비밀이라도 있지 않을까 의심해 볼 수 있다. 물론 그것을 전혀 의미 없는 짓이라고 일소에 부칠 수도 있다. 그렇다 해도 무엇이 정답인지는 알아낼 때까지 인간이 지구상에서 살아남아야 하고 그것이 가능하도록 개인적 차원에서 의무를 다해야 할 필요가 있는 것은 아닐까? 이 질문에 대해 누구도 뭐라고 단언키는 어렵다.

산다는 것이 단순한 것 같아도 이런저런 의미를 캐들어 가면 결국 '알 수 없어요.'라는 불가지론에 빠져 버리는 경우가 적지 않다. 이런 점은 가볍게 볼 수 없다. 즉 개개인이 자신의 판단만을 가지고 그것이 마치 전부인양 주장할 수 는 있는데 그것이 전체 사회에 대입되었을 때 어떤 결과를 가져오는지 신중히 생각해 보는 것은 필요할 것이다. 물론 그것조차 의미가 없다면 할 말은 없다. 그러나 너도 나도 결혼하지 않을 때 인구가 급감하면 우선 경제 수준을 유지하기 어렵다. 그래서 유럽 여러 나라는 경제 수준을 유지하기 위한 목적으로 이민을 받아드린다. 우리나라도 장차 마찬가지 대책을 취하려 할지 모른다. 국내 출산율이 한민족 멸종의 위기를 불러 온다 해도 국가 멸망의 경우는 이민을 통해 피해갈 수는 있다. 독일은 2015년부터 1백만 명 이상의 이민자를 받아들이고 있는데 적지 않은 유럽 국가들이 출생률 저하를 이민으로 채우고 있다.

우리나라의 경우 최근 난민 문제로 시끄러웠는데 난민이나 이민을 받으면 범죄 증가 등의 사회적 혼란이 클 것이라는 우려가 적지 않다. 그러나 과연 그럴까? 도널드 트럼프 대통령이 2018년 6월 이민자 탓에 독일의 범죄율이 증가했으며, 공식 통계가 이를 뒷받침한다면서 "독일의 범죄율은 크게 증가했다. 유럽 전역에서 자국의 문화를 강력하고 폭력적으로 바꿔버린 수백만 명의 이민자를 받아들인 것은 큰 실수"라고 언급했다. 이에 대해 앙겔라 메르켈 독일 총리가 2017년의 공식 통계에 따른 독일의 범죄율은 1992년 이후로 최저치를 기록했다고 반박했다. 트럼프 대통령 말 보다는 당사자인 독일 총리의 말이 더 신뢰가 있어 보인다.

우리나라는 백의민족이라는 말을 공식 용어로 쓰지 않기로 했는데 이는 외국인과의 결혼이 늘어난데 따른 조치였다. 2017년 결혼한 부부 100쌍 중 8쌍 이상이 '다문화 결혼'이고 국내에서 태어난 아이 20명 중 1명은 다문화 가정 아이인 것으로 나타났다. 이러니 순혈주의니 하는 말에 대한 진지한 고찰이 필요하다. 동서양에서는 오래전부터 백인종, 황인종, 흑인종 등으로 인종 분류를 하거나 고유문화 차이에 따른 민족을 구분해왔다. 그러면서 인종, 민족 간에 우열의 차이가 있는 것인 양 주장하는 소리도 적지 않았다. 이는 인종주의를 앞세우는 일부 국가에서 여전히 기승을 부린다. 그러나 실재 유럽에 이민을 가거나 입양, 취업을 간 아프리카나 중동, 아시아인 등이 터주 대감 격인 유럽인에 비해 사회문화예술체육 분야에서 열등해 문제라는 현상은 거의 벌어지지 않고 있다. 피부색이나 언어, 문화차이에도 불구하고 다들 유럽의 공동체에 잘 적용해서 살아가고 있다. 미국의 경우 흑인 노예 후예가 대통령이 당선되기도 했다.

이런 점을 살피면 이른바 인종 간에 총체적인 면에서 우열 또는 차이가 없다는 결론인데 이는 고고학자들의 연구에 의해 뒷받침되고 있다. 즉 현존 70억 인류는 그 조상이 동일한 한 가족이며 인종이라는 것이 존재치 않는다는 사실이 DNA 차원에서 입증되었다. 백인이나 동양인, 흑인 등이 골격, 피부색이 차이가 있는 것은 환경적 요인에 의한 것이지만 2천년 전후의 기간이면 그런 특징이 사라진다는 것이다. 이런 현상들을 살피면 인류는 한 지붕 한 가족이라는 점이 역으로 입증되는 것 같다. 그러나 이런 생태학적인 지식을 인문사회과학에서 아직도 활발히 받아드리는 것 같지 않다. 만약 현 인류가 한 조상의 후예라는 사실을 바탕으로 인간과 역사를 고찰할 경우 혁명적 결론이 도출될 수 있을 텐데 말이다.

5대양 6대주에서 유사 이래 창조된 문화 문명은 인류라는 단일 집합체가 지닌 유전적 자질이 발현된 것으로 보아야 할 것이다. 즉 한 가족이 여러 지역에서 그곳 환경에 맞게 다양한 문화와 문명을 창조한 것이고 그것은 미래에도 계속될 가능성이 있다는 점이다. 이런 능력이 있다는 것은 몇 가지 사례에서 입증된다. 즉 인간의 지적, 정서적 능력이 바닥을 모르는 샘과 같다는 것은 그 사례가 너무 많다. 예를 들어 서양의 경우 철학, 미술, 음악 문학 등 계속 새로운 영역이 제기돼 왔고 비슷한 현상이 다른 지역에서도 등장했다는 것에서도 엿보인다. 즉 인간은 과거의 것에 만족치 않고 계속 새로운 논리와 영역을 개발해왔다는 점이다.

또 다른 예로 불교에서 깨달음의 방식을 놓고 제기하는 '돈오돈수'頓悟頓修, '돈오점수'頓悟漸修다. 돈오돈수는 특별한 수행 없이 어느 날 단박에 불교의 진리를 깨쳐서 더 이상 수행修行할 것이 없는 경지를 이르는 말이고, 돈오점수는 불교의 진리를 깨치기 위해서는 시간을 두고 체계적 수행을 해야 한다는 것을 말한다. 인간이 두 가지 방식으로 진리를 깨우칠 수 있다는 것은 인간의 두뇌에 두 가지를 수행할 자질이 유전적 차원에서 갖춰져 있다는 것을 의미하는 것으로 해석할 수 있다.

또 다른 사례로 중국 춘추전국 시대에 제기된 다양한 사상을 들 수 있다. 당시 공자, 맹자, 노자 등 제자백가들이 등장해 공자, 맹자, 도자, 순자, 정자, 도가, 법가 등 다양한 논리를 제기해 백가쟁명百家爭鳴 시대가 열렸다. 이런 여러 사상들은 오늘날까지 동아시아에 정치, 사회, 문화적으로 큰 영향을 미치고 있고 다른 사상 개발의 자양분이 되고 있는데 이는 인간 두뇌의 논리와 추리력이 얼마나 다양한 것인지를 드러낸다. 과학기술 분야에서도 오늘날 인공지능AI 개발과 함께 4차 산업 혁명 시대가 개막했다.

향후 인류가 개발할 과학 기술이 어느 수준까지 다다를지 예측이 불가능하다. 이는 인간 두뇌의 발명발견에 대한 유전적 능력이 가공할 만 하다는 증거의 하나다. 이처럼 5대양 6대주에서 실증된 인간의 능력이 향후 총체적으로 활용될 경우 기적과 같은 일이 일어날 가능성도 배제할 수 없다. 그렇다면 인간의 능력은 신비한 측면이 있고 인간 존재 자체가 신비한 측면이 있다는 논리를 피하기 어렵다. 그런데 인간을 신비하다고 하면 금방 사이비 종교를 연상하는 분들이 있다.

인간은 지구상에 70억 명이나 되어 지구촌이 좁아터질 지경인데 무슨 신비 운운하느냐 하는 식이다. 더욱이 온갖 흉악범이 넘치고 인간으로 도저히 생각키 어려운 그런 일들을 벌리는 사람들이 있는데 신비하다니 무슨 말이냐 하는 논리다. 물론 일리가 있다. 하지만 어떤 면에서 그런 지독한 경우도 유전적 자질과 함께 환경적 영향을 받은 결과로 볼 수 있을 것이다. 인간에 대해 신비하다는 생각을 유사이래 거의 하지 않았던 것도 바로 이런 인면수심의 경우 때문일 것이다.

　그러나 이런 부정적인 측면도 인간의 DNA에 들어 있다는 점에서 현실을 직시하는 자세는 중요하다고 생각한다. 즉 개탄할만한 그런 자질들이 인간의 됨됨이 속에 포함된다 해도 본질적인 면에서 중시해야 할 점을 경시해서는 안 될 것이다. 그것은 바로 인류는 한 조상의 후예로 5대양 6대주의 문화 문명이 꽃 핀 것은 인류의 유전적 자질이 얼마나 깊고 넓은 지를 확인시켜 주기 때문이다. 이런 점을 역겨운 인간의 자질 몇 가지 때문에 망각하거나 경시해서는 안 될 것이다. 인간이 위대하다는 것은 우리나라에서 20세기 전후에 '인간이 곧 하늘이다'라는 사상이 나온 것과 무관치 않은 듯하다. 물론 이런 해석도 내 혼자만의 착각인지도 모를 일이다.

# 세상사 복잡하지만
# 큰 원칙의 틀 안에 있어

69

'십인십색' 흔히 하는 말이다. 서로 생각, 의견 또는 행동이 다르다는 것이다. 십인십색이라는 것은 일사불란하지 않다는 것이다. 의견이 다르다는 것은 항상 좋거나 나쁜 것이 아니다. 물론 경우에 따라 다르다. 예를 들면 올림픽, 아시안게임 입장, 폐막식 행사에서 과거에는 일사불란하게 행진했다. 하지만 오늘날에는 선수들이 자연스럽게 입장한다. 보기에 좋다. 하지만 정교하게 훈련을 받은 아름다움을 선사하는 경우도 있다. 케이팝의 아이돌 그룹이다.

세계가 박수갈채를 보내는 한류를 대표하는 아이돌 그룹은 그 표현 양식이 일사불란 쪽으로 분류해야 할 것 같다. 오랜 기간 훈련을 통해 익힌 동작이나 춤을 통해 집단적인 아름다움을 연출한다. 매우 인상적이다. 한 그룹에 열 명. 십여 명이 되어도 같은 또는 다른 동작을 할 때 흐트러짐이 없다. 잘 짜인 안무로 눈을 즐겁게 해준다. 아이돌 그룹 가운데 방탄소년단은 세계 최고의 인기를 누리고 있다. 아이돌 그룹은 다른 나라의 그룹과 큰 차이가 있고 그것은 독보적인 특성을 지닌다. 춤과 동작이 일사불란한 특성과 함께 강렬하다는 점이 지적된다.

우리나라는 최근 개인주의가 급속하게 확산되는 경향을 보이면서 사회적으로 일사불란을 강조하는 경우는 매우 드물어졌다. 미투 운동이나 성소수자 운동 등에서 보듯 과거의 틀에 갇힌 고정관념을 깨는 작업이 매우 활발하다. 정치적 민주주의 공간이 확대되면서 사회 각 부문의 구시대적 적폐 청산 움직임이 가속화하고 있다. 이런 상황의 영향도 있지만 우리 사회는 지난 수십 년간 겪었던 정치적 경험 때문에 일사불란이라는 단어에 대해 거부감이 강하다. 독재정치가 일상적으로 일사불란을 앞세운 강압정치를 해온 탓이다.

우리만이 아니고 민주주의가 덜 발달한 시대 또는 지역에서는 일사불란한 것이 강조되었다. 국가 단위에서 강요해 개인은 싫어도 따라야했다. 정치, 경제, 사회 다 마찬가지였다. 정치는 최고 권력자가 하는 소리를 모두가 찍 소리 하지 말고 받아드리도록 강요했다. 비판이나 반대의 목소리는 허용되지 않았다. 노조운동이나 환경운동 등은 일사불란하게 금지 되었다. 일반인들은 장발이나 미니스커트는 안 되고 학생들은 똑 같은 교복을 입도록 했다. 그러다가 민주화가 되면서 다수의 목소리가 공존·소통해야 한다는 원칙이 강조되었고 두발, 복장에 대한 관청의 간섭은 사라졌다. 군대를 빼놓고는 일사불란한 것에 대해 거부반응이 거세졌다. 학생들도 자유로운 복장을 하는 식으로 변했다.

　그렇지만 우여곡절을 겪어야 했다. 이른바 반동의 물결이었다. 일사불란이 꼭 나쁜 것이 아니라는 주장이 일부에서 여전했다. 역시 과도기는 피할 수 없었다. 사회의 많은 부분이 일사불란에서 벗어났지만 몇 군데는 그렇지 않았다. 아파트가 대표적이었다. 똑 같아야 한다는 의식은 아파트를 선호하는 데서도 드러난다. 공장에서 찍어낸 듯한 구조로 된 시멘트로 지은 공공주택이 비쌌다.

　너무 인기가 있어서 선 분양, 후 건설이라는 기이한 유통구조는 요지부동이었다. 소비자가 왕이라 했지만 아파트의 경우 공급자가 왕이었다. 그 왕은 항상 일사불란한 거래 원칙을 강조했고 정치권도 그것을 밀어주었다. 해괴한 일이었지만 고쳐지지 않았다. 너도나도 아파트를 좋아해서 물건을 안보고 돈부터 내는 기형적인 거래 방식이 수십 년 간 통용되었다.

　미국이나 유럽에서는 아파트는 서민주택이라고 해도 소용없었다. 아파트 업자들은 돈을 엄청 벌었다. 아파트 소비자 일부도 마찬가지였다. 서울이나 잘 나가는 수도권에 있는 아파트는 부의 상징이었다. 정부도 건설업자들이 전국에 아파트를 짓는 정책을 채택했다. 아파트 건설업자들이 수도권에서 사업을 하려면 지방에 일정 비율의 아파트를 지어야 하는 것을 의무화했다. 전국에 아파트가 들어서는 아파트 공화국이 되었다.

　일사불란한 것은 대량생산과 판매 시대와 흡사했다. 공장에서 똑같은 물건을 대량으로 만들어서 팔면 큰돈을 벌었다. 그러나 시간이 흐르면서 변했다. 다양한 제품을 적은 양으로 만들어 팔아야 하는 시대가 되었다. 사람들의 눈이 높아져서 너도나도 다 같이 똑같은 상품을 사서 쓰려 하지 않게 된 것이다. 공장 생산 시설이나 시장구조도 그런 식으로 바뀌어 갔다. 컴퓨터로 다양한 디자인을 값싸게 하게 되면서 개개인의 취향에 맞는 상품을 생산하는 업체가 돈을 벌게 되었다.

　이처럼 사람은 일사불란을 놓고 이런저런 태도를 보이는 것처럼 종잡기 힘든 복잡한 존재다. 아파트 선호에서처럼 유니폼을 좋아하기도 하고 일반 상품 구매에 서처럼 그렇지 않기도 한다. 그것은 인간의 욕망이 다양하다는 것을 의미한다. 역 사적인 사례를 하나 들어보자. 옛 소련이 망한 것을 사회주의가 다양한 인간의 욕 구를 충족시키는데 실패했기 때문이라는 분석도 있다. 옛 소련은 19세기 말 러시 아가 유럽에서 가장 가난한 나라로 많은 사람들이 굶어죽는 절대 빈곤에 시달리던 것을 해결해 주는 데는 성공했다.

옛 소련은 정부가 총체적인 경제 정책을 만들어 집행하면서 의식주는 상당한 정 도로 풍부해졌다. 그것은 관이 주도하는 배급제 비슷한 제도 속에서의 성공이었 다. 똑같은 옷이나 음식을 대량으로 만들어 인민들에게 배급했다. 그러나 서구의 바람이 들어가면서 소련 인들은 청바지 등 유행에 따른 의복 등을 원하게 되었다. 하지만 소련 정부는 그런 요구를 배급제를 통해 들어줄 의지가 없었고 그런 능력 도 없었다. 이념이나 제도가 그것을 받아드릴 수 없었다.

그런 과정 속에서 옛 소련은 미국이 주도한 핵무기 등에 대한 무제한적인 무기경 쟁을 벌여야 했다. 미국은 자본주의로 축적된 부를 앞세워 옛 소련을 압박했다. 옛 소련은 결국 국가 재정이 어렵게 되면서 국가 공동체가 밑동부터 흔들리기 시작했 다. 그러면서 사회주의를 버리고 자본주의 체제로 변신했다. 20세기 초 엄청난 유 혈 사태를 거치면서 세계에서 최초로 들어섰던 사회주의 체제, 사회주의 진영의 맹주였던 옛 소련은 그러나 무너질 때는 큰 피를 흘리지 않았다. 찬·반론이 있었지 만 무기 대신 입으로 토론하는 형식으로 국가 체제를 바꿔버렸다. 인류 혁명사에 서 정말 그런 경우는 처음이었다.

어느 경우든지 혁명에는 엄청난 충돌과 피를 흘리는 투쟁이 수반되었지만 소련 은 그렇지 않았다. 미국과 핵무기 경쟁을 끝도 없이 벌리면서 강대국으로 군림했 던 소련은 소리 없이 사라지고 여러 나라로 분리 독립되었다. 소련이 그렇게 스스 로 무너진 이유는 인민들의 다양해진 욕구를 충족시켜주지 못했기 때문이라는 것 으로 일부 전문가는 분석했다. 사회주의가 영구혁명을 지속해 지상 낙원인 공산주 의로 발전할 것이라는 마르크스레닌이즘은 빛을 잃었다. 마르크스 등은 인간의 욕 망은 상한선이 없으며 계급에 관계없이 부패할 수 있다는 사실을 경시했거나 몰랐 던 것 같다.

한편 중국은 옛 소련의 경우를 반면교사로 삼았던지 정치는 사회주의 체제를 유 지하면서 경제는 자본주의를 받아드렸다. 등소평이 '쥐만 잘 잡으면 흑고양이든 백고양이든 상관없다'는 논리를 펴 국가사상 체계에 변혁을 시도했다. 그 결과 중국은 비약적으로 성장해 세계의 공장이 되면서 20여 년 만에 G-2로 부상해 미국과 힘을 겨루는 강대국이 되었다. 중국은 인민들의 물질적 욕구를 충족시키는 방식을 취해 옛 소련의 전철을 밟지 않겠다고 시도했다. 최종적인 성공 여부는 아직 속단키 어렵다. 중국은 빈부 차이가 커지는 양극화 현상을 개선하려는 노력을 하고 있지만 쉽지 않은 듯하다. 특히 시진핑 주석이 집단지도체제를 중단시키고 자신의 영구 집권에 대한 집착을 보여 절대 권력의 욕구를 스스로 제어하지 못한 것 아닌가 하는 의구심을 낳고 있다. 이런 점이 향후 중국체제에 어떤 영향을 미칠지 두고 볼 일이다.

옛 소련이나 중국의 경우처럼 영구혁명을 추진한다는 권력자나 정치 집단이 전제정치나 부패한 자본주의 체제 등에서 나타나는 권력형 부정부패를 저지르는 것은 매우 주목되는 부분이다. 사회주의 체제가 역사적으로 진보된 체제라는 마르크스 이론이 비현실적이라는 주장으로 거듭 확인되는 것 같다. 즉 사회주의 체제에서 가장 강력한 개혁 추진 세력이 부정적인 모습을 보이는 것은 마르크스의 사회주의 체제 우월론이 빛을 잃는 것을 의미한다. 그렇다면 깊이 생각해 볼 일이다. 자본주의 체제 이후 사회주의가 필연적으로 등장할 것이라는 역사 발전이론이 타당하지 않은 것으로 드러났다면 다른 모델에 대한 연구가 시작되어야 할 것이다.

사상, 이념에 관계없이 인간은 권력을 잡고 절대 권력자가 되면 계급에 관계없이 부패해지는 유전 인자를 DNA에 가지고 있다는 것은 70억 인류가 한 조상의 후손이라는 점에서 유추된다 하겠다. 동서양에서 많은 왕국들이 등장했다 사라지고 다시 새 왕국이 생기는 과정이 지속된 것은 유전적 자질가운데 어느 쪽이 발현되었느냐에 따라 그렇게 되었다고 추정할 수 있다. 망한 나라의 경우는 상한선과 깊이를 모르는 인간의 욕구가 절대 권력 체제에서 부정적인 결과를 내는 쪽으로 가게 된 결과인 것이다. 그렇지 않고 길이 칭송받는 성군이라 할 만한 지도자가 나오기도 하는데 그런 자질이 후손을 통해 대대로 이어지지 않는 것도 유전자의 변화무쌍한 우성과 열성 작업이라 하겠다.

개인처럼 사회, 국가는 유기체와 같은 내적 생성과 변화 과정을 거치는데 그것은 끊임없는 선택의 과정으로 볼 수도 있다. 주도 세력이 어떤 선택을 하느냐에 따라 그 미래가 달라졌듯 앞으로 그럴 것이라는 점이다. 그러나 그것이 공식처럼 일률적으로 진행된다고 볼 수도 없다. 여러 변수가 있다. 가령 선택을 잘 했다 해도 같은 공동체 구성원들의 변화 또는 환경의 변화가 끊임없이 일어나기 때문이다. 그래서 반드시 성패가 보장되지 않는다. 물론 선택을 잘못한 경우는 그 결과가 부정적이기 마련이지만 객관적 상황에 따라 한 밤에 문고리 잡는다는 식의 행운이 없다고 할 수도 없다. 이처럼 개인, 사회, 국가의 성패 여부, 흥망성쇠의 과정은 대략적인 예측은 하지만 족집게 식으로 하는 것은 어렵다.

오늘날 지구촌 대부분의 국가가 민주화되었다. 정치권이나 유권자들이 다 변화하고 있고 지구촌 전체의 변화도 일어나고 있다. 이런 상황에서 집권한 정치지도자가 잘한다고 해도 유권자들이나 다른 나라의 반대 등에 부딪혀 낭패를 보기도 한다. SNS 시대는 정치 지도자가 혜성처럼 등장해 하루아침에 집권하기도 하지만 어느 날 갑자기 권좌에 버티지 못할 정도의 위기를 맞기도 한다. 이런 점을 잘 살펴야 한다. 그래서 정치인은 집권 이전의 자신의 공약을 항상 잊지 않고 실천하는 것이 가장 중요하다.

자신이 선택 받았다면 그 선택의 이유, 즉 정치적 전략이나 비전에 대해 책임을 지는 자세를 지녀야 한다. 초심을 잃지 않는 것이 중요하다. 그렇다고 항상 안전한 것은 아니다. 모든 것이 변화하기 때문에 어제의 지지자가 언제 반대세력이 될지 알 수 없다. 그러니 모든 상황 변화에서 최선을 다하는 자세를 지녀야 한다. 인간은 일사불란한 것을 때에 따라 싫어하기도 하지만 좋아하기도 한다. 그런 욕구 변화, 변덕 등에 대해 촉각을 곤두세워야 하지만 정치인 본인이 하늘을 우러러 한 점 부끄럽지 않은 정치를 하는 자세를 지녀야 한다.

유권자의 판단은 그 이후다. 일시적으로 오해를 산다면 시간이 지난 후 그것은 다 재대로 평가를 받는 것이다. 세상사가 변화무쌍하지만 그것은 큰 틀에서 우주의 법치 속에서 그렇게 된다는 것을 인정해야 한다. 무질서한 것 같아도 큰 질서 속의 무질서인 것이다. 이런 이치를 깨달았을 때 지구촌의 앞날이 더 긍정적이 될 것이다.

곽흥렬

kwak-pogok@hanmail.net

# 백약의 으뜸, 만병의 근원

바람 한 점 없는 한여름 날이다. 집 안에서 손도 까딱하지 않고 가만히 앉아만 있는데도 한증막에 갇힌 듯 숨이 턱턱 막힌다. 몸이 천근만근처럼 무거우니 마음마저 덩달아 처지는 느낌이다.

내처 실내에서만 어정거리다 어스름이 내릴 무렵에서야 기분전환이라도 할 겸 산책을 나선다. 현관문을 열고 바깥으로 나서는 순간, 후텁지근한 열기가 마당에서 훅 끼쳐 온다. 낮 동안 펄펄 달구어진 대지가 채 식지를 못했는가 보다.

모퉁이 하나를 돌아 갈림길이 나오는 지점에 이르렀을 때였다. 저쪽 멀리 오른편 길가 쪽으로 희끄무레한 물체 하나가 시야에 들어왔다. 며칠 전까지만 해도 없었던 물건이다. 그새 누가 갖다 놓았을까. 어떻게 보니 거적때기 같기도 하고 어떻게 보니 비닐 뭉치인 성싶기도 하다.

무얼까? 또 그 못 말리는 호기심이 발동을 한다. 물체 쪽으로 조촘조촘 발걸음을 옮긴다. 의심쩍은 것이 있으면 기어이 확인을 해야만 직성이 풀리는 고약한 성미 탓이다. 가까이 다가가는 순간, 역한 술 냄새가 확 풍겨왔다.

물체의 정체는, 다름 아닌 웬 낯선 중년 남자였다. 후줄근한 바지에다 빛바랜 점프 차림의 입성이 그간의 이력을 말해준다. 대체 얼마나 들이부었기에 완전히 인사불성이 되었을까. 인기척에도 죽은 듯이 전혀 반응이 없다. 주위에는 게워낸 음식물이 널브러져 있고 아랫도리로 실례를 한 흔적까지 역력하다. 부끄러움 같은 건 아예 개한테 던져줘 버렸다. 사람이 사람으로서의 존엄성을 팽개친 채 하나의 쓰레기 덩이가 되어 있다.

모임자리에 가면 흔히들 남자가 한잔씩은 해야 사나이답다며 술 마시기를 반강제적으로 권유 받곤 한다. 이럴 때 나는 누룩 냄새만 맡아도 벌써 얼굴이 빨개지는 체질 탓에 좀생이 취급당하기 일쑤다. 사내자식이 되어서 술 한 잔도 못 마시느냐며 핀잔을 듣다 보면 자존감에 상처를 입는다. 이러한 상황이 내겐 적잖은 스트레스였다. 한편으론 술 잘 먹는 것이 뭐 그리 대수인가 싶은 언짢은 마음도 없지 않았다.

중국 속담에, 술은 백약의 으뜸이자 만병의 근원이라는 말이 있다. 술을 두고 한 명언 가운데 이만큼 정곡을 찌르는 표현이 또 있을까 싶다. 무릇 세상만물이 하나같이 양과 음, 긍정과 부정의 양면성을 지녔을 터이지만, 술만큼 평가가 극과 극으로 엇갈리는 경우도 흔치는 않으리라.

술이야말로 양날의 칼 같은 존재이다. 적당량만 취한다면 모든 약의 으뜸이기도 하면서 도가 지나치면 만병의 근원이 되어버린다. 술은 신이 인간에게 내린 최대의 선물이라고들 하지만, 동시에 세상 대부분의 사건사고는 또한 이 술 때문에 일어난다고 해도 그다지 지나친 표현은 아닐 것이다.

중국사람 진수가 편찬한 『삼국지』의 위지魏志 동이전東夷傳에는 우리 민족의 특성을 두고 '속희가무음주俗喜歌舞飮酒'라고 표현한 구절이 나온다. 풍속에 술 마시고 노래 부르면서 춤추기를 즐겨한다는 뜻이 아닌가. 진수의 지적처럼 우리는 예부터 술과 노래와 춤을 무척이나 좋아한 민족인 것 같다. 모였다 하면 술을 마시고, 술만 마셨다 하면 노래를 부르며, 거기다 자연스럽게 춤까지 곁들인다.

이런 까닭으로 하여 우리나라는 술에 관해서 무척이나 관대한 정서를 갖게 되었는지 모르겠다. 술을 마시고 운전을 해도 다른 나라들에 비하여 처벌 수위가 현저히 낮다. 이슬람 국가인 이란에서는 음주를 했을 때 적발되면 보통 태형이 내려지고, 세 번 이상 어겼을 시에는 최대 사형까지 언도한다고 한다. 특히, 음주운전의 경우는 무관용 원칙을 적용해서 처벌할 만큼 술에 대해 매우 엄격한 것으로 이름이 높다.

이란보다 더 시퍼런 나라들도 있다. 불가리아의 경우 초범은 훈방을 하지만 재범자는 교수형에 처하는가 하면, 심지어 엘살바도르 같은 나라에서는 단번에 바로 총살형을 시킨다는 것이다. 우리도 얼마 전부터 '윤창호법'이라는 음주운전 관련 규정이 만들어져서 시행되고는 있지만, 제대로 자리가 잡히기까지는 아직도 갈 길이 멀었다 싶다.

술을 바라보는 시각은 동서양이 극명하게 다르다. 동양에서는 술이 낭만과 풍류의 상징이었다면 서양에서의 술은 해방과 일탈로 치부된다. 그래서일까, 우리나라나 중국 같은 동양권은 술을 긍정적으로 노래한 시가들이 많다. 일테면 주선酒仙이라 불리는 이태백은 술 한 말에 시를 백 편이나 썼다는 이야기가 있는가 하면, 조선의 명재상이었던 김육 같은 분은 "자네 집에 술 익거든 부디 날 부르시오. 내 집에 꽃 피거든 나도 자네 청해옴세. 백년 덧 시름 잊을 일을 의논코자 하노라." 라고 읊었다. 그에 반해, 서양 속담에는 "악마가 바쁠 때 대리인으로 술을 보낸다." 거나 "술이 들어가면 지혜는 빠져나간다."라는 말이 있다. 이로 미루어 보면 동양에 비하여 서양은 술에 대한 평가가 아주 박한 성싶다.

술이라는 것이 본시 그렇다. 한 잔이 두 잔이 되고, 두 잔이 석 잔이 되는 게 이 술이라는 요물이다. 그래서 일찍이 법화경法華經 같은 경전에서도 술을 두고, 처음에는 사람이 술을 마시고 다음에는 술이 술을 마시며 마침내는 술이 사람을 마신다고 경계하였는가 보다.

술을 먹으면 무엇보다 말이 많아진다. 말이 많으면 쓸 말이 적다는 이야기처럼, 말이 많아서 좋을 것은 아무것도 없지 않은가. 말을 많이 하다 보면 자연히 실수를 하게 마련이다. 평소 얌전하여 색시 같다는 소리를 듣는 사람 가운데 술만 들어갔다 하면 성정이 백발십도로 돌변해 버리는 이들도 심심찮게 본다. 이것이 술이 지닌 위력이라고나 할까.

세상 모든 경우가 다 그러하듯 넘치면 모자람만 못한 법, 술 역시 적당량을 취한다는 것이 그 무엇보다 중요하리라. 이 적당량이라는 기준이 참으로 어렵고 모호한 일일 터이지만.

나같이 술 못 먹는 사람도 좀생이 소리 듣지 않고 제대로 대접 받는 나라, 그런 열린 세상을 꿈꾼다.

# 얼굴론

　　　　　　　　　　　　　　눈이 마음의 창이라면 얼굴은 마음의 집이다. 눈은 부분적이지만 얼굴은 전체적이어서, 눈이 다 보여주지 못하는 마음의 구석진 자리까지 얼굴은 고스란히 보여줄 수 있다.

　얼굴이 신체의 맨 꼭대기 쪽에 자리하고 있는 것은 그만큼 그 역할의 중요성을 고려한 조물주의 배려가 아닌가 한다. 보고 듣고 맛보고 냄새 맡고 하는 일체의 기능이, 이 얼굴을 이루는 눈과 귀와 입과 코에서 이루어진다. 이들 기관器官들의 절묘한 자리 배치, 세상에 이보다 더 완벽한 황금분할을 이루는 신의 걸작품이 또 있을까 싶다. 아무리 구도가 잘 잡힌 정물화라도 사람의 얼굴에는 미치지 못할 성싶다.

　얼굴은 마음의 색인이며 인격의 잣대가 된다. 뿌린 대로 거둔다는 속담이 가장 잘 들어맞는 신체 부위가 바로 이 얼굴이 아닌가 한다. 겉볼안이라는 말도 있듯이, 마음을 곱게 쓰면 얼굴 표정이 온화해지고 마음을 나쁘게 쓰면 얼굴 표정도 일그러진다. 마음을 밝게 가지면 얼굴도 태양빛같이 밝아지고, 마음을 어둡게 가지면 얼굴도 동굴 속처럼 흐려진다. 설사 아무리 부리부리한 눈과 오뚝한 콧날과 도톰한 입술을 두루 갖추었다고 해도, 마음이 비뚤어져 있다면 잘난 얼굴일지는 모르나 결코 참한 얼굴이라고 할 수는 없을 것이다.

　언젠가, 국내 어느 굴지의 재벌회사에서는 신입사원을 채용할 때 관상가를 등 뒤에다 앉혀 놓고 면접을 본다는 이야기를 들은 것 같기도 하다. 비록 관상가가 아니라 할지라도, 어느 정도 인생을 살고 나면 상대편의 얼굴만 보고도 많은 것을 판단할 수 있게 된다. 얼굴을 일러 '얼 곧 마음이 숨어 있는 동굴'이라고 했듯이, 그 사람의 인생 편력이며 정신세계며 인간됨됨이까지 얼굴에 고스란히 비쳐지기 때문이다.

　이로 보면 아무리 꾸미고 감추려 해도 궁극엔 드러나게 마련인 것이 얼굴이다.

마음은 거짓말을 할 수 있어도 얼굴은 거짓말을 하지 못한다. 귀신은 속여도 제 스스로의 얼굴은 속일 수가 없는 법이다. 그만큼 얼굴은 정직하다. 고도의 지능적인 범죄를 수사하는 데 이용되는 거짓말탐지기란 물건은, 바로 얼굴의 이러한 속성을 응용해 만들어진 기계가 아닌가 한다.

얼굴 표정과 감정의 함수관계는 불가분의 상관성을 지니고 있다. 사람의 마음이 하루에 몇 천 번도 더 바뀌듯, 오만 가지 심사가 다 얼굴 하나로 표출된다. 이처럼 변화무쌍한 것이 또한 얼굴이다. 얼굴은 고작 수십 개의 근육조직으로 이루어져 있지만 수천 가지의 표정을 지을 수 있다고 한다. 그만큼 감정도 순간순간 바뀐다는 뜻이겠다.

어릴 적에는 누구나 감정과 표정이 정확한 등식을 이룬다. 기분이 좋을 때는 까르르 웃다가도 마음에 차지 않으면 금세 으앙 울음을 터뜨리는 것이 아이들의 생리다. 그러다가 차츰 나이가 들고 세상을 알아가면서 이 둘의 상관성이 어긋나는 경우가 다반사이다. 이것이 사람과 사람 사이의 관계맺음을 어렵고 복잡하게 만드는 근본 원인이 아닐까 싶다.

마음이 즐거우면 기쁜 얼굴이 되고 마음이 괴로우면 슬픈 얼굴이 되는 사람, 이런 사람은 단순한 사람이다. 마음이 즐거울 때 외려 어두운 얼굴이 되고 마음이 괴로울 때 외려 밝은 얼굴이 되는 사람, 이런 사람은 무섭기는 할지언정 그래도 인간적인 사람이다. 겉으로는 허허 웃고 있으면서 속으로는 '흐음, 어디 한번 두고 보자.' 하며 시퍼런 칼날을 품고 있는 이중인격자, 이런 사람이 실상 가장 위험한 인물이다.

물론 기분 상태와 얼굴 표정을 일부러 다르게 가져야 하는 사람들이 없는 건 아니다. 이를테면 배우며 코미디언이며 개그맨 같은 부류이다. 화려한 무대조명 뒤에 얼비치는 짙은 우수의 그림자를 우리는 놓치기 십상이다. 그들도 인간인 이상 어찌 슬픔이 없겠으며 번민이 없을 것인가. 다만 직업의식의 발로로 억지웃음을 짓지 않으면 아니 될 따름이다. 그래서 어떻게 보면 그들이 제일 불행한 삶을 사는 사람들인지도 모르겠다. 그저 기쁠 때 웃고, 슬플 때 울며, 마음 아플 때 괴로워하면서 어린아이처럼 하얗게 살아가는 것이 가장 복된 삶은 아닐까.

신언서판身言書判이란 말이 있듯이 신체, 특히 얼굴이 단단히 한몫을 하는 시대이다. 잘생긴 사람은 웬만한 잘못이 있어도 용서를 받지만 못생긴 사람은 별다른 잘못이 없는데도 용서 받지 못한다. 심지어 강도짓을 저지른 망나니를 두고 '얼짱'이라는 별 희한한 말로 미화를 하려 드는 세태이니 오죽하랴. 그렇다 보니 자연 얼굴로 한몫을 보려는 부류들이 늘어날 수밖에 없다. 겉만 번지르르하고 속은 빈 강정, 적지 않은 수의 사람들이 이 얼짱 대열에 동참하려고 성형외과를 찾아 얼굴 뜯어 고치는 데 열을 올리고 있다.

인간의 마음이란 것이 참 묘해서, 거리를 지나치다 인물이 훤하게 생긴 미인을 만나면 절로 눈길이 가게 마련이다. 이것이 사람의 판단에 콩깍지를 씌우는 단초가 됨을 우리는 까마득히 놓치기 일쑤이다. 한동안은 그 잘난 얼굴에 빠져 무엇이 소중한지를 잊고 살 터이지만, 나중에 제정신을 차렸을 때는 이미 모든 게 뒤틀리고 난 뒤인 것을 어쩌랴.

얼굴이 점점 순수성을 잃어가는 세상이 되었다. 사람들은 잘생긴 얼굴만 만들려 들지, 맑고 선한 얼굴은 가꾸려 하지 않는다. 외모지상주의가 이러한 풍조에 한몫을 거든다. 그래서일까, 요새 대다수 사내아이들은 정조 잃은 여자와는 같이 살 수 있어도 얼굴 못생긴 여자와는 함께 살 수 없다는 신세대식 이성관을 갖고 있다고 들었다. 지극히 표피적인 면에만 높은 점수를 매기는 이러한 왜곡된 가치관이 충동적인 가정파탄을 부르는 하나의 원인으로 작용하는 것은 아닐는지.... 얼굴 못생긴 사람과는 평생을 해로할 수 있어도 마음 안 맞는 사람과는 단 하루도 지겹다는 사실을 아는 데는 그리 오랜 세월이 필요치 않으리라.

세상이 복잡다단해 갈수록 마음과 얼굴의 어그러짐 현상이 더욱 심해지는 것 같다. 예전엔 마음이 얼굴에 정직하게 나타났는데, 지금은 마음을 숨기고 살아가는 사람들이 너무 많아지지 않았나 싶다. 얼굴을 보고서 그 사람의 됨됨이를 판단했을 때 헛다리짚을 확률이 점점 높아가는 시대이다. 그만큼 겉 다르고 속 다른 인간형이 늘어 간다는 이야기일 게다. 얼굴 생김생김이 희멀건 사내가 유수의 명문대학을 나와 무슨 연구소에 다닌다거나, 이른바 잘나가는 '사'자 돌림의 직업을 가졌다면서 번지르르하게 쏟아놓는 말과 얼굴 표정에 속아 넘어가 가진 것을 탕진하고 몸마저 망치는 일이 우리들 주변에서 얼마나 자주 일어나고 있는가. 물론 본분을 망각하고 섣부르게 팔자를 고쳐 보려는 당자에게도 문제가 없는 것은 아니겠으나, 무엇보다 겉모습으로 한몫을 챙기려는 그 비뚤어진 의식에 더욱 문제가 깊어 보인다.

잘생긴 얼굴과 좋은 얼굴은 분명히 다르다. 잘생긴 얼굴에서는 찬바람이 나지만 좋은 얼굴에서는 향기가 난다. 요새 사람들은 이 찬바람은 겁내지 않으면서 마음의 향기는 맡으려 들질 않는다. 인위적으로 가꾸어진 성형미인은 생기 없는 꽃인 조화 같아서 거기에서는 따뜻한 인간미를 찾아볼 수가 없다. 항시 푸른 그림자 같은 차가움만이 느껴질 뿐이다.

마음을 정직하게 반영할 수 있는 얼굴이었으면 좋겠다. 평소 대단한 인격자인 듯이 보이던 사람에게서 겉 다르고 속 다른 이중적인 면모를 발견했을 때, 우리는 심한 배신감을 갖는다. 어찌 보면 진실하지 못한 마음으로 위선의 가면을 쓰고 상대방을 대하는 것도 불가佛家에서 말하는 하나의 업이 되리라.

손금이 선천적이라면 얼굴 표정은 후천적이다. 썩 반반한 얼굴을 타고났어도 나쁘게 팽개치는 사람도 있고, 다소 처지는 얼굴을 갖고 태어났어도 곱게 가꾸는 사람도 있다. 이처럼 얼굴은 다듬는 자의 몫이다. 그러기에 어떤 얼굴을 가질 것인가는 결국 자신에게 달린 문제이다.

에이브러햄 링컨은 사람이 나이 사십 줄을 넘어서면 스스로의 얼굴에 책임을 져야 한다는 명언을 남겼다. 나는 그 기준점을 넘어선 지 이미 오래이지만, 과연 내 얼굴에 책임을 질 수 있을지 자신이 없다. 동글납작한 얼굴이 자그맣고 볼품없어서 세상에 나서기가 늘 망설여진다. 그렇다고 성형수술 같은 인위적인 조작으로 카무플라주를 할 생각은 추호도 없다. 대신 마음 밭을 곱게 가꾸어 상대방에게 혐오감 주지 않는 맑은 얼굴이나 지녔으면 하는 소박한 바람으로 살아가고 싶을 따름이다.

권영아

dully3103@hanmail.net

# 적어도 가해자의 삶은
# 살지 말아야 하지 않을까

69

　　　　　　　　　　　　10년 혹은 20년 전의 과거가 현재 삶의 발목을 잡는다.

　최근 유명 연예인들의 학교폭력과 관련된 기사들을 접하면서 피해자와 가해자라는 관계설정에 대해서 생각해 보게 되었다. 서로의 사회적 위치는 굳이 거론할 필요는 없을 것 같다. 상처를 받은 피해자가 있으니 어딘가에는 상처를 준 가해자도 있는 것이고, 시간이 얼마나 흘렀든 상관없이 피해자는 잊어버릴 수가 없고, 시간이 많이 흘렀기에 가해자는 잊어버린 체 살아간다.

　그리고 보면 피해자와 가해자의 상관관계는 상당히 일방적이란 생각이 든다. 물론 사람과 사람간의 관계가 어떻게 일방적이기만 할까 싶지만 지금까지의 사실들만 보면 가해자들은 자신들의 삶을 너무나 잘 살아가고 있고, 그에 반해 피해자들은 많이도 아프고, 힘들고, 괴롭다하니 일방적이지 않다 할 수도 없을 것 같다.

　피해자들의 호소를 시작으로 가해자가 드러나고 사실이 밝혀지며 비난여론이 형성되는 일련의 동일한 과정들. 결국 피해자들이 자신의 이야기를 먼저 내어놓지 않는 한 피해자만 존재할 뿐 가해자는 존재하지 않는 것이 되어버린다. 가해자들이 먼저 자신의 잘못을 인정하는 수순은 어디에도 없다. 이것은 또 얼마나 억울한 일인가!

　결국에는 드러나 버린 진실 앞에서 시간을 핑계 삼아 변명을 하고, 장난 혹은 오해라고 발뺌한다 한들 상처를 주었다는 사실이 사라지지 않는 한 피해자와 가해자의 선은 명백하게 그어진다. 그렇게 가해자가 된 사람은 많은 사람들로 하여금 지탄을 받게 되고, 그리하여 자신의 과거가 자신의 현재와 미래의 발목을 잡는 참담함을 경험하게 되는 것이다.

억울함, 자기연민, 자괴감 등과 같은 감정들로 피폐해지는 피해자들의 삶은 겪어보지 않더라도 누구나 일정부분 공감할 수 있을 것이다. 그러한 공감이 피해자에게는 위로와 응원으로, 가해자에게 지탄으로 표출되어지는 것이다. 가해자는 이러한 지탄에 대해서 겸허히 받아들이고 자기반성을 해야 한다고 생각한다. 그저 보여주기 식의 사과가 아니라 시간을 들여 조용히, 자신의 삶을 처음부터 끝까지 들여다보아야 한다. 피해자에게 사과는 반드시 해야 하겠지만 그 이전에 자신의 잘못이 무엇인지를 스스로가 정확하게 알아야만 하는 과정이 필요하다. 그 과정이 생략된 사과라면 언제든 똑같은 잘못을 반복할 수밖에는 없을 것이다. 그러한 사람은 평생 가해자의 삶을 살 수 밖에는 없다.

피해자와 가해자라는 관계설정은 비단 유명 연예인들의 이야기만은 아닐 것이다. 연예인이라는 이유로 사건들이 크게 부각되는 것일 뿐, 평범하게 잘 살아가는 것처럼 보이는 보통의 사람들 사이에서도 비일비재하게 일어나는 일들일 것이다. 나부터도 그런 면에서 피해의식을 가지고 살아가는 사람이기도 하니까 말이다.

사실 대부분의 사람들은 스스로를 가해자라고 인정하고 싶지 않을 것이다. 가해자이기 보다는 피해자이길 원하고, 그러다보면 피해의식이라는 게 생겨나서 스스로를 피해자라고 여기게 된다. 그래서 스스로에 대해 제대로 파악하지 못하는 경우도 있는 듯하다.

여기서 분명한 것은 내가 가해자인가, 아닌가에 대한 판단은 본인 스스로가 할 수 있는 것이 아니라는 점이다. 그리고 중요한 사실은 그 판단은 피해자의 몫이라는 점이다.

"내가 누군가에게 상처를 준 가해자라면 상처를 받은 피해자가 되어버린 누군가의 삶에서 나는 영원히 빠져나올 수 없는 죄인의 감옥에 갇히게 된다. 그렇게 나를 죄인으로 가둬버린 사람들이 많아지면 그 많은 사람들의 기억과 시선 속에서 나는 결코 자유로울 수 없을 것이다. 결단코 행복해 질 수도 없을 것이다.

삶의 한 순간, 한 순간들이 우리에게 중요할 수밖에 없는 이유가 어쩌면 '타인의 기억' 이라는 감옥에서 자유로워 질 수 있기 때문이 아닐까?

현재의 나와 미래의 내가 떳떳하게 자유롭기를 원한다면, 그렇다면 지금 이순간 적어도 가해자의 삶은 살지 말아야하지 않을까?"

나의 이 글은 여기까지 쓰려고 했다. 그런데 개인의 삶에서는 피해자와 가해자가 명확히 구분되어지지 않는 경우가 훨씬 많다는 친구의 말이 내 머릿속을 떠나지 않는다.

경험상 나도 누군가에게 상처를 주기도 했고, 받은 적도 있다. 정도의 차이는 있을 수 있겠지만 살다 보면 어느 누구든 가해자인 동시에 피해자가 되기도 하는 것이다. 그러니 친구의 말이 틀린 말도 아니다. 사람은 서로 관계를 맺고 살아가야 하는 사회적 동물이라고 하니 그렇게 될 수밖에 없음을 인정하고 받아들인다. 그리고 하나 더, 나도 누군가에게는 가해자일 수 있음을 인정하고 받아들인다. 가해와 피해의 크기를 저울질 해 가며 마음의 죄를 상쇄시키고 싶은 생각도 없다. 분명 그럴 수 있는 일도 아니거니와 그렇다면 피해자와 가해자가 명확하게 구분되어지는 경우와 그렇지 않은 경우의 차이는 무엇인걸까?

학교폭력과 같이 가해자가 명확한 경우는 악의적인 의도를 가지고, 물리적인 힘을 쓰기도 하기 때문에 법적인 처벌을 받는 반면, 그렇지 않은 경우는 보통 도의적인 부채감을 느끼게 되는 그 정도의 차이가 있을 뿐, 피해자의 입장에서 생각한다면 어느 쪽이든 가해자라는 위치의 의미는 크게 다르지 않을 거라 생각한다.

그러니 직접 혹은 간접적인 경험을 통해 알아야 한다는 것이다. 명확한 가해자이든 그렇지 않은 가해자이든 상관없이 적어도 가해자의 삶을 살아가지 않도록, 결국에는 가해자가 되지 않도록 노력해야 한다는 것을 말이다.

# 나는 제주도에 산다.

　　　　　　　　　　　　　나는 제주도에 산다. 나는 제주도에서 5년
째 살고 있다. 아무거리낌 없이 연고도 없는 곳에 내려와 혼자만의 생활을 즐기고 있
는 중이다. 많은 사람들의 시선을 피해 도망치듯 내려왔고, 이곳에는 이미 나와 같은
생각을 가지고 나와 같은 모습으로 살아가는 외지인 혹은 이방인들이 많았다.

　눈앞에는 넓은 바다가 보이고, 그것을 매일 볼 수 있다는 것이 그냥 좋았다. 비릿
한 바다 냄새도 좋았다. 그것은 내 앞에 바다가 있음을 보지 않아도 알 수 있게 해
주었으니까.

　많은 사람들은 지금의 내 모습을 방황이라고 한다. 그래서 생각했다. 왜 나의 삶
은 방황인걸까? 그 이유는 어렴풋 알 것도 같다. 많은 사람들의 보통 평범한 삶에서
나는 거리가 멀게 살고 있기 때문이다. 돈과 명예, 안정을 찾아서 그것들을 위해 살
아가는 사람들의 눈에는 나의 모습이 충분히 궁핍하고, 불안정해 보일 거라는 것은
진즉에 알게 되었다. 사실 나의 삶과 그들의 삶을 비교한다고 하면 그것도 틀린 말
은 아니겠지만 나는 의식적으로라도 그런 비교의 삶을 살아가지 않으려 한다.

　모든 것은 마음의 문제일 뿐, 일상을 살아가는 삶의 형태는 그들이나 나나 다르
지 않다. 매일 회사에 가서 일을 하고 매달 돈을 벌고 매년 이사 걱정을 하지만 가
끔은 집 근처 해변에 나가 앉아 바닷바람을 맞으며 거기서 즐거워하는 사람들을
보고, 그들의 소리를 듣는다. 가끔은 해안도로를 따라 차를 몰고 나가 몇 시간씩
운전을 하기도 하고, 가끔은 집에서 멀리 떨어진 유명 관광지로 가기도 한다. 나는
그 어떤 것을, 그 무엇을 하든 자유롭다.

　간혹 '거기서 왜 그러고 사느냐?'는 말을 듣는다. 내가 좋아서 이러고 산다고 말
을 하고 싶어도 이해도 납득도 하지 못할 것 같아 포기해 버린다. 살아가는데 답이
어디 있다고 나는 틀렸고 그들은 맞다는 결론을 내리는 걸까? 이제는 무시라는 방

법으로 대응하는데 익숙해 져서 더 이상은 그런 말들이 나에게 큰 영향을 끼치지는 않지만 사실 듣기 좋은 말은 아니다 보니 지칠 때도 분명 있다.

덕분에 내가 이곳으로 온 이후 많은 관계들이 정리가 되고 또 많은 관계들이 재정립되었다. 처음엔 '내가 너무 멀리 온 건가?'라는 생각도 들었지만 여기까지 왔기에 나의 관계들을 좀 더 객관적인 눈으로 바라보게 되었다. 어떻게 보면 내가 이곳까지 오게 만든 가장 큰 계기가 주변 사람들과의 관계 때문이기도 했기에 이곳에서 나는 나와 그들의 다른 점들을 더 명확하게 보게 되었다.

서로의 다름을 이해하고 받아들이는 일이 쉽지만은 않았다. 그래서 어떤 관계는 끊어졌고, 또 어떤 관계는 받아들이기 위한 노력의 과정 중에 있기도 하다. 내가 나를 믿고 이곳에서 버텨나가는 만큼 그들도 나를 그렇게 믿고 봐주길 바라기도 하지만 그 조차도 강요할 수 있는 것이 아니니 나는 그저 그들의 생각을 그대로 받아들일 수밖에 없는 것이다. 관계는 빠른 속도로 좁아졌고, 나는 관계라는 개념에 미련을 갖지 않기로 했다. 그것조차도 나에게는 피곤하고 어려운 일이었으니까.

나이를 먹으면서 어쩌면 가장 자연스러운 삶의 과정을 겪는 중이라고 생각한다. 여기저기 널브러뜨려 놓았던 헤픈 마음들을 주섬주섬 주워 담는 일을 지금은 해주어야하는 때인가 보다. 그들과는 상관없이 오직 나를 위해서 조금은 이기적으로 살아가기 위한 준비의 시작이 혼자만의 관계정리인 것이다. 신기한 것은 이 관계정리가 그다지 슬프지도 아프지도 않다는 점이다. 내가 그들에게 가지고 있는 마음의 부담이 그만큼 많이도 큰 것 같다.

"관계의 상실을 인정할 용기가 있다면 어느덧 관계는 재생되어 있기도 하다. 이러한 관계의 자연스러운 생로병사를 나는 긍정한다." 임경선 작가 '태도에 관하여' 중에서 나온 말이다.

관계의 생로병사. 지금 내가 처한 상황에 가장 적당한 말을 찾으라고 하면 이 말이 될 것이다. 나를 떠나가는 사람이 있으면 나를 찾아오는 사람도 있다는 것을 이미 오래전에 깨우치고서도 나를 떠날 준비를 하는 사람에게 혹은 내가 떠나고 싶다 생각하는 사람을 미련스럽게 붙잡는 것은 양쪽 모두에게 고통스러운 일이 될 것이다. '관리'하지 않고 내가 나다울 수 있는 인간관계를 제외하고는 부디 놔 줄 있었으면 좋겠다 말하는 임경선 작가의 그 말을 나는 100% 공감하고 있는 중이다.

여유롭고 자유로우면서도 조금은 더 단단한 사람이 되어간다.

그리고 나는 여전히 제주도에 살고 있다. 오늘 제주도의 날씨는 약간은 흐리지만 충분히 화창하고, 제주도는 남녀노소 상관없이 동네 어르신들을 정겹게 '삼춘'이라고 부른다. 제주바다는 해녀들이 물질을 할 수 있을 만큼 잔잔하기만 하다. 바다가 넉넉하게 보이는 카페에서 책을 읽고, 한껏 편한 마음으로 글을 쓴다. 왜인지 알 수 없는 기분 좋은 마음의 울렁임을 느끼며 나는 이야기하고 싶다.

나는 이곳에서 충분히 잘 지내고 있으니, '방황'이니 '왜 그러고 사느냐?'와 같은 걱정보다는 당신들의 응원이 필요하다고. 아니 굳이 응원도 필요치 않다고. 그냥 나의 선택을 믿고, 나의 모습을 있는 그대로 받아들여 달라고. 나중에 언젠가는 당신들이 원하는 모습대로 돌아갈 수 있으니 그때까지 그저 지켜봐달라고 말이다. 이것조차 강요라고 한다면 더 이상 아무 할 말도 없지만 구구절절 말로 할 용기가 없어 글로 쓰여지는 이 마음을 있는 그대로 보아 주었으면 좋겠다.

바다가 좋고, 바다의 비릿함이 좋고, 드라이브가 좋고, 제주도 여행이 여전히도 좋다. 제주도에서의 생활도 이제는 일상이 되었다. 이런 나의 일상이 좋고, 내가 무엇을 하든 다른 사람들의 시선이 나에게 머물지 않는 이곳이 나는 너무 좋다. 그래서 제주도를 원했고, 그 결과 나는 이곳에서 살고 있다.

김가빈
binz0317@naver.com

# 죄수번호 1901

　　나는 달리고 또 달렸다. 누가 보면 쫓거나 쫓기는 모습이었으리라. 숨을 쉬지 못하는 것을 알아차리지 못했고 내 눈에는 폭우가 내려 옷을 적시는 것을 눈치 채지 못했고 다른 사람들이 보는 시선 따위는 느낄 수도 없었다. 옆구리 터진 김밥처럼 삐죽 나온 탱크 속의 물이 음의 공기와 만나 미끄러운 판이 된 지금 날씨에 잠옷 위에 코트를 대충 걸치고 슬리퍼를 신고 있었던 나는 발가락이 추위에 떨며 서로 옹기종기 달라붙어 있음을 무시할 수밖에 없었다. 살딱지가 괴로움을 느끼는 것 이상으로 내 가슴이 아픔을 호소했고 두려움과 분노 등 세상에 있는 부정이란 부정적인 단어는 다 내 앞에, 내 곁에, 내 안에 들어온 것만 같았다.

　　그렇다. 나는 탈옥했다. 나를 가둬 두었던 그 지긋지긋하고 숨이 막히도록 나의 목을 졸랐으며 일방적인 대화 말고는 발자국 소리 조차 낼 수 없었던 그 철장에서 빠져나온 것이다. 나는 분명 죄수였다. 나는 죄인이었다. 죄송하다는 말을 붙들고 살았기 때문이다. 하지만 나의 죄목은 무엇인지 알지 못했고 그 누구도 알려주지 않았다. 그들도 하늘이 우리를 시험에 들게 하는 것이라고만 말했다. 과연 그게 다일까? 물음표에서 시작된 근본적인 물음에 대한 답이 시원하게 나오지 않자 나는 나에게 나아가 점점 화살을 바깥으로 향하도록 서있었다. 세상에 있는 보편적인 눈들과 소리에 저항하고 싶었다. 사실 탈옥은 어렵지 않았다. 왜 이제껏 시도해보지 않았냐고 나 스스로에게 문책을 하다가 그만두었다. 무척이나 가슴 저리게 아파했던 나였는데 더 이상 아파할 수 없게 된 것은 문득 그런 생각이 들어서다. 어릴 적 햄스터를 철장에다가 가둬서 키웠던 내가 대조되어 나 또한 그다지 다르지 않은 사람이라는 판단에 탄식을 하며 터덜터덜 언덕을 내려갔다.

　　미리 말하자면, 나는 후회를 잘 하지 않는다. 덧붙여 할 말은 인간은 모순덩어리고 나는 그 인간들 중 한 명이라는 것이다. 나와서 살아보니 나는 은색 쿠킹 호일에 덮여 있던 집고양이만큼이나 세상을 알지 못했고 편하게 살았다는 것을 새삼 깨달았다. 내가 아는 것 이상으로 우리 사회는 차갑고 무관심하고 냉랭한 공간이었다. 때는 2019년 1월이었다. 그는 본인에 대한 화를 본인에게 내지 못하고 주변 사람들에게 화를 푸는 게 학교의 조례시간처럼 당연한 것이었다. 상처주고 돌이키지 못하는 말을 물 쏟듯 부어버리는 것이 취미인양 매일 같이 그래왔다. 그래서 나도 익숙해지고 태연해지고 괜찮아진 줄 착각하고 있었지만 그와 함께 하는 날이 쌓여갈수록 나는 날카로운 칼날이 되어갔다.

나의 칼날에 내 주변 사람들을 베어버리듯 차가운 말들을 그의 눈빛 속에서 그의 화를 통해 배워왔고 내재시켰던 것 같다. 그의 앞에서 내뱉기에는 무서우니 꾹 누르고 있다가 여기서 저기서 폭죽처럼 터지는 것을 발견하고는 소름이 돋았다. 인정하기 싫지만 그의 성격과 행동을 자녀들 중 제일 빼닮았다고 스스로도 인정한다. 그래서 내 자신이 끔찍하게 싫고 나를 볼 때마다 그가 떠올라서 성형을 하고 싶을 때도 있었고 영업이나 밝고 에너지 넘치는 모습을 단지 그 사람이 싫어서 무기력하고 나 답지 않은 행동을 하려는 시도도 몇 번 해봤다. 하지만 사람 성향이라는 게 성격이라는 게 타고 나는 건데 이렇게 태어난 것을 어떻게 바꾸겠는가. 그가 입에 달고 살았던 말이 있다. 장점도 많고 배울 점도 많은 그를 끔찍하게 싫어했던 이유는 탯줄부터 박혀 있는 여자에 대한 고정관념과 여자를 하대하는 유교 문화를 강요하는 것 때문이 8할이었다.

"여자가", "감히" "어디서 네가 나에게", "뒤지고 싶어?" "나는 되고 너는 안 돼." "나는 집의 왕이야.", "내가 하라면 무조건 해", "넌 나에게 복종해", "여자는 조신해야지", "말을 하지 말아야해" 라며 생각의 방에 떠돌던 나의 단어들을 침묵의 방으로 보내버렸다. 하나같이 옛스러운 말들이다. 더불어 현대 여성들이 한 마음 한 뜻으로 '싫어요' 누를 말들이다. 이보다 더한 말들은 수 없이 많지만 위의 단어들은 순화시킨 것일 뿐이고 차마 내 입으로 굳이 내 글로 한글을 헛되이 쓰이게 하고 싶지 않았을 뿐이다. 나는 그와 살던 순간부터 수도 없이 심장을 난도질당했고 24층에서 뛰어내리고 싶은 순간도 있었지만 단순히 내가 불쌍해서 참아왔다. 중학교 때는 중졸은 하면 안 되지….

고등학교 때는 고등학교는 졸업해야지 이러면서 말이다. 몇 번이고 대화다운 대화를 시도해봤지만 이렇게 씨알도 안 먹히고 답답한 컴퓨터 에러 화면 같고 먹통이 된 전화기 같은 사람은 처음이다. 나에게 "군대에 가면, 회사에 가면 나보다 더

한 사람도 있어." 노이로제가 걸릴 정도로 말했지만 내가 4년 가까이 회사 생활을 하면서 그 이상 아니 그에 범하는 사람은 본 적도 들은 적도 없다. 누구나 알겠지만 나는 그를 비판하고 있는 것보다 사실 그대로를 글로써 객관화하려고 애쓰고 있다. 시대가 바뀌었다. 여자는 집에서 밥이나 해라, 여자는 소리를 내면 안 된다, 무조건 남자의 말에 따라야 한다,

조신한 여자여야 한다. 양이나 소나 돼지가 되어 그들이 만든 틀 안에서만 뛰어놀고 원하는 대로 주는 대로 받고 먹으며 자라고 그 후 잡아먹히는 그런 뻔한 래퍼토리의 삶을 살고 싶지 않다. 그들은 나를 있는 그대로 인정해주고 이해해주지 않았다. 그건 마치 나는 노란 색인데 계속 초록색을 강요하고 초록색 옷을 입혀서 광대를 시키려는 것과 흡사했다. 우린 서로 투명한 벽을 사이에 두고 허공에 단어를 휘날리고 있었던 것이다. 서로의 이야기는 단어로 분해되어 공기 중에 떠다니고 절대 귀에 들어가지는 않았다. 그건 물 위에 떠있는 나무통에 뛰어 올랐는데 물이 흘러 또 다음 통으로 뛰고 그 다음, 또 그 다음 그래도 멀어져 있는 거리와도 같은 것이다.

나는 세상을 빨리 배웠음에 감사함을 느낀다. 증권회사에서 마음 사기를 보았으며 무역회사에서 서류 사기를 배웠고 부동산에서 말의 사기를 느꼈다. 서로를 속고 속이고 간보고 거짓말하고 이간질하고 능멸하고 증오하며 혐오하고 미워하는 갖가지 상황들과 사람들의 감정을 겪으며 인간의 참혹한 면을 보았다. 물론 다 그런 사람은 아니었다. 하늘에 천사가 있다면 이 사람이 바로 천사가 아닐까 하는 사람도 있었고 내가 필요한 상황에 적재적소로 나타나 힘이 되어주는 사람도 있었으며 나는 배우고 공부해야할 것이 많은 사람인데 도리어 나에게 배움을 구하고 고마워하는 사람도 있었다.

세상에 존재하는 다양한 색의 스펙트럼을 보고 나니 껍데기가 아닌 알맹이가 되고 싶었다. 허상이 아닌 본질을 알고 싶었으며 진심을 소통하고 싶었다. 진심을 호소하고 진정성이 있는 깊은 대화를 하는 사람이 주변에 많지 않았다. 본인들은 행복하다, 즐겁다며 스스로에게 속고 있었다. 그래서 나는 좀 더 벌거벗은 글을 쓰고 싶었던 것 같다. 사실 나의 속은 20년 가까이 문드러지고 복숭아 멍들 듯 서서히 곪아져 있었다. 누군가 내 상처를 치유해주길 기다리면 누군가 다가와줄 줄 알았지만 내가 나에 맞는 치료제를 찾아서 자주 발라야 한다. 오늘로서 누군가에게 늘 기대야 하는 허리가 약한 사람이 되지 않겠다고 다짐했다.

사실 탈옥한 사람으로서 자유로움을 한껏 뽐내고 표출할 줄 알았다. 하지만 그

것도 잠시 나의 방에는 적막함이 흐르고 있었다. 1인 가구가 증가하는 과도 위에 있는 지금, 자유와 동시에 느껴지고 있는 외로움과 공포심과 불안감은 예측하지 못했다는 것을 깨달았다. 23살의 나는 너무나도 철부지였던 것이다. 내가 맞는데 그들이 잘못했는데 하면서 현재 상황에 대해서만 잘잘못을 따졌다. 하지만 나의 탈옥은 단순히 나 혼자의 일이 아니었고 우리 모두의 옷을 벗고서 서로의 벌거벗은 모습을 마주하게 된 부끄럽지만 얼어있던 마음이 녹아들었던 순간이 아니었나 싶다. 그 이후 나는 나의 감정에 더욱 솔직해졌고 대범해졌고 당사자가 아닌 관찰자 시점에서 가족을 바라보고 분석하고 이해하게 되었다. 물론 내가 그들 본인이 아니기에 모든 것을 이해할 수는 없었으나 이해하려는 시도는 이해에 근접하게 다가갔다고 생각한다. 죄수로 살면서 늘 죄스럽게 살았다. 뭘 그렇게 잘못했는지는 모르겠다. 여자라서? 딸이라서? 왜 그렇게 미워하고 화만 냈을까. 아무리 가게가 기울어지면 마음도 적막해진다지만 나는 그 집안에 하늘의 축복이 아닌 악을 가득 담아 내려진 비와 같았다. 하지만 나의 탈옥으로 인하여 어느 샌가 그들에게도 봄이 찾아왔다. 봄이 지나 여름도 지나 가을도 찾아왔지만 여기서 중요한 것은 봄이 찾아왔다는 것이다. 변화가 일렁거렸다. 그녀에게 진심 어린 사과를 받았고 처음으로 그의 눈망울에서 떨어진 눈물의 무게를 주어 들었다.

탈옥을 후회하지 않는다. 더하여 다시 돌아갈 생각은 추호도 없다. 은연중에 한 선택이라도 그것은 나의 생각이 담겨 있을 것이며 내가 가고자 꺾은 방향성이다.

내가 한 선택 중 가장 잘했다. 몇 날 며칠 동안 계획한 범죄가 아니었기에 준비는 없었어도 방법이 잘못되었다 할지라도 다신 없었을 기회니까. 후회는 하지 않지만 내가 탈옥을 할 때와 한 달 후, 중간, 그리고 지금 이 순간 생각은 꽤나 달라졌다. 처음에는 그를 다시는 용서하지 않겠노라고 개명을 하고 호적을 파고 연을 끊고 평생을 보지 않겠노라고 다짐했다. 심지어 복수를 하겠다고 분노에 찬 나머지 일파만파 내 마음에 나를 아프게 하는 에너지들을 내뿜었었다. 그리고 한 달이 채 안 되서는 마음에 평안이 찾아왔다. 그리고 평생 쏟을 눈물을 그 때 다 쏟아 비워버리고 지금은 눈물샘에 가뭄이 찾아온 듯하다.

가족에 대한 나의 마음, 그들의 마음, 우리의 재정 상황, 나보다 그 때문에 힘들었을 엄마, 끔찍하게 싫지만 나를 보호하고 감싸주고 자라게 도와주셨던 그를 생각하니 가슴이 매여 왔다. 책을 읽으면서 '가슴을 부여잡고 눈물짓다'라는 표현을 본 적 있었는데 가슴으로 이해되기는 처음이었다. 이래서 모진 경험들을 많이 한 사람들의 글들은 다채롭고 표현력이 다분하고 감성이 짙은 것 같다. 그리고 3개월 후에는 무감각에 끌려왔달까 아무런 느낌이 들지 않고 평온했다. 내 마음에 평안의 멜로디가 찾아왔다. 잔디밭을 뛰노는 아이처럼 가볍고 마냥 즐거운 시기였다. 그리고 지금은 과거보다는 미래를 더 이야기 한다. 과거를 잊지 않고 잘못한 부분은 반복하지 않는 것이 바람직하지만 과거에 치중된 생각은 더 발전적인 행동과 미래를 도모할 수 없다고 생각하기에 나의 소리에 더 집중하는 시기를 보내고 있다. 사실 인생에 맞는 게 어디 있고 정답이 어디 있겠는가. 어떻게 하더라도 완벽하게 100% 마음에 드는 인생 답안지라는 것은 태초부터 있을 수가 없다.

나를 죄수로 만든 건 나 자신이고, 그들이고, 사회이다. 탈옥을 해서 다른 사람의 삶을 살아보고자 했다. 하지만 어디에 있든 나의 마음가짐과 나의 태도에 달린 문제이다. 그리고 나만 상처 받는 것이 아니다. 상처를 받는 동시에 우리는 다른 이에게 상처를 주고 있다. 나를 죄수로 만든 그들만 탓할 게 아니라 내가 죄수로 만든 누군가에게 용서를 구하고 가슴을 나눌 수 있는 사람이 되어야 한다.

### 맺음글

제 글을 누군가 읽고 힘이 되었으면 하는 마음에서, 그리고 나에게 더 솔직해지고 나의 감정을 정리한다는 마음에서 글을 쓰게 되었습니다. 수필을 쓸 마음은 있었지만 23살에 쓰게 되리라고는 생각지 못했습니다. 그래도 30살은 되어야 인생을 살았다고 말할 수 있을 줄 알았는데 기간은 중요치 않다고 말하고 싶습니다. 저희 집은 제가 초등학생 때부터 자주 경찰들이 들락 거렸고 부모님은 이혼하셨고 이복동생이 둘이나 있고 엄마, 아빠가 각각 2명씩 있습니다. 그리고 또 그들은 또 다른 이혼의 위기와 절정에 다다랐으며 저희 집에는 빨간 딱지가 붙은 적도 있었고 독촉하는 사람들 때문에 집에 있으면서 쥐 죽은 듯이 있었던 적도 행여나 누가 납치할까봐 중학교 때는 친구들한테 이름을 달리 부르라고 했으며, 아버지는 화투, 카지노 같은 도박을 일삼으며 수십 수백억의 재산을 날리신 덕분에 힘겨운 재정 상태를 자랑하고 기본 1년에 1번씩 이사를 다니고 빠르면 6개월 만에도 이사를 다니며 제가 다녔던 초등학교 6곳, 중학교 3곳입니다. 그리고 사회에 나와 부모님의 조언대로 회사를 다니기도 그만두기도 했고 제 뜻대로 보험, 부동산, 분양 등 각종 영업활동도 해봤습니다.

인생의 탁하고 질펅한 곳들을 내 담갔다 나오면서 누군가 나보다 힘든 사람이 있다면 위로를 해줄 수 있는 넉넉한 사람이 되고 싶다는 생각을 했습니다. 5년 후에 지금을 돌아보면 우리는 참 별 것도 아닌 일에 걱정을 하고 있다는 것을 알 수 있다고 누가 그러더군요. 우리는 걱정보다 더 나은 삶을 살 수 있도록 고민해야 합니다. 내게 닥친 일들과 상황을 바로 바꿀 수는 없습니다. 하지만 태안 앞바다의 기름들도 제거한 것처럼 천천히 하다보면 구정물이던 우리 인생도 흐르다보면 정화되는 날이 오지 않을까요? 포기하고 싶을 때 생각하세요. 오늘의 나는 오늘로 죽자. 그리고 내일의 나로 내일을 살자.

김관식

KKS41900@naver.com

# 디지털시대 문학의 효용성과
# 문학인의 자세

## 1. 들어가며

문학이 이 시대에 무슨 효용이 있는가? 흔히 사람들은 정신적인 행복감을 누리기 위해 문사철을 들고 있다. 생존의 밑바탕을 형성하는 것은 물질이다. 물질적인 풍요가 인간의 행복을 가져다주는 기본 조건이기는 하지만 인간은 물질적인 가치만으로 행복을 향유할 수 없는 것이다.

오늘날 물질적인 가치가 우선시 되는 사회에서 문사철은 배부른 사람들이 향유하는 전유물이라고 생각할지 모른다. 그러나 인간이 동물과 다른 이유는 물질적인 풍요보다는 자아실현의 가치를 추구한다는 점일 것이다.

21세기는 인간의 행복을 추구하기 위해 첨단 과학문명을 발전시켰고, 오늘날 디지털 혁명으로 정보화시대는 정신적인 문명의 사물화로 문명을 변화시켰고, 첨단 정보통신과 과학문명은 시간과 공간을 뛰어넘는 인간의 무한한 욕망을 실현시켜 놓았다.

따라서 옛날 사람들에 비해 수명의 연장으로 몇 배의 실제 경험을 하게 되었다. 더 많은 사람들과 소통하고 더 넓은 공간을 빠른 시간에 힘들이지 않고 여행이 자유스러워졌다. 인간의 감각은 과부화가 걸릴 정도이다. 더 많이 보고, 더 많은 음식을 맛보고, 더 많은 다양한 냄새를 맡고, 더 많은 소리를 듣게 되고, 더 많은 물체를 만져보는 등 감각의 과부하 상태에서 인간이 왜 사는가? 하는 자시 존재 가치에 대한 성찰 시간마저도 할 틈도 없이 바쁘게 움직이고 있는 것이다. 인간이 편리하게 살기 위해 만들어낸 디지털미디어와 첨단 과학기술의 문명은 인간을 종속화 시키고 주체성을 빼앗아 수동적인 인간으로 전락시켜버렸다.

디지털 미디어에서 누군가 보여주는 것만을 보게 되고 그것이 실제의 경험으로 받아들이게 되고 가상세계를 실제의 세계로 믿고 살아가는 가상의 현실세계와 실제의 현실을 구분이 모호해짐에 따라 무엇이 진실이고 무엇이 거짓인지 구별이 불분명한 현실에서 살게 되었다. 가치판단의 감각이 마비되어 버린 것이다. 인간이 산에서 해방되어 자유스럽게 주체적인 자아를 찾아 나섰으나 나와 타인과의 공유할 수 있는 인간성의 연대적인 공감력을 상실하고 고독한 자기 존재를 발견하게 되었다. 이러한 부조리한 상황에서 인간이 주체성을 찾고 인간으로서의 진정한 가치와 존재의 정당성을 찾아가는 방법은 문화 예술 활동이며, 이러한 문화 예술을 향유하지 못할 때 부조리한 현실을 극복해나갈 수 없는 것이다.

그러나 첨단과학 기술의 의존에 길들여진 현대인들은 생각하기를 싫어하고 모든 것은 교환가치로 쉽게 물질로 환상하여 향유하고 즐기려고 한다. 이러한 속물주의적인 습성은 창조적인 작업을 통한 성취감이나 자아실현을 이기적인 욕심으로 채우려하는 부조리한 상황을 낳게 되는 것이다. 문학은 이 시대에 인간의 존재 가치에 대한 정당성을 증명해주고 자아실현으로 자기 만족감을 주는 치유의 기능과 효용성을 가졌다고 할 수 있을 것이다. 오늘날 모든 가치를 물질적인 교환가치로 환산하려는 허망한 속물주의적 예술 향유자들을 위해 문학은 어떤 효용성이 있는가에 대한 문제의식을 가지고 문학행위에 대한 냉철한 자기 성찰을 해보기로 한다.

## 2. 문학의 효용성과 문학인의 자세

문학은 크게 창작하는 행위와 감상, 향유하는 행위로 대별할 수 있겠다. 문학작품을 창작하는 행위는 우선 작가가 문학작품을 창작함으로써 자신의 창조적인 가치를 추구함으로서 자기를 실현하고 만족감을 얻고, 경제적인 보상을 받기 위한 행위라고 할 수 있다. 다른 또 하나의 문학작품의 감상이나 향유층은 문학작품을 통해 쾌락을 추구하고 정서적인 만족감을 얻고 자기를 실현하기 위해서 일 것이다.

우리나라의 경우는 서구의 문학이 들어온 지가 110여년이 되었다. 우리의 전통적인 시가는 종합예술적인 형태에서 미분화된 歌舞의 춤과 노래가 결합한 형태의 시가문학의 전통이 오랫동안 지속되어 왔다. 서구의 그림과 결합한 언어의 예술과는 전혀 다른 형태의 시가가 현대시로 자리 잡는 과정, 그리고 우리나라 시가가 양반층만이 향유한 유교문화가 지배한 시가였다는 사실에서 일반 대중과 거리가 있는 특권층의 창작물이었다. 그러나 오늘날 우리는 특권층문화에 대한 향유를 누구나 누릴 수 있는 자유스러운 민주사회에 살고 있다. 따라서 특권층의 전유물이었던 시창작과 향유가 대중화되었다. 자신의 생명에 대한 애착과 자신의 존재에 대한 영속성에 대한 욕망과 현실 속에서 자신의 존재를 우월하게 인정받고 싶은 욕망은 시 창작하는 시인이 되겠다는 의욕을 추동하여 무분별한 무자격 시인의 남발로 이어지고 있는 것이다.

시인이 많은 이상한 현실은 우리나라에만 있는 현실이다. 서구 유럽에서는 시인이 사라지고 있는 추세에 비해 시인이 되겠다는 이상기류는 선진국으로 가는 과도적인 문화현상으로 본인의 능력을 의식하지 많은 허명의식과 관계가 깊고, 우리나라에서 남에게 자신의 생활을 과장해서 보이려는 허례허식 관습과 무관하지 않는 현상이라고 볼 수 있다.

"본질보다 실존이 앞선다"는 사르트르의 말을 현 우리나라의 문단에 적용한다면 문학의 본질을 추구하기 보다는 자신의 존재를 부각시키는 행동이 늘 앞서 문학작품을 쓰는 작가적 행동보다는 문학 활동으로 자신의 허명의식을 드높이는 특별한 존재로 인정받으려는 욕구가 강하게 작용한 과도기적인 문학의 향유문화로 볼 수 있을 것이다.

따라서 정서적인 만족감을 문학인의 자격을 취득함으로서 타인에게 인정받으려는 속물적인 욕구로 변질되고, 이러한 부류들을 상업적으로 이용하려는 부류들이 문예잡지를 창간하여 이들에게 자신을 알리고 경제적인 이익을 도모하려고 하기 때문에 자격미달의 문학 향유층까지 일개의 사설 잡지 운영자가 문단을 사칭하여 등단제도로 문인 자격을 주는 잘못된 문화를 재생산해내고 있다. 따라서 건전한 지역문학의 발전을 위해 창간한 문예잡지까지도 이들 잡지에 의해 그 가치가 추락해버리고 있어 안타까울 뿐이다.

동인지 성격의 우후죽순처럼 발행되는 문예잡지들은 저급한 작품을 게재하여 독자층을 확보하지 못하고 동인들끼리 나누어 보는 끼리끼리의 맞춤형 문예잡지로 운영되고 있고, 발간비를 충당할 목적으로 비정상적인 등단제도를 운영하여 습작기 사이비문인들을 대거 양산하고 있고, 이들의 매체를 통해 배출한 문인들의 문화적 욕구를 만족시키는 매체로 전락하고, 이들의 무분별한 명리적 가치 지향의 욕구를 충족시켜주기 위한 수단으로 문학상제도가 운영되고 있는 실정이다.

따라서 이들 문예 잡지를 중심으로 조직된 문인들의 수준에 걸맞은 과시형 시화전 개최, 낭송시 대회, 등단매체별 정기적 친목 모임의 역할 부여를 위해 지위를 남발함으로써 인정욕구의 만족감을 제공하고 그에 따른 대가성 착취 행위를 일삼는 등 후진적인 속물주의적 명리적 가치추구 행태가 속출함으로써 만인들의 눈살을 찌푸리게 하고 있는 것이 현재 우리나라의 문단 상황이라고 할 수 있다.

　문단의 나온 지도 얼마 되지 않는 문인이 문예지를 창간하거나 아예 문학을 모르는 인쇄업자나 출판업자가 상업적 목적으로 문인으로 위장하여 스스로 심사위원이 되고 원로문인 행세를 하고 있는 현상을 어떻게 보아야 할 것인가? 이러한 말도 안 되는 강심장과 똥배짱으로 문인들 위에 군림하기도 하고, 무더기로 신인들을 양산하는가 하면, 문단에 전혀 알려지지도 않는 사업자의 이름으로 신인들에게 상패를 내미는 철면피한 행동은 미개한 저개발국가에서나 있을 법한 상식 이하의 행동일 것이다. 이러한 행동을 아무렇지 않게 받아들이는 신인들이 대체 배운 것이 무엇이겠는가? 문인으로서의 양심적인 행동과 문학의 본질적인 가치를 배우지 못하고 상업적인 마인드와 철면피한 행동양식을 간접 경험한 그들이 할 수 있는 것이라고는 문예지 발행자와 똑같은 초범법적인 행동을 재생산할 수밖에 없을 것이다.

　이러한 저개발국가의 속물주의적인 가치가 우선시 되는 문단풍토가 개선되지 않고서는 우리 문단은 바로 설 수가 없는 것이다. 주객전도로 잡지 발행인이 소속 문인들을 대거 거느리고 골목대장과 같이 힘 겨누기는 마치 조직폭력집단의 행동과 다를 바가 없다. 이러한 그릇된 행동이 문인사회에서는 버젓이 통용되고 각종 이권개입, 문인단체 선거에 영향력을 발휘하는 정치집단화가 되는 행태는 미래 사회를 이끌어갈 후배문인들에게 참으로 부끄러운 조롱거리가 될 것이 분명하다. 문인은 작품으로 말할 뿐이고 여타의 활동으로 남을 수는 없는 것이다. 좋은 작품을 쓰는 문인이 문인이고 문학 활동만으로 살아가는 문인은 그 존재가치의 정당성을 이미 잃어버린 것이다.

　이러한 비정상적인 친목모임과 문학 활동으로는 좋은 작품을 창작할 수 있는 여건조성이라 보다는 향유자의 다수 참여로 인한 문학인의 위상 하락과 문학작품의 질적 저하의 원인이 되며, 소수 운영자의 상업적 세력과시의 도구로 문학모임이 비민주적으로 변질되는 등 저급한 문학인 문화를 재생산해내고 있는 것이다.

　문학인은 창조적인 작품창작의 행위만이 존재의 정당성을 인정받게 되는 것이다. 그렇지 않고 저질의 작품으로 부끄러운 줄도 모르고 자신의 이름 알리기식 작품출판은 출판사의 경제적 이익을 제공하는 희생양이 될 뿐 문단 사회의 발전에 공익을 실현하기 보다는 해악을 끼칠 뿐이다. 이러한 거짓 허명의식은 단체의 감투를 차지함으로서 자신의 존재를 증명하려고 하나 아무도 인정하지 않는 자기기만의 함정에 빠지고 마는 것이다.

068
069

최근 오백여 개의 넘는 문예지는 이들의 작품을 발표하기 위한 매체로 원고료 지급하지 않고 게재료와 찬조금으로 운영되고 있고, 작품의 질은 고사하고 무조건적으로 엉터리작품까지 그대로 게재하는 등 문예지를 위주로 모인 사람들끼리 발표된 자기작품의 문예지를 소장하기 위한 목적으로 발간되고 있다면 큰 문제가 아닐 수 없다. 따라서 작가들끼리 나누어보고 소장하는 외부 독자가 없는 구조로 필요한 부수만 발간하여 운영되고 있는 맞춤형 발간형태를 유지하고 있는 비정상적인 출판구조에서 하루빨리 탈피하여 좋은 작품을 싣는 문예지에 대해 문예진흥금을 대폭 지원하여 정상적문예지가 운영될 수 있도록 정부나 지방자치단체의 역할이 그 어느 때보다 중요하다고 할 수 있을 것이다.

　이러한 닫힌 잡지운영의 실태는 결국의 발행자의 상업성과 명리적 가치 실현이라는 속물성이 노출되게 되고 문학의 가치를 일반인들에게 하락시키는 결과를 가져오기 마련이다. 따라서 공공성이 없는 문학잡지로 전락해버린 문예지는 더 이상 존속할 가치가 없는 것이다. 그럼에도 독버섯처럼 이러한 문예지들이 우후죽순 창간되고 있는 것은 무엇을 의미하는가? 독자가 없는 비효율적인 출판 구조임도 새로운 저급한 문예지가 발간 되어있는 현상은 문학작품을 창작하는 기본 기초기능도 모르고 사단에 등단하려는 사람들이 많기 때문이고, 이렇게 해서 등단한 사이비문인들을 수용할 발표지면이 필요하기 때문일 것이다. 따라서 문예지 매체별로 배출한 출신 문인들은 작품을 쓰기 위한 치열한 작가의식이 없이 인쇄매체의 작품 발표에 스스로 만족하는 참으로 낯부끄러운 폐쇄적인 창작문화를 재생산하고 있는 실정이다.

　이러한 비문학적인 상황에서 벗어나는 길은 작가는 계속적으로 문학 본질 추구를 위한 노력하는 길밖에 없다. 뼈를 깎는 듯한 노력으로 좋은 작품을 쓰는 작가로 다시 태어나려는 노력이 선행되지 않고서는 절대로 창작기능이 향상되지 않을뿐더러 십년이고 이십년이고 그 상태로 성장을 멈추어버리는 답보상태로 머물러있기 마련이다. 좋은 작품을 읽고 여러 우수한 작가의 창작방법을 배우고 익히는 꾸준한 노력만이 자기의 독특한 개성적인 작품세계를 구축해나가는 방법일 뿐 노력하지 않으면 그 상태에 머물러 그 수준의 작품밖에 쓸 수 없는 것이다. 그러나 창작기능을 습득한다는 것은 쉬운 일이 아니다. 그래서 문학인으로 자신의 존재가치를 타인에게 과시하려는 손 쉬운 방법을 선택하는 것이 문학 활동이다. 문학 활동함으로써 훌륭한 문인들과 친분관계를 맺음으로서 자신의 위상을 드높이려하는 타자에 의한 자기 존재의 과시나 문학인이 된 착각의 분위기에 대리만족을 하게 되는 것이다.

문학인은 자기 자신의 주관적인 표현 욕구를 채움으로써 자기실현을 도모하는 것도 중요하지만, 집단 정서를 객관적으로 압축하여 표현함으로서 많은 사람들의 정서적 공감을 일으키는 작품을 쓰는 노력이 뒤따라야 좋은 작가로 성장할 수 있는 것이다.

오늘날 첨단과학기술의 발전은 인공지능과 기술혁신으로 우리들의 행복감을 충족시켜주고 있다. 인간만이 갖고 있는 감정 없는 인공지능은 오히려 사람보다 편견 없이 보다 더 공정하다. 그리고 더 논리적이며 객관적으로 판단력을 가지고 올바른 결정을 내린다. 그뿐만 아니라 신속하고 정확하게 합리적으로 모든 일을 처리한다. 사람들은 자신의 감정상태, 컨디션에 따라서 업무효율성이 달라질 수 있지만, 인공지능은 사람으로서는 힘든 일도 척척해내고, 지루하고 반복적이고 짜증나는 일도, 지극히 위험한 일까지도 불평불만하지 않고 척척 처리해낸다. 따라서 사람보다 값싼 노동력으로 비용을 절감하고 효율적으로 생산성을 높이고 있는 것이다. 따라서 인간들은 모든 것을 인공지능과 날로 발전 하는 신기술과 자동화에 의존함으로써 인간의 고요한 영역인 사고력이나 감수성, 창의성 등까지 인공지능에 의해 빼앗기게 되는 등 주체적인 인간을 객체적인 인간으로 전락시켜버리게 된다.

서정시는 정서를 표현하는 시다. 시를 통해 다른 삶의 영혼을 들여다보며 공감함으로서 정서적인 연대감을 느낄 수 있다. 이러한 정서적인 연대감은 인간만이 갖고 있는 고유한 영역이기 때문에 시의 효용도 바로 시를 통한 정서적 공감능력의 배양에 있다고 할 수 있다.

시는 살아가면서 타인과 단절된 닫아버린 마음을 열고 소통을 위한 매개체다. 시인의 내면에 응어리져 있는 상처가 드러남으로써 이를 통하여 새로운 경험과 자기 성찰의 기회를 갖게 한다. 과학적 합리주의와 물질적인 가치관의 충돌에 의해 삭막해져진 정신세계에서 마음의 상처를 어루만져주는 치유의 효과와 정서적인 결핍을 채워주어서 정신적인 상실감을 치유하고, 심미감을 제공해줌으로서 인간으로써의 정서적 충만감을 충족시켜 줄 안식처이자, 치유의 샘물인 것이다.

우리는 일상 속에서 살아가면서 자기의 존재를 망각하며 현실적 효용가치의 추구에 매달려 살아간다. 고정 관념에 익숙한 우리들은 습관적으로 사물들의 모습을 피상적으로 지나치게 되는데 시는 늘 마주치는 사물들일지라도 새로운 눈으로 사물의 바라보고 의미를 깨닫게 하는 역할을 한다.

또한 우리는 시를 창작하고 시를 감상하는 활동을 통해서 마음속에 있는 생각,

느낌을 표현하고 공감함으로써 답답한 감정에서 벗어나 진정한 해방감을 맛볼 수 있게 되는 것이다. 일종의 카타르시스의 역할과 사물을 새롭게 인식하는 습관적이고 무의식적인 행동의 틀에서 벗어나 자유를 찾을 수 있게 된다.

우리는 물질적인 가치관에 의해 고정된 장벽을 뛰어넘어 인간으로써의 가치를 찾아가는 길이 문학작품을 창작하고 향유하는 공감능력에 있다고 볼 때 모든 예술과 문학작품을 효용가치와 교환가치로 환산하고 살아간다. 이러한 물질적인 개념이 지배한 자본주의 사회에서 물질적 자본과 대립되는 개념으로 사용되는 말이 도덕 자본, 문화 자본, 사회 자본, 인적 자본, 지적 자본 등 같은 용어가 있다.

독일의 한스 마그누스 엔첸스베르거(Hans Magnus Enzensberger, 1929. 11. 11. ~)는 시는 오늘날 아무리 시의 흉내를 낸다고 하더라도 "시인 것"에 의하여 시가 될 수는 없다. "시의 언어는 오늘날 시의 한계를 스스로 분명하게 밝히는 끊임없는 노력에 의하여, 시가 아닌 것의 세계의 소재, 명확하게 하는 언어 이외의 것이 아닌 것이다."라고 말하고 있다. 엔첸베스베르거는 "시를 읽지 않는 사람들"을 위하여 시를 써야 한다고 강조한다. 시는 현재 있는 것에 대한 송가가 아니라, 현재 없는 것의 구비에 의해서만 가능한 언어이다. 이미 시의 언어에는 어떤 보상도 보증되어 있지 아니하다는 것, 그러므로 시를 쓰는 행위는 자기와 자기 한계를 보람 있게 살 때에 가까스로 가능한 일이라는 것임을 말하고, "오늘날 시집 속에는 시가 없다" 하고 말한다. 그 까닭은 "이 책이 그대의 손에 쥐어질 때에는, 이미 어두워져서 읽을 수 없기 때문"이다. 그런데도 시를 읽으려 한다면 우리는 "책을 버리고 읽을 수밖에"없는 것이다. 그가 말한 의식산업이라는 말은 현대 사회의 문화, 경제 현상을 설명하기 위한 개념들이지만 낭만주의자들이 추구했던 도덕과 감성의 경제학을 이해하는데 중요한 이론적 토대를 제공한다.

21세기는 문화의 세기이다. 문화가 교환가치로 환상되어 상품이 되는 시대이다. 이제는 문화인이 아니면 문화라는 물건을 팔 수 없다. 언제까지 지금과 같은 형태로는 문화자본을 싸구려로 팔수는 없을 것이다. 따라서 각 나라는 그 나라의 문화민족이 아니면 선진국의 시민이 될 수 없는 것이다. 문화가 바탕을 형성하지 않는 경제성장이 뜬 구름일 수밖에 없다. 오늘날 우리가 겪고 있는 문학인과 문학 향유층의 문학인화 현상은 문단적인 과도기적인 잠정적인 현상으로 자세히 들여다보면, 기실은 물질의 위기에서 온 것이 아니라 갑자기 부유해진 물질문화에서 정신문화를 찾아가는 과정에서 발생한 정신문화의 위기인 것이다.

## 3. 나오며

오늘날 첨단 과학 기술 문명시대에 우리는 살고 있다. 첨단문명의 편리성에 의존한 나머지 인간으로서의 주체성을 상실하며 살아가고 있다. 주객전도의 시대다. 디지털 매체와 문학작품의 주객전도, 물질문명과 인간의 가치의 주객전도, 문학단체와 문학인의 주객전도, 문예지의 발행인과 문학인의 주객전도, 문학작품과 작가의 주객전도 등 모든 가치가 주객전도 된 까닭은 인간으로서의 존재가치에 부정하고 각종 객체에 대해 너무 의존하거나 수동적인 자세로 받아들인 결과다. 주객전도의 상황에 가장 저항하고 인간성을 찾아나서는 선봉대가 바로 문인들이라고 볼 때 문인사회에서 주객전도 현상을 탈피하는 것은 진정한 문인으로서 문학의 본질적 가치를 추구하며 자신의 존재에 대한 정당성을 찾는 길밖에 없다. 그저 적당히 허명의식이나 명리적 가치만을 추구하는 속물주의적인 문학향유 문화에 대해 각성하고 좋은 문학작품을 창작하기 위해 부단히 노력하는 문인다운 자세로 거듭나는 길밖에 없을 것이다. 본질보다 실존이 앞서는 부조리한 상황을 우리 문학인 스스로가 만들어낸 것이기에 이러한 상황을 탈피하는 것도 문인 스스로가 해결해나가야 할 문제이기 때문이다.

21세기 세계화시대 세계시민으로서의 선도할 위치에 있는 대한민국의 위상에 걸맞은 문인다운 자세로 거듭날 때이다. 인간의 존엄성과 인간성을 찾아가는 선봉자로서 문학 본질을 추구하는 참다운 문인으로 거듭나야 한다. 옛 조상들의 선비정신을 되살려 참다운 문인상을 정립해나가는 일이 후세에 부끄럽지 않은 문인이 되는 길임을 명심해야 할 것이다.

# 뉴미디어 환경에서
# 아동문학의 향방

## I. 프롤로그

활자매체의 죽음을 선언한 맥루언은 1964년에 저술한『미디어의 이해』에서 활자시대의 종말과 전자시대의 도래를 선언했다. 그는 활자매체를 핫 문화 시대의 산물로 보았고, 새로 도래한 전자매체의 시대를 쿨 미디어 시대라고 칭하였지만, 여전히 구텐베르크는 건재하고 활자매체도 건재하다.

과학기술의 발달은 사람들의 생활을 전자매체에 의존하게 만들었고, 인간의 고유한 영역인 생각하는 기능을 과학기술의 산물인 컴퓨터, 휴대폰, 대중 매체에 의존하는 주체성 없는 수동적인 인간과 인간의 고유영역인 기억용량까지 빼앗아가게 되었다.

편리하고 안락한 생활을 추구한 나머지 정신기능의 계발을 등한시하게 만드는 전자매체는 오늘을 살아가는 사람들의 필수품이 되었다. 그러나 전자매체가 편리함과 인간의 지능을 대리하는 시대이지만 활자매체는 인간 본연의 주체성을 보전하는 끈끈한 떡문화의 보루일 수밖에 없다.

컴퓨터 통신, 휴대폰, 전자매체가 시공간의 한계를 뛰어넘기는 했으나 인간은 전자매체를 통해 타인과의 간접적인 만남이 이루어짐으로써 훈훈한 인간미의 상실, 수동적인 태도, 익명성에 의해 삭막한 가루문화가 만연해지고 있는 현실이다. 이러한 시대적 뉴미디어 환경 속에서 아동문학의 향방은 인간성을 살리는 길은 활자매체와 전자매체가 서로 상생할 수 있는 길을 찾아야 할 것이다. 활자매체와 전자매체의 장단점을 서로 보완하고 서로 공존하는 방향에서 그 합일점을 찾아야 할 것이다.

## 2. 뉴미디어 환경에서 아동문학의 역할

뉴미디어 시대는 정보의 홍수시대이다. 멀티미디어에 의한 같은 시간대에 같은 방송을 청취하고 영상매체가 제공하는 정보를 통해 획일화된 정보를 주고받음으로써 인간은 기계의 부속품처럼 전락하고, 모든 것을 전자기기에 의존하여 심지어는 기억까지고 휴대폰에 저장하고 살아가기 때문에 컴퓨터나 휴대폰이 없이는 가족친지, 친구들과의 소통이 단절되는 상황이고 모든 정보를 컴퓨터에 의존하게 되었다. 그러나 전자기기는 인간의 두뇌를 잠시 보관하는 저장고 역할일 뿐 인간의 고유한 영역인 사고기능을 둔화시키게 된다. 따라서 뉴미디어 환경에서 아동문학은 종이로 출판하는 활자매체와 활자매체로 수용하기 힘든 현장의 생생한 전달을 영상매체에 맡겨 두 매체가 공존할 수 있는 길을 모색해야 한다는 것이다.

따라서 정치, 사회, 문화, 경제 등 생생한 현장상황의 기능은 영상매체나 컴퓨터에 맡기고, 지식을 위주로 한 이론서는 활자매체로 출판하는 방향에서 그 해결점을 찾아야 할 것이다. 따라서 뉴미디어시대 아동문학은 데카르트가 말한 "나는 생각한다. 고로 존재한다."라는 인간의 본래적인 고유한 기능을 되찾고 사고하는 기능을 보존해나가는 것은 활자매체로 문학작품을 읽어야 사고력을 신장시킬 수 있는 것이다.

뉴미디어의 동시적으로 제공하는 정보는 이해하기는 쉬우나 뒤돌아서면 곧바로 잊어버리는 사고의 기능을 둔화시키게 되기 때문에 활자매체의 출판은 여전히 존속시켜야 마땅할 것이다.

따라서 뉴미디어 시대 아동문학의 방향은 첫째, 활자매체의 출판물은 더욱 정선된 문학작품이어야 하고, 어린이들의 사고기능을 회복시킬 수 있는 방향의 아동문학작품이어야 한다.

둘째, 휴머니즘 정신에 입각하여 인간미를 느낄 수 있는 따뜻한 문학작품이어야 한다.

셋째, 정보의 용량이 초과된 상태에 스트레스를 많이 받는 어린이들에게 간단명료하면서도 훈훈한 인간성을 회복할 수 있는 치유의 문학이어야 한다.

넷째, 신화를 재발견하고 재창조하여 조상들의 정서를 느낄 수 있는 문학작품이어야 한다.

다섯째, 지나친 상업성의 출판물을 자제하고, 문학성이 짙은 작품을 선별하여 양질의 서적을 제공해야 한다.

여섯째, 오락, 흥미 위주의 활자매체의 출간은 지양하고 이러한 경향의 작품은 영상매체가 담당하도록 하여야 한다.

뉴미디어 시대 아동문학은 생각하기 싫어하고 저속하고 저급한 문화를 생산하는 대중문화와 달리 생각하는 기능을 회복하는 역할은 여전히 활자매체에 의존할 수밖에 없다. 뉴미디어매체는 순간적이고 비연속적이기 때문에 사고 기능을 둔화시키기 때문에 오락기능은 뉴미디어에 맡기도 되도록 활자매체의 산물은 지루하지 않고 간단명료하면서 사고기능을 회복할 수 양질의 문학작품이어야만 아동문학작품으로서의 존속가치를 인정받게 되는 것이다.

## 3. 에필로그

뉴미디어의 매스 커뮤니케이션은 문화적, 사회적, 정치적, 경제적, 정보전달의 기능을 수행한다. 이러한 뉴미디어매체는 가루문화로 분산되어 있는 이질적인 수용자에게 정보와 경험을 신속하게 기록하고 전달하는 기능을 갖고 있고, 인간의 이러한 매체에 의해 시공간의 제약을 뛰어넘어 커뮤니케이션을 수행할 수 있는 매체환경이 확장되어 복잡한 현대생활에 효율적으로 살아가게 해준다. 그렇지만 인쇄 매체가 갖고 있는 장점인 휴대가 용이하고 언제 어디서나 이용이 가능한 점, 메시지의 심층성, 선택성, 재독성이 강한 매체라는 점, 인쇄 매체는 무한한 종류의 존재 가능성, 수용자에게 무한한 매체 선택 기회를 부여할 수 있는 점, 기록의 연속성 등의 장점을 가지고 있고, 방송매체는 신속성과 대량 메시지를 다수에게 전달이 용이하고, 문자해독력이 불필요하고, 고도의 지적 능력을 요구하지 않는다는 점, 오락매체 가족 매체의 성격이 짙다는 점, 전달하려는 메시지 내용이 간결하고 압축된 점, 현실성과 친근성이 높다는 점, 그리고 뉴미디어, 멀티미디의 장점으로 정보의 양이나 채널수가 크게 늘어나게 되어 수용자의 선택성 확대된다는 점, 송신자가 주도하는 일방적 커뮤니케이션이 쌍방 커뮤니케이션으로 바뀌어 사용자가 중심 매체라는 점, 이질적이고, 익명의 불특정 다수에게 보내는 메시지가 아니라 소수의 특정 계층을 수용자로 삼는 협송의 전환이 용이하다는 점, 통합 환경의 도래, 오락, 스포츠, 뉴스 등 프로그램을 제공하는 개념에서 지식, 정보, 자료를 송수신하는 매개체로 개념이 변화되고 확대된다는 점, 운영의 지역화, 기술의 위성화, 정보의 고속도로화, 내용의 전문화, 사용의 개인화가 두드려진다는 점, 비동시성, 등의 각각의 매체가 갖고 있는 장단점을 상호 보완하는 점에서 공존의 합일점을 찾아야 할 것이다.

　뉴미디어시대 더욱 양질의 작품을 창작하여 제공해야만 아동문학이 존재의의가 있을 뿐 오늘날처럼 어린이 독자를 볼모로 아동문학작가 자신의 명리적 가치나 경제적 이익을 도모하려는 목적으로 대중문화 취향의 저급한 문학작품으로는 뉴미디어시대 아동문학의 존립의의와 가치를 상실하게 된다는 사실을 명심해야 할 것이다.

김광수
kskim4509@naver.com

# KBS전국가요대전 출신,
# 밤무대 출신

　　　　　　　　　　한 시대를 풍미한 텔레비전프로그램 중에
KBS전국가요대전 연말결선이 있었다. 가수지망생뿐 아냐 전국의 시청자와 호사가
들까지 울리고 웃긴 그 프로는 노래도 노래려니와 웅장한 오케스트라반주가 압권
이었다. 덧붙여 화려한 무대와 예비가수들의 입으나마나 의상, 객석을 채운 다기다
양 청중, 방년의 남녀가 뿜어내는 젊음의 열기는 시청자를 압도하고도 남았다.

　신인가수의 등용문이었던 그것은 가수지망생에게는 천국의 계단이자 꿈의 궁전
이었다. 그랑프리란 이름의 으뜸상을 받는 순간 무명이던 가수지망생은 단순한 신
인이 아닌 전국구 유명가수로 각광을 받게 되었으니 신데렐라가 따로 없었고, 바
보 온달이 남이 아니었다.

　지역예선에서 출발하여 그 자리에 오르기까지의 보이지 않는 계단과 숨은 과정
은 청중과 시청자의 입장에서는 오불관언, 알 바가 아니었다. 보이고 들리는 것,
보고 듣는 것은 모름지기 예선통과 예비가수의 선정적 미모와 의상과 노래와 노래
하는 모습뿐이었다.

　살 만큼 산 어른남녀 사이에 자조적인 우스개가 있다. 순식간에 죽거나 망하고
싶으면 오토바이를 타고, 알면서도 죽고 싶으면 주색잡기에 침몰하고, 모르는 사
이 패가망신하고 싶으면 자식 예체능 시키라는 말이 그것이다.

　교통사고 중 오토바이의 치사율은 압도적 일위다. 사망 아니면 중상이다. 주, 절
제의 달인이라 해도 자주 마시다보면 과음하게 된다. 색, 바람피우기다. 당사자와
양가 집안이 파괴된다. 기혼자의 경우, 배우자를 병들게 하고 죽음으로 몰고 간다.

　잡기는 주색에 비해 광범위하지만 결국은 노름이고 도박이다. 돈과 재물과 목
숨까지 걸고 벌이는 따먹기다. 상대적으로 점잖다는 장기도, 신선놀음이라는 바
둑도 돈을 거는 순간 노름으로 표변한다. 점잖은 자도 신선도 없다. 요행수와 속

임수로 남의 것을 제 것으로 만들려는 노름꾼만 있다. 저마다 평소와는 전혀 다른 모습을 드러낸다. 특정인의 숨겨진 본성과 탐욕을 알고 싶으면 돈 따먹기를 해보라는 속담이 실증되는 순간이다. 당사자, 가족, 빌려준 자, 도적맞은 자, 빼앗긴 자에 이르기까지 피해자가 광범위하므로 주색잡기 중 최악으로 치부한다. 조상의 형안이다.

예체능, 점입가경이다. 대한나라 초중등학교에는 보건도 생활체육도 없다. 오로지 일인자가 되어 프로선수가 되거나, 올림픽과 돈 되는 세계대회서 금메달을 따기 위한 체육, 소왈 엘리트체육뿐인 나라다. 올림픽에서 은메달 동메달을 따고 우는 선수는 사우스코리아 선수뿐이다. 돈이 안 되기 때문이리라. 부모에게 본전 찾아드릴 기회를 놓쳤기 때문이리라. 부모 입장에서는 자식에게 들인 목돈을 회복할 길이 막연해진다. 궁극적으로는 자식 장래가 심히 걱정스러워진다.

아차, 잊은 것이 있다. 금메달과 은, 동메달의 체육연금액 차이는 천양지차다. 그러기에 이런 작태는 수그러지지 않을 것이다. 갈수록 심해질 것이다. 현장에서 은밀히 회자되는 말이다. 체육특기자의 몸은 걸어 다니는 돈뭉치에 금덩어리다. 시쳇말인 황금수저 물고 나온 집안 자제분이거나, 부모의 전적인 희생 없으면 특기자 되기는 하늘의 별따기거나 불가능하다. 돈뭉치와 금덩어리로 특기자가 되어도 국가대표가 되지 못하면, 대표라도 올림픽대표가 되지 못하면, 금메달을 따지 못하면 만사휴의다. 일거에 진흙수저로 전락한다.

예술 갈래를 망라한 예능은 백배 더하다. 실용예술로 통하는 대중예술은 천 배 더하다. 대중가요 가수로 성공하기는 만 배 어렵다. 온 가족이 후견인이 되어 돈을 끌어들여도 일 년에 단 한 번 딱 한 명이다. 그랑프리 하나, 수상자 한 명뿐이다. 최우수상 우수상 기타 등등 들러리다.

주택복권 당첨보다 금메달 따기보다 어려울 수밖에 없다, 본인 포함 부모형제들은 시나브로 죽어간다. 어디 가서 하소연할 곳도 없다. 문제는 거기서 끝나지 않는다.

대중을 위하여, 대중을 상대로 노래 불러야 하는 대중가요 가수지망생이면서 청중과 관객을 대상으로 노래하지 않는다. 모름지기 심사위원 몇 사람을 향하여 노래한다. 그들에게 청중과 시청자의 반응 따위 애초에 문제가 되지 않는다. 권위주의의 극치다. 삼황오제 시절도 황제의 나라도 그 정도는 아니었고, 아니다.

밤무대가수가 있다. 무대가 설치된 대형주점에서 술손님을 위하여 노래 부르는 가수다. 삼삼오오 몰려 와서 마시고 먹고 제각기 잡담과 방담 밀담까지 나누고 그들끼리 노래도 부르는 이가 술손님이다. 쉽고 정직하게 말해 취객이다. 취한 손님이 경청하고 따라 부를 때까지, 그 경지에 이를 수 있게끔 노래 불러야 하는 가수가 밤무대가수다. 진정한 대중가요 가수다. 밤무대가수는 민요도 가곡도 곡과 가사를 대중가요풍으로 바꾸어 노래 부른다. 그래야만 한다. 오페라 출연자도 아니고 성악가도 아니고 밤무대가수이기 때문이다.

밤무대가수에게는 심사위원보다 명성은 아예 없고, 학벌도 전문성도 떨어지는 취객이 왕이다. 대중가요가 무엇인가? 대중을 상대로 부르기에 이름조차 대중가요다. 불특정다수 청중을 위하여 노래 불러야 하는 이유다. 그래야만 올바른 노래고 대중가요다. 그뿐인가 어디. 요즘 음악애호가의 수준은 민요 가곡뿐만 아니라 오페라 아리아도 판소리도 소화시키고, 감상할 줄도 비평할 줄도 안다. 이런 시대다. 대명천지 밝은 세상에 만민이 평등한 민주주의가 대세다.

모든 예술과 문학, 심지어 학문에서도 본격학문과 대중학문의 간극이 거의 없는 시대다. 차이가 있다면 상식적 감상과 전문적 비평 차이다. 그마저도 머리와 가슴과 온몸의 힘을 빼고, 전문지식을 쉽게 풀어쓰는 학자를 최고로 치는 작금의 현실이다.

그런데도 문인과 그들의 문학만은 여전여상 권위주의에 사슬을 벗어나지 못하고 있다. 스스로 벗어나려 하지 않으니 그럴 수밖에 없다.

심사위원 격인 자칭세칭 원로나 전문평론가 몇 사람을 위한 말글과 작품을 쓰고, 그들에게 목을 맨다. 자신의 이름으로 작품을 발표하고 책임까지 져야하는 문인이라면 기성작가로 인정받은 분 아닌가? 올려다보는 말글보다는 대등하게 불수 있거나 소통 가능한 작품을 쓸 수 있고, 써야만 하는 분 아닌가?

필자는 밤무대 출신 작가이고 싶다. 고대소설 현대소설, 고전시가 현대시를 가르쳐 주신 굉장한 선생님이 있다. 그러나 그분을 위한 작품 쓰고 싶지 않았고, 써본 적이 없고, 없을 거라고 감히 말씀드린다. 술손님처럼 저마다의 인생을 살면서 전제도 선입감도 없이 들리고 보이는 대로 읽어주는 이를 위하여 써왔고, 앞으로도 그리 할 것이다. 이름하야 민중의 놀이터 초당에서 연유한 초당문학草堂文學이라면 시건방진가.

세계최악의 권위주의 국가인 우리나라 좋은 나라에서 필자의 선택은 어려운 일이었고, 괴로운 일이었고, 자존심 왕창 손상된 날이면 후회도 크고 많은 일이었다. 여전히 힘겹고 서럽기까지 하고 자주자주 도망치고 싶지만 임전무퇴, 물러서지는 않을 작정이다. 반세기를 버텼는데 새삼 겁낼 필요가 있겠는가?

무진장 속상하는 날이면 밤무대의 취객이 되어 왕유王維의 탄금복장소彈琴復長嘯 대신 통음장탄식痛飮長歎息하면서 견뎌왔는데 가로 늦게 포기할 수 있겠는가!

# 타도 황순원, 극복 김춘수

　　　　　　　　　　　　　모처럼 잠언으로 출발한다. 가로되 역사는 산 자가 죽은 자를 기록하는 것이다. 그러므로 기록되지 않은 역사는 유물이나 유적까지로 인정 가능하지만 역사는 아니다.

　듣지 않고 말하기와 말하지 않고 듣기가 완성된 말이 아니고, 읽지 않고 쓰기와 쓰지 않고 읽기가 온전한 글이 아니고, 기록되지 않은 인생이 역사적 인생커녕 일기장 인생조차 아니듯이.

　기록된 역사와 인생도 크게 둘로 나누어지니 이분법이다. 기록이 사실에 입각하여 써졌거나 써지면 사기史記와 정사正史가 되고, 상상력의 도움을 받았거나 받으면 유사遺事와 야사野史가 된다. 사기와 정사가 역사 자체라면 유사와 야사는 문학적이고 비유다. 역사와 문학이 만나 유기적 결합을 한 것이기에 그렇다.

　이런 측면에서 오늘의 화두, '타도 황순원黃順元, 극복 김춘수金春洙'는 유사고 야사고 문학적이고 비유다. 격을 낮추면 패관의 패설일 수도 있다.

　신라 때 일이다. 지방관리가 백성의 소리를 듣는답시고 상민으로 변복한 하급벼슬아치로 하여금 시정배들 사이에 떠도는 말을 모아, 글로 써서 올리게 했다. 예나 지금이나 가진 자를 씹는 재미는 가진 것 없는 이의 특권이고 사는 맛이다. 토설요법에 의한 심신 정화작용이기도 했다. 그런데 아뿔싸!

　동서고금을 막론하고 높은 사람이 누구던가? 어릴 적부터 칭찬에서 칭찬으로, 칭찬을 자양분 삼아 자란 자 아니던가. 자신을 능멸하는 소리로 가득한 보고서를 믿을 수도 믿을 리도 없었다.

　무장한 병사를 집단으로 보내서 확인하기, 당연지사였다. 백 가지 성씨를 골고루 나누어 하나만 가지는 백성이자 없는 이는 또 누구인가? 거짓말과 거짓말의 돌연변이 변명 외에는 방어기재가 전무한 이 아닌가. 절대로 욕한 적도 비방한 적도 없다고 잡아떼니, 죽어나는 것은 여론을 정직하게 수집해서 올린 패관뿐 아니겠는가.

죽지 않을 만큼 얻어터진 패관의 다음 짓거리는 불문가지, 발품 다리품 팔 필요 없이 주막에 눌러앉아 유유히 먹고 마시고 주모와 노닥거려가면서 보고서랍시고, 우리 원님 잘하고 또 잘한다며 「용비어천가 龍飛御天歌」 찜 쪄 먹을 예찬시가 「관비어천가 官飛御天歌」를 써서 바치면 만사형통, 칭찬도 듣고 상금까지 받았을 것이다.

하급벼슬아치가 패관이었고, 그들이 꾸며낸 구밀복검이 패관패설이었다가 국문학사에서는 신라대 패관문학으로 승격, 고려대 의인가전체 거쳐 조선대에서 최초의 고대한문소설 「금오신화」, 최초의 고대한글소설 「홍길동전」을 필두로 전기체 고대소설이 된다.

소설가지망생이었다가 소설가가 된 문인치고 한두 가지 뼈아픈 경험, 소설가가 되었으니까 추억이 된 기억이 없는 분 있을까. 아마도 없을 것이다.

'타도 황순원' 책상머리나 밥상머리에 붙여두고 작품 쓸 때도 밥 먹을 때도 꼭꼭 씹으며 각오를 다지기 위한 표어라 한다. 자신의 대표단편 '소나기'의 주인공인 양 순수한 영혼을 지닌 소설가에게 어울리지 않는 듯싶다. '극복 김춘수'도 같은 맥락의 표어라 한다. 시인의 초기대표작 '꽃'에서 보여주는 정 많은 모습과는 거리가 멀다.

무엇이 순수한 영혼의 소설가와 정 많은 시인을 소설가와 시인 지망생으로 하여금 살벌한 표어를 되뇌게 했을까. 궁금하지 않을 수 없다.

소설가 황순원과 시인 김춘수, 닮은 점이 거의 없어 보이는 두 분에 대한 작가지망생이 이구동성으로 토해내는 닮은 점은 으스스하다. 왜냐하면 후진이나 제자의 등단에 지극히 인색했기에 그렇다.

교수 소설가 황순원의 경우다. 신춘문예를 필두로 황순원이 공모전의 본심심사위원이란 소문이 사실로 굳어지면, 해당 신문사나 공모전에 응모한 후진과 제자는 미리 포기해버린다 했다. 이름을 가리고 하는 예심에서는 몰라도 이름을 반쯤은 드러내야 하는 본심심사에서 비슷한 수준이면 후진과 제자를 떨어뜨렸기 때문이었다고 한다.

문예지 추천의 경우는 두어 술 더 떠서, 상당 수준에 도달한 작품일 경우에도 첫 미디부터 냉혹하기 짝이 없었다 한다.

"자네, 소설 포기하고 어학을 하든지 딴 일을 찾아보는 것이 어떻겠나."

교수 시인이었던 김춘수도 오십보백보로 어금버금했다 하니 후진과 제자 입장에서는 기가 차고 맥이 딱 막힐 일이었다.

소설가 시인 등 문인지망생에게 어학을 하거나 딴 일을 찾아보라니 치명적이었고 완전 수모였다. 이를 박박 갈지 않을 수 있었을까. 계속 존경하고 추종할 수 있었을까. 단연 아니었을 것이다. 존경의 자리에는 오기가, 추종의 자리에는 반감이 대신할 수밖에 없었을 것이다.

두 분의 대칭점에서 우뚝한 소설가 김동리金東里와 시인 서정주徐廷柱. 일정수준이 넘은 작품이면 소설가와 시인으로서의 자질을 믿어주시는 분으로 소문이 자자했다. 가능성 있는 후진이나 제자의 추천도 마다하지 않았다. 두 분이 등단시킨 소설가와 시인을 김동리 군단, 서정주 사단이라 부르기도 한다니 알만하지 않은가.

오늘날 황순원 기념회, 김춘수 기념회는 그리 많지 않다. 있다 해봤자 열손가락으로 꼽을 정도다. 그러나 김동리 기념회, 서정주 기념회는 열손가락 아니라 열 사람의 손을 합해서 꼽아도 모자랄 정도다. 기념관 역시 기념회에 정비례한다.

문단의 세가 숫자로 정해진 지 오래인 요즘, 소설가 김동리 시인 서정주 두 분의 천리안이 돋보이기도 한다. 그럼에도 불구하고 문득문득 소설가 황순원 시인 김춘수 두 분이 그리운 것은 웬일일까. 필자가 시대착오적 문인이라서 그런가. 벅수라라서 그런가?

김기홍
kkhcops@hanmail.net

# 느림의 미학

석양이 질 무렵 한강고수부지를 비추는 붉은 햇살은 한강수면 위를 붉게 물들이는 한 폭의 유채화 같다. 국회 출입문을 지나, 여의서로를 총총걸음으로 걷다 보면 주변의 많은 꽃들과 나무들이 푸른 자태를 과시하며 도심에 지친 많은 시민들을 가슴으로 안으며 반겨주고 있다.

하루 일상에 지쳐 심신을 달래기 위해 한강변의 유람선, 수상스키를 즐기는 사람들을 보고 있노라면 간접적으로 삶이 풍요로워지는 듯한 느낌은 물론 행복한 마음이 저절로 들 때가 많다. 다람쥐 쳇바퀴 돌듯이 무미건조하게 하루하루를 보내다 보면 나 자신을 돌아볼 시간이 부족한 것이 사실이다. 평범한 삶을 살면서 하루의 일과를 돌이켜 볼 수 있는 유일한 시간이 가볍게 산책을 하며 묵상에 잠기는 것이다.

한강 주변에서 다정한 연인들이 자리를 펴놓고 간단한 음식을 먹는다든지, 둔치에서 노래를 부르는 사람이 있는가 하면, 운동을 하는 사람들을 볼 때면 제법 그 광경은 생기가 돈다.

언제부터인가 우리의 삶은 '빨리빨리'로 익숙해져 있고 하루하루 초스피드로 살아가는 시대에 있다. 그러다보니 진작 나의 삶도 그런 초스피드의 시대에 던져져 세월이 너무도 빨리 지나가고 있음을 피부로 느끼고 있다.

'느림의 미학'이라는 말처럼 잠시 몇 초라도 좋으니 자신을 돌아볼 수 있는 시간을 가져보길 권하고 싶다. 꼭 그것이 산책 등이 아니더라도 기도, 묵상, 상념의 시간을 가지면서 하루의 삶을 반성하고 더 나은 내일을 위해 고민하고 계획하는 시간을 가져보길 희망한다.

많은 사람들이 매일 한강고수부지를 걷고 있다. 연령층도 다양하다. 생각하는 것도 다양할 것이다. 처한 상황도 다양할 것이다. 그러나 그 누구도 시간의 흐름을 거역할 수 없는 것은 똑같다. 그렇기에 주어진 하루하루를 즐겁고 행복하게 보내길 바란다. 그 행복이 거창할 필요는 없다. 가까운 가족 또는 지인들과 알콩달콩 알토란같은 시간을 가지며 즐겁게 보낸다면 그것이 행복한 삶이 아닌가 싶다.

개인적으로 약속을 하거나 이동 時, 대중교통인 지하철을 많이 이용한다. 지하철을 타기 위해 플랫폼에 서 있다 보면 간간히 더듬더듬 지팡이를 두드리며 전동차 안으로 걸어가는 사람들 혹은 신체가 부자유스러워 남의 도움을 받아야만 움직일 수 있는 사람들을 본다. 그런 사람들을 보면서 '내가 건강한 신체로 생활할 수 있다는 것'만으로도 나는 행복한 사람이라고 느낀 적이 있다.

남의 불행이 나의 행복일수 없고, 남의 불행을 보면서 나도 그렇게 되지 말라는 법이 없으니 스쳐지나가는 사람들에게 많은 빚을 지고 산다는 생각으로 도울 수 있다면 기쁜 마음으로 도우면서 살아가는 삶이 필요하다는 것이다. 재산이 많다고 행복하지 않고, 명예가 높다고 결코 행복하지 않다. 행복은 채움이 아니라 비움이다. 많을수록 좋은 것이 아니라, 비울수록 좋은 것이다.

불가佛家에서 강조하는 것 역시 소유에 대한 집착을 내려놓으라는 것이다. 소유에 대한 집착과 탐욕이 나를 괴롭히기 때문에 이러한 세속적인 것들에서 해방되어야 진정한 자아를 찾을 수 있다는 것이다. 무언가를 갖고자 하는 것은 그 무엇에 대하여 집착하는 것을 말한다.

우리는 돈에 대한 집착이 너무 강한 시대에 살고 있다. 돈은 생계가 보장되는 단계만 지나면 사실 행복에 별다른 영향을 끼치지 못한다. 오히려 돈에 집착할수록 더 이기적이 되며 경쟁심과 비교심리로 우울해진다는 전문가들의 이야기도 있다. 많은 돈을 소유하고 있어도 그 행복감과 성취감은 그리 오래 가지 못한다고 한다. 결국 그 집착을 내려놓아야 행복해질 수 있다는 것이다.

지나침은 모자람만 못하다는 말이 있다. 요즘은 지나침이 너무 많은 것이 문제다. 물질이 행복을 위한 충분조건은 될 수 있지만, 필요조건은 아니다. 아무리 가진 것이 많아도 자기만족이 없으면 결코 행복할 수 없다. 행복은 내가 가진 것에 만족하고 더 이상 욕심을 내지 않을 때 비로소 오는 기쁨이다.

우리는 이미 부자이다. 행복은 스스로 만족하는 자의 몫이다. 다만, 자꾸 주변의 남과 비교함으로써 스스로를 불행하게 만들고 있는 것이다. 지금 처한 상황이 아무리 힘들고 어렵더라도 우리는 인생을 즐겁고 아름답게 가꾸어가도록 노력해야 하지 않을까?

인생이라는 시간은 짧다. 그렇기에 누군가 죽음에 다다르면 살아왔던 한평생이 주마등처럼 순식간에 지나간다고 한다. 한 편의 영화처럼 말이다. 지금 건강하게 살고 있다 해도 누구에게나 공평하게 죽음을 피할 수는 없다. 그건 거역할 수 없는 인간의 숙명이다. 하루살이에겐 주어진 시간은 하루뿐이다. 아침에 태어나 저녁이면 죽음을 맞이한다. 삶이 시작됨과 동시에 삶의 종말이 다가온다. 삶과 죽음은 동질선상에 있다고 해도 과언이 아니다. 죽음은 삶의 마지막 종착지이다. 그래서 인생의 하루하루를 어떻게 잘 사느냐, 즉 어떻게 살다가 죽어야 하느냐는 문제만이 남게 된다. 우리가 아무리 죽음을 회피한다 해도 결국 100살 언저리에서 다 죽음을 맞이하게 된다.

누구나 건강하게 살았다 해도 나이가 들수록 건강이 노쇠해질 수밖에 없다. 결국 무병장수하면서 오래 사는 것도 좋지만, 사는 동안 하루하루 최선을 다해서 보람되게 사는 것이 더욱 중요하다 하겠다. 만일, 하루살이의 인생이라고 하면, 하루밖에 살지 못할 터인데 원망만 하고 신세타령만 하고 있기엔 너무도 짧은 시간이 아니겠는가? 고통 없는 인생은 없다. 그 고통을 느끼며 삶을 부정하기엔 너무도 짧은 인생이다. 하루하루를 감사하는 마음으로, 서로 사랑하며 행복하게 살아야 하겠다. 영화 '죽은 시인의 사회'에서 키팅 선생이 아이들에게 희망과 용기를 주기 위해 자주 해주었던 말로 '카르페 디엠Carpe diem'이 있다. 현재에 만족하고 지금에 충실 하라는 라틴어이다. 결코 행복을 미루지 마라.

지금 이 순간을 즐겨라! 카르페 디엠….

# 삶에 대한 고찰

인생을 살아가면서 우리는 나를 중심으로 지역, 학연, 혈연 등으로 많은 갈등과 혼란을 겪기도 한다. 태어나면서부터 어느 지역에서 태어났는지, 또 어떤 학교를 다녔고, 어느 직장에서 근무하는지에 따라 내가 어떻게 처신해야 하는지에 대한 고민을 하지 않을 수 없을 것이다.

그러다보니, 자연스럽게 패거리문화를 배우게 되고, 선배, 지인, 직장상사들을 통한 소위, 모임문화에 익숙해질 수밖에 없는 것 같다.

예로부터 우리나라는 친족이나 주민간의 결속을 강화하는 다양한 형태의 공동체 모임이 발달했다. 대표적인 것으로 '계'(우리나라에 옛날부터 전해내려 오는 상부상조의 민간 협동체), '향약'(조선시대 양반 지배층이 유교사상을 바탕으로 만든 향촌 사회의 자치규약, 농민들을 결속시키고 유교적 이념을 보급하여 사회를 안정적으로 이끌어 가는 것을 목표로 함), '두레'(우리나라 고유의 마을단위의 공동체, 주로 농번기의 모내기에서 김매기를 마칠 때까지 행해짐), '품앗이'(내가 남에게 일을 해준 것만큼 다시 받아온다는 뜻으로 친한 사람들끼리 서로 노동력을 주고받았던 협동체)가 있는데, 서로 간 공동체 의식으로 모두 자발적으로 이루어졌다는 데 특징이 있다. 개인이나, 집안의 어려운 일이 발생하였을 때 이것저것 가리지 않고 진심으로 서로 도와주고, 힘을 합하는 문화가 자연스레 발생, 이어져 왔다는 것을 알 수 있다.

그런데, 지금의 사회는 어떤가? 어떤 단체든 모임이든 가보면, 지역적으로 뭉치는가 하면, 사상적으로 보수냐, 진보냐로 이분법적으로 대립하는가 하면, 명문대를 나왔느냐, 그렇지 못하느냐, 거주지, 학군이 강남권이냐, 강북권이냐 등 모든 것이 동전의 앞과 뒤처럼 편향적인 사고를 가지는 것이 너무도 안타깝기 그지없다. 또 그것이 현실이기도 하다.

특히, 남북 간이 대립하고 있는 상황에서 식자층의 이념적 논쟁은 더욱더 진보와 보수의 각을 세우기도 한다. 이런 것들이 선거에 동원되고, 계층 간, 연령 간 또다시 분열되고 하는 상황이 이어지고 있는 것도 부인할 수 없는 사실이다.

사회 모임에서도 구성원들 간에 태어난 출생지별로 화합하고 모임을 갖고 자기네들 지역의 단합을 과시하는 등 상대지역의 사람들에 대한 비난을 쏟아내고 비아냥거리고, 하는 것도 이와 무관하지 않을 수 없다 하겠다. 물론 그것은 자유일수 있다.

그러나, 21세기를 살아가면서 좀 더 성숙한 인격수양의 마음으로 좀더 진일보한 가치관을 가져야 하지 않겠는가? 국민이 단합하고 서로 화합하고 하는 것이 요원한 일인가. 어느 책에서 본 재미있는 한구절의 내용이다.

'자살'을 거꾸로 읽으면 '살자'가 되고,
'내 힘들다'를 거꾸로 읽으면 '다들 힘내'가 된다.

살아가면서 여러 가지 생각하는 부분과 맞지 않아 상대편과 서로 갈등하고, 내가 주장하는 생각이 뜻대로 이루어지지 않아 화내고, 불평하고, 심지어 사랑하는 내 가족들과도 마음이 맞지 않아 갈등을 겪는 경우가 허다할 것이다. 그럴 때일수록 역지사지易地思之의 입장에 서서 생각해보길 바란다.

또, 일이 뜻대로 이루지지 않을 때 '역발상'逆發想의 마음으로 다시 계획하고 실천에 옮겨 보기를 권해본다. 지금 이 순간에도 남보다 상대적으로 못하다고 열등감에 사로잡혀 있는 분들이 있다면, 여러분들은 나름대로의 가치를 살려서 나만의 무기를 개발해보면 어떤지 말해보고 싶다. 경제학에서 '레몬시장'이라는 이야기가 있다.

판매자와 구매자사이에서 저급한 재화나 서비스가 거래되는 시장을 레몬시장이라고 일컫는데, 레몬은 인도서부의 히말라야가 원산지로, 원래 가시가 있고 열매 모양도 예쁘지가 않아서 관상수觀賞樹로는 인기가 없었는데, 유럽에서 고기를 주식으로 하던 시절, 특유의 누린내가 많이 나서, 누린내를 없애기 위해 향료들을 찾던 중 독특한 향내를 가진 레몬에 관심을 가지면서 빠른 속도로 보급되었다하는데, 이런 이유 때문에 영어문화권에서는 레몬이 저급재화나 서비스를 지칭하는 단어로 쓰이고 있기도 하다. 예를 들어 My car is a lemon하면 숙어로 '내 차는 완전 고물이야'라고 표현되기 한다.

또, 제임스딘이 출연한 영화 '이유 없는 반항'에 나오는 장면 중 주인공과 불량배 두목이 각각 차를 타고 절벽을 향해 질주하다가 먼저 멈추거나, 핸들을 돌리는 사람이 패배가 되는 장면이 나오는데, 이것을 빗대어 '치킨게임'Chicken Game이라고 불렀던 유래는 치킨Chicken을 뜻하는 다른 속어 중에는 어린애, 계집애라는 뜻과 함께 겁쟁이Coward라는 뜻을 가진 속어가 있는데, 겁쟁이Coward라는 치킨의 속어를 빗대어 전체적인 의미에서 이 게임을 치킨게임이라 하게 된 것이라는데 결국 자존심을 버리고 한사람이 양보하면 게임에서는 지지만, 둘 다 살아남게 되고, 반대로 둘다 양보를 하지 않으면, 서로 충돌할 수밖에 없어 둘다 죽게 된다는 논리다.

내가 소중하면, 남도 소중하고, 내 집단이 소중하면, 다른 집단도 중요한 만큼 서로서로 조금씩 양보하고 서로를 위해 힘을 합쳐 윈윈Win-Win할 수 있다면 진일보한 사회가 될 것이라 확신한다.

김다희
universeofdahee@gmail.com

# 춤을 출 자유

파키라를 새로 사왔다. 외국에서는 Money Tree라고 불리는 실내에서 키우는 관엽식물이다. 미국 사무실에서는 작은 Money tree를 쉽게 찾아볼 수 있다. 2-30cm 정도로 크는 작은 파키라를 가져다 놓는데 잎이 풍성하게 자랄수록 돈을 불러온다는 미신 때문이다. 이 나무를 자기 책상에 두고 목숨 걸고 키우는 미국인들을 볼 수 있다. 남아메리카가 원산지라는데 생긴 것은 굉장히 동양적이게 생겼다. 4-5개정도 되는 줄기가 서로 꼬아가며 얽혀서 자라난다. 꼭 높이 올라가려고 서로 의지하고 지탱하는 것 같은 모양새다. 두꺼운 줄기가 자라다 멈추는 곳이 이 식물의 키를 결정한다.

새로 사온 파키라는 키가 그렇게 크지 않다. 내심 전에 열심히 키우던 파키라가 그리워진다. 텍사스 햇살을 머금고 무럭무럭 자라던 나무와 때늦은 성장통을 겪던 나의 모습이 떠오른다. 삼십대에 접어드니 인생이란 굴레가 본격적으로 목을 조여 왔다. 우연처럼 운명처럼 남편을 만나 친숙하면서도 생소한 미국이라는 나라로 태평양을 건너온 지도 4년이 넘어간다. 결혼, 이민, 이직이라는 인생의 큰 변화를 한 해에 겪은 나는 삶과 나 자신을 지키려 아등바등하는 사이 겨울날 잎이 쳐지고 말라가는 파키라처럼 기세가 쇠하여 갔다.

겨울 사이 점점 더 어깨가 쳐지던 파키라는 내가 잠시 한국에 다녀오는 사이 큰 고비를 겪었다. 아직도 나무의 윗부분에서는 여린 새싹이 나고 있었지만 뿌리부분은 몽땅 썩어 있는 걸 발견했다. 남편이 물을 너무 많이 준 것이다. 뿌리가 썩은 파키라를 살리려 분갈이도 하고 약을 치는 등 부단히 노력했지만 마지막 남은 줄기마저 텅 비어 있다는 것을 발견했을 때서야 나의 정든 사랑하는 나무를 보내줘야 할 때라는 걸 알았다. 식물이 완전히 죽는 때는 언제일까. 뿌리가 다 썩어 죽어가면서도 어떻게 새로운 싹을 피울 수 있는 것일까.

여행이나 공부를 하며 외국인친구들을 만나는 것과 그 나라에 가서 밥벌이를 하며 사는 것은 달랐다. 회사에서 좀 더 좋은 평판을 받기 위해서 또 미국 사람들과 자연스럽게 섞여들기 위한 노력으로 내가 아닌 모습을 하고 사람들을 대하는 것이 늘 피곤했다. 조용하고 진지한 나를 그대로 세상에 내놓지 못하는 고통은 속으로 곪아서 파키라의 뿌리처럼 썩어들어 가고 있었다.

불안과 우울증으로 점점 삶의 의미를 잃어가던 내게 매일매일 쉬지 않고 새싹을 피워내는 파키라는 작은 위안이었다. 삐죽 솟아나온 새싹이 어린 잎을 틔우고 잎맥이 투명하게 비치는 이파리로 자라나는 모습을 보는 데에는 정적인 생동감이 있었다. 여리고 생생한 잎을 보는 것이 왜 나를 위로했을까. 사람들은 젊고 아름다운 것들을 보는 데서 느끼는 생동감, 무한한 잠재력, 그리고 희망을 사랑하는 것이 아닐까라는 생각을 했다. 그래서 오래된 것, 나이 들어가는 것에는 필연적인 슬픔이 풍겨져 나오는 것이다.

세상의 모든 것은 생의 탄생과 동시에 소멸의 길을 걷는다. 거스를 수도 없는 거대한 자연의 이치다. 노력이 허용되는 경지가 아니기에 쇠퇴의 길을 걷는 것을 보는 데에는 애수와 아쉬움이 섞여있다. 그러나 갈변한 잎이 떨어지고 흰머리가 나온다고 삶이 끝은 아니다. 죽어가면서도 새 잎을 피우는 식물들처럼 죽는 날까지 우리의 인생은 끝이 아니다. 사람을 돕고 싶어서 서른 살에 의대에 간 슈바이처, 평생 주부로 살다가 마흔 살에 처음으로 글을 쓰기 시작한 박완서 작가처럼 뒤늦게 꿈을 이룬 사람들의 이야기가 힘이 되는 것은 이런 이유이다. 우리는 계속 새로운 잎을 피어 내야 한다. 숨이 끊어지기 전까지는 우리에게는 꿈꿀 자유가 있다. 자유는 말한다. 너 자신 이외에는 누구도 너의 꿈을 속박할 수 없다고.

엄마의 일기를 훔쳐본 적이 있다. 아빠가 돌아가시고 세 모녀가 가장이 떠난 행댕그렁한 집에서 아무렇지 않은 척 살아가던 때였다. 한 집에 사는 엄마지만 무슨 엄청난 비밀이라도 발견할 것 마냥 두근거리던 마음이 기억난다. 글씨를 잘 써서 대학교 때 조교까지 했다던 엄마의 노트는 멋진 글씨로 적힌 가계부일 뿐이었다. 실망한 마음으로 대충 페이지를 넘기는 데 마지막 페이지에서 누구에게도 보여줄 수 없었던 엄마의 마음을 발견했다. 엄마가 직접 지은 듯한 시에서 아직도 기억나는 구절이 있다. '설거지를 하면 그릇은 깨끗해지지만 아무리 문질러도 나의 마음은 그릇처럼 깨끗해지지 않는다.' 어린 아이 둘을 데리고 몇 년간 아픈 남편 병수발을 했지만 허무하게 그를 떠나보낸 그 날 밤뒤로 엄마의 마음에는 진득한 슬픔과 체념이 덕지덕지 달라붙어 말라있었을 것이다.

파키라는 겨울에는 동면에 들어가는 곰처럼 성장을 멈춘다. 추위에 약하기 때문에 두터운 뿌리에 물을 머금고 몸을 숙이며 겨울을 버텨낸다. 그러니 겨우내 남편이 아무리 사랑으로 보살피고 물을 준다한들 파키라는 자라지 못했을 것이다. 나는 나 자신에게 꿈꿀 시간은커녕 마음이 겨울철일 때도 어서 성장해야 한다고 닦달했다. 조금이라도 빨리 승진해서 연봉을 높이려 나를 휘몰아치면서 미래의 여유를 담보로 현재의 행복을 체납해온 것이다.

3년 동안 힘들게 버티던 회사를 나왔다. 나 자신에 대해 잘 모르던 나는 20대 내내 회사에서 승승장구하는 독신 커리어우먼을 꿈꿨다. 30대에 접어들고 나서야 나를 아는 것이 세상 그 무엇보다 중요하다는 걸 알게 되었고 막 첫 걸음을 떼는 것 마냥 서툴게 나에 대해 알아가고 나의 마음에 집중하기 시작했다. 그제야 내가 쫓아온 가치가 사실은 사회와 사람들의 의해 강제로 주입되었다는 것을 눈치 챌 수 있었다. 나는 나의 행복을 이정표로 인생의 길을 걷기보다 남들이 좋다고 입소문이 난 곳을 찾아 헤매었다.

직장생활이 힘들어 죽고 싶을 때에는 삶은 누구에게나 힘들고 고통스러운 것이라고 자신을 위로하며 버텼다. 한국에 두고 온 엄마와 동생도 생각이 났다. 젊은 남편이 하늘로 떠나고 어린 여자애 둘을 데리고 어떻게든 살아보려 발버둥 쳤던 엄마의 삶을 나는 절대 저렇게 되지 말아야지 하고 부정하고 또 부정하며 관망했다. 엄마의 잘못은 어디에도 없었다. 삶의 풍파를 어떻게든 버텨보려던 초라하지만 굳센 여자만 있었다. 엄마가 식물이라면 추위에도 더위에도 병충해에도 강한 품종이리라.

인생이란 길 위에서 방황하지 않는 이는 없다. 방황의 목적은 늘 행복이다. 답을 찾았다 생각하고 가지 않은 길을 용기 내 가보기도 하고 그 길에서 막다른 골목을 만나 다시 길을 찾아야 하는 수모를 겪기도 한다. 그러나 헛된 시간은 없다. 살아서 숨을 쉬고 눈을 깜빡이고 있는 이상 모든 것이 모험이고 경험이다.

엄마에게 직장생활을 정리하고 늘 쓰고 싶었던 글을 쓸 거라고 말했다. 지레짐작 작가로는 돈 벌어서 먹고 살기 힘들 다라든지 미국에서 직장도 보험도 없이 병원진료를 어떻게 받을 거냐는 말이 나오기 전에 한 수를 뒀다. 이미 그만뒀고 작가에 도전할 생각은 바꿀 마음이 없다고. 어릴 때부터 옆구리에 책을 끼고 다니는 애로 유명했고 국어선생님 추천으로 백일장을 나갔던 기억, 국문학과에 진학해 잠시 기자생활을 했던 것 까지 엄마에게 설명하다보니 내 인생은 쭉 나에게 대놓고 힌트를 주어왔는데 어떻게 이렇게 돌아왔나 싶었다.

나는 이제 귀를 닫고 내 안에서 나오는 소리에만 집중하며 걸어갈 것이다. 내가 행복하다면 남들이 아무리 험한 길이라고 만류해도 고집스럽게 걸어갈 것이다. 설령 당신이 잘못된 길을 가고 있다고 한들 누가 그 길을 잘못되었다고 재단할 수 있을까? 당신이 누구인지 어떤 인생을 살아왔는지 속속들이 아는 자신 말고는 아무에게도 그 길을 평가할 권리가 주어지지 않는다. 오로지 나만이 나를 구원하고 행복을 선물할 수 있다.

　평생을 힘들게 일하며 버텨오던 엄마에게도 새로운 날이 찾아왔다. 엄마를 우주라 부르며 아껴주는 멋진 분을 만나 처음처럼 새로운 삶을 꿈꾸고 있다. 별 볼일 없는 것 같은 인생에도 역전의 기회는 여전히 문을 두드린다. 우리가 희망을 잃지 않고 계속 새로운 잎을 피어 낸다면. 나도 엄마도 멈추지 않고 싹을 피우며 더듬더듬 인생을 살아낸다. 잎이 떨어지는 순간에도 새로운 잎이 나리라는 희망에 마음을 맡긴 채.
　청량한 바람이 부는 여름 나도 파키라도 새로운 공기가 필요할 것 같아 창문을 연다. 흔들흔들 불어오는 산들바람에 파키라가 수줍게 춤을 춘다. 자유로운 나도 춤을 춘다.

# 집으로 가는 길

나에게 Girona는 그저 거쳐 가는 곳이었
다. 교환학생 생활을 하던 프랑스를 떠나 집에 가기 전 잠시 들리는 곳. 그 덕에 아
무런 기대도 계획도 없이 스페인 북동부에 있는 작은 도시 Girona에 도착했다. 이
때까지만 해도 몇 년 동안 이 도시를 그리게 될 줄은 꿈에도 생각하지 못했다. 인
구수가 십만 명 정도 되는 소도시지만 까탈루냐 지방에서는 큰 비중을 차지하고
있는 도시다.

저렴한 호스텔에 짐을 내려놓고 직원에게 볼만한 것이 뭐가 있냐고 물어봤다.
지금 생각하면 여행자로서 자세가 바람직하지 않지만 그 당시에 나는 준비 없이
혼자 훌쩍 떠나 유럽 소도시들을 구경하는 것을 좋아했다. 계획도 조사도 없이 떠
난 곳에서는 우연스럽게 좋은 사람과 장소들을 마주치는 일이 잦았는데 지금 돌아
보면 다 운명이었다.

직원의 조언대로 나는 호스텔 근처에서 열린 사진전을 보는데 그날 오후를 쓰기
로 다짐하고 길을 나섰다. 사진전을 보고 눈물을 흘릴지도 모른다는 직원의 호들
갑에 대단하면 얼마나 대단하겠어했던 빈정거림이 부끄러웠다. 피사체의 영혼과
순간의 교감을 담은 듯한 사진과 눈이 마주친 순간 나는 창피한 것도 잊고 그 앞에
서서 오래도록 눈물을 흘렸다. 이 사진들을 본 것만으로 이 도시에 온 것은 잘 한
일이었다. 여기서 나에게 충격을 주었던 Steve McCurry의 사진들은 지금도 코끝
을 찡하게 하며 나의 마음을 울려온다.

"당신이 시간의 여유를 가지고 기다린다면, 사람들은 당신이 카메라를 가지고
있다는 사실을 잊을 것이고, 그들의 영혼이 사진 속으로 떠오를 것이다." Steve
McCurry가 한 말이다. 프랑스에서 혼자 공부하면서 또 유럽을 혼자 여행하면서
나 좋아서 하는 일임에도 순간순간 외로움과 고독을 마주쳤다. 그의 사진 속 존재

들은 스스럼없이 자신이 가진 전부를, 영혼의 맨 얼굴을 꺼내놓았다. 그래서 외로워 보이기도 행복해보이기도 했다.

폐장을 하는 직원에 등 떠밀려 나오면서 꼭 내일 비행기타기 전에 다시 와야겠다는 다짐을 했다. 시간은 이른 저녁이었지만 아직 해가 중천에 떠있었다. 근처 유명 성당을 구경하러 가기로 하고 근처 식료품점에 들렀다. 새로운 곳을 가면 꼭 슈퍼마켓에 들른다. 평소와 다른 언어가 쓰여 있는 식품 라벨들을 구경하고 같은 토마토라도 이곳의 토마토는 어떤 맛인지 바구니에 담아보기도 한다. 슈퍼마켓에서 한가로이 장을 보고 있노라면 꼭 그곳의 주민이 된 것 같아 색다른 기분이 든다. 자두 두 개, 빵 하나, 물 한 병을 샀는데도 2유로가 안 됐다. 프랑스보다 훨씬 싼 물가에 부자가 된 듯 여유로운 기분이 들었다. 깐깐한 인상의 주인아주머니에게 어색한 스페인어와 더 어색한 웃음을 건넸다.

수 세기 동안 제 자리를 지킨 유럽의 교회나 성당들은 들어서는 순간 차분하고 평화로운 분위기가 감도는데 Girona 성당 역시 문을 열고 들어가자마자 천장에서 내려오는 웅장한 아치들에 압도되는 느낌을 받았다. 30도를 웃도는 한여름 공기에서 삽시에 서늘하고 건조한 공기가 피부에 맞닿아 올 때면 교회 문을 들어서는 순간 다른 차원의 공간으로 순간이동을 한 것 같은 느낌마저 든다.

아름다운 바로크식 성당의 정면과 이어지는 계단이 특히 유명하다. 유명하다는 그 계단에 걸터앉아 사온 자두와 빵을 먹었다. 친구들과 서로 사진을 찍어주며 깔깔대는 소녀들이 보였다. 자두가 맛있어서 행복하지만 몇 년간 못 본 단짝 친구가 그리워져 살짝 눈물이 났다. Girona 여행은 여름치고는 이상하게 많이 울었던 여행이었다.

호스텔에 돌아와서는 유로컵 경기를 보고 있는 이탈리아 아저씨한테 맥주 한 캔을 얻어먹고 운 것도 잊고 기분이 좋아졌다. 호스텔의 손님들과 직원까지 둘러 앉아 경기를 보며 어울리는 자연스럽고 들뜬 분위기였는데 영국에서 왔다는 호스텔 직원과 이야기하게 됐다. 어쩌다 스페인 시골까지 와서 살게 되었냐고 묻자 영국에선 금융권에서 일했던 그는 "영국에선 일하기 위해 사는데 여기선 살기 위해 일하거든" 이라고 말했다. 이 말은 6년이 지난 지금까지도 떠오를 때마다 나를 사유하게 한다. 그 당시에 어린 나는 그를 보며 40대가 되어서 젊은 여행자들 뒤치다꺼리 해주기 자존심 상할 것 같다는 생각을 했는데 아마 그는 지난 6년 간 행복했을 것이다. 그는 자신이 가장 중요한 가치가 무엇인지 또 어떤 가치를 추구하는 것이 그를 행복하게 만드는지 알고 있었다. 또 그가 영국을 떠나지 않았다면 지금까지도 새벽까지 야근을 하고 있었을지도 모른다. 이곳을 내일 떠나기는 너무 아쉽다고 생각하며 잠이 들었다.

도둑을 맞으려면 개도 안 짖는다고 폴란드로 떠나는 날인데 친구와 연락이 되지 않는 것을 시작으로 집으로 가는 여정은 탈선한 기차처럼 엉망진창이 되어갔다. 생활을 정리하고 한국으로 돌아가는 내 덩치만한 짐을 어젯밤 맥주를 나눠줬던 이탈리아 아저씨가 손수 버스 정류장까지 들어주었다. 그렇게 짐을 부리부리 싸서 공항에 갔건만 공항 직원은 여권을 보자마자 나를 따로 불러 세웠다. 불안한 예감은 적중했고 프랑스 이민국의 실수로 연장되어야 할 나의 거주증이 연장되지 않고 만료가 된 상황이어서 나는 폴란드로 가는 비행기를 타긴커녕 당장 유럽을 떠나야 한다는 말을 들었다. 청천벽력 같은 소식이었지만 유럽에 살면서 이런 일을 하도 많이 겪어서 인이 박힌 나는 눈물도 나지 않고 담담했다. 다시 호스텔에 돌아와 어떻게 여정을 바꿔야 할 지 하루 종일 고민을 했다.

독일에서 집에 가는 비행기 티켓은 이미 사놓은 상황인데 독일에 갈 수 없었다. 기차타고 스페인 북쪽으로 가서 꼬박 하루가 걸리는 배를 타고 영국에 가야 하나. 인터넷 검색을 해보니 영사관에 전화를 하라는 조언이 많았는데 전화연결이 불가능한 시간이었다. 아무런 대책 없이 또 하룻밤을 이곳에서 지내야 했다. 호스텔 여행객들은 주렁주렁한 짐들과 함께 돌아온 나를 반기며 같이 재즈클럽에 가자고 하였다. 지치고 울고 싶은 기분이었지만 따라나섰다. Frank Sinatra의 노래가 재즈클럽에 울려 퍼졌다. "Call me irresponsible, yes, I'm unreliable". 그는 내 이야기를 하고 있었다.

다음 날 오랜 기다림 끝에 스페인 영사관과 통화가 되었고 아프리카에 갔다 오시면 안전하게 독일에서 한국발 비행기를 탈 수 있을 거라고 하셨다. 너무나 친절하고 다정하게 조언을 해주셨고 미리 체크하지 못해 일을 그르치고 자책하고 있던 나를 위로해 주셨다. '영사관 오난희 씨', 그녀의 친절을 기억하기 위해 일기장에 적었다.

울며 겨자 먹기로 모로코행 비행기 표를 구매했다. 이 와중에 잘못된 날짜의 티켓을 구매해서 변경 수수료가 한국 돈으로 십만 원이 들었다. 정신을 놓고 사는 것 같아 내 자신을 패고 싶었다.

티켓을 구매하고 나니 이제 Girona에서 조금 더 머무른다는 사실이 살짝 설   다. 계속 나를 위로해주던 같은 방 빨간 머리 에블린은 버스를 타고 가면 볼 수 있는 근처 바다에 가자고 나를 꼬드겼다. 더 이상 잘못 될 것도 없다는 생각에 또 따라나섰다. 아름다운 스페인 시골의 경치는 시원한 바람과 함께 나를 휙휙 건드리고 지나 갔다. 두어 시간 후 우리는 아주 조그마한 항구도시인 Palamos에 도착했다.

에블린이 근처 다른 도시를 구경하는 동안 나는 혼자 항구 주변을 산책했다. 좁은 해변에 가족들이 옹기종기 모여서 노는 모습이 날 외롭게 만들어서 젤라 또를 사먹었다. 민트 초코칩 젤라또를 먹으며 크고 작은 낚싯배들을 구경했다. Palamos로 돌아온 에블린과 재회하고 근처 식당에 들어갔다. 맥컬리 컬킨처럼 생 긴 에블린의 아들 사진을 구경하며 즐겁게 저녁을 먹었다. 이 때 먹었던 아티초크 음식은 지금까지도 그에 견줄만한 아티초크 음식이 없을 정도로 맛있었다. 다정한 에블린도 빨간머리 앤처럼 나의 기분을 돋우어 주었다.

다시 두 시간을 버스로 시골길을 달려 Girona로 돌아왔다. 짐을 놓고 성곽 길에 올라 노을을 보러 갔다. 성곽 길에 올라가니 시내 전체가 한 눈에 들어왔다. 왜 진 작 오지 않았을까 싶을 정도로 아름다운 풍경이었다. 길을 다 걸어버리기가 아쉬워 천천히 한 걸음 한 걸음을 음미하며 걸었다. 이 길에서 만난 카탈루냐 청년들이 아 니었다면 무지한 나는 지금까지도 카탈루냐와 스페인의 차이를 몰랐을 거다. 여태 껏 카탈루냐 사람들에게 스페인어를 하고 있었다니 얼마나 기분이 나빴을까. 이젠 조금 익숙해진 식료품점에서 자두를 사고 그들에게 배운 카탈루냐어로 주인아주머 니에게 인사를 했다. 간간해 보였던 그녀가 처음으로 해사하게 웃어주었다.

보고 싶었던 친구에게 전화해서 오래도록 다정하게 통화했다. 모로코에 갔다 가 무사히 유럽으로 들어와서 집에 가는 비행기를 탈 수 있을지 알 수 없었지만 Girona에서 우여곡절 때문에 돈도 생각보다 많이 쓰게 되었지만 여길 오길 잘했 다는 생각에는 변함이 없었다. 살가운 사람들의 친절을 경험한 것이 유럽 생활 마 무리를 훈훈하게 만들어주었고 현실적인 교훈도 얻었다. 하늘이 무너져도 솟아날 구멍은 있다.

홀로 홀쩍 떠나는 여행은 이 여행을 마지막으로 끝이었다. 시간이 흐른 뒤 다시 돌아봐도 고치고 싶은 것이 없는 시간이고 여정이었다. 만나야 할 사람을 만났고 들어야 할 소리를 들었으며 봐야 할 풍경을 봤다. 혼자만의 방황을 마치고 돌아온 후에야 함께임이 소중함을, 우리는 늘 사람을 그리고 있음을 깨달았다.

김도훈
paco_alcacer@naver.com

# 새벽에 쓰는 편지

　　　　　　　　　　　　　　창문으로 바람이 우우 몰아친다. 시간은
여섯 시를 지나고 있었고 창밖으론 점점 새벽 여명이 짙어지기 시작한다. 그렇다
고 내가 부지런하여 꼭두새벽부터 자리에서 일찍 일어난 것은 아쉽게도 아니다.
나는 잠을 적어도 7시간은 자야 하는 사람이기에 웬만하면 취침과 기상을 맞추려
고 하는 사람이다. 덧붙여 말하자면 이것은 내가 원하는 수면 습관을 준수하기 위
한 기특한 노력인 셈이다. 근데 또 그렇다고 한번 침상에 머리를 눕힌 나를 깨운다
는 것이 그리 어려운 일이 아니다. 수도 없이 흔들고, 이불을 걷어차 줘야 겨우 일
어나는 건 그래도 아니니까. 그럴 필요 없이 적정 알람 소리에 금방 깨는 나니까.

　하여간 이런 말을 하는 건 바로 내가 간밤을 꼬박 새웠기에 가능한 언급이다. 그
래서 영롱한 새벽을 눈으로 직접 보면서 열 수 있었다. 그렇다면 도대체 무엇이 나
를 잠 못 들게 한 건가. 그건 바로 책이다. 독서를 하다 보니 어느새 밤을 꼬박 새
우고 말았다. 지금 이 순간 나는 불현듯 지나온 긴 새벽의 세월을 회상하고 있다.
그러면서 '도대체 인생이란 무엇이고, 삶과 죽음이란 어떠한 것이며, 책을 읽는 행
위는 여기서 과연 어떤 부분에 자리를 잡고 있는지?' 그런 사색에 빠져있었다.

　이대로 시간이 흘러 해가 중천에 가까워지고 있다는 섭리는, 다시금 거리엔 소란
스러운 인적이 시작된다는 것과 같다. 버스 굴러가는 소리, 새들이 지저귀는 소리,
난잡한 거리의 어수선한 분위기, 하루의 일과를 어김없이 부지런하게 시작하려는
사람들의 인기척 소리들. 이 모든 도약의 흔적이 매번 나에겐 새삼스럽게 다가오
곤 한다. 그렇게 자취방의 창문을 하염없이 바라보고 있으면 온갖 생각이 내 정신
을 어지럽히곤 한다. 그 시공의 찰나와 유구한 체감은 아직까진 도무지 알 수 없는
미정으로 남아 있을 확률이 무엇보다도 확실했으니까.

　결국, 내겐 감정이 정리되기도 전에 이렇게 또 하루가 시작되고 만다. 나에게 이

런 하루는 젊고 건강한 걸 떠나서 지치기 마련이다. 어쩔 수 없는 하루의 일과지만 이것이 마냥 즐겁지는 않으니까 그게 큰 문제였다. 어제가 오늘처럼 시작되었다가 희미해지듯, 오늘도 어제처럼 시간이 지나면 희미해지면서 없어질 것이다. 다만 다름이 있다면, 보다 어린 생명이 자리바꿈을 위해 한 발자국 더 다가서는 것. 그리고 나와 우리 모두 성장하고 나아간다는 기쁨일 테지.

이런 삶 안에서 뜬금없지만 소중한 걸 말하라고 하면 나는 어김없이 책을 꼽고 싶다. 책을 통해 내가 알던 세계가 다르게 보이고, 완전히 새로운 세상을 접하기도 하니까. 이 모든 꿈같은 현실을 나 혼자만 만끽하고 싶지 않아서 이번 기회에 이렇게 글을 쓴다. 막상 글을 쓰려니 책을 좋아하는 사람에게 굳이 할 필요가 없는 말뿐이었지만 말이다. 그래도 이번 기회를 통해 내가 절실히 느끼는 그러면서 책을 사랑하는 용기를 다른 이들에게도 전달할 수 있다면 더는 바랄 게 없겠다.

이런 말을 하는 이유는 이때의 경험이 내게는 쉽사리 떨칠 수 없는 귀중한 경험이어서 그랬다. 근데 웃긴 건 제아무리 책을 많이 읽고 자주 접해도 책 읽기에 관한 내 마음가짐은 여전히 달라진 게 없다는 아이러니한 사실이다. 지금도 수준이 높거나 까다로운 글은 정독할 마음이 쉽사리 가지 않는다. 그나마 다행인 점은 책을 사랑하는 용기가 수도 없이 내게서 들어왔다는 점일 테지. 그런 이유에서 말끔히 독파할 수 있었겠지.

그렇다, 책은 항상 힘들다. 고된 책 읽기는 언제나 나에게 시련이었으며 큰 고난이었다. 하지만 그것이 그렇다고 독서 활동을 저지할 만한 수준의 압박은 아니었던 모양이다. 과거의 나는 그 끝이 보이지 않는 여정을 무사히 마쳤으며, 현재의 나도 여전히 책을 읽고 있으며, 이 글을 쓰는 지금도 새벽에 한창 책 읽기에 빠져 있다가, 무심코 글을 썼던 것이니까.

앞서 말한 과정이 있었기에 앞으로 꾸준히 책을 읽어나가는 건 의심의 여지가 없다고 봐야 한다. 이제 나와 책은 떼려야 뗄 수 없는 관계를 정립하고야 말았으니. 새벽마다 내면의 깊은 곳에 감흥이 일었던 그 날이 언제든지 날 불러일으킬 것만 같았다. 그래서 사람을 사랑하는 것 못지않게 가치 있는 행위가 책을 사랑하는 게 아닐까? 그 덕분에 왕성한 독서 활동이 이루어질 수 있지 않았던 게 아니었을까? 그렇게 나를 돌아보면서 묻고 싶다.

책을 통해 타인이 나라는 한 인간의 삶을 온전히 이해할 순 없겠지만, 적어도 나는 나 자신을 이해할 수 있다. 왜냐하면, 나는 그렇게 삶을 살아왔으니까. 오직 그런 방식으로 내 소소한 일상을 가꾸며 살아온 존재가 나니까. 물론, 책을 사랑하는 용기를 그대로 가질 순 없겠지만 언젠가는 그렇게 될 수 있지 않을까 굳게 믿고 있다. 그렇게 나는 오늘도 책과 신뢰의 도약을 함께 하고 있음을 여러분께 환히 웃으며 밝히는 바다.

# 운명에 얽매이지 말자

인생을 걷다 보면 누구나 선택의 갈림길에
선다. 잘못된 선택은 마치 미로처럼 끝이 보이지 않을 것이고, 제일 나은 선택은 한
번뿐인 삶에 있어서 지름길이 되기도 한다. 하지만 그 하나의 출구를 찾는다고 선
택에서 벗어날 수는 없는 노릇이다. "인생은 B와 D 사이의 C"라고 프랑스의 철학자
폴 사르트르가 했던 말을 상기해보자. 여기서 B는 Birth(탄생)을, D는 Death(죽음)
을, C는 Choice(선택)을 각각 의미한다. 이걸 해석하면 인생은 삶과 죽음 사이의
무한한 선택의 연속임을 알 수 있다. 즉 우리의 삶이란 선택의 연속이니 현명한 선
택을 해야 하며 그래야 지혜로운 삶을 영위할 수 있다는 뜻이다.

위의 이야기와 동떨어진 이야기일 수도 있지만, 아무튼 수능이라는 큰 벽을 눈앞
에 둔 고등학생 시절을 넘어서도 선택의 연속은 마찬가지로 이어진다. 대학교에 오
면 진짜 어른이 되었다는 생각에 해보고 싶은 걸 전부 할 수 있으리라는 기쁨과 자
유를 느낄 것이고 풋풋한 연애를 해볼 기대를 하면서 설렘을 느낄 테지만, 막상 마
주한 현실은 그렇지 못하니 이토록 애석한 일이 세상 어디에 있단 말인가. 소위 말
하는 행복에 겨운 '캠퍼스 생활'은 모두 다 누릴 수 있는 선택 하면 되는 전체의 행
복이 아닌 선택을 누릴 수 있는 소수만 누릴 수 있는 행복이었던 것을 줄이야.

내 대학교 1학년 시절은 경제적으로 무척 힘들던 시기였다. 아르바이트하지 않
으면 할 수 있는 거라곤 대학교 생활을 하면서 밥이나 먹고 살 수 있는 정도였으니
까. 그 외에 다른 건 그야말로 사치일 뿐. 옷을 사고 싶어도 사면 당장 학식만 먹어
야 할 정도로 궁핍한 생활이었다. 그런 총체적 난국 속에서 무작정 아르바이트를
시작했고, 공과 사를 구별 못 하듯이 학생의 본분을 지키지 못했다. 지나친 아르바
이트로 다른 모든 시간을 빼앗긴 나로선 학업에 전념은커녕 기본적인 출석조차 버
거운 지경에 이르고 말았다.

그러던 중 내가 좋으니까 자주 만나자고 했던 여자인 친구가 있었지만, 예상대로 아르바이트와 과제, 지친 심신을 위한 무조건적인 휴식을 취하느라 만나기는커녕 제대로 연락마저 못 하기 일쑤였다. 그것 말고도 다른 여자인 친구들 역시 비슷한 처지로 별반 다를 게 없었다. 지금에서야 돌이켜보면 왜 그랬을까 싶은 후회하는 과거 중 하나다.

이쯤에서 '곽백수' 만화가가 했던 말을 하나 보자. "의심은 좋은 것이다. 하지만 자신에게 온 행운까지 의심하는 것은 멍청한 짓이다"라고 그는 말했다. 그때의 내가 딱 저랬다. 수도 없이 넘치던 행운을 믿지 못하고 저버리고 만 행위를 쭉 반복했으니. 그 중 대표적인 일례가 아까 말한 거다. 나를 위해 헌신하던 그녀를 다른 의도가 있나 싶어서 의심하게 되었고, 이윽고 그녀를 믿지 못하게 되었다. 넝쿨째 굴러온 호박을 차버려서 박살을 내버린 격이지 않나.

가만 보면 사람들은 선택에 앞서 운명이란 단어를 만들어 거기에 의존하는 경향이 종종 있다. 그렇게 해서 본인의 선택으로 인해 수반되는 여러 감정을 이겨내려고 한다. 흔히 죄책감, 좌절, 실망, 후회, 아쉬움, 실패감 등의 심적인 고통을 덜어내는 데 자주 쓰인다. 애초에 이런 운명이니까 괴롭거나 정신적인 아픔을 느낄 필요 없어. 운명이 이런데, 어떡해? 이건 운명이야, 후회하지 말자. 운명 앞에 사람은 어쩔 수 없어, 그러니까 너무 실망스러워하지 마! 등이 있겠다. 하지만 내 생각은 다르다. '이런 핑계야말로 운명과 후회를 맞바꾸는 희대의 어리석음이 아닐까?'라고 말이다.

그리고 위에서 말한 경우의 가장 큰 문제는 운명이 희망을 집어삼키고 만다는 걷잡을 수 없는 슬픔이 아닐 수 없다. 운명에 집착하고 의존하다 보면, 작은 행운마저도 몽땅 운명으로 취급하게 된다. 그렇게 만에 하나라도 큰 행운이 찾아오면 그것은 운명이라는 이름의 농간으로 떠받들어지고 만다. 바로 그 순간, 희망은 그 가치를 잃고 상실하게 된다. 우선순위도 그렇고 그 크기도 그렇고, 모든 면에서 운명이 희망을 압도하기 시작한 채 시간이 더 지나게 되면, 그땐 어마어마한 차이로 손쓸 겨를도 없이 그 간격이 벌어지게 된다. 그래서 그때의 내가 미련하게도 원래부터 이럴 운명이었다는 식으로 안타까운 위로의 말을 남긴 기억이 있다. 그렇게라도 생각하니 어차피 만날 수 없는 인연이었다고 단정 짓게 되지만, 그것이 아무런 의미가 없음을 그때의 나 역시 모르진 않았다.

불과 몇 세대 전만 해도, 우리 사회는 평생을 함께할 천생연분의 결혼 상대를 부모가 정해주던 그런 시대가 있었다. 나를 포함한 요즘 젊은 사람들이 들으면 기절

할 일이지만 그때는 그것이 매우 바람직하고 흔한 일이었다. 자기 인생의 오롯한 주인이 내가 아니었던 시절의 이야기랄까. 지금도 우리가 흔히 농담 반 진담 반으로 선택 장애라고 말하는 선택의 어려움을 앓고 있는 건 그 전통사회의 잔해가 아직도 우리의 발목을 붙잡고 있기 때문은 물론 아닐 것이다. 그래도 미약하게나마 그 영향이 어느 정도 남아 있진 않을까 의구심이 드는 건 어쩔 수 없는 모양이다.

어찌 됐든, 그때의 나처럼 쓸데없이 운명 타령이나 하면 사람의 마음속에서 의구심은 점점 자라나고 나중엔 증세가 심해질 수밖에 없다. 나는 이런 운명이었다고 억지로 핑계 대면 결과는 안 봐도 뻔하다. 결국 그 말은 자기 자신을 믿지 못하는 것과 다를 게 없고, 나아가 본인이 본인을 믿지 않으면 그땐 다음 순서가 무슨 의미가 있겠는가? 본인이 자기 자신부터 믿어야 비로소 다음 바통이 전해질 수 있는 법이다.

자! 어차피 세상 모든 청춘은 누구나 힘든 법이다. 그러니 차라리 희망을 품어서 힘내는 게 낫지 않겠냐고 말하고 싶다. 또 약간 외람된 말일 수 있으나 세상에서 가장 어려운 일이 누군가의 마음을 얻는 일이라고 한다. 그러면 지금의 힘겨운 삶이 제일 어려운 일이 아니라는 거다. 생각해보면 사람이 사람의 마음을 얻는 일이야말로 단언컨대 가장 어려운 일이라 해도 과언이 아니다. 요즘 청년을 포함해서, 물론 나도 그렇겠지만 타인의 마음은커녕 본인의 마음조차 완전히 얻지 못한다고 봐야 한다. 여러분은 그 진솔한 내면의 목소리를 의심해선 결코 안 된다. 그러니 운명에 집어 삼켜지지 말자. 그리고 당당하게 운명을 선택하자. 그 운명이 비록 삶을 취한 눈에 보이는 어설픈 희망일지언정.

끝으로 현대 사회는 갈수록 혼탁해지고 앞으로의 미래에 대한 불확실성이 커지고 있는 게 안타깝게도 눈앞에 보이는 진짜배기 현실이다. 삼포세대(연애, 결혼, 출산, 이른바 가족 구성에 필요한 통상적인 세 단계를 포기한 신조어)와 사포세대(삼포세대에서 인간관계까지 포기해 총 네 가지를 포기한다는 20·30세대를 일컫는 신조어)란 말을 거쳐서 꿈과 희망, 모든 삶의 가치마저도 포기하는 세대를 뜻하는 다포세대란 말이 나오는 지금, 인생의 전반기를 어찌어찌 운 좋게 잘 넘긴다 한들 후반기도 그렇게 잘 넘긴단 보장은 절대 없다. 100세 시대라고 일컬어지는 우리의 인생 후반기에 언제 어디서 어떤 일이 일어날지 아무도 모르는 일이다.

어쩌면 삶을 송두리째 뒤흔들고 사회 전체에 지대한 영향을 끼치는 전대미문의 사건이 벌어질지도 모른다. 그러니 우리는 최대한 현명한 선택과 지혜로운 모습을 보여주어 끝까지 노력해야 할 필요가 있다. 이 모든 게 최소한 부질없진 않아도 무척 고단한 일이 되겠지만, 적어도 그 고단함을 이겨내기 위해서라도 우리는 운명에 지거나 갇혀선 안 된다. 우리는 개개인의 삶 속에서 온갖 상호작용을 통해 사회를 살아가는 존재임을 잊지 말자. 바람 부는 대로 흘러가는 우리네 인생에서 이리저리 얽매이는 것만 해도 충분하니까, 그러니 제발! 지금이라도 그만 운명에 얽매이지 않았으면 좋겠다.

김선호

archona121@gmail.com

# 해석에 반대한다

"해석은 지식인이 세계에 가하는 복수다. 해석한다는 것은 '의미'라는 그림자 세계를 세우기 위해 세계를 무력화시키고 고갈시키는 짓이다. 이는 세계를 이 세계로 번역하는 것이다."

『해석에 반대한다』中

수전 손택은 '해석은 지식인이 세계에 가하는 복수'라고 말하며 작품을 있는 그대로 보아야 한다고 주장한다. 그녀는 해석이라는 작업 자체가 하나의 해석으로 읽힌다는 사실을 비판하면서 본연의 마음으로 돌아갈 것을 종용한다. 이것은 해석 작업 자체가 하나의 권력으로 여겨지는 실태를 고발하는 게 아니라, 그 과정에서 버려지는 세계의 파편을 안타깝게 여김에서 우러나온 지적이다. 그래서 수잔 손택은 글의 끝을 다음과 같은 말로 마무리 짓는다. "해석학 대신 우리에게 필요한 것은 예술의 성애학이다."라고 말이다.

나는 이것이 수전 손택이 했던 말 중에 가장 큰 파급력을 지닌 주장이라고 생각한다. 그 이유는 다음과 같다. 이 글에서 그녀는 영화가 대중예술의 영역에 몸을 걸치기에 지식인들의 해석 작업에서 어느 정도 벗어나 있다고 말하는데, 그러면서도 영화가 막 해석의 영역으로 들어가고 있다는 점 또한 인정한다. (또는 그렇게 보인다.) 요컨대 이 부분은 영화가 예술로 인정받기 위해 그토록 노력해왔다는 점을 떠오르게 한다. 예를 들어 예술이라는 게 지식인의 전유물이었던 우리의 과거를 떠올려본다면, 영화가 예술로 인정받기 위해 노력했다는 말은 그(영화)가 지식인이 되기 위해 노력했다는 말이나 다름없을 것이고, 그렇다면 영화에 대한 지식인의 무관심은 '지식인 이전의 무엇'에 해당하는 영화의 모습을 외면한 것이나 다름없다. 그러므로 이러한 맥락에 따르면, 영화가 예술로 인정받은 시기와 지식인의 전유물로 인정받은 시기가 '대중에게 열린 영화'로 전환되는 시점을 설명하지 못하게 된다. 대체 언제부터 영화는 대중에게 열린 텍스트가 되었을까? 우리의 의문은 바로 이것이다.

수전 손택은 영화가 대중 예술이기에 지식인들의 손이 닿지 않았다고만 언급했다. 달리 말하면 그녀가 상세히 언급하지 않은 부분은 영화에 지식인의 손이 닿기 시작한 시점'이다. 그녀가 잘 몰랐기에 언급하지 않았을 수도 있고, 또는 정말로 명확하지 않은 사실이기에 언급하지 않았을 수도 있다. 하여튼 영화가 해석에 있어 '잃어버린 고리'를 지니고 있다는 점은 명확하다. 따라서 우리가 알 수 없는 사실에 몰두하는 것은 에너지 낭비가 될지도 모른다. 그러나 이러한 물음 자체에는 오늘날의 영화를 설명할 수 있는 기원이 담겨있다. 오늘날에도 그런 물음은 여전히 던져지고 또한 풀리지도 않을 예정이다.

Ⅰ.

영화제에서 수상한 영화들이 보통은 재미가 없다고 말하는 뉴스 인터뷰를 보면서, 무엇이 예술적이고 무엇이 상업적인지를 되물어보았다. 그러한 인터뷰에 따르면, 봉준호의 〈기생충〉이 어느 때의 관객 수를 늘려나가고 있지만, 칸에서 수상한 영화라는 꼬리가 붙어버린 이상 그런 흥행은 몹시 이상한 일이 되어버렸다. 사람들은 그것을 두고 상업성과 예술성 둘 다 잡았다고 표현하지만, 이 표현에 선행되어야 할 것은 애초에 영화가 두 갈래로 나뉜 적이 있었느냐는 질문이다. 산업의 측면으로만 본다면 이 표현은 이의를 달 것이 없다. 불특정 다수에게 어필하기 위해 재미있게 만든다는 말은 타당하다. 그러나 이 재미라는 단어를 개인으로 한정하는 순간 이 말에는 틈새가 생겨버린다. 영화를 보는 재미는 개인마다 다르다. 다시 말해서, 영화에서 느껴지는 재미는 아리스토텔레스식의 고전적인 수사법만이 아닌 것이다.

우리는 이때 재미있는 광경을 목격한다. 영화를 보고 나온 관객들이 인터넷 등지에서 자신이 본 것을 타인과 공유하고 그것을 대조해보는 '추상-조합게임'이 수면으로 떠오른다. 유행하는 영화를 보고 나서 친구들과 대화하는 것은 한국 사회의 일상이 되었으며, 스포일러 금지라는 명령은 보통 이러한 맥락에서 시행되곤 한다. 이러한 모습을 보고 있노라면, 영화를 보고 나서 물음이 떠오르는 게 아니라 물음을 던지기 위해 영화를 보러 가는 것은 아닌가 하는 생각이 들기도 한다. 물론 이것이 타당하지 않거나 잘못된 일은 아니다. 다만 나는 이것이 '영화에는 애초에 성질이 없었다.'는 점을 증명한다고 생각한다.

영화를 보고 나서 물음을 던지든 물음을 던지기 위해 영화를 보든 간에 영화는 항상 그곳에 존재한다. 따라서 그 두 가지 사안은 전적으로 우리가 해결해야 할 문제이다. 예컨대 영화를 볼 때 중요한 것은 텍스트가 아니라 태도이다. 그런 흐름으로 이것을 우리뿐만 아니라 영화에도 동일하게 돌려줄 수 있다. 영화가 말하려는 게 텍스트에만 한정될 이유는 없다. 영화는 태도 또한 보여줄 수 있다. 문제는 영화에서 텍스트를 발견하는 행위가 영화의 전부라고 생각하는 태도이다. 영화 본인이든 관객인 우리든 간에 텍스트로만 한정되는 영화는 그 자신의 태도를 잃어버린 것이나 다름없다. 그리고 태도라는 말이 예절이라는 말과 밀접한 관련이 있다는 점에서, 그들은 서로에게 무례를 범하고 있는 것이나 다름없다.

그런 무례에 대해 언급하는 것은 곧 해석의 문제라고 말할 수 있다. 영화가 상업적인지 예술적인지를 따지기 이전에, 영화가 예술로 인정받기 위해 노력했던 시절의 이야기는 그것이 단지 텍스트였을 뿐이라는 점을 말해준다. 동굴 벽에 그려진 그림이 원시인들의 광기라는 점이 알려지기 전에는 그것이 단지 낙서라는 이름의 텍스트에 불과했듯이, 태초의 영화는 세계에서 잘려 나온 조각-텍스트에 불과했다. 다르게 말하면 세계에서 존재자를 인식하는 방법이 깨어있는 소수 지식인에게만 열려있던 것을 대중에게도 열어준 게 바로 사진-영화이다. 그것들은 변화하는 세계에서 흐름을 포착해 먹기 좋게 평면 위에 올려두었다. 어떤 표현으로는 일상 Slice of life이라는 말이 어울린다. 우리가 살아가는 세계가 인간의 수명에 대응한다는 점에서, 영화란 삶의 일부를 잘라낸 것이라고 말할 수 있을 테니 말이다.

따라서 우리가 이렇게 묻지 않을 이유는 없다. 과연 우리의 일상에 상업적이거나 예술적이거나 하는 판단이 개입할 지점이 있을까. 이러한 맥락으로 영화와 우리를 동기화하면, 해석의 문제란 곧 삶의 태도와 연관된다는 점을 알 수 있다. 그러니까, 삶을 살아가면서 중요한 것은 텍스트가 아니라 그것을 바라보는 태도이다. 그리고 이 삶에는 재미라고 할 만한 것이 딱히 없다. 재미가 존재하지 않는다는 게 아니라, 재미라고 지칭할 수 있는 것의 개념이 성립하지 않는다는 소리다. 냉장고에서 푸딩을 꺼내어 먹는 게 재미일 수도 있고, 횡단보도에서 아무도 목격하지 않은 떨어진 지폐를 줍는 게 행복일 수도 있다. 어찌 됐든 이 모든 것이 결국에는 인식의 문제와 연관된다는 점은 분명하다. 즉 우리는 우리 삶의 지식인이다. 말 그대로 우리는 우리라는 세계-삶에 질문을 던지고 진리를 얻어내려 하는 지식인인 것이다.

이 대목에서 우리와 영화가 연결되는 지점이 생겨난다. 잘살아보자고 말하는 몇몇 사람들의 강연을 곱씹으며 살아가는 우리에게는 세상 모든 것을 긍정적으로 바라보고자 하는 욕구가 앞서게 된다. 이 욕구는 우리로 하여금 세계에서 행복을 창출해내라고 명령한다. 그 욕구는, 행복은 항상 있었고 단지 지나쳤을 뿐이라고 우리의 귀에 속삭인다. 그 달콤한 속삭임에 넘어간 우리는 삶의 모든 면을 잘라내어 텍스트로 만들고, 그것을 행복으로 만들려는 추상-조합게임을 시도하게 된다. 그런 시도를 통해 우리는 삶에서 행복을 새로이 '만들어낸다'. 다시 말해서 우리는 우리 삶을 해석하는 작업을 통해 삶을 조금 더 윤택하게 만든다. 그렇게 우리의 세계는 이질적인 것이 되고, 그런 이질성을 다시금 받아들임으로써 세계는 완성된다.

문제는 영화가 삶에 직접 대응하지 않는다는 점에 있다. 영화는 어디까지나 세계를 잘라낸 것에 불과하다. 즉 우리의 삶은 늘 변화하지만, 영화는 변화하는 것처럼 보이는 정지된 공간이다. 이 결정적인 차이점은 우리가 영화를 삶으로 여기는 방식이 잘못되었다는 게 아닌, 영화를 해석하는 방식이 삶을 살아가는 태도와 다르다는 점을 알려준다. 영화 속 세계가 우리 세계의 일부라는 점은, 그곳이 우리와 닮았으면서도 미묘하게 다른 곳이라는 점을 말해준다. 예를 들면 우리는 우리 세계에서 살아가는 주체이자, 그곳을 해석하는 지식인이라는 이름의 신이기도 하다. 그래서 삶에서 해석의 문제란 곧 지배와 피지배라는 두 가지 영역에 발을 걸친 게 될 수 있다. 그러나 영화에서 해석의 문제란, 지배되는 것이면서도 지배하는 것이기도 하지만, 그런 지배의 주체가 단지 우리이기만 한 게 아니다. 쉽게 말해 영화는 우리의 타자인 동시에 우리의 일부이기도 하다.

2.

영화를 본다는 것은 영화라는 세계에 우리를 이입시키는 것이자, 우리라는 세계에 영화를 편입하는 것이기도 하다. 이 대목에 수전 손택의 말이 들어오게 된다. 나는 그런 수전 손택의 말에 동의하면서도, 그 말이 반대로 '해석'될 수 있다고 생각한다. 수전 손택은 지식인들이 영화라는 세계를 이 세계쯤으로 생각하는 게 아니냐고 유머를 던졌지만, 이 유머는 사실 진담이다. 영화는 분명 이 세계. 영화는 하나의 꿈으로서, 꿈 안에 있는 우리를 두고 이것이 꿈이라고 인식하지 못하게 한다. 그런데 꿈이라는 게 곧 우리 자신이 만들어낸 환상이라는 점에서, 그것은 우리이면서도 우리가 아닌 어떤 세계이다. 즉, 수전 손택의 말처럼 그것이 해석의 전유물이 될 수 없다는 것은 확실하다. 그러나 그게 해석된다는 말이 이세계로 번역됨을 뜻하는 것은 아니다. 그러니까 수전 손택의 실수는 해당 발언을 '영화가 아닌, 세계'에 해석의 문제를 적용했다는 점에 있다. 영화를 우리 세계에 속한 것으로 볼 때 그녀의 발언은 타당하다. 허나, 영화와 우리를 동등한 자리에 놓을 때 그 발언은 성립되지 않는다. 영화와 우리는 세계 안에서 흘러가는 만물 중 일부이자 전부이다.

수전 손택이 스스로 공언한 것처럼, 그녀는 여러 분야에 재능이 많았지만 어느 한 자리에 머무르는 사람은 아니었다. 아마 수전 손택의 발언은 그런 부분에서 기인했을 듯하다. 그녀는 영화를 인간 세계 안에 존재하는 예술의 후보자 중 하나로만 여겼다. (엄밀히 말해 그 글 자체가 영화만을 논하는 게 아니라는 점도 염두에 두어야 한다.) 무위자연無爲自然이라는 노자의 말이 동양적 사고를 잘 드러낸다고 가정할 때, 지식인들의 해석 작업이 세계를 이질적으로 만드는 것이라고 말하는 손택의 사고는 지식인이 아닌 인간 중심적이라고 볼 수 있다. 그러니까 '우리는 우리 삶의 지식인'이라는 말은 이러한 맥락으로 이해되어야 하는 것이다. "우리가 삶을 이해하고 있다고 생각하는 것은, 우리가 영화를 이해하고 있다고 생각하는 것은, 어쩌면 서양에서 들어온 학문을 익힌 우리의 사고 때문일지도 모른다. 따라서 따지고 보면 '이질적인 것은 텍스트가 아니라 우리 자신'이다".

사실, 인간 중심으로 짜인 서양에서 손택의 그러한 한계는 딱히 이상할 것도 없다. 손택이 스스로 말했던 것 중에는 자신이 서양 사회에 속했다는 점 또한 있었다. 그러나 이건 손택만의 문제는 아니다. (어쩔 수 없는 일이지만) 서양에서 기원한 학문을 받아들인 우리에게는 (서양에서 태어나지 않았더라도) 서양식의 사고를 하게 될 만한 이유가 있고, 그게 인간 중심의 사고라는 점을 생각해보아야 한다. 여기서 인간 중심의 사고라 함은, 인간이 자연을 발굴해냈다는 식의 논리이다. 그리고 인간이 자연을 발굴해낸 게 세계를 해석하는 방식이었다는 점에서, 이 논리는 우리가 삶을 해석하는 방식이 곧 삶을 대하는 태도와 같다는 점으로 이어진다. 즉, 우리는 우리로서 우리를 해석하고 있었다.

그러므로 사실 손택이 언급하지 않은 부분은 지식인이 영화에 개입하게 된 시점뿐만이 아니다. 그것은 영화가 우리 삶에 개입하게 된 시점을 의미한다. 언제부터 영화는 우리 삶에 영향을 끼치게 되었을까. 다시 말해서, 영화가 담론의 형태로 재생산되기 시작한 건 언제부터일까. 시점을 특정할 수는 없지만, 추상적으로 말해보면 우리가 영화에 예의를 갖추기 시작할 때부터 일테다. 지식인이냐 대중이냐를 혹은 예술적이냐 상업적이냐를 논하기 이전에, 영화를 담론의 영역으로 들여놓는 것은 그것이 텍스트가 아닌 삶의 일부일 수 있다고 여기는 태도의 전환이다. 수전 손택이 글의 말머리에 해석학이 아닌 성애학이 필요하다고 말한 것은 바로 그 점을 염두에 둔 것이다. 영화를 대하는 태도는 타자가 아닌, 타자로서의 자기 자신이 되어야만 한다. 말 그대로, 오직 사랑하는 자들만이 살아남을 수 있다.

　이 대목이 시사 하는 바는 곧, 영화를 봄에 있어 해석하기 위해 영화를 보거나 영화를 보고 해석에 몰두하거나 하는 것은 '그다지' 문제가 되지 않는다는 점이다. 영화에는 애초에 성질이 없기에 어떻게 다루든 개인의 자유다. 따라서 근래에 영화를 두고 벌어지는 여러 추상-조합 게임의 양태들은 영화의 무색무취를 잘 드러내고 있다고 볼 수 있다. 영화가 예술인지 상업인지에 관해서는, 그 누가 부여하고 정립한 개념도 아니다. 그것은 단지 세계의 파편일 뿐이다. 그리고 세계에 의미를 부여하는 것은 다름 아닌 우리이다. 영화를 보면서 무언가를 느꼈다면 그 의미는 영화가 아니라 우리가 만들어낸 것이고, 영화를 보면서 법칙을 발견하고 싶어졌다면 그 해석은 영화가 아니라 우리 자신을 향한 논설이다. 요컨대 인간은 자신을 알고 싶어 한다. 그게 곧 서양사의 기둥이었다.

　해당 문장에 지식인이라는 주어 대신 예술이라는 단어를 넣어야 한다. 이 방법을 따르면 이렇게 된다. "해석은 예술이 영화에 가하는 복수다." 즉 영화가 예술이어야만 한다고 스스로를 강박한 결과가 바로 그것이라는 말이다. 영화가 예술로 인정받는다는 게 곧 예술이라는 이름의 권력이나 기득권을 지니기 위함이 아니었는지에 대해 생각해볼 필요가 있다. 영화가 상업적으로 돈을 벌기 위한 목적으로 시작되었다는 점이 콤플렉스로 작용하여 예술로서의 인정욕을 갈구했던 건 아닐지 말이다. 그렇다면 우리는 이에 반문하지 않으면 안 된다. 언제까지 우리는 태어난 곳만을 바라보고 있을 것인가. 이 대목에서 수전의 방식대로 첨언하자면, "예술을 한다는 것은 '의미'라는 그림자 세계를 세우기 위해 세계를 무력화시키고 고갈시키는 짓이다"

　이러한 결론은 양쪽 모두에 대한 비판이다. 예술은 의미라는 단어와 동의어가 아니다. 의미가 있다고 착각하는 게 예술임을 증명하지도 않고, 의미를 찾아냈다고 해서 예술이 되는 것도 아니다. 만약 이게 해석이라면 그것은 우리의 한계를 보여주는 증표가 되어버린다. 말하자면, 영화를 보는 우리는 영화라는 세계가 아니라 자신이라는 세계 안으로 회귀해야만 한다. 그리고 그 속에서 세상을 바라보는 태도를 취득해야 한다. 의미의 흐름이 아니라 바라보는 자신에게서 세상을 찾아야 한다. 그때야 비로소 영화는 삶이 될 수 있다. 다르게 말하면 그런 삶을 타인과 비교하며 답을 맞혀보는 행위에는 별문제가 없다. 오히려 우리는 그런 행위가 자기 위로의 도구로만 사용되는 행태에 비판을 가해야 한다. 영화를 해석한다는 게 자신을 해석하는 말과 동의어가 되는 이 시점에서, 그러한 해석이 자기 위로의 도구로 사용된다는 것은 곧 나르시시즘이라는 말과 다르지 않다.

# 본다는 것의 의미

제의적 행위로서의 영화관람

본다는 것의 의미가 가벼워진 요즘에, 영화를 '본다는 것'이 무슨 의미인지를 되물어 볼 필요가 있다. '손이 닿는 곳에 영화가 있다'라는 말만 들으면 영화를 더 자주 보게 될 것 같지만, 사실은 눈앞에 보이는 것만을 보게 되기 때문이다. 이를테면 이렇다. 영화 한 편을 데이터 파일 형태로 저장해 두는 우리가 일상 속에서 문득 그것들을 떠올리기란 쉽지 않다. 파일 형태의 그것이 언제든지 준비되어 있다 손 치더라도, 다른 이미지들이 우리 앞에 달려와 열렬히 구애하고 있으니 말이다.

그런 모습을 보면, 아날로그적 향취가 물씬 풍기는 방법이 영화를 추억하기에는 더 적합해 보인다. 길을 가다가 문득 들린 영화관에서 발견한 영화의 새로움은, 인터넷에서 다운받은 영화를 발굴해내는 것보다 더한 기쁨을 준다. 회사에서 돌아와 소파에 앉던 와중 시선이 닿은 장식장 안의 DVD 자켓 하나가, 컴퓨터를 하려고 켜두었던 인터넷 속의 어느 파일보다 더 큰 지명성을 지닌다. 그 이유는 간단하다. 우리가 일차적으로 몸담은 곳이 아날로그 세상이기에, 디지털 세상은 언제나 2순위로 밀려나게 된다. (적어도 내 또래인 Z세대에서는 그렇다.) 결국 영화를 본다는 것에 있어 디지털 방식이 훨씬 편할지는 몰라도, 그 지명의 척도만큼은 아날로그를 이길 수가 없는 것이다.

마찬가지로, 오늘날 우리는 여전히 영화관을 애용한다. 사람들은 영화가 데이터 파일화 되어 인터넷을 떠돈다는 점을 경계하지만, 오히려 영화는 여전히 극장 안을 떠돌고 있다. 넷플릭스와 같은 구독형 서비스가 눈앞에 영화를 데려다 놓더라도, VOD와 같은 저장형 서비스가 영화를 언제든 준비해 놓더라도, 영화를 보기 위해 영화관을 방문하는 것과는 별개의 이야기다. 이 대목에서 영화관에서만 최신 영화가 개봉하기 때문이라고 반문할 사람이 있을지도 모르겠다. 맞는 말이지만 전부 맞는 건 아니다. 오늘날의 영화관은 단지 영화라는 것을 '보기' 위해서만 가는 게 아니기 때문이다.

사람들은 영화관이라는 '공간'을 체험하려고 영화관을 방문한다. 어두컴컴하고 넓은 암실이 집중하기에 편해서일 수도 있고, 사운드 시설이 잘되어있기 때문일 수도 있다. 하지만 무엇보다, 영화라는 영혼이 자리 잡을 곳이 영화가 상영되는 시공간 속이라는 이유가 크다. 즉 이것은 현장이라는 이름의 육신을 의미한다. 누구와 영화를 보러 가든 간에 그때 그 시간 그곳에서 영화를 보았다는 것, 영화를 보기 위해 떠나야 했던 이유와 영화를 보고 난 후에 받은 인상, 그것이 바로 영혼을 담은 영화의 육신이다.

영화에는 육신이 있다. 영화뿐만이 아니라 모든 매체에는 육신이 있다. 육신이 없다면 매체는 기억되지 않는다. 영혼이 몸담을 곳이 없다면 그 영혼은 하늘로 흩어져버리게 된다. 그래서 사람들이 영화를 본 후에 대화를 나누는 건 영혼을 추모하는 행위이다. 더 나아가 영화를 보고 글을 쓴다는 것은 영혼에 육신을 부여하는 창조적 행위이다. 따라서 디지털 시대에 아날로그적 행위는 더 큰 의미를 지니게 된다. 모니터 안으로만 이루어지는 디지털 행위의 종착지가 아날로그적 행위가 되지 않는다면, 쏟아지는 이미지의 향연 속에서 우리는 기억을 잃게 된다. 결국 이미지를 지명하는 것은 언제나 아날로그이다. 구체적인 시공간을 지니고 우리 곁으로 다가오는 그것들에 몸담은 우리가 할 수 있는 것 또한 아날로그적 행위이다.

그런 면에서 오늘날의 영화 관람이란 제의적 행위에 가깝다. 이유는 다음과 같다. 사람들은 영화관에서 영화를 보는 모습을 촬영하여 기록으로 남기고, 그것을 친구들과 공유한다. 이때 도드라지는 건 영화를 영화관에서 보았다는 현장감, 영화를 막 만날 예정이거나 만나고 난 후라는 현장감이다. 요컨대 이것은 벤야민의 아우라 개념과도 유사한 면이 있다. 벤야민은 미술관에 걸린 미술작품을 예시로 들면서, 미술관이라는 공간에 모여 저 멀리 벽에 걸린 원본을 보는 시공간의 향취가 곧 아우라라고 말한 바가 있다. 즉, 우리가 그림을 배경으로 사진을 찍는 게 그런 아우라를 담으려는 시도이듯이, 영화관에서 사진을 찍는다는 건 영화의 아우라를 담으려는 시도인 것이다.

아우라라는 말이 성인들의 뒤에 비치는 후광에서 유래했다는 점을 떠올려 보면 그 의미는 더 커지게 된다. 바꾸어 말하면 영화관을 간다는 건 영화에서 유래한 후광을 포착하기 위함이다. 우리가 콘서트장에 가서 환희에 가득찬 열기에 몸을 태우듯이, 우리가 영화관에 가서 어둠 속 한 줄기 빛에 동화되는 것은 그런 신화로의 진입을 의미한다. 따라서 영화관에 간다는 것은, 아우라를 통해 구원받으려는 시도일 수도 있다.

이때 그 구원이란 두 가지 방향으로 작동한다. 우리가 영화를 구원할 수도 있고, 영화를 통해 구원받는 것일 수도 있다. 후자의 경우는 말 그대로 우상 숭배로서의 영화다. 우리는 영혼의 상태로서 세상에 존재하던 영화가 가시화되는 것을 목격하기 위해 영화관을 찾는다. 영화관이라는 제단에 기도를 올리면, 영화는 스크린 위에 재림하게 된다. 우리가 스크린 위에 재림한 영화를 보면서 감정을 받거나 담론을 투입하는 것은, 세상을 떠돌던 신의 형상에 자신의 무의식을 투영하기 때문이다. 결국 영화가 보는 이에 따라 무궁무진한 의미를 품을 수 있는 건, 구원이 필요한 순간에 재림하는 신의 존재와도 같다. 요컨대 구원은 자신을 필요로 하는 이들에게만 찾아온다. 영혼계를 떠돌던 구원을 현세로 불러내는 것이 영화관이라는 장소이다.

반면 디지털 시대에는 전자의 경우가 도드라진다. 우리는 영화를 구원하기 위해 영화관을 찾는다. 흔히 말하는 발견하는 기쁨이 이런 경우에 해당한다. 우리 앞으로 도달하는 숱한 이미지 사이에서 벗어나 먼저 손을 내밀어야만 영화를 붙잡을 수 있는 것이다. '손이 닿는 곳에 영화'가 있지만, 그런 파도 사이에서 손을 허우적대야만 비로소 원하는 아우라를 붙잡을 수 있다. 그런 맥락으로 보면 영화를 본다는 말은 이렇게 바뀌어야 한다. 디지털 시대의 우리에게 본다는 것은 곧 응시, 과거와는 달리 영화로부터 목격당하는 게 아니라 그들에게 먼저 시선을 보내는 것이라고 말이다. 요컨대, 과거에 우리가 스크린 안에서 자신을 발견했다면, 요즘의 우리는 자신 안에서 스크린을 발견한다.

전통적인 영화 이론이 바뀌어 가는 과정에는 그런 이유가 있다. 과거에는 영화 스크린을 거울에 비유하면서 관객이 자신의 욕망을 확인하는 장소가 곧 스크린이라는 이름의 상상계라고 말했었다. 이 과정에서 영화관이라는 시공간은 실재계에 대응하게 된다. 하지만 현대에는 그런 식의 스크린 이론이 무너지면서 욕망의 주체를 스크린으로부터 관객의 내면으로 돌려놓게 된다. 즉 영화 관람의 주체가 비로소 관객의 품으로 돌아오게 된다. 다르게 말하면, 영화를 보기 위해 적극적으로 나서게 된 현 상황에 울고 웃음을 교차할 수도 있다. 이미지가 넘쳐나는 디지털 시대에 영화의 아우라를 붙잡기 위해 노력해야 한다는 점이 막연하게 긍정적인 것만은 아니기 때문이다.

종교적으로 보면 우리는 니체의 말대로 신의 죽음을 선언한 것이나 다름없다. 아

우리를 풍기는 영화라는 신은 죽었다. 정확하게는 그 신의 육신이 죽어버렸고, 그런데 사실은 영화의 영혼이 이 세상에 여기저기 퍼져 있다는 게 니체의 맥락이다. 니체의 말을 빌리자면, "가장 잔혹무도한 영화 살해자인 우리는 어떻게 살아야 할 것인가?"하고 우리는 묻게 된다. 물론 여기서 신 살해는 우리가 원해서 이루어진 게 아니다. '이미지'라는 이름의 종교가 넘실대는 디지털 시대에는 이미지들이 서로 부딪히며 생겨나고 나누어지는 것들이 많다. 문제는 이때 우리가 길을 잃고 방황하게 된다는 점이다. 만연하는 이미지 속에서 우리는 본다는 행위가 사라졌다고 여기게 되고, 눈앞에 보이지 않는 것을 인식하지 못하게 된다. 말하자면 우리가 모니터 안에서 보는 것들은 죽은 채로 있다. 그렇다면 우리가 그에 손을 내밀어야 한다는 점은 자명한 사실이다. 영화관에 가는 행위는 그런 사실의 실질적인 실천에 해당한다.

## 규정되지 않는 자유와 불안

인류의 역사 이래로, 어딘가를 응시한다는 맥락에서의 '보는 행위'가 이토록 넘쳐나던 시기는 없었다. 요즘은 어디를 가도 피응시 대상으로 존재하는 이미지들의 군집을 목격하게 된다. 쉽게 말해 눈만 돌리면 이미지가 있다. 반대로 그런 이미지로부터 도망가기도 쉽지가 않다. 언제부턴가 이미지는 이미 우리의 현실이 되었기 때문이다. 이미지가 존재하는 것이 매체의 층위라고 가정할 때, 우리 자신이 하나의 매체가 되어버렸다는 점에서 세상은 매체 자체가 되었다고 해도 과언이 아니다. 마찬가지로, 자신을 보아달라고 유혹하는 듯한 그 이미지들이 상업적인 의도(혹은 산업적인 의도)로 발원했다고 착각하기 쉽지만, 사실은 아니다. 단지 이미지는 주체에 조금 더 다가서고 싶어 할 뿐이다.

디지털이라면 아날로그를 선행으로 요구한다. 영혼이라면 육신에 깃들고 싶어 한다. 현대 사회의 이미지에 기호가 깃들어 있는 것은 그런 점에 연유한다. 롤랑 바르트가 예시로 든 판자니 파스타 광고에서부터, 에디 에덤스가 촬영한 〈사이공 식 처형〉까지, 허공을 떠도는 영혼은 늘 육신을 찾아 헤매고 있다. 이걸 이렇게 표현할 수도 있다. 기의는 기표를 찾아 헤맨다고, 그렇다면 그런 영혼과 육신의 조합은 곧 기호가 됨이 틀림없다. 그리고 그 기호가 다시금 기의가 깃들 수 있는 육신이 되어 이미지의 중첩은 이어지게 된다. 물론 이미지가 한 곳으로만 응집되는 것에는 한계가 있기 마련이다. 하지만 이때 우리는 중요한 사실을 하나 알 수 있다. 영화의 영혼을 받아들이는 우리가 하나의 기호가 될 수 있다면, 우리 자신은 곧 이미지 혹은 이미지의 재생산을 담당할 수 있다는 점이다.

우리는 곧 이미지다. 다시 말해서 우리는 곧 매체다. 이것이 시사하는 바는 영화를 본다는 행위가 꼭 영화관에서만 이루어지지 않는다는 것이다. 예를 들어 우리가 영화를 보고 나서 다른 이와 대화를 나누는 것은 자신이 받아들인 신의 형상을 타인에게 전파하는 것과도 같다. 즉 우리가 스크린을 떠도는 영화를 구원하는 과정에서 그것은 우리의 무의식이 빚어낸 형상으로 변모한다. 어떤 면에서 이것은 우리 자신이 곧 신이 된다는 말이기도 하다. 이미지가 범람하는 디지털 시대에서 신이 된다는 것은 우리가 그것을 창조해낼 수 있다는 것뿐만 아니라, 그런 흐름 속에서 공공연하게 저항할 능력을 획득한다는 것을 의미한다. 요컨대 우리는 영화관이라는 동굴로의 모험을 떠나 스크린이라는 이름의 스틱스 강을 건너게 되는 셈이다. 그런 식으로 우리는 이미지 시대에서 불멸할 방법을 찾는다고도 볼 수 있겠다.

디지털 시대라는 것을 왼쪽에 두고, 영화를 본다는 것을 오른쪽에 둔다면, 우리는 굳이 볼 것도 많은데 영화를 보아야 할 이유에 대해 묻게 된다. 정확하게는 영화관을 방문하는 작업이다. 눈만 돌리면 이미지가 소환되는 시대, 손만 까딱하면 이미지가 오는 시대에서 영화관을 방문한다는 것은 앞서 말한 대로 제의적인 의미밖에는 남지 않은 듯 보인다. 하지만 오히려 이미지가 넘쳐나는 시대에 영화를 보아야 할 이유는 그것에 있다. 플라톤의 동굴이 이미지를 신화화하는 작업은 더는 우리를 종속시키지 못한다. 이 대목에서 이데아의 성스러움은 사실상 해체 순서를 밟는다. 디지털 시대에 이미지라는 것은 진리라는 이름으로 존재하지 않으며, 존재할 수도 없다. 이미지는 곧 매체이며, 매체는 곧 우리 자신이기도 하다. '인생은 영화다la vita e bella'라는 공식은 그런 흐름으로 성립된다. 즉, 우리는 우리 자신을 향해 기도한다.

여기서 기도라는 것의 뜻을 굳이 어렵게 받아들일 필요는 없다. 말 그대로의 기도가 행해지고 있다. 아날로그와 디지털, 이 두 가지 관계가 현실과 영화에 대입된다고 가정하면 구원의 대상은 어느 한쪽에만 치중되지 않는다. 예컨대, 현실을 말하는 영화와 영화 같은 현실이 있다면 그 주어와 술어의 관계는 얼기설기 얽혀 버리게 된다. 그리고 분명, 이 논리적 흐름 자체에 사람들이 품는 불만이나 우려는 지극히 당연한 것들이다. 말도 안 되는 현상이 어느 쪽에나 벌어지고 있으니 말이다. 이때 사람들은 대체로 이미지에서 현실 세계 문제의 해답을 찾으려고 한다. 그 반대의 경우도 성립한다. 이미지의 문제가 곧 현실 세계의 문제를 지적하는 경우도 있다. 어찌 되었든 간에 이런 양자의 경우 모두가 속 시원한 해답을 내놓지 못한다. 여전히 풀리지 않는 실마리가 동아줄의 형태로 남아있기만 한다는 점에서 그것이 헛된 희망이라고 믿고, 그래서 분노하는 모습은 이제는 흔한 것이 되어 버렸다.

규정되지 않는 형태에 대한 물음은, 자유가 아닌 끝없는 불안만을 자아낸다. 말 그대로 불안이 영혼을 잠식하는 것이다. 그 결과로 우리는 이미지를 두려워하게 되었다. 이미지로 넘쳐나는 세상이 이미지로 이루어진 세상으로 변모하게 되었고, 그 속에서 발견되는 이미지의 기시감은 우리를 피로하게 한다. 이 기시감은 형태 없이 맥락으로 이어지는 것들에 대한 목격담이다. 즉 이데아가 사라진 세상에는 영혼의 형태에 대한 믿음이 사라져버렸고, 육체를 잃은 영혼들이 육체를 탈환하기 위해 가하는 맹렬한 것들이 우리를 상처 입힌다. 왜냐하면 현대 사회의 이미지가 모든 면으로 작용한다는 점에서 이데올로기 또한 그 범주에 포함되기 때문이다. 그러므로 어쩌면 우리는 그런 영혼의 모습에 동정을 보내며 이해하려고 노력해야 할 수도 있다. 이데아를 잃어버렸다는 점에서 그건 이미 예술이 아니고, 이 경우에는 오히려 우리에 더 가깝다고 볼 수 있으니 말이다. 그들도 우리에 가까워졌고, 우리도 그들에 가까워진 게 그 이유이다.

그래서 이제는, 영화를 통해 우리 자신을 보는 게 아니다. 우리가 곧 영화가 되는 것이나 마찬가지다. 허나 이것은 융합이 아니다. 변환이라는 표현도 합당치 않다. 이미지의 시대에 떠도는 영혼이 여러 육신을 거친다고 보아야 한다. 그 영혼들이 육신에 머무는 순간 그들이 머물던 육신에는 모든 동기화가 이루어진다. 이 동기화는 공감이나 이해보다는 더 근원적인 부분을 우리에게 전달한다. 영혼의 끌림이라는 것은 그런 점을 의미한다. 지금의 우리가 같은 줄기를 보고 있다는 믿음이 육체 없음의 불안감을 상쇄하고 강한 믿음을 끌어낸다. 이런 흐름은 면-선-점의 형태로 분쇄되는 현대 사회의 불안감 속에서도 우리가 점조직의 형태로 그림을 만들어낼 수 있다는 점을 강하게 증명한다. 그림의 혁명은 그런 식으로 작동한다고 볼 수 있을 테다. 디지털 시대의 그림, 그런 것들을 본다는 건 지금의 우리를 전통적인 것들에게서 벗어나 이미지의 바다로 뛰어들 수 있게 해준다.

김소희

shkim031029@gmail.com

# 노인이 말을 걸었다

69

*1.*

어느 한 노인이 말을 걸었다. 그 말은 굉장히 의문이 가득했고 마치 오래된 동화나 설화에 나오는 분위기를 풍기는 노인이었다. 어린 마음에 아무 예의도 갖추지 않은 말을 내뱉어 버렸다.

"할아버지는 뭐하는 사람이에요?"

지금 생각하면 이 말은 무례한 발언이 아닐 수 없었다. 그 때의 나는 예의나 웃어른에게 갖추어야할 예절 따위는 안중에도 없었다. 그저 궁금하면 물어본다. 그게 다였다. 노인은 침묵을 지켰다. 나의 질문을 듣지 못한 것은 아니었을 터였다. 그럼에도 나는 그런 것은 전혀 알지 못했기 때문에 또 물어볼 수밖에 없었다.

"할아버지, 누구 기다려요?"

이번에는 침묵 사이로 작은 웃음소리가 들려왔다. 노인은 분명 웃었다. 하지만 웃기만 할 뿐 내가 했던 질문에 답 해주는 일은 여간 없어보였다. 매미 우는 소리가 여름이라는 것을 일깨워주 듯 우렁찼고 자전거는 삐걱 소리를 내며 지나갔다. 노인은 서성거리기라도 하듯 슈퍼마켓 주위를 안절부절 못하며 돌아다녔고 나는 방금 뜯은 아이스크림을 입에 물고 있었다. 아이스크림은 입안의 온도를 낮춰줬고 열로 인해 잘 돌아가지 않았던 사고를 회전 시켰다. 노인은 물을 들고 있었고 잠깐씩 페트병 주둥이를 입가에 대면서 목을 축이곤 했다. 어린 나는 노인이 나의 말을 무시했다고 여기며 생각했다. 이 사람은 분명 아무 것도 안하면서 놀기만 할게 분명 해. 내 말을 듣지 못하는 귀머거리일지도 몰라. 나의 머릿속은 온통 옆에 있는 노인 생각뿐이었다.

그런 나의 생각을 알기는 하는지 노인은 얼굴에 미소를 띤 채 아스팔트가 열기로 일렁이는 광경을 보고 있었다. 슈퍼마켓 앞에는 작은 놀이터가 있었고 아이들은 얼마 없는 놀이터를 자주 애용하는 듯 했다. 놀이터에서 들려오는 아이들의 소리는 어찌 생각하면 소음이 되기도 했고 듣기 좋은 마을의 정경에 한 풍경처럼 보이기도 했다. 나는 나의 또래 친구들의 소리 지르는 소리를 소음이라고 여겼다. 듣기 싫었다고 직접적으로 표현할 만큼 치를 떨었다. 옆에 있는 노인은 그 광경을 그저 허허 웃으며 바라볼 뿐이었다. 나는 그런 노인이 이상하다고 생각했고 그에 대한 궁금증은 더욱 강해지기만 했다. 그 웃음에는 따뜻하다는 감정이 녹아들어있다는 것이 느껴질 만큼 쓸쓸했고 눈에는 물기가 맺혀 보였다. 나는 그의 쓸쓸함의 연유를 물어보고 싶은 충동이 생겼지만 그러기에는 그의 쓸쓸함이 가득 찬 눈은 이유를 묻는 것만으로 금방이라도 눈에서 눈물을 쏟아낼 듯 했다. 입을 다물 수밖에 없었다. 그렇게 몇 분이 흘렀을까. 놀이터에서 아이들이 부모님의 마중을 받으며 집으로 돌아갈 때 즈음. 갑자기 노인이 나에게 말을 걸어왔다.

"너는 혼자니?"

그 말의 의미는 아직까지도 정확하게는 모르겠다. 그 때의 나에게는 중복되는 의미로 들려왔고 그 질문의 의도를 파악하는 데에는 시간이 걸렸다. 나의 부모님은 항상 내 눈치를 보셨다. 나는 동생이 있었다. 친동생은 아니었다. 부모님으로부터 입양 된 여자아이였고 나와는 다르게 눈이 크고 똘망똘망한 눈을 가지며 그 눈동자에 비춰지는 모습이 뚜렷이 보일 정도였고 코는 어린아이라고 보기에는 오똑하게 쏟아있었다. 나는 그런 동생이 좋았고 동생 없이 지금까지 혼자 자라 온 나에게는 반가운 가족이었다. 나에게는 잠깐의 상의만으로 이루어진 절차이기 때문에 동생을 본 나의 태도를 보고는 무척이나 뿌듯한 웃음을 지었다. 이름은 부모님이 정해주었다. 나의 이름을 따서 유희라고 했다. 유희는 나에게 웃음을 주는 존재였고 어린 내가 느껴오던 알 수 없는 고독함과 외로움을 채워줬다. 유희는 예의 바르고 눈치가 빨라서 부모님의 기분을 때때로 살폈고 부모님은 그런 유희의 긴장을 풀어주기 위해 내가 좀 더 보살펴주기를 강요하셨다. 부모님은 맞벌이를 하셨고 나와 유희를 함께 케어 하는 데에는 무리가 있었다. 하지만 그 당시에는 부모님의 강요가 나에 대한 불신으로부터 오는 걱정이라 여겨, 언니로서 당연한 역할이니까 걱정 하지 않아도 된다며 당당하게 말했다.

유희에게는 어떠한 것도 주고 싶어 했고 그런 나를 유희는 좋아 해줬다. 언니라고 부르며 달려오기도 하고 의지도 해줬다. 나의 노력은 결실을 맺기 시작하면서 유희는 부모님과도 서슴없이 지낼 수 있게 됐다. 우리는 둘만의 시간이 긴 만큼 서로가 의지할 수 있는 자매가 되어갔고 그 관계가 되돌릴 수 없을 만큼 커질 시기에 유희는 병원에 입원하게 되었다. 유희는 선천적으로 질병이 있었고 부모님은 그 사실을 나에게 숨겼다. 내가 유희의 질병의 정체를 알게 된 것은 그녀가 죽은 지 3년이 지나고 나서였다. 부모님을 원망했고 아무 것도 몰랐던 자신을 탓했다. 그녀와 가장 오래 보냈던 나는 유희 아픔이라는 것이 눈에 들어오지 않았다는 자신을 원망했다. 그 뒤로 부모님은 나의 눈치를 보기 일쑤였고 집안에서 유희에 대해 얘기하는 것이 금기라고 약속 한 것처럼 모두가 꺼내지 않았다.

노인이 나를 향해 한 질문은 묻어뒀던 유희에 대한 기억을 일깨웠다.


2.

사계절이라는 것은 사람의 감정의 변화를 일으키는 마법을 부린다고 문득 생각이 든다. 봄이 되면 누구나 할 것 없이 꽃을 감상하며 연애 감정을 갖고 싶어 하기 마련이다. 여름이면 더운 여름을 극복할 피서지를 찾기 바쁘다고는 하지만 어딘가 물놀이를 즐기고 싶다는 욕망이 일렁이기도 한다. 가을은 다들 이별의 계절이라고 한다. 가을을 싫어하진 않는다. 가을이 되면 여름의 더운 공기가 점점 수그러들기 시작하면서 선선한 바람이 몸을 차분하게 식혀준다. 그리고 그 일은 단풍잎과 은행잎이 자신들의 역할을 다 하였다 듯 원색을 잃어버려, 진한 갈색의 형상을 하여 힘없이 떨어질 시기였다.

어머니는 그날따라 분주하셨고 아버지는 바쁘게 움직이는 어머니를 위해 아침 밥을 만들고 계셨다. 그 속에서 부스스하게 일어나 걸어 나와서 그러한 광경을 지켜보고 있노라면 내 스스로가 게으르다고 여길 만큼 거실과 부엌의 풍경은 요란스러웠다. 어머니는 서둘러 나갈 준비를 하고 있는 지 소파 위에는 옷가지를 늘어놓고 있었고 그런 어머니를 위해서 음식을 만들고 계시는 아버지는 샌드위치를 만들고 계셨다. 샌드위치라는 음식을 선택한 것은 식탁에 앉을 여유도 없는 어머니를 위함이라는 것은 한눈에 알 수 있었다. 식탁에는 그릇 위에 놓여 진 샌드위치와 계란 프라이가 놓여 있었고 계란 프라이에서는 모락모락 김이 올라오는 것을 보고 음식을 준비한 시간이 얼마 지나지 않았다는 것을 알 수 있었다.

"이제 일어났니?"

아버지는 이런 말을 하면서도 손은 분주하셨다. 그리고는 지금쯤 일어날 것을 미리 예상이라도 하신 듯 미소를 지으셨다. 어머니는 여전히 바쁘게 돌아다니셨고 드디어 준비를 끝마침과 동시에 내 쪽을 바라보며 말씀하셨다.

"오늘 엄마 늦을 거야. 아빠는 오늘 일 없다니까 집에서 아빠랑 같이 있어. 어디

나가지 말고."

　그러고서는 아버지가 준비한 샌드위치를 하나 집어 드시고는 재빠르게 문을 열고 나가셨다. 나는 그 모습을 끝까지 배웅 하고나서야 식탁 앞에 앉아서 아침을 먹을 수 있었다. 아버지도 어질러져 있던 식기 도구를 정리하고 설거지까지 마치시고 내 앞에 앉으셨다. 아침은 조촐하지는 않았다고 할 수 있었다. 샌드위치만으로는 배가 차지 않을 것을 배려하여 그 옆에 놓여 있는 계란 프라이는 더 이상 김이 나지 않았다. 그 프라이를 집어 들고 흰자부터 천천히 먹으면서 노른자가 홀로 있기까지 뜯어서 먹었고 노른자만이 남았을 때는 숟가락을 들어서 한 입에 넣었다. 나만의 계란 프라이를 즐기는 방법이었다. 언제는 이 모습을 보던 친구는 왜 그렇게 힘들게 방식을 정해서 먹는 거야? 라고 물어왔다. 딱히 힘이 드는 작업은 아니었지만 아무렇게나 먹어도 좋다는 친구에 눈에는 그리 보였을지도 몰랐다.

　나는 그저 나만의 '계란 프라이 즐기기' 라고 말했다. 친구는 만족하지 못했다는 얼굴로 고개를 살짝 갸우뚱 하는가 싶더니 아 그래서? 라고 시큰둥하게 대꾸했다. 가족 내력이라는 허무한 것은 아니었다. 아버지와 어머니도 나의 그런 버릇을 발견하셨을 때는 친구와 같이 물어 오진 않으셨다. 아버지는 계란 프라이를 그렇게 먹으면 맛있냐고 물으셨고 그 뒤에는 혼잣말인 듯 작게 나도 한 번 그래 볼까 하셨다. 어머니는 아무 말 없으셨고 나는 웃기만 했다.

　식사를 마치고 나는 어디라도 갈까라는 생각을 했지만 나가기 전에 어머니가 당부하셨던 말이 떠올라 생각을 금방 접었다. 나간다는 행위는 나에게는 생각지도 않은 것이었지만 어머니가 당부한 말로 인해 조금의 반항 끼가 생겼던 걸지도 모르겠다. 어머니와 아버지는 맞벌이를 하시는 우리나라에서 지극히 평범한 부부이셨고 그 부부 사이에서 하나 밖에 없는 딸로 자란 만큼 혼자만의 시간 동안 외로움을 느꼈다. 외동은 형제 있는 집안만큼 흔했다. 그런데도 나는 외동들의 특성이라고 자부하는 모습과는 다르게 의젓하지 못하다. 금방이라도 무너질 것 같은 표정을 하기 일쑤였고 감정은 금방이라도 깎여 나갈 듯이 연약했다. 주변 사람은 나보고 위태로워 보인다고 말했고 실제로 절벽에 서있는 것과 같이 위태로웠던 나는 그 말을 흘겨 듣기 위해 숨기를 반복하여 사회에서는 물론이고 타인과도 동 떨어진 사람이었다.

　하나 씩 품고 있는 소원이라는 유치해 보이는 명목이라도 나에게는 형제가 생겼으면 좋겠다는 형식이 가슴 속에 존재했다. 하지만 그러한 소원을 입 밖으로 표현하는 일은 없었다. 특히나 집 안에서 말하는 것은 가족의 잠시나마의 화목한 분위기를 파괴하려는 의도로 밖에 들리지 않을 것이다. 집에 있는 시간도 밖에 나가있는 시간도 나에게는 허무한 시간 낭비로 느껴졌고 의미 없이 반복되는 지루하기 그지없는 일상이라고 여겼다. 어디에 있어도 외로운 감정이라는 것은 진정되지 않아, 스스로를 감정으로 도려내기를 반복하면서 생긴 틈을 매워줄 만한 것은 어디에도 없다고 여겼다.

아버지와 어머니는 그런 나를 지켜보면서 애써 모르는 척 웃어보였지만 마음 한 구석에 싹 터 있는 불안은 표정에서부터 감춰지지 않는 다는 것을 모르시는 듯하다. 학교가 여름 방학이라 일정에 접어들었을 무렵, 딱히 갈 곳도 만날 사람도 없던 나는 집에만 틀어박힌 채 더운 여름을 에어컨의 선선함으로 보냈고 그런 나를 바라보는 부모님의 눈을 무시 할 수만은 없었다. 부모님의 눈치를 살피게 된 이후부터는 집안은 더 이상 마음을 안정시킬 수 없는 공간이 되어버리는 것을 잘 알고 있던 나에게는 익숙한 느껴졌다. 내가 바라보는 우리 가족은 나를 제외하고는 화목해 보였다. 혼자인 만큼 부모님의 관심은 모두 나에게로 오는 것은 자연스럽다 못해 생활의 극히 일부가 되어 있었고 그 관심은 금방 불안으로도 변했다. 동전 뒤집히듯 바뀌어버리는 나로 향한 부모님의 감정은 동전의 무게만큼 가볍지 못했고 양면이 하나의 면이 되어 떨어질 때 마다 그 면을 다시 되돌리기 위해 뒤집는 다면 그만큼의 무게를 견딜 노력이 필요했다.

아버지와 나는 조용한 집안을 각자의 방에서 각자의 일을 하며 채웠고 그 정적을 깨며 어머니가 저녁 늦게 볼일을 보고 돌아오신 소리만이 집안을 요란스럽게 울렸다. 문이 열리는 소리인 도어락이 경쾌하게 울리자마자 반사적으로 방을 나와 어머니의 마중을 나갔다. 어머니는 나의 얼굴을 보시고는 표정 없던 얼굴에 살짝 웃음이 번지면서 미소를 지으며 인사했다. 단순한 겉치레로는 보이지 않아 내심 안심했다.

"다녀왔어."

"어디 갔다 왔어?"

나는 어머니가 어디에 갔다 오셨는지는 어머니가 돌아오시기 전까지 전혀 모르고 있었다. 생각해보면 어머니와 아버지는 아침부터 여간 대화를 나누지 않으셨고 하지 않는 대화가 나에게 오는 일도 없었다. 어머니는 조금 뜸들이시다가 말씀하셨다.

"...진로진학설명회 갔다 왔어."

진로라는 것은 분명 나의 진로에 관한 것이었을 테고 그 설명회는 나의 진로를 내심 걱정하시던 어머니가 고른 선택지였다. 물론 나에게 달가운 말은 아니었다. 그만큼 어머니는 나에게 불안을 갖고 있다는 것이고 아버지 또한 같은 마음이었을 것을 증명해주는 일밖에 되지 않았다. 하지만 나도 전혀 무자각인 채 보내지는 않았었다. 부모님의 그런 불안이 슬슬 일렁이고 있을 것이라고 예상은 했다. 그 고민을 결코 안 해봤던 것도 아니었다. 그저 기분 언저리가 언짢다고 느껴졌고 그런 불안의 원인은 아무 것도 하지 않은 채 집에만 있는 나에게서 비롯됐다는 현실이 꿈이 없다는 나의 상황을 더욱 비참하게 만들기에는 충분했다.

"너도 이대로는 불안하잖아. 그래서 엄마가 네가 참고할만한 정보 얻으려고 갔던 거야."

"그래. 너도 이제는 네 장래를 생각 해야지. 이제 고등학생인데."

어머니와 아버지는 나를 위한 일이라고 말씀하셨지만 나의 머리와 귀는 자신들의 불안한 마음을 떨쳐 내기 위한 행동이었다고 들려 올 뿐이었다. 그것은 결국 나에게 장래에 대한 압박이 되어서 몰아붙였다. 어쩔 수 없이 느껴지는 중압감에 고개를 아래로 떨궜고 그런 나를 본 부모님도 더 이상 말을 이어갈 수 없다고 판단했는지 아무 말하지 않으셨다. 고등학생이라는 나이가 되면 주변에서 자연스럽게 장래에 관해 물어보았고 그럴 때 마다 마땅히 정해놓은 것이 없는 나는 아무 말도 할 수 없었다. 특별히 잘하는 것이 없던 것도 아니었다. 그저 나의 미래를 맡길 수 있는 직업과 발전할만한 가치를 가진 취미를 발견하지 못 했을 뿐. 그 문제는 중학생이었던 열여섯 살 즈음부터 '장래'라는 이름으로 꽤나 성가시게 마음을 들쑤시곤 하였다. 다시 들었다고 해서 똑같은 무게로 다가오진 않는다.

고등학생이라는 명목을 대면서 더욱 무거워진 채로 다가오기만 할 뿐이다. 어느 날은 나의 외로움은 나 자신의 사교성의 결여라고 어머니는 말씀하셨다. 그 순간만은 울컥할 수밖에 없었다. 울컥은 분노라는 감정과 함께 죄악감으로 다가와서 눈물이 나왔다. 이 눈물 속에 섞인 분노는 사람과의 관계를 만들지 못하는 것을 단순히 나의 단점으로만 판단하여 보는 것에서부터 느껴지는 분통함이었다. 그들은 나의 성격을 인정 해 주지 않았고 나의 성향을 존중 해 주지 않았다. 어머니의 말은 어느 말 보다 날카로웠고 아픈 곳을 정확하게 관통해버렸다. 존중 해 주지 않았다고 해서 그 말이 결코 틀렸다는 걸 부정할 수는 없었지만 직접 말로 다가와 부딪히는 때의 상처는 벼랑 끝에 매 몰린 정신을, 마음을 온 힘을 다 해서 미는 행위와 유사했다. 그리고 실로 벼랑 끝으로 떨어지는 고통을 느끼며 끝이 보이지 않는 벼랑의 끝을 상상하며 무기력해졌다. 어머니는 무덤덤하셨고 그와 같이 나에게 장래를 고민해 보라며 주는 부모님의 어감의 중압감은 서로 다른 주제를 가지고 있었음에도 불과하고도 느껴지는 무게는 같게 느껴졌다.


3.

　노인과의 여름이 떠올랐던 것은 계절이 겨울로 접어들면서 대개의 사람들이 장롱에서 두꺼운 옷을 꺼내기 시작한 무렵이었다. 그 기억의 끝은 거의 남아있지 않았다. 노인의 질문으로 인해 돋아났던 동생의 기억은 노인을 떠올리는 것과 비교적 동시에 떠올랐다. 그 노인이 나에게 특별했냐는 여부를 물으면 난 아니었다고 대담히 답할 수 있었다. 그런데도 노인은 어린 나의 무지하던 머릿속을 채워줬고 그의 질문은 생각보다 무게감 있었다. 어린 마음에 들었던 말임에도 불구하고 그의 쓸쓸한 표정과 함께 떠오르는 것은 지금에 와도 똑같은 느낌으로 받아들여졌다. 노인을 만나고 나서 지금까지 이어져오는 의문점은 있다. 그가 한 질문 안에는 어떤 의미가 있었던 걸까.

　그 기억이 지금까지 생생하게 이어져 오는 것에는 특별한 의미가 숨어져 있는 건 아닐까. 노인을 다시 만날 수 있을까. 그 뒤로 그 동네에서 아무리 찾아도 노인의 모습은 전혀 보이지 않았다. 초등학교의 수업이 끝나면 그 즉시 노인을 만났던 장소로 가서 기다리기를 반복했고 그 끝내 노인을 만나는 일은 없었다. 부모님의 직장 사정으로 인해 노인을 만난 기점으로 1년 뒤 우리 가족은 이사 할 수밖에 없었고 내가 그 동네에 다시 오는 일 따위 있을 수 없게 되었다. 이사 온 뒤에도 노인이 머릿속에서 한시도 떠나지 않았다. 이대로 다시는 그를 만날 수 없겠다는 생각도 들었다.

　어느 편지 한 통이 나에 앞으로 보내져왔다. 별로 대수롭지 않게 생각할 수도 있지만 지금의 현대 시대에 맞게 보통의 연락은 휴대 전화의 힘으로 이루어진다. 휴대 전화라는 단순 정보 통신 기기를 쓰지 않고 편지라는 형식의 속히 구식적인 방식을 통해 연락을 취했다. 아파트 공동 현관문을 지나면 바로 눈에 보이는 우체통에 고이 들어있던 편지는 보통의 단아한 색의 편지 봉투였고 겉으로 봤을 때는 발신자가 누구인지 알아볼 수 없었다. 편지에 부착되어 있는 스티커에는 우체국 상표가 박혀 있었고 그 위 검은색으로 잉크가 살짝 삐져나와있는 작은 글씨에는 주소가 적혀있었다. 주소는 전에 이사 오기 전 동네에서 조금 떨어진 시골 마을이었다. 이는 컴퓨터로 인쇄되어 있었지만 비를 맞은 탓인지 발신자가 적혀있는 부분만 잉크가 번져서 본래의 형태를 알아 볼 수 없었다. 방에서 조용히 뜯어보니 편지지는 생각보다 정갈하게 접혀 있어서 편지 봉투 속의 공간을 정확하게 채워주고 있었다. 그 것을 손으로 살짝 꺼내보니 용지는 대충 A4용지 정도의 크기로 가늠할 수 있었다. 그 편지에는 컴퓨터로 글자 하나하나 타자를 쳤던 인쇄 된 듯 해 보였다. 내용은 대강 이랬다.

　귀하는 이 편지를 받을 시기에 나는 이 세상에 존재하지 않을 것입니다.

　이 편지가 당신에게 어떤 의미가 될지는 모릅니다. 그럼에도 저의 오지랖이 부디 당신의 고민을 덜어냈으면 하고자 이렇게 보냅니다. 저는 귀하가 어떠한 삶을 살아 왔는지 모릅니다. 당신도 저의 삶에 대해서 알 길이 없겠죠. 당신을 만나고 싶었지만 그건 앞서 말했듯이 이뤄질 수 없는 만남입니다. 제가 기억할 수 있는 시간은 없기에 편지로 단편적이었던 작은 기억 꾸러미를 꺼내기로 했습니다. 인간으로써 살아가는 세월 동안 당신이라는 하나의 인간은 저에게는 아주 소중한 인연이 되었고 저는 그 인연을 한시도 잊은 적이 없습니다, 기억이 나지 않는 다고 하시면 저의 이런 말은 당신에게는 수상한 사람에게서 온 편지라고 생각하고 읽는 순간 버려버릴게 분명하겠군요. 하지만 저의 이 마지막이 되는 글을 아직 남은 시간이 많은 젊은이에게 바침으로써 조금은 투자해주기를 바라는 바입니다.
　저는 젊은 사람들의 사상이나 그들이 말하는 이상은 알지 못합니다. 근데도 당신은 그런 사람들과는 다르더군요. 저는 지금의 젊은이들을 비난하려는 의도는 아닙니다. 그저 그들이 말하는 것들에 지쳤을 뿐입니다. 당신도 그러한지 묻고 싶습니다. 당신을 처음 본 건 그날의 여름이 아니었습니다. 아마 저를 처음 봤던 날이 그날이라고 생각하고 있을 까봐서 하는 말입니다. 그리고 저는 계속 해서 당신을 주시하고 있었습니다. 저의 조그마한 세상에는 당신이라는 존재는 어둠 속에 갇혀 있는 저를 이끌어주기에는 충분한 빛이 되 주었습니다. 당신이 어느 정도 크고 나면 찾아갈 생각이었습니다. 그러나 저에게는 그럴만한 용기도 의지도 없었나 봅니다. 무서웠고 두려웠습니다.
　그대가 생각하는 저는 단아한 삶의 이방인 밖에 되지 않았기 때문이죠. 근데 저는 뜻밖이었습니다. 멀리서만 바라보기로 한 저의 몸은 머리의 지시를 무시하고 당신에게 가까이 가버리고 말았던 거죠. 그리고 저에게 물어왔습니다. 물론 대답할 수 없었습니다. 용기가 없었다기보다는 저자신이 한없이 부끄러워서 차마 말할 수 없었습니다. 근데도 저는 빨간 실이 인연의 증표라 불린다면 하얀 실이든 상관

없습니다. 그저 당신에게 말을 건넬 구실이 필요했습니다. 저는 대답을 하지는 못했지만 하나의 질문을 건넸습니다. 그 질문이 품고 있는 의미는 딱히 없었으나 그건 아니었나 봅니다. 당신도 결국 그 질문에 대답 해 주지 않았습니다. 분명 제가 그 안의 어느 예민한 부분을 건드렸겠죠. 실수를 저질렀습니다. 기분이 상했었다면 이 편지로 사죄를 전합니다. 저는 당신에 관한 소식을 한 해가 지나갈 때 쯤 편지 한 통으로 전해 받았습니다. 최근에는 점점 이 늙은 몸을 이끌 수 없는 지경에 이르니 삶에 갖는 미련이 많게 느껴졌습니다. 그 중 가장 미련이 남는 인물은 당신이었습니다.

아내는 저보다 일찍이 삶에서 떠나갔습니다. 아내는 마지막으로 가기 전날에 이런 말을 하더군요. "당신은 끝까지 알 수 없는 사람입니다. 나는 그것이 흥미로워 결혼에 응했고 그 끝내 알 수는 없었습니다. 그래도 나에게는 당신이 전부가 되었고 이 마음을 고스라니 남기고 간다면 고통스러울지는 모르겠네요. 그 고통을 건뎌서 나를 만나러 와준다는 약속을 해줬으면 합니다. 내가 남기고 가는 것은 당신에게는 피가 되고 살이 될지는 모르나 나는 이제 흙이 될 운명이니 이 세상에 남기고 가는 하나 뿐인 약속입니다." 아내는 매우 단호한 말투였습니다. 저는 이 약속에 다짐을 했고 죽기 전까지 고통을 건뎌며 살아갔습니다. 아내가 말한 '나'라는 사람은 저로써도 알지 못합니다. 하지만 모든 인간은 자신이 누구인지 알지 못한 채 태어납니다. 그 존재성을 부여 해 주는 인물이 부모님이라는 것 뿐 입니다. 이름을 지어주고 불러주는 행위를 통해 이 세상에 '나'라는 존재를 알려줍니다.

저는 이름은 큰 의미를 지니고 있다고는 생각하지 않습니다. '나'라는 인간에게 주어진 겉껍데기일 뿐 그 안에 들어있는 저는 바라봐주지 않는다는 걸 알았습니다. 타인은 저를 모릅니다. 애초에 물어볼 생각을 해주지 않습니다. 그들이 하는 수많은 우문愚問을 들어도 저는 그에 맞게 우답愚答을 할 수 밖에 없었습니다. 저도 저라는 사람이 궁금했습니다. 그걸 유일하게 물어봐준 사람이 당신이었습니다. 저는 적지 않게 놀랐습니다. 어린아이였던 당신은 제 안의 본질을 바라봐 주었고 그걸 입 밖으로 꺼내주는 용기를 내어주었다는 것에는 하루하루 감사하게 생각하고 있습니다. 대답할 수는 없었습니다. 대답할 수 없다는 현실이 부끄러웠고 어린 당신의 삶보다 저의 삶이 더욱 보잘 것 없이 느껴졌습니다. 그 대신 웃었습니다. 그 작고 고결한 당신을 보고 따뜻한 마음이 들었고 이내 웃음이 나왔습니다.

그 웃음은 비웃는다는 의미는 절대 아니었습니다. 따뜻한 마음이 따뜻한 숨을 내뱉었고 그것은 웃음이 되었을 뿐 그 이상도 이하도 아니었음을 알려드립니다.

이는 무례한 발언일지는 모르나 당신은 저에게 그런 사람이었습니다. 존재만으로 가슴 속에 얼어있던 냉기를 따뜻한 온기로 바꾸어 주었고 존재의 여부를 물어봐 준 것만으로도 이 세상에 제가 있다는 사실을 알려주었습니다. 저는 부질없고 나쁘다고 한다면 나쁜 노인이었고 할아버지였습니다. 당신에게는 밝히고 싶었습니다. '나'라는 존재를. 당신에게 존재하는 하나의 가족임을. 할아버지라고 불리는 일은 없을 줄만 알고 살아왔습니다. 그래도 더 이상 들을 길이 없다면 제가 나서서 저 자신을 그대의 할아버지였다고 지칭하고 싶습니다.

-손녀에게

4.

편지는 나에게 많은 충격을 안겨주었다. 편지를 쓴 인물이 누구인지는 내용의 서두만으로도 알 수 있었다. 노인이라고 불렀던 그는 내가 모르던 나의 가족이었다. 그 여름의 기억은 하나의 퍼즐 조각에 불과했던 것이었다. 그 퍼즐 조각은 영원히 맞출 수 없는 조각이라고 여겼지만 조각의 실체는 생각보다 컸다. 그 조각을 이렇게도 가까운 사람이 채워줄 것이라고는 생각 하지 못하였다. 어머니, 아버지는 할아버지에 관해 일절 말을 하지 않으셨고 나도 그저 가족이라는 관계 속에 이름뿐인 빈 공간이라고 생각했다. 할아버지 보다는 할머니의 소식은 잠깐 씩 들었던 기억은 있다. 아버지는 할머니가 시한부 판정을 받았다고 어머니와 대화를 했고 나는 잠결에 들었던 대화 중 하나였다. 할머니는 그 뒤로 몇 개월 후 돌아가셨고 그날 부모님은 여행을 다녀온다며 집을 비웠다. 지금 생각해보면 여행이 아니라 장례식에 다녀왔다고 생각하는 것이 더 자연스럽게 느껴졌다. 편지를 받고 나서 일주일 동안은 아무 말 없이 지냈다. 편지에 대한 말을 부모님에게 한다는 여유는 내 머릿속에 들어올 수 없었다. 매 시간 마다 편지에 대해 생각했고 할아버지라는 인물에 대해 생각했고 그 여름에 만난 노인을 떠올렸다. 일주일이 지나고 나서야 부모님에게 편지를 받았다는 일을 말할 수 있었다. 부모님은 마치 괴한이라도 만난 사람처럼 소리를 지르기 일보직전인 표정을 하며 경악을 감추지 못했다. 그 둘이 왜 감췄는지는 몰랐다. 그건 그 둘만의 사정이라고 여겼다. 하지만 내가 편지에 대해 이야기를 꺼낸 이상 말을 얼버무릴 수는 없을 것이다.

부모님이 나를 낳고 키우기 이전, 그러니까 막 결혼을 약속 한 사이가 되어 결혼만 하면 되는 상황이었다고 한다. 할아버지는 부모님의 약혼 소식에 치를 떠시며

극히 반대하는 입장 이셨고 할머니 또한 같은 입장이었다고 한다. 아버지는 서로 사랑하는 사람을 떨어트려 놓는 일은 있을 수 없다며 결혼하겠다는 의사를 표현하였고 할아버지는 끝내 의절하라 소리치셨다고 했다. 할머니는 말리셨고 할아버지는 그 뒤 방으로 가서 나오지 않았다고 했다. 부모님은 그대로 돌아갈 수밖에 없었고 할머니는 그 둘에게 사과하셨다. 부모님은 결국 결혼을 통해 나를 낳으셨고 간간히 할아버지에게 편지를 보냈지만 답장은 없었다고 한다. 아직 걷지도 못하는 나를 데리고 찾아간 적이 많았지만 그때마다 만나길 거부 했다고 했다. 내가 중학교에 막 들어갔을 무렵 할머니는 암 말기로 시한부 판정을 받으셨고 아버지는 할머니를 찾아가 할아버지 몰래 만났다고 했다.

할아버지는 주로 산책을 나가시는 시간 때가 있어, 아버지는 그 시간에 맞춰 찾아간 것이다. 할머니는 여전히 사과하셨고 아버지는 할머니의 손을 잡고 눈물을 흘리셨다고 한다. 할머니가 돌아가시고 나서 부모님은 나에게 그 사실은 숨기고 생각한 대로 여행이 아닌 장례식을 다녀오셨다. 처음부터 숨기려고 한 의도는 아니었다고 한다. 나에게 말을 할까 몇 번이나 둘이서 상의를 했지만 언제나의 결론은 두 분이 모두 돌아가신 뒤에 얘기하자는 것이었다. 부모님은 이 이야기를 마치고 나에게 편지 내용을 보여 줄 수 있냐며 물어보셨고 그 모습은 마치 어린 자식이 부모에게 혼이 나 울음을 터트릴 것 같은 얼굴이었다. 나는 편지를 보여주기 전에 그 여름에 있었던 일을 먼저 얘기 하고 나서야 편지를 건네주었다. 그 편지를 보는 부모님의 표정은 내가 봐왔던 감정들로는 가히 설명할 수 없이 복잡해보였고 아버지는 눈물을 흘리셨다. 어머니는 편지를 다 읽었는지 시선이 편지가 아닌 나를 향해 있었고 결국 눈에 고여 있던 뜨거운 눈물을 흘리시더니 나를 안아주셨다. 그 행동에는 분명 할아버지에 대한 감정과 함께 나에게로 향한 감정도 섞여있는 듯 했다. 할아버지의 편지는 생각보다 우리 가족의 삶에 큰 파장을 일으켰고 부모님은 더 이상 나를 추궁하듯이 말하지 않으셨다. 오히려 나를 다독여 주시는 일이 많아졌고 그 어색함 속에서 어떻게든 익숙해지려 노력했다.

부모님의 달라진 태도가 싫었던 것은 아니었다. 그저 그런 말들을 듣고 있노라면 나도 모르게 눈물이 나는 것이 익숙하지 않았을 뿐이다. 사계절은 우리의 삶에 알게 모르게 많은 영향을 줬고 나는 그 여름의 일을 단지 여름이었다는 배경하나로 퉁쳐서 기억하고 있었다. 사람과의 인연을 맺고 끊고, 사건이 일어날 때에는 그에 맞게 기억나는 날씨가 있고 계절이 있었다. 그리고 그 계절은 내가 기억하는 인연에 맞게 이미지가 부여되기도 한다. 그 더웠던 여름을 이제는 따뜻한 하나의 추억으로 기억하듯 내 기억 속에 있는 유희라는 인물도 더 이상 비운의 일이 아니었다. 하나의 슬픈 인연이 되었고 그 인연으로 인해 성장하는 점도 있을 것이다. 모든 관계는 내가 생각한 것보다 깊은 사정이 있고 얇으면서도 끊어지지 않는 실. 붉은 실로 이어져 있는 것이 나의 생각이다. 그건 타인이 아닌 가족이라면 더욱 끈끈한 실로 서로를 바라보고 있다. 단지 보지 않으려 했을 뿐.

김수정

doolynara43@naver.com

# 석류

 사무실 앞마당에 말라비틀어진 석류나무 한그루가 칼바람을 맞고 있다. 모가지가 꺾인 가지에 아슬아슬하게 매달린 석류는 새까만 조개탄이다.

 재작년까지만 해도 제법 실한 붉은 생명을 잉태해 알알이 달콤한 씨앗을 순산하더니 작년 가을 생각도 못 한 불난리를 맞고는 만신창이가 되었다.

 도심에 있던 사무실은 아침부터 밤까지 주차 전쟁으로 얼굴 붉히는 일이 다반사였다. 때로는 입속에 칼을 꺼내 서로에게 생채기를 주는 일이 허다했다. 좋았던 사이가 철천지원수로 변하고 상처 입은 말들은 음산한 유령처럼 떠돌았다. 이렇게 지내다간 우울한 일상이 삶을 송두리째 흔들 것 같아 과감히 정리하고 도시 변두리에 새로운 둥지를 만들었다. 교통은 좀 불편해도 마음이 편하니 한결 하루가 가볍고 머리도 상쾌했다.

 넓은 마당이 한눈에 보이는 기와집의 풍경은 빛바랜 수채화에서 보던 아스라한 그리움이 흠씬 묻어나는 소소한 행복이었다. 흙담을 두른 기와 사이로 수줍게 고개를 내민 석류나무는 계절의 변화에 맞춰 파릇파릇한 잎을 틔우고 순환의 광합성으로 푸르름을 더했다. 삼신할머니의 자식 점지는 매번 훌륭해 가을이면 가지마다 다산의 기쁨들이 주렁주렁 흥겨웠다. 풍요의 햇살을 받고 알알이 반짝이는 벌어진 껍질 속의 석류씨앗은 어떤 보석보다 영롱하고 향기로웠다. 어린 이율곡이 석류 껍질 속에 새빨간 구슬이 부서져 있다고 시를 지었던 심성에 맞장구를 치기 충분했다.

 아침이면 사무실에 나와 창문 너머로 석류나무를 보며 혼자 마시는 커피 한잔이 소중한 시간이었다. 그 일이 일어나기 전까지.

 늦가을 나무가 휘어질 정도로 붉은 석류가 탐스러웠던 날로 기억난다. 늦은 업무를 마치고 집에 돌아가면서 눅눅한 방의 습기를 말리려고 아궁이에 불을 지핀 것이 화근이었다. 다급한 연락을 받고 경황없이 도착해보니 말로만 듣던 아비규환 지옥이 바로 눈앞에 있었다.

온 세상을 집어삼킬 듯 활활 타오르는 불덩이는 날름거리는 혀로 집을 삼키고도 허기가 지는지 마당의 모든 나무며 풀까지 싹쓸이했다. 순간 현기증이 소름과 함께 풀어헤친 머리를 지나 짝짝이로 신고 온 신발로 툭 떨어졌다. 그 후부터는 아득한 천 길 낭떠러지였다. 불 회오리에 휩싸인 석류나무에서 시뻘건 아가리를 벌린 석류가 한꺼번에 불꽃놀이를 했다. 타닥타닥. 씨앗들이 터지면서 팝콘처럼 날아올랐다. 마당을 가로 질러 손등으로 불을 품은 석류 씨가 쏟아져 단말마의 비명이 터졌다.

귓가에서 멀어지는 소방관의 다급한 외침과 소낙비로 얼굴에 떨어지는 차가운 물줄기와 목을 조여 오는 매캐한 연기가 마지막 기억이었다.

엄마의 가슴은 쪼그라든 살이 모여 울퉁불퉁했다. 화상으로 인한 상흔은 대중목욕탕을 가지 못했고 여름에도 얇은 옷을 입지 못했다. 마흔에 얻은 늦둥이 막내딸이 기름에 튀긴 누룽지가 먹고 싶다 생떼를 쓰지 않았다면, 펄펄 끓는 냄비 옆에서 빨리 달라 재촉을 안 했다면 쏟아진 기름을 온몸으로 덮어쓰지는 않았으리라. 어린 딸에게 행여 기름이 튈까 축구공을 막는 골키퍼처럼 기름 냄비를 막던 엄마는 기름 범벅이 되어도 한마디만 외쳤다.

"아이고, 내 새끼. 괜찮나. 안 다쳤나!"

새빨간 석류처럼 익어가던 당신의 몸은 안중에도 없고 오로지 딸의 얼굴과 몸을 바쁘게 만지던 손은 이미 부풀대로 부푼 물집이 잡혔었다. 화상치료는 더딘 시간과 싸움이었다. 땀구멍을 뚫고 나온 진물이 발악이라도 하는 날은 옷에 달라붙은 피부가 피를 토했다. 짠 내 가득한 더위가 세포에 앉으면 가려움이 수십만 개의 벌레가 되었다. 물집이 터진 자리마다 흉물스럽게 똬리를 트는 검붉은 흉터는 자식의 자람에 반비례로 점점 작아지고 아물어갔다.

"얼매나 다행인가 몰러. 니가 다쳤으면 어쩔 뻔 했노!"

석류가 씨앗을 품듯 가슴에 나를 품은 엄마의 독백은 자신을 위로하는 메아리가 되어 한동안 내리사랑을 어루만졌다. 모든 걸 내주어도 아깝지 않은 심장에 불씨로 남은 막내딸은 평생을 두고 제일 잘한 일로 늙은 어미의 기억을 붙잡고 있다. 아픈 눈물의 기억이다.

화마가 휩쓴 땅은 공포였다. 불길을 잡으려 집을 부수느라 마당에 들어온 굴착기가 움직인 자리마다 갈라지고 패이고 산산조각이 났다. 시커멓게 탄 석류나무에 재를 뒤집어쓴 석류는 어릴 적 보았던 엄마의 가슴처럼 쪼그라들어 보기 흉했다.

어디서부터 시작해야 할까! 막연한 두려움이 앞섰다. 어깨에 산더미 같은 짐을 올려놓고 걸어보라고 세상은 말하는데 자신감이 없는 나는 한걸음이 천근만근이었다. 멍한 눈으로 의미 없는 하루를 습관처럼 반복하며 사무실에 오가는 일이 전부였다. 아까운 시간만 바람 속을 흘렀다. 생각해보면 참 무의미한 일상이었다.

무기력에 빠져 그날도 마당을 할 일 없이 서성이다 무심코 발밑을 보았다. 회색 잿더미 사이로 돋아난 파릇한 싹은 분명 석류나무의 새순이었다. 심장에서 짜르르 전기가 일었다. 경이로운 생명의 씨앗이 전해 준 감동은 나를 다시 일으키기에 조금의 모자람도 없었다.

여리고 여린 싹은 죽음의 흙 속에서 삶을 지키고자 옹골찬 호흡을 했고 한 알의 석류씨앗은 희망이 되어 흙 위로 기지개를 켰다. 씨앗이 준 기적은 천 마디의 말보다 깊은 울림으로 가슴에 감동이 되었다.

'씨'라는 말에는 모든 것의 시작이란 뜻이 숨겨져 있다. '날씨'는 날의 씨앗이기에 비가오거나 흐린다고 짜증을 내기 보다는 비가 오시네 날이 흐리네로 순리를 받아들이고, '솜씨'는 재주의 씨앗이기에 주신 그대로 재능을 발휘하며 감사해야하고, '마음씨'는 마음의 씨앗이기에 항상 따스하고 올바르게 가져야 하고, '성씨'는 김 씨 이 씨 박 씨 등 근본의 씨앗이기에 부끄럽지 않게 살아야 한다. 모든 것의 출발이기 때문이다.

나는 시간 가는 줄 모르고 쪼그리고 앉아 여린 초록 잎을 어루만지며 흐르는 눈물을 손등으로 훔쳐냈다. 바람이 등을 쓰다듬었다. 하루가 다르게 자연은 제 자리를 찾아가는 수고를 마다하지 않았고 죽은 줄 알았던 석류나무는 신기하게도 작은 분신 몇 개를 잉태했다.

볼품없는 까만 껍질 속에 군데군데 이가 빠진 푸석한 석류였지만 고맙고 감사했다. 다가가 살며시 두 손으로 감싸 쥐었다. 엄마가 나를 품에 안았던 그리움이 성큼 다가섰다. 잊었던 추억이 심장으로 또르르 굴러와 뭉클하고 시리다. 햇볕이 참 맑은 오후다.

# 유모차

폭염을 동반한 여름 오후의 등등한 기세에
밀려 도망치듯 가까운 공원을 찾았다. 선풍기와 에어컨에 시달린 몸과 마음이 자
연 바람에 조금이나마 가벼워졌다. 플라타너스 잎들이 베풀어준 그늘 밑에 앉으니
여유가 생기고 주변이 눈에 들어왔다.

반려견을 끌고 산책 나온 아가씨의 웃음이 햇살에 반짝이고 벤치에 앉은 노부부
의 이야기는 넉넉하고 정다웠다. 더위 속을 뛰어다니는 아이들의 함성은 싱싱한
활어처럼 펄떡이고 삼삼오오 짝을 지어 유모차를 끄는 젊은 엄마들의 얼굴에는 달
콤한 행복이 넘쳤다. 보기만 해도 기분 좋아지는 모습에 덩달아 나도 슬며시 입가
에 미소가 번졌다. 그러나 유모차가 가까워질수록 머릿속은 하얀 종이가 되고 얼
굴은 납덩이로 변했다.

영화에서처럼 모든 것이 정지되고 그녀와 나만 화면 속에 각자의 놀람을 어쩌지
못해 멍하니 서로를 바라보는 껄끄러운 어색함을 우리는 마주하고 있었다.

남편의 여자. 굳이 어렵게 설명하지 않아도 한 때는 한 남자를 사이에 두고 사랑
의 저울질에 가슴 아파했던 꺼내고 싶지 않은 기억 중 가장 밑바닥에 숨겨둔 절망
을 이곳에서 만날 줄이야. 순간 현기증이 아주 잠깐 아득한 어둠을 동반하고 식은
땀을 한줄기 쏟았다.

발길을 멈춘 그녀의 불안한 눈동자와 모든 것을 체념한 내 눈이 허공에서 부딪
혀 심하게 흔들렸다.

"언니, 어떻게 여기에...."

정적을 깬 것은 그녀였다. 까만 얼굴보다 더 새까만 눈동자가 예뻤던 작고 아담
한 모습 그대로 아이 엄마가 되어 사는 일상이 말을 안 해도 한눈에 보였다. 유모
차에 아기는 옹알이하며 뭐가 좋은지 생글생글 웃었다. 순간 심장이 바늘에 찔린

듯 울컥하고 숨이 막혔다.

그녀가 남편이란 존재와 함께 가족이란 집의 객식구로 여행 가방을 살며시 내려 놓던 날. 내 아이도 옹알이하고 유모차를 탔었다. 애써 잊고 지냈던 달갑지 않은 시간이 롤러코스터를 탔다.

"바람이나 쐬려고 나왔지."

간단한 단답형 대화도 왜 이리 길게 느껴지는지 거북하고 답답했다.

그녀는 갈 곳이 없다 했다. 부모도 형제도 친척도 심지어 친구 하나 없는 천애 고아라 했다. 그 말에 흔들렸을까! 따지지도 않고 묻지도 않고 그냥 받아들였다. 드라마에서처럼 머리채를 쥐어뜯고 욕을 하고 살림을 때려 부수는 일 따위는 일어나지 않았다. 그렇다고 남편을 향한 원망이나 하소연도 하지 않았다. 돌이켜 생각해 보면 이미 알고 있었는지도 모른다. 사람의 마음은 남이 어쩌지도 못하고 악다구니를 해 못 만나게 해도 결국 마음 가는 대로 움직인다는 보편의 법칙을.

같은 공간을 함께 적절히 나눠 쓰는 일은 쉽지 않았다. 우습게도 숟가락 두 개 이불 한 채로 시작한 신혼은 단칸방을 벗어나지 못한 현실이었다.

아이와 나의 공간은 삼등분한 방의 가장 위쪽이었고 나머지는 각자 알아서 썼다. 관심을 가지는 사치를 부리고 싶지 않았다. 내 관심사는 오로지 아이에게 아빠가 있어야 한다는 평범한 가정의 기본을 언제까지 지켜나갈 수 있을까에 대한 고민이었다.

지옥 같은 절망의 마침표를 찍은 건 그녀의 편지였다. 바람도 불다 그칠 때는 흔적도 없다던 어른들의 말처럼 영원히 떠난다는 편지만 주인의 체취를 대신하고 그림자의 뒷모습도 보이지 않았다. 그렇게 가버린 시간을 걸어와 다시 빛바랜 사진 한 장을 던지니 여간 당황스러운 게 아니었다.

"오빠는 잘 있죠?"

"그래. 잘 있어."

굳이 그녀에게 이혼했다는 개인사를 말하고 싶지 않았다. 괜한 죄책감으로 가슴에 돌덩이를 넣고 살지 말기를 바랐다.

"건강해라. 아이 잘 키우고."

"네. 언니도 건강하세요."

유모차를 끌고 가는 손가락에 힘을 얼마나 줬는지 손가락 마디가 새하얗게 떨렸다. 채 5분도 걸리지 않은 만남이 지구를 한 바퀴 돈 듯 체력이 고갈되어 벤치에 털썩 주저앉았다.

찰나와 같은 스쳐 지나감이 끝나지 않을 시간으로 다가와 심장을 들었다 놓았다. 죄지은 것도 없는데 자꾸만 숨고 싶은 마음은 왜일까!

　나는 그녀가 걸어가는 뒷모습을 보며 아이를 떠올렸다. 유모차 안에 이제 막 새로운 세상을 맞은 생명이 숨 쉬고 있다. 부디 따스하고 아름다운 기억만 주는 엄마가 되기를 살짝 빌었다. 지나온 길보다 앞으로 가야 할 길이 훨씬 많기에 씩씩하고 힘차게 유모차를 밀고 아이와 함께 행복하게 살기를 열기로 가득한 여름 공원에서 진심으로 바랐다.

　올려다본 하늘에 양털 구름이 참 고왔다.

김완수

4topia@naver.com

# 교과서 밖에서 교과서를 만나다

내 지난했던 청소년기를 돌아보면 당시 교과서라는 존재를 가까이하기만 해도, 아니 교과서라는 말만 들어도 고리타분하고 무미건조한 기분에서 헤어나지 못할 만큼 나는 교과서와 그리 친하지 못했던 것 같다. 교과서라는 개념은 예나 지금이나 청소년들에게 곁의 친구이기보다는 권위적이고 틀에 박힌 대명사에 가까우리라. 물론 요즘의 교과서들은 개정을 거듭할수록 다양한 읽을거리와 풍성한 시각적 자료들을 갖춰 예전의 획일적이었던 교과서와의 단순 비교가 무리겠지만, 여전히 교과서는 한국인들의 정서에 으레 딱딱한 어감으로 인식돼 있어 교과서는 우리 기존의 편견과 고정관념에서 자유롭지 못한 것이다.

그런데 어느덧 중년의 나이에 접어든 나는 학원을 운영하며 청소년들을 지도하다가 언제부턴가 예전의 교과서들에서 단순한 기억 이상의 추억을 더듬게 됐다. 특히 국어 국문학을 전공해 국어를 지도하는 위치에 서게 되자 차츰 내 예전 중고생 때의 국어 교과서에 수록돼 접할 수 있었던 문학 작품들의 제목이나 구절들이 장르를 불문하고 불현듯 머릿속에 떠올라 아련한 마음을 갖게 했는데, 싱숭생숭한 마음에 일부러 그 작품들을 다시 접할 때마다 나는 흐릿하나마 학창 시절의 애틋한 추억의 편린들을 찾을 수 있었다.

이것도 직업병이랄 수 있을까. 시대가 변함에 따라 교과서에 수록되는 작품들도 갈아들게 돼 갈수록 예전의 작품들을 다시 접하기가 어려운 요즘, 나는 일터에서의 수업 시간이면 틈틈이 학생들에게 예전의 작품들을 소개해 주고, 밖에서 친구들과 반가운 모임을 가질 때면 학창 시절에 배웠던 작품들을 화두로 꺼내 자리를 추억 공유의 장場으로 이끌기도 하는 새로운 습관을 갖게 됐다. 가끔은 내가 나이가 들수록 청승맞고 구태의연해지는 게 아닌가 하는 우려가 들면서도 마치 추억의 전도사나 우리 문학 홍보 대사라도 된 듯한 뿌듯함이 앞서 나는 지금까지 그 습관을 견지해 오고 있다.

그런데 곰곰이 생각해 보면 그런 내 습관의 기원은 아마도 지금으로부터 이십여 년 전 여름에 고교 친구와 함께 충남 계룡산 국립공원으로 2박 3일 간의 휴가를 다녀오고 나서부터가 아닌가 싶다.

당시 전주에서 대전의 유성을 경유해 버스 편으로 계룡산 국립공원 내 동학사에 도착한 우리는 애초 절의 경내를 대강 둘러보고서 산을 올라 중턱에 자리한 은선폭포 인근의 산장(안타깝게도 지금은 철거된)에서 일박을 하고, 다음 날 아침 일찍 관음봉에 오른 후 동학사로 하산해 집으로 돌아가는 간소한 여정을 계획했었다.

그런데 첫날밤을 묵었던 산장에서 저녁을 먹을 때 부식副食이 변변찮았던 우리에게 산장 관리인 모자母子가 반찬을 선뜻 건네줘 함께 오순도순 밥을 먹으며 여행지에서의 적적함과 부족함을 따스한 인심으로 채우던 일이 우리의 향후 여행 일정을 상서롭게 해 준 것일까. 다음 날 아침에 관음봉에 올라 쉬다가 우연히 만나 대화를 나누게 된 여행객 모자에게서 충북의 속리산 국립공원을 여행한 후 돌아가려다가 교과서에서 접했을 때 인상 깊었던 수필 제목이자 수필 속 주요 여정인 '갑사로 가는 길'을 가보지 않으면 후회할 것 같아 일부러 계룡산을 찾았다는, 뜻있는 사연을 들은 일은 우리의 여행을 신선하게 해 주는 청량제 역할을 했다. 그 자리에서 인연이라는 공감 하에 우리의 카메라로 함께 찍은 사진을 내가 차후에 편지로 보내 주겠다고 약속하면서 거리낌 없이 서로의 주소를 주고받았던 일은 지금도 내게 산에 오르면 모든 사람이 어질 수밖에 없다는 진리로 각인돼 있다.

그랬다. 나는 어쩌면 내가 운명적으로 선택했다고도 할 수 있는 그 여행지에서 여행과 자연을 좋아한다는 공감대를 가진 사람들과의 교류를 통해 여행의 참된 의미는 물론이고 한없는 깊이를 가진 교과서 속 문학 작품을 자신의 삶으로 확장하는 지혜를 함께 배웠다고 말할 수 있다.

그래서 우리는 그때 여정을 급히 수정해 갑사로 가는 길을 포함시켰다. 고교 시절에 교과서를 통해 이상보 수필가의 '갑사로 가는 길'을 배울 당시만 해도 나는 건성으로 작품을 접한 탓에 수필 속 여정을 미처 주의 깊게 인지하지 못했었지만, 뒤늦게 그 가치를 발견하고서 동학사에서 새로운 기분으로 갑사로 향했던 것이다.

아기자기하면서도 편안한 오르막길을 오르는 동안 여행객을 반겨 주듯 도란도란 물이 흐르는 계곡을 벗 삼으며 친구와 감흥을 주고받다가 어느새 당도한 상원암(옛 계명정사)과 남매탑(오뉘탑). 마치 암자와 탑, 그리고 탑과 탑이 애잔한 전설 그대로 서로를 지켜주듯 의좋게 마주 보며 지그시 서 있는 모습은 갑사로 가기까지 제법 진득한 산행을 해야 하는 우리의 심신을 적잖이 달래 줬는데, 그 갑사로 가는 노정路程의 반쯤에서 우리는 도시에서 늘 지니고 살듯해 자연에서까지 쉽게 버릴 수 없었던 조급증이란 무거운 마음의 짐을 잠시나마 풀고서 땀을 식힐 수 있었고, 그 후 들뜨면서도 부산하지 않은 설렘을 안고 갑사로 다시 발걸음을 옮길 수 있었다.

여행을 마치고 집으로 돌아온 나는 계룡산과 갑사를 다녀온 후의 여흥 때문에 한동안 상사병을 앓는 사람처럼 후유증을 겪어야 했다. 그런데 그것은 결코 아프거나 원망 어린 감정이 아니라 도회 생활의 때를 벗을 수 있었던 데 기인한 그립고도 홀가분한 감정이었다. 왜 이제야 더 너른 세상을 발견해 내 자신을 돌아보게 됐나 하는 후회가 든 것도 사실이었지만, 불도를 깨달은 수도승의 마음처럼 가슴 벅찬 기쁨이 앞섰던 것이다. 그리고 나는 그 뿌듯한 기분의 절정을 만끽하고 싶은 심정에 즉시 스스로 수필 '갑사로 가는 길'을 찾아 몇 번이고 정독했다.

수필을 읽고서 새삼 느꼈던 바지만, 거금距今 사십여 년 전에 쓰여진 '갑사로 가는 길'에서 수필가가 밟은 여정은 물론이고 그 견문과 감상까지 내 경우와 사뭇 닮아 있다는 걸 깨달을 수 있었다. 어쩌면 여행지에서 접한 사연이 무의식중에 의식에 반영돼 우리가 수필가의 앞섰던 길을 되밟았는지는 모를 일이지만, 사람들과의 인연과 교과서가 매개가 돼 뒤늦게나마 우리가 우리의 길을 스스로 찾아 떠난 것만은 분명하지 않았나 싶다. 작품 속에서 한겨울의 주말을 택해 일행 세 명과 함께 동학사에서 바로 갑사로 떠났던 수필가의 처지와 우리의 처지는 다르다면 다르다고 말할 수 있다. 그러나 그게 뭐, 대수겠는가. 여행의 감흥으로 여행지에서 조금이라도 더 머무르고 싶었던 여행객의 심사心事는 어차피 매한가지였던 것을.

나는 교과서 밖에서 교과서를 만났다. 그리고 교과서 밖에서 만난 교과서에는 비단 감동이나 교훈, 지식뿐만 아니라 사람의 향기와 삶의 풍취도 고스란히 담겨 있었다. 교과서 속 아름답고 오묘한 세상은 늘 교과서 밖 세상과 자유롭고도 은근하게 소통하며 더 너르고 반듯한 길을 사람에게 제시해 주고 있었는데, 나는 운 좋게 그 창문을 발견하고 커튼을 열어젖혀 광명처럼 환한 세상을 만날 수 있었다. 그래서 나는 교과서를 삶의 진솔한 보물을 찾도록 안내해 주는 보물 지도에 비유하고 싶다.

비약일진 몰라도 교과서는 부지불식간에 내 의식을 눈뜨게 해 준 경전이요, 교과서가 함께한 내 여행의 추억은 지금도 내 가슴 한편에서 오롯이 자라고 있는 생명수生命樹가 아닐까 싶다. 학창 시절에 만난 이후로 끊임없이 밀려드는 파도처럼 지금껏 내 내면의 성장에 기꺼이 부단한 무상의 자양분이 돼 온 교과서. 우리 모두 그 속에 내포된 삶의 무한한 가치를 찾고서 도적같이 발견할지 모를 깨달음으로 자신의 메마른 가슴에 한 그루 희망의 나무를 심어 보는 것은 어떨까. 나는 조만간 오붓이 혼자 하는 여행이더라도 갑사로 가는 길을 다시 찾아 내 즐거운 추억을 새록새록 되밟아 봐야겠다.

# 야구 예찬

호국보훈의 달 6월이면 단골손님처럼 안방
극장을 찾곤 하는 '대탈주'란 추억의 영화가 있다. 그 영화를 한 번쯤 본 사람이라
면 주인공이 수차례의 탈옥 실패에도 불구하고 포로수용소 독방 안에서 능청스러
운 얼굴로 벽에 야구공을 던져 대고선 튕겨 오는 공을 글러브로 척척 받아 내던 라
스트신이 인상적으로 기억에 남아 있을 것이다. 전쟁 포로란 암담한 처지에서도
야구가 그 불굴의 자유 의지와 희망을 대변할 수 있었으니 야구를 단순한 스포츠
이상의 심오한 인간 가치를 담고 있는 정신문화라 정의 내려도 무방하리라.

내가 야구에 대한 동경을 서서히 키워 오던 초등학교 6학년 무렵, 드디어 우리
나라에도 프로 야구가 출범해 그라운드에서 선수들이 펼치는 환상의 쇼를 직접
볼 수 있었다. 홈런과 멋진 안타들을 만들어 내는 야구방망이는 흡사 도깨비방망
이와 같았고, 투수가 타자들을 꼼짝 못하게 하기 위하여 자신의 손에 불어 넣는
입김은 마치 마술사의 콧기름과 같아 보였다.

흔히 '인생의 축소판'이라 말하듯 야구는 그 독특한 규칙만큼이나 언제나 우리
삶에 신선한 활력을 제공해 온 진솔한 애환의 동반자라 할 수 있겠다. 혹자는 야
구에 대해 가장 자본주의적인 스포츠요, 땀내 나지 않는 볼거리에 불과하다고 비
하하지만, 그건 야구의 속내를 잘 모르고 하는 말이다. 경기장에서 어떤 제한된
시간으로 구속하지 않고 모든 팀, 모든 구성원들에게 동등한 기회를 주는 것만으
로도 결코 범상한 일은 아니요, 정적인 듯싶지만, 그 가운데서 번쩍이는 기지機智
나 생동감이 마치 인간사를 반영하듯 팽팽한 수 싸움으로 전개되는 긴장감 속에
언제 어떻게 발휘될지 몰라 우리가 눈과 마음을 한시도 뗄 수 없으니 야구란 얼마
나 민주적이고 박력 있는 스포츠인가.

사실 야구野球라는 명칭을 곧이곧대로 풀이해 보면 '너른 들에서 하는 공놀이'쯤

이 되겠지만, 다른 나라들이 제각각 야구를 가리키는 명칭을 곱씹어 보노라면 그 나라의 고유한 민족성이나 가치관을 짐작해 볼 수 있어 자못 흥미로워진다.

야구의 본고장이랄 수 있는 미국에서는 우리가 익히 알고 있듯 야구를 '베이스볼baseball'이라 지칭하는데, '베이스'가 '루壘'나 '기지基地'로 풀이되는 것으로써 나는 미국이라는 나라가 그간 꾸준히 지향해 온 '개척 정신'이나 '실용주의'를 다분히 엿볼 수 있다. 마땅한 땀을 흘리면 그 대가로서 루를 밟을 수 있고, 더 나은 보상, 나아가 큼지막한 반대급부도 주어지는 것이 야구이니 참으로 미국다운 발상의 스포츠 아니겠는가.

그리고 야구의 도입이 일천한 중국에서는 야구를 '봉구棒球', 즉 '방망이로 하는 공놀이'로 인식하는데, 여기서 역시 그들다운 관점을 찾을 수 있다. 본디 대륙적 기질이 농후한 중국인들은 고래古來로 자신들의 골치를 썩여 온 북방 이민족들, 특히 기마 민족騎馬民族들을 정벌하기 위하여 저들의 전투력을 능가할 수 있는 무기들을 고안하는 데 골몰해 왔을 터이니 야구 장비들 가운데 유독 방망이가 그들의 뇌리에 강하게 각인됐으리라 유추해 보는 데엔 별 무리가 없는 것이다. 한때는 지극히 미美 제국주의적인 스포츠라 하여 마냥 멀리하던 그들이 근래 들어 본격적으로 야구에 관심을 기울이는 것을 보면 격세지감이라는 생각과 함께 나름대로 야구가 그들의 정서에 부합돼서일 거라는 논거가 서게 된다.

그런 의미에서 우리가 비록 대부분 일본에서 그 명칭과 용어들을 차용했다고는 하지만, 도입 시에 그저 때리거나 친다는 뜻으로 쓰인 '타구打球'나 '격구擊球'라는 명칭이 '야구'로 변경, 확장된 것을 보면 우리 민족이 한편으론 다른 민족들과는 달리 거시적이고 웅대한 안목을 지녔다고 자부할 수 있어 야구라는 명칭 하나가 부여하는 의미도 허투루 흘려 버릴 수 없을 것 같다.

재밌는 얘기로 대부분의 옛 공산 국가들이 야구를 기피했던 이유 가운데 하나가 야구는 투수 놀음이라는 시쳇말 그대로 투수 한 사람의 역할이 너무 크기에 그런 독재적 스포츠를 받아들일 수 없다는 논리 때문이라는데, 주장의 타당성을 떠나 그 관계자들이 정작 독재를 행해 온 당사자들이면서 아전인수 격으로 비非정치적 문화인 스포츠에 민주적 사고를 적용했다니 그 난센스에 절로 웃음이 새 나온다. 그런데 나는 그런 일화를 들을 때마다 역설적이게도 그들이 야구를 기피했던 진정한 이유는 바로 야구의 공평무사한 특성에 있는 것이 아닌가 생각한다. 그러기에 야구가 옛 공산 국가들의 기득권 계층에게 훌륭한 경계警戒요, 정치적 거울 역할을 해 왔다고 말한다면 비약일까.

TV 중계로 봐도 나름의 묘미를 느낄 수 있지만, 현장감 있는 경기장에 찾아가서 야구 삼매경에 빠지노라면 야구의 매력과 개성이 얼마나 관객들을 흡인하는지 몸소 체득할 수 있는데, 요즘의 관객층이 남녀노소를 불문하는 점은 바로 야구 자체에 모든 계급이나 신분을 아우를 수 있는 요소들이 고스란히 담겨 있기 때문이리라. 예컨대 경기 내내 저런 기호들을 누가 언제 어떻게 만들어 냈을까 궁금할 정도로 수많은 사인과 대화들이 소통하는 것을 보면 한편으로 야구가 참 여성적이고 섬세한 스포츠다 생각되기도 하고, 야구의 꽃이랄 수 있는 홈런이 담장을 훌쩍 넘은 것일수록 팬들의 흥분을 자아내는 것을 보면 또 한편으론 야구가 참 남성적이고 웅대한 스포츠다 생각되니 말이다.

또 야구는 경기 중 주어지는 매 순간순간에도 짧지만 깊은 사색을 필요로 하고, 기록의 경기라는 말 그대로 모든 데이터와 수치가 총동원된 통계로 수많은 전술들과 총체적 전략의 실험장이 된다는 점에서 철학과 수학 등의 여러 학문들을 아우르는 일종의 응용과학이랄 수 있다. 그래서 순발력, 지구력, 근력 등 스포츠가 요구하는 인간 최상의 힘들이 야구에서 일거에 전광석화처럼 발휘된다는 사실은 어쩌면 새삼스러운 말일는지 모른다.

간혹 야구를 배척하는 사람들이 선수들의 신중하면서도 여유로운 경기 태도를 보고서 야구는 단지 지루한 스포츠에 지나지 않는다고 주장하지만, 인내심을 갖고 경기를 지켜본다면 그런 태도는 곧 자율의 미덕이었음을 알 수 있을 것이라 확신하며, 그런 주장 자체가 역설적으로 야구가 사람들에게 침착성과 집중력을 길러 주는 스포츠임을 반증하는 것 아닐까 생각한다.

팔불출의 말 같지만, 지구상에서 행해지는 모든 스포츠 가운데 제 자릴 충실히 지키며 제 본연의 자리로 돌아올 줄만 알면 더 나은 자리를 노릴 수 있는 욕심도 허락되는 스포츠가 야구 말고 또 있으랴. 한낱 한 야구광의 자아도취에 지나지 않는다고 하더라도 나는 당당하게 야구를 우리 대중의 대표 스포츠라 명명命名하고 싶다.

야구가 본디 우리 것이 아니고 먼 이국땅에서 전파된 문화라지만, 네 것 내 것 가르는 것이 어디 진정한 스포츠 정신이겠는가. 미국인들의 정서엔 야구의 힘과 호쾌함이 꼭 어울리고, 우리 민족의 정서엔 또 야구의 근성과 섬세함이 꼭 어울리니 야구가 내포하고 있는 인생의 스펙트럼이 얼마나 다양하고 폭넓은지 새삼 감탄하게 된다.

지금처럼 어머니 성화成火에 못 이겨 방과 후에도 학원을 전전轉轉해야 하는 세대가 아닌 남자들이라면 저마다 어릴 적 동네 친구들과 함께 공터나 학교 운동장에서 변변한 장비 없이도 주먹 야구를 하며 희희낙락하던 추억을 하나쯤은 간직하고 있을 것이다. 나 역시 맘에 맞는 친구들과 몰려다니며 마치 원정 경기를 가듯 장소를 물색하고선 쥘 수만 있어도 좋은 나무 하나 구해 가지고 편을 갈라 경기 중의 타구나 스트라이크 하나하나마다 환호작약하던 추억을 소중히 간직하고 있다. 비가 쏟아지면 안경과 온몸의 물기를 털어 내며 팔 더 걷어붙였고, 눈이 몰아치면 손 트는 것도 모른 채 손을 훅훅 불어 가며 해 떨어지도록 우리들만의 경기에 빠져들 수 있었으니 지금의 내가 경기 하나하나에 일희일비하는 것도 어쩌면 당연한 일일는지 모른다.

야구야 시즌이 따로 있고, 스토브 리그란 게 있어 휴식기도 갖는다지만, 내 야구에 대한 사랑은 휴식기도 없나 보다. 시즌이 끝나갈 때면 마음이 괜스레 휑해지고, 삶이 무료해지니 그 증세야 말해 무엇 하겠는가. 다음 시즌이 시작될 때까지 겨울 한 철 보내야 하는 수심愁心이 황진이가 하염없이 님을 기다리며 동짓달 기나긴 밤을 꼬박 지새워야 하는 고통보다 결코 덜하진 않을 테니 야구에 대한 내 사랑도 병이긴 병인가 보다.

'야구는 9회 말 투아웃부터'라는 말이 있다. 그 신빙성 여부를 떠나 교훈처럼 경건한 모토를 마음에 고이 품고 다닐 때마다 나는 멋진 인생 역전, 또는 행운의 반전을 꿈꿔 보곤 하는데, 그래서인지 요즘은 매사가 마치 신중한 야구 경기 중인 것 같아 한시도 무료와 방심의 시간을 가질 새가 없다. 꿈의 메이저 리그가 어디 따로 있겠는가. 야구에 대한 사랑이 깊으면 그 자체가 바로 메이저 리그의 환희인 것을.

김용필
danmoon@ hanmail.net

# 안도의 연인

내가 남쪽 바다 먼 그 섬에 가려는 것은 그 곳에 사랑하는 사람이 있기 때문이었다. 안도는 여수에서 배를 타고 한 시간여 가야 하는 섬이다. 거무섬(금오도)에서 연륙교를 타고 넘으면 바로 기러기 섬 안도에 도착한다. 멀리 솔개섬(연도)이 두 날개를 쭈뼛 접고 안도를 향하여 공격을 할 것 같은데 안도는 마냥 평화로운 기러기 모습으로 푸른 바다를 포용하고 있었다. 어떤 일인지 거세게 몰아치는 파도도 안도에 이르면 세찬 기세가 꺾여 잔잔한 호수의 바다가 되어 버린다.

그런 그곳에 그녀가 나를 버리고 사랑하는 사람과 살고 있었다. 홍요석, 내가 그녀를 찾아 여수로 왔다. 그녀는 여수에서 멀리 떨어진 금오도 끝 외딴 섬 연도에 살고 있었다. 여수에서 배를 타고 돌산도를 지나 금오도 여천 항에 도착하면 비렁길과 드라이브 길이 나온다. 여객선에 탑재한 승용차를 내려 비렁길이 아닌 금오로 드라이브 코스를 택해 유성리 해변을 돌아 대유, 소유, 우학리 면사무소를 지나 우실포를 내달리면 장지에서 안도로 가는 연륙교를 만난다. 연륙교를 타고 들어넘으면 바로 그곳이 홍요석 사는 연인의 집 유구별장 에 이른다.

아름다운 안도, 섬 안에 바다호수가 있는 이상적인 섬이다. 안도는 남해 바다 먼 곳 섬인데 신석기 때부터 사람이 많이 거주하였고 신라 말 장보고가 청해진에서 동북아 해상 무역을 장악할 때 중국과 신라, 일본으로 가는 해상 무역선의 중간 거점 항이었던 곳이다. 일본의 승려 엔지가 당나라로 불경 공부를 하러 갈 때 장보고의 무역선을 이용했는데 무역선장 김진 장군이 그를 태우고 안도에 와서 잠시 머물렀고 그가 구법 공부를 하고 돌아올 때 다시 안도에서 여장을 풀고 '입당구법 순례기' 초안을 작성 하려고 머물렀던 무역선의 보류 항구였다. 그렇게 번창하던 안도가 고려 때 왜구가 판을 치는 바람에 공도의 섬이 되어 버렸던 것이다. 그러나 그때의 위풍은 사라졌으나 사람이 살았던 흔적은 남아 있었다. 아무튼 안도는 자연 풍광과 기후와 먹을거리가 풍부해서 사람이 살기가 좋았던 것 같았다. 지금도 그 섬은 아름다운 고도이다.

그 섬에 그녀는 사랑하는 남자와 살고 있었다.

나는 안도에 도착하여 그녀가 살고 있는 별장을 찾아 나섰다. 섬을 샅샅이 뒤질 셈이었다. 안도 항에서 서쪽으로 돌아 김진의 신라해상 무역항인 이아포 만을 둘러보고 두룽여 해변을 나와 상산동 남고지에서 동쫓 해변을 향하여 내달리면 황금 백사장이 우아한 해수욕장이 나온다. 해수욕장 뒤에 동고지 해벽이 웅장하게 가로막는다. 그러나 그녀가 사는 유구 별장은 없었다. 섬을 한바퀴 돌아 다시 안도항에 다다랐는데 항구의 안쪽으로 커다란 호수가 보였다. 바다가 섬 안을 깊이 파고든 리아스식 해변이 잘 발달한 해변이 호수 같은 바다를 품고 있었다. 이상향, 아 저곳이다. 저 호수의 해변에 그녀의 유구 별장이 있을 것 같았다.

안도 파출소에서 해변을 끼고 가는데 초등학교가 나왔고 조금 더 가니 작은 중학교가 나왔다. 호수 해변을 돌아오는데 유구 별장은 없었다. 그때였다. 안도항에서 바라보이는 언덕에 내가 찾는 유구 별장이 넓은 터를 아울러 앉아 있었다. 그녀가 사는 별장이다. 별장은 연도의 리아스식 해변의 팬션가에 있었다.

나는 설레는 마음으로 유구 별장을 향하여 달려갔다. 그녀가 있었다. 그러나 난 민망한 상황을 보고 말았다.

그녀는 사랑하는 남자와 섹스를 즐기고 있었다. 사랑에 취한 그녀는 내가 온 줄도 모르고 정열적인 키스를 하고 있었다. 유구 별장의 사토질 토방에서 발가벗은 그녀가 사랑하는 남자와 가슴과 얼굴을 맞대고 힘찬 포옹을 하고 있었다. 그 모습이 너무나 황홀했다. 난 민망스러움에도 눈을 돌리지 않고 아름다운 성애를 즐기는 그들의 모습을 바라보고 있었다. 조가비 팔찌를 낀 남자의 손이 그녀의 가슴을 매만지고 흑요석 반지를 낀 여인은 깍지 손으로 남자를 부둥켜 안고 있었다. 그리고 한참 열정의 동작이 지속된 후 그들은 둘로 갈라져 누워 열정이 끝난 애무의 자세로 손을 잡은 채 누워 있었다. 나는 계속 5색층 씨트에 누워 있는 그들을 바라보고 있었다. 방안의 분위긴 사뭇 애욕을 돋우는 분위기였다. 5색 씨트는 황색과 흑갈색, 암갈색, 황갈색, 백색의 조화로 너무나 색정적인 분위길 자아냈다.

발가벗은 남녀는 열정이 끝난 후에도 계속 정사 뒤에 애무를 즐기고 있었다. 난 그녀 앞에 바짝 다가섰다.

"홍요석, 나야 이정춘,"

그녀가 깜짝 놀랐다.

"오랜만이네. 그런데 어쩐 일이야? 네가 이곳에 왜"

"보고 싶어서 왔지."

"아직도 그 소리야, 내가 뭐랬어. 끝난 사이 아닌가? 이제는 나를 잊으라고 했잖아. 그런데 아직까지 미련을 두고 있다니."

"그게 마음대로 잊어지는 일이야?"

"난들 어쩌라고, 난 그런 한가한 너와 사랑 이야길 나눌 시간이 없다고 했잖아."

"3년만 기다리라고 해잖아. 그런데 4년이 지냈어."

"말했지, 사랑이 식었으니 잊으라고 했잖아. 난, 너란 남자를 잊었어."

요석은 냉정하게 돌아서서 유구 별장으로 돌아갔다.

안도의 연인, 그녀의 별장은 패총이었다. 그녀는 신석기 패총이 뒤덮인 조개문이 별장에서 1만 년을 살고 있는 여인이었다. 신석기 사람들이 살았던 토굴과 조개껍질 동산은 패총으로 묻혀 버렸다. 그녀는 바로 그 패총 안 토굴에서 사랑하는 연인과 살고 있었다. 그 패총 안에 누워 있는 연인은 신석기 때 살았던 연인이었다. 아직도 그들은 패총 안에 화석의 유구로 남아 있었다. 사랑이 교감한 흔적이 선명한 자태로 누워 있었다.

천외 고도인 안도에 패총이 있었다. 참 놀랍고 신기한 일이다. 그때의 인간이 패총 속에 유구로 남아 있었다. 어떻게 신석기 때 사람들이 이 먼 안도에 와서 살았을까? 의문은 풀리지 않는다. 그러나 조개껍질 패총 속에 많은 사람들이 살았던 흔적이 드러났다. 그들은 조개를 캐먹고 껍질을 한곳에 쌓아두었던 것이다. 그리고 그곳에서 주어 세월의 압력을 받고 패총이 되었다.

안도엔 엄청난 패총이 있고 그 속에 사람의 유구가 발견되었던 것은 정말 놀라운 일이었다. 소위 '안도 패총 유구'라는 것이다. 난 그 패총 유구에 매료되어 있었다.

고대 신석기 사람들은 먹이가 풍부한 바다를 긴 해변이나 섬에서 살았다. 우리나라의 남해안과 다도해는 바로 신세기 이후 사람이 가장 많이 살던 곳이다. 그런데 의문은 어떻게 이 먼 섬으로 사람들이 이동을 했을까? 사람의 지혜는 지금이나 원시인이나 별로 차이가 없는 것 같았다. 오히려 자연에 적응하는 지혜는 현세 인간보다 원시인이 더 해박했다는 것이 증명되는 것이다. 인류의 문명 발달이 해안을 끼고 발달했다는 것은 먹거릴 쉽게 구할 수 있었다는 이유 같았다.

안도의 연인, 난 그 연인을 만나려고 그 오랜 세월을 주저했는데 비로소 남해 고도 안도에서 그들을 만났다. 안도의 연인, 내안의 질투가 솟구쳤다. 날씬한 몸매,

아름답고 예쁜 얼굴. 미소를 듬뿍 안은 모습, 사랑하는 그녀를 보는 순간 난 안도를 떠나고 싶지 않았다.

여수로 돌아오는 뱃길에서 사랑에 취한 그녀의 모습이 어른거린다. 안도의 연인, 그러나 난 그녀를 혼자라도 사랑할 것이다.

# 두 도시 이야기

　　　　　　　　　　　　　　예부터 남해와 여수의 두 도시는 5킬로미터 바다를 낀 가까운 이웃이었다. 남해군과 여수시는 행정구역상으로 경상도와 전라도지만 해방 전 후 타 도시 한 고장 같은 공동 문화권이었다. 따라서 여수와 남해의 선남선녀들이 결혼하여 남해댁, 여수댁 하는 이웃사촌이다. 남해 대교가 놓이기 전까진 남해군은 모든 교통수단과 경제유통, 문화권이 여수로 연결되어 있었다. 남해 상주 해수욕장은 여수 사람들의 놀이터였다. 흔히 남해도가 경상도라서 물자 유통과 교역이 부산권이나 삼천포 진주권으로 이루어진다고 생각하겠지만 사실은 거의 여수와 교역을 하였다.

　그것은 교통문제인데 남해 사람들이 서울로 가려면 배를 타고 여수로 와서 기차를 이용한다. 교통수단이 그런 만큼 남해군과 여수시는 한 문화 경제권으로 형성되어 있었다. 두 도시 사람들은 1시간 거리인 바다를 오가며 수산물과 농산물 교역 하였다. 따라서 1960년대 만 하여도 여수시의 상권은 남해사람들이 거의 독점하고 있었다. 남해의 해산물과 수산물이 여수로 와서 여수시장을 통하여 소비되고 기차 운송을 통하여 내륙이나 서울로 유통되었고 여수의 공산품이 남해로 들어갔다.

　여수 서정의 상가는 남해상해, 상주상회 등 남해지명의 간판이 많았고 상권 역시 많은 부분을 남해 인이 쥐고 있었다. 학교만 해도 그랬다. 여수 중.고등학교에도 남해에서 유학 온 학생들이 많았다. 그렇게 두 도시 남해와 여수는 타도지만 교통 경제교육 문화가 한 지자체처럼 형성 되었던 것이다. 그런데 두 도시가 문화의 단절을 맞았다. 역사적인 뿌리를 같이한 두 도시 이야기는 시작된다.

## 섬진강 유역은 가야의 한 문화권이었다.

섬진강 하구는 백제와 신라의 국경지대지만 그 이전엔 가야의 해상무역의 전진 기지였다. 가야의 450년의 역사가 섬진강 하구에서 벌린 마지막 전투에서 가야는 신라의 이사부에게 망했다. 가야가 망하고 신라와 백제는 국경 담판을 벌려 절반은 백제가 절반은 신라가 차지하였고 섬진강 하구의 동쪽 하동은 신라 땅이 되었고 서쪽 하서의 진월은 백제 땅이 되었다. 가야의 섬진강의 하구가 하동과 하서로 나누어 졌다가 고려 때 경상도와 전라도라는 경계를 이루면서 같은 문화권이 이질화 되었다. 그러나 화개장터와 같이 하동과 하서는 지금도 같은 공존의 문화를 가지고 있다. 따라서 여수시와 남해군도 풍습이 거의 비슷하다. 1960년대 여수의 어시장에 가면 남해사람들이 어물전을 많이 형성하여 여수 사람인지 남해 사람인지 모르게 얼려 장사를 하였다.

## 남해 대교가 두 도시의 문화를 차단시켰다.

남해 사람들은 서울로 가는 교통수단은 여수를 거처 기차를 이용하였는데 경전선이 생기고 하동 노량에서 남해도로 이어지는 남해대교가 생기면서 여수로 향하던 교통망이 차단되었다. 그리고 여수와 남해를 오가던 물류가 삼천포나 진주로 새 활로를 찾았다. 물류 유통이 차단되면서 서로 왕래가 뜸해지면서 두 도시는 멀어졌고 경상도와 전라도란 정치 이념의 지역감정이 대두 되면서 두 도시는 멀어지기 시작하였다. 한려수도, 사실 인진왜란 때 남해는 경상 우수영이던 통영보다 전라 좌수영 쪽 이순신 장군과 협공을 하여 왜구를 물리쳤다. 정유재란의 종결 전인 노량해전은 두 도시가 이루어낸 승리였던 곳이다.

.

## 여수, 남해 해저터널이 뚫리면 다시 두 도시는 하나가 된다.

두 도시를 잇는 해저터널이 뚫린다고 한다. 그렇게 되면 여수와 남해는 옛날의 우정을 되찾아 한 문화 공존권이 되는 것이다. 한 바다를 공유하고 있으나 행정 구역상으로 분리된 두 도시가 다시 공존 문화를 누릴 기회가 온 것이다. 이순신 대교가 하동과 하서 통합의 상생을 되찾았고 여수와 남해를 잇는 해저 터널이 생긴다면 두 도시는 더욱 활성화 된 동서 교류의 중심이 될 것이고 한 구역 유통 경제 블록을 이룰 것이다. 지금 남해안 시대는 부산권, 마산창원권, 여수광양권, 해남목포권으로 형성되어 있으나 마산 창원 공단과 광양 여수 공단이 부를 독점하고 있다. 그러나 여수남해 해저터널이 생기면 광양 여수 공단은 섬진강을 낀 하동 남해와 밀접한 경제부록을 형성할 것이고 미래는 순천, 광양, 여수와 더불어 하동, 남해, 삼천포, 진주가 우리나라 남해안 경제권의 중심권이 될 것이다.

따라서 하루 빨리 동서화합의 공존의 가치를 추구하는 해저터널이 뚫려야 하는 것이다. 여수에서 남해로 있는 5km의 해저 터널이 생기며 두 도시는 모든 유통이 10분 내로 이루어지고 물동량증가의 공존 문화권으로 옛날의 번영을 누릴 것이다.

김유리

yuri24@snu.ac.kr

# 백령도를 찾아서

69

## 1. 들어가며

누구나 하루하루를 살아가다 보면 세상에 실망하고 좌절하기도 한다. 내 생각만큼 빨리 올라주지 않는 성적, 다들 내 마음처럼 진심 같지만은 않은 미운 사람들, 누군가에게 순수한 마음으로 다가갔기에 그 역시 같은 마음이길 원했지만 그렇지 않았다는 것을 인정해야만 하는 순간들… 그 많은 시간들은 가끔 아픈 상처가 되어 우리의 마음을 후벼 파지만 그러한 상흔들을 딛고 스스로를 치료해 나가면서 보다 더 성숙한 존재가 되어 다른 사람들과 더불어 이 세상 속을 살아가는 존재가 바로 사람들이고 우리들이 아닌가 한다.

그렇게 '힐링'이 필요하고 지친 '나'를 토닥여주고자 할 때 사람들은 흔히 여행을 떠나곤 한다. 요새는 해외여행이 많이 보편화되어 산 넘고 바다 넘어 머나먼 나라로 훌쩍 떠나는 사람들을 보는 것도 그리 어려운 것은 아니다. 하지만 우리나라에도 이미 많은 사람들에게 알려졌든 그렇지 않은 간에 아름다운 풍경을 자랑하는 멋진 여행지들은 충분히 많다. 설탕같이 하얀 백사장과 에메랄드빛 푸른 바다, 그 주위를 돌아다니는 까마귀의 향연! 생각만으로도 슬퍼질 정도로 낭만적인 그 광경을 보유하고 있는 것은 물론 세계 유일의 휴전국이라는 우리나라의 특수한 상황을 고려했을 때 국가 안보상으로 절대 빼놓을 수 없기에 꼭 한번은 가보아야 하는 곳이라는 특이점까지 갖춘 섬이 있다면 어떨까? 바로 그 곳. 백령도를 무척이나 날씨가 좋던 5월의 푸르른 봄날에 2박 3일간 다녀왔다.

인천광역시 옹진군 백령면 북포리. 이곳이 바로 우리가 흔히 알고 있는 백령도의 공식 주소이다. 백령도는 인천에서도 배를 타고 3시간을 넘게 들어가야 하는 곳이다. 사실 나는 개인 자격으로 간 것은 아니었고, 감사하게도 학교에서 남북분단 현장체험 성격으로 견학을 가게 되어 다녀올 수 있게 되었다. 매우 이른 시간인 아침 6시까지 학교로 집결해야 했기 때문에 혹시라도 늦잠을 자서 못 가지는 않을까 하는 생각에 아무리 잠이 와도 뜬눈으로 밤을 지새웠다. 다행히 학교로 예정된 시간까지 도착할 수 있었고, 미리 기다리고 있던 단체버스를 타고 우리가 탈 배가 있는 인천으로 향했다.

인천 부두와 여객터미널에서 가장 먼저 내 눈을 사로잡은 것은 그곳에 가득한 해병대였다. 사실 나는 어렸을 때부터 바다와는 거리가 있는 내륙지역에서만 쭉 자라왔던 사람이고 해군이나 해병을 접할 기회는 별로 없었다. 그런데 바다내음이 가득한 인천과 백령도행 배를 기다리고 있는 수많은 군인들을 보니 내가 지금 백령도를 가기 위한 배표를 갖고 있다는 것, 그리고 그냥 예사 섬이 아닌 군사적 목적이 있는 섬이라는 것을 다시 한 번 깨닫게 되었다. 하긴, 나는 그냥 놀러가는 것만은 아니지. 분명히 남북 분단 현장체험으로 그곳에 가게 된 것이다.

인천에서 가까이 살면서도 그전에 인천에 와본 기억도 없거니와 인천 앞바다를 자세히 볼 일도 없었는데 백령도로 가는 배에서 창밖 바다를 바라보니 바다 풍경이 참 멋있고 드넓다는 생각이 들었다. 사실 백령도는 일반인들에게 북한과 가장 가까운 지역, 정치인들이 선거 때마다 찾는 곳, 인천에서 한참 떨어진 섬 정도로만 알려져 있지만 그렇게 딱딱한 지역이기만 한 것도 아니다. 인천과 백령도 사이에는 우리에게 잘 알려져 있는 효녀 '심청'이의 애절한 사연을 품고 있는 인당수가 흐르고 있다. 솔직히 뭘 모르고 철없던 꼬마 시절에는 수업 시간에 선생님이 강조하시면 혹시라도 시험에 나올까 싶어 '인당수'라는 낯선 이름을 외우기에만 급급했던 기억이 있는데 말로만 듣던 그곳을 직접 눈으로 보니 정말 느낌이 달랐다. 일단 배가 인당수 근처에 접하는 순간부터 물살이 빨라지는 것이 피부로 다가왔고, 만일 내가 아직 20세도 되지 않은 가녀린 소녀였다면 과연 부모님에 대한 효심으로 이 망망대해에 몸을 던질 수 있을까 생각해보니 심청에 대한 존경심이 절로 들었다. 그러한 심청의 아름답고 갸륵한 마음, 그리고 그것을 기리고자 하는 후세 사람들의 경외심을 품고 있는 곳이 바로 이곳 인당수이자 백령도 앞바다인 것이다.

백령도에는 심청의 전설을 품은 장소답게 '심청각'이라는 심청과 심봉사를 기리는 테마파크가 있다. 우리 역시 일정에 그곳이 포함되어 있어 백령도에 들르자마자 백령도의 명물이라는 사곳냉면으로 끼니를 해결하고 바로 그곳으로 향했다. 심청각에 오르면 평화롭고 아름다운 백령도 시골 마을은 물론, 심청의 깨끗하고 순수한 영혼을 품은 앞바다 그리고 저멀리 인당수와 황해도 땅까지 한눈에 들어온다. 백령도는 인천에서도 배를 타고 3시간이 넘게 걸린다. 한참을 들어와야 되는 곳이다. 아직 인간의 손이 미치지 않은 자연 그대로의 모습을 많이 간직하고 있는 바다가 바로 가까이에 있는 곳이다.

그래서 바다가 깨끗하고 맑다는 것이 한눈에 바로 느껴진다. 사실 나는 그전까지 에메랄드 같다든지 마치 호수 같다는 표현을 문자로 접할 때마다 무슨 말인지 잘 몰랐는데 백령도를 다녀와 보고는 그 말의 뜻을 바로 알 수 있었다. 그만큼 예쁜 바다이다. 또한 파도가 적고 간격이 좁다. 게다가 조금만 손 내밀면 금세 잡힐 것만 같은 북한 땅… 지금은 동족상잔의 아픔을 뒤로 하고 휴전 중이라는 상황 때문에 서로에게 총 끝을 겨누고 있지만, 아마도 저곳에서 이제는 나이 들어버린 이북의 누군가는 백령도에 있을 젊은 시절의 누군가를 그리워하고 있을지도 모른다. 인천에서 백령도까지의 거리와 백령도에서 중국까지의 거리가 얼추 비슷하다고 들었다.

그렇다면 백령도에서 저기 보이는 북녘 땅까지도 금방일 것이다. 여쭤보니 대충 여기서 중국까지가 140km 정도고 북한은 달랑 16km 정도란다. 생각했던 것보다도 너무나도 가까워 놀랐다. 배로 10분이면 간단하다. 예전에는 백령도에 뗏목소도 있어서 개성은 물론 평양까지도 닿았다고 한다. 그런데도 불구하고 이렇게 멀리서 눈으로만 봐야 하는 멀고도 가까운 땅, 북한. 세월이 지나고 시간이 흐르면서 교통수단은 발달하여 머나먼 유럽이나 아프리카도 금방 다녀올 수 있는데 그 가까운 곳을 이렇게 멀리서만 바라봐야 하다니… 그리고 그곳을 그래도 남한에선 가장 가깝다는 이름으로 보여주는 섬, 백령도. 언젠가는 빠른 시일 내에 우리 후손들에게는 직접 손잡고 방문해서 보여줄 수 있게 되기를 몇 번이나 빌고 또 빌었다.

심청각에는 볼거리가 하나 더 있다. 바로 당시 돈으로 8만 5천 원짜리였다는 미국 탱크와 대포이다. 그때 가치로 그 정도라면 결코 적은 돈이 아니었을 텐데, 평소에는 아무 생각 없이 안전한 상황에 놓여 있다는 것을 당연하게 느끼며 살아가지만 전쟁의 위협에서 조금이나마 자유로울 수 있다는 것이 얼마나 감사해야 할 일인지 깨닫지 않을 수 없다.

백령도를 돌다 보면 곳곳에 빨갛게 핀 해당화가 보인다. 어촌 마을이니 당연한 것이지만 군데군데 얼굴을 내밀고 있는 그 꽃은 내가 섬마을에 와 있다는 것을 새삼스레 깨닫게 한다. 그런데 놀랍게도 백령도 주민들의 주된 산업은 어업이 아니라 농업이라고 한다. 그리고 보니 곳곳에 논밭이 무척이나 많다. 백령도는 정말 알면 알수록 놀랍고도 신기한 곳이다. 눈에, 마음에 몇 번이나 담고 싶은 경관은 둘째치고라도 알고 싶고 또 알아가고 싶은 것이 너무나도 많은 섬이다.

백령도를 보면서 놀랐던 것은 군사지역이라는 설명이 무색할 정도로 주변 경관이 빼어나다는 점이다. 나는 백령도에 있었던 2박 3일 동안 몇 번이나 바다 모습을 카메라로 찍고 또 찍었다. 백령도는 북한과 가깝다 보니 두무진 해안을 관광하러 오는 사람들이 많고 우리 일행도 그곳에 다녀왔다. 두무진으로 가는 길에는 군부대 지역임을 선언하는 말뚝이 박혀 있는 것을 볼 수 있는데, 박정희 대통령 시절 이곳이 군사지역임을 선포하기 위해 박아둔 것이라고 한다. 사실 백령도에서는 군인들을 어렵지 않게 볼 수 있다. 군지역임이 실감난다. 어쨌든 두무진에는 수많은 바위들이 있는데 유람선 안에서 밖의 광경을 구경하다 보면 인간의 손이 전혀 닿지 않은 자연의 힘이 얼마나 위대하며 또 어찌나 훌륭한 조각가인지 깨닫지 않을 수 없다.

바람에 실려 와서 코를 가볍게 간지럽히는 바다 비린내는 뭔가 신선하고 깨끗한 느낌을 더해 준다. 아름다운 두무진과 해금강, 잔잔하고 거울같이 맑기만 하던 바다. 오천 년의 우리 민족 역사와 1950년대 전쟁의 아픔, 그리고 한반도가 둘로 갈라진 후로 60년이 넘는 세월 내내 남북한의 모습은 서로 너무나 달라졌고 많은 것들이 변했지만 그곳의 바다는 그대로였다. 그동안 이 바다에서도 얼마나 많은 일들이 있었을 것인가. 그러나 위대한 자연은, 이 드넓은 바다는 모든 것을 보아 알고 있겠지만 그저 아무 말도 없다. 그냥 자신들을 보러 온 사람들 앞에서 마치 유리마냥 조용한 미소만 지을 뿐이었다. 그 바다 위를 유유히 헤엄치는 물범만이 유람선 안의 관광객들을 희롱할 뿐이었다.

우리는 백령도에 있는 해병대 6여단 본부를 방문하고 그곳에서 브리핑을 들었다. 백령도를 방문한 사람이라면, 아니 대한민국 사람이라면 누구나 해병대의 영상은 꼭 한번쯤은 보고 해병대의 노고에 감사할 줄 알아야 한다고 생각한다. 늠름한 그들의 모습과 설명을 들으면서 군기가 바짝 든 그들을 보며 내가 대한민국에 태어났다는 것에 너무나도 감사했고 고생해가면서 국민들을 안전하게 지켜 주는 그분들께 감사하지 않을 수 없었다. 그분들이 있기에 국가가 수호되었고 국권이 있다는 것을 우리 모두는 꼭 기억해야 한다.

또한 북한에 비해 남한이 매우 불리한 상황에서 국방을 해나가고 있음을 알게 되어 군인들의 노고를 몇 번이나 치하하고 싶었고, 간단한 질문에도 보안상 알려줄 수 없다고 하는 답변에는 마음이 든든해져 내가 이분들과 같은 땅에 살고 있음이 너무나도 기뻤다. 한편으로는 어린 시절 국군의 날이 다가오면 학교에서 주최하는 나라를 지키는 국군 아저씨들께 감사 편지를 쓰는 백일장에 여러 번 참가했던 기억도 나는데, 이제는 군인들의 다수는 나보다도 훨씬 어린 동생들이고 심하면 조카뻘일 거라는 생각을 하고 나니 새삼스레 세월의 무상함을 느끼지 않을 수 없었다.

백령도에 왔다면 꼭 들러봐야 할 곳 중의 하나는 바로 사곶해변이다. 사곶해변은 세계에서도 둘밖에 없는 천연비행장인데, 하나는 이탈리아 남부에 있다고 한다. 그리고 또 다른 하나가 바로 대한민국 백령도에 있는 이곳 사곶해변인 것이다. 이곳은 천연기념물 제 391호로 지정되어 있는 곳이기도 한데, 자연적으로 활주로가 생겼다니 정말 신기했다. 또한 콩돌 해변에도 들렀는데 이제까지 30년 넘는 시간들을 살아오면 나름대로 이곳저곳 좋다는 곳을 많이 다녀보았다고 자부하지만 그곳의 그 자연적으로 만들어진 돌들의 예쁜 모양은 지금도 눈에 선하다. 밖으로 돌을 가져가지 말라고 경고한다고 하고 우리 일행도 그 이야기를 들었다. 그런데도 몰래 가져가는 사람들이 꾸준히 있다니 관광객으로서, 아니 인간으로서, 방문자로서의 예의가 참 아쉽다.

### 3. 돌아오며

백령도를 떠나 다시 인천으로 돌아오는 내 마음은 무척이나 복잡했다. 백령도에서 가장 놀랐던 것 중의 하나는 군부대에서였다. 사진 촬영이 제한될 수 있다는 경고와 양해를 미리 구한다. 묻진 않았지만 아마도 보안사항 때문에 그럴 것이다. 또한 휴대폰 소지가 금지되기도 한다. 그렇게 우리는 보안이 철두철미하게 요구되는, 아니 그래야 하는 나라에서 살고 있다. 하지만 그럼에도 불구하고 많은 사람들은, 아니 솔직히 나만 해도 백령도에 대해 잘 몰랐고 가볼 엄두도 내지 못했다. 사실 학생 신분으로서 감사하게 다녀올 기회가 생겼기에 갈 수 있었지 평소의 나라면 시간을 내서 다녀올 수 있었을지 확신이 없다.

그럼에도 불구하고 주변 사람들에게 백령도에 꼭 한번 가보라고 추천하고 다니

164

165

는 이유는 두 가지다. 일단 그곳의 풍경이 위에서도 말했던 것처럼 너무나도 아름답고 꼭 한번은 가볼 만하다는 확신이 든다. 또 하나는 분단국이라는 우리나라의 현 상황이다. 평소에는 드라마를 보고 학점 걱정, 취업 걱정 때문에 전쟁이 언제라도 날 수 있다는 생각을 자주 하지는 못하고 살아간다. 하지만 그럼에도 불구하고 내가 그렇게 속 편한 생각을 할 때 누군가는 그런 나 같은 불특정다수를 보다 더 안전한 상황에서 숨 쉬게 하고 생활하게 하기 위해 안보와 국방에 신경 쓴다. 그런 분들이 많은 섬이 바로 백령도이다. 어디 그뿐인가. 심청각, 콩돌해변, 사곶해변 등 많은 명소들이 있고 어딜 가더라도 평화로운 풍경과 바다 내음이 저절로 사람을 행복하게 한다. 사곶냉면, 메밀전병 등 맛있는 음식은 저절로 따라온다.

수많은 아름다운 곳들, 관광 명소로 추천받는 멋있는 곳들이 있지만 백령도야말로 꼭 가봐야 할 곳이라고 생각하며 많은 사람들이 그곳에 방문해보고 그곳의 의미를 다시 한 번 되새겨보는 기회를 가졌으면 좋겠다.

# 프라하의 봄, 그리고 3·1 운동

## <3·1운동 새로 읽기>를 읽고

3·1 운동, 3·1 운동, 3·1운동... 사실 우리나라 사람이라면 저 단어에 대해 아주 잘 알지는 못해도 아예 모르는 사람은 없다고 해도 과언이 아닐 것이다. 초등학교 때부터 역사 시험에 주관식 문제의 답으로 나오는 단골손님이고 아예 3월 1일은 국경일로 기념까지 하고 있으니 말이다.

하지만 그 3·1 운동에 대해 한 번이라도 진지하게 그 의미를 생각해 보거나 그것을 다루고 있는 책을 처음부터 끝까지 제대로 읽어본 사람은 얼마나 될까? 아마도 그리 많지 않을 것이다. 부끄러운 이야기지만 나 역시 이 책을 읽기 전까지 3·1 운동에 대해 다루고 있는 한 권의 책을 읽어보기는커녕 그런 책이 있다는 사실 자체도 몰랐다. 그 운동에 대해 내가 알고 있는 것이라고는 유관순, 1919년, 독립만세운동, 일본, 일제강점기 정도의 키워드들이 거의 전부였다. 솔직히 말하면 철없을 때는 저 정도 외워놓고 스스로가 뿌듯해서 만족해하며 의기양양해하기도 했다. 3·1 운동에 대해서 이 정도면 시험 대비를 꽤 했다고 생각하고는 신나 했던 것이다. 지금 생각해보면 참 어이없는 일이었다.

이 책을 읽으면서 나는 기존까지 내가 갖고 있던 3·1운동에 대한 인식과 그것에 대한 기초적인 지식이 어느 정도였는지를 스스로에게 자문하지 않을 수 없었다. 몇 년 전 일이다. 여러 국가에서 온 친구들과 함께 며칠간의 해외봉사활동을 하러 외국에 나간 적이 있었다. 돌아가며 순서에 따라 자기소개를 할 때 내 차례가 되어 한국에서 왔다고 하니까 뜻밖에도 일본의 식민지였음을 아는 친구가 있었다. 체코에서 온 친구였다. 이 친구는 평양, 소주, 삼성 등 한국에 대해 관심이 좀 있는 것 같기도 해서 무척 반가웠다. 나도 체코에 대해 아는 것을 이것저것 떠들고 싶었으나 사실 프라하 말고는 딱히 떠오르는 게 없고 영어도 잘하지 못해서 우물거리고 있는데 이 친구가 갑자기 1900년대 초 일본에 저항해서 일어났던 우리 선조들의 독립 운동에 대해 배운 적이 있다고 하면서 한국이 일제 식민지였던 시절 일어났던 독립운동들을 보면 '프라하의 봄'이 연상된다고 하는 것이었다. 그 친구는 커다란 파란 눈을 반짝이며 궁금하다는 표정으로 나를 뚫어지게 쳐다보았다. 그에 대해서 내가 뭐라고 의견을 말해주기를 기다리는 눈치였다. 그런데 유감스럽게도 나는 세계사에 대한 지식이 깊은 편이 아니라서 체코가 공산 국가였다는 것과 최근까지도 슬로바키아와 합쳐져 있는 나라였다는 것 정도만 알고 있었기 때문에 딱히 할 말도 없었고, '프라하의 봄'은 예전에 어디선가 얼핏 읽어봤던 기억은 나는데 솔직히 뭔지 잘 몰랐다. 그렇다고 난 너희 나라에 대해 잘 모르니 아무것도 할말이 없다고 얘기할 수도 없고 뭐라고 해야 할지 참 난감했다. 서투른 영어로 겨우겨우 "어떤 나라의 식민지가 된다는 것은 참 슬픈 일이다. 너희 체코 사람들도 힘들게 프라하의 봄을 맞았던 것처럼 우리도 힘들게 독립을 맞았다. 네가 우리나라의 역사를 알고 그것을 호의적으로 생각해 준다니 매우 기쁘다. 사람들은 생김새와 언어는 달라도 다들 같은 생각을 하나 보다."라고 겨우겨우 대답하기가 너무 힘들었고 그 순간 나 자신이 너무 한심하게 느껴졌다. 만리타국의 외국인보다도 우리나라 역사의 중대한 사건에 대해서 더 아는 것이 없어서 저렇게 대충 둘러대다니, 스스로가 너무 창피했다.

그 일이 있은 후 나는 한동안 3·1 운동을 비롯한 일제 강점기 시절의 저항운동들, 그리고 '프라하의 봄'을 비롯한 세계 여러 나라의 민주화 운동들에 대해 관심을 갖고 알아보기 시작했다. 사실 나는 고등학교 시절 세계사를 자세히 배우지 않았고 더구나 1950년대 이후 제3세계에서 일어났던 여러 사건들에 대해서는 아는 것이 거의 전무하다시피 했던 사람이라 매우 재미있었다. 그리고 그러는 도중에 3·1 운동은 1919년에 일어났고 벌써 100년 전이라는 과거의 일이 되어버렸지만, 3·1운동이 일어난 후에도 그 100년 동안에 일어났던 여러 사건들 속에서 사라지지 않고 그 정신은 계속 살아남아 이어져 내려오고 있다는 것을 알 수 있었다.

이 책에서도 언급하고 있듯 조선이 근대 독립국가로서 제 기능을 제대로 수행하지 못했던 가장 큰 이유로는 여러 가지를 들 수 있다. 미약한 국력도 그 이유가 될 수 있을 것이고 당시 조선을 다스리던 지배층과 위정자들이 앞날을 정확하게 내다보지 못하고 편협한 시각을 갖고 있었다는 점도 생각해볼 수 있을 것이다. 그러나 근대 국가의 역군이자 주인이 되어야 했던 당대 민중들의 주인의식과 역량이 한참 모자랐다는 이 책의 지적이 가슴에 와 닿으면서도 참 뼈아팠다. 민족자결주의니 뭐니 여러 세련된 사상들이 파도처럼 쏟아져 나오고 조선에서도 똬리를 틀고 있었지만 그것을 받아들이기에 아직 당시의 대다수 백성들은 부족했나 보다. 그전까지 3·1 운동에 대한 나의 인식은 '일본의 부당성 해외에 알림', '많은 사람들이 참여한 만세운동' 정도의 키워드로 정리되었다. 하지만 이 책을 읽고 만약 당시의 사람들이 조금만 더 빨리 국제사회에 손을 내밀었다면, 그래서 3·1 운동을 더 큰 울림으로 만들었으면 어땠을까 하는 생각을 멈출 수가 없었다. 역사에 만약은 없다고 누군가는 말했지만 1919년 3월의 그 날 많은 조선 사람들은 대규모 만세운동을 해냈다.

책에도 나와 있듯이 무단통치가 행해지고 언론·집회·결사의 자유는 아예 존재하지도 않던 그 시대에 매서운 일본의 눈초리를 피해 그 어려운 것을 해냈다. 그 일이 있기까지 수많은 사람들의 고생과 비밀스러운 움직임이 있었고 힘든 일들이 생겨났지만 어쨌든 이 만세 시위로 인해 우리는 일본의 만행을 해외에 알릴 수 있었다. 천두슈가 공개적으로 입장 표명을 할 정도였으니 분명 성과가 있었다고 할 수 있을 것이다. 그렇게 되기까지는 많은 사람들의 협동과 화합이 있었기에 가능했다. 쉽게 수그러들지 않았던 만세운동의 열기는 1910년대 내내 살벌한 통치를 계속해오던 일본이 조금이나마 유화적인 제스처를 취하게 하는 계기가 되기도 했다. 그것은 분명 대단한 일이다. 하지만 이 과정에서 한인들은 엄청난 피해를 입었고 제암리 사건과 같은 비극적인 사건이 도래하기도 했다. 일본인을 공격하는 폭력 시위가 일어나기도 했다. 만약 당대 사람들이 조금만 더 성숙한 의식을 가졌다면, 그래서 전혀 흠잡히지 않는 만세시위를 계획했다면 어땠을까. 그런 의문을 내내 품게 되었다.

나는 '프라하의 봄'에 대해 찾아보았다. 바다 건너 머나먼 유럽에 위치해 있는 나라 체코(구 체코슬로바키아)에서 1968년에 일어났던 민주자유화운동, 프라하의 봄. 민주주의 정권의 수립을 요구해 오는 체코슬로바키아 지식인들의 요구를 거부해 왔던 당시 독재 공산체제의 권력자 노보트니, 그리고 반체제 운동을 전개하는 두브체크. 이 사건으로 인해 프라하에선 독재체제가 막을 내리는 것 같았으나 슬프게도 오래가지 못했다. 개혁에 반감을 갖고 있던 소련은 이 아름다운 도시를 무력으로 짓밟았고 체코엔 다시 공산주의 정권이 들어섰던 것이다.

한 가지 특기할 만 한 점은 이 당시의 과정이 1919년 우리 조상들이 겪었던 3·1 운동과 유사한 점이 있다는 것이다. 당시의 체코 국민들 역시 3·1 시위에서 사랑하는 조국의 독립을 위해 목이 터져라 만세를 불렀던 우리 선조들처럼 많은 희생을 치러야만 했다. 소련에 저항하던 죄없는 국민들은 오직 자유를 열망했다는 이유만으로 프라하에서 계속 살기가 어려워졌고 나약한 그들은 물러가는 것 같았던 독재정권의 찬란한 귀환을 무기력하게 지켜봐야만 했다. 1919년 조선 사람들도 100년 전 3월의 그 쌀쌀하지만 뜨거웠던 밤이 지나간 후 일본이 계속 시위를 진압하고 관련자들은 물론 무고한 사람들을 희생시키는 것을 지켜봐야 했듯.

결국 체코는 1968년 '프라하의 봄'이 일어난 후 20년이 지난 1988년, 민주화 개혁을 요구하는 목소리가 커지고 그것을 원하는 대규모 시위의 발생에 따라 드디어 비공산주의자 바츨라프 하벨 대통령을 탄생시킬 수 있었다. 프라하의 국제공항인 바츨라프 공항은 이 사람의 이름을 딴 것이라고 하니 그에 대한 체코 사람들의 애정이 얼마나 큰지 짐작할 수 있다. 그를 대통령으로 만든 혁명은 더 이상 1968년의 모습과 같지 않았다. 그 시민 혁명은 수많은 사람들의 희생과 피를 요구하지 않았다. 수많은 체코 사람들이 그토록 열망하고 원해오던 순간이었을 것이니 그 감격스러운 광경을 맞이하는 그들의 벅찬 감동은 말로 이루 표현하기 힘들었으리라. 그들이 그토록 바라던 '영원한' 프라하의 봄이 드디어 찾아온 순간이었다.

만약 1968년의 '프라하의 봄'이 없었다면 그들의 88년은 더 요원해졌을지도 모른다는 생각을 해 보았다. 비록 우리도 1919년 3·1 운동이 일어나고 얼마 안 되어 내내 원해오던 독립을 쟁취하진 못했지만 이후 수많은 독립운동과 그것을 지탱해 나가기 위해 필요한 정신적 감흥, 용기에는 분명 3·1 운동이 큰 역할을 했을 것이다. 비록 일제 식민지하에서 하루하루를 힘겹게 살아가야만 했던 조선 사람들의 일상은 고달프고 쌀쌀했지만 3·1 운동이라는 대규모적 시위의 계획 수립과 그것의 성공은 할 수 있다는 자신감을 불어넣었을 것이고 그로 인해 우리의 독립을 조금 더 당겼을지도 모른다. 아니 그랬을 것이다. 그리고 그것이 머나먼 나라, 체코에서도 몇십 년이라는 시간의 장벽을 넘어 똑같이 실현되고 있었다. 국적과 생김새, 언어와 문화만 다르지 조국의 독립과 발전을 바라는 사람들의 마음은 다 똑같은 것이다. 그리고 그것은 시간이 흘렀다고 해서 소멸되거나 사라지지 않고 그 뿌리에서부터 살아남아 계속 전해져 내려오고 있었다.

이 책을 읽으면서 문득 고등학교 시절 배웠던 역사 교과서가 생각나 좀 속상한 마음이 들었다. 나는 6차 교육 세대라 국사과목이 선택이 아니고 필수였다. 그럼에도 불구하고 3·1운동에 대해 딱히 자세히 배우거나 교과서가 많은 지면을 할애했다고 생각했던 기억은 없다. 솔직히 말하면 코앞으로 닥쳐온 수능에서 한 문제라도 더 맞는 것이 중요했기 때문에 3·1 운동의 내면에 깔린 깊은 의미나 그것의 묵직한 울림 같은 것을 자세히 알아볼 요량도 없었고 그냥 3·1 운동의 이름과 이후 의의 등을 문제집에 나온 대로 달달달 암기하고 넘어갔다. 그것을 당연하게 생각했고 최소한 내 주변의 친구들도 거의 그랬다.

지금 생각해보면 참 부끄러운 일이다. 역사를 잊은 민족에게 미래는 없다, 역사는 미래에도 반복된다, 역사는 거울이다 등의 말을 역사 시간에 분명 배웠지만 정작 3·1 운동에 대해 그렇게 자세히 배워본 적도 없고 또 그럴 생각 자체를 아예 하지도 못하는 교육을 받아왔다는 얘기 아닌가. 30이 넘은 지금, 국사 과목을 선택으로 하느냐 여부에 대한 논쟁이 일어나고 있는 현실 자체가 안타깝다. 3·1 운동은 물론 자라나는 우리 후손들에게 한국인으로서의 정체성과 자부심 고양을 위해 역사교육을 좀더 강화하고 3·1 운동 등 중요한 사건들에 대한 서술을 더 풍부하게 보충하면 어떨까 하는 생각을 조심스레 해 본다.

올해는 3·1 운동이 일어난 지 딱 100년이 되는 해이다. 그 날이 있었기에 우리나라의 독립이 좀 더 빨라지고 역사가 많이 달라졌을지도 모른다. 실제로 일제는 어느 정도 조선 사람들의 요구를 들어주는 시늉을 하지 않았는가. 하지만 유감스럽게도 2019년 현재를 살아가는 사람들에게 3·1 운동은 그냥 노는 날인 3·1절을 기념하는 아주 예전의 일로 치부되는 것 같은 느낌을 지울 수 없다. 부디 그것이 나만의 지나친 기우이기를 간절하게 바라면서, 내 주변의 수많은 사람들에게 이 책을 진심을 담아 권할 것이다.

김은정
lion0120@nate.com

# 마포구 D관에서 남양주 여유당까지

예전에 시험공부를 할 때나 취업준비를 할 때 동네 도서관에 자주 갔었다. 요즘에는 주로 책을 빌리러 가는 편인데, 도서관에서 동네 주민을 위한 다양한 프로그램을 진행한다는 것을 올해 처음 알게 되었다. 작년에 우연히 도서관 홈페이지에 들어갔다가 김애란 소설가와의 만남을 행사 당일 발견하고 부리나케 달려간 적이 있긴 하다. 하지만 그때 딱 한 번이었고, 그 이후로는 사실 큰 관심을 두지 않았었다. 그러던 중 올해 여러 일들이 겹치면서 내 삶 전반에 대한 생각이 많아지고, 머릿속이 복잡한 날들이 계속되었다. 어떻게 해서든 중심을 잡으려고 도서관을 자주 가게 되었고 3월에 도서관에서 진행하는 4회짜리 역사 관련 강의를 듣게 되었다. 강의 자체도 참 좋았지만, 강사님 복이 컸던 탓에 한 달 만에 수업이 끝나는 것이 정말 아쉬웠다. 이를 계기로 도서관 홈페이지를 주목하기 시작했고, 그 뒤부터 시간이 맞으면 적극적으로 강의를 신청했다.

2019 도서관 길 위의 인문학이라는 내가 신청한 강의는 유쾌한 자본주의 생존기였다. 총 3차시인데 1차시는 시간이 안 되어 놓쳤고, 2차시 강의를 들었는데 '실학'과 관련한 내용이었다. 2번의 수업과 1번의 탐방으로 진행되는 것부터 맘에 드는 강의였다. 나의 경우, 사람과 공간을 통해서 영감을 크게 받는 편이라 그야말로 취향저격이었다.

강의를 통해 (시험에 나온다니까 뭣도 모르고 외웠던) 실학자와 그 사상들이 조금씩 연결되면서 그것이 왜 중요한 건지 어렴풋이 깨닫게 되었고, 역사 속 사상과 정신을 내가 사는 현실과 어떻게 연결시킬지 고민해 볼 수 있었다. 특히 유배를 가서도 학문을 깊이 연구하여 수많은 저서를 남긴 다산 정약용은 정말 배울 점이 많은 분이었다. 유배지에서조차 마땅히 해야 할 4가지를 정해 말을 삼가고, 생각을 맑게 하고, 옷을 단정히 입고, 행동을 중후하게 하셨다는 얘기를 듣고 참 멋있는 사람이란 생각이 들었다.

2회의 수업을 마치고, 드디어 남양주 다산 유적지 일대를 답사했다. 대학 1학년 때 이후 역사유적지를 답사 형식으로 간 것은 처음이었다. (그땐 그저 선배, 동기들과 놀러 가는 게 좋아서 웃긴 사진이나 찍고 돌아다닌 바람에 어딜 갔는지조차 기억이 안 난다.)

다산 생가 여유당에 들어가기 전, 전문가의 설명이 시작되었다. 대문 앞에서부터 사당에 들어갈 때는 동입서출해야 한다는 것을 배웠다. 들어갈 때는 동쪽의 문, 나올 때는 서쪽의 문을 통과한다. 이 말을 듣고 탐방 참여자 전부가 동쪽 문으로 우르르 향했다. 정약용 본인이 직접 쓴 묘지명인 자찬묘지명을 지나쳐, 다산 묘소 앞에서는 다 같이 묵념으로 예를 표했다.

다산 정약용의 생가이자 그가 유년기를 보냈다는 '여유당'은 이름부터 남달랐다. '여'와 '유'라는 말에는 겨울철 살얼음 냇가를 걷듯 조심하고, 세상 사람들이 주목하듯 조심하라는 의미가 담겨 있다. 집의 이름에서조차 그의 성정이 느껴졌다. 여유당 주위를 둘러보고 바로 그 근처의 실학박물관으로 향했다. 박물관에서는 박물관을 소개해주시는 분이 따로 대기하고 계셨다. 실학에 대한 자료를 눈으로 직접 보고 그 정신에 대한 설명을 들었다. 설명하시는 분의 (박물관과 실학에 대한) 애정과 열정에 감화되어 다음에 갈 때도 가르침을 얻으려고 명함을 받아두었다.

박물관 견학을 마치고 다 같이 그 주변 다산 체험길을 걷기로 했다. 가는 길에 가이드님이 다들 이 꽃이 뭔지 아세요? 하고 질문하셨다. 내 눈에는 영락없이 무궁화로 보였는데, 여기저기서 접시꽃이라는 대답이 들려왔다. 정답이었다.

좀 더 걷다가 이번엔 다른 꽃의 이름을 물어오셨다. '저 꽃 정말 많이 봤는데... 그나저나 저게 이름이 있는 꽃이었나?' 생각하는 중에 또 여기저기서 금계꽃이란 말이 들려왔다. 역시 정답이었다. 도서관 강연 수업은 주로 평일 7시에 진행되기 때문에 나처럼 집이 회사와 가깝고, 집이 도서관과 가까운 사람이 아니라면 사실상 참여가 불가능하다. 그래서인지 수강생들의 상당수가 어르신들이고 젊은 친구들은 찾아보기 어렵다. (참 유익하고 알찬 강의가 많은데 내 또래들이 못 듣는 점이 속상하고 안타깝다)

암튼 어르신들이 꽃 이름을 척척 말씀하실 때마다 속으로 우와 하면서 감탄을 했다. 길가에 피어있는 꽃 이름 하나를 모르면서 나는 뭐를 그렇게 안다고 떠들어댔을까, 삭막하고 짧은 내 지식이 새삼 부끄럽게 느껴졌다.

체험길 초입 강가에 이르자, 가이드님이 다산 선생이 한양에 있는 마포에 갈 때마다 여기서 배를 탔다고 알려주셨다. 그 뱃길은 다산이 살고 계신 곳에서 마포에 빨리 갈 수 있는 고속도로와 같은 길이었다. 그리고 갑자기 어떤 기시감 같은 것이 머리를 스치었다.

이십 대의 나에게는 오랜 꿈이 있었다. 굶어 죽기 딱 좋으니 그런 건 취미로 하라는 엄마의 말 한마디에 접힐 정도로 나약한 꿈이었지만, 그 꿈 앞에서는 여전히 가슴이 뛰고 수줍을 정도로 소중한 꿈이었다. 서울 마포구 소재의 대학을 다녔던 나는 굶어 죽지 않으려고 법학을 복수 전공하기에 이른다. 이 사회의 정의를 법을 통해 구현하고 싶기도 했다. 막상 법학 수업을 듣기 시작하니 적성에 맞고 재밌기도 하였다. 법학 수업은 D관이라 불리는 건물에서 진행되었다. 그래서 나는 학창 시절 하루의 대부분을 D관에서 보내었다. 그 D관은 '실학'을 집대성한 '다산 정약용'을 기념하기 위하여 이름 붙여진 관으로 다산관으로 불리기도 한다.

나름 실용적(!) 사고의 결과로 선택했던 '마포의 다산관'을 나와 한참을 돌고 돌다가 다산 정약용이 마포로 떠났던 장소에 내가 지금 서 있다. 하필 오늘의 내 문제를 해결하려 고군분투하는 이 시점에 여기 왔다는 것이 운명처럼 느껴졌다.

자기 시대 문제 해결의 실질적인 길을 찾으려고 했던 조선의 실학이 탐방 내내 내게 말을 걸어왔다. 어서 너도 너의 오늘에 대한 문제 해결의 실질적인 길을 찾아 떠나라고 말이다.

판타지가 무엇인지는 정확히 모르겠지만, 판타지로 분류되는 영화를 볼 때마다 여태껏 졸지 않은 적이 없었다. 전 세계적으로 인기 있는 영화를 봤을 때도 마찬가지여서 그 뒤로는 시도조차 하지 않았다.

회사에 입사하고 막연하지만 분명하게 했던 유일한 다짐은 내가 버는 돈으로 '어디든 떠나자'였다. 그리고 정말 이것을 행동으로 옮겼다. 주변 사람들은 내가 여행을 결정하고 계획하는 데까지 일사천리라 놀라는 경우가 많은데, 뭐든지 좋아서 하는 건 (있는지도 몰랐던) 내 안의 에너지가 밀어붙이는 거라 정작 나는 그 영문을 몰랐다.

그런데 지금껏 다녀왔던 여행들을 정리하면서 보니 여행이 나에게는 일종의 판타지가 아니었을까 하는 생각이 불현듯 들었다.

꽤 많은 것을 내 뜻대로 결정할 수 있는 어른이 될 거라고 기대했지만, 나이 들수록 내 맘대로 할 수 있는 것이 생각보다 별로 없었다. 직장을 다니기로 한 것은 분명 내 뜻이 맞았지만, 발을 들인 이후에는 매번 남 뜻이 내 뜻보다 우위에 있었다.

못 먹어도 고, 내 선택에 후회란 없다 제법 자신만만하게 살아왔다고 자부했는데 씹히고 밟히면서 점점 나다움을 잃어갔다. 노동력 제공하고 월급 받는 것 외에 나까지 잃어야 하는 게 직장생활인지는 꿈에도 몰랐다.

　그렇게 대부분을 남 뜻대로 움직이다 번 돈으로 (비교적 긴 시간, A부터 Z까지) 내 뜻대로 할 수 있는 유일한 것이 여행이었다.

# 나를 마주하기 위해
# 낯선 곳으로 떠나는 것

내 힘으로 돈을 벌기 전부터 가졌던 막연한 욕망이었는데 직장생활의 공허함이 더해지면서 현재 내 상황에서, 내가 가진 상상력으로 만들어 낼 수 있는 최선의 판타지가 여행이 된 것이다.

시드니에 가기 전, 그곳을 떠올렸을 때 내 머릿속을 떠다닌 단어는 오페라 하우스, 캥거루, 러셀 크로우 그리고 영화 스크림 여자 주인공(이름이 시드니)이었다. 여행 루트를 짜면서 몇 권의 책을 읽긴 했지만, 직장인 여행 기간의 한계와 특성상 장거리 여행은 효율적인 워밍업이 필요하다고 생각했다. 여행경력도 제법 쌓였으니 이번만큼은 나만의 완벽한 '판타지'를 만들고 싶었다.

그래서 내가 좋아하는 여배우가 광고했던 여행 관련 사이트에 들어가서 '현직 전문직 직장인과 함께 하는 로컬처럼 4시간 보내기'를 시드니 여행 첫날로 예약했다. 혼자 가는 여행이라 신중을 기할 수밖에 없었는데 제목에 있는 전문직과 직장인이라는 단어에 신뢰감과 공감대가 훅 들어왔다. 그리고 이미 다녀온 사람들의 후기들이 칭찬 일색이라 안심하고 예약했다.

가이드님이 어떻게 호주에서 지내게 된 건지 내가 먼저 물어보았고, 이런저런 얘기 끝에 수능 얘기까지 번져 자연스럽게 우리가 동갑내기라는 것을 알게 되었다.

사는 곳은 달랐지만, 또래이다 보니 고민이나 상황이 비슷해 쉽게 친근감을 느꼈고 진짜 수다스러운 여행이 되었다.

(감히 말하면) 4시간 동안 대화를 통해 내가 느낀 가이드님은 학창 시절 공부를 열심히 했고, 일하는 시간 외에는 여행 가는 것을 좋아하는 사람이었다.

모범생스러운 범위 안에서 자유와 일탈을 누리는 그 삶의 패턴이 어디선가 많이 본 듯한 느낌이 들었다. 다만 그는 혼자 낯선 곳에서 (그야말로 독립적으로) 본인만의 삶을 개척하고 있으니 멋있는 걸로는 저만치 앞에 있다는 것이 나와 달랐다.

4시간의 일정 중 가장 기억에 남은 건 가이드님이 사는 동네 맛집에서 브런치를 먹은 것과 러셀 크로우가 살았다는 아파트 옆을 지나간 것과 가이드님이 중간중간 찍어 준 내 인생샷들이다. 그리고 그다음의 내 여행 일정에 대해 나누다가 나온 이 이야기다.

"내일이랑 모레 블루마운틴과 포트스테판을 가보려고 해요. 액티비티로는 스카이다이빙이랑 하버브리지 클라이밍을 미리 예약했어요. (마침 하버브리지가 보여) 혹시 하버브리지 클라이밍 해보셨어요?"

"네. 회식으로요."

"네? 회식이요? 아... 저녁때 올라가면 정말 멋있었겠네요. 그런데 해지고 올라가기에는 좀 무서울 것 같은데."

"아니요. 낮에 갔어요. 저녁에 회식을 하면 아무도 안 오거든요."

혼자 놀 때 미술관에 가는 것은 내게 꽤 특별한 이벤트다. 그림도 못 그리고, 그림을 어떻게 감상해야 하는 건지는 사실 잘 모른다. 그냥 그림 보는 것을 좋아할 뿐이고, 내가 모르고 바라봐도 그림은 나에게 틀렸다고 한 적이 없을 뿐이다.

친한 언니와 수다를 떨다가 우연히 데이비드 호크니란 화가를 알게 되었다. '세계에서 최고가로 작품이 낙찰된 현존 작가'란 타이틀이 제일 먼저 눈에 들어왔다. 이 시점에, 그의 그림을 만날 운명이었는지 마침 서울에서 그의 전시회가 열리고 있었다. 평일의 여유라는 호사를 누리고자 하루 연차까지 썼지만, 미술관은 사람들로 엄청 붐볐다.

## 1. 무엇을 그릴 것인가

천재적 영감을 주체하지 못했을 것 같은 그도 젊은 시절 무엇을 그릴 것인지에 대한 고민이 있었다니 그 사실이 왜 그리 반가웠는지 모르겠다. 내가 처음으로 본 그의 그림은 그가 즐겨 마셨다는 차Tea 그림이었다.

그는 '무엇'을 그릴 것인지 고민했다지만 예술에 있어서 결국 '누가, 어떻게'가 더 중요한 것이 아닐까 하는 생각이 들었다. 그의 아이디어와 표현방법으로 인해 그 '무엇'이 더 의미 있게 느껴졌다.

내가 좋아하는 '쓰기'를 결심한 이후 요즘 나도 '무엇'을 쓸까? 엄청 고민하고 있다. 머릿속 한가득 정리되지 않은 생각들을 어찌할 줄 모르다가 어렵게 한 단어 한 단어를 연결하여 겨우 문장을 만든다. 지금은 무엇을 쓸지 고민하기도 벅차지만, 나도 내가 즐겨 하는 것을 쓰면서 나만의 글투를 갖게 되길 바라본다.

## 2. identity를 찾아서

갈 길을 잃어버린 일상 탓인지, 요즘 유독 자신의 정체성을 찾은 사람들을 보면 몹시 부럽다. 누군가는 그것을 찾을 필요성을 못 느끼거나, 누군가는 평생 그것을 찾으려고 애써도 못 찾곤 한다. 그런데 자신의 정체성을 찾은 것도 모자라 그것을 이 세상 단 하나의 것으로 표현하는 예술가를 대면하면 범인凡人, ordinary man의 질투심은 끝을 모르게 된다.

알 수 없는 검은 물체에 눌려 고개가 꺾여버린, 인형 소년은 화가가 고민한 정체성의 무게가 어느 정도였는지 가늠케 해주는 작품이다. 뭔가에 눌려 꺾여 있는 게 꼭 회사에서의 내 모습 같기도 했다. 일은 그저 일일 뿐이라는데 먹고사는 곳에서 정체성까지 찾으려는 것 자체가 과한 욕심이었을지도 모르겠다. 하지만 그것이 겹쳐지는 순간이 오지 않을까 오랜 시간 기대했었다. 정체성에 대한 그의 고민은 결국 그에게 그림을 그리게 했는데, 나의 고민은 나에게 사표를 그리게 할지도 모르겠다.

## 3. 공간에서 영감을 얻는 화가

데이비드 호크니의 그림을 보면 그가 갔거나 머물렀던 공간으로부터 많은 영감을 받았다는 것을 알 수 있다. 여행을 좋아하는 나는 낯선 공간이 주는 느낌과 거기서 발생하는 여러 가지 생각, 그리고 그 모든 것을 표현하는 일련의 과정에 대해 굉장히 흥미로워한다. 그래서인지 내가 유독 시간을 들여 감상한 작품들은 그가 로스앤젤레스, 베이루트, 멕시코에서 영감을 받아 그린 그림들이었다.

데이비드 호크니란 사람은 여행 중 새로운 공간에서 이런 것을 느끼는구나, 화가는 그것을 그림으로 이렇게 표현하는구나, 등등 데이비드 호크니의 그림으로 둘려 싸여있는 공간을 여행하는 동안 나도 새로운 영감을 얻었다.

1937년에 태어나신 분이라고 믿기지 않을 정도로 평생을 끊임없이 새로운 것을 추구하고 도전하여 예술의 영역을 확장한 데이비드 호크니. 관람을 마치고 전시장을 나오는데, 그의 말로 마무리되는 오디오 가이드의 마지막 멘트가 끝까지 여운을 남겼다.

"나는 향수에 잠기는 타입이 아니다. 그저 현재를 살 뿐이다."

김종문
jmkimhm@gmail.com

# 동화가 된 흑백사진

그 밤에 꿈을 꾸었다. 친구들을 모두 태우고 수학여행 버스가 막 떠나려던 참이다. 나도 태워달라고 엉엉 울며 쫓아가다가 잠에서 깨어났다. 어머니가 준비해 놓은 옷이며 간식이 머리맡에 가지런히 놓여있었다. 안도의 숨을 내쉬며 난 새 아침을 맞았다. 들뜬 마음에 밥도 먹는 둥 마는 둥 학교로 달려갔다. 먼데 친구들이 먼저 와있었다. 노랗게 물든 우람한 은행나무 아래서 여자아이들은 머심아 같이, 남자아이들은 고삐 풀린 망아지 같이 뛰놀고 있었다. 수학여행 버스가 오려면 아직도 멀었다.

2년 전 3학년 땐 수학여행 버스에 오르는 친구들을 멀리 구멍가게에서 바라보며 눈물 젖은 빵을 목구멍으로 집어삼켰었다. 60년대 말, 너나없이 형편이 어려워 시골에선 수행여행도 절반 정도 밖에 못 가던 시절이었다. 아부지는 형들도 5학년이 되어서야 갔다며 너도 그때가 되면 보내주겠다고 용돈을 주며 달랬었다. 여행을 다녀온 친구가 기념사진을 보여주며 이게 문경 시멘트공장이라고 자랑했다. 멀찍이 찍어서 그렇지 저기 저 공장굴뚝이 어마어마하게 크다고 침이 마르도록 말했다. 지금도 굴뚝만 보면 그때 그 공장이 생각난다. 당시로선 교과서에도 실릴 만큼 큰 공장이었다.

선생님은 대구 달성공원에 가면 호랑이며 코끼리를 구경할 수 있다고 했다. 책에서만 본 신기한 동물들이 벌써 내 마음 속 정글에서 뛰놀고 있었다. 호랑이에게 물리면 어떡하지 걱정을 하면서도 가슴은 이미 달려가고 있었다. 버스는 내 급한 마음을 아는지 모르는지 곧장 가질 않았다. 울퉁불퉁 삼십 리 길을 달려 상주 읍내로 가서 다시 기차로 갈아탔다. 난생 처음으로 기차를 탔다. 차창 밖으로 세상은 뒤로 밀려가고 있었다. 맑고 푸른 하늘을 배경으로 곡식이 누렇게 익은 들판이 빠르게 다가왔다 뒤로 사라지는가 하면 또 캄캄한 터널을 뚫고 지나갔다. 한적한 마을이 나타났다간 곱게 단장한 가을 산이 눈길을 사로잡았다. 넋을 잃고 차창 밖을 내다보다 맞은 편 선로에서 다가오는 열차가 갑자기 획 지나가자 다들 놀라 자지러진다. 얼마간 후엔 누군가 고구마를 내놓았고 누군가는 옥수수를 꺼냈다. 삶은 계란을 내 앞에 밀어놓는 짝꿍의 손이 고왔다. 우리는 난생 처음 보는 신비의 세계 속으로 함께 빨려 들어갔다.

곳곳마다 멈춰서며 구경거리를 보여주던 완행열차에서 내리니, 집과 차와 사람들로 가득 한 어마어마하게 큰 동네가 나타났다. 대구라고 했다. 백여 가구가 살던 우리 동네는 주변에서 가장 큰 동네였다. 학교도 있고 우체국도 있고 면사무소도 있고 구멍가게도 있어서 속칭 대처라고 난 자부했는데, 여긴 차원이 달랐다. 우리는 다시 시내버스로 갈아타고 계속 달렸다. 달려도 달려도 익숙한 초가집은 보이지 않았고, 논도 밭도 보이지 않았다. 거리엔 차들로 가득했다. 저 많은 차들은 어디서 와서 어디로 가는지 어지러웠다. 저 많은 사람들이 어디서 쌀을 구하고 땔감을 구하고 물을 구할지 궁금했다.

막 배고프던 참이었는데, 선생님이 자장면을 먹으러 간다고 했다. 환호성을 지르며 소문으로만 듣던 자장면 맛이 어떨지 잔뜩 기대를 걸고 중국음식점으로 들어갔다. 왁자지껄 떠들며 음식을 기다리다, 소변이 마려워 정낭이 어디냐고 물었더니 정낭이 뭐냐고 되묻는다. 오줌이 마렵다고 했더니 그제서야 화장실은 저기에 있단다. 화장하는 데서 거시기를 하다니 참 의아했다. 그런데 화장실 가는 길에 그만 못 볼 걸 보고 말았다. 부엌이 좁아선지 국수를 담은 밥그릇을 땅바닥에 죽 펼쳐놓고 음식을 준비하고 있었는데, 그 위로 사람들이 넘나들고 있었다. 친구들은 맛있다고 난리지만 난 토할 듯하여 밥그릇을 비울 수 없었다. 식사 때 누군가 방귀만 꿔도, 나는 밥에 방귀 들어갔다며 안 먹겠다고 투정을 부리던 까탈스러운 아이였다. 방귀는 거시기의 분자가 떠다니면서 그 고유한 냄새를 풍기는 거라고 배웠기 때문이다.

또다시 버스를 타고, 가다서다를 되풀이하고서야 우린 달성공원 앞에 도착할 수 있었다. 설레는 마음으로 공원에 들어서자마자, 나도 모르게 "우와" 소리치며 벌린 입을 다물지 못했다. 집채만 한 동물 앞에서 나는 눈이 휘둥그레졌다. 황소가 세상에서 제일 크다고 생각했는데, 그 발 하나만해도 황소보다 커 보였다. 이 육중한 동물은 자그마한 디딤돌을 딛고 서서, 긴 코를 손인 양 자유자재로 움직이며 사람들이 던져주는 음식을 받아먹고 있었다. '코끼리 아저씨는 코가 손이래 과자를...' 노래가 절로 나왔다. 완전히 압도당한 채 넋을 놓고 홀린 듯 바라보고 있는데, 선생님은 저 큰 코끼리가 조그마한 불개미를 가장 무서워한다고 했다. 불개미를 피해 걸음아 날 살려라 뒤뚱뒤뚱 줄행랑치는 코끼리가 눈앞에 있는 양, 우리는 배꼽을 잡고 깔깔댔다. 바로 옆에는 공작새가 있었는데 마침 날개를 활짝 펴고 아름다운 자태를 뽐내고 있었다. 길가엔 공작새를 닮은 접었다 펼 수 있는 부채를 팔고 있었다. 아부지가 좋아할 것 같아 아껴 쓰라고 준 용돈을 다 털어 넣었다. 호랑이, 사자, 기린, 곰, 원숭이가 날 오라고 부르는 듯하여 못내 아쉬운 마음을 뒤로하고 발걸음을 옮겼다.

노랗게 빨갛게 물든 나무들 사이로 초록빛 잔디밭이 훤히 펼쳐지고 그 위에 예쁜 꽃으로 수놓은 시계가 보였다. 찰칵찰칵 시계바늘이 돌아가고 있었고 시간도 맞다고 했다. 우린 꽃 시계 앞에서 기념사진을 찍었다. 활짝 웃어라 할수록 더욱 굳어버리는 똘망똘망한 얼굴들이 형형색색 고운 빛깔을 걷어낸 흑백사진 속에 고스란히 담겼다. 반백년이 지난 지금 영영 사라져버린 사진이 되었지만, 가슴 속에 동화 같이 아련히 남아있다. 그 동화 속에선 여전히 난 수학여행 중이다. 무르익은 들판과 울긋불긋 단풍 사이로 코끼리와 기린과 개구쟁이들과 어울려 나는 또다시 고삐 풀린 망아지가 되고 만다.

숙소로 돌아와 저녁을 먹고 4명씩 한 방에 들었다. 방에는 등잔 대신 전등이 있었다. 전기에 감전되면 죽을 수도 있다는 이야기를 들은 터라 난 누군가 먼저 스위치를 켜주기를 기다렸다. 전깃불이 들어오니 호롱불과는 비교할 수 없이 눈부시게 밝았다. 호기심 많은 친구들은 불을 켰다 끄기를 반복하며 장난질을 했다. 밤 10시가 되자 모두 불을 끄고 자라고 했다. 난 금방 잠들었지만 뭔가 콕 찌르는 듯한 통증에 깜짝 놀라 깨어났다. 아이들은 잠든 친구들에게 불침을 놓으며 짓궂은 장난질로 밤 깊어가는 줄도 몰랐다.

"아부지 이 부채 좀 보세요. 공작새를 닮았어요. 마음에 드세요?" 흡족해하는 아부지에게 난 코끼리 이야기를 했다. 우리 집채보다 큰 어마어마하게 큰 동물이라고 했더니 아부지는 "날 놀리는구나" 하신다. 되풀이 이야기해도 여전히 미심쩍은 표정이다. 어쩌면 내가 문경 시멘트공장 굴뚝이 얼마나 큰지 상상이 되지 않았듯이 아부지도 그랬던 모양이다. 6.25 전쟁 통에 부상을 당하고 겨우 자식을 낳아 키우기 바빴으니 코끼리 구경 갈 틈도 없었을 것이다. 어떻게 하면 이 어마어마한 코끼리를 아부지 눈앞에 그림같이 보여줄 수 있을까?

# 목발

학창시절에 만난 그는 늘 무거운 짐을 지고 있었다. 무슨 죄를 지은 까닭도 아니요, 다만 운명인 듯 보였다. 나는 그 무게를 가늠할 수가 없었다. 직접 경험해보지 않고서야 알 수가 없는 노릇이었다. 한때 측은한 마음을 품었었지만, 이내 기억에서 사라져버렸다.

회사에서 팀장으로 우수한 성과를 달성하고 기분 좋게 한 해를 마무리하고 있을 때였다. 다들 마음이 들떠서인지 뭔가 재미있는 걸 원하는 눈치다. 분위기도 고취할 겸 연말 팀 회식을 하기로 하고, 좀 그럴듯하게 계획을 세워보라고 했다. 평소 가려운 데를 잘 긁어주는 송 대리에게 맡겼는데, 간단하게 저녁식사를 하고 나서 롯데월드 지하 아이스스케이트장에서 스케이트를 타자고 했다. 12월29일이었다. 저마다 이리저리 약속이 잡혀있어 다같이 모일 수 있는 날은 그 날뿐이라고 했다. 결혼기념일이었지만 나는 말도 끄집어내지 못하고, 아내에게는 사장님과 연말모임이 있다고 둘러대기로 마음먹었다.

저녁식사를 하자마자, 우리는 스케이트장으로 향했다. 연말이어서인지 엄마랑 같이 온 어린이들, 젊은 연인들, 많은 사람들이 신나는 음악에 맞춰 스케이트를 타고 있었다. 우리도 덩달아 흥이 나서 누가 먼저랄 것도 없이 대열에 합류해서 빙글빙글 돌았다. 몇 년 만에 타보는가? 여의도광장에서 롤러스케이트를 몇 번 타보기는 했지만, 얼음 위에서는 초등학교시절 시골에서 얼음지치기를 한 기억이 아련할 뿐이다. 비틀비틀 한두 바퀴를 조심스럽게 돌고 나니 그래도 조금 자신이 붙었다. 슬슬 속도를 높여보았다. 그때 어린이 몇 명이 갑자기 옆으로 확 다가오기 시작했다. 엉겁결에 방향을 살짝 틀려고 했지만 당황한 나머지 자세가 흐트러지면서 발을 삐끗하고 콰당탕 엉덩방아를 찧고 말았다. 몸을 일으켜 세우려 했지만 생각보다 발목에 통증이 심했다. 결국 누군가의 등에 업혀서 나와야 했다. 준비운동을 충분히 하고 조심했어야 했다.

병원 응급실로 가려다 이미 밤이 깊어 집으로 향하기로 했다. 가까이 사는 팀원이 차를 몰고, 나와 송 대리가 같이 탔다. 집이 가까워와 질수록 숨겨둔 이야기를 할까 말까 고민이 됐다. 결국 난 오늘이 결혼기념일이었다는 걸 이야기 했다. 송 대리가 어디선가 꽃다발을 사왔다. 그 꽃다발을 손에 들고 송 대리 등에 업혀 우리 아파트 문을 열고 들어섰다. 아내는 기겁을 하고 놀라 어리둥절했지만 반갑게 맞아주었다. 꽃을 받아 든 아내는 간단한 음료를 내놓았고, 송 대리는 나를 대신해서 그간의 자초지종을 이야기했다.

다음날 아침 일찍 병원을 찾았지만 연말이라고 환자를 받지를 않았다. 삐친 부위를 받침대로 고정하고 목발을 주면서 연초에 다시 오라는 말뿐이었다. 머리보다 다리를 높여야 한다고 해서 나는 며칠간 그렇게 누워 지내야 했다. 자세가 뒤집어져서 소화도 잘 안 되었는데, 아내마저 자기를 속였다가 벌 받은 거라고 놀려댄다. 그 날부터 마치 영어의 몸이 된 듯 연말연시를 꼼짝달싹 못하고 그냥 집에 처박혀 지내야 했다.

지긋지긋한 가택 연금이 끝나고 이어서 나는 병원 신세를 지게 되었다. 오른쪽 발목 윗부분이 부러졌다고 했다. 수술을 받고 나서 퇴원할 때는 허벅지까지 깁스를 한 상태였고, 5개월 이상 목발을 짚고 다녀야 한다고 했다. 깁스한 발은 움직일 때마다 몹시 아플 뿐 아니라 상당히 무겁고 불편했다. 목발은 다루기에 서툴렀고 또 힘겨웠다. 늘상 다니던 길이 그리도 멀 줄은 미처 몰랐다. 주차건물에서 사무실까지는 기껏해야 백여 미터 남짓했지만 몇 번이고 쉬어가야 했다. 비바람이 내릴 칠 때면 난감했다. 목발을 짚고 우산까지 들어야 하니 이만저만 고역이 아니었다. 누가 도와주지 않으면 비를 고스란히 맞기 일쑤였다. 앞질러 지나가는 사람들이 마냥 부럽기만 했다. 그냥 두발로 뚜벅뚜벅 걷는 것조차 그렇게 부러울 수가 없었다.

내 사무실은 2층 이었는데, 승강기가 서질 않았다. 계단을 걸어 올라가야 했는데, 평소엔 가뿐히 오르내렸지만, 이젠 험난한 길이 되고 말았다. 몇 번은 주위에 도움을 받기도 했지만 매번 그럴 수는 없었다. 힘들어도 목발을 짚고 혼자서 올라갔다. 몇 계단 오를 때마다 쉬었다 오르기를 거듭했다. 마치 극기훈련을 하듯이… 무더운 여름이었다면 땀으로 뒤범벅이 되었을 것이다. 집안에서도 불편이 이만저만 아니었다. 하다못해 화장실 가는 것, 세면하는 것조차 만만치 않은 일이었다. 바깥에 나갈 일은 아내에게 다 맡기고 난 집안에만 있어야 했다. 가까이 사는 팀원

덕택으로 그럭저럭 직장에 다닐 수 있어서 그나마 다행이었다.

　그냥 활동이 불편한 정도에 그치는 게 아니었다. 하는 일도 서서히 바뀌기 시작했다. 업무관계로 외부에 나갈 일이 자주 있었지만, 내가 꼭 가지 않으면 안 되는 부득이한 경우만으로 최소화할 수밖에 없었다. 결국에는 내근을 하는 부서로 발령받아, 잘 알지도 못하는 엉뚱한 일을 맡아야만 했다. 사실 그마저도 거동이 불편한 나를 상당히 배려해준 결과였다. 그러니 새로 맡은 일이 미숙해서 겪는 수모쯤이야 불평할 처지가 아니었다. 스케이트를 타다 우연히 발생한 단순한 사고가 이렇게까지 번질 줄이야?

　이 악몽 같은 일을 겪고 나서야, 나는 까맣게 잊고 있던 그때 그 친구가 다시 생각났다. 여전히 그 무게를 알 수 없지만, 그의 축 처진 어깨와 슬픈 눈동자가 많은 걸 말해주는 듯했다. 그 친구와 함께 우린 유명한 미국인 선교사의 강연을 들으러 갔었다. "돌아온 탕자"란 제목이었는데, 김장환 목사가 통역을 맡았다. 극장식이어서 뒤에서도 잘 볼 수 있었고, 정해진 자리도 없었다. 서둘러 갔더니 너무 일찍 도착했는지 홀이 텅 비어 있었다. 우리는 좋은 자리를 찾아 이리저리 아래위로 옮겨 다녔다. 그는 힘든 내색 한번 없이 부지런히 쫓아 다녔는데, 어느 순간 멍하니 넋을 놓고 목발을 짚은 채로 장승처럼 꼼짝도 않고 서있었다. 소아마비로 불편한 그를 전혀 아랑곳하지 않다가, 그제서야 눈치를 채고 갑자기 조용해졌다. 겸연쩍고 어색한 침묵이 흘렀다. 울음보가 터질 듯한 그의 얼굴이 선명한 사진이 되어 지금도 뇌리 속을 아리도록 아프게 맴돌고 있다.

　내 잠시 경험은 단지 빙산의 일각에 불과할 것이다. 친구란 녀석도 이 모양일진데, 모르는 사람들이야 오죽하랴. "제네 아빠는 장애인이래" 이런 말들을 무시로 무심코 던져댈 테니 상처가 아물 틈이 없을 것이다. 택시를 잡으려 해도 그냥 무시하고 지나쳐버리곤 한다는 게 결코 빈말이 아닐 것이다. 다 건강하고 다리만 좀 불편할 뿐인데도 장애인이라고 부르니 마치 장애가 곧 그 사람인 듯한 뉘앙스이다. 제멋대로 약자라고 규정짓곤 도와주기는커녕 깔보고 차별하기 일쑤다. 이런 비뚤어진 시선만큼 견디기 힘든 일이 달리 또 있을까? 그저 슬며시 배려해주고 응원해주면 좋으련만, 나도 그러질 못했으니 부끄러울 뿐이다. 그는 지금 어디서 무얼 하고 있을까? 같은 시대에 같은 땅에서 살지만 나와는 전혀 딴 세상을 겪어왔을 게 분명하다. 혹 나 같은 사람들에 둘러싸여 더욱 힘들지나 않았을는지....

　친구야 미안해!

김태식
wavekts@hanmail.net

# 객토客土

논이나 밭을 오래 사용하면 흙이 산성화된다. 산성화가 되면 농작물의 수확이 줄어들고 좋은 결실을 맺기가 어렵다. 따라서 다른 곳에서 흙을 가져와서 섞으면 중성화가 되어 다시 좋은 흙으로 태어난다. 이러한 작업을 다른 흙을 빌려 쓴다는 뜻으로 객토客土라고 한다.

사람들에게도 객토와 같은 일이 필요하다. 이를테면 이공계 일을 하는 사람에게 문과적인 접목을 하는 것이다. 배를 만드는 조선소는 늘 쇳덩이와 더불어 해가 뜨고 해가 진다해도 지나친 말이 아니다. 치수가 얼마이며 두께가 어느 정도이고 공사기간은 언제까지라는 딱딱한 얘기만 오간다.

이들에게 잠시 쉬는 시간에 역사 얘기도 좋고 문학적인 사고를 해도 좋을 것이다. 문학이라고 해서 거창할 것은 없다. 장마철에 쇳덩이 사이로 흘러내리는 물방울을 보고 잠시 쉬어 가는 것만으로도 충분하다. 우리네 살아가는 삶의 얘기가 곧 문학이 될 수 있다.

틈나는 시간에 같이 일하는 직원들에게 흥선대원군의 본명이 '이하응'이며 그의 아들(고종)이 왕이 되기 전에는 너무나 가난했으며 술값이 없어 술을 파는 여인네의 치마폭에 난을 그려주고 술값으로 대신했다는 얘기 또한 좋을 것이다. 대부분의 사람들이 모두 아는 역사적 사실이지만 간혹 새로울 때도 있다.

김삿갓 시인이 삿갓을 쓰고 다니는 이유를 어렴풋이 알고 본명이 김병연이라는 사실까지도 알지만 정확하지는 않아 얘기를 했다. 그 분이 과거시험장이 아니라 마을의 백일장대회에 참가를 했다. 그리고 그 대회의 제목이 김익순에 대한 글을 쓰는 것이었고 그 때 그분을 호되게 질책하는 글을 써서 장원에 당선되었다. 기쁜 마음으로 집으로 돌아와 자신의 어머니와 형님에게 얘기를 하니 그 분이 바로 친할아버지라는 사실을 알고 삿갓을 쓰고 방랑길을 나섰던 것이다. 홍경래의 난으로 인해 폐족廢族된 집안의 자녀였기에 과거시험을 볼 수 있는 자격이 없었다고 하니 잘못 알고 있는 새로운 사실에 재미있어 한다.

오늘은 품질검사항목이 무엇 무엇이며 오전과 오후로 나눠서 실시하겠다는 품질관리팀의 일정보고. 경직된 딱딱함을 풀기 위해 한국과 일본의 축구경기 얘기를 풀어본다.

"어제 열렸던 한일전 축구경기는 너무 멋졌어!"

"네. 맞아요. 속이 후련했어요"

제2차 세계대전, 일명 태평양전쟁의 주범인 일본이 그 당시 전 세계를 자신들의 손아귀에 넣기 위한 야욕이 어떠했는가를 얘기하니 젊은이들도 새삼스러운 모양이다. 이렇게 주고받는 말 한 마디로 기분이 전환 될 수 있다. 어느 정도 객토가 될 수 있으리라.

어제 검사를 받으려 했으나 충분히 준비가 되지 않아 오늘 다시 검사를 받겠다는 담당자의 인상은 그다지 편안해 보이지 않는다.

"자네가 알고 있는 우리선조의 옛 시조 아무것이라도 괜찮으니 암송할 수 있는 것이 있다면 읊어 보게나. 제대로 외우면 오늘 검사를 수월하게 해 줄 테니."하면서 농담을 던져 보았다. 더듬거리며 제대로 외우는 시가 없단다. 머리를 긁적이며 하는 말

"고등학교 때는 몇 수 외웠는데."

그렇다. 고교 때에는 대학입시가 있었고, 국어선생님이 무서워서라도 무조건 외웠을 것이지만 학교를 졸업한 지가 10여 년이 지났을 테니 지금은 잊어버리는 것이 당연한 일이다.

내가 황진이의 시 한 수를 읊었다.


청산리 벽계수야 수이 감을 자랑마라
일도창해하면 다시 오지 못할지니
명월이 만공산하니 쉬어 간들 어떠리.


이쯤에 이르니 "그래요. 맞습니다. 생각이 납니다."라고 했다. 젊은이는 그동안 자신이 심하게 산성화가 된지도 모른 채 업무공정과 공사기간에만 얽매였고 출근과 퇴근만 반복했던 것이다.

조선소의 젊은 직원들에게 한 달에 몇 권 정도의 책을 읽느냐고 물어 보았다. 나

의 질문대상이었던 사람들은 장르에 상관없이 일반 책을 한 권이라도 읽는 사람이 없었다. 회사 일에 쫓기다보니 책을 읽을 시간도 없겠지만 요즈음 우리나라의 현실이기도 하다. 이러다보니 서점에 갈 일이 없으니 최근 돈을 주고 책을 샀던 일조차도 더욱 없다고 했다.

우리회원들이 쓴 책을 주겠다고 하니 받지 않겠다더니 공짜로 주겠다고 하니 받겠단다. 꼭 읽어야 한다고 약속을 받았지만 책을 읽고 난 뒤 얘기해 주는 사람은 두 사람 정도뿐이다.

내가 검사를 할 때 수행하는 젊은이들 대부분은 대한민국에서 첫째가는 대기업 조선소에 입사를 할 실력이니 어느 정도 수준은 갖추고 있다. 이를테면 명문대학 출신에다 영어성적도 아주 뛰어나다. 하지만 그들의 얘기는 "영어단어가 하나라도 틀리면 난리가 나는데 만약 우리말이 틀리면 나무랄 사람이 없다."는 얘기다.

이를테면 '자재 없슴'은 틀렸다고 하니 의아해 한다. 대부분의 젊은 직원들이 '없슴'으로 알고 있다. 발음은 '슴'으로 읽지만, 쓸 때는 '음'으로 표현한다고 하니 우리말인 한글에 대한 지식의 짧음에 부끄러워한다. 덧붙여 우리말에서 '슴'으로 끝나는 명사는 '사슴' '머슴' '가슴'밖에 없다고 하니 새삼스러운 듯 머쓱해 한다. 그래도 잠시 객토를 한 것 같다고 하니 다행스러운 일이다.

사람이 살아가는 것은 새로운 신진대사를 끊임없이 공급하는 것이다. 딱딱하게 굳어있는 직업 활동 속에서 가볍고 부드러운 문과적인 상식을 보탠다면 그것이야말로 삶의 양념이 될 것이고 마음속의 객토가 될 것이다.

# 사면초가

외국에서 그 나라의 대표적인 대중교통이
라 할 수 있는 시내버스를 탄다는 것이 쉬운 일은 아니다. 생소하기 만한 정류소
이름에다 어느 정류소에서 내려야 할지 가늠하기 힘든 일이라 외국인들은 대부분
택시를 이용한다. 하지만 나는 오랜 외국생활 동안 그 나라의 시내버스를 자주 이
용하는 편이다. 시내버스를 즐겨 타는 이유는 그 나라 사람들의 서민적인 모습을
가까이에서 볼 수 있기 때문이다. 미국과 일본에서 근무할 때도 그랬다.

몇 년 전 중국의 베이징에서 잠시 근무하고 있을 때였다. 유학중인 딸의 기숙사
와는 거리가 너무 멀어 베이징에 같이 살면서도 자주 만나지 못한다. 나를 보고 싶
다는 딸의 전화를 받고 그 날은 기숙사에서 하루를 지내고 다음 날 시내버스를 탔
다. 6월이지만 베이징의 초여름 날씨는 제법 더웠다. 시내버스 안에는 많은 사람
들로 붐비고 있었고 빈자리를 쉽게 찾을 수 없었다. 1시간이 넘게 차를 타고 가야
하기에 빈자리가 생기기를 기다리고 있는데 가장 뒷좌석에 갓난 애기가 한 자리를
차지하고 양쪽에 애기의 부모로 보이는 젊은 부부가 앉아 있었다.

나는 내심 '저 자리를 양보해 주면' 하는 생각을 했지만 중국어로 충분히 말 할
수 있는 실력이 되지 못해 기다리고 있을 뿐이었다. 얼마를 지나 그 부부가 나의
뜻을 헤아리기라도 했는지 나에게 앉으라는 손짓을 했다. 그 사람이 보기에도 내
가 외국인으로 보였던 모양이다. 양보해 주는 틈새를 이용해 얼른 몸을 옮기는 순
간 '아악' 하는 비명소리가 들렸다. 그 순간 버스에 타고 있는 모든 사람들의 시선
이 일제히 뒷좌석에 앉으려는 나에게로 쏠렸다.

붐비는 사람들 사이로 파고들던 나의 발이 애기 엄마의 발등을 밟았던 것이다.
그 애기엄마는 발이 밟히기를 기다렸다는 듯이 자리에 앉은 나를 보고 울고불고
난리가 났다. 그러면 그럴수록 나에게 쏠리는 승객들의 눈길은 한 여름 장대비가

메마른 땅에 꽂히듯 했다. 나는 몸 둘 바를 몰랐고 더욱이 중국어를 능통하게 하지 못하는 탓에 그 들 부부의 말을 알아들을 수 없으니 더욱 난감했다. 그야말로 사면초가四面楚歌였다.

첫눈에 보기에 그 여인의 인상은 교양미가 있어 보이지 않았고 옷차림 또한 세련되지 못했다. 발등을 부여잡고 닭똥 같은 눈물을 뚝뚝 흘리는가 하면 아프다고 울부짖으며하는 말의 내용을 눈치로 대략 짐작할 수 있었다.

내가 느낀 생각으로는 발가락이 부려졌으니 병원으로 같이 가자는 뜻으로 여겨졌다. 만약에 같이 가지 못하면 대신에 돈을 달라는 시늉이었다. 내가 할 수 있는 통상적인 중국어로는

'뚜이부치-죄송하다' 아니면 '전뿌하오이서-정말 미안하다'뿐이었으니 문제는 더욱 심각하게 흘러가고 있었다.

시간을 보니 나의 목적지까지는 앞으로 1시간은 버스를 더 타고 가야 하는데 중간에 내리자니 도망간다고 할 터이고 계속 타고 가자니 이 여인의 절규에 가까운 울음소리와 버스 안의 시선들로 인해 쥐구멍이라도 있으면 들어가고 싶은 심정뿐이었다. 마침내 이 광경을 보고 있던 버스 안내양(중국은 시내버스에 안내양이 있음)이 내게 다가왔다. 안내양 또한 다친 사람을 병원으로 빨리 데리고 가라는 손짓을 하면서 "가만히 지켜보니 중국어를 잘 하지 못하는 외국인 같은데 어느 나라 사람이냐"고 물었다. 한국인이라고 말하자 그녀는 소리쳤다. "이 안에 한국어를 할 수 있는 조선족이 있느냐" 혹시 있을법한 조선족은 없었다. 당연히 떠오른 사람은 나의 딸아이 뿐이었다. 중국인과 다름없이 중국어를 구사하는 딸이지만 그 시간은 수업 중이고 거리도 너무 멀어 연락 할 수도 없었다.

한국어 외에 할 수 있는 다른 말은 없느냐고 묻는 안내양의 물음에 일본어와 영어를 충분히 할 수 있으니 그런 사람이 있으면 도움을 달라고 요청했다. 그녀는 다시 중국인 특유의 큰 목소리로 일본어를 할 수 있는 중국인을 찾았다. 모두 묵묵부답이었고 승객들의 시선은 나에게 더욱 더 쏠릴 뿐이었다. 발가락이 부려졌다고 주장하는 아주머니의 계속되는 울음소리에 나의 마음은 콩닥거리고 도리질을 치기만 했다. 한국어와 일본어를 할 수 있는 사람을 찾지 못하고 끝으로 '영어를 말할 수 있는 사람!' 하고 안내양이 소리 쳤을 때 중간쯤에 앉아 있던 아가씨가 수줍은 듯 조용히 손을 들었다. 보기에도 참한 20대 중반의 숙녀였다.

내게 다가온 그녀에게 "내가 하는 영어를 다친 아주머니가 충분히 이해 할 수 있도록 중국어로 전해 달라"고 말하자 알겠다는 그녀의 영어발음은 꽤나 세련되어 있

었다. 그 아가씨는 중학교 영어 교사라고 했다. 나의 마음이 조금 놓이기 시작했다.

먼저 "내가 조심성 없이 발을 밟아 아주머니에게 고통을 주어 대단히 미안하다. 만약 골절상을 입었다면 병원으로 가서 치료를 하고 그 치료비 전액은 내가 부담하겠다. 병원에 가면 나의 딸이 올 것이고 중국어로 언어 소통은 전혀 문제가 없을 테니 걱정하지 마라."고 했다.

10여 분 간의 얘기를 하는 동안 버스 안의 분위기는 완전히 바뀌어 가는 듯이 보였다. 어쩌다 여자의 발을 밟아 괴롭히느냐 라고 하던 무언無言의 시선들이 영어로 말하는 중국인 아가씨와 한국인의 대화에 신기해하고 있는 것으로 보였다. 승객들의 시선이 따뜻하게 변하고 있을 즈음 골절 되었다고 말하던 부부들의 얼굴도 점차 누그러져 가고 있었다. 사나운 모습이 아니라 무엇인가 일이 잘못되어 가고 있구나 하는 표정이었다. 부러졌다고 구부려 있던 발가락은 어느새 서서히 펴지고 있었고 나를 때릴 듯이 화를 내던 그녀의 남편도 미안해하는 기색이 역력해 보였다.

두 정류장을 지날 즈음 그 부부는 그들의 목적지에 도착했는지 영어로 통역하던 중국인아가씨와 나를 힐끗 쳐다본 뒤에 버스에서 내렸다. 처음부터 너무 심한 엄살을 부린다는 생각이 들었지만 그 여인을 나무랄 수는 없었다. 아무튼 다행이라는 생각에 한 시름을 덜게 되었다. 한참을 같이 가던 통역아가씨는 간혹 외국인에게 돈을 노리는 저런 사람이 있으니 조심하라는 말을 남기고 먼저 내렸다. 이런 사람에게 한 번 말려들면 그 때 밟혀서 다친 부위는 물론이고 평소 아프던 곳까지 치료해 주어야 한다는 얘기를 훗날 듣게 되었다.

나의 실수로 빚어진 일이라 남을 탓할 수는 없겠지만 피해를 당한 사람의지나친 태도에 당황할 수밖에 없었다. '사방이 모두 적으로 둘러싸여 누구의 도움을 받을 수 없는 고립된 상태'를 말하는 사면초가. 지금으로부터 아주 오래 전 이러한 고사성어의 역사를 갖고 있는 나라에서 나는 사면초가의 신세가 되어 있었다.

김회권

hoiguen@naver.com

# 끝내 못 다한 이야기

6 9

　　　　　　어느 땐 세월이란 게 참 쓸모없고, 무용하기 이를 데 없다는 생각이 든다. 흐른 세월만큼 잊히고 지워질 법한데 좀처럼 희석되거나 바래지 않는 게 있어서다. 그게 오늘따라 차고 쓸쓸히, 그러면서 아름다운 환영처럼 밀려온다.

　지난 나의 청춘이 한갓 꿈이었던들 어떠리. 그게 한 인간을 보이지 않게 문득 성장하게 하는 꿈인 바에야. 하지만 나는 아직도 모른다. 우리가 눈물의 깊이만큼 사랑했고, 이별의 아픔만큼 그리워했던가를.

　내 한때는 술을 간단없이 부어 마셨고, 어느 땐 꿈의 추억을 되살리려 애를 썼다. 하지만 이젠 너무 먼 곳까지 와버렸다. 다시 돌아갈 노랫소리 없다. 단지 그 무렵의 추억만이 맥박처럼 뛰놀 뿐, 가없이 표적도 없이 가버린 옛 추억들을 이제 조용히 끄집으며 반추하려 한다.

　내가 처음 그 여인을 만난 곳은 전주시청 부근에 있는 2층 화실畵室에서다. 대학에서 미술을 전공한 그녀는 화실을 운영하였고, 몇 차례 개인전도 갖은 지역에선 꽤 이름 난 화가였다. 나는 사범대 졸업을 앞둔 대학생으로 그녀의 화실에서 기초적인 데생이며 정물화를 배우고 있었다.

　그녀는 나보다 두 살 연하였다. 내 초등학교 후배라는 것은 후에 알았다. 그녀의 첫인상은 뭔지 모를 고뇌와 내면의 쓸쓸함이 묻어있었다. 그러면서 쉽사리 근접할 수 없는 무언가를 고귀하게 간직하고 있다는 생각도 했다. 간혹 석양 무렵, 노을 진 창가에 앉아 고요한 눈빛으로 하늘을 응시하고 있는 그녀를 볼 적엔, 결코 내 지닐 수 없는 어떤 신비감이 들었다.

　그녀와 대화는 조금 낯설었지만 걸림돌이 없었다. 마치 내 미숙한 화법話法을 익히 알고 있듯, 자연스러우면서도 친숙한 언어로 분위기를 이끌어나갔다. 조금은 느릿하면서 저음인 그녀의 목소리는 바람 한 점 없이 움찍 않는 갈대 같았다. 어쩌면 그녀의 내면세계는 탄탄하면서 육중한 그 무엇이 들어있지 않았나 싶다. 그게 내 마음의 눈을 뜨고 감을 수 없게 했다.

한 사람이 다른 한사람을 이해하고 사랑한다는 건 얼마나 어려운 일인가. 어느 깊은 강물을 손으로 헤쳐 나가는 그런 일 아닌가. 하지만 시간이 흐르면 흐를수록 나는 더욱 그녀를 존경하였고, 그녀의 관대함 또한 내 마음을 확장시키는데 충분했다.

우린 주로 화실의 문을 닫은 후에야 시간을 가졌다. 그리고 우리 둘만의 마음의 화폭에 사랑을 그려나갔다. 그 시간은 참으로 아름답고 빛났으며 숭고했다. 정말이지 한 영혼과 친숙하다는 게 이리 가슴 벅찬지 몰랐다. 한 사람이 살아왔던 삶과 앞으로 살아갈 그의 행로에 함께 하는 것이 아닐까 싶었다. 어쩌면 그녀와의 인연은 내 인생 일대의 가장 귀중한 보물 중 하나가 아닐까, 그리 자찬했다.

우리는 공원, 찻집, 도서관, 혹은 거리를 거닐며 많은 대화를 나누었다. 어느 시간이든 그녀와 마주한 시간은 작은 울안에 갇힌 봄인 양 가슴 울렁댔다. 부드러운 골짜기나 유유히 흐르는 강 너머로 함께 해가 지는 것을 볼 적엔 이 세상에 우리 둘만 남은 것 같았다. 아니, 이 세상 모든 삶의 환희를 우리만 얻어 마시는 기분이었다. 그러다 헤어질 적이면 나는 그녀를 떠나보내기 싫었다. 수인修因이 창가의 자리를 영영 떠나지 못하듯, 그녀의 한없는 미소를 나의 햇살로 삼고 싶었다.

그러나 모든 건 내 소망대로 이룩되지 않았다. 고등학교 때 앓았던 폐결핵이 다시 도져 재발한 것이다. 안일하게 대하고 방치했던 게 더 화근이었다. 병원과 보건소를 오가며 한 주먹의 독한 약과 스트렙토마이신 주소를 집중적으로 맞았지만 예전처럼 완쾌되거나 정상화될 기미가 보이지 않았다.

결국 마지막 방책으로 약봉지를 들고 찾아든 곳은 산새 깊은 암자였다. 그보다 먼저 그녀에게 내 병명을 알렸고, 당분간 만남을 미루었다. 그날 불안과 근심에 쌓였던 그녀의 얼굴을 나는 지금도 잊지 못한다.

우린 그렇게 만남을 보류했고, 서로의 소식을 편지로 주고받았다. 우편배달은 스님의 하행 길에 맡겼고, 그녀의 답장은 산자락 아래 산지기가 맡아놓은 것을 스님께서 가져다주었다.

그러던 언제부터였을까. 그녀의 편지가 듬성듬성 오더니 깜깜 무소식이었다. 몇 번이고 보낸 편지에도 답장이 오지 않았다. 나는 뭔가 크게 잘못되었다고 생각했다. 마음은 점점 초조했고 불안하기 그지없었다. 당장 달려가 무슨 일인지 알고 싶었지만 자꾸 주저되었다. 필시 그만한 이유가 있을 거란 불안한 예감이 들어서였다. 그것을 직면하기가 나는 두려웠고 겁이 났다.

나의 불길한 예감은 점점 낯설게 다가오는 이별로 감지되었다. 그러면서 광막하고 고요한 벌판에 홀로 버려진 느낌이었다. 깜깜한 어둠 속 낯선 사내의 공모의 눈짓이 꿈속에 보였고, 그 여자의 손을 잡고 홀홀 떠나는 모습까지 여러 번 나타났다.

전에는 인생이라는 게 나도 모를 어딘가 먼 곳에서 왔다가 어디로 가는지 모르게 흘러가 버렸다고 한다면, 그때는 많은 일들이 내 앞에서 한꺼번에 벌어지고 부수어지고 있다는 비애와 슬픔만이 뒤엉켰다.

나는 그제야 처음으로 나 자신을 돌아봤다. 장래가 촉망 받는 그녀와 달리 나는 가진 게 없었다. 더욱이 몹쓸 병까지 얻었으니 장차 교사가 된다는 것도 불투명했다. 내겐 그녀를 부여잡을 무엇이 없었다. 그보다 이에 대처할 어떠한 방법도 전혀 잡히지 않았다. 모든 것이 오리무중이었고, 의지가지없이 공허하기만 했다. 그러면서 당장에 메워야 할 시간들이 너무도 많이 남아돈다고 생각했다. 안개처럼 졸던 시간만 쓸쓸하고 초라하니 흘러갔다. 그 자리에 한조각 그리움만 남았다.

그 이듬해 봄이었다. 나는 잠깐 산에서 내려올 일이 생겼다. 대학 친구가 교통사고로 그만 세상을 떠났다는 거다. 난데없이 찾아든 그 비보는 나를 큰 충격으로 휩싸이게 했다. 좀처럼 남의 일 같지가 않았다. 삶 또한 허무했다.

비통한 마음으로 발길을 옮겨 고인의 영정으로 다가가는 순간, 태풍의 노호가 나를 기다릴 줄 차마 몰랐다. 전혀 예상치 못한 일이었다. 검은 상복을 입은 한 여인의 모습이 낯설지 않았다. 그가 누구라는 것을 알아본 순간, 나는 묵직한 쇳덩어리로 가슴을 얻어맞은 기분이었다. 그토록 만나기를 염원했던 그 여자였다. 나는 어긋나버린 희망을 다시 절감했다.

그녀가 고인인 내 친구와 남매지간인 것을 알았을 때, 나는 한 순간 광란하는 꿈속으로 빨려 들어가는 것 같았다. 하지만 마음 한편 없던 반가움이 솟아났다. 가슴까지 쿵덕거렸다. 할 수 있다면 그녀의 손을 잡고 껑충껑충 뛰고 싶었다. 하지만 그건 잠시뿐이었다.

꿈속에 봤던 그 낯선 남자가 그녀 곁에 있었기 때문이다. 한 눈에도 두 사람 사이가 어떤지 직감했다. 사내는 슬프면서 정감 있는 눈빛과 다정한 손으로 그녀를 위로하는데 여념 없다. 나는 또다시 상처 입은 작은 짐승이었다.

한때는 그녀를 사랑했던 마음이 풍선처럼 차올라 무엇 하나 파고들 틈이 없었는데, 이젠 아니다. 모든 게 환연히 달라졌다. 고약한 불신과 배반의 뒷맛만 흐를 뿐이다. 그녀의 놀람과 기막힌 침묵 뒤로 나는 조용히 그곳을 빠져나왔다. 어디 가서 술한 잔 하고 싶었다. 하지만 그럴 수 없는 내 몸뚱이가 그저 역겹고 슬프기만 했다.

시간이란 게 참으로 희한하다. 막상 그렇게 헤어지자 내 마음에 없던 평화가 찾아들었다. 세상은 나와 아무 상관없이 잘도 돌아갔고, 그리움이란 것도 흐릿한 빛속으로 잠겨 들었다. 그리고 몇 달 후, 나의 몸은 회복되었고, 산을 내려와 중도한학업을 마쳤다. 조금 늦은 졸업이었다.

내가 첫 발령을 받은 학교는 전남 함평에 위치한 한적한 바닷가 옆이었다. 말이바다이지 땅을 일궈 먹고사는 주민들이 더 많아 농촌이라 해도 무방하다.

나는 하숙을 했고, 집 앞엔 야트막한 언덕배기가 하나 있었다. 이따금 나는 그동산에 올라 한없이 펼쳐진 바다를 바라보곤 했다. 하늘과 맞닿은 수평선 저 너머에 누가 살고 있을까, 동화 같은 생각도 했다. 어느 땐 단풍잎처럼 붉게 물든 저녁노을을 바라보며 괜한 슬픔에 젖어들곤 했다. 아직 내게 그리움이란 게 남아있는걸까. 마음이 까닭 없이 출렁였다.

그런 어느 날, 해와 달과 바람과 파도만이 품고 사는 바다에 한 여인이 찾아왔다. 내내 잊고 지냈던 그 여자였다. 근 이 년만이다. 그녀와 나는 가까운 돌섬으로나갔다. 우린 서로 말이 없었고, 바다는 조용히 길을 내주었다. 나는 어디쯤에 이르러 자개농처럼 바위에 붙은 석화 하나를 떼어내 그녀의 붉은 입술에 대주었다. 그러자 그녀의 입술이 가늘게 떤다. 석양녘 몸부림치는 태양의 마지막 눈길이 구름 너머로 살포시 내려다본다. 깨알처럼 부서지는 황금빛 햇살은 바다 위로 우수수 내려앉는다.

그녀와 나는 그만그만한 거리를 두고 짠 내음 가득 머금은 방파제로 옮겼다. 그리고 나란히 햇빛이 곱게 달궈진 둑에 앉았다. 하얀 안개꽃들도 소리 없이 우리 곁으로 모여들었다. 나는 둑 아래로 내려가 안개꽃 한 송이를 꺾어 그녀의 손등에 살짝 얹었었다. 그러자 그녀의 손이 금세 꽃처럼 하얗게 피어난다. 홍조 띤 그녀의두 뺨은 붉은 저녁노을보다 더 붉다.

어디선가 갈매기 한 마리가 머리 위로 휘익 날아오른다. 나는 저 갈매기가 영영잃어버릴지도 모를 그녀에 대한 소식을 신에게로 전하려간다고 생각했다. 우린 아무 말 없이 갈매기떼 노니는 바다만 바라봤다. 무정한 파도는 하얗게 부서지며 모래밭에 납작 엎딘다.

나는 처음에 그녀에게 하고픈 말, 전해 줄 말이 참으로 많다고 생각했다. 하지만내가 무어라 말을 건네려 하면 갈매기떼가 날아들어 내 속마음을 딸꾹딸꾹 삼키었다. 나는 그녀의 고운 손등만 내려다보며 아무 말도 하지 못했다. 그 사이 갯바람만 잠깐씩 쉬었다 갔다. 그녀가 자리에서 일어나자 정지된 시간들이 일순간 빠르게 흘러갔다. 파도는 그녀를 떠나보내기 싫다는 듯 하얀 물보라를 일으키며 눈물 같은 포말을 일으킨다.

나는 읍내 버스정류장까지 그녀를 배웅했다. 그녀에게 악수를 청하고 싶었지만 그 뜨건 악수를 풀고 나면 영영 못 볼까봐 손을 내밀지 못했다. 그 대신 언제 다시 바다를 찾아 줄 거냐고 묻고 싶었다. 하지만 그녀는 어느 새 차장 안에서 고운 손만 흔들어 보인다. 그렇게 그녀를 떠나보내고 다시 바다를 찾아들었을 때, 그 바다는 붉은 노을로 우수수 떨어지고 있었다. 마치 눈이 퉁퉁 붓도록 울고 있는 것 같았다.

그 날 내게 손을 흔들어 보였던 여인. 우린 서로 말이 없었지만 그렇게 영영 헤어졌다. 마치 오래전 예고된 이별처럼.

# 해후

        얼마 전의 일이다. 길을 걷다가 우연히 어느 꽃가게 앞에서 가지치기를 하는 한 노인을 보았다. 그냥 지나치기에 왠지 낯설지 않다. '저분을 어디서 봤을까?' 그 생각을 하기까지 그다지 오래 걸리지 않았다. 아무리 세월이 흘렀어도 결코 잊을 수 없는 분이기 때문이다.

    나는 반가움에 다가가 인사를 드리자 그분도 한눈에 나를 알아본다. 반가움과 함께 덥석 맞잡은 두 손에 지난 세월들이 전기처럼 흐른다. 따뜻하면서 아픈 기억들이다.

    시간이란 예기치 못한 어느 한순간과 맞닥뜨리면 마치 어제의 일처럼 선명히 다가오는가 보다. 이렇게 이분을 만나니 모든 게 바로 엊그제 같고, 참 뜻밖이다.

    그분은 내 고향 의령 용덕면 사람이다. 비록 많은 오랜 세월이 흘렀지만 예나 지금이나 그의 모습은 변함없다. 성장기 때 멈춘 듯한 작달막한 키와 숯검정을 발라놓은 듯 까무잡잡한 얼굴에 코는 어찌나 큰지 얼굴 전체에 코 하나만 달랑 붙은 그런 인상이다.

    이런 얼굴 때문에 예전 고향 사람들은 그에게 〈먹코〉라 별명 지어 불렀다. 철부지였던 어린 나도 그리 따라 부르며 놀리었다. 더욱이 그는 듣지도 말하지도 못하는 장애를 가지고 있다. 그리고 그분의 이름이 '삼룡'이라 기억된다. 동네 어른들은 그의 이름 앞에 꼭 〈벙어리〉라는 명칭을 붙였다.

    나는 처음 〈삼룡〉이라는 이름에 대해 별스럽게 느끼지 않았다. 언젠가 〈벙어리 삼룡〉이라는 흑백영화가 마을회관에서 상영되고, 나도향의 단편소설 〈벙어리 삼룡〉이가 학교 도서관에 꽂혀있는 것을 보고서야 내용을 짐작했다.

    하지만 아직도 의문 하나 풀리지 않은 게 있다. 그가 어찌해서 우리 마을까지 찾아들게 되었는지 모른다. 소문엔 윗마을 교암리 장씨 아들이라는 말이 있고, 애초에 이 마을 저 마을 동네를 떠도는 사람이라는 말도 있으나, 여하튼 정확히 무엇인지는 모른다.

그는 또 어딘가 좀 부족한 구석이 있었다. 누가 흉되게 놀려도 얼굴 찌푸리거나 화낼 줄을 몰랐다. 계산속으로 속여도 그런 줄 모른다. 그저 우직스럽게 똥장군만 짊어지고 이 동네 이 동네를 나다닐 뿐이었다. 간혹 그가 모정 앞을 어슬렁거릴 때면 마을 어른들은 "어이, 먹코야? 오늘 심심하면 토시마을에 가서 색시나 하나 업고오지 그래" 하고 놀렸다. 그럴 적이면 그는 사람 좋은 얼굴로 한량없이 웃기만 했다.

그는 서낭당 가는 산날멩이 아래 조그마한 움막집에 살았다. 마을 사람들은 그 서낭당 앞을 지나칠 때면 언제고 돌멩이 하나씩를 집어 돌탑에 얹히었다. 그리고 두 손 모아 뭔가를 간절히 빌었다. 이를 본 먹코 아저씨도 그 앞을 오갈 적이면 돌멩이를 집어 들고서 돌탑에 얹히었다. 그리고 무어라 염원하듯 흉내 냈다. 덕분에 돌탑은 나날이 높아졌고 튼튼했다.

금방이라도 쓰러질 듯한 그의 움막집 앞엔 커다란 미루나무 한 그루가 정승처럼 서 있었다. 오색 천을 두른 그 나무는 어린 나에겐 몹시 두려운 존재였다. 그 미루나무가 언제고 "먹코야?" 하고 부르면, 먹코 아저씨가 움막집에서 금방이라도 귀신 되어 나올 것 같아서다. 나는 한낮에도 그 앞을 지나지 못했다. 그 옆 과수원 길을 한참 휘감고 돌아서야 집에 갔다.

먹코 아저씨는 나이 삼십이 훌쩍 넘었는데도 장가를 들지 못했다. 말을 못하는 벙어리에 농사지을 밭뙈기 땅뙈기 하나 없었다. 더욱이 정신까지 흐린데다 풀풀 냄새까지 풍기는 똥장군에게 시집올 처자가 어디 있겠는가.

그런 자신의 처지를 한탄하듯 낮이면 논밭에 코를 박고 가슴앓이를 하다가 밤이면 까맣게 탄 가슴에 말술을 들이붓곤 했다. 나는 그런 그의 모습을 종종 보았다.

어느 해 따뜻한 봄날이었을까. 동무들과 야트막한 언덕배기에서 술래잡기를 하는데, 먹코 아저씨가 똥장군을 짊어지고 가는 게 보였다. 우리의 심술은 다시 돋았다. 누가 먼저라 할 것 없이 그의 뒤를 쫓으며 "삼룡이 코는 먹코! 먹코는 왕굴뚝! 왕굴뚝은 똥개!" 하고 놀렸다. 어떤 아이는 그가 짊어진 지게 끈을 뒤로 잡아당기는 몹쓸 짓도 서슴없이 했다. 그때마다 먹코 아저씨는 "하지 마, 힘들어" 어눌하게 말을 뱉어내고는 홀연히 과수원으로 들었다.

우리의 심술은 좀체 수그러들지 않았다. 아니 더욱 억세졌으며 치밀했다. 어느 땐 그의 집까지 찾아들어 놀리며 도망친 적도 있었다. 하지만 먹코 아저씨는 화를 내거나 호통 치는 일이 거의 없었다. 매사에 엷은 미소만 지어보일 뿐이었다.

그런 어느 여름이었다. 먹코 아저씨가 건너 마을 과수원지기를 한다는 소문이 돌았다. 절로 굴러온 기회였다. 우린 먹물 같은 어둠이 깔린 으슥한 밤에 삼삼오오 정자로 모였다. 그리고 아저씨가 지키는 복숭아밭으로 납작 배를 깔고 들어갔다. 우리는 숨소리 하나 내지 않고 몸 무겁게 서리를 했다.

그리고 며칠 뒤였다. 먹코 아저씨가 과수원지기를 그만두셨다. 우리 때문에 그리 되었다는 것을 나중에 어른들께 야단맞고야 알았다. 한 번은 도랑에서 가재를 잡고 있을 때였다. 그날도 먹코 아저씨는 똥장군을 짊어지고 도랑을 건너고 있었다. 한 아이가 아저씨의 바짓가랑이 근처에 돌멩이를 던지며 물창을 일으키자 너 나없이 따라했다. 바로 그때, 내 신고 있던 검정고무신 한 짝이 그만 벗겨져 도랑 아래로 떠내려가는 거였다.

나는 어쩔 줄을 몰랐다. 그저 발만 동동거리며 소리쳤다. 그때 도랑을 다 건너던 먹코 아저씨가 이를 보고는 황급히 물 밖으로 지게를 벗어던지는 게 아닌가. 그리곤 첨벙첨벙 물속으로 뛰어드는 거였다.

온몸이 흥건히 젖히고야 가까스로 내 신발을 건진 먹코 아저씨는 내 신발을 머리 위로 팔랑개비처럼 빙글빙글 돌리며 성큼성큼 내게로 다가왔다. 나는 그런 아저씨가 너무 무서웠다. 무서워 뒤도 안 돌아보고 달음박질을 쳤다. 그렇게 얼마를 달렸을까. 잠시 멈춰 서서 뒤를 돌아보니 먹코 아저씨가 내 신발을 풀밭에 살포시 내려놓고 뒤돌아선다. 바로 그때였을까. 난데없는 쌍무지개가 아저씨의 머리 위로 지펴지는 게 보였다. 나는 가슴이 먹먹했다.

그리고 삼십 여년이란 세월이 홀라당 흘렀다. 길을 걷다가 우연히 만난 먹코 아저씨. 듣지도 말하지도 못하는 벙어리로 아무 일도 못하실 것만 같던 아저씨가 어엿한 꽃집의 주인이며, 단란한 한 집안의 가장으로 내 앞에 나타난 것이다.

초로한 할아버지가 되신 그분을 이렇게 만나자 나는 숙였던 고개가 더욱 꺾이었다. 그리고 지난날의 잘못이 가시가 되어 내 가슴을 사정없이 찔러댔다. 나는 마디 굵은 그분의 손에서 꽃다발 한 아름을 사들었다. 무슨 돈이냐는 말씀에 용서해 달라는 사죄의 마음까지 담아드렸다.

꽃집을 나서자 구름 한 점 없는 파란 하늘에 먹코 아저씨가 환한 얼굴로 웃고 계신다. 이제 그 분은 예전 그 우스꽝스러운 〈먹코〉가 아니다. 내 어릴 적 그토록 놀려댔던 〈벙어리 삼룡〉이도 아니다. 좁다란 내 가슴에 환한 불빛으로 찾아드신 참으로 멋진 할아버지이다.

나광호
khnah459@hanmail.net

# 동물보호법의 허와 실

### -고양이는 쥐를 잡지 않는다.

아파트의 주민들이 야생고양이 먹이 때문에 시시비비를 따져 묻는 일로 시끄럽다. 어떤 상황이 발단이 되었는지 직접 눈으로 확인을 못해서 자세히 알 수는 없지만, 관리사무소에 신고 된 내용을 근거로 하여 논제를 제시하고자 한다.

아파트단지에는 몇 해 전부터 야생 고양이의 먹이를 챙겨주는 사람이 있었다. 어느 조직 어느 단체에 소속된 사람인지, 아니면 자의적인 봉사활동인지 알 수는 없지만 나이는 50대중반으로 보이는 가정주부로 보였다.

사건발단은 이렇게 시작되었다. 고양이가 독약을 먹고 거품을 물을 채 죽었다는 것이다. 사실은 확인되지 않았지만 아파트부녀회원까지 동조를 하고 나서서 문제를 키웠다.(공식적으로 부녀회는 없음) 범인을 색출하라고 항의를 하고 심지어 동물보호단체에 고발까지 한다고 아파트관리사무소에 겁박을 하였다.

아파트관리소장은 위 사실을 확인하기 위해 해당초소의 경비를 불러 진위여부를 추궁하였다. 초소의 경비가 말하기를 오래전에 있었던 일로 나무울타리에서 꼭 끼어 죽어있는 사체를 수거했다고 보고했다. 독약을 먹었는지 거품을 물었는지는 알 수가 없었고 부패가 심한 상태였다고만 하였다.

이 상황설명을 들은 필자는 앞으로의 관계가 걱정이 되었다. 고양이가 죽은 정확한 사인을 알 수 없을 뿐 아니라 거듭된 의심이 상호불신만 가중시켜 놓을 수 있기 때문이다.

이제는 반려동물과 함께 생활하는 주거문화의 변천을 인식하지 않을 수 없다. 반려동물은 사람과 더불어 살아가는 동물의 총칭을 말하는데 1983년 오스트리아 빈에서 '인간과 애완동물의 관계'라는 주제로 열린 심포지엄에서 처음으로 제안되었다.

한국에서는 함께 사는 개를 '반려견'이라 하고 고양이는 '반려묘'라고 표현한다. 이전까지 사용했던 애완동물이라는 용어의 도구에서 탈피해 이젠 동물역시 인간처럼 살아가야 할 존재로 인식하기에 이르렀다.

반려동물의 특징은 사람보다 체온이 1~2도가량 높을 뿐만 아니라 사람에게 충실하다는데 있다. 앉고 있으면 따뜻하고 포근하여 정서적인 안정감을 주기도 한다. 그래서 반려동물이 사람의 건강에 도움을 주고 있다고 하는 사실이 의학적인 시험에서 밝혀냈다. 캘리포니아주립대학의 병원에서 심장병을 앓고 있는 환자들을 대상으로 시험한 결과였다.

우리 사회는 급격히 변화를 하고 있다. 전통적인 가부장적 가족관계에서 벗어나 이젠 독창적이고 다양성 있는 개인의 행복을 추구하는 추세이다. 고령화 사회의 진입과 이혼, 졸혼이라는 특수한 풍속과 삼포세대라는 사회적 상황을 고려한다면 1인가구는 급속도로 증가하고 있는 경향을 보인다. 통계에 따르면 1인가구가 현재 우리나라 전체 가구수의 약28%정도에 이른다고 한다. 그러하기에 앞으로는 더욱 더 정서적으로 안정감을 필요로 하는 1인 가족들은 반려동물에 의지하게 될지도 모른다.

동물보호법은 동물에 대한 학대의 방지와 적정한 보호 관리를 위하여 필요한 사항을 규정한다. 동물의 생명보호와 안전보장 및 복지증진을 꾀하고 국민의 정서함양에 이바지함으로써 사람과 동물의 조화로운 공존을 목적으로 한다.

이 법에서 동물이란 고통을 느낄 수 있는 신경체계가 발달한 척추동물로서 포유류, 조류, 파충류 양서류, 어류 중 농림축산식품부장관이 관계 중앙행정기관의 장과의 협의를 거쳐 대통령령으로 정하는 동물이라고 정의한다. 뿐만 아니라 동물의 학대를 금지하고 체계적인 관리를 하기 위해서는 해당 관리대상 동물들은 등록을 해야 하고, 등록된 동물의 사육 보호 관리를 위해서 소유자를 지정하라는 의무를 부담하고 있다. 그렇다면 동물보호법의 제2조 정의에 준하여 소유자가 지정되어 있지 않고 등록되지 않은 동물이라도 야생동물로 봐야 하는지 의문을 가지게 된다.

야생동식물법의 내용을 들여다보자. 이 법의 목적은 야생의 동식물과 그 서식환경을 체계적으로 보호, 관리함으로써 동식물의 멸종을 예방하고 생물의 다양성을 증진시켜 생태계의 균형을 유지하기 위함과 아울러 사람과 야생동식물이 공존하는 건전한 자연환경을 확보함을 목적으로 하고 있다. 그리고 각론으로 깊이 들어가 보면 야생동식물에 대한 관리체계 강화와 처벌규정을 엄격히 규정해 놓았다.

조족지혈鳥足之血이라는 생각이 들기도 하지만, 설상가상으로 한 개인이 개구리 한

마리만 잡아먹어도 막중한 형벌과 벌금을 물게 된다. 농촌에서는 농작물의 피해를 줄이기 위해 조수구제를 허가하고 일정수량의 조수를 포획하기도 한다. 그러나 "국토이용계획법"에 의한 인허가로 시행하는 개발사업의 경우 온갖 동식물의 서식지를 몽땅 파괴하고 생태계의 교란이 있어도 처벌받지 않는 사례들을 많이 있었다.

그렇다면 아파트주변에 살고 있는 고양이가 해마다 개체수가 늘어 사람들의 활동을 위협한다면 동물보호법이나 야생동식물보호법에 근거하여 보호만 하고 방치해도 괜찮다는 말인가?

이율배반적인 논리일지언정 이 부분에 대해서 이의를 제기한다. 보호대상이면서 개체수를 조율하는 조처가 뒤따라야 하기 때문이다. 나아가서 고양이의 서식지가 반드시 아파트 주변으로 확대해야 옳은 일인지 이문제도 따져 물을 일이다.

야생고양이가 고단백의 먹이를 쉽게 공급받고 나니 쥐를 잡지 못한다는 말들이 유행한다. 과거의 쥐들은 고양이 앞에 얼씬거리지 못했는데, 이젠 고양이와 함께 생활한다면 생태계의 먹이사슬은 혼란스러울 것이다. 고양이가 쥐를 잡아먹고 그로인해 쥐들이 사람에게 끼치는 막대한 피해가 줄이는 것이야말로 동물보호의 취지에도 합당할 것이다.

얼마 전 동물권 단체 '케어' 대표가 동물보호법 위반과 업무상 횡령 등 협의로 경찰의 기소의견으로 검찰에 송치되었다는 기사를 보았다. '케어'라는 단체는 무슨 일을 하던 곳인가? 동물보호 활동이 주목적이었으며 떠돌이 반려견들을 거두어 보호 하는 곳이었다. 그런데 이런 단체마저 구조 동물의 안락사 문제가 시사되었고 지원금의 횡령이 있었다. 이런 행태들을 상기해볼 때 아파트 단지 내 고양이 사체 한 구의 발견이 그렇게 중하고 잘못된 일인지 생각을 숙고해보지 않을 수 없다.

필자는 생각을 정리하기로 한다. 닭이 먼저냐 알이 먼저냐를 시시비비 따질 일이 아니라고 생각한다. 이미 오래전의 일이 되었고 이제는 보다 현명하게 아파트의 환경문제도 함께 고려해야 할 것이다. 나아가서 앞으로의 재발방지 대책을 마련하고 기하급수적으로 증가하고 있는 야생고양이의 관리에 대해서도 지자체와 주민, 우리 모두의 관심과 지혜를 요구하고 있다.

# 무궁화 삼천리 화려강산

세계의 대부분의 국가는 나라를 상징하는 나라꽃이 있다. 나라꽃은 오랜 세월을 두고 그 나라의 자연환경과 역사, 문화와 밀접하게 관련이 되어 있어서 국민들로부터 한결같은 사랑을 받는 꽃이다. 몇 개국의 나라꽃을 알아보자. 일본 벚꽃, 중국 매화, 프랑스 아이리스, 이탈리아 데이지, 네덜란드 튤립, 덴마크 물망초, 영국은 장미 등이다. 그렇다면 우리나라의 나라꽃을 무엇인가? 애국가를 부르다가 보면 후렴에 잘 나와 있음을 알 수 있다. '무궁화 삼천리 화려강산 대한사람 대한으로 길이 보전하세' 무궁화 꽃이다.

무궁화는 아욱과에 딸린 낙엽관목이다. 꽃은 여름에서 가을까지(7~10월) 피우고 꽃빛깔은 흰색, 분홍색, 보라색, 자주색, 청색 등 다양하다. 새벽에 꽃을 피우고 저녁이 오면 꽃봉오리를 오므리는 특징을 가지고 있는 고상한 꽃이다. 게다가 무궁화나무는 껍질 뿌리 줄기등 각 부분별로 우리들 생활에 유용하게 사용되어 왔다. 나무껍질과 뿌리는 위장병과 피부병의 치료제로 쓰이고, 꽃은 꽃차의 재료로, 줄기는 고급종이의 원료로 쓰어 왔다.

그런데 그런 무궁화가 언제부터 국화國華로 지정되었는지는 확실하지가 않다. 다만, 조선의 윤치호 선생님의 '찬미가'라는 책에 애국가가 실려 있다는 것과, 1896년 11.21일 독립문을 세울 때 불렀다는 역사적인 기록에 의하면 무궁화가 나라꽃으로 지정하게 된 시기는 조선말의 고종 때라고 추정해볼 수가 있다. 또한 대한민국 정부수립 이후에 무궁화를 대통령 휘장뿐만 아니라 행정, 입법, 사법의 3부의 휘장으로 도안하였고, 1950년도에는 태극기의 깃봉을 무궁화의 꽃봉오리로 만들어 사용하여 왔다는 사실을 볼 때, 무궁화의 상징성은 매우 크다고 할 수 있다.

무궁화 삼천리 화려강산, 그 흔하던 무궁화가 요즘 들어 좀처럼 구경하기 쉽지가 않다. 필자가 어릴 때에는 집 울타리에서도 무궁화 꽃을 쉽게 볼 수 있었다. 동네의 집집마다 울타리에는 무궁화나무를 심어놓았기 때문이다. 무궁화 꽃을 보면서 우리들은 은근과 끈기가 민족성이라고 우격다짐을 하며 민족성을 이야기 하곤 했었다. 그런데 현재에 이르러 그런 말들을 하는 사람들이 좀처럼 보기 힘들어졌다. 그만큼 국가에 대한 관심도가 떨어졌다고 밖에 말할 수 없다.

우리는 국가의 소중함을 자각해야한다. 과거의 예를 들어보면 나라를 잃고 서러움을 당한 국민들이 세상에는 너무도 많았다. 일례로 유대민족은 로마제국에 패망한 후 2000년 동안 세계를 떠돌았으며, 인도차이나 반도에 있는 과거 월남이라는 나라도 월맹군에 패하고 나라를 탈출한 수백만 사람들이 지금도 세계각처를 떠돌고 있다. 캄보디아 맹그로브 숲으로 관광을 떠나보면 아직도 난민들이 보트피플로 살아가고 있음을 확인해 볼 수가 있다.

필자는 식목하는 좋은 시기를 맞아 '우리환경과 함께하는 녹색 캠페인'으로 희망나무를 심었다. '민주평화통일자문회의 의왕시협의회가 주관하고 '한국환경체육청소년경기연맹'과 '환경사랑 나눔의 집'의 지원을 받아 무궁화 묘목을 심었다. 의왕시 자연학습공원의 탐방로에 무궁화동산을 만들었다. 무궁화 꽃이 활짝 피고 아이들이 이곳을 탐방하게 된다면 우리 나라꽃이 무궁화라는 것을 알게 됨은 물론, 관심을 갖게 될 것이다. 무궁화 삼천리 화려강산... 애국가를 부르면서 국가의 소중함을 가슴에 새겨야 되지 않을까?

무궁화동산에서 꽃이 만발하기를 소망하며, 팔뚝으로 제방을 막아 나라를 구했다는 네덜란드소년 한스브링커의 이야기를 숙고해 본다. 우리 모두 애국하는 마음을 상기합시다. 부국강병富國强兵만이 평화를 지켜줄 수 있는 유일한 방법이기 때문입니다.

나연우

fkdbwlschlrh@naver.com

# 스물, 그 서사의 시작

어릴 적부터 난 글쓰기를 좋아했다. 손 글씨가 예쁘다며 칭찬해주는 어른들이 많았기 때문이었을까. 이유는 잘 모르겠다. 다만 확실한건 내가 글쓰기를 좋아했다는 것과 아주 오랫동안 글을 써왔다는 것이다. 상상 속에서 난 무엇이든 될 수 있었다. 때론 아주 달콤한 상상도 해보고 아주 슬픈 상상도 해 보았다. 모든 사람들은 나처럼 상상을 한다. 자기도 모르는 사이에 이 생각 저 생각에 푹 빠지는 그 순간이 바로 상상을 하는 순간이다. 그리고 일상 속에 녹아든 그 상상을 끼적여 내는 것. 그것이 바로 내 글쓰기였다.

이제 겨우 삐뚤빼뚤 글씨를 쓸 수 있었던 나이. 벌써 희미해져버린 빛바랜 기억에서부터 일기나 편지와 같은 글들을 써왔었다. 그러다 열일곱, 열여덟, 열아홉. 그리고 스물. 언제부턴가 난 생각에서 멈추는 사람이 되었다. 글을 쓰지 않았다. 돌이켜보면 그리 바쁘지도 않았다. 밥도 잘 챙겨먹었고 좋아하는 음악도 듣고 영화도 자주 보러가곤 했다. 그러면서도 늘 바쁘단 핑계를 대며 내 생각과 느낌을 남겨두지 않았다. 시간이 지나면서 그 순간은 흐려져 갔다. 다시 그 순간을 남기기로 마음먹은 건 우연한 계기였다.

사람이 변할 수 있는 골든타임은 가장 낮은 곳까지 무너졌을 때라고 누군가 그랬던가. 십대의 끝자락. 한바탕 폭풍처럼 사춘기가 휩쓸고 지나간 자리, 다 끝난 줄 알았건만 오춘기가 오기라도 한 건지, 사춘기로 폐허가 된 마음 한구석이 망가져버리기라도 한 것인지 알 수 없는 공허함과 방황이 시작되었다. 가장 쉽다고 생각했던 것들은 가장 어려운 것이 되어버리고, 나의 전부라고 여겼던 것들은 어느새 티끌만큼 작아져 있었다. 웃는 모습이 예쁘다 해주던 사람들은 더 이상 내 웃음을 보지 못했고, 선한 인상이 매력적이었던 내 얼굴은 차가운 인상으로 변해버렸다. 크고 작은 일들을 흘려보내지 못하고 모두 짊어지고 있던 난 더 이상 반짝거리지 않았고 한 순간 저 아래로 추락해있었다. 가장 낮은 곳에 다다르고서야 깨달은 건 내가 얼마나 높은 곳에 있었는가와 얼마나 많은 것들을 당연한 것처럼 누리고 있었던 가였다.

위로가 필요했다. 나의 회복을 위해 이것저것 많은 것을 해 보았다. 재밌는 영화를 보기도 하고 좋은 음악을 찾아 듣기도 하고 무작정 밖으로 나가 화려한 조명이 켜진 거리를 걸어보기도 했다. 친구도 만나보고 맛있는 음식을 마구 먹어도 보았다. 하지만 아무 소용없었다. 아니, 순간의 위로일 뿐이었다. 영화가 끝나고 극장의 불이 켜지면 또 다시 공허했고, 흘러나오던 음악이 멈춘 순간에도 마찬가지였다. 화려한 조명이 켜진 거리를 거닐다 집으로 돌아오는 길엔 캄캄한 밤공기에 또 다시 맘이 시렸다. 친구와 하하호호 떠들다 헤어지고 나면 외로웠고 맛있는 음식을 먹은 후엔 미처 소화되지 못한 음식물이 속에서 부대껴 답답했다.

특별한 것으로부터 특별한 위로를 바랬던 것, 그게 문제였다. 내게 위로가 된 건 평범한 사람의 평범한 이야기였다. 누구에게나 있는 감정들과 그런 이들의 일상 속 스쳐지나간 시간들. 내게도 분명 언젠가 머물렀던 혹은 머무르고 있거나 머무르게 될 그저 평범한 말들이 내게 위로가 되었다. 사람 사는 이야기 다 똑같다는 말은 정답이었다. 평범한 이야기를 나누는 것이 내겐 가장 큰 위로와 행복이었다. 별 것 아닌 대화 몇 마디의 평범함이 사실은 제일 빛나는 것이란 걸 알게 되었다. 그리고 생각했다. 나도 이렇게 위로를 받았으니 이젠 위로를 주는 사람이 되고 싶다. 방법은 간단했다. 내가 받은 위로 그대로를 돌려주는 것. 나의 평범한 스물 인생의 전부를 담아내는 것. 그 시간 속에 살아 숨 쉬었던 나의 수천가지 감정들과 생각들. 그것을 나누고 싶었다.

2018년 11월 15일 대입수능을 치른 후, 내 일상은 여느 또래들과는 많이 다르게 흘러갔다. 수능이 끝난 후 부터는 온전한 성인으로써 정서적, 경제적으로 독립을 해야 한다는 부모님의 교육관 덕에 남들보다 아주 빨리 독립을 하게 되었기 때문이다. 그렇게 우여곡절 끝에 중앙대학교 연극학과에 입학하게 되었고 본가가 부산인 탓에 부모님과 떨어져 기숙사에서 살게 되었다. 아직까지 적응이 되지 않는 학과 생활과 20살의 과도기에서 빚어지는 성장통, 끝없이 쏟아지는 일들에 파묻혀 1월 중순쯤부터 잔병치레가 잦았다. 하지만 힘들다고 주저앉을 수 없는 것이 나의 처지였기에 진통제로 하루하루를 버텨내기 일쑤였다. 세 번씩이나 쓰러지고서도 아무렇지 않은 척 그렇게 일상을 살아내다 4월 8일 새벽, 결국 응급실로 갈 수 밖에 없었다. 진료를 본 의사선생님의 첫 마디는 "이 몸 상태로 일상생활이 가능해요?"였다. 그런 것 따위 상관없었다. 내 몸 상태와는 무관하게 해내야만 하니까 하는 것 뿐 이었다. 당장 정밀검사를 받고 입원하라는 의사선생님의 만류에도 다음 날도 평소처럼 학교를 갔고 일을 했다. 하지만 그 날 새벽, 또 다시 40도까지 열이 끓어올랐고 식은땀이 흘렀다. 손가락 하나 까딱할 수 없을 만큼 온몸이 아파왔고 찢어질듯 한 복통에 숨조차 쉴 수 없었다.

결국 다시 응급실을 찾았다. 그 날, 정말 많이 울었다. 부모님도 없는 타지에서 혈관조차 없어서 팔과 손이 주사바늘로 난도질당하고 이마와 목에서 겨우 찾은 혈관으로 피검사를 해야 하는 내가 가여웠다. 병명은 다양하기도 했다. 식도염과 위경련에 급성 인후염과 편도염이 겹쳤고 유행이라는 독감까지. 뿐만 아니라 난소에 혹이 생겨 그 혹이 맹장을 누르고 있어서 맹장 끝 부분에 회장이 부풀어 올라 염증이 생겼다고 했다. 그 염증이 생긴 지 꽤 오래되어 골반염까지 생긴 상황이었다. 즉시 심장마비와 쇼크사의 부작용을 감안하고서라도 정밀검사를 받겠다는 동의서를 작성하고 온갖 약물을 투여했다. 이후 대학병원 중환자실에 입원을 하게 되었고 아침마다 엑스레이 촬영과 CT촬영, 피검사가 이어졌다. 내분비과부터 소화기과, 이비인후과, 산부인과, 신경과까지 대학병원을 투어 했다고 해도 과언이 아니었다. 병원에 있는 동안 나보다 훨씬 심각한 환자들도 많이 보았고 걷지도 못하고 숨조차 쉬지 못해 보조 장치를 끼고 있는 내 모습에 숨죽여 눈물만 흘리는 엄마의 모습도 보았다.

수술과 검사의 연속이었던 입원 기간 동안 참 많은 것을 느꼈다. 다신 아프지 않겠다고 다짐했다. 온전한 나를 위해 오직 나만이 나를 지켜줄 수 있다는 것도 알게 되었다. 뿐만 아니라 살아 숨 쉬는 것조차 기적임을, 내가 살아내는 오늘이 누군가에겐 간절히 염원하던 내일임을 깨달았다. 그리고 생각보다 세상이 나에게 호의적이라는 것과 노력하지 말아야 할 것도 있다는 것. 나를 아끼고 사랑해주는 좋은 사람들이 곁에 참 많다는 것도. 아직 건강이 온전치는 않지만 일상으로 돌아가려한다. 나는 내가 있어야 할 곳에 있을 때 가장 나다운 법이니까 말이다. 사소한 기쁨과 감사함을 허락해주시고 나를 아주 많이 사랑해주시는 하나님을 위해. 내가 건강해야, 내가 온전해야, 내 사람, 내 가족들도 내 주님도 행복할 테니.

이 글은 평범하지만 반짝 반짝 빛나는 내 열아홉의 이야기이며 평범하지만 따뜻한 모든 이들의 이야기이다.

# 한 번쯤 행복했던 기억에
# 웃어도 보는 것

언젠가 무심결에 휴대폰 갤러리를 들춰보았다. 언제 찍었는지 모를 사진 몇 장과 동영상 몇 개가 추억처럼 들어있었다. 그러다 사진 하나가 눈에 들어왔다. 부산국제고등학교 합격증이었다. 고등학교에 입학한지도 2년이란 시간이 지나고 나니 마치 처음부터 내가 부산국제고등학교에 다닐 것이 정해져있기라도 했던 것 마냥 당연하게만 느껴졌었는데 잠깐이나마 그 순간의 감동이 맴돌았다.

아직도 생생한 그 날의 풍경. 2015년 12월 18일. 부산국제고등학교 최종합격 발표가 나던 날이었다. 오전 10시에 합격발표가 나기로 되어있었고 난 전날 밤부터 잠을 설쳤다. 등교하는 순간부터 손톱을 물어뜯게 되었고 떨어지면 어떡하나 붙으면 또 어떤 기분일까. 이런저런 생각들로 머리가 아파올 지경이었다. 그리고 10시. 기다리고 기다리던 시간이었지만 그렇게 떨릴 수가 없었다. 수험번호를 입력하는 손끝이 파르르 떨려오고 차마 확인 버튼을 누를 수 없었다. 두 눈을 질끈 감은 채 숨 한번 크게 들이쉬고서야 확인버튼을 누를 수 있었고 '딸깍'하는 마우스 소리가 끊어지기가 무섭게 화면이 바뀌었다.

'축하합니다. '나연우(83)'님 2016 자기주도 학습전형 최종에 합격하셨습니다. 진심으로 축하드립니다.' 화면의 중앙에 보이는 작은 웹 페이지 메시지. 그 작은 창을 보는 순간의 감동이란 아직도 쉽사리 가시지 않는다. 어린 나이에 처음으로 간절하게 어떤 학교의 소속이 되고 싶다고 느꼈었고 그 목표를 위해 쉬지 않고 달려 노력했던 나의 1년. 그 결과가 선물처럼 나타나주니 나로서는 기쁠 수밖에 없었다.

작은 모니터 속 선명한 그래픽 '축하합니다. '나연우(83)'님 2016 자기주도 학습전형 최종에 합격하셨습니다. 진심으로 축하드립니다.'을 보자마자 눈물이 터졌다. 바로 조퇴증을 끊고 집으로 향했다. 가방을 메고 엉엉 울면서 터벅터벅 걸어서 집으로 갔다. 내가 울면서 학교를 나가는 모습을 보고 친구들이 걱정스레 물었다. 어디 아프냐고. 아니면 혹시 불합격이냐고. 그럴 때마다 난 웃는 건지 우는 건지 알 수 없는 표정으로 대답했다. "나 합격했어." 친구들은 내가 미쳤다고 생각했을는지도 모르겠다. 하지만 그때의 나는 벅차도록 행복했다. 눈부시도록 찬란했다.

학교에서 집을 가려면 학교 앞 버스 정류장에서 버스를 타야했다. 버스를 기다리면서 또 펑펑 울었다. 그 날의 감격이란 쉽사리 가시지 않았다. 버스에 올라타 창밖을 바라봤다. 차창 밖 풍경이 눈물 나도록 익숙했다. 매일 학교를 마치고 집으로 가던 길. 학교를 마치자마자 집으로 간적도 있었지만 밤늦게 집으로 가던 때도 있었다. 밤늦게 보던 그 곳의 풍경과 밝디 밝은 대낮에 보는 그 곳의 풍경이란 확연한 온도차이가 났다. 그래서였을까. 매일 보던 그 차창 밖의 일상을 보며 또 눈물을 한 움큼 움켜냈다.

집 앞 버스정류장에 도착하니 눈이 부셨다. 때는 한겨울. 추운 겨울에도 햇살은 눈부셨다. 차가운 겨울공기와 그와 어울리지 않도록 따뜻하게 나를 감싸 안는 햇살에 또 눈물이 났다. 그렇게 차가운 공기 속 한줄기의 햇살을 느끼며 집으로 갔다. 현관문을 열자마자 보이는 엄마의 얼굴은 놀란 표정이었다. 학교에 있어야 할 시간에 울면서 집으로 온 딸을 보고 놀라지 않을 부모는 없으리라. 엄마얼굴을 보자마자 왈칵 눈물이 쏟아졌고 겨우겨우 입을 열고 뱉어낸 한마디는 '엄마 나 붙었어.'였다. 겨우 한마디였지만 내겐 큰 무게가 있는 말이었다.

어릴 때 부모님 속 한번 썩인 적 없는 말 잘 듣는 착한 딸과는 거리가 멀었던 나이기에 그 날 기뻐하던 엄마 아빠의 표정도 여전히 선명하다. 이후 엄마에게 들은 이야기이지만 평소 눈물이 없는 아빠가 나의 합격 소식을 듣고는 엄마를 껴안고 눈물을 흘렸더랬다. 우리 딸 잘 키워줘서 고맙다고 그렇게 한참을 기뻐하셨더랬다. 참 행복했다.

그 날의 행복은 분명히 평소에 내가 느끼던 소소한 즐거움과는 달랐다. 친구와 학교 자습시간에 선생님 몰래 떡볶이를 먹으러 갔을 때, 더운 여름날 개봉 전부터 보고 싶었던 영화를 시원한 콜라 그리고 팝콘과 함께 먹으러 갔을 때 느꼈던 그 감정들과는 분명 달랐다. 시간이 오랜 지난 지금도 내겐 합격 발표가 나던 날의 풍경들과 그 하루의 모든 기억의 조각조각들이 박제된 듯 남아있다.

류가빈

ryuberry@naver.com

저는 어릴 적부터 공룡을 유난히 좋아했습니다. 저희 집에는 예쁜 바비인형이나 아기 모양 인형보다는 50마리쯤 되는 다양한 공룡 모형들이 돌아다녔습니다. 집에 바비인형 선물이 들어오기라도 하면, 온지 일주일 만에 바비는 드레스를 빼앗기고, 크기에 맞는 공룡이 애써 끼워 맞춘 예쁜 웨딩드레스를 입었습니다. 예쁜 찻잔과 접시와 바비 핸드백은 모두 공룡들이 들고 다녔고, 아기 공룡들은 티셔츠와 바지까지 갖추어 입었습니다. 그냥 티라노사우루스나 스테고사우르스처럼 흔한 것만 있는 것도 아니었습니다. 정말 알 수 없는 다양한 공룡 - 꼬리가 자기 몸보다 큰 디플로사우르스나 박치기공룡 파키케팔로사우르스.. 형형색색의 공룡이 있었습니다. 그렇지만, 아무리 공룡을 좋아해도 저는 동물원에 가서 이 공룡들을 당연히 볼 수 없었지요. 그 공룡들이 실제로 어떻게 생겼는지, 무슨 색인지, 어떤 소리를 냈는지, 우리는 추측을 할 뿐이지 정확히 알 수 없단 말이지요. 이 공룡들은 볼 수도 없고, 들을 수도 없고, 만질 수도 없습니다.

저는 이렇게 사라진 것들을 좋아하기 때문에 제가 좋아하는 모든 것들 역시 언젠간 사라져 없어질까 봐 두려웠습니다. 그래서인지, 어릴 때 그린 그림들을 보면, 제가 아끼는 모든 사람과 물건이 항상 저와 함께 그려져 있었고, 그 물건들은 모두 하나의 긴 줄에 연결되어 있었습니다. 모든 것이 하나의 줄로 연결되어 있어야만 마음이 놓였습니다. 언젠간 잃어버릴 것만 같았습니다.

그러던 어느 날, 저는 현실 세계에서 사라진 공룡과 어쩌면 비슷한 무언가를 보았습니다. 그것은 바로 이구아나였습니다. 이구아나는 공룡과 꼭 빼닮은데다가 가격도 2만 8천원으로 저렴합니다. 그리고 다른 도마뱀들은 살아있는 밀웜을 먹어서 가족들이 질색하지만, 이구아나는 만년 초식이기 때문에 먹이 주는 걱정도 없습니다. 그래서 저는 제가 좋아하는 공룡을 빼닮은 이구아나를 키워보기로 결심하였습니다.

이구아나를 분양하는 곳에 가니, 이구아나는 정말 잡히지 않으려고 애썼습니다. 그래서 그곳을 운영하시는 분이 이구아나를 잡으려 하자 이구아나는 바닥으로 도망쳤습니다.

이구아나 앞에 네트를 놓고 뒤에서 미는 시늉을 하자, 아무것도 모르는 이구아나는 네트 속으로 뛰어들었고, 그렇게 간신히 이구아나를 잡을 수 있었습니다. 이구아나가 집으로 도착하자 잠부터 자기 시작했습니다.

투명한 플라스틱 상자 속에 나무를 넣어주니, 이구아나는 진짜 공룡처럼 보였습니다. 그리고 무엇보다, 제 이구아나는 정말로 예쁜 에메랄드빛 이구아나였습니다. 저는 무엇보다 제 이구아나를 좋아했습니다. 손으로 먹이를 주면 이구아나는 얌전히 음식을 핥아서 받아먹었습니다. 저는 이구아나가 커질 때까지 키워서 바깥으로 데리고 나가 산책할 수 있는 날을 꿈꾸었습니다.

그런데 제가 한 가지 잊고 있는 것이 있었습니다. 원래 모든 이구아나들은요, 집에 처음 데리고 오면 낯을 몹시 가려서, 인기척이 없는 어두운 방에 놓아야만 스트레스를 받지 않고 살 수 있습니다. 하지만 저는 이구아나를 보고 싶어서 햇빛이 잘 드는 유리창 아래 이구아나의 상자를 두었습니다. 이구아나는 처음에는 잘 지냈지만, 시간이 흐를수록 이구아나는 불안해했습니다. 그리고 어느 순간부터, 이구아나는 저를 너무나도 싫어하고 두려워했습니다. 제가 그 앞을 지나갈 때마다 이구아나는 샛노란 눈을 크게 뜨고 저를 증오의 눈빛으로 쩨려보며, 이 세상에 저 사람보다 악한 사람은 없다는, 그런 눈빛으로 처다보았습니다. 저는 황당할 뿐이었습니다. 저는 이구아나를 누구보다 좋아해 준 것 밖에 없는데, 이구아나는, 내가 사람이었으면, 너를 죽여 버리겠다는 눈빛으로 저를 처다보는 것이었습니다.

이구아나를 목욕시킬 때 이구아나의 긴 꼬리는 회초리가 되었습니다. 이구아나의 꼬리에 맞아보지 않은 사람이라면 모르는 맛입니다. 이구아나의 긴 꼬리는 왼쪽으로 갔다가, 오른쪽으로 갔다가, 점점 세지며, 나중에는 제 얼굴을 마구 때리는 것이었습니다. 정말 너무 아파 죽는 줄 알았습니다.

게다가 이구아나는 손톱으로 제 팔을 움켜쥐며, 마구 상처를 내는 것이었습니다. 이구아나가 상처를 낸 자리에는 피까지 나고, 스크래치와 흉터까지 생겼습니다. 그리고 제일 나쁜 것은, 바로 이구아나의 입이었습니다. 이구아나는 입을 아주 크게 벌려 제 손가락을 꽉 문 채 놓아주지 않는 것이었습니다. 이구아나가 입을 벌리면 완전 핑크색이 되는데, 정말 그 색깔이 보이면 너무 무서웠습니다. 아주 어릴 때는 이빨이 없어서 괜찮았지만, 좀 크니 손을 물어버리는 게 너무 아팠습니다.

그리고 아무리 이구아나에게 잘 해줘도 이구아나는 계속 저를 때리고 도망치고 물고 그럴 뿐이었습니다. 이구아나가 저를 싫어하자 저도 어느 순간부터는 이구아나를 싫어하지 않을 수 없었습니다. 이구아나가 목욕을 할 때 말을 안 듣자 저는 물속에 이구아나를 빠뜨려 버렸습니다. 알아서 헤엄치라고요. 이구아나가 저를 물어버리려고 하면, 저는 벌린 입 속에 맛없는 음식을 집어넣었습니다. 그리고 이구아나가 저를 째려보면 저 역시 똑같은 눈빛으로 이구아나를 째려보았습니다.

그러던 어느 추운 겨울날이었습니다. 이구아나는 어느 날부터인가 밥을 먹지 않았습니다. 밥을 줘도 밥은 그대로일 뿐이었습니다. 뭐, 그럴 수 있지, 겨울이라 그런가보지. 이구아나는 이틀 동안 밥을 먹지 않았습니다. 뭐 그럴 수 있지, 입맛이 없나 보지. 이구아나는 일주일 동안 밥을 먹지 않았습니다. 뭐, 그럴 수 있지. 안 먹을 수도 있지. 이구아나는 그렇게 한 달 동안 밥을 먹지 않았습니다. 동물병원에 데려가 보았더니 이구아나는 이미 뼈에 구멍이 너무 많이 뚫려 먹이통까지도 걸어갈 수 없는 상태였습니다. 밥을 너무 안 먹어서 영양분이 부족해져 골다공증이라고 하더군요.

이구아나는 더는 아무것도 먹지 못했습니다. 그날 저는 일주일 치의 약을 받아왔지만, 이구아나는 단 한 알도 먹지 못하였습니다. 집에 와서 몇 시간 있으니 이구아나는 점점 시들시들해졌습니다. 예전에 제가 어디서 읽은 바로는, 모든 도마뱀은 죽을 때 검정색으로 변하면서 죽는다고 하더군요. 에이, 아무리 그래도 그렇지, 설마 검정색일까, 저는 생각했었습니다.

그런데 진짜, 그날, 제 눈앞에서, 에메랄드빛 이구아나가, 조금씩 조금씩 어두워지고 있는 것이었습니다. 에이 설마, 그림자 때문에 그런 거겠지. 뭐 조금 검을 수도 있지 뭐, 저는 속으로 계속 생각했습니다. 이구아나의 에메랄드빛 살은 조금씩 더 검어졌습니다. 마침내 불에 타고 남은, 한 줌의 새까만 잿덩이로 변해버렸습니다. 이구아나야, 이구아나야, 저는 불러보았지만 이구아나는 대답하지 않았습니다. 잿덩이로 변해버린 이구아나는 더는 움직이지 않았습니다.

사실, 이구아나 이전에도 제가 거북이를 무척 좋아해서 몇 마리의 거북이를 키운 적이 있었습니다. 그 거북이들이 모두 세상을 떠난 후 묻어주었더니, 그 무덤에는 각각 예쁜 꽃이 피어올랐습니다.

저는 제 이구아나를 묻어 주며, 이구아나 위로도 예쁜 꽃이 피어오르지 않을까,

기대해 보았습니다. 그러나 일주일이 지나도, 한달이 지나도, 겨울이 끝나고 봄이 왔지만, 이구아나의 무덤 위로는 하나의 새싹조차 보이지 않았습니다. 나무 아래 흙 속에, 이구아나가 그토록 원하던 그림자 드리워진 장소에 묻어주었지만, 하나의 새싹조차 피어오르지 않았습니다. 이쯤에서 저는 잠시 다른 이야기를 하나 소개해보고자 합니다.

제가 굉장히 좋아하는 게임이 있는데요, 그게 뭐냐 하면, 한 사람이 전혀 다른 두 개의 사물을 제시하고, 다른 사람이 그 둘 사이의 연결고리를 찾는 겁니다. 두 사물이 어떤 면에서, 왜 닮았는지 말을 해주면 되는 것이지요.

제가 예전에 친구에게서 어려운 질문을 받았는데, 그게 바로 '동전'과 '인형'사이의 연결고리를 찾는 것이었습니다. 처음에는 조금 고민이 되었지만, 제가 생각한 바로 무언가 공통점을 찾을 수 있었습니다. 제 생각에는 동전과 인형은 모두 실질적으로는 의미가 없다는 것이었습니다. 동전은 사람들 간에, 이건 얼마다. 백원이다. 오백원이다. 하는 약속입니다. 그렇게 가치를 매겨진 동전으로 재화와 서비스를 구매하지만, 본질적 가치는 그를 둘러싼 금속이 다일뿐입니다. 다 거짓말 같습니다.

인형도 마찬가지로, 우리가 토끼라고 코끼리라고 기린이라고 생각하지만 다 가짜입니다. 그냥 솜과 실과 천이 인형의 전부일 뿐입니다. 그렇지만 우리가 동전에게, 아, 너는 얼마의 가치가 있어. 너는 바로 백 원이야. 너는 바로 오백 원이야. 우리가 인형에게 아, 너는 내 토끼야, 내 코끼리야, 살아있는 기린이야 하며 그 이름을 불러주면 그것들은 우리에게 의미가 있는 존재가 됩니다. 껍데기밖에 없는 동전과 껍데기밖에 없는 인형일지 모르겠지만, 그 안에 우리가 의미를 부여 하고 그것들은 특별한 존재로 다가오는 것이 아닐까 생각했습니다.

동물병원에 이구아나를 데려갔을 때, 간호사님께서 정보를 입력하며, "애는 이름이 뭔가요?" 하며 이름 칸을 비워두셨습니다. 저는 순간 할 말이 없었습니다. 저는 제 이구아나에게 지어 줄 이름조차 못 정해 2년동안 그저, 이구아나야, 이구아나야, 했기 때문입니다. 다른 사람들은 모두 자기의 강아지, 고양이에게 "샐리야, 봄이야, 샤미야" 할 때 저는 "야! 그린이구아나야!" 하고 툭툭 화를 낼 뿐이었습니다.

제가 예전에 키우던 세 마리 거북이들의 이름은 사랑이, 기쁨이, 행운이었습니다. 사랑이를 사랑이라고 부르자 그 거북이는 사랑으로 다가왔고 기쁨이를 기쁨이라고 부르자 그 거북이는 기쁨으로 다가왔고 행운이를 행운이라고 부르자 그 거북이는 행운으로 저에게 다가왔습니다. 사랑이와 기쁨이와 행운이는 더 이세상에 없지만요.

　사랑이의 무덤 위에는 예쁜 민들레가, 기쁨이의 무덤 위에는 큰 깻잎 같은 무언가가, 그리고 행운이, 우리 행운이의 무덤 위에는 정말 높고 곧은 씀바귀가 피어올랐습니다. 그러나 이름이 없던 제 이구아나에게는 어떤 초라한 풀도 피어오르지 않았던 것입니다.

　제가 좋아하는 게임에 대해 조금 더 이야기를 해보자면, 제가 낸 문제 중에는 '큐브' 와 '소화기'의 연결고리를 찾는 것이 있었습니다. 저는, 큐브와 소화기는 둘 다 우리가 어떤 위치에 서 있는지에 따라 굉장히 중요하다는 것을 알려주는 물체라고 생각했습니다. 큐브 위에 사람이 서 있으면, 처음에는 자기 위로의 하늘밖에 볼 수 없습니다. 그렇지만 그 큐브를 돌리는 순간 그 사람은 오른쪽도 볼 수 있고 왼쪽도 볼 수 있고 정 반대편 아래의 하늘도 볼 수 있습니다.

　이렇게 큐브 위에 서 있는 사람은 자기를 둘러싼 모든 것과 그 세상 너머를 볼 수 있습니다. 소화기 역시 우리의 위치를 결정하는 존재입니다. 소화기를 들고 있을 때는 불과 맞서 싸웁니다. 불을 앞으로 하고, 항상 바람을 등지고 싸워야 합니다. 만약 우리가 위험을 맞설 때, 지레 겁을 먹고, 바람만 앞으로 하고 불을 등진다면 어떤 위험도 이길 수 없을 것입니다. 그만큼 소화기와 큐브 둘 다 우리의 위치를 결정하는 존재가 아닐까 싶습니다.

　그런데 제 친구는 이렇게 말하더군요. 소화기와 큐브는 둘 다 어떤 상태를 원상복귀 하려는 목적이 있다는 것입니다. 저는 이 말을 듣고 굉장히 충격을 받았습니다. 저는 소화기와 큐브에 대해 한 번도 이렇게 생각해 본 적이 없었기 때문입니다. 그렇기 때문에 서로 대화하고 소통하는 것은 또 하나의 큐브 위에 서서 큐브를 돌리는 것과 마찬가지라는 생각을 해 보게 되었습니다.

　여러분은 모두 큐비즘이라는 말을 들어보았을 것입니다. 바로 제 큐브처럼, 사물을 모든 방면에서 바라보아 한 평면 위에 그리는, 그 유명한 피카소의 미술 사조입니다. 한 측면에서 본 사물은 왜곡될 수밖에 없기에, 모든 면에서 바라보았던 것입니다.

　그러나, 소화기와 큐브에 대한 제 친구의 새로운 해석을 듣고, 저는 저와 피카소가 둘 다 한 가지 잊고 있는 것이 있다는 생각을 하게 되었습니다. 우리는 모두 큐브 위에 서 있으려고만 했다는 것입니다. 큐브 위에 서 있는 사람은 큐브 밖에 있는 여러 가지 것들을 모두 볼 수 있지만, 정작 큐브 안에 있는 것은 아무것도 보지 못합니다. 큐브 안에서 일어나고 있는 일들은 아무것도 알 수 없는 것입니다.

제가 이구아나를 대할 때, 저는 이구아나가 저를 증오의 눈빛으로 쳐다보자, 저역시 이구아나를 증오하는 눈빛으로 쳐다볼 뿐이었습니다. 저는 큐브 밖에만 서 있었던 것입니다. 아, 저 이구아나가 나를 때리구나, 할퀴려 하는구나, 싫어하는구나, 하고 생각만 했던 것입니다. 이구아나 안에서 무슨 일이 일어나는지는 생각해 보려고 하지도 않았습니다.

자신을 저 숲에서 꺼내, 투명한 딱딱한 답답하고 좁은 플라스틱 통속에 가두어, 자신이 원하던 그림자 하나 드리워주지 않은 채 밥 주는 것도 까먹고 자기 할일만 하던 저를 얼마나 싫어했을런지요. 저는 큐브 안에서 무슨 일이 일어나는지는 까맣게 있고 있을 뿐이었습니다.

제 이구아나를 떠나보내면서, 저는 한 가지 깨달은 바가 있었습니다. 이구아나가 저를 증오로 대하자 저 역시 이구아나를 증오로 대했던 것이 기억나지요? 하지만 서로를 증오하기만 하면 아무도 이길 수 없습니다. 이구아나는 자신의 목숨을 잃었고, 저는 제가 너무 사랑하는 공룡들이 사라질까봐 두려워 이구아나를 데려왔지만, 마침내, 공룡들과 함께, 제 이구아나 역시 사라져 없어졌기 때문입니다.

증오로는 증오를 이길 수 없습니다. 증오를 이길 수 있는 것은 그것을 보듬어 주고 감싸 주는 사랑이 필요합니다. 우리는 큐브 밖에만 일어나는 일을 바라볼 것이 아니라, 큐브 안을 바라보는 자세가 필요하다는 것을 알게 되었습니다. 그리고 이구아나를 보며, 우리가 동전에 가치를 부여하고 인형에 생명을 불어넣었듯이, 이구아나가 그토록 원하던 이구아나의 이름을 불러주어야 했다는 것을 알게 되었습니다. 하지만 저는 이구아나에게 이름도 불러주지 않았고, 이구아나가 되어, 큐브 속에 갇혀 있는 이구아나의 눈으로 세상을 바라보지 못했던 것입니다.

이구아나가 죽을 때, 저는 이구아나를 위해서 심지어 한 방울의 눈물도 흘리지 않았습니다. 제가 흘린 눈물은, 모두, 어쩌면 저렇게 무책임하고 잔인할 수 있을까, 하는 제 자신에 대한 분노의 눈물뿐이었습니다. 이구아나가 죽는 순간까지 이구아나에게는 이름이 없었습니다. 모두 제 자신만을 위한 동정과 연민의 눈물뿐이었습니다.

제 생각에는, 이구아나가 죽었을 때로부터 많은 시간이 흘렀지만, 지금 집에 가 보아도 이구아나의 무덤 위에는 한 포기의 풀도 자라나 있지 않을 것 같습니다. 제 생각에는, 이구아나가 필요한 것은 자라날 물입니다. 바로 세상 모든 이구아나들을 위한 우리의 눈물입니다. 이구아나가 죽을 때 이구아나는 검게 변해 하나의 잿덩이처럼 굳어갔습니다. 그리고 검정색으로 죽어 검정색으로 묻혀 흙 속에서 아직도 조용히 울고 있을 것 같습니다.

세상 모든 이구아나들은 눈물이 필요합니다. 한때 예쁜 초록빛이었던 이구아나가 지금은 검게 변했지만, 우리가 세상 모든 이구아나들에게 이름을 불러주고 이구아나들의 눈으로 세상을 바라본다면, 증오를 증오로 이기려 하지 않고 사랑으로 보듬어 이기려 한다면 검게 변해 침전한 이구아나들의 무덤 위로 다시 초록빛 새싹이 피어날 수 있을 것이라 저는 믿고 있습니다.

저는 이구아나에게 아무것도 주지 못했지만, 여러분은 모두 저보다 지혜롭기 때문에 증오를 증오로 싸우려 하지 않고 사랑으로 보듬어 줄 수 있을 것이라 믿습니다. 세상 모든 이구아나들이 다시 초록빛을 되찾을 수 있도록 눈물을 흘려줄 수 있을 거라 믿습니다.

## 2

A little girl sits alone in her room, hands trembling in fear. Just from downstairs, the thump, thump, thump of heavy footsteps approaching closer…and closer.

Then, comes a Bang! The sound of a bullet ricochet.

The firing of a gun, and then another. The sound of glass breaking, the crack of a window. A muffled cry.

Then, as quickly as it had all begun, a long, heavy silence beholds the room. A deafening silence.

Gingerly, she creeps over to her bedroom door, and gives it a light push.

"Mom?" "Dad?"

Only the sound of the dry wind rustling through the leaves. / Her heart beats faster. /

She walks down the aisle, left right left, one step after another. At the end of the staircase, she stops, and with it, her heart, skids, to a stop. From the corner of her eye, she spots, all too real, a pool of crimson, red, blood. And lying next to it, two adults, unconscious - two adults she knew all too well - mom…and dad.

The name of the young girl is Lilian, from far away in Africa, South Sudan. Her life had been peaceful, perfect, well, that is, up until one dreadful day, when the war started, / and when the rebels raided her house, killing her parents in cold blood. / As the sole survivor of the attack, Lilian found refuge in a neighboring country, Dakar, Senegal, but she knew that Senegal, too, could not be safe from the rebels for long. She began searching for pen-pals from all around the world to share her tale, to share stories about war, about peace,···and hopefully, find a new place, a new country she could call her home.

And on the other side of the globe, I sit in front of my computer, my eyes wide, reading, and re-reading this e-mail. I read the story from a girl called Lilian, from far away in Africa, the story of a girl who wants to be my friend. I tell her I cannot fathom her sorrow, but I tell her to be brave, to carry on, and I'll give her all the strength she needs.

But one day, Lilian, my pen-pal Lilian tells me that she can no longer bear to live in Africa - the memories of her parents haunting her, the rebels pilfering, pillaging the land, and asks me if I could help her settle down in South Korea. Up all night, I ponder on the matter, on whether, and if I could, how I should help her. With my shallow knowledge on the topic, my help could lead nowhere, resulting only in further exacerbations. Yet, as much as I didn't seem like the best person to help, it would be wrong to leave a friend in peril, while I relished a comfortable life in a city, being a hypocrite, speaking of justice with words only.

But here's a caveat; when I inquire some of our family friends in the banking industry, about the issue, I find out that Lilian, was in fact, not a young girl after all - she, or rather he, had been a professional scammer, and nothing but a fraud. Lilian had asked me if I could carry out the process of contacting her bank account to transmit the money to Korea- but that may have resulted in the loss of my money. I had been wholly and completely deceived by a mere scam of sorts, oblivious of what should have been obvious from the beginning.

Innumerable types of confidence tricks - covering topics of false-injury, romance, support calls, etc. prevail in society, and as I researched, I discovered that scams had permeated everywhere within our lives, taking advantage of peoples' genuine interest or sympathy. (In one extreme scam incident, a 67-year-old Australian woman traveled to Africa to meet a 28-year-old Nigerian man she was supposed to marry, who she'd met via e-mail; her body was discovered two days later, under mysterious circumstances.)

Being wary of tricks and scams, however, would only be a temporary solution to the issue regarding human trust; lamely recommending 'not to trust strangers' would be too simple a suggestion. I, for one, learned that people, everywhere, are blinded by their emotions, eyes veiled in cellophane, to see what they wish to see, believe in what they wish to believe in. It is this blindness that makes us all the more vulnerable to those who seek to conceal the truth. It is time we open our eyes to a new light, where we would, hopefully, be able to tell the difference between candor and delusion, and whether an issue deserves genuine attention or glacial dismission.

문예찬

yechan0226@naver.com

# 인류의 오랜 꿈 유토피아를 찾아서

## 1. 인간은 왜 이상사회를 꿈꾸는가

초기의 인류는 지구상에서 가장 나약한 존재였다. 이들은 자신의 생명을 보호하고, 자신의 생존을 위해 사회를 구성하기 시작하였다. 그러나 차츰 생산량이 증가함에 따라 인간과 인간 사이에는 계급이 발생하였다. 또한 이러한 계급사회로의 분화는 복잡해지고 한 층 더 거대해진 인간집단을 존속시키기 위해 각종 제도와 법률이 탄생하였다. 그러나 인간사회는 효율성과 안정성을 갖추어 나가면서 동시에 거대한 모순성을 내포하게 되었다. 계급 사회 아래에서 모든 재화와 그에 따른 행복은 소수의 지배층에게 집중되었다. 이러한 집중이 심화되자 인간들은 스스로 자문하기 시작하였다. '모든 사람이 행복한 사회는 어떤 사회일까.' 사회가 형성되면서 인간은 끊임없이 사회의 지향점과 이상적 사회에 대한 청사진을 그리기 시작하였고, 인간의 역사에서 이러한 모습을 실현하려는 시도가 있어왔다. 플라톤, 토마스 모어, 마르크스 등에 이르기까지 수많은 사람들은 각자 자신이 생각하는 이상사회의 모습을 제시 하였으며, 이러한 시도는 때로는 이상적으로, 때로는 그 의도와는 반대로 모순이 더욱 심화된 상태로 나타나기도 하였다. 그렇다면 도대체 어떤 사회가 이상적인 사회인가?

## 2. 사회적 존재로서의 인간

이상사회의 모습을 그리기 위해서, 우선 인간은 어떤 존재인지부터 분석해보아야 할 것이다. 이상사회를 건설하려고 시도한 모든 사상가들이 암묵적으로 동의한 전제가 하나 있다. 바로 인간은 사회적 동물이라는 것이다. 홉스, 로크, 루소의 사상인 사회계약설에서도 인간이 사회계약을 하는 이유로 자신의 생명을 보전하고, 자신의 행복을 극대화하려는데 있다고 하였다. 또한 포이어 바하와 마르크스는 인간은 '유類적 존재'라고 하였는데, 이 말은 그들에게 마치 하나의 공리와 같은 것으로 군이 증명하려고 하지도 않았으며, 논증해야할 필요성조차 느끼지 못하였다. 인간은 오랜 세월 집단을 구성하고 살아왔으며, 집단 속에서 생존하고 행복을 느끼기 때문이다.

이러한 사회적 존재인 인간이 행복을 느끼기 위해서는 우선 두 가지의 모순된 상태가 요구 된다. 하나는 자신의 자유가 최대한으로 보장 된 상태이고, 다른 하나는 자신의 존재 가치를 스스로에게 그리고 남에게 인정받을 때이다.

인간은 태어나면서부터 자유로운 존재이고, 본능적으로 자유를 원한다. 인간은 자신을 억압하고 구속하는 모든 것으로부터 투쟁하는 존재이다. 이 때 투쟁의 대상은 자연일수도 있고, 사회 제도일 수도 있으며, 사회적 관계일 수도 있다. 이러한 모든 구속으로부터 해방되고자하는 것이 인간의 근본적 욕구중 하나이다. 그렇기 때문에 근대의 역사가 신채호는 인간의 역사가 아我와 비아非我의 투쟁이라고 하였다. 즉 인간은 자기 자신의 행복과 자유를 위해 끊임없이 외부환경과 싸워왔다. 그 무엇에도 구속받지 않는 인간, 이것이 인간이 첫째로 원하는 모습이었다.

또한 인간은 자신의 존재 가치를 인정받고 싶어 하는 욕구가 있다. 그러나 자신의 가치는 남과의 관계 속에서만 형성될 수 있는 것이며, 다른 사람과 관계를 맺지 않으면 자신의 존재가치를 인정받지 못하게 되고 인간은 불행해지게 되는 것이다. 인간이 끊임없이 사랑의 대상을 찾고, 수많은 재화와 유물을 생산하고, 사상과 발전을 이룩하는 가장 근본적인 이유도 바로 자신의 존재가치를 인정받고 싶어 하기 때문이다. 타인과 더불어 사랑하고 사랑받는 존재, 이것이 인간이 원하는 두 번째 이상적인 모습이었다.

따라서 인간의 역사는 자유의 확립과 자기 가치 실현을 위한 투쟁과 몸부림의 과정이며, 이 가치들을 위해 인간은 사회를 구성하고, 그들 자신의 역사를 진행시켜 나갔다.

그러나 이렇게 구성된 사회는 결코 모든 사람의 행복을 보장하지는 못하였다. 헤겔은 인간의 역사는 이성의 진보의 역사이며, 이 진보의 핵심은 자유의 확대라고 주장하였으나 어떤 사회에서도 다른 인간에 대한 차별과 구속은 있어왔고, 자신의 존재가치와 자유를 추구하려는 욕망이 타인에 대한 억압과 멸시의 모습으로 나타나 왔다. 그렇기 때문에 인간은 모든 역사적 공동체 속에서 불행을 겪어야 했다.

그러나 이상사회의 모습은 역사 속에서 찾을 수 밖에 없고, 기존의 사상가들이 주장한 이상사회의 모습에 대한 분석과 비판을 통해서만 현실성 있고 허황되지 않은 이상사회의 모습을 그려볼 수 있을 것이다.

## 3. 이상사회의 모습

그렇다면 이상사회는 어떠한 모습이어야 하는가? 우선은 적당한 인구와 적당한 크기를 가져야만 한다. 너무 큰 사회는 환경오염이나 극단적인 이기심의 발현 등 온갖 병폐를 생산하며, 너무 작은 사회는 구성원의 다양한 욕구와 그 사회 존립을 위한 적절한 생산량을 달성하지 못한다. 그렇다면 어느 정도의 규모가 적절한가?

아리스토텔레스는 그의 저서 『정치학』에서 인간은 폴리스적 동물Zoon politikon이라고 하였다. 그리스의 폴리스는 인간이 구성할 수 있는 공동체중 최적의 모습이었다. 폴리스의 모든 시민들은 직접민주정치를 통해 모두 정치에 참여할 수 있었으며, 폴리스적 크기는 그리 크지도 않아 모든 시민은 서로에 대해 알기 때문에 인간소외가 발생하지 않는다. 즉 폴리스는 자유와 자신의 존재가치에 대한 존중이 동시에 구현된 공동체의 모습이라 할 수 있다.

그러나 이러한 폴리스는 그리스의 역사에서도 알 수 있듯이, 다른 외국이 존재하지 않아야 가능 할 것이다. 실제로 고대 그리스의 폴리스는 페르시아라는 중앙 집권화 된 거대 공동체의 침략에 의해 해체 과정을 밟기 때문이다.

또한 이 공동체의 정치 형태는 직접 민주정의를 실현해야 하며, 독재자나 참주를 막기 위해 대표자는 짧은 시일마다 재신임을 받아서 대표자가 참주나 독재자가 되는 것을 막아야 할 것이다. 그리고 이 정치체제는 항상 비판을 받아드리는 열린 자세를 취해야 하며, 언론기관의 독립성과 자율성을 보장 하여 사회 정화 기능을 수행해야 한다.

사회적으로 이 사회는 구성원들의 다양한 흥미와 직업 선택을 존중하되, 그 결과적 측면에서의 소득이나 명예에서는 가능한 한 최대한의 평등을 실현해야 할 것이다. 소득과 생산량의 격차는 구성원들 간의 대립과 계급을 만들어 내고 이는 이상적 국가의 근간을 뒤흔들 가능성이 높기 때문이다. 그러면서 동시에 이 사회는 토마스 모어의 말처럼 노동시간이 한정적이어야 하며, 모든 구성원들은 노동시간 외에의 시간에는 자신의 여가활동을 즐길 자유가 주어져야 할 것이다. 생산기반의 평등이 이루어지고, 개인 시간에 대한 자유가 보장된 사회에서 그 구성원들은 자신의 맡은 소임과 역할을 성실히 수행해 나가야 한다.

그러나 이러한 평등이 실현된 사회에서는 태만한 사람이 나오거나 세대가 지날수록 이상적 가치들이 쇠퇴하고 희석 될 수밖에 없다. 여기서 필요한 것이 바로 교육이다. 교육을 통해 사회는 구성원들에게 성실과 근면의 가치를 가르치고, 교육을 통해 이상적 가치들을 다음세대에게 전달하여 보존할 수 있게 되는 것이다.

### 4. 이상사회를 그리려는 시도의 가치

유토피아라는 말을 처음 사용한 토마스 모어조차도 유토피아란 현실에서 존재할 수 없는 사회라고 하였다. 과연 유토피아는 존재 할 수 있을까? 답은 그렇지 않다일 것이다. 인간의 역사가 계속되는 한 끊임없는 갈등과 모순이 발생할 것이고 인간은 이에 따라 괴로워 할 것이다. 그러면 이상사회를 추구하려는 인간의 모든 노력은 헛된 것에 불과 한 것일까? 그 또한 그렇지 않다.

이상사회의 모습을 그리는 시도는 여러 가지의 긍정적 기능을 한다. 우선 이러한 이상사회의 모습은 부조리한 현실을 비판하고, 그러한 현실을 개혁하는데 필요한 기준과 목표를 제공한다. 또한 현재 인류가 누리는 삶을 성취하도록 만든 원동력으로 작용하기도 하였다. 이상사회의 모습은 여기서 그치지 않고 더 나은 사회를 만들고자 하는 신념과 실천 의지를 지니게 하는 기능이 있다.

따라서 우리는 이상사회에 대한 끊임없는 탐구를 해야만 하고, 역사에서 추구해오고 자신의 시대 현실이 요구하는 가치를 사회에 담아 보려는 지속적인 시도를 해야만 할 것이다. 이러한 시도 가운데 인간은 자신들이 할 수 있는 한 가장 아름다운 사회를 실현시켜 나갈 수 있을 것이다.

# 한국 근현대사 속,
# 그리운 나의 외할아버지

69

나는 학생들에게 역사를 가르치는 역사 선생이다. 학생들이 공부 하는 역사 교과서를 살펴보면 한 가지 특징이 있다. 한국사 교과서의 반 정도는 인류의 시작부터 조선시대까지의 내용을 다루고 있다. 선사시대는 제외하고 고조선부터만 생각 하더라도 단군신화부터 대략 조선시대 후기까지가 한국사 역사 교과서의 반을 차지한다. 시간적으로만 봐도 매우 긴 시간이다. 반면에 한국사 교과서의 나머지 반은 흥선대원군 집권기부터 오늘날 대한민국의 역사까지를 다루고 있다. 역사 전체를 놓고 봤을 때, 시간적으로 그리 긴 시간은 아니지만 한국사 교과서의 반을 차지할 정도로 너무나 많은 사건과 인물들이 교과서에 등장한다.

역사를 공부하고 학생들에게 가르치다 보면 역사적 사건 속에서 많은 인물들을 만난다. 역사의 어느 시기가 살아가기에 편했겠냐 만은 특히나 한국 근현대는 민족적 측면에서나 국가적 측면에서나 또 그 시대를 살았던 개인측면에서나 너무나 힘들고 고단했던 시기의 역사이다. 이런 한국 근현대사의 시기를 삶으로 살아가셨던 분이 바로 나의 외할아버지이다. 학생들에게 한국 근현대사 수업을 할 때면 나의 외할아버지가 생각나곤 한다.

외할아버지는 나를 참 많이 예뻐하셨다. 내가 외할아버지 집에 가기로 한 날이면 내가 언제 도착하나 싶어 아파트 복도에서 바깥을 보시며 날 기다리셨다. 어렸을 적 외할아버지 댁에 놀러 가면 외할아버지는 나를 옆에 앉히시고 외할아버지가 참 좋아하시던 카라멜을 두세 개 내 손에 쥐어주시며 당신의 이야기를 하시곤 하셨다. 나는 외할아버지의 이야기를 듣는 것을 참 좋아했다.

나의 외할아버지는 일제 시대였던 1926년 7월 20일 평안북도 정주군에서 태어나셨다. 당시 외할아버지의 아버지는 일찍 돌아가셨고, 외할아버지의 어머니는 혼자 자식들을 양육하셨다고 한다. 외할아버지는 어렸을 때 정주에 있는 소학교를 다니셨는데, 할아버지가 다른 학생들보다 우수하셔서 월반을 하셨다고 한다. 그 후 소학교를 졸업하시고, 고등학교(보통학교)를 다니셨다. 이때가 대략 1930년대 후반에서 1940년대 정도인데, 이 시기는 특히나 일제에 의해 민족 말살정책이 진행되던 시기로 학교에서는 한국어를 금지시켰고 일본어를 가르쳤다. 이때 외할아버지도 일본어를 배우셨는데, 후에 60세가 넘으셨는데도 일본어 교사인 큰이모를 만나러 온 일본인 손님과 일본어로 대화가 가능하셨다.

당시에 외할아버지는 굉장히 부유하셨고, 이북에 많은 땅을 가지고 있었다고 한다. 하루는 외할아버지의 큰형님이 밭을 가시는데 점심 식사도 거르신 채 하루 종일 논을 갈아, 그만 소가 지쳐 쓰러졌다는 일화가 있다. 그런데 할아버지는 농사일을 하는 게 싫어서 같이 하고 있던 포목점에서 외할아버지 어머니의 일을 도와드렸다고 한다. 나는 외할아버지네 소가 쓰러지는 모습, 외할아버지가 이리저리 핑계를 대며 농사일을 하기 싫어하시는 모습을 상상하고는 슬며시 웃곤 했다.

광복과 한국 전쟁 등 한국 근현대사의 큰 역사적 사건들은 우리 외할아버지의 삶을 그냥 비껴가지 않았다. 일제가 패망하고, 우리나라가 광복을 맞이한 후 1945년 8월 이북에는 소련군과 함께 김일성이 들어왔고, 1948년 북한정권이 수립되었다. 그 와중에 1946년 이북지역에서 토지몰수 작업이 실시되면서 외할아버지네 땅이 대부분 몰수 되셨던 것 같다. 시대의 격랑은 여기서 그치지 않았다. 1950년 결국 한국전쟁이 발발 한 것이다.

전쟁이 일어난 후 외할아버지는 1951년 1.4후퇴 때 남쪽으로 내려오셨다가, 국군으로 입대하셨다. 외할아버지가 남한으로 오셨을 때는 인민군징집을 피해 임시로 남한에 내려 오셨는데, 휴전이 되면서 고향으로 다시 돌아가지 못하게 되실 줄은 모르셨다고 한다. 또한 입대한 후에는 군대에서 군 신문을 만드는 일을 하셨다고 한다. 외할아버지의 사촌동생은 이북에서 인민군으로 징집되어, 거제도의 포로수용소에 수용되었다. 외할아버지께서 면회를 가셨는데 '그 덩치 큰 애가 뼈만 남아 있어서 마음이 아프더라야.'라고 특유의 평안도 사투리로 말씀하셨다. 후에 이 사촌 동생은 1953년 6월 이승만 대통령이 반공포로를 석방할 때 석방되어 남한에 남게 되었다. 할아버지는 한국전쟁 와중에 가족들과 헤어지시고 정든 고향을 잃으셨다.

대구에 정착하시고 난후, 대구에 아무런 연고도 없이 내던져진 외할아버지는 친척집에 더부살이를 하시다가, 곧 실 장사를 시작하셨다. 이때는 한참 경제발전 5

개년 계획으로 대표되는 산업화가 진행되던 시기였고, 특히 대구의 섬유 산업이 활성화 되는 시기여서, 돈을 많이 버셨다고 한다. 작은이모의 말에 따르면 영화 국제시장에도 나오는 것처럼 그 당시 귀했던 미제 냉장고, 전화와 전축이 있었을 정도로 부유하셨다고 한다.

하지만 역사의 파도는 다시 한 번 외할아버지의 삶을 덮쳤다. 경제 개발 5개년 계획이 끝나가고 대구의 섬유 산업이 점차 위축되어 갔다. 외할아버지의 공장도 예외가 아니었다. 설상가상으로 친구에게 집 담보로 보증을 섰는데, 집이 은행으로 넘어가 버렸다. 작은이모의 기억으로는, 그 당시 살던 집이 동네에서 가장 컸었는데 대문 옆에 한자로 새겨진 문패를, 쫓겨나시다시피 그 집에서 이사 나올 때 외할머니가 떼 내어 오셔서 화장대 서랍에 오랫동안 그 문패가 간직되어 있어, 그 문패를 볼 때마다 이모의 마음이 씁쓸했다고 한다. 그 후 당시에는 시골이었던 반야월로 이사를 하셨다.

이후 제1차 남북 정상회담이 이루어지면서 한반도 평화무드가 형성되었다. 북한의 모습이나 북한사람들, 남북 이산가족 상봉 등의 장면이 뉴스에 자주 나왔다. 몇십 년 동안 가족을 그리워 하셨던 할아버지가 그런 뉴스를 어떤 심정으로 보셨을지 짐작이 간다. 가족들이 할아버지께 북한에 계신 가족들을 찾아보고 편지도 보내보라고 하셨지만 할아버지는 그러지 않으셨다. 나중에 안 이야기지만 혹시나 남한에 월남한 가족이 있다는 것을 북한당국이 알게 되면 북한에 남겨진 가족에게 피해가 갈까봐 그러셨다고 한다. 그때 까지도 분단은 현재 진행형으로 할아버지의 인생을 갈라놓고 있었다.

내가 고등학교 3학년이던 2013년, 외할아버지께서 돌아가셨다. 그 전날 외할아버지의 상태가 위급하다는 소리를 듣고 우리 가족은 외할아버지의 집이 있는 시지로 갔었다. 침대에 누워서 가쁜 숨을 몰아쉬시던 외할아버지께서는 나와 우리 가족이 오자, 억지로 눈을 뜨시며 나의 모습을 보셨다. 아직도 나를 바라보시던 외할아버지의 마지막 눈이 선명하게 기억난다. 나의 기억 속에 할아버지는 늘 위트와 여유가 넘치셨던 분이셨고, 자식들과 손자들을 사랑하시는 따뜻한 분이셨다. 외할아버지의 죽음은 한 개인이 삶을 마감하는 순간이기도 하였지만, 외할아버지가 몸소 살아내셨던 비극적인 우리의 근현대사가 역사의 뒤편으로 사라져 가는 순간이기도 하였다.

할아버지는 영천에 있는 호국원에 영면하셨다. 할아버지의 장례식 날 나는 영정사진 대신에, 화가인 외삼촌이 그리신 초상화를 들고 장례식을 치렀다. 한국전쟁

참전 용사이신 외할아버지는 참여정부 때 받은 6.25참전용사 감사패를 늘 자랑스러워 하셨다. 외할아버지의 관을 감싸던 태극기와 호국원 군데군데에 쓰인 참전용사에 대한 감사가 적힌 글들을 보며 나는 매우 자랑스러웠다.

우리 외할아버지는 우리나라가 가장 힘들고 어려웠던 시기인 일제 강점기에 태어나서, 광복, 한국 전쟁, 경제 발전과 민주화 운동을 겪으셨다. 돌아가시기 몇 개월 전에도 이북에 계시던 형제들과 어머니를 그리워하시는 걸 보면서, 내가 역사 속에서만 만났던, 우리 민족과 국가가 겪은 비극적 사건들이 개인의 삶에도 얼마나 큰 한과 상처로 남아 있는지 느끼게 되었다. 아직도 학생들과 한국 근현대사를 공부하다 보면 외할아버지가 그립고 보고 싶다.

문용대
myd1800@hanmail.net

# 남성들도 양산 쓰고 치마 입자

무더위는 올해도 어김없이 찾아왔다. 일 년 중 가장 더운 때라 많은 사람이 여름휴가를 즐기는 8월 초다. 지난해 휴가를 미루다가 제대로 찾아 쓰지도 못했는데 올해도 10월 이후로 미루고 직장 책상머리를 지킨다.

일하다 보면 밖에 나가 해야 될 일이 있다. 봄가을이라면 멀더라도 운동 삼아 일부러 걷지만 요즘처럼 뙤약볕이 내려 쬘 때면 일 보러 다니기가 쉽지 않다. 거리가 먼 곳도 아닌, 그렇다고 가까운 곳도 아닌 곳에 갈 때가 있다. 버스나 전철을 타기도 그렇고 택시를 탈만한 거리도 아니다. 자가용을 이용하자니 주차할 것이 걱정이다. 이런 걸 애매하다고 할 것이다.

선글라스를 끼고, 손에 든 서류봉투로 머리 위를 가리고 걸어 보지만 햇빛이 너무 강해 봉투를 든 팔만 아프다. 아침이나 저녁때라면 가로수 그늘 덕을 볼 수 있으련만 정오를 갓 넘긴 시간이라 나무 자신에게만 그늘이 돼 준다.

대부분의 여성들은 양산을 펴 햇볕을 가리고 길을 걷는다. 남성 중 양산을 든 사람은 한 명도 없다. 며칠 전 아내와 걸으며 양산 덕을 본 적이 있다. 남자는 왜 양산을 안 쓸까라고 푸념을 했다. 챙이 넓은 모자를 쓰면 되지 않느냐고 대수롭지 않게 받아넘긴다. 나는 불만스럽고 못마땅하다. 모자는 모자이고 양산은 양산이지 여성이 쓰는 양산 대신 챙 넓은 모자를 쓰라는 말에 동의할 수 없다. 모자는 여성도 남성과 똑 같이 흔히 쓰는 게 아닌가.

양산 뿐 아니다. 치마도 입어보고 싶다. 남성도 치마를 입으면 얼마나 편하고 시원할까! 아내는 또 퉁명스럽게 반바지 입으면 되지 않느냐고 말한다. 그 말에도 할 말이 있다. 반바지는 여성들도 잘 입고 다닌다. 남성들은 반바지를 입긴 해도 운동을 하거나 놀러 다닐 때 입는다. 그걸 입고 출근하거나 정장으로 입는 건 본 적이 없다. 직장 여직원이 치마는 안 좋다고 말한다. 여성입장에서 그럴 수 있겠다. 편하고 시원하더라도 바람에 날리거나 계단을 오르내릴 때 불편할 것 같다. 흔히 말하는 '몰카(몰래카메라)'에 당할지 모르니 말이다.

치마 속이 궁금하긴 한 모양이다. 얼마 전 모 방송사에서 28년간 일한 유명인사가 여성의 치마 속을 몰래 찍다가 들켜 현장에서 잡혀갔다. 그는 앵커와 보도본부장을 거쳐 보도본부 논설위원으로 활동하며 메인뉴스를 오래 진행하던 자다.

허나 남성이 치마를 입고 계단을 오르내릴 때나 바람이 불어도 힐끔거릴 사람이 없을 것 같다. 남자가 입은 치마 속을 몰래 촬영할 사람도 없을 것 같다. 참! 혹시 여성 중 그럴 사람이 있을지 모를 일이다. 남성이 몰래 여성을 찍어 처벌받는 것은 더러 보았다. 만약 남성이 입은 치마 밑을 여성이 찍다가 들킨다면 처벌을 받을까?

이와 같은 것들의 제도나 규범은 어디까지이고, 어디서부터가 일반에게 널리 통하는 대중성이나 보편성을 가진 습관에 해당되는 것인지, 딱 잘라 판단하기가 쉽지 않아 헷갈린다. 암튼 남성입장에서 여성에 비해 역차별을 당하는 듯하다.

스코틀랜드나 남인도 어느 곳에는 남자가 치마를 입는 것이 일반화 돼 있다고 한다. 미국 플로리다 주 올랜도에 사는 슈테펜이라는 사람은 남성용 치마를 제작, 인터넷을 통해 판매한단다. 남성용 치마를 선전하는 패션모델이 돼 화려한 의류를 선보이기도 한단다. 그는 치마를 입으면 편하고 화려한 옷맵시를 자랑할 수 있다며 전 세계 대다수 남성들이 일상생활에서 바지대신 치마를 입을 때까지 디자인작업에 매진하겠다고 한다.

남성들이여! 이제 우리가 뭉쳐 이 운동을 펼쳐 보자. 여성들처럼 양산을 펼쳐 들어 햇볕도 가리고, 여성들처럼 시원하고 편하게 치마 입고 올 여름을 시원하게 보내자!

# 팔월 장미

지난겨울 추위와 어둠 나도 겪었답니다
무더위와 태풍도 견뎌내고요
석 달을 걔들보다 더 앓고 나서야 핀 꽃인 걸요
늦둥이가 더 귀엽고 예쁜 거 아닌가요?

내가 걔들보다
아름답지를 않은가요, 덜 향기로운가요?
가까이에서 자세히 좀 보세요
내게도 향기는 있답니다

수가 많아서 걔들이 더 아름답던가요?
적으면 더 귀한 거지요

가시가 있어서 싫은가요?
가시는 내게만 있는 게 아니잖아요

나에겐 왜 그리도 무심한가요?
좀 쳐다봐 주고
향기도 맡아 주세요
빈말이라도 예쁘다고 좀 해주고
사진도 좀 찍어 주세요
시詩나 글에도 좀 올려 주고요

박광희

imilton@naver.com

# 꼴찌에게 갈채喝采를

꼴찌를 생각한다. 꼴찌는 누구이고, 어떤 존재인가? 학교에서든 사회에서든 그들은 존재해왔고, 세상의 무수한 시험에서도 자리해왔으며, 경쟁이 있는 곳 어디에서나 필연적으로 존재할 수밖에 없는 당위적 존재였다. 삶에 있어서, 생각에 있어서 꼴찌라는 개념조차도 생소한 사람이 있을 것이며, 꼴찌 경험이 있는 사람에게는 트라우마가 되며, 삶이 그것으로 점철된 사람에게는 무덤덤함이며 삶 자체일 수 있을 것이다.

꼴찌를 생각한 계기는 오래된 낡은 책 때문이다. 세련된 디자인과 최신 콘텐츠를 담은 수많은 책이 쏟아져 나오는 때에, 낡고 못생긴 헌책은 꼴찌와 마찬가지로 생각에서 벗어나 있으며, 무시당하기 일쑤이고 곧 폐기되어 쓰레기통에 버려지거나, 형편이 낫다면 중고서점에 헐값에 팔리기에 십상이다.

서고에서 잠자던 먼지 쌓인 책으로부터 어느 날 꼴찌가 내게 왔다. 오래 전 시사영어사에서 발행한 문고판 〈영한대역 문고 100〉을 다시 펼치게 된 것은, 꼴찌를 바라보는 롤랑 바르트의 탁월한 식견 때문이다. 꼴찌에 관한 글은 『36인이 말하는 21세기 세계』에 실린 '무위는 인간성을 회복하는 길이다Dare to Be Lazy'에 담겨있다. 이 글 속에서 프랑스 비평가이며 작가인 롤랑 바르트는 노동과 생산의 굴레에 갇힌 현대인이 인간성을 회복하기 위해서는 선禪적인 무이념無理念, 무행無行, 무위無爲를 행해야 한다고 말한다. 그리고 그는 깊은 통찰력으로 꼴찌의 존재를 무위의 경지로 끌어올린다.

바르트의 철학은 경쟁 사회에 찌든 현대인에게 색다르고 신선한 관점을 제공한다. 바르트는 현대 생활에 있어서 무위가 어떤 것인지를 살펴볼 필요가 있다고 말한다. 장자의 무위無爲의 도를 그가 설파하고 있음이 참으로 신기롭다. 그의 물음은 현대의 삶에 무위Idleness라는 것이 존재하는지, 또 모든 사람이 여가활동에 대한 권리를 논하면서도 정작 게으를 권리(무위)에 관해서 얘기하는 것을 본 적이 있느냐는 것이다.

바르트는 계속해서 묻는다. 현대 서구 세계에 아무것도 하지 않는 것Doing nothing이 과연 존재하느냐고. 자신과는 전적으로 다른 삶을 사는 사람들, 즉 좀 더 소외되고, 어려우며, 힘겹게 사는 사람들조차도 한가한 시간에 아무것도 안 하는 삶을 살지 않는다는 것이다. 반드시 뭔가를 한다는 것이다.

그는 파리의 카페 거리를 떠올리며, "카페는 여유로움이 깃드는 한가로운 정경을 연출한다. 카페는 일종의 한유이다. 그러나 부산물이 있다. 거기에는 대화가 있음으로써, 활동의 모습을 띤다. 진정한 무위가 아니다."라고 말한다. 바르트는 무위의 상태에서 주체로서의 일관성을 상실하고, 중심이 해체되어 '나'라고 말할 필요가 없는 몰아지경에 있는 상태가 진정한 무위라고 말한다.

따라서 진정한 한유는 '근본적으로 결정하지 않음Not deciding, 그곳에 있음Being there 이 되는데, 바르트는 꼴찌의 존재를 이러한 차원에서 조명한다. 학교에서 밑바닥을 치는 아이들, 교실에 있다는 것을 제외하고는 아무런 특징이나 개성, 존재감을 가지지 못하는 열등한 아이들. 그들은 교실 활동에 적극적으로 참여하지 않지만, 그렇다고 배제되어 있지도 않다. 그냥 주목을 받지 않고 의미를 두지 않는 존재로서 그곳에 있다. 그것이 바로 우리가 때때로 바라는 상태임을 바르트는 직시한다. 아무것도 결정함 없이 그냥 그곳에 있는 것Being there, deciding nothing이다.

문제를 좀 더 확장해볼 때, 무위는 악의 문제에 대한 철학적 해결책으로 간주해도 좋다고 바르트는 말한다. 답하지 않는 방식은 그동안 불신 되어 왔는데, 현대사회는 중립적 태도에 대해 편안함을 느끼지 못하며, 한유를 받아들일 수 없는 최고의 악으로 간주한다.

자칫 무위는 세상에서 가장 낡은 것, 가장 지각없는 종류의 행위로 인식될 수 있으나 사실 그것은 가장 사려 깊은 행위일 수 있다. 이점에 있어 무위의 부정적 측면에 관한 바르트의 고찰은 매우 날카롭다. 예를 들어 빅토리아 조의 영국이나 정통 유대교의 매우 경직된 율법 화 된 사회에서는 휴식의 날이 어떤 행동들을 금하는 법규들로 규정되어 있다. 이러한 법규들은 모두가 아무것도 하지 않고자 하는 욕망의 발로다. 그러나 사람들이 그처럼 복종하지 않을 수 없는 처지에 놓이면 (즉, 무위가 외부로부터 강요되면), 그 즉시로 무위는 고통이 되고 만다. 바르트는 이 고통을 권태Boredom라 부른다. 쇼펜하우어의 표현을 빌자면, "권태의 사회적 표현은 일요일The social representation of boredom is Sunday"이 되는 것이다.

학교 가는 것이 즐겁고 재미있는 초등학생이나 청소년들에게 일요일은 권태로운 날이다. 그러나 일상에 찌든 현대인들이라면 과중한 업무, 거래로 인한 스트레스, 직장 내 갈등, 성과 확대의 심적 부담 등 몸과 마음을 지치게 하는 일상으로부터 주말은 자유스런 날이며, 행복하고 게을러지고 싶고, 무위하고 싶은 날이 된다. 바르트의 표현을 빌린다면, "현대적 무위의 봉헌적 형식은 결국 자유The votive form of modern, after all, is liberty"이기 때문이다.

경쟁 사회에서 필요적 존재인 꼴찌들. 다른 관점에서 바라본 꼴찌는 무존재의 존재이다. 그들은 찬란히 빛나는 양지를 떠받치는 음지와 같은 존재이며, 아무도 주목하지 않는 잡초 같은 존재로서, 무한한 인내심으로 아무것도 하지 않는 무위의 존재이다. 그들은 자신이 속한 조직(그룹)을 말없이 떠받치는 존재의 역할을 충실히 하는 고마운 존재다.

꼴찌가 홀로 서는 날. 그날은 경쟁 속에서 꼴찌가 존재하는 것이 아니다. 꼴찌가 꼴찌 그 자체로서의 가치를 인정받고, 생명을 얻으며, 꼴찌를 내려다보던 인생들이 열린 시각으로 평등과 존재의 소중함을 깨닫는 날이 될 것이다. 꼴찌는 무위한다고 하더라도 오로지 그의 특유한 역할과 가치를 지닌다. 지금껏 우리 사회에서 투명 인간이었으며, 생각으로부터 벗어나 있었고, 무시당하고 버려졌던 존재들이 생명을 부여받는 날이다. 무존재의 존재가 존중받고 가치를 인정받아 독립하는 날이다.

꼴찌가 홀로 서는 날은 경쟁보다는 평등이 자릴 잡고, 꼴찌들의 인내심과 게으름(한유)이 새롭게 조명 받으며, 무엇보다도 동등한 인간으로서, 한 조직(단체)을 묵묵히 떠받치는 '무존재의 존재'라는 가치로 그동안 상실했던 사랑과 존중을 회복하는 날이 될 것이다.

# 산山 같은 죽음, 죽음 같은 잠

죽음은 산같이 밀려왔다. 그리고 죽음은
잠이 된다. 거대한 파도가 사면에서 죽음의 고리를 연결해 밀려온다. 남은 날들이
얼마 남지 않은 때에, 사월이 짐을 싸면서 결코 가볍지 않은 심술을 부리는가보다.
엘리엇T.S. Eliot이 말한 '잔인한 달'을 떠올린다.

하지만 잔인한 사월은 곧 끝날 것이다. 시간의 강을 흐르기 때문만은 아니다. 온
갖 꽃들이 만개하고, 계절의 여왕인 장미도 그 화려한 자태를 뽐낼 것이며, 초목은
싱그러움으로 일렁일 것이기 때문이다.

하지만 죽음은 분명 갑작스레 몰려온다. 죽음과 같은 잠이 몰려오면 며칠을 주
체하지 못하고 잠에 빠져든다. 비몽사몽간에 벌려놓은 일은 어설프게 마무리된
다. 멀쩡하던 손은 물건을 떨어뜨려 깨뜨리기도 한다. 주변은 죽음으로 소란해진
다. 알던 누군가가 세상을 떠났다는 말은 실감나지 않는다. 과로로 인해서인지 애
주로 인해서인지 알 수가 없다. 연락이 끊겼던 친구가 전화를 했다. 휴대폰을 빼앗
기고 감금이 되었기에 면회를 틈타 잠시 전화를 한다는 것이다. 믿겨지지 않는 일
이다. 얼마 뒤 엔 통화가 되지 않는다. 일상은 일상이 아닌 낯선 일이 되어간다.

죽음은 내게도 찾아온다. 불임의 계절일까. 무기력한 손은 비 맞은 석회암처럼 굳
어버린다. 모진 겨울에도 생각은 활화산처럼 이글거리며 글을 쏟아냈건만, 꽃이 만
발하는 계절에 몸속을 흐르는 차디찬 바다… 엘리엇의 '잔인한 사월'이 떠오른다.

사월四月은 가장 잔인한 달, 죽은 땅에서
라일락꽃을 피우며, 추억과
욕망을 섞으며, 봄비로
생기 없는 뿌리를 깨운다.

그가 사월이 잔인한 달이라고 한 것은 만물이 소생하는 봄에 자신의 마음이 피어나지 못했기 때문이다. 동토가 녹고 초목이 살아나는 계절임에도 변치 않는 자신의 내면세계에 대한 고통이 컸던 까닭이다. 글을 쏟아내지 못하는 시간은 잠자는 시간이고, 죽음에 처한 시간이다. 산 같은 잠과 주변의 부음은 쓰나미가 되어 다가온다. 모친의 영면에 핼쑥해진 친구의 얼굴이 떠오른다. 요양병원에 머무는 모친을 방문하러 가면 "동생 왔어"하고 반겨주었다는 모친을 회고하는 친구를 보면서 장례식장에서 자연스레 터져 나오는 웃음을 나도 어쩔 수 없었다.

사람들이 떠나간다. 그리고 또 모두가 언젠가는 떠난다. 산자는 죽은 자를 바라보고, 생각하고... 죽음 같은 잠을 잔다. 몇날 며칠을... 그리고 다시 봄비 속에 싹을 틔우고, 잎을 키워내며, 보이지 않는 꿈을 뻗어간다.

잠은 자꾸만 자도 채워지지 않는다. 결국 풀어진 육체를 가두는 데는 죽음만한 것이 없다는 결론이 선다. 그러나 걱정할 필요는 없다. 육신의 종말, 삶에 대한 매듭이 아니기 때문이다. 이전 세계와의 단절. 두려움 속에 넘지 못했던 경계, 낯선 세계에 대한 움츠림, 고정된 시선으로 바라보던 세상, 이전까지 마음에 생경하고 척박하고 불안하게 느껴졌던 곳으로의 여행이면 된다.

삶은 아는 것보다 모르는 것, 안정적인 것보다 불안정한 것, 친숙한 것보다 낯선 것이 더 많은 법. 이를 그대로 인정하고 경험하고 실천하면 되는 것이다. 21세기 정보. 문화 시대에 문화 디아스포라가 되는 일. 낯선 변경으로 한 발씩 걸어가기. 그리고 경계를 넘어, 산처럼 죽음처럼 거대한 공포와 위기감이 친근한 고향으로부터 삶을 조금씩 밀어갈 때. 에드워드 사이드Edward Said의 말을 떠올린다. "진정한 세계인이란 주변 모든 것을 낯설게 느끼는 사람"이라는 것. 즉 익숙한 것과의 결별을 꾀하고, 낯선 것으로부터 새롭게 경계를 넘어서는 가치를 발견하는 때가 되는 것이다.

생각해보니 죽음은 가장 다채롭고 선택의 여지가 많은 것이다. 죽을 때의 모습이 같은 사람은 결코 없다. 태어남은 본인의 의지로 인한 것이 아니나, 죽음은 선택적 의지가 작용할 수 있다는 점에서, 죽음은 한 길로 접어드는 복잡다단한 미로이다. 또한 생각에 따라서는 죽음은 가장 평등한 삶의 조건이기도 하다. 누구나에게 부여되는 것이기 때문이다. 만일 재산이 많거나 권력이 있는 자는 죽음을 회피할 수 있다면 아니 죽음이 부여되지 않는다면, 삶은 엄청 불공평한 것으로서 인간들은 증오심으로 가득차서 신을 원망하며 생을 마감할 것이다. 모두가 한번 맞게 되어있는 죽음. 그나마 위안이 되는 신의 선물이다. 감사하는 마음으로 죽음을 기억하라!

메멘토 모리! (Memento mori: 반드시 죽는다는 것을 기억하라). 이 말은 로마시대에 원정에서 승리를 거두고 개선하는 장군이 시가행진을 할 때 노예를 시켜 행렬 뒤에서 외치는 함성이다. '메멘토 모리!' Memento Mori! 라틴어로 '죽음을 기억하라'는 뜻인데, "전쟁에서 승리했다고 너무 우쭐대지 말라. 오늘은 개선장군이지만 당신도 언젠가는 죽는다. 그러니 겸손하게 행동하라"는 의미에서 생겨난 풍습이라고 한다. 인디안 나바호족도 "네가 세상에 태어날 때 너는 울었지만 세상은 기뻐했으니, 네가 죽을 때 세상은 울어도 너는 기뻐할 수 있도록 그런 삶을 살아라"는 의미의 '메멘토 모리'를 가지고 있다.

우리는 늘 죽음과 동거하고 있다. 하지만 살아있다는 것만을, 그리고 양지에서의 삶만을 기억하려 하지 않는가. 현명한 삶이란 가치 있는 죽음을 전제로 하는 것. 개인이 만족하는 삶이던, 사회가 높이 평가하고 인정하는 삶이던, 그것은 가치 있는 죽음을 수반하는 것이다.

결국 현명한 삶이란 가치 있는 죽음을 생각하고, 지혜로운 죽음을 생각할 수 있을 때만 가능한 것이다. 살면서 죽음을 생각한다는 것이 영 멋쩍어 보이고 또 내키지 않는 일이지만, 그래야 삶이 더욱 가치 있어진다. 어느 날 밀려온 죽음의 쓰나미. 그리고 산 같은 죽음, 죽음 같은 잠! 그 속에서 삶은 다시 싹을 틔우고, 새 옷을 갈아입고, 떠오르는 해를 바라보는 일이 된다. 죽음 같은 잠속에 한 줄기 빛이 강하게 비칠 때 삶은 더 의욕을 불태운다. 산山 같은 죽음 곁으로 작고 따뜻한 생명이 꿈틀대며 다가오는 것이다.

박상준

myclup123@naver.com

# 영화 〈미성년〉

69

"너처럼 우등생이 질 나쁜 저런 애랑 친구 하면 내신 중요한 지금 되겠어?"

김윤석 감독의 영화 〈미성년〉 감정의 히스테리가 심하게 빗발치고, 요동치는 영화였다. 한 가정의 아버지이자 남편이었던 이가 바람을 폈다. 그에게는 고등학생인 딸이 있었다. 또 그에게는 또 다른 딸이 있었다. 자신의 딸과 친구이자 바람을 핀 당사자의 딸. 영화는 논픽션을 모태로 삼아 픽션으로 구운 듯이 그려낸 초벌구이 작품으로 보였다.

화려한 듯, 화려하지 않은 일상에서 충분히 일어날 일과 같이 도발적인 불협화음의 매력을 고스란히 드러내고 있었다. 김윤석 감독이라고 되어 있어서 배우랑 동명이인인가 했다. 그런데 배우 김윤석 선생님이 감독으로 변신했을 줄이야. 그리고 감독이 직접 열연을 펼치며 시나리오를 총체적으로 다루고 감정을 대입시켰을 줄이야.

영화 〈미성년〉에서는 현 사회의 교육계도 비판적으로 바라보는 관점이 다소 담겨 있었다. 공부 잘하는 우등생은, 단지 공부를 못한다는 이유로 좋은 친구도 열등생으로 낙인찍듯 했고, 그걸 또 담임교사라는 사람이 제자에게 말을 하고 있었다. 우등생을 위한다고는 하지만, 우등생만을 위하는 구조는 과연 어디에서부터 시작된 것일까를 생각해보게 되는 순간이었다. 열등생도 사람인데, 잘하는 것이 있을 수 있는데 모든 면에서 문제아 취급을 해버리는 것 같은 일부 내용은 눈살을 찌푸리게 하기도 했다.

"사는 게 빡세. 각오는 되어 있어?"

학생들이 한 대사다. 어른도, 성인도 아닌, 좋은 것을 보고, 좋은 것을 먹고, 좋은 것을 배워야 할 학생들이 사는 게 빡세다는 것을 진정어린 표정으로 말할 때, 왠지 모르게 심장이 먹물이라도 빨아들이는 것처럼 먹먹해졌다. 사는 게 빡센 만큼 각 오는 되어 있냐니. 그건 좀 더 커서 알아도 충분히 괜찮을 것 같은데. 아직 결혼은 안했지만, 성인으로서 마음으로 미안함을 표했다.

영화 〈생일〉에서는 지켜주지 못해서 미안했는데, 이번 영화에서도 사회의 부작 용을 미안해 해야 했다. 어른은 왜 어른인가. 성인이 과연 학생들과 다를 바는 무엇 일까. 항상 저지르는 건 다 큰 성인인데도 그로 인한 직격탄은 자라나는 학생들과 어린이들이 받아야 하고. 나는 이렇게 말해주고 싶다. 미안하다. 부디 너희는 잘 커 서 세상의 명암을 모두 빛처럼 밝혀줄 수 있는 훌륭한 사람들이 되어주려무나.

"제 동생 죽은 거 아니죠?"

엄마의 뱃속에 결혼해 가정이 있는 유부남의 아기가 있다는 걸 알게 되면서 분개 해 했던 여고생이 점차 새 생명을 받아들이려는 좋은 마음을 지녀갔다. 이걸 좋은 마음이라고 표현하는 게 옳은 건지는 잘 모르겠지만, 좋은 마음 같아 보이는 게 참 어이없어서 웃음이 났다. 새 생명은 안타깝게도 뇌출혈로 하늘나라에 가야 했다. 이 장면 역시나 아이를 만든 건 다 큰 남여고, 남자는 더구나 가정까지 있고 고등 학생 딸까지 둔 유부남인데 왜 죽음은 아이가 당해야 하나 싶었다.

김윤석 감독은 아마 이 부분에서 디렉터스를 걸고 마치 논픽션인 것처럼 어둡 고 암울한 현 사회의 구석진 곳을 드러내고자 한 것은 아닐까. 부디 그러하기를. 내 생각대로 사회를 바꿔보자는 혁신과 타파를 첨가한 영화이기를 바랐다. 영화를 보면서 그만큼 느끼는 바가 많았다. 액션이나 코믹 영화는 관객들에게 재미와 놀 라움, 그리고 파괴라는 시원시원함을 맛보게 해준다면, 드라마나 감정적인 영화는 관객들에게 가슴 저미는 눈물과 그로 인해 강렬한 감동을 맛보게 해준다는 것 또 한 이번 영화를 통해 느끼게 되었다.

"네 동생은 운이 좋구나. 찾는 가족도 다 있고"

죽은 신생아들을 모아 실은 차가 화장터로 이동하는 장면이 나왔다. 기승전결 중 결로 흐름을 전개하는 부분이었다. 이 장면은 미혼모들과 생명경시 풍조의 치 부를 드러내고, 풍조를 들여다봐 달라는 시나리오 작가와 감독의 합작은 아니었을 까. 단순히 내 의견이지만, 김윤석 선생님께선 감독이기 이전에 열연을 통해 관객 들을 휘어잡는 명배우의 느낌을 살려 좀 더 임팩트 있게 드러내는 것이 좋겠다고 맞장구를 치지 않았을까?

영화 〈미성년〉은 성인들의 삶과 미성년들의 삶이 어떤지를 비교하면서 대비되게 보여주고 그려낸 참된 작품이었다. 특히나 학생들 역으로 나온 배우 김혜준(주리 역)과 박세진(윤아 역)의 연기가 멋들어지게 맞물려주었기에 4월의 라이징 영화로도 괜찮을 것 같고. 영화 관람은 잠잠했던 일상을 감동과 교훈으로 바람을 일으킬 수 있는 예술작품이다. 관객들이 있어야 배우도 있고, 호평과 비평, 악평이 적절한 조화를 이룰 때 영화도 더 성장할 수 있게 된다. 그렇다면 상영 중인 영화 〈미성년〉도 성장할 수 있게 해줘보는 건 어떨까? 대한민국이 영화의 열풍을 전 세계로 확장시킬 수 있도록 말이다. 부디 내 소원이 실제로 이루어지기를 조심스레 빈다.

# 영화 〈증인〉

　　　　　　　　　　　　　　말씀드리고픈 이야기가 있다. 우리는 좋아
하는 대상들과 진심으로 잘 지내고 싶어 하고, 교감하고 싶어 하며, 공감하고 싶어
한다. 우리가 아니라 적어도 나는 그러했다. 그러나 지금까지 내가 택해온 누군가
와 섞이는 방법은 진심이라 생각해왔지만 아니었다. 진심이 아니라 진심을 가장한
내 생각만, 나만의 방법대로만, 세상이 정한 잣대를 충분한 고려 없이 모든 이를
상대로 사용하고 있었음을 이번 영화를 보며 진심으로 느낄 수 있었다. 내가 세운
어떠한 관념이자 생각이 누군가에게는 상처가 될 수 있고, 혹독한 시련이 될 수 있
음을 꼭 헤아려주셨으면 좋겠다. 봄이 왔다. 계절적으로만 찾아온 것이 봄이 아니
라 마음까지도 따스해지는 봄이 모두에게 꽃피워지기를 바라는 마음만이 한 가득
임을 믿어주시길 빈다.

　'당신은 좋은 사람입니까?'

　이한 감독이 〈증인〉을 통해 관객들에게 전해주고 싶은 바가 이토록 놀라울 줄
이야. 영화를 관람하며 새삼 놀라운 마음을 느낄 수 있었다. 이번 영화의 주연인
배우 김향기('지우'역)는 자폐아다. 그녀는 살인 사건의 증인으로 법정에 출석해야
했다. 이때 드는 생각은 무엇인가? 혹 '자폐아가 한 증언이 정확하기나 할까?'는 아
니던가? 명색이 작가라는 내가 그러했다. 고정관념의 타파를 주장하던 나도 결국
바보같이 또 다른 고정관념에 사로잡혀 있었던 셈이다.

　지우는 청각에 특히 예민했다. 소곤소곤 말해도 찰떡같이 알아들을 수 있는 능
력을 가지고 있었다. 관점을 바꾸어 만약 대입 수능시험에서 전국 1등을 한 학생
이 청각이 남다르다는 생각을 해보자. 그럼 과연 이상한 시각으로 볼까? 아니면
'역시 남다르네. 부럽다.'라는 시각으로 우러러볼까? 애석하게도 나는 후자에 속했
다. 마음을 헤아려 풀들로만 우거진 숲에는 한줄기 물방울을, 뜨거운 불들로만 활

활 타오르는 곳에는 소화기를 통해 끌 수 있게 하는 역할을 해야 할 내가, 조용히 외쳤다. "증인으로 적합할까"

또 다른 주연으로 등장하는 배우 정우성('순호'역)은 변호사로서 대형 로펌 회사에 다니며 파트너 변호사로 승진과 동시에 성공을 꿈꾸고 있었다. 그러던 중에 살인 사건 피고인의 변호를 맡게 된다. 그는 어떻게든 최고 목격자인 지우를 법정에 증인으로 세우려고 노력한다. 그는 지우랑 친해지기 위해 안간힘을 쓰고, 지우의 집까지 찾아가기를 마다하지 않는다. 그의 친구로 등장하는 배우 송윤아('수인'역)에게 "이상보다 현실에서 얻는 실리를 생각해!"라며 그녀가 하고 있는 시위와 고소를 막아설 정도로 성공에 초점이 맞춰져 있는 사람이었다.

그런 그가 증인으로 출석해달라고 설득하기 위해 찾은 지우네 집에서 지우에게 한 문장의 말을 듣게 된다. "변호사는 억울한 일이 생기면 도와줄 수 있는 좋은 일을 하는 사람이잖아요. 당신은 좋은 사람입니까?" 자신이 변호사를 꿈꾸던 본래의 이유를 회상하며 눈가가 젖어 들어가는 모습에 나도 함께 울었다. 그는 나랑 참 많이 닮아 있었다. 글 쓰는 것이 좋아 사람들에게 글로 하여금 따뜻함을 주겠노라고 시작한 나의 글에 대한 목표가 성공을 쟁취하기 위한 용도로 치닫는 모습과 다를 바 없었다.

영화에서 배우 김향기는 내 마음에 향기를 준 사람 냄새나는 사람이었다. 문화인답게 영화 내용은 더 말하지 않겠지만 마음이 따스워지고 싶다면, 좋은 사람이 되고 싶다면 꼭 보라고 추천해드리고 싶을 뿐이다. 끝 추위가 단단하게 몸의 기운을 사로잡는 3월 초의 추위를 눈 녹듯 녹아들게 해줄 감동적인 영화가 될 것이다. 따뜻해지고 싶다는 것은 말로만 해서 되는 일이 아님을 이한 감독이 깨닫게 해주고 싶었던 것은 아닐까? 영화 〈증인〉에서 배우 정우성이 온몸으로 뛰며 따뜻함을 배운 것처럼, 사람답게 살아가는 방법이 무엇인지를 경험을 통해 느꼈던 것처럼, 말은 진심일 때 비로소 전해지는 것이라는 말처럼 말이다. 나는 이 영화를 〈태극기 휘날리며〉와 〈7번방의 선물〉 다음 내 인생 최고의 3번째 감동 영화로 정한다는 말씀과 꼭 좋은 사람이라는 의미를 한번 생각해보시라고 추천해드린다.

박영대

youngdae0813@naver.com

# 순수함, 바보 같지만 아름다운

누군가 내게 가장 기분 좋은 순간이 언제인지 묻는다면 '아침에 일어나 졸린 눈을 비비며 내게 와 안기는 아이들의 달콤한 향기를 맡는 순간'이라고 대답할 것이다. 아이들의 그 작고 예쁜 팔과 다리로 나를 끌어안고 살을 부대끼는 그 잠깐의 순간이 내겐 무엇과도 바꿀 수 없는 소중한 시간이다.

특히나 평일엔 이른 시간 집을 나서야 하는 이유로 아이들과 아침을 함께 할 기회가 많지 않으니 주말에나 경험 할 수 있는 그 순간이 내겐 더욱 귀하게 여겨진다.

지난 주말에도 아이들과 침대에서 장난치며 행복한 시간을 보내고 있었는데 평소와 달리 3살짜리 딸아이가 자꾸만 거실로 나가려 한다. '이 녀석이 어젯밤 늦게 잔다고 혼을 내서 그런가?'란 생각에 거실로 나가려는 딸아이는 그냥 내버려 두고 아들과 침대에서 신나게 장난을 쳤다. 그렇게 얼마의 시간이 흘렀을까? 아이들의 아침밥을 준비하기 위해 방을 나왔는데, 딸아이의 이상한 행동에 자꾸만 눈이 간다.

거북이 두 마리가 살고 있는 작은 어항 앞에 휴대용 선풍기를 가져다 놓고 혼자만 알아들을 수 있는 언어로 거북이들과 대화를 하고 있다. 가만 생각해 보니 이런 모습을 본 것이 아닌 처음은 아닌 듯하다. 2주전, 아이들을 위해 구매한 휴대용 선풍기가 집에 도착한 즈음부터 가끔씩 이런 모습을 보였던 것 같다.

우리 아이들은 엄마를 닮아 몸에 열이 많은 편이다. 아침에 아이들 방의 문을 열어보면 입고 있던 옷을 모두 벗어 던지고 大자로 누워 자는 경우가 대부분이다. 특히나 딸아이는 채워놓은 기저귀까지 벗어 던지고 말 그대로 '알몸'으로 자고 있으니, 아빠인 내가 보기에도 민망한 경우가 있을 정도다. 겨울철에도 보일러를 켜면 똑같은 모습이 연출되니 한여름 무더위가 시작되면 나를 제외하곤 온 가족이 옷을 벗어 던지고 산다.

　이런 아이들에게 더위가 시작되고 사준 휴대용 아이언맨 선풍기, 그 시원한 바람을 알아버린 딸아이는 '한여름 작은 어항에 갇혀 지내는 거북이 두 마리가 덥진 않을까?' 하는 마음에 어항 앞에 선풍기를 켜고 거북이들과 대화를 하는 것 같았다.

　어항 유리벽에 막힌 선풍기 바람이 어찌 거북이들에게 시원함을 주겠냐만은 신기하게도 거북이들은 딸아이가 밥 먹으러 간 순간에도 선풍기 앞에서 목을 쭉 빼고 떠날 줄을 모른다. 딸아이의 순수한 마음과 거북이들의 미련한 모습이 묘하게 어울리며 아침 햇살처럼 포근함이 느껴지는 순간이었다.

　'딸 키우는 재미'라 말하는 것들이 이런 것일까? 오로지 자기 밖에 모르던, 철없던 큰아들의 3살 때와는 너무 많은 것이 다른 듯하다.

　그렇다고 해서 아들 녀석에게만 순수하고 따뜻한 감성이 보이지 않는 것은 아니다. 가만 생각해 보니 나도 그렇다.

　남을 위할 줄 모르고 자기 자신만, 내 것만 중요하다 생각하는 각박한 세상이 된 것 또한 많은 어른들에게서 딸아이와 같은 순수함이 사라져 버린 탓은 아닐까?

　어른이 되어서도 때론 아이의 바보 같은 순수함이 아름다워 보임은 우리 가슴 속 깊은 곳에도 그런 순수함이 잠들어 있기 때문일 것이라 생각된다.

　손가락이 오므라들면 어떠한가? 누군가 옆에서 바보라 놀리며 손가락질 하면, 그 또한 어떠한가? 한여름 지갑 속에 갇혀 더위에 신음하는 소중한 이들의 사진을 꺼내어 부채질 한 번씩 해봄이.

　바보 같은 그 모습 속에서 누군가 순수함을 찾아 그들 마음 속 깊은 곳에 행복한 울림을 줄 수 있다면 오늘 보단 더 좋은 내일을 기대할 수 있지 않을까?

　'세상 모든 사람이 내게 가르쳐 줄 무언가를 가지고 있다.'는 말처럼 3살 딸아이의 순수함마저도 어른들의 세상에 가르침을 주는, 아이의 순수함이 그리워지는 날이다.

# 여행

글을 쓰다보면 가끔씩 예전에 썼던 글과 주제나 내용이 비슷하게 겹쳐지는 경우들이 있다. 하지만 지금껏 썼던 많은 글 중 '여행'을 제외하고 똑같은 제목으로 썼던 글은 없었던 것 같다.

지금 쓰고 있는 글을 포함하여 벌써 3번째, 여행이란 제목으로 글을 쓰고 있다. 조금 더 세련되고 멋들어진 단어를 고민하여 내걸어도 될 것인데 굳이 계속하여 여행이라는 제목에 집착하는 이유는 어느 순간부터 그것이 나를 표현함에 있어 특별한 의미를 담아내고 있다는 내 스스로의 생각 때문일 것이다.

여행은 지금의 나를 설명함에 있어 빼 놓을 수 없는 가장 큰 부분이 되었다. 여행의 시간 속에서 새로운 꿈을 찾을 수 있었으며, 그로인해 지금껏 수많은 책을 읽고, 기억할 수 없을 만큼의 글을 썼다. 지금의 나는 여행이 만들어 낸 피조물이라 해도 지나치지 않아 보인다.

이전까지 여행이라는 제목으로 썼던, 행복의 미소가 번지는 '과거의 나를 찾아 떠나는 여행'과 밤마다 가득한 설렘으로 잠을 설치게 만드는 '미래의 나를 찾아 떠나는 여행' 만큼이나 과거 홀로 전국을 떠돌며 사색의 즐거움에 빠진 시간들 또한 내 삶의 큰 기쁨 중 하나였다.

하지만 사실 혼자서 여행을 한다는 것이 내게도 그리 익숙한 일은 아니었으며, 지금도 가끔씩 낯설게 느껴질 때가 있다.

그런 의미에서 혼자만의 여행을 위해선 약간의 용기가 필요하다. 낯선 곳에서 나와 다른 삶을 가진 사람들을 만나야 하며, 혼자 남겨진 시간에 찾아오는 공허함을 견뎌내야 하기 때문이다.

이들을 피해보려 수첩에 빼곡히 여행 계획을 세우고 바쁘게 움직여 봐도 소용없는 일이다. 아무리 바쁜 일정을 계획한다 하더라도 대부분의 경우 반나절이 지나면 모든 일정을 마치고 숙소로 향할 수밖에 없을 것이다. 그것이 혼자 떠나는 여행의 단점이자 장점이다. 이후엔 감당 할 수 없을 만큼의 많은 시간이 내게 주어진다. TV를 보며 술로 시간을 낭비하는 것도 한 두 번이다.

어느 순간 용기 내어 사람들에게 인사를 건넨다. 운이 좋으면 나와 같은 사람들을 만나 새로운 이야기들로 밤을 지새울 수도 있다. 나이도, 성별도, 생김새도 상관없다. 그저 서로의 삶에 빠져들어 새로운 세상을 공유하며 즐거움을 누린다. 헤어질 때는 연락처도 받지 않는다. 그저 또 다른 어디에선가 다시 만나길 기대 할 뿐이다.

나와 같은 사람을 만나는 운이 없어 혼자 남겨져도 괜찮다. 공허함의 경계선을 넘어서면 사색의 기쁨이 기다리고 있기 때문이다. 인간의 상상력이 얼마나 위대한지 경험할 수 있는 시간이다. 그 상상의 시간 속에서 꿈을 찾고, 나와 함께하는 사람들의 소중함을 깨닫는다. 소중한 가치에 대해 질문하고 스스로 답을 찾는다.

하지만 이것으로 끝내서는 위험하다. 혼자만의 세상에서 빠져나와 세상 속으로 다시 돌아와야 한다. 그 경계선을 통과하는 문은 책이라는 열쇠를 통해서만 열 수 있다. 나만의 생각에서 헤어 나오지 못한다면 아집에 빠져 누구와도 소통할 수 없게 될 것이 분명하다. 독서는 이를 예방해 준다. 유연한 사고는 독서를 통해서만 가능한 것이라는 조언을 깊이 새겨야 하는 이유다.

혼자만의 여행을 주저하는 이들에게 용기 내 볼 것을 권한다. 내 안에서 밖으로 나설 날만을 기다리는 또 다른 나를 만나는 기회가 될 것이기 때문이다. 그것이 어떤 모습으로 나타날지 모르지만 지난한 삶 속에 새로운 활력을 줄 것임은 분명하다.

자! 어디든 좋으니 다들 책 한권씩 준비하여 떠나 보자. 반가운 인사를 나눌 누군가를 기대하면서.

박윤정
vadaguna@naver.com

# 아버지의 서재

"우리 집은 박물관 같아!"

경이 건조한 톤으로 내뱉는다. 모처럼 한가한 일요일 오후. 소파에 온 몸을 풀어 헤치고 드러누운 열여섯 살 경이. 허공을 떠돌던 시선이 거실 한 켠 벽면을 차지한 책장에 머물렀던 가 보았다. 경이 외할아버지 책들. 서재 전체에서 그 책들이 차지하는 공간은 삼분의 일도 채 되지 않는다. 그런데도 오늘따라 유난히 경이 눈에 가득 차 보였나보다. 어릴 적 우리 집 방 안에는 온통 아버지 책들로 가득했는데⋯. 그러고 보니 이제 정말 몇 권 남지 않았다. 여러 번 이사를 하면서도 낡은 책들을 버리지 않고 움켜쥐고 다니는 나를 아이들은 이해 안 된다며 투덜거리곤 했다. 그도 그럴 것이 책 한 권을 어쩌다 꺼내기라도 하면 오래되고 낡은 책을 둘러싸고 있는 겉표지가 조금만 잘못해도 바스라 버릴 것처럼 삭아있었다. 그 책들을 물끄러미 바라보고 있으면 오랜 세월 참 장하게 견뎌냈다는 뿌듯함이 밀려오곤 했다.

경이가 갑자기 벌떡 일어나더니 책장에서 책 한 권을 꺼낸다. 먼지가 뿌연 겉표지를 두 손으로 조심스럽게 잡아 천천히 속에 든 책을 끄집어낸다. 마치 고대 유물 발굴하듯 아주 진지한 표정이다. 책을 감싸고 있는 겉표지는 체온이 닿자마자 부스럭거리며 누런 종이 가루가 마루 위로 떨어진다. 경이는 미간을 잔뜩 모으고 더 긴장된 표정이다. 속에 든 책은 질감 있는 반투명 비닐이 표지를 입히고 있다. 책 두께는 보통 5센티미터가 넘는다. 두께만큼 누렇게 바래져 있다. 경이는 오른쪽 표지를 한 장 펼친다. 외할아버지 책은 오른쪽부터 시작이라는 것 정도는 안 지 오래다. 작가 두 세 명의 오래된 흑백 사진들이 펼쳐진다. 요사이 찾을 수도 없는 편집이다. 유고 작가들 전집류에나 가끔 삽입될까. 경이는 그 사진들에 눈이 간다. 자기가 태어나기도 훨씬 전 시대 작가들의 평범한 일상을 찍은 사진들. 시상식장에서 상을 받는 모습, 지인들과 술자리를 하며 노래 부르는 사진, 서재에 앉아 긴

파이프 담배를 물고 있는 모습, 롱코트 차림으로 전차가 다니는 길에 서서 몇 몇 친구들과 찍은 사진, 일제 강점기에 교복 입은 단체사진 등… 마치 제 집 식구들 사진첩을 보듯 경이는 마냥 신기한 눈빛으로 한 장 한 장 넘긴다. 나는 그런 경이를 소파에 기대 앉아 물끄러미 바라보았다. 아주 오래 전 나를 보는 것처럼.

아버지는 시인이 꿈이었다. 그래서 책에 대한 집착이 남달랐다. 가장 먼저 나오는 전집류나 신간이 있으면 월급을 다 털어서라도 반드시 사고야 말았다. 덕분에 어머니 잔소리를 그칠 날이 없었다.

아버지는 늦은 결혼을 했다. 그래서 마흔이 넘어서야 자식을 보기 시작했다. 아버지의 오랜 벗들은 모두 우리를 손자처럼 대했다. 아버지 고향 친구 가운데 사업으로 성공해서 부유하게 사는 친구가 있었다. 그 분은 외동딸 옷을 모두 서울 고급 양장점에서 맞춰 입히곤 했다. 그 물림은 모두 내 차지였다. 그래서 내 유년기는 평범한 옷이 없었다. 아무데서나 볼 수 없는 허리끈으로 매는 녹색 체크 코트, 온통 손자수가 가득한 상의, 순모로 만든 붉은 치마, 바짓가랑이에 꽃 자수가 가득한 나팔바지 등 … 많이 거북하고 불편했다. 다른 아이들과 다르다는 것 자체가 거북했고 아이 옷 같지 않은 고급스러움에 거북했다. 물려 입은 옷 따위는 신경 쓰지 않았다. 아버지는 어머니보다 사람 마음을 더 잘 헤아리는 사람이었다. 늘 말이 없었지만 가끔 옷 투정을 부리는 나를 가만히 바라보고 있었다. 물려 입어 투정을 부리는 게 아니라는 걸 아버지는 이미 알고 있었다.

어느 겨울, 아버지는 잠이 덜 깬 어린 나를 깨워 손을 잡고 새벽시장에 갔다. 해가 뜨기도 전이었다. 그런데 사람들은 분주하게 역동적으로 움직였다. 새벽 경매 소리, 짐꾼 소리, 장사꾼 외치는 소리! 아버지는 장 한편에 파는 만화 캐릭터가 새겨진 녹색 트레이닝복 한 벌을 사 주었다. 내 기억에 그 옷을 무릎이 닳도록 입고 다녔던 것 같다. 같은 반 아이들이 입고 다니는 시장에서 파는 바로 그런 옷이었기 때문이다. 정말 좋았다.

아버지처럼 나도 유난히 책을 좋아했다. 어쩌면 젖먹이 때부터 책 냄새를 맡고 자라서 그런지도 모른다. 아무 뜻도 모르면서 틈만 나면 아버지 책을 꺼내 방 한가운데 놓고 엎드려 읽었다. 그러다 잠이 들곤 했다. 코끝을 감도는 누릿한 책 냄새.

동아백과사전. 초등학교 삼사학년 무렵이었을 것이다. 전집이 처음 나올 때 지방이라 구하기 어려워 그랬던지 아버지는 일주일마다 한두 권씩 나눠 들고 왔다. 커다란 가방에 그 무거운 백과사전을 불룩하게 넣어서 늦은 밤 몇 정거장을 걸어 왔다. 버스비를 아껴 책을 샀기 때문이었다. 책을 가지고 오는 날은 술도 마시지 않았다. 처음에 어린 우리는 맛난 야식이라도 있나하고 두 눈을 동그랗게 뜨고 가방을 얼른 받아 꺼내보았다. 돌덩이처럼 무겁고 아주 두꺼운 책뿐이었다. 초 천연색 칼라 백과사전. 먹을거리는 아니어도 정말 신기했다. 그런 밤이면 아버지와 나는 의기투합이 되어 그 칼라 백과사전을 보느라 잠도 설쳤다. 둘이 나란히 매트 위에 엎드려 신이 나서 사진들을 정신없이 보기 시작했다. 아침에 눈을 뜨면 커다란 책이 아버지와 내 머리맡에 놓여 있었다. 그 때는 온 세상이 방 안에 다 들어찬 것처럼 부유했다. 정말 그랬다.

문득 책장 아래에 꽂힌 백과사전을 보면서 잔잔한 미소가 번졌다. 그 때 경이가 어느 새 천천히 책을 소리 내서 읽어 내리고 있었다. 두 단 세로로 읽기가 어려운가 보았다. 마치 암호문 해독하듯이 더듬더듬 한 자씩 눈 새김을 한다. 나도 모르게 웃음이 나왔다.

경이는 알까? 할아버지 책들이 어떻게 모여 저기 저렇게 자리를 차지하고 있는지를. 월급을 쪼개고 밥값을 아끼고 차비를 아껴가며 외할아버지가 오랜 세월 한 권 한 권 모았던 서재라는 것을 알고 있을까!

벌써 나는 마흔을 훌쩍 넘은 나이다. 아버지는 내 나이에 둘째를 낳았다. 그리고 마흔 후반에 또 막내를 낳았다.

어릴 때는 미처 몰랐다. 아버지가 왜 시인의 길을 포기했는지, 왜 아버지와 어울리지 않는 직장을 다니며 월급을 받으며 평생 살았는지, 왜 휴일이면 내 손을 꼭 잡고 시내 곳곳을 누비면서 친구들과 어울려 다녔는지. 아버지 단골 찻집에서 보았던 그림 그리는 사람들, 노트에 뭔가를 항상 적고 있던 사람들. 그리고 왜 아버지 습작 노트를 내게 물려주었는지를. 이 나이가 되도록 아직도 변변하게 내 이름 석 자 찍힌 책 한권 내지 못하는 나를, 당장 끼니를 위해 그 때의 아버지처럼 어울리지도 않는 장부를 눈알이 터지도록 하루 종일 쳐다보면서 살아가고 있는 모습을, 왜 하루에도 수 십 번 이 길을 포기해 버리고 싶어지는 지를.

이제는 정말 조금은 알 것 같다. 대학 시절, 처음 백일장에서 상을 받고 시상 장면이 뉴스에 잠깐 흘러 나왔다. 아버지는 말이 없었다. 표정도 그다지 밝아 보이지 않았다. 제일 기뻐할 줄 알았는데 제일 담담했다.

"그 길을 가려고?"

그 한 마디 뿐. 그리고는 씁쓸하게 등을 돌리며 담배를 피웠다. 나는 그 때 참 많이 서운했다. 나는 그 때 아버지를 이해하지 못했다. 단순히 자신이 이루지 못한 꿈을 자식이 대신 이루어 가는 데 대한 질투심이라고만 생각했다. 그래서 더 이해하려고 하지도 않은 채 거리를 두기 시작했다. 아버지는 점점 지치고 외로워하고 있었다. 나는 일부러 외면했다.

아버지 임종을 지킨 사람은 나뿐이었다. 그 늦은 밤 급하게 지갑을 들고 슬리퍼를 신은 채 구급차에 동승한 단 한사람. 그 길이 마지막이 될 줄 아무도 몰랐다. 몇 번 위급상황이 있었기 때문에 또 한 고비라고만 다들 생각했다. 그러나 그 길로 아버지는 영영 다시는 집으로 돌아오지 못했다. 자정 가까운 그 시간에 응급실 구석에서 임종을 지키며 나는 혼자 벌벌 떨고 있었다. 아버지는 마지막 있는 힘을 다해 내 손을 꼭 잡아주었다. 그리고 숨 소리하나 흐트러지지 않고 편안하게 잠들었다.

마지막까지 삶의 평화를 그대로 보여주었다. 그 밤에 아버지와 나는 영원히 화해를 하고 말았다. 나는 소리 없이 뜨거운 눈물을 흘렸다. 눈물이 밤새 그치지 않았다. 참 이상했다.

내 몫으로 돌아온 유품은 습작 노트 한 권과 생전에 모았던 책들. 아버지가 학창 시절부터 썼던 시들이 가득 들어있는 습작 노트와 오래된 낡은 책들이었다. 유품을 집에 들고 온 후 결심했다. 아버지가 포기할 수밖에 없었던 그 길을 나는 절대 포기하지 않기로.

"와! 할아버지 사진이에요!"

경이가 밝은 톤으로 노래 부르듯 내지른다. 빛바랜 흑백사진 속 아버지. 환하게 웃으며 철길 옆에 앉아 있다. 경이는 보물이라도 발견한 것처럼 좋아했다. 그 전집류 속에 사진이 끼워져 있었나보다. 나는 사진 뒷면을 돌려보았다. 빛바랜 푸른 빛 만연필로 쓴 글씨체가 번져 있었다.

'꿈을 위해! 1950년 4월 15일. 고향 기찻길에서 동생 현과 함께!'

아! 나도 모르게 오래 숨겨두었던 눈물이 왈칵 쏟아졌다. 하얀 와이셔츠를 입은 흑백 사진 속 아버지 젊은 청년은 눈이 부시게 아름다웠다.

아버지 서재는 내게 바로 꿈이며 희망이며 동경이었던 것이다. 이제는 현실이며 삶이며 유산이며 미래다. 사진을 바라보는 경이 눈빛도 유난히 반짝였다. 멀리 창 너머 노을이 구름 사이로 천천히 황홀한 빛으로 물들고 있었다.

# 행동하는 지성인, 조헌

벚꽃 잎이 온 세상을 뒤덮은 봄 날 오후, 나는 왜 자꾸만 부끄러운가? 천지를 뒤덮은 벚꽃에 좋다고 날뛰던 내 꼴이란! 우리들 모습이란!

사백 오십 여 년 전, 이 땅에 살던 이들이 피와 살을 다 바쳐 지켜낸 이 곳 한반도. 왜군이 내 건'정명가도' 라는 억지 명분을 오류로 증명이라도 하듯 많은 이들이 이 땅을 지켜냈다. 그런데 봄철마다 벚꽃이 한반도 천지를 뒤덮으며 한반도 양지바른 터마다 고이 잠든 혼들을 어지럽히고 있다. 도대체 우리는 무엇을 지켜내야 하는지, 어떻게 살아야 하는지를 상실한 시대에 살고 있는 것 같다. 돈이나 권력보다 더 중요한 것이 무엇이며, 목숨보다 더 지켜내야 할 것이 무엇인지 이제는 도통 다 잊은 것만 같다.

한반도 우리 민족의 정체성은 일제 삼십 육 년 동안 현란한 벚꽃 무더기 속에 녹아 떨어져 버린 것일까? 우리의 정체성은 과연 무엇인가?

타고난 문인이요 선비였던 중봉 조헌 선생이, 나라가 위태로운 임진왜란 당시에 의병을 이끌고 참전했다고 전해 들었다. 이 땅을 지킨 이가 어디 그 분 뿐이겠는가? 그러나 그의 충절은 감히 누구도 함부로 흉내조차 낼 수 없을 지경이다. 그는 평생을 갈고 닦은 학문과 지식적 소양을 온 몸으로 실천한 분이다. 그것이 어디 흉내라도 낼 만큼 쉬운 일일까? 그것은 인생과 목숨과 가문을 내어 거는 일이다. 그는 대 학자답게 바른 명분에 자신의 모든 것을 걸었고, 일제 식민사관이 말하는 거드름만 피우는 고지식한 선비가 아니라, 언제나 배운 것을 실천하려 노력한 행동하는 지식인이었다. 조선시대 대부분의 학자들은 올바른 명분에 목숨 내놓기를 주저하지 않았고 언제나 행동으로 그 옳음을 증명해 왔다.

중봉 조헌 선생은 그 중에서도 더욱 탁월한 분이다. 진정한 노블리스 오블리제가 바로 여기 있다. 문인이 전쟁터에서 의병을 이끌었다. 이것은 마음에 자리 잡은 깊고 강렬한 나라 사랑과 백성에 대한 사랑이 없고서는 절대로 나타날 수 없는 행동이다. 삶을 내걸고 목숨을 내걸어도 결코 아깝지 않은 명분이 사백 오십 년을 건너 감동적인 아름다움과 카타르시스를 전하고 있는 것이다.

이러할 진데, 감히 누가 조선의 선비를 고리타분한 외골수라고 비웃으며, 감히 누가 글만 읽는 샌님이라고 한다는 말인가. 적어도 조선의 선비들은 분개해야 할 때 분개해서 행동했고, 직언을 고해야 할 때 목숨을 걸었다. 조선의 왕들이 가장 두려워했던 이들이 유생들 아닌가. 흰 두루마기 입은 조선 각지 향교의 구름처럼 무수했던 선비들!

그들이 목숨 걸고 피 묻히며 지켜낸 이 땅 위에서 살아가는 우리라면, 이제는 부끄러워해야 할 때다. 온 천지 만발한 벚꽃 구경에 아이들 손을 잡고 가야 할 것이 아니라, 소담하게 핀 매화 향의 깊이를 아이들에게 전하고 산수유 노란 꽃그늘 아래 잠시 머물러도 보는 것이 바로 한국인다운 정체성을 되찾는 소박한 길은 아닐까?

우리는 과연 언제쯤에나 우리를 온통 옭아매는 권력과 자본과 또 다른 어떤 절대적 힘에서 벗어나, 삶을 내건 행동하는 지성인으로 살아갈 수 있을까? 언제쯤이면 우리 아이들에게 부끄럽지 않은 어른이 될 수 있을까?

이번 봄에는 온통 화려한 수입산 화초들 대신 작고 소담한 동양난 한 분을 들일까 한다. 무심한 듯 세심한 듯 그렇게 이제는 감히 용기를 내어 난을 곁에 두어보는 용기를 내 봐야겠다. 그처럼 생각을 행동으로 옮기는 사람이 이제는 좀 되어야 할까보다.

박지니
bbuza7@hanmail.net

# 아직은 덜 펼쳐진 날개를 위하여

'진정으로 무언가를 추구하는 사람에게는 바로 지금이 인생에서 가장 젊은 때입니다. 무언가를 시작하기에 딱 좋은 때이지요.' 미국의 국민화가인 모지스 할머니가 한 말이다. 모지스 할머니는 75세에 그림을 시작하여 101세까지 활동을 하였다고 한다.

나는, 작년에 귀가 순해진다는 환갑을 지났다. 구정 바로 뒷날이 나의 생일이다. 진갑이라니... 참 많이도 걸어온 것 같다. 문득, 뒤 돌아 보니 시린 너덜겅을 오래도록 지났다. 풍경의 모랭이 하나하나에는 진한 가난과 때 절은 아픔들이 뭉텅뭉텅 녹아있다.

환갑이란 아무도 거들떠보지 않는 한쪽 구석에 바래어져가는 사진 같은 단어이다. 나의 생도 희멀건 색깔로 변해있는 시점을 일컫는 말인 것도 같다. 그래서 나는 환갑還甲이 아니라 화갑華甲이라고 하고 싶다. 화려한 갑甲의 해, 우중충함이 아닌 화려함으로 색칠한 나의 마음을 가을날 눈을 찌를 것 같은 푸른 하늘이라면 남들은 믿어줄까? 남들이 믿든, 믿지 아니하든 나는 지금도 열심히 날개 짓을 하고 있는 중이다. 아마 나의 꿈이 이루어지는 그날 까지 펄럭거릴 것이다.

어린 날 수없이 넘겨졌던 아픈 기억들. 초등학교 4학년 때 다시 돌아올 수 없는 먼 곳으로 떠나버린 무책임한 아버지. 그 아버지의 자리를 채우신다고 동분서주 하셨던 하얀 치자꽃 같이 가녀린 엄마. 그리고 단단한 자전거 두 바퀴를 닮은 생활력 강한 언니. 아무것도 모르는 천방지축 진창이었던(어린 날 친척아저씨가 나에게 진창이라고 불렀던 적이 있었음) 나. 그런 여자 셋이서 한 가정을 채우고 있었던 어린 시절 이었다. 남들은 곧잘 맞춰 입는 멋진 교복을 난 한 번도 맞춰 입어보질 못했다. 늘 언니가 만들어주는 교복을 고등학교까지 입었다. 내 마음에는 정말 들지 않는 교복이지만 어쩔 수가 없었기 때문이다. 다른 아이들처럼 때깔나게 입어보고 싶었던 교복과 1년에 몇 번씩 내야하는 학자금에 항상 동동거렸기 때문이다. 청소년기는 그렇게 어두운 터널을 지나듯 흘러가며 꼭 가고 싶었던 대학도 진학을 하지 못했다. 성적이 되질 않아 가지를 못했다면 억울함은 덜 하였으리라.

진학을 할 수 없다는 서글픈 현실에 집 뒤의 작은 산에 올라가 울기도 참 많이 울었다. 초등학교 3학년 때의 다정다감하신 장ㅇㅇ선생님처럼 나도 그 선생님 닮은 선생님이 되고 싶었기 때문이었다. 그러다가 어느 날 문득 이렇게 마냥 울기만 할 게 아니라는 생각이 들었다. 수십 번 나를 넘어지게 한 사연들이 나를 강하게 만드는 계기가 되어 더욱 힘 있게 날아 보려고 생각했다. 의식주 해결이 원활치 못했던 시절이었기에 배움에 대한 갈망 하나만으로는 아무것도 도움이 되질 않았다.

작은 사무실에 취직을 하고 통신대학을 입학했다. 통신대학에서 편입을 해 교육대학을 갈 계산이었다. 2학년 초에 지금의 남편을 만났다. 그러다 조금은 이른 나이에 결혼을 하였다. 하지만 떨쳐버리고 싶었던 가난과 배움의 그리움을 벗어나기란 쉽지 않았다. 장남인 남편에게는 노모와 결혼하지 않은 두 명의 시누이와 한명의 시동생이 있었다. 변변치 못한 나는 결혼하자마자 연년생으로 아이를 출산 했다. 아무것도 모르는 어린 며느리에게는 시어머니의 존재가 너무 큰 바위처럼 다가왔다. 늘 시어머니 눈치 살피기에만 급급한 생활이었다. 남편 한 사람의 수입으로 좁은 공간에서 8명의 식구들이 복작거렸다. 많이도 울었고 아팠던 나날들의 연속이었다. 굶주림을 채소와 물로 채우기도 했다. 단돈 몇 푼이 없어 아이의 예방주사를 놓치기도 했다. 아이에게 준 고통들을 생각하면 지금도 목이 탄다. 무능한 엄마를 탓하며 자신에게 아무 소용도 없는 회초리를 든 날도 많았다. 남편의 전근으로 단 1년 시댁식구랑 떨어져 있을 때 시댁에 제사가 있었다. 시외버스를 타고 7살과 6살, 2살배기 아이들 셋을 데리고 차멀미를 하며 시댁에 도착했다. 대문에 들어서는데 물이 담긴 냄비가 나를 향해 날아왔다. 장남며느리이면서 늦게 도착했다는 이유다. 아이들 셋이랑 새벽부터 부산을 떨며 최대한 빠른 차를 탄 것인데도 불구하고. 지금 생각해 보면 시어머니는 거리를 생각지 않고 시간만 생각하신 것 같다. 내게는 늘 호랑이만큼 무서운 시어머니셨다.

얼룩진 시간들이 이제는 훌쩍 지나갔다. 그동안의 생채기들은 딱지가 되어 말끔히 떨어졌다. 이젠 작은 나의 꿈을 향해서 한번 날아 보려고 하는 중이다. 나의 보석들, 잘 성장해 반듯한 직장들을 가진 생사리 같은 아들 둘과 딸 하나이다. 그리고 무뚝뚝하긴 하지만 아주 든든한 지원군인 서방님이랑 함께 한다면 가능하지 않을까? 그래서 그 꿈의 디딤돌을 위한 단계중의 하나로 재작년 후반기에 서울디지털대학 문예창작학과에 입학을 하였다. 지금 3학년에 재학 중이다. 졸업을 하려면 아직 1년이 더 남아 있다. 남들은 늦은 나이에 공부와 씨름한다고 힘들겠다고 말들을 하지만 정작 난 하나도 힘이 들지 않는다. 다만 시간이 좀 모자랄 때가 있기는 하지만. 전액 장학은 아니어도 가끔 장학금을 받을 만큼 열심히 하고 있다.

시를 쓴다는 일. 늘 두근두근 이다. 나의 꿈에 날개를 달아주는 과정이다. 물론 시를 쓴다는 것이 그리 쉬운 일은 아니라고 느낀다. 어느 친구는 '많이 아파야 글이 나온다.'고 까지 했다. 틀린 말은 아니다. 하지만 꼭 맞는 정답도 아니다. 그래서 요즈음은 어느 지역에서 백일장이라도 있다면 참여를 해보려고 노력을 한다. 거리가 멀면 버스를 타든지, 가끔은 서방님이 대동해주어 편하게 다녀 올 때도 있다. 어쩌다 상을 하나 받기를 하면 금상첨화이기도 하지만 그냥 작품을 하나 순산한다는 생각으로 참여를 해 본다. 그러다보니 상장도 더러 받았고 작품도 제법 많이 소장하고 있다. 요즘은 서서히 나의 꿈이 가까워지고 있는 느낌이 들기도 한다.

지금 하나씩 하나씩 축적해가는 새로운 앎이 행복하기까지 하다. 새로운 것들은 한번 치면 수 백 겹의 파랑을 이루는 깊은 징소리 같은 울림으로 가슴에 차곡차곡 담겨지기도 한다. 이 뿌듯함이라니 젊은 날 배움의 갈증으로 목말라 하던 그 때를 생각하면 너무도 즐거운 시간들로 채워지는 것 같다.

간혹 눈을 감고 졸업을 한 1년 후를 상상해 보곤 한다. 그때는 나의 날개가 거의 펼쳐지리라고 생각 해 보고 싶다. 소박하지만 진실된 작은 시집 한 권을 출판하고 싶다. 교보문고나 영광문고 한 켠에서 펄럭거리고 있을 것이라고 꿈도 꾸어 본다. 단 몇 사람들이라도 그 시집 앞에서 나의 시를 읽고 있다는 생각도 곁들이면서.

또 하나, 내게 묻은 먼지 훌훌 털어내고 가벼이 떠날 때를 생각해 본다. 미숙한 엄마를 기억할 수 있는 무게감 있는 한 권의 책이 내 보석들 곁에 당당히 남아 있게 하고 싶다. 항상하는 넋두리가 아닌 어느 정도의 수준에서의 글들을 남겨야 덜 부끄러운 엄마가 될 것이니까. 아, 욕심내어 작은 꿈 하나 더 말하라 한다면 해야 할 것이 또 하나 있다. 나의 건강과 다른 조건들이 가능하게 만든다면 동네 주민자치센타 같은 작은 규모의 사회에서 여력을 발산하고 싶다. 나와 같은 취미를 가진 이들을 위하여 글쓰기강사를 하는 것이다. 서울디지털대학을 입학을 할 때부터 인디언 속담에 '만 번을 이야기하면 그 이야기한 것이 현실로 나타난다.'라는 말을 항상 머리에 주입을 시키고 있다. 하루에 열 번씩 4년을 속삭인다면 14,600번이다. 열 번을 속삭인다는 것은 아마 하루 중에 3분의 2는 오롯이 투자를 해야 할 것이다. 비록 나의 속삭임이 아기의 옹알거림처럼 힘이 없을지라도 언젠가는 우렁찬 큰 소리로 키워질 때까지 열심히 한번 해 볼 요량이다.

아무도 없는 넓은 거실에 덩그마니 놓여있는 징에게 다가간다. 열심히 할 것이라는 무언의 다짐이다. 어깨 들썩이며 크게 한번 징채를 휘둘러본다. 지이잉~하며 웅장하고 긴 여운으로 휘감기는 아름다운 징소리의 울림이다. 저 수많은 파장들에게 나는 오늘 약속해 본다. 아직은 덜 펼쳐진 익지 않은 날개지만 푸르른 날만 기억하기를.

# 아시나요? 대도

69

　　　　　　　　　　　　경상남도 하동군 금남면 대도리. 경상남도
하동군에 섬이 있다는 것을 아는 사람은 과연 얼마나 될까? 경상도에서 나고 오랫
동안 살고 있는 사람들도(우리 일행 거의) 그럴진대 대개의 사람들은 '하동'하면 화
개장터나 지리산 아래 산동네정도로만 생각한다. 더러는 매실마을과 섬진강, 그리
고 최참판댁 정도만 알리라 짐작해 본다. 하지만 하동군에도 엄연히 섬이 있다.

　'대도'라는 섬이다. 대도는 개발을 안고 생태마을로 거듭나고자 애를 쓰고 있는
예쁘장한 섬이다. 대도는 알고 보니 장수이씨 집성촌이란다. 우리 일행들은 진주
에서 출발하여 남해대교가 훤히 보이는 하동 수협 본점 앞에 있는 신노량항에 주
차를 했다. 대도로 가는 정기도선으로 매표를 하고 배를 탔다. 하루에 7번을 오가
며 성수기에는 수시 운행도 한다고 한다.

　'그래 바로 이 내음이야. 짭조름한 바다내음.'

　약 15분 정도의 뱃길이지만 바다가 주는 그 특유의 내음을 나는 참 좋아한다. 하
얀 포말이 바로 손바닥을 칠 수 있는 거리에 있다는 것과 넓은 바다위에 두 다리가
서 있다는 자체만으로도 즐거웠다. 대도의 파수꾼처럼 버티고 서있는 빨간풍차가
우리들 눈에 들어오자 이내 섬에 도착했다. 섬의 언덕에 새겨져 있는 '대도 파라다
이스'라는 하얀 글씨가 눈을 끌어 당긴다.

　'대도 파라다이스'자연파괴와 보존의 갈림길에서 생태와 웰빙을 위해 애쓰고 있
는 대도의 또 다른 이름이다. 마을에 첫 발을 디딘 우리들은 미역을 널어 말리며
바다를 보고 앉은 동네 어귀로 들어섰다. 섬 주민들의 다닥다닥한 집 사이로 난 좁
은 골목길을 지나서 마을 중앙 언덕으로 향하기 위해서다. 짧은 언덕이지만 가쁜
숨을 몰아쉬노라니 중앙 언덕에서 근엄한 표정의 이순신 장군이 우리들을 반겨준
다. 앉아서 쉬어가라고 작은 팔각정자까지도 제공해 주기도 한다. 이곳은 장군이

임진왜란 당시 잠시 쉬며 작전을 구상했던 곳이라고 한다. 장군은 노량의 관음포를 바라보며 어떤 생각을 했을까? 틀림없이 어지러운 이 나라를 구하겠다는 일편단심을 재정비하였으리라.

팔각 정자에서 남서쪽으로 내려가는 길을 택했다. 내리막길의 오른쪽 벽면에는 바다햇살을 닮은 진한 녹색의 담쟁이들이 반짝거리며 힘차게 바다를 향하고 있다. 벽이 끝나는 곳은 예전에 노량초등학교 대교분교 터가 있다. 1947년에 개교를 해서 2008년에 2명의 졸업생을 마지막으로 배출하고 폐교를 했다. 아주머니 한 사람이 비질을 열심히 하고 있다. 이곳은 지금 펜션으로 활용하고 있다고 했다. 운동장에서 바라보는 탁 트인 바다는 넓게 펼쳐져 있지만 두 팔을 활짝 벌리면 바다는 애기마냥 내 품 안으로 들어오는 듯 포근한 느낌을 준다. 푸른 바다를 보며 공차기를 하던 그때의 아이들은 지금쯤 어디에서 무엇을 하며 지내고 있을까? 하는 생각을 잠시 해 본다.

시푸른 바다 한 가운데에서 통발로 낙지를 잡고 있는 부부의 모습이 액자의 한 컷처럼 아름답게 담겨있다.

"낙지 살라우? 통발로 잡는 자연산이니께." 아저씨의 커다랗고 걸쭉한 목소리가 정겹게 바람을 타고 온다. 폐교 앞에서 다시 발을 돌려 야무지게 박석을 깔아놓은 탐방로를 따라 범선으로 만들어 놓은 전망대로 향했다.

길섶에는 빨간 꽃 양귀비들이 작은 바람에 힘겨운 고개 짓을 하고 있다. 아마도 일부러 꽃양귀비로 섬 전체를 물들이려는 모양처럼 가는 곳마다 꽃양귀비들의 미소다. 꽃들에 취해바다 쪽을 쳐다보면 갈사만에 자리 잡고 있는 거대한 하동화력발전소가 눈에 들어온다. 개발의 대표주자인 양 우뚝하니 서서 멀뚱히 대도를 바라보고 있는 모양새이다.

섬의 서북쪽에 위치하고 있는 범선으로 만들어 놓은 전망대에는 '보물섬'의 동화 속에 나오는 후크선장이 우리들을 기다리고 있었다. 약간은 무서워 보이고 약간은 우스워 보이기도 했다. 언제 후크선장과 마주 할 시간이 있었던가? 하고 얼른 옆에 앉아서 사진을 한 장 찍는다.

전망대에서 내려오다 보면 대도마을의 중앙언덕의 자그마한 동산이 있다. 꽃잔디라고도 불리는 지면패랭이꽃이 동산전체를 덮고 있는 모습이 온통 분홍으로 장관이다. 건너편에는 조각 작품을 전시해 놓은 조각공원이 눈에 들어온다.

섬의 남동쪽에서 바라보는 모습은 북서쪽과 대조를 이루는 아주 평화로운 모습이다. 한 걸음 한 걸음 걷는 내내 꽃으로 치장된 길이다. 사람의 손을 빌린 꽃들도 있지만 그렇지 않은 자연의 야생화들이 더욱 더 반가웠다. 멀대같이 키가 큰 엉겅퀴와 노란 씀바귀꽃과 괭이꽃이 빨간 꽃양귀비들이랑 어울러서 귀여움을 발산하고 있다. 아직 피지는 않았지만 달맞이꽃의 잎들도 보였다. 꽃길을 걸으며 멀리 바다를 바라보면 '파라다이스'라기보다는 '평화'라는 말이 딱 어울릴 듯 했다. 얌전히 앉아있는 크고 작은 여러 개의 섬들이 오손도순 어깨를 맞대고 있는 양이 무척이나 아늑해 보였다. 모두가 무인도란다.

이 꽃길을 따라 언덕의 있는 대도 스톤헨지라는 이름의 명상의 언덕으로 올랐다. 알 수 없는 상형문자들을 새겨놓은 여러 조형물들이 있다. 이해 불가한 상형문자 앞에서 무엇을 명상 할 것인가? 명상을 위한 명상을 위해 잠시 눈을 감아보기도 했다. 명상의 언덕과 꽃길을 걸어서 내려오면 워터파크를 만난다. 여름 한 철 가족끼리 즐기기에는 안성맞춤인 그리 규모가 크지는 않았지만 갖출 것은 모두 갖추어진 워터파크이다.

걷기를 하다 보니 어느 정도 시장기가 돌았다. 박석을 따라 걷다가 대도의 유명한 음식점인 '빨간 풍차' 안으로 들어갔다. 도선에서 본 예쁜 '빨간 풍차'는 대도의 대표 맛집으로 아래층은 식당이고 이층과 삼층은 커피점과 휴게실이 있다. 식사 후 위로 올라가서 섬을 관망하는 것도 괜찮을 것 같았다.

이 식당은 예약을 하면 근처 바닷가에서 잡은 싱싱한 생선으로 회도 떠 준단다. 우리 일행은 예약을 해 둔 채소와 해산물로 이루어진 정갈한 식사를 한 뒤 농섬과 대도로 이어진 다리를 지나 1.5키로 정도 되는 바다를 끼고 도는 테크길을 향하였다.

'빨간 풍차' 바로 앞이 테크길의 시작점이다. 농섬과의 다리 아래에서는 몇 가족들이 장화를 신고 호미로 바지락 채취를 하는 듯 했다. 물때를 맞추어서 오면 바지락이나 피조개, 새조개, 돌굴 등 채취을 할 수 있는 체험활동도 가능하다. 낚시를 좋아하는 이들에게는 일 년 내내 낚시를 하는 것이 가능하다고 한다. 대표 어종은 농어와 낙지와 볼락이다. 어린이 어촌체험교실이 5월에서 6월에 중학생과 초등학생 위주로 열리고 있다.

식사 후에 바다를 끼고 도는 테크길은 그 자체를 힐링길이라 이름 짓고 싶을 만치 편안하고 가슴이 시원하다. 오늘따라 하늘에는 구름이 한 점도, 정말 한 점도 없는 완벽한 파란 하늘이다. 손가락으로 '팅'하고 팅기면 '쨍'하고 깨어질 것 같은 파란 하늘. 왼쪽의 바위 언덕 사이사이에서는 하얀 덜꿩나무 꽃들이 배시시 거리는 것이 힐링을 배가시키고 있다. 여러 개의 별들을 넓게 펴서 작은 털을 나풀거리는 덜꿩나무 꽃은 그냥 쳐다보는 자체로 좋았다. 걷다가 힘이 들면 쉬어서 가라고 덜꿩나무를 바라보거나 바다를 바라보거나 하며 쉴 수 있는 작은 벤치도 있다. 나는 걷는 것을 좋아하니 않지는 않았지만 힘든 이들을 위한 배려가 보여 좋았다.

자그마한 섬이지만 섬을 찾는 관광객들을 위한 볼거리를 만들려는 노력이 곳곳에서 많이 느껴진다.

대도는 도서특화마을로 선정되어 총 520억(공공 370억, 민간 150억)을 투자하여 트레킹 길을 조성하고 휴양시설 설치와 다양한 편의시설 등에 공을 들이고 있다. 개발로 파괴된 자연환경을 되살리고 그 개발 보상금을 섬에 재투자하여 말 그대로 대도를 '파라다이스'로 만들고자 하는 꿈을 실현시키고 있는 것이다.

섬의 크기는 그리 큰 편은 아니지만 1박을 하며 아이들이랑 어촌체험을 하며 워터파크에서 즐기는 것도 크게 무리는 가지 않을 듯하다. 비뚤한 글씨로 작은 나무 조각에 'ㅇㅇ이네 민박'이라는 글을 써서 문 앞에 붙여 둔 곳이 군데군데 있다. 길을 걷다보니 텐트를 치고 야영을 하면 좋겠다 싶은 곳도 더러 눈에 띄었다. 걷기를 좋아하는 우리 일행들에게는 하루코스로 섬 전체의 트레킹을 하는 것도 아주 괜찮았다.

섬 여행을 좋아하는 사람들이라면 하동 대도를 꼭 한번은 권해주고 싶은 마음이 간절하게 든다. 웰빙을 위해서도 이지만 지구상의 환경을, 생명의 이치와 비밀을, 한번쯤은 생각하게 해 주는 섬이기도 하기 때문이다. 대도는 무심코 지나가는 모든 것들 속에 항상 무언가가 내재하고 있다는 사실을 이야기해 주는 예쁜 섬이기도 하다.

실제로 나는 이 곳 대도를 찾은 것이 두 번째이다. 처음 왔을 때는 약간의 삭막함이 있다고 느껴졌는데 (아마도 그때는 개발을 시작하는 시기인 것 같음) 두 번째 왔을 때는 달라진 곳이 더러 있었다. 아마 갈수록 더 좋은 방향으로 나아질 것이라 생각된다. 다만 아직까지는 먹거리를 제공하는 식당이나 상점 등이 섬 안에서 그렇게 많지 않기 때문에 도선을 타기 전에 미리 준비해서 와야 할 듯하다.

오늘, 우리 일행들의 표정이 모두 밝아 보인다. 트레킹코스로 정한 대도의 테크 길과 섬 주위를 한 바퀴 도는 것에 만족스러운가 보다. 하긴 이렇게 조용하면서도 아기자기하게 정성을 들인 섬도 그리 흔하지는 않으리라.

해가 바다에 떨어지기 전에 배에 올랐다. 단 15분이면 다시 육지다. 하루의 피로를 바다에 던져놓고 짧지만 결코 짧지 않은 대도에서 얻은 행복감으로 채워진 하루를 음미해 본다.

박찬미

chanmi0225@hanmail.net

# 꽃나무도 함부로 심는 게 아니지

작년에는 산책길이건 공원길이건 여기저기에 보이는 꽃씨들을 제법 많이 모았다. 꽃을 좋아하는 친구에게 나눠주고도 꽃밭 가득 꽃씨들이 싹을 돋우었다. 접시꽃과 과꽃은 새순일 때 그만 고라니의 밥이 되어 꽃은커녕 죽을둥살둥 겨우 목숨 줄을 연명하는 신세가 되었지만, 나팔꽃은 옆에서 자라고 있는 금송화 줄기를 감고 올라갈 만큼 어엿한 모양새를 갖추었다.

나팔꽃은 덩굴식물이므로 땅에 그냥 놔두면 안 되는 일. 타고 올라갈 끈을 만들어주던가 긴 막대기라도 꽂아주던가 아니면 나무 옆에 심어 나무를 타고 오르게 해야 제 성품대로 하늘을 향해 자라나 꽃을 마음껏 피우게 되는 것, 그러니 나팔꽃의 의지대로 나아가게 해 주는 게 나팔꽃을 심은 자의 의무일 것이다. 하남시의 그 안주인처럼.

하남시 빌라에 세를 들어 살 때 4층에 사는 주인댁에 볼 일이 있어 올라간 적이 있었다. 거실 창문이 통유리로 되어있어 파란 하늘이 거실 가득이었는데 둥글고 납작한 화분이 그 왼쪽에 놓여 있었다. 나팔꽃이 서너 포기 심어져 있었고 천장까지 줄을 연결하여 놓았다. 오호! 줄을 타고 오르던 분홍빛 나팔꽃들! 너른 거실이 부러웠던 게 아니라 그 나팔꽃 화분을 그곳에 두어 한 폭의 그림처럼 가꾸며 사는 안주인의 마음씨가 탐이 났다. 이제 그 마음씨를 나도 실행에 옮겨 볼 때가 온 것이다.

옆쪽 매실나무쪽으로 끈을 연결해줄까 아니면 기둥을 몇 개 세워 사다리처럼 끈을 묶어줄까 궁리 중에 순간적으로 울타리가 떠올랐다. 맞다. 고라니를 막기 위한 울타리를 망으로 쳐 놓았고 그 높이 또한 꽤 높으니 나팔꽃이 타고 오르기에는 안성맞춤이 아닌가. 신이 나서 울타리를 돌아가며 구석구석 열 포기 정도의 나팔꽃을 심었다. 욕심이 과하시구먼. 뭘 그렇게 많이 심어. 아닌 게 아니라 나팔꽃 모종이란 모종은 죄다 심었으니까.

첫 나팔꽃과 대면하던 새벽 여섯시 그 아침을 어찌 잊으랴. 이슬에 젖은 채 나팔꽃 잎사귀 사이에서 조촐하게 없는 듯 피어났으므로 그래서 더 사랑스러웠던 얼굴. 여덟시가 조금 넘었는데 그렇게 빨리 그 순한 나팔꽃의 꽃잎들이 접히던 그 순간을 또 어찌 잊으랴. 사랑하던 사람에게서 이별 통보라도 받은 것처럼 가슴이 덜컥 내려앉았다. 오전 열한시쯤인데 이미 꽃잎을 빗장처럼 너무도 굳게 닫아버린 나팔꽃의 침묵을 또 어찌 잊을까.

님은 갔습니다. 아아! 사랑하는 나의 님은 갔습니다. 푸른 산빛을 깨치고 단풍나무 숲을 향하여 난 작은 길을 걸어서 차마 떨치고 갔습니다. 중략. 사랑도 사람의 일이라 만날 때에 미리 떠날 것을 염려하고 경계하지 아니한 것은 아니지만, 이별은 뜻밖의 일이 되고 놀란 가슴은 새로운 슬픔에 터집니다. 만해 한용운의 시가 내 입가에 맴돌았다.

처음에는 나팔꽃 송이를 하나하나 헤아릴 만큼 감질나게 피더니 날이 갈수록 나팔꽃 덩굴은 무성해지고 꽃송이는 늘어갔다. 지난주 금요일 아침에 꽃송이 수를 세어보니 오십여 송이가 넘었다. 나팔꽃의 생명력이 불타오르는 중이었지만.

감탄도 잠시 문제점이 감지되었다. 바깥쪽 울타리를 감고 올라간 나팔꽃 덩굴들이 텃밭으로 통하는 서쪽 바람을 막아선 것이었다. 아직도 나팔꽃 덩굴의 기세가 등등하니 지금보다 훨씬 촘촘하게 울타리를 타고 오를 것임은 확실한 일. 이제 가을 김장용으로 무와 배추를 심어야 하는데 바람이 통하지 않는 곳에서 배추는 열에 열은 썩기 마련. "그래도 이번 주까지는 그대로 둡시다. 나팔꽃이 한창인데. 아깝기도 하고 미안하기도 하고"

여름내 잡풀로 무성한 울타리 안쪽 텃밭을 정리하는데 이게 웬일인가. 나팔꽃 덩굴이 마치 적군처럼 물샐틈없이 안쪽 울타리에도 진을 치고 있었다. 다알리아며 루드베키아와 금송화가 나팔꽃 덩굴에 목과 팔이 묶여 옴짝달싹 못하고 있었다. 다알리아 잎사귀들은 바람이 통하지 않아 병들고 썩어있었고 꽃송이도 피다말고 짓물렀다. 소담스레 자라나고 있는 국화에도 나팔꽃 덩굴들이 얼기설기 엉켜들고 있었다.

다알리아를 감고 있던 나팔꽃 덩굴을 잘라 냈고 금송화를 감고 있던 나팔꽃 덩굴을 잘라 내다보니 일주일 정도 더 나팔꽃을 보자던 마음이 바뀌었다. 여보 나팔꽃 덩굴을 잘라내야겠어요. 그냥 놔두면 텃밭을 죄다 망치겠어요. 아군처럼 부드럽게 다가왔던 나팔꽃이 덩굴로 무차별 공격을 가하는 적군으로 변모한 것이었다.

내 말을 기다렸다는 듯 남편은 울타리 안쪽을 맡았고 나는 바깥쪽에서 나팔꽃 덩굴을 잘라냈다. 뿌리를 뽑아놓고 보니 심을 때 가늘었던 뿌리가 새끼손가락만큼 굵어져 있었다. 아직도 얼마나 더 많은 나팔꽃을 피워 올릴 준비 중인 건강한 뿌리인가. 덩굴을 잘라내는 동안 내내 마음이 불편하였다. 심을 때는 언제고 이제와서 마구 잘라 버리는 거야. 나팔꽃들이 나팔을 불며 항의하는 소리가 들려오는 듯 하였다. 내 표정이 어둑해보였던가. 그가 일침을 놓았다.

"그러니까 꽃나무가 아무리 좋아도 함부로 심는 게 아니지 목숨을 가진 것들은 함부로 들이는 게 아니지"

뿌리가 송두리째 뽑히고 덩굴이 잘린 채 아무렇게나 던져진 나팔꽃 덩굴에서 그 다음날에 나팔꽃이 두어 송이 피어났다. 어찌나 놀랐던지 다시 흙에 심어줘야 하는게 아닌가 싶어 멈칫거렸다. 이틀 뒤에도 또 피어났다. 놀라웠다. 피어나려는 자연의 이치를 일순간에 잘라낸 나는 가슴이 뜨끔할 수밖에. 꽃송이를 어루만져주면서 미안하다 말할 수밖에. 그의 말을 깊이 되새겨보며 반성하는 수밖에.

"꽃나무도 함부로 심는 게 아니지"

# 눈빛

한번이라도 그녀와 눈을 맞춰본 사람이라면 누구나 기다림을 가슴에 품게 된다. 그녀의 눈은 투명한 물속 같기도 하고 가을 하늘같기도 한데, 지순하면서도 애절한 이야기를 가득 담고 있어 금시 무어라 말해줄 것 같기 때문이다. 뒤이어 눈물방울이라도 뚝 떨어뜨릴 것만 같은 눈망울은 또 어떤가.

이른 봄쯤이었다. 새들의 노랫소리가 공중을 가볍이 날아다니고, 땅은 촉촉해져서 우리는 씨앗을 뿌릴 준비 중이었다. 잔뜩 엎드린 자세로 그는 한손에 호미를 들고 한손에는 씨앗을 들고 있었고 나는 그 옆에서 잔소리 겸 구경을 하려던 참이었다.

자두나무가 늘어선 뒤뜰 그늘 쪽에서 그녀가 느긋한 걸음걸이로 걸어 나오고 있었다. 기절할 만큼 놀란 우리에 비하면 그녀는 얼마나 여유로웠던가. 첫 대면인데도 불구하고 마치 오래도록 알고 지낸 사이라도 된다는 듯 우리 곁으로 유유히 다가와서는 그 순한 눈으로 우리를 지그시 바라보았다.

다래순과 취나물을 채취하기 위하여 앞산을 올라간 적이 있었다. 우리말고도 다른 가족과 함께였다. 우연히 길모퉁이에서 만난 그녀는 오래된 이웃인양 우리한테로 섞여들었다. 앞서서 올라가다가 기다려주기도 하고 맨 뒤에서 호위하듯이 따라오기도 했고, 그날 함께였던 아이들이 뛰어 놀 때마다 덩달아 춤을 추듯 뛰어다니기도 했다. 나무 그늘에 자리를 마련하고 도시락을 먹을 때에는 요조숙녀처럼 옆에 앉아서 물끄러미 우리를 바라보았는데 그 양순한 눈빛에 반한 우리는 그녀에게 맛난 것들을 자꾸만 나눠줄 수밖에 없었다.

그 뒤로도 우리가 산책이라도 나설라치면 그녀는 어디선가 불쑥 나타나 앞장을 서 주었다. 대여섯 발 앞서서 걷다가는 뒤돌아보아주고, 우리가 늦는다 싶으면 기다려주기도 했는데 그때마다 우리를 바라보는 그녀의 눈은 할 말을 산처럼 쌓아놓고 사는 벙어리 소녀를 연상하게 했다. 우리가 집에 도착한 후에야 비로소 제 집으로 돌아가는 그녀는 뒤돌아보고 또 뒤돌아보았는데, 그 눈빛은 헤어지기 싫어하는 연인 같아 보이기도 하였다.

그녀는 엉덩이 살집이 두둑하여 우리가 '뚱순이'라 이름 붙인 저 계곡 위쪽에 위치한 도자기집 개다. 맹인견이라서 사람과 눈을 맞출 줄 알 뿐만 아니라 몇 가지 명령에 복종할 줄도 아는데 우리 컨테이너 박스집에 수시로 들른다. 탄력 있는 엉덩이로 열려진 문을 쿵쿵 두드려 본 뒤에 얼굴을 쑥 들이 밀어 방안을 훑어보는데 영판 없는 마실 객이다. 우리와 눈이 딱 마주치기라도 하면 두 발을 방안으로 냅다 들여놓고 엉덩이를 흔들며 당장이라도 뛰어 들어와 안기거나 비빌 기세다. 우리도 가만히 있지를 못한다. 잠시 단잠에 빠져 들었다가도, 그녀의 기척이 느껴지면 벌떡 일어나 머리를 쓰다듬어 주는데, 그럴 때마다 그녀는 순하디 순한 눈으로 우리를 빤히 올려다본다. 우리도 선하디 선한 눈으로 그녀를 내려다본다.

이만한 눈맞춤이 또 있을까. 욕심, 욕망의 그림자라고는 찾아볼 수가 없다. 가식을 벗겨낸 맨살 그대로의 닿음이다. 눈물이 핑그르르 돌 것 같은 따스함과 애잔함이 섞여있어 기쁜 듯 슬픔이 묻어나는 저 눈빛. 뺑덕어멈만큼이나 변덕스럽고 타산적인 마음을 가진 우리네로서는 가능한 일이 아니다. 그녀와 눈맞춤 하는 시간만큼은 혹 모를까.

저 눈빛을 가진 사람을 기억한다. 보자기에 책을 둘둘 말아 허리에 질끈 묶고 다니던 시절, 십리 길을 걸어 학교에서 돌아오는 나를 넘어질 듯 달려와 반가워하시던 내 할머니다. 가마솥에 찐 개떡이나 감자 또는 옥수수를 채반에 담아 내가 마루에 가방을 던져놓기 무섭게 대령해 놓던 분이시다. '어서 먹어라 어서 우리 강아지' 할머니의 눈빛이 바로 저러하셨다.

그 눈빛이 잠시 사라진 적이 있었다. 아버지는 큰오빠에게 서울에 집을 사주고 싶어 하셨고, 동네 앞자락을 떡하니 차지했던 논을 팔 수 밖에 없었던 바로 그때였다. "나 죽거든 팔거라 절대로 안 돼" 할머니는 머리를 마루에 쿵쿵 찧으면서 통곡하셨다.

할아버지는 사십 후반에 돌아가셨고, 홀로 되신 할머니가 아홉 남매를 거두어 먹일 수 있었던 땅이었다. 목숨 줄이었다. 대문간을 나서서 바라만 보아도 배가 불렀을 땅이었다. 영영 할머니의 부드러운 눈빛을 잃는 것 같아 얼마나 나는 두려워했던가. 다행히 할머니의 슬픈 모습은 그리 오래 가지 않았다. 동네 사람들은 지금도 기억해낸다. '인정 많고 따스한 분이셨지' 지나가는 걸인이나 방물장수들도 아예 우리 집 대문간을 먼저 기웃거렸다.

뚱순이를 기다리는 날이 많아져간다. 산으로 들로 종횡무진 무언가를 찾아 헤매는 그녀를 항상 만날 수 있는 것은 아니기 때문이다. 풀을 뽑다가도 점심을 먹다가도 우리는 이 말을 반복한다. "왜 오늘은 안 오는 거지?" 먹을 거라도 챙겨놓은 날에는 더 그랬다.

도시에 있는 날에도 그녀를 기다리는가. 나는 종종 뒤 베란다에 쭈그리고 앉아 지나다니는 사람을 물끄러미 내려다보고는 한다. 가방을 맨 아이가 넘어질 듯 달려가고 노인이 한 발 한 발 조심스레 지나가고, 두부 장수 아저씨 종소리에 맞추어 아랫집 아주머니가 신발을 끌며 달려 나가는데, 이런 날은 그리워져서일 것이다. 만나고 싶어서일 것이다.

순하디 순한 눈으로, 선하디 선한 눈으로 마주칠 뚱순이 같은 눈빛을.

박한솔

acidcity@naver.com

# 평화를 위해 던지는 낯선 시선 <1>

69

노인을 위한 나라는 없다

동네에 설치된 벤치는 코 간지러운 봄에도, 살이 축축하게 녹아내리는 여름에도, 손마디가 저리는 겨울에도 그리고 그냥저냥 앉아있을 만한 짤막한 가을까지 동네 어르신들 차지다. 오래된 동네의 익숙한 풍경.

그들은 이름이 없고, 어르신이거나, 할배거나 할매다. 시청에서 심어놓은 딱딱한 푸른 나무 옆에서 그들은 점점 희어지고, 옅어지다가 마침내 하나 둘 사라진다. 동네 곳곳의 박스를 모으다 잠시 쉬다가, 손주들의 공부에 방해될까봐, 남겨진 시간의 여유가 死유가 되어버리는 지루함 속에서. 그들은 그저 앉아 있다.

인간을 사랑할 줄 아는 사회는 한 인간이 살아온 세월까지 보듬어줄 수 있는 포용력이 있어야 한다. 하지만 한국 사회는 과연 그런가?

노인 빈곤율이 OECD 국가 중 제일 심각하다. 노인 빈곤의 문제는 단지 몇몇 노인들의 문제가 아니라 그들을 짊어지고 가야할 젊은 미래 세대의 문제이기도 하다. 때문에 노인 복지의 문제를 놓고 세대 갈등이 종종 벌어지고 있다. 우리도 모두 늙는다. 미래를 짊어지고 가야할 세대와, 이미 과거가 되어버린 세대 간의 조화를 어떻게 이룰 수 있을까?

어린 시절 누구나 넉넉한 할머니 품에서 옛날이야기를 들으며 잠을 청했던 기억이 있을 것이다. 인간에게 세월이 쌓일수록 지혜와 관용도 함께 쌓여가기 마련이다.

갈등과 혐오가 만연한 현재 한국 사회에 필요한 인문학적 가치가 무엇인지 누군가 물어본다면 거창하고 어려운 이론이 아니라, 어르신들의 관용과 지혜라고 말하고 싶다.

사람은 사람을 통해서 우주를 관통해 하나의 점으로 이 땅에 태어났다. 어느 점도 누구의 도움도 없이 홀로 마침표를 찍을 수는 없는 법이다. 우리는 서로가 있기에 존재하는 공동체다. 그러므로 우리는 우리를 지구라는 정거장에 태어나, 따뜻한 음식을 먹으며 머물도록 해 준 나의 부모와 또 누군가의 부모인 노인들을 공경하는 사회를 만들어나가야 한다. 오래된 별도 빛을 낼 줄 아는 것처럼, 노인들의 지혜와 관용으로 공동체는 더 빛날 수 있다.

친부모를 살해하거나, 노인을 대상으로 하는 끔찍한 범죄들이 끊임없이 벌어지고 있다. 사회적으로 노인들에 대한 공정한 대가를 지불하지 않으니 분노와 소외가 만연해지고 있다. 나보다 약한 대상에게 분풀이를 해야지만 자신의 존재가치를 느낄 수 있는 사회는 정상적이지 않다.

중앙노인보호전문기관이 발간하는 '노인 학대 현황 보고서'에 따르면, 노인의 정서적 학대는 매년 꾸준히 증가하는 추세다. 2014년 2169건을 시작으로 2330건, 2730건으로 해마다 늘어났다. 2017년에는 3064건으로 집계됐다. 전체 학대 중 42%에 해당하는 수치다.

지금까지 사회를 이룩해왔던 노인들에 대한 사회구조적 홀대가 끔찍한 범죄로도 이어지고 있는 실정이다. 누구나 시간이라는 자연의 흐름을 비켜갈 수는 없는 법이다. 우리는 이곳에서 잠시 머무는 것이지 영원히 누리는 젊음이란 없다. 젊을 때 늙음을 존중하지 않고, 사회가 노인을 존중하지 않고, 내가 나의 부모를 존중하지 않는다면 그것은 부메랑이 되어 우리 모두를 해칠 것이다.

요즘 청년들이 미래를 암담하게 느끼는 것은 그들의 눈에 비치는 노인들의 삶이 보잘 것 없어 보이기 때문이다. 미래를 제대로 설계하고 살기 좋은 국가를 만들기 위해서는 오래 살아온 사람들을 정당하게 예우하는 것에서부터 출발해야 한다.

우리는 궁극적으로 부질없는 욕심과 분노에서 벗어나기 위해 인생이라는 짧막한 수행을 하는 것일지 모른다. 때가 되면 태어나고 때가 되면 이 곳을 떠날 수 있는 자연의 순리를 존중할 때, 찰나지만 아름다운 삶을 발견할 수 있다. 그런데 우주의 작은 일부인 우리가 커다란 우주적 질서를 지킨다는 것은 그리 어려운 일만은 아니다.

그것은 나를, 우리를 존재하게 해주는 뿌리를 존중하고 기억하기. 그리고 그것을 사회적 장치로도 마련할 수 있어야 하는 법이다. '위대한 코리아', 한강의 기적을 일구어 왔던 노인들이 흘려 온 땀의 대가는 더 공정하고 정당하게 지불되어야 한다. 딱딱한 벤치에서 어르신들이 시간을 죽이며 삶을 낭비하게 내버려두기 보다는, 그들의 지혜를 모아 공동체 발전에 기여하도록 할 때 우리 모두가 후회 없는 삶의 마지막을 위한 여정을 떠날 수 있을 것이다.

# 평화를 위해 던지는 낯선 시선 <2>

*69*

*말과 글 그리고 오래된 것들의 힘*

　기술이 발전하고 세월이 빠르게 변해가도 인간이라는 존재를 인간답게 만드는 본질적 가치들이 있다. 그리고 그러한 가치들은 말과 글로 우리의 정신과 마음에 아로새겨져 전달되고 있다. 그리고 인간이 인류애를 잃지 않고 지구 공동체를 유지 발전 할 수 있게 하도록 하는 정신은 앞으로도 말과 글을 통해 전달될 것이다. 스마트폰으로 뉴스와 책까지 읽는 시대지만, 말과 글이 담는 고유한 본질 자체는 아직 우리 곁에 남아있고 또 그래야 할 것이기 때문이다.

　4차 산업혁명 시대를 지혜롭게 맞이한다는 것은 기계에 인간이 압도당하는 것이 아니라, 오히려 인간이 기계를 통해 인간 스스로의 발전을 도모하는 것이다. 그것은 말과 글의 가치를 상실하지 않고 지켜가는 것이기도 하다. 기계의 발전만 숭배하면 정작 그 기계가 인간에게 어떻게 쓰일지에 대한 고민이 부재하게 된다. 고민이 부재하면 결국 훌륭한 기계와 시스템도 빈껍데기일 뿐이다.

　고민은 인간을 발전시킨다. 수십 년 전 수백 년 전 인물들이 남긴 고민의 흔적이 현재까지 내려오는 글들을 우리는 고전이라고 한다. 그렇기 때문에 날로 새로운 것을 강요하는 시대일수록 고전의 위대함이라는 그 단단한 알맹이도 날로 여물어 가는 것이다.

　특히, 우리 조상들의 삶과 지혜를 느낄 수 있는 고전문학을 읽어보는 것은 중요하다. 새로움, 혁신만을 좇는 세상에서 옛 것을 돌아볼 때 보이지 않는 것들의 소중함을 깨달을 수 있기 때문이다. 가령 다음과 같은 고전 시 한 작품을 읽어보자.

　강호 한 꿈을 꾼 지도 오래러니

입과 배가 누가 되어 어즈버 잊었었도다

저 물을 바라보니 푸른 대도 하도 할샤

훌륭한 군자들아 낚대 하나 빌려스라

갈대꽃 깊은 곳에 명월청풍 벗이 되어

임자 없는 풍월 강산에 절로절로 늙으리라

무심한 백구白鷗야 오라 하며 말라 하랴

다툴 이 없을 건 다만 이건가 여기노라

이제는 소 빌 이 맹세코 다시 말자

무상한 이 몸에 무슨 지취志趣 있으련만

두세 이랑 밭 논을 다 묵혀 던져두고

있으면 죽이요 없으면 굶을망정

남의 집 남의 것은 전혀 부러워 말겠노라

내 빈천 싫게 여겨 손을 저어 물러가며

남의 부귀 부럽게 여겨 손을 친다고 나아오랴

인간 어느 일이 명命 밖에 생겼으리

빈이무원貧而無怨을 어렵다 하건마는

내 생애 이러하되 설운 뜻은 없노매라

- 박인로, 〈누항사〉

이 작품에서 박인로는 가난한 현실의 어려움 속에서 비애와 좌절감을 느끼지만, 빈이무원(가난을 원망하지 않음) 하며 유교적 이상을 버리지 않고 있다. 자연에 머물면서도 가난한 현실을 외면하고 탓하기 보다는 자신의 삶을 기꺼이 포용하고 있다. 커다란 행복을 추구하기보다 확실하고 소박한 행복을 추구하는 '소확행'이 대세인 요즘의 시대정신과도 맞닿아 있다. 밖으로는 나라를 지키면서 어릴 때부터 시 쓰기를 놓지 않았던 박인로에게도 가난은 고통이었지만, 누구를 탓하기 보다는 자연과 하나 됨에 따라 조국에 대한 충성심과 자신에 대한 믿음을 저버리지 않을 수 있었던 것이다.

한 번도 존재하지 않았던 새로운 지혜라는 것은 사실 없다. 하늘 아래 진정으로 새로운 것이라는 것은 없다. 다만, 옛 것을 현실에 맞게 창조하는 것이다. 옛 것의 지혜를 외면하지 않고 능숙하게 기댈 때 우리는 진정으로 새로운 시야를 확보할 수 있다. 옛 것을 현재에 맞게 되살릴 수만 있다면 그것은 무엇보다도 새로운 가치를 만들어내는 것이다.

옛것을 통해 오늘날 필요한 시대정신을 읽어낼 수도 있다. 전 지구적 갈등과 환경오염으로 혼란이 끊임없는 이 사회에서 우리는 어떤 지도자가 필요한가? 어떤 정신을 개척해가야 하는가?

예컨대 바로 그럴 때 이순신의 〈난중일기〉를 곁에 두고 틈틈이 읽어볼 수 있다. 늙은 노모와 자식 걱정에 밤잠 설치는 평범한 인간이었던 이순신은 평생을 일기로 기록하고 자아성찰을 게을리 하지 않았다. 말과 글의 힘을 통해 고민하는 인간으로 성장해갔던 것이다. 그 고통과 성장의 과정이 고스란히 남겨져 오늘날 우리에게 큰 울림을 주는 것이 바로, 이순신의 〈난중일기〉다.

인간을, 백성을 사랑할 줄 아는 지도자, 개인의 영달이 아니라 국가를 위해 쉼 없이 노력하는 지도자, 바다를 가르는 배가 잘못된 방향으로 가지 않도록 고심하는 지도자, 이 모든 것에 최선을 다하는 지도자. 이순신을 통해 읽어낼 수 있는 공동체 정신은 수백 년이 흐른 지금에도 유효하다.

언어학자 노엄 촘스키 말처럼 "우리는 대량의 데이터를 계산하는 데에는 취약하지만 추상적 사고와 창조성에서는 뛰어나다." 기계는 효율에 꼭 필요하지만, 기계를 만드는 것도 인간, 기계를 정말 도움이 필요한 곳에 옳게 쓸지, 말지에 대한 과정도 우리 사람들이 선택할 영역이다. 같은 달 아래서도 각자의 달이 서로 다른 빛깔로 맘속에 떠오르는 '인간의 세계'에서 주인공은 우리 자신이다. 그렇기 때문에 옛 것을 통해 그리고 인간이 그 다음의 인간에게 남기는 말과 글을 통해, 오늘의 교훈을 이끌어내는 말과 글의 힘, 언어의 힘은 우리가 지켜야 하는 소중한 정신일 것이다.

배현수

qogustn0417@naver.com

# 기자들은 왜
# '기레기'라는 말을 듣는가

69

세월호가 침몰한 날이다. 당시 초등학생이
었던 나는 매일 뉴스를 챙겨보는 시사에 관심이 많은 아이였다. 피아노 학원에서
레슨을 마치고 집으로 가는 학원 차를 기다리며 네이버 모바일 뉴스 메인을 보고
있었는데 진도 앞바다에서 커다란 배가 침몰했다는 기사가 떴다.

그때 나는 사태의 심각성을 모르고 그냥 그런가 보다 했다. 초등학생이 당시에
무엇을 알았겠는가. 그리고 다른 뉴스를 찾아서 읽기 시작했다. 지금은 기억나지
도 않는 평범하고 소소한 내용이었다. 경제가 안 좋다며 걱정하는 뉴스나 어디에
서 교통사고가 났다는 등 그런 류의 뉴스 말이다.

세월호 뉴스가 심각하다는 것을 알았을 때는 학원에서 집으로 돌아왔을 때였다.
부모님이 집에 돌아 오시자마자 심각한 표정으로 TV를 트시는 것이었다. 그리고
TV에서는 실시간으로 배가 침몰하고 있는 장면이 나오고 있었다.

아직도 그 장면이 기억난다. 선체는 뒤집혀져 있었고 뱃머리 위에 사람들이 올
라가서 심각한 표정으로 배를 보고 있었다. 그때 아직 물 밖에 나와 있던 뱃머리에
구멍을 뚫어서 배를 다시 끌어올리는 것을 고려하고 있었다고 한 것이 기억난다.

하지만 전문가들이 뱃머리는 너무 두꺼워서 힘들다고 해서 무산되었던 것도 말
이다. 그리고 내 생일선물로 주문한 천체망원경이 집으로 도착하면서 나는 다시
별과 달에 빠져버렸고 사람들이 죽어 가는데 나만 별을 보고 있어도 되는가 하는
죄책감이 조금 들기는 했지만 그래도 천체망원경에 매료되어 버렸다.

후에 알게 된 사실이지만 거의 모든 기자들은 전원 구출되었다는 정부의 엉터리
브리핑을 최소한의 팩트체크도 하지 않은 채로 그대로 기사를 내보냈었다. 그리고
기자들은 세월호 유가족들에게 지금 심경이 어떤지 물어보는 만행을 저지르기도
했다. "국민들의 알권리를 존중해주십시오"라는 말을 지껄이면서 말이다

나중에라도 유가족들에게 사과를 한 언론사는 JTBC말고는 없다고 알고 있다. 소시민인 나도 세월호 사고 당시에 제대로 관심을 가져주지 못해 미안함이 남아있는데 말이다. 과연 기자들은 정말 미안함을 느끼지 못하는 것일까.

그래서 '기레기'라는 단어가 세월호 이후로 생겨난 걸지도 모른다. '기레기'라는 단어가 무엇인지 모르는 분들을 위해 설명하자면 '기자+쓰레기'의 합성어이다. 쓰레기 같은 기자라는 뜻이다. 세월호가 계기가 되긴 했지만 기자들은 그 전에도 기사 같지도 않은 기사들을 생산해왔다. 외신 보도를 그대로 베껴온다거나, 유튜브에 소개된 내용을 기삿거리라고 올린다거나 말이다.

그리고 한국 기자들은 인문학적 소양이 부족하다고 생각된다. 일반인들 사이에서도 인문학이 외면 받는 사회여서 이해가 되지 않는 것은 아니지만 그래도 씁쓸한 것은 어쩔 수 없다. 하지만 기자들의 영향력은 막대하기 때문에 인문학적 소양을 갖추는 것은 필수라고 생각한다.

# 기자들에게
# 부족한 역량이 무엇일까

기자들의 영향력은 실로 막대하다. 언론은 시민의 눈과 귀라는 말이 있을 정도로 민주주의 사회에서 언론, 그중에서도 신문은 중요한 역할을 담당하고 있다. 하지만 대한민국 기자들이 정말로 시민들의 편에서 '자유롭게' 기사를 쓰고 있냐고 물어보면 그건 아닌 것 같다는 생각이 든다.

일단은 구조적인 문제부터 살펴보도록 하겠다. 언론사는 회사이고 많은 언론사들의 지분은 대기업들이 가지고 있는 경우가 많다. 그렇지 않은 회사라 할지라도 언론사의 수익 중 70%이상은 광고에서 나오는데 광고주들은 거의 대부분 기업, 대기업이다. 고로 구조적으로 기업에 대해 비판적이거나 기업의 비리를 보도하는 데 기업의 눈치를 봐야 하는 상황이 되어버린 것이다.

물론 기업이 싫어하는 노동조합과 같은 기삿거리도 기업의 입장에서 기업이 좋아할 만한 기사를 내보낸다. 노조가 파업을 하는 이유를 기삿거리로 다뤄야 함에도 불구하고 노조가 주도하는 파업이 경제를 망친다던가, 시민들이 불편함을 겪고 있다는 이야기만 기사로 내보낸다.

자연히 시민들은 노조에 대한 반감이 생길 수밖에 없는 구조이다. 한 정의로운 기자가 노조와 노동자의 입장에서 기사를 써 보려고 해도 번번이 데스크에서 퇴짜를 맞는다. 자본이 언론을 장악했기 때문이다.

그렇다면 기자들의 역량은 어떨까? 확실히 기자들은 엘리트들이다. 좋은 대학에서 좋은 교육을 받고 엄청난 경쟁률을 뚫고 언론사에 입성한 사람들이다. 그렇지만 일련의 길을 걸어오면서 받아온 교육에서 과연 사회적 약자를 먼저 생각하는 정의로운 시민의식을 배양할 수 있었을까?

나는 그렇지 않다고 본다. 대부분의 학생들이 그렇듯이 그들도 입시에만 집중하다보니 다른 방향으로는 생각해 볼 여유가 없었기 때문이다. 시민의식이 없는 언론권력이라니 이 얼마나 무서운 일인가.

그렇다면 입시 시스템을 뜯어고치는 방법 말고는 다른 방법이 없는 것일까? 필자는 그렇지 않다고 생각한다. 물론 입시 시스템 전체를 뜯어고치는 방법도 좋지만 그건 너무 스케일이 크므로 이 글에서는 언급하지 않겠다.

다른 방법이 무엇이냐고? 바로 기자들에게 인문학적 소양을 길러주는 것이다. 언론사에서 사내 책읽기 대회 실시, 인문학 특강 등등 여러 가지 좋은 방법들이 있지만 필자는 기자들이 직접 '인문학 칼럼'을 연재해 보는 것이 좋다고 생각한다. 인문학이라고 하면 딱딱하고 어려운 이미지가 먼저 생각나겠지만 사실 인문학(철학) 입문서는 매우 가볍고 재미있다.

인문학에 대해 아무 지식인 없는 일반인도 쉽게 읽고 이해할 수 있는 내용으로 구성되어 있다. 기자들이 칼럼을 적어나가면서 자신의 인문학 지식을 넓혀나가는 동시에 대중들도 인문학 칼럼을 읽고 인문학적 소양을 키울 수 있을 것이다.

어려운 철학들을 소개하라는 말이 아니다. 간단하고 쉬운, 입문 내용의 칼럼만 연재해도 충분하다. 대중들은 그 이상을 바라지 않는다. 글을 끝맺을 때 더 읽어보면 좋은 인문학 책들을 추천하면 금상첨화일 것이다.

손석진
ysson0609@gmail.com

# 시계가 어떻게 혼자서 가?

근간 '공존지수' 혹은 네트워크 지수NQ/ Network Quotient라는 개념이 많이 부각되고 있다고 한다. 이 말은 요즘이 글로벌 네트워크의 시대라서 그런지 지능지수IQ, 감성지수EQ와는 별도로 생겨난 일종의 신종 지수인데, 뜻인즉 "함께 사는 사람들과 인간관계를 얼마나 잘 운영할 수 있는가를 재는 능력지수"라고 한다.

따라서 그 수치가 높을수록 사회에서 다른 사람과 소통하기 쉽고 또 그 소통으로 인해 얻은 것을 자원으로 해서 더 성공하기 쉽다는 개념이다. 물론 내가 속한 집단은 잘 되고 다른 집단은 소외시킨다는 '패거리' 개념이 아니라 서로 잘 살도록 도와야 한다는 '이타적利他的' 개념에 가깝다고 할 것이다.

언젠가, 서울대 하계 졸업식에서 장서희(25) 양이 휠체어를 탄 채 졸업생 대표로 연설을 했다. 그녀는 첫돌도 안 돼 뇌성마비 판정을 받고 지금까지 휠체어에 의지해 생활해온 장애인이었다. 그녀는 동료들에게 "몸의 불편은 장벽이 아니다. 불가능 속에서 가능함을 증명해 보이는 삶으로 세상을 밝히는 희망의 증거를 찾아가면 행복해진다"고 했다. 그러나 "살다 보면 무엇이든 할 수 있다는 믿음을 가지려고 하지만, 때로는 너무 힘겹고 어려운 순간이 닥칠 때도 있었다. 허나, 그런 때일수록 주변의 사람들과 생각을 나누면 해결이 가능했지만, 반면 문제라고 혼자 고민하면 그것은 넘을 수 없는 벽이 된다"라는 요지의 연설을 해 참석자들의 많은 박수를 받았다고 한다.

지난 날, 유럽 대륙을 지배하고 호령했던 나폴레옹은 생전에 고백하기를 "나는 내가 행복했던 날은 단 6일밖에는 없었다."고 했다. 반면, 삼중고의 불행한 여성이었던 헬렌 켈러 여사는 "나는 불행한 날을 꼽으라면 단 10일도 안됩니다. 나는 매일 매일이 행복합니다."라고 했다. 앞서의 장서희 양의 말과 일맥상통한 말이 아닐 수 없다. 따라서 우리는 이 두 사람의 고백에서 두 가지의 교훈을 얻는다. 첫째, 인생에 있어서의 행복과 성공은 아이큐를 떠나서 감정지수인 마음의 상태가 중요하다는 것. 둘째, 헬렌 켈러나 장서희 양은 권력자로 여러 사람을 호령했던 나폴레옹보다는 자기의 성안에 갇힐 수밖에 없는 환경에서도 주변과의 인간관계를 잘 맺음으로써 그 삶을 더 윤택하게 했다는 점이다.

한 때 TV에 인기 방영된 '직장의 신'이라는 드라마를 보면, 가까스로 권고사직 위기에서 벗어난 만년 과장이 자신을 도와 준 여직원에게 이렇게 고마움을 전한다.

"혼자서는 못 가. 시계가 어떻게 혼자서 가? 작은 바늘도 가고 큰 바늘도 가고 그렇게 다 같이 가야 나 같은 고물도 돌아가는 거야...."

그렇다. 예를 들어 물속을 들여다보면 작은 물고기들은 자신의 안전을 위해 떼를 지어 다니는 것을 볼 수 있다. 작은 물고기 하나만 보면 별것 아닌 것처럼 보이지만 여럿이 한데 모여 움직이면 그 거대한 모습에 큰 고기들이 쉽게 근접하기 어렵기 때문이다.

주역에 '이인동심二人同心 기리단금其利斷金'이란 말이 있다. 두 사람이 한마음이면 단단한 쇠도 자른다는 말이다. 직장이든 조직이든 자신의 역량도 중요하지만 필요할 때는 사보타지sabotage가 아닌 긍정적으로 함께 나누는 마음 즉 더불어 살아가는 능력이 바로 공존의 실체고 공존지수NQ다. 반면, 자신이 하는 업무를 팀원들과 공유하기를 꺼려하며 그저 불평만 일삼고 남에게 '너나 잘하라'며 앞에서 면박을 준다든가, 쓸데없이 뒤에서 헐뜯거나 하는 사람들은 성공도 어려울 뿐, 후일 꼭 본인도 '헐뜯음'을 당할 수 있음을 명심해야 한다.


우리가 비록 이민을 와서 이국異國에 살더라도 더불어 잘 사는 이웃이 되기 위해 주위 사람들에게 많은 관심을 가졌으면 좋겠다. 나보다는 남을 먼저 생각해 주고, 다른 사람의 이야기에 귀 기울여주며 칭찬해주는 자세를 갖는다면 사회적 공존지수NQ는 자연스럽게 높아질 것이다. 왜냐하면 이 개념은 동서를 막론하고 '개인에 집착하기보다는 이웃을 도우며 함께 성공을 이끄는 더 큰 행복의 지름길이 된다.'는 '윈윈'의 이치고, 바로 우리네 삶의 지혜이기 때문이다.

# 베풀면 꼭 돌려받습니다

뉴턴의 운동법칙 중에 '작용, 반작용의 법칙'이 있습니다. 이는 모든 작용에 대하여 항상 방향이 반대이고 크기가 같은 반작용이 뒤따른다는 것이지요. 모든 물체가 잡아당기는 작용을 가하면 되돌아가려는 반작용이 생겨난다는 이론입니다.

'작용, 반작용의 법칙'은 자연의 운동법칙일 뿐 아니라 정치나 일반사회에서도 적용이 되는 법칙입니다. 누군가가 나에게 식사대접을 하면 나도 그에게 차라도 대접하고 싶고, 칭찬을 들으면 기분이 좋아져 상대방을 똑같이 칭찬하게 되며 욕을 먹으면 똑같이 욕을 하거나 불평을 하게 됩니다. 결국 모순이 쌓이고 쌓이면 터지는 법입니다. 지금은 막을 수 있을지는 모르지만 내일도 막을 수 있을까요? 하지만 터지는 것만으로 해결이 되는 것이 아닙니다. 그저 새로운 국면을 맞을 뿐이지요.

성경 마태복음에 '모든 일에 네가 대접받고 싶은 만큼 남을 대접하라'는 구절이 있습니다. 이는 대접, 즉 작용이 있으면 그만한 대접, 그 반작용이 되돌아온다는 것이고 내가 남을 대우하는 만큼 남들도 나를 대우 한다는 작용, 반작용의 원리를 말하고 있는 것이지요.

같은 논리로 '원수를 사랑'하라는 말도 있습니다. 그런데 어떻게 원수를 사랑할 수 있겠습니까? 하지만 원수를 갚기 위해 원수에게 해를 끼치려면 그에 상응하는 피해를 또 다시 입게 되고, 그럼으로 작용 . 반작용의 법칙에 의하여 원수는 원수로 갚게 되는 악순환을 일컫습니다. 즉 '원수를 사랑하라'는 원수 때문에 너 자신을 괴롭히지 말라는 뜻입니다. 원수를 원수로 갚는 생각을 바꾸어 새로운 합合, 즉 사랑으로 갚으면 상대방도 감사함과 사랑으로 보답하게 된다는 것이지요. 따라서 악순환의 고리가 선순환으로 바뀌게 되며, 그래서 이를 정반합正反合 즉 '양질 전환의 법칙'이라고도 합니다.

재미있는 것은 사람들 상호간의 믿음조차도 작용, 반작용의 법칙이 적용된다는 것입니다. 내가 믿으면 상대방도 믿고 내가 믿지 않으면 상대방도 믿지 않는다고 합니다. 또 내가 의심하면 상대방도 의심하게 마련입니다. 그래서 믿지 못하는 의심 때문에 계약서라는 것도 생겼습니다. 계약할 때는 유리한 계약을 맺기 위해 서로 다투게 되고, 계약은 가진 자, 즉 힘센 자에게 유리하게 체결될 수밖에 없습니다. 요즘 문제가 되고 있는 갑과 을의 계약관계는 이래서 생겨난 것이지요. 이렇듯 세상의 복잡한 인간관계는 서로 믿지 못하는 데서 비롯됩니다.

이렇듯 자연의 운동은 똑 같은 질량의 운동량이 되돌아오지만 사회관계에선 똑 같은 경우는 아니라도 그에 상응하는 반작용의 갚음이 분명히 있습니다. 누구든 주어진 현안에 대한 해결을 위해서는 모두가 냉철한 이성과 치밀한 사고가 필요한데 나날이 짜증이 더하는 우리 사회, 특히 정치하는 사람들이 이런 문제의 발생을 원천적으로 막을 수 있는 방법을 함께 찾았으면 좋겠습니다. 그래야만 나라가 정반합의 방향으로 제대로 발전될 수 있지 않을까 생각합니다.

언젠가 교황 성하聖下께서 미국를 오셨습니다. 그분은 이렇게 말씀 하셨습니다.

"우리(성직자)는 씨앗을 심는 사람들일 뿐입니다. 우리 노력의 결실은 하느님이 판단하시는 겁니다. 노력과 활동이 실패했거나 아무 성과를 거두지 못했다고 느낀다면, 우리는 예수님의 사도들임을 기억할 필요가 있습니다. 세속적으로만 보면 예수님의 삶도 실패로 끝난 겁니다. 십자가에 못 박혀 돌아가셨으니까요."

그 때 뉴욕타임스NYT는 교황의 방미를 기념한 9월 23일자 기사에서 '진정한 리더를 원하는 현대인들의 갈망이 교황에 대한 열광으로 이어지고 있다'면서 그의 강론은 "성직자들뿐만 아니라 자본주의적 효율성과 물질적 안락만을 성공의 기준으로 삼는 세상 사람들에게 겸허하게 살아갈 것Live humbly을 주문한 것"이다, 진정한 성공의 기준은 "(예수님이 못 박혀 숨진) 십자가를 보면서 세속적 성공에 대한 유혹에서 벗어나야 한다."는 자기 성찰의 경고였다고 했습니다. 또한 교황께서는 성 패트릭 성당을 찾아가 400여 명의 노숙인들과 악수하며, 성당 관계자들에게 "지붕 없는 말구유에서 태어난 예수님도 이 세상에 올 때 집 없는 노숙인 이었다."며 이들 대한 각별한 배려를 당부했다고 합니다. 한 미국인 여성은 "가난하고 보잘 것 없는 사람들을 위해 일한다는 이러한 교황의 태도는 바로 신의 사람들이 해야 할 일"이라고 말했다고 전했습니다.

또 한 해가 벌써 반이 지나고 이제 곧 한국적 추석과 미국적 '쌩쓰기빙 데이'가 다가옵니다. 어느 명절인가를 막론하고, 또 인종과 종교를 떠나 모든 우리 국내외 모든 동포들은 꼭 이웃들을 향해 좋은 생각, 좋은 마음을 베풀기를 희망합니다. 꼭 물질적인 것이 아니라도 좋습니다. 교황님의 말씀이 아니더라도 상대에 대한 베풀음과 격려는 전화위복轉禍爲福을 부릅니다. 이 모든 일은 스스로 마음먹기에 달려 있기 때문입니다.

신영순
sun-2-ya@hanmail.net

# 나이 듦의 여유

어찌 생각하면 나는 젊은 시절 참 철이 없음에도 불구하고 당돌했다.

아직은 결혼 전인 스물 셋인 나이에 추석을 맞이하려고 고향에 내려갔는데 친구가 나를 껴 안으며 시집을 간다고 했다. 그 말을 듣는 순간 그렇지 않아도 어둠이 내리고 있는 느티나무 밑이 캄캄해 보였다.

"뭐 시집을 간다고? 어이 살려고 아이도 낳고 그래야 하잖아! 자신 있어?"

무척이나 놀란 내 표정에 당황스러워 하는 친구의 눈동자가 아직도 내 눈에 선하다. 친구가 시집가기 전에 나와의 마지막이라고 친구 집으로 가자고 했다. 친구 집으로 들어서는 순간, 친구의 어머니는 그동안 딸의 혼수 감으로 마련해 둔 것들을 방안 가득히 펼쳐 놓으며 압력 밥솥 사용법과 시집가서 친정 신구 욕을 안 얻어 먹으려면 잘하고 살아야 된다고 신신 당부를 하고 있었다. 친구는 어머니 말을 잘 듣고 있었지만 나는 도통 숨이 막혀 죽을 것만 같아 시집가서 잘 지내라는 말 한 마디 없이 그 집을 나와 버렸다.

그 때 나의 철없음은 결혼하면 설레임도 없고 반가울 것도 끝이 난 줄 알았다. 인생이 끝난 것이라고 그렇게 믿어 버렸다. 여자가 시집을 가면 꿈이 없을 것이라고 나는 왜 그렇게 단정을 짓고 말았을까?

길을 가다가도 배부른 여자를 보면 나는 인상을 찌푸리고 그 여자의 배를 바라보았다. 저 여자는 무슨 재미로 살까? 꿈은 없어졌겠지.

맨 날 밥하고 설거지 하고 그게 그것인데 왜 아줌마의 길을 선택했을까? 미련 곰탱이, 나는 절대로 그렇게 살고 싶지 않아, 살림에 지치고 아이들 뒷바라지에 헝클어진 머리는 아줌마의 길이 얼마나 지친 것인지 한 눈에 알아 볼 수 있기에 나는 배부른 여자를 보면 거부감 부터 들었다. 그런데 사람일이 그렇게 마음대로 되는 일이라면 얼마나 좋았을까? 그렇게 몸부림치도록 아줌마의 길을 걷기 싫었는데 나도 모르게 그 길을 걷고 있음이었다.

변명을 하자면 외로워서 그랬다고 해야 할 것이다. 아줌마가 되면 아름다운 음악을 들을 수 있을까? 좋은 책을 읽을 수 있을까? 그런 쓸잘데기 없는 걱정은 어디로 가 버렸다.

그냥 젊음 하나로 버티었던 지난 시절은 오래 지나지 않았다. 배가 점점 불러오는 아내에게 남편은 혼인신고 할 것을 종용했다. 아이를 낳으면 의료보험 카드를 만들어야 되는데 왜 혼인 신고를 하지 않느냐고 남편은 퇴근만 하면 나를 졸랐다.

'혼인신고를 해 버리면 내 인생은 없는 거야. 아이를 낳아 놓고 나는 나갈 거야!'

뱃속에서 한 생명이 꿈틀거림에도 엄마로서 자질을 갖추어야 할 준비는 하지 않고 어디론가 도망갈 생각에 나는 불량 아줌마로 변질되어 가고 있었다. 뱃속의 아이가 8개월이 넘었는데 남편은 혼인신고를 하지 않겠다는 아내를 이해 못 하겠다고 이유가 뭐냐고 불끈 화를 냈다.

참을 만큼 참았다는 표현이었다.

"아이 낳고 나갈 거야."

나의 어처구니없는 말에 남편은 긴 한숨을 내 쉬었다. 왜 그런 생각을 했느냐는 남편 물음에 고개를 푹 숙일 수밖에 없었다. 엄마가 되려면 준비도 있어야 하는데 아무런 절차도 없이 불러 온 배를 보며 꿈 많은 가슴을 접어야 함에 나는 얼마나 방황했는지....

그렇게 하루 밤을 꼬박 남편과 실랑이를 하고 나서 배부른 나를 인정 아닌 인정을 했다. 혼인 신고하러 동사무소에 갔다. 내 꼴을, 내가 이십대 초반에 바라보았던 그 꿈 없음으로 사는, 재미가 없음으로 보여 진 나, 그 자체였다. 인생을 완전히 포기한 상태, 우주보다 더 좋을 것이 하나도 없는 나의 배, 마구잡이로 빗어버린 머리가 꿈이 없음으로 말해주고 있었다.

동사무소에 혼인신고를 하고 확인으로 등본과 주민등록증을 보고 놀라지 않을 수 없었다. 여자가 혼인신고를 하면 호주도 바뀌고 본적지도 바뀐다는 것을 처음 알게 된 나는 그만 울고 말았다. 서러워서 정말 서러워서 가지고 있던 꿈마저 버렸는데 우리 아버지 이름 아래 살았는데 갑자기 다른 사람의 이름아래 살아야 된다니, 서러움보다 슬픔이었다. 동사무소 직원들이 내게 달려오듯 했고 어찌나 서럽게 울었던지 동장님이 다가오셔서 왜 우느냐고 물었다.

"보세요. 여기 좀 보라고요. 여기는 전남 곡성에서 충남 금산으로 바뀌었고요.

여기는 우리 아버지 이름 대신 시아버님 이름으로 바뀌었잖아요. 왜 그래야 돼요. 으흐흑"

서러움에 복받쳐 우는데 동장님은 차 한 잔 마시자며 나를 동장실로 들어가자고 했다.

"모르셨어요? 결혼하면 다 그래요. 우리나라 관습법에 따라 그런 거예요. 아휴, 아이엄마 될분이...."

동장님은 무슨 말을 하려다 말았다. 동장님이 마련 해 준 차 한 잔을 마시고 안정을 찾았고 그저 말없이 인사를 하고 동장실을 나오고 있을 때 중년쯤 되어 보이는 여직원이 요구르트 하나를 건네주며

"에이, 엄마 될 거잖아요. 울길 왜 울어요. 웃어요. 네"

하는데 그 때 눈물어린 내 눈에는 그 중년 여인이 신고 있는 스타킹에 줄이 나가 있는 것이 보였다. 저 모습이 아줌마모습인데 그렇게 아름답기만 한 여자의 작품을 왜 저렇게 삭아빠진 모습으로 만들어 놓았는가, 나중의 내 모습이 아닌가? 어쩌자고 이 길을 걷고 있는 걸까? 나를 되찾기까지 한참 시달렸다.

얼마나 어이없고 철없음이었는지. 그저 철없음으로 젊은 것 하나로 무기 삼아 나이 듦에 가소로운 눈초리만 보내고 있었을 뿐 내가 그 길을 걷고 있으리란 생각조차 해 봄이 없었으니 말이다. 철없고 당돌하기만 했던 내가 오랜 산고 끝에 세상을 맞이한 딸아이는 방긋방긋 웃었다. 딸아이의 재롱에 사는 맛이 났다. 세월은 거침없었다. 아들아이도 낳아 키웠다. 젊음은 소리 없이 지나가고 불혹 속으로 나는 들어서고 있었다. 아이들의 치다꺼리에 나는 나 자신을 잃을 뻔 했다. 내가 아닌 아이들의 엄마로 불러지는 나 자신, 그래도 서러울 것이 하나도 없었다. 아이들이 자라 무엇이 되어 줄까? 라는 꿈에 눈 맞춤이 되어 있었다.

지천명도 넘었다. 벌써 나이 타령이냐고 건방지다고 하겠지만 배가 불러 있던 그 때, 출산의 아픔에 쓰디쓴 인생에서 달디 단 열매가 열리더라고 그래서 딸과 아들을 낳아 키웠으며 나이 듦에도 인생이 있더라고 나는 말하고 싶다.

그저 인생이 답답하고 힘이 들것 같지만 배부른 아줌마의 모습에서도 즐거운 음악에 가슴이 설레이고 아이들을 향해 교양 없이 소리 지르는 엄마의 모습에서도 인생이 있고 준법정신이 있고 도전 정신이 있더라 이 말이다. 어떤 줄의 인생에서도 한 번 살아 볼 만하더란 이 말이다. 나이 들면 캄캄하다 생각했지만 또 다른 인생이 기다리고 있었다. 중년의 중후한 모습이 나이 듦에도 있었다. 그것도 가슴 설레는 빈공간이 있었다. 배부른 재미없음이 질컥대고 구질고 현실에만 충실하게 살

아 온 인생에는 나이 듦의 여유이다. 그래서 쉴 만한 의자를 찾는 중이다. 지금까지 살아 온 이야기를 서슴없이 할 수 있어서 좋음이다.

　고향 느티나무 아래에서 친구가 시집을 간다는 말에 별 놀라울 것도 없었는데 지금 그 친구는 어떤 모습으로 나이 들어갈까? 갑자기 궁금해진다. 혼인신고 하러 가서 펑펑 울었던 지난날이 부끄럽기까지 하다. 꽃 한 송이 사야겠다. 나이 듦에도 흔들리지 않는 내 나이에 감사하다. 세상을 아름답게 바라 볼 줄 아는 눈이 뜨였고 젊음보다 더 깊은 세상에서 여유롭게 살아 갈수 있는 나이에 흔들리지 않는 나 자신에게 감사하는 마음으로 꽃 한 송이 사야겠다.

　나이 듦에 대한 나의 깨달음에 소중한 터득을 할 수 있게 해 준 내 주변의 사람들에게 감사하는 마음으로 말이다. 어떤 유혹에도 흔들리지 않는 여유로 살아가기를 나 스스로 지키면서 마음에 소중한 꿈을 한 번 더 키우면서 나이 듦의 여유를 베풀어 보자 이 말이다.

# 열아홉의 봄 산

봄 산은 열아홉 살 처녀다.

처녀, 봄처녀 ,설레는 가슴을 억누르며 참으려 해도 터지고 마는 바람에 알록달록한 치마 자락을 끌어당기면 하양, 분홍, 노랑저고리가 피아노 치듯이 살아나는 저 산위의 음색들, 울긋불긋, 파릇파릇, 치마 자락을 휘두르며 저고리를 걷어 올리며 하늘을 향해 유혹하고 있는 저 산은 열아홉 살 먹은 처녀들이다.

봄 산!

봉긋한 가슴사이로 뿜어내는 심장의 고동소리에 박자를 맞추어 가며 몸속으로 뻗어 있는 핏줄기에 온 힘을 다하여 마음껏 발산하고 있는 저 산의 처녀들, 저고리를 나풀거리며 놀란다. 놀란 구름 한발 물러서며 꽃 가슴 하나씩 하나씩 터트린다.

봄 동산!

열아홉의 나이를 자랑하고 있는 저 산 위의 처녀들, 한 줄기 봄비가 고운 얼굴을 맑게 씻어 내리면 처녀는 새 단장을 한다. 휘파람을 불며 다가오는 바람에게 봄처녀는 다리를 걷어 올리며 개울물에게 유혹을 한다. 졸 졸 졸, 눈을 떴다. 감았다. 망설이다 뒤돌아보지 않고 흐르는 개울 물, 설레임도 두근거림도 알뜰한 미소하나 남기지 않고 떠내려가는 개울물에 봄 처녀는 치맛자락을 걷어 올리고 꽃 물든 다리를 담근다. 허망한 미소, 꼬리를 톡톡 내리치며 휘휘 모여드는 물고기들은 입질을 한다.

희망에 부푼 저 산은 꽃 물든 젖꼭지를 억 만개도 더 간직하고 있을 것 같은 열아홉의 저 봄처녀 연두 빛 치맛자락으로 감싸 쥔 은밀한 곳에 저장되어 있는 액체를 물고기들은 아는 듯 모르는 듯 정신없이 입질을 한다. 두 팔을 벌리고 하늘을 향해 까르르 웃고 있는 찬란한 저 산은 영락없이 열아홉 살 먹은 봄처녀.

저 산! 저기 저 꽃동산!

꽃 처녀들을 불러 모아 잔치를 마음껏 즐기고 있는 그녀 같은 산! 뺨을 부비 대고 피어나는 안개가 치맛자락을 흥건히 적시면 억 만개의 생명력을 뿜어 낼 듯한 저 산 처녀의 저고리 앞섶에 한껏 부풀어 오른 젖꽃판 돌기 하나 하나에 꽃잎이 툭툭 튀어 나온다. 색색의 저고리 사이에 감추어 두었던 비밀을 세월아! 세월아! 부르며 고운 그림을 색칠하고 있는 저 봄 산은 아직은 스물이 안 되는 열아홉의 처녀다.

따뜻한 햇살을 품고 있는 저 찬란한 봄 산은 산처녀들의 수정과정이다.

발랄, 싱글 생글, 탱글탱글, 따글따글, 비밀을 봉긋한 저고리 앞섶에 감춰두고 하늘을 향해 너울너울, 둥실둥실, 하양저고리, 분홍 저고리, 연두 빛 치맛자락을 휘날리며 춤을 추고 있는 저 봄날의 음률들, 사글사글 눈동자를 굴리며 음밀한 미소로 하늘을 향해 마음껏 꼬나보고 있는 저 아가씨들, 햇빛이 쏟아지는 산야에서 열아홉 살 먹은 봄처녀와 환한 웃음으로 하루를 접하고 싶다.

열아홉 살 먹은 봄처녀와 봄 동산에서 한 사날, 아니 그보다 더 오래 접하고 싶다.

신정근

hoelun23@naver.com

# 그건 사랑이었나

인생을 살아가면서 사랑은 종종 찾아오기
도 하고, 오랜 공백기를 두고 가뭄에 콩 나듯 오기도 한다. 작은 도마뱀처럼 슬며시
왔다가 가는 그런 감정도 있고(그럴 땐 그것이 뜨거웠는지 차가웠는지도 모른 채
지나친다.), 과녁에 꽂힌 화살처럼 가슴에 선명한 멍자욱을 남기는 것도 있다. 보통
내가 남에게 쏜 것과 남이 나에게 쏜 것으로 구분되는데 흔히들 내가 쏜 화살은 부
드럽게 날아가 살포시 상대의 심장에 안착할 것이라고 착각하지만 실상은 내가 쏜
것이든, 타인이 쏜 것이든 매한가지다. 쏜 사람은 몰라도 맞은 사람은 아프고 심장
뿐 아니라 그것을 연결하는 오장과 육부에까지 전해져서 살갗에 티 안 나게 자라난
솜털까지 아리게 한다. 사랑은 불꽃을 일으킨다고는 하지만 실제 그 스파크는 보이
지 않는 엄청난 화염과 그에 따른 열병을 몰고 온다. 해리가 샐리에게처럼, 보라와
일범의 관계처럼 그리고 테레스가 캐롤에게로, 에니스와 잭의 감정처럼.

이처럼 사랑의 이동은 국경선을 넘나드는 여행자처럼 자유롭다. 그러나 아이러
니하게도 여행자의 배낭처럼 무겁지도 않으며, 오래된 여권의 겉표지처럼 낡지도
않았다. 사랑은 깃털처럼 가볍지만 결코 나약하지 않으며, 주름살 없는 이십대의
피부처럼 탄탄함을 가졌다. 어떤 대상에 대한 사랑은 누구이건, 무엇이건 간에 언
제나 아기 숨소리처럼 신중하고 조심스럽게 살아 숨쉬고 있는 것이다. 나는 몇 번
의 짝사랑도 경험하여 보고, 상호 간에 합의된 사랑도 겪었으며 어떤 형태로도 결
말을 알 수 없는 동거의 덫에서 사랑도 하였다. 그러면서 그 틈으로 무한한 행복을
느꼈고, 동시에 선명한 슬픔도 맛보았다.

그런데 분명한 것은 매 순간의 사랑은 연습되어지지 않는다는 것이다. 지나고
나면 왜 그랬을까, 다음에는 절대 그러지 말아야지, 그 땐 누구의 잘못이 더 컸을
까에 대해서 복기해 보거나 후회하지만 다른 사랑이 찾아오거나 찾으려 할 때, 이

전의 사랑에서 얻은 피가 되고 살이 되는 교훈들은 모두 순간 삭제되며 '해왔던' 낡은 사랑의 '방식'만을 고수하며 답습하게 된다. 사랑에도 여행을 떠나기 전처럼 준비가 필요한 걸까. 하긴 그것 또한 타인의 마음을 알아가는 긴 여행일 수 있으니. 하지만 당일치기나 충동적으로 떠나는 여행처럼 무엇을 먼저 준비하고 무엇을 나중에 생각해야 하는지, 무엇이 더 현명한 판단인지 어떻게 하는 것이 용기 있는 행동인지는 여전히 알 수 없다.

일찍이 사랑에는 특정한 공간도 필요 없으며, 여행 허가서에 적힌 국적이나 경계라는 것도 존재하지 않는다. 모호한 감정의 선을 넘을 수도 있고, 넘지 않을 수도 있다. 다만, 사랑에 빠진 사람들 모두 새로운 감각에 울고 웃는 이방인일 뿐이다. 상대방의 생김새나 목소리도 중요하지 않다. 목요일의 사랑은 파랗고, 어제의 사랑은 노랗다. 내일의 사랑은 희고, 무지개 너머의 사랑은 적도의 색감과 닮았다. 섬의 사랑은 초콜릿처럼 달콤하기까지 했다. 아무리 오똑한 코도 사랑을 나눌 때에는 그럭저럭 오를 만하며, 오히려 낮으면서 둥글거나 조금 비뚤어진 코를 만나기도 했다. 그래도 문화적 차이에서 오는 오해의 무게는 이불 속에서 만큼은 속옷보다 가벼웠으니 그나마 다행이라고 해야 할까.

서로의 체온을 나누는 행위도 아름다운 사랑이다. 하지만 특별한 시공간을 여행하는 것도 다른 의미에서 사랑의 종류가 될 수 있다. 바로 장소에 대한 사랑, 토포필리아Topophilia를 말하는 것이다. 그것은 대상과의 불필요한 싸움이 필요 없고, 감정의 소모도 줄일 수 있다. 오직 일방적이고, 지고지순한 사랑의 감정만 유지할 수 있다면 모든 상상이 가능한 것이다. 장소에 대한 연민과 사랑은 나에겐 각별하다. 첫 해외 여행지였던 도쿄가 그랬다. 오밀조밀하면서도 아사쿠라 후미오Asakura Fumio의 조각에 나타난 고양이들의 조용한 왕국, 그 자체였다. 그리고 4년이라는 가장 오랜 시간 머물렀던 인도네시아의 마카사르 또한 마찬가지다. 도쿄와 마카사르 사이의 지리적 거리는 멀지만 가깝고, 그곳에 대한 나의 그리움도 같은 크기다. 두 도시는 내게 하나의 장소, 하나의 사랑에 대한 다른 이름인 것이다. 둘 모두 섬나라이며, 때문에 바닷바람을 원 없이 느낄 수 있는 곳. 특히 마카사르 사람들의 리드미컬한 억양은 마치 가볍게 어깨를 흔들며 다가오는 무희들의 몸놀림처럼 나의 청음을 사로잡았었다. 가믈란Gamelan 연주보다 더 청아한 운율의 지역 방언은 이방인의 뇌리에 또렷이 각인되었던 것이다.

나는 한국으로 돌아와서도 도쿄와 마카사르의 이름에 설레고, 남겨진 사람들의 삶을 궁금해 했으며, 여전히 사랑하고 그리워한다. 지유가오카 골목길 한가운데서 터줏대감처럼 반쯤 누워있던 작은 회색 고양이를, 마카사르 뒷골목 잘란 뚜빠이 (Jalan Tupai, 다람쥐 길)의 조용한 카페에서 흘러나오는 인기가수 라이사<sub>Raisa</sub>의 발라드 음악이 아직도 어제 일처럼 생생하다. 소박한 동네미술관 옆 낮은 담장 위의 청결한 일본 고양이는 이미 도도하고, 짧은 생을 마감했을지도 모른다. 카페에서 나에게 진한 아라비카 커피를 내려주던 인도네시아 여직원은 지금쯤 다른 일을 구했거나 학업을 계속해 나가고 있을 테지. 나는 다시 도쿄로, 마카사르로 돌아갈 상상을 하지만 지금 당장은 그럴 필요가 없다. 장소는 사람의 마음처럼 쉽게 변심하거나 토라지지 않으니 말이다. 사랑하지만 잠시 동안 서로에게 숨 쉴 공간을 허락하는 연인들처럼, 만날 수 없는 시간만큼 애간장 녹이는 첫사랑처럼. 나는 꼭 그만큼의 사랑에 목말라 있다.

# 旅人의 장소

여행에서 만나는 수많은 장소들은 대부분 기억이라는 공간에 저장되고, 추억이라는 액자에 담겨 오랜 세월 보관된다. 정확한 지명이 기억나지 않는 어려운 이름의 장소일지라도 겹겹이 축적된 바람 속에 휘감겨 도무지 알 수 없는 형태로 발현되기도 하고, 어떤 것은 비교적 또렷한 흐름 속에 미화와 퇴화를 반복한다. 우리에게 여행의 장소란 무엇일까. 정확히 언제부터를 여행자의 진정한 여행이라고 규정할 수 있을까. 심지어 유치원에 다니던 시절, 초등학교 봄소풍과 사춘기 시절 연례행사 같은 수련회와 졸업여행도 그 범주에 포함될 수 있을 것이다. 생각해 보면 여행이란 뚜렷한 장소성을 가지고 있지 않는지도 모른다. 단순히 경복궁이나 첨성대 앞에서 사진을 찍고, 새벽 첫 비행기를 타고 뜬금없이 울산 간절곶에 도착해서 포즈를 취하는 것만이 그 장소에 대해 아는 것이라고 말하기는 어렵다. 물론 여행의 형태는 다양하기 때문에 단순히 지나쳐간 여행지라고 해서 온전한 여행이 아니었다고 치부하는 것도 옳은 생각은 아니다.

그래서 생각건대, 여행은 수많은 경계의 곡선과 직선을 넘나드는 것이 아닐까. 지리적인 구획과 특정 관할구역뿐 아니라 여행지에서 만나는 사람들과의 감정과 생김새, 특유의 체취와 습관들은 이미 물리적으로 크게 떨어져있던 우리들을 제3의 장소에서 우연히 맞닿게끔 만들어주기 때문이다. 더블린의 레스토랑에서는 맞은편 테이블에 앉아있는 흑인신사와 눈인사를 나누고, 싱가포르의 리틀인디아에서는 건널목마다 마주 선 인도나 파키스탄에서 온 이민자들의 표정을 살핀다. 그들은 스스로 혹은 그들의 선조들을 통해 아프리카나 남아메리카에서 유럽으로 건너온 흑인들일 테고, 어떤 이들은 개인적인 사업이나 학업, 생계를 위해 싱가포르의 이민자 마을에 뿌리내린 사람들일 것이다. 그들은 이미 최소한 하나의 완전히 다른 선線을 건너온 사람들이다.

나 또한 여행을 하며 가까이는 현해탄에 그어진 보이지 않는 선을 넘어서 고쿠라와 구마모토에 갔었고, 지구 표면에 암묵적으로 약속된 가상의 줄들을 고무줄 넘듯 넘어 내가 살던 곳에서부터 왼쪽과 오른쪽, 위와 아래를 오가며 셀 수 없이 많은 장소의 경계를 통과하였다. 사람들은 홍콩에 간다면 홍콩에 갔던 일만을 이야기하기 일쑤다. 물론 그것도 사실이다. 그들이 개인 블로그나 인스타그램 등을 통해 업로드 한 고화질의 사진들이 여행의 행위를 명확하게 증명하고 있으니까 말이다. 그러나 거기에 도달하기까지 스쳐간 장소들도 그들이 여행한 곳에 조금이라도 포함되어야 하지 않을까.

　나는 얼마간 인도네시아의 마카사르에서 지내며 도시 안에 정돈되지 않은 행정구역과 좁고 작은 길들을 걷기도 하고, 때론 오토바이를 타며 지나다녔다. 단번에 외우기 쉽지 않은 어지러운 샛길들은 어떤 장소나 도착지점에 대한 기억을 오히려 더욱 선명하도록 도와주었는데, 그것은 마치 낯익은 골목길 초입으로 들어가 두 번째 모퉁이에서 좌회전하여 작은 동네슈퍼 앞을 지나가야만 만날 수 있는 어릴 적 살던 집처럼 온 신경을 곤두서게 만들기 때문이다.

　도통 구글맵 같은 지도를 보는 것에 익숙지 않아서 항상 길을 헤매는 나와 같은 아날로그 타입의 여행자에게는 스스로 몸을 움직여 도시 곳곳에 무엇이 있는지, 내가 살던 세상과 무엇이 다른지, 어떤 베이커리와 서점과 음식점이 있는지를 꼼꼼히 확인하는 것이 길을 잃지 않는 가장 좋은 방법이 된다. 그래야 도시에서 빵 굽는 온도와 책을 읽는 냄새, 음식을 만드는 요리사의 정성을 더욱 가까이서 느낄수 있을 테니까 말이다. 낯선 도시와 친해지는 일은 어려워 보이지 않으면서도 개학 첫날 데면데면한 중학교 남학생들의 덜 자란 콧수염만큼이나 어색한 분위기를 감돌게 한다. 그래도 꿰다 놓은 보리자루처럼 가만히 있는 것보다는 한 걸음이라도 다가가는 편이 도시와 친해지고, 사람과 편해지는 지름길이라는 것을 대부분의 여행자는 알고 있다.

　"헤이 브로, 우린 지금 잘란 발리Jalan Bali에 있어. 여기 더블샷 커피숍으로 와."

　"그래? 발리라고? 그런데 난 지금 마카사르에 있는데…."

　"하하, 그냥 길 이름이 잘란 발리일 뿐이야. 당연히 발리는 여기랑 완전히 다른 섬이지."

　예를 들어, 한국에서는 누군가와 약속이 있으면 양재역 3번 출구로 나와서 그 근처에 어떤 은행 건물이 보이고 거기를 끼고 우회전하면 노란색 술집 간판이 보일거야, 라고 설명을 하겠지만 내가 살던 마카사르에서는 큰 건물이 잘 보이지 않고 전력이 약한 곳이 대부분이라 밤에도 가게 간판에 불을 켜 놓는 곳이 많지 않았다. 게다가 동네 어귀에 있는 작은 카페라면 아예 간판이 없거나 다 낡아 지워진 곳도 허다해서 보통은 어떤 장소를 찾기 위해서는 그 장소가 있는 '길Jalan' 이름을 알아야만 가능하다. 신기하게도 인도네시아 사람들의 머릿속에는 도시에 실핏줄처럼 퍼져있는 작은 길 이름도 웬만하면 다 입력되어 있는 것 같다.

택시운전사나 그랩Grab이나 고젝Gojek 어플리케이션을 통해 탑승객을 이동시키는 오토바이 운전자들도 어떤 길을 말하면 네비게이션도 없이 척척 알아서 원하는 곳에 데려다 주곤 하였다. 하지만 혼자 오토바이를 타고 다닐 때는 가로등이 잘 갖추어져 있지도 않은 컴컴한 길을 통과해야만 했다. 다행히 내가 몰고 다니는 오토바이의 전조등이 초행길 벗이 되어 주었다. 골목과 전봇대를 하나씩 통과할 때마다 몰랐던 장소는 곧 알게 될 장소, 잊을래야 잊을 수 없는 장소로 바뀌고 있었다.

결국 여행이란 장소와 장소를 잇는 연결고리이며, 여행자로 하여금 지구상에 존재하는 나만의 '길'를 찾게 만드는 묘한 자율학습을 유도한다. 그리고 우리가 찾아내어 당도한 장소는 꿈속 이상과 불안요소들을 뚫고 나온 삶의 또 다른 얼굴인 것이다. 더듬더듬 커피숍을 찾아온 나를 향해 친구 뻬뻥Pepeng이 손을 흔들며 소리치고 있었다.

"헤이, 브라더! 여기야 여기. 잘 찾아왔네? 어서 와 앉아. 커피 한 잔 해야지."

심재훈
937133p@gmail.com

# 우리가 모르는
# 일본의 심술心術 본능

　　많은 것들이 보이지 않는다. 한국과 일본 간의 경제외교 문제가 다시 한 번 부각되는 현실 가운데서 한국의 경제상황은 더욱 더 악화되어가고 있다. 나라의 상황은 조직의 상황에 반영되고, 조직의 상황은 개인의 상황에 영향을 줄 수밖에 없다. 국제정치에서 나라는 홀로 독립하여 살아갈 수 없다. 반드시 주변국가의 정치력에 영향 받기 마련이다. 한국인이 일본인을 바라보는 시각과 일본인이 한국인을 바라보는 시각은 유사하다고 말할 수 있을까? 각 국가마다 서로 다른 내적 성품을 소유한다고 말할 수 있다.

　　한국인은 근성이 있고, 끈기 있는 민족성이 있다면, 다소 다혈질적인 단점을 예로 들 수 있다. 일본인은 어떨까? 저자도 대학생 때 일본인을 직접 경험한 것 외에는 딱히 일본에 대해서 잘 안다고 자신 있게 말할 수 있는 부분이 없다. 대부분의 한국인들은 이와 마찬가지일 것이다. 뉴스와 기사로만 보고, 듣고, 알게 되는 일본인. 언론을 통해서 접하는 일본인의 모습은 현지의 일본인의 모습과 얼마나 닮아 있을까? 일본에 체류한 경험이 있거나, 가까운 가족이나 지인이 일본과 관련된 업무를 다루고 있다면 그나마 일본에 대한 어색함이 별로 없을 것이다. 저자도 일본에 대해 피부로 체감되는 경험이 없다. 그래서 책을 통해서 일본을 조금 알 수 있었다.

　　루스 베네딕트의 「국화와 칼」에서 베네딕트는 자신 또한 일본을 한 번도 방문한 적이 없으며, 오히려 그런 점이 일본을 연구하는데 더 유리할 수 있다고 밝혔다. 2차 세계대전 이후에, 도통 알 수 없는 일본의 속성을 미국은 알고 싶어 하였다. 그 당시 일본이란 공간은 왠지 모르게 너무나 가변적인 속성이 뚜렷했다. 아무 예고 없이 진주만을 습격하였을 때에, 미국 시민들은 크나큰 충격을 받았다. 당시만 해도 2차 세계대전의 끝을 마무리하는 시점이었고, 미국은 그 중심에 있었다. 미국은 전쟁을 마무리 짓기 위한 중재하는 강대국의 역할을 맡았다. 독일도 미국에게 소심한 반항은 할 수 있었지만, 본토를 침공하는 대담한 계획은 절대로 세우지 못하였다.

이런 면에서 일본인은 참 즉흥적이고, 감정적이다. 일본은 1차적인 전쟁 선포 이후에 뒤따라올 타 국가의 일본에 대한 2차적인 방어전쟁에 대해서는 충분한 고려를 하지 않는 것처럼 보인다. 일본의 모든 외교 정책이 감정적인 결정에서부터 비롯된다고 말할 수는 없다. 베네딕트는 일본인이 전통적으로 자신이 소속된 조직에 대한 충성심이 굉장히 강하다고 표현했다. 또, 개인이 느낄 수 있는 수치심에 대해 극도적인 경멸감을 공통적으로 갖고 있다고 말했다. 쉽게 말하여 일본인은 타인에게 수치심을 느낄 바엔 차라리 사무라이의 할복을 선택하려고 한다는 것이다. 인간이라면 누구나 이러한 수치에 대한 경멸을 품고 살지만, 일본인에게 이러한 경향이 더 강하다는 것이다. 누군가에게 무엇을 부탁하는 것을 꺼려하고, 타인의 시선을 극도로 신경 쓰는 모습이 일본인의 한 단면일 수 있다. 그리고 이러한 내적 품성은 여론의 향방을 결정할 수 있는 중요한 요소가 될 수 있다.

한국인 또한 일본인과 유사한 성품을 갖고 있다. 내가 알고 있는 한국인은 자존심이 굉장히 강하고, 억척스럽고, 정감이 많다. 일본인과 차이가 있다면, 한국인은 좀 더 사람을 좋아한다고 말할 수 있을 것이다. 한국인은 공격을 선택하기보단, 상태유지Status quo를 위한 방어 전략을 더 선호한다. 내실을 다지는 것을 더 선호한다. 반대로 일본은 역사적으로 과감하고 확장적인 외교 전략을 사용해왔다. 임진왜란 당시 전국통일 이후 내부적 소요를 멈추기 위한 수단으로 히데요시는 조선을 침략했다. 일본인의 정치 지도자들은 발전적인 진보를 위해서 외골수적인 보수 카드를 수단으로 꺼내든다. 아베가 개헌안을 계속해서 언급하고 있다. 평화헌법을 무효화할 수 있는 방안들을 계속해서 몰두하고 있다. '전쟁을 할 수 있는 국가'로의 복귀, 그 영광으로 다시 한 번 돌아가고자 한다. 국제정치는 역사적으로 회전하는 수레바퀴로 비유된다. 과거의 역사적 실수가 다시 반복될 수 있다. 반대로, 일본 시민들의 입장에서 살펴보면 국가가 전쟁을 할 수 없는 국가라는 것이 얼마나 허탈하게 느껴질지 간접적으로 예상할 수 있다.

아베의 가문이 전통적으로 극우적인 성격을 띠고 있다는 글을 읽은 적이 있다. 극우의 병病. 어쩌면 극우의 만연이 국제정치를 뒤엎고 있다고 해도 무방하다. 유럽에서의 난민문제와 더불어 브렉시트Brexit를 관통한 고립주의가 한창 유행이다. 내 자신이 가장 잘 낫다는 오만은 국가의 성품에도 여지없이 폭로된다. 국제정치는 힘의 세계가 아니라고 누가 부인할 수 있을까? 힘과 세력은 논리를 처참히 부서뜨린다. 무역과 교류를 배척하고 혼자 살아남으려는 심보. 고립주의가 나쁜 것이라고 말할 수는 없다. 자국민의 경제를 살리기 위해서는 어쩔 수 없는 도리이다.

언젠가 남북 이산가족들의 상봉을 TV에서 보며 울컥 한 적이 있다. 또, 헤아릴 수 없는 상처를 토로하는 위안부 할머니들의 모습을 바라보면 못내 동정했다. 역사 속에는 개인이 감히 판단할 수 없는 다른 개인의 아픔이 흔적으로 남는 것 같다. 나라 전쟁에서 벌어지는 개인의 육체적, 정신적 아픔은 끝내 지워지지 않는다. 60년 동안 갈라진 이국땅에서 피붙이를 보기 위해 달려온 상봉하는 남북 가족들은 다른 이유에서 통곡하지 않는다. 그저 그 동안 보지 못했던 내 남편, 자식, 형제, 자매들을 볼 수 있다는 이유만으로 과거에 대한 미련을 조금이라도 버릴 수 있다. 순간의 동정과 이해가 국가의 행정상 실수를 무마할 수 있는 기회를 마련해준다.

일본의 입장에선 전쟁문제는 이미 해결되었고, 조약을 통해 확립되었다는 사실을 강조한다. 한국인으로써는 이해할 수 없지만, 국제외교문제에서는 항상 피할 수 없는 사실이 있다. 보편적인 도덕성을 바탕으로 한 판단법과 인간본성탐구를 통한 역사적인 관찰법 사이의 괴리가 그것이다. 미국의 베트남 파병 당시 박정희 정부는 한미 간의 경제공조와 외교 회복을 위해 군을 파견한다. 아직도 전설처럼 전해 내려오는 파병 한국군의 잔인무도함에 대해서는 아직도 여러 가설들이 존재한다. 영화 '알 포인트'(2004)는 한국군의 잔인함을 드러내기 위한 의도로 만들어진 것은 아니나 베트남 전쟁이 국제적인 전쟁이었으며, 그 와중에 무고한 민간인들이 희생되었음을 상기시켜준다. 청룡 백호부대의 활약은 자국을 살리는 하나의 수단이었지만, 베트남 시민들에게는 공포 그 자체였다.

인간은 어떤 시민권을 가지고 있든지, 군인의 신분을 띄고 인간을 무차별하게 사살할 수 있는 공통적인 속성을 가지고 있다. 상황 속의 판단능력은 인간 개인의 생각과 사고의 깊은 심부를 찌르고 판단명령을 도출해낸다. 한일 간의 역사문제를 언급하고, 한국인 개인으로써의 입장을 주장하기 전에 우리는 먼저 움찔한다. 전쟁학적인 역지사지 접근법이 가해자로써의 일본을 입증할 정당성을 확보하는 데 오히려 해치는 쪽으로 작용하기 때문이다. 한국인도 일본인의 가학행위를 언젠가는 동일하게 저질렀다는 부채의식이 의식 속에 남아 있기 때문이다.

그래서 현재의 한일 외교문제도 어떻게 접근해야 할지 참 막막하다. 희미하게 남는 실마리라면, 정치인으로써의 소임을 다하는 것이다. 일본의 사과를 요구하고, 부당한 수출금지정책을 잘못된 명분을 통한 억측이라고 표명하는 것이 정당하다는 것을 정치인으로써 증명해내는 것이다. 다른 무엇보다 진정성 있는 사과표명이 한일관계에 '필요'한 것임을 보여주는 것이 필요하지 않을까. 자크 데리다는 「신앙과 지식」에서 외교 간의 분쟁문제를 놓고 '용서'의 개념이 무엇인지를 설명해준다. 해체주의적인 방식을 통해, '용서'의 기원을 찾아간다. 그도 신앙적인 용서와 지식적인 용서 간의 괴리감을 느꼈던 것 같다. 그리고 그 두 방식 간의 불분명한 경계를 그어보고자 했다.

정치인은 어떠한 용서의 법을 실천해야 마땅한 것인지 고민을 한다. 어쩌면 유동적인 상황에 따라 그 경계를 자유로이 넘나들며 용서의 정치를 펼칠 수 있는 정치인이 필요한 때일지도 모르겠다. 일본의 극우 정체성을 훼손시키지 않는 한에서 종종 그들(일본 정치인들)의 정책이 경도된 것임을 인지할 수 있는 정치가 필요하다.

정책과 사상 간의 연관성을 연구하는 것은 일본의 정치문화를 이해하는 데 큰 도움을 줄 수 있다. 징기스칸과 알렉산더 대왕의 대 정복전쟁은 문화의 전파와 영토 확장에 더 큰 명분을 두었다. 아베 정부의 평화헌법 개헌 시도는 어떻게 해석해야 할까. 2차 세계대전 당시 일본의 대동아전쟁과 더불어 일본의 큼직한 전쟁은 근본적으로 그들의 선민사상에 바탕을 두고 있다. 영토 확장은 부차적인 문제였다. 동아시아의 가장 큰 형의 역할을 자처함으로써 미개한 중국, 조선, 나아가 동아시아를 통치할 자격이 있음을 천명했다.

초대 대통령 이승만 선생의 「일본내막기Japan Inside out」는 일본의 문화와 속성을 통찰력 있게 서술하였다. 태양신의 유일한 자손민족이라는 긍지는 전쟁이라는 또 다른 방식으로 왜곡되고 발현되었다. 각 민족마다 수많은 민족의 신화가 존재하지만 신화성이 문화에 반영되고, 그 문화가 전쟁을 촉발시키는 환경을 제공해주는 중요한 요인이 될 수 있음을 추론할 수 있다. 일본만큼 문화영역과 외교 영역 간의 유착이 강한 나라도 많지 않을 것이다. 신화성이 정책결정에 큰 영향을 끼쳤던 여타 국가의 사례를 더 연구하다보면, 지금의 일본을 더 잘 이해할 수 있지 않을까. 일본의 정책결정과정을 이해하기 위해서는 그들의 성품과 사고 프레임을 이해하는데 서부터 출발해야할 것이다.

# 애드거 앨런 포의 공포저택 탐험기

간절히 말하고 싶은 것들을 쓰고 싶다. 몽환적인 글쓰기를 해보고 싶었다. 사람들을 홀리는 글쓰기를 해보고 싶었다. 세상엔 수많은 감정들이 존재하는데, 단 한 번의 생을 살면서 그 모든 감정들을 다 경험할 수도 없는 법이다. 감정은 신비이다. 우리가 어떤 특정한 감정을 느낄 때에 그 감정들을 모두 안다고 확신하지만, 그렇지 않을 수 있다. 감정은 연결고리이다. 하나의 감정은 독립적으로 존재하지만, 서로 연결되어 있다. 공포감은 짜릿함과 연결되어 있다. 공포를 통해서 우리는 마음속에 해묵은 감정들을 해소한다. 일련의 공포감이 끝나면, 우리는 안도감과 함께 안정감을 느끼기 시작한다. 이런 이유로 사람들은 공포소설, 공포영화, 각종 귀신 이야기들을 듣고 보는 것을 즐긴다. 공포 매체를 통해서 나의 미세한 감정들을 꺼내어주고, 그 새로운 감정들을 발견함으로써 희열감을 느끼기 때문이다.

공포는 새로운 행복을 가져오기도 한다. 공포는 미지의 영역이기 때문이다. '공포'라는 개념은 누군가 나를 위협할 때에 느낄 수 있다. 공포는 눈에 보이는 공포와 눈에 보이지 않는 공포로 분류할 수 있다. 재난, 도난, 살인 등 신체적인 위협은 공간이라는 매개를 통해 전달된다. 위협의 도구가 되는 물체가 우리의 신체에 접촉할 때에 통증과 동시에 감정으로는 공포심을 느낀다. 심각한 문제는 여기서 부터다. 물체와 신체가 접촉하는 순간 이후에 남게 되는 그 순간의 기억이다. 접촉의 순간은 지나갔지만 기억은 감정 속에 그대로 간직된다.

이것이 눈에 보이지 않는 공포인데 이 공포는 극도로 무섭다. 허상 속에 있던 애드거 앨런 포의 공포 저택이 눈앞에 현실화되는 것이다. 그 저택은 3층의 대칭형의 저택인데, 벽돌 자재로 이루어졌고, 옥상에서부터 거미줄처럼 이끼들이 아래로 뻗어 내리고 있다. 깜깜한 저녁에 장맛비가 내리고, 천둥이 내린다. 우리는 가끔씩 주말을 보내고 직장에 출근하지 않는 월요일에 일어나 비가 내리는 창밖을 바라보면 괜히 모를 안도감을 느낀다. 추적추적 내리는 비처럼 우리의 몸도 나른해진다. 눈앞에 보이지 않지만 상상할 수 있는 공포저택에 앞에 서 있는 나의 모습을 그릴 수 있다. 공포 저택 앞에 서 있는 나는 제 2의 자아 '나'이다.

드디어 저택의 정문 앞에 다가선다. 갈색의 문은 약간 녹슨 손잡이가 있고, 약 2.5미터의 높이다. 상단 부분은 아치모양으로 폭은 내가 팔을 쭉 뻗었을 때보다 조금 더 길다. 문을 당기고 들어가면 양 옆으로 방들이 존재하고, 정면에는 2층으로 올라가는 나무 계단이 보인다. 정면에 계단의 폭이 정면의 반을 차지하고 있다면, 나머지 반에는 기다란 종 시계와 몇 권의 서적이 놓여 있는 서재가 놓여있다. 양 옆을 살펴보니, 왼쪽에는 주방과 상아 소재로 보이는 식탁이 있었다. 오른쪽에는 거실이었다. TV는 흑백이었고, 소파는 살색이었다. 소파 밑에는 카페트가 깔려져 있는데, 문양은 약간 동양의 용의 얼굴 모양처럼 보였다. 초록과 빨강이 뒤범벅되어 있어서 모양을 단정 짓기 힘들다. 계단을 올라가고 싶은 욕망을 느낀다. 나무 계단을 올라가기 시작한다. 한 계단씩 올라갈 때마다, 나무속에 균열이 일어나듯이 삐걱삐걱하는 소리가 났다.

나는 그 소리에 놀랐다. 헤아릴 수 없는 정적과 함께 그 균열의 소리는 무척이나 어울리지 않았다. 조화롭지 않았다. 누가 이런 표현을 쓰겠냐만 말이다. 그 부조화적인 소리는 마치 나의 프라이버시Privacy를 훼방하는 것 같았다. 나의 그 프라이버시적인 우주세계('I' universe)를 감히 건드리는 것 같았다. 하지만, 우리는 이전에 이러한 감정들을 느껴보았지만, 발견하지는 못하였다. 충격을 견딘 파동소리가 찢어진다Spark. 그 상쇄되지 못한 합음들이 나의 일부를 닮아있기 때문이다. 그 동안 발견하지 못했던 나의 우주 세계를 경험할 수 있도록 만들어준다. 고요함을 깨뜨리는 압력의 소리. 왠지 모르게 나는 그 소리에 친숙하다. 나무자재를 밟을 때에 '삐걱삐걱'은 마치 우리를 고대로 환생시키는 듯 감정을 부여한다. 그 소리를 통해 우리를 야만적이고 원초적인 모습으로 환생시킨다.

'삐걱삐걱'은 규칙적이고, 균일한 현대사회 속에서는 거의 들을 수 없기 때문이다. 모든 것이 규칙적이고, 정기적이며, 바르며, 고우며, 조화로우며, 완벽하며, 균일하며, 반듯반듯한 시대는 나무 파편 음 같은 소리를 배척한다. 자연 그대로의 소리는 원초적인 우리의 모습을 소환시키고, 인위적인 모습들을 가려내고, 순수했던 우리의 모습을 묘사한다. 원초로의 회귀In the beginning, 그 감정들을 사모하게 되어 자연을 사랑할 수 있게 된다.

공포적인 환경은 우리의 뜻밖의 원초적인 의식들을 되살리고, 어두움 속에서 자연적인 감각들을 회생시킨다. 바쁜 생활 속에서 놓쳐버리고 마는 사소한 감정과 일상을 발견하게 해준다. 전시관, 영화관, 극장, 연주회에서 전시물과 스크린, 배우, 인물, 합창단, 오케스트라들을 제외하고 관객들은 어두움과 고요함 속에서 시선을 집중하게 된다. 극장과 관객 사이에서 미묘한 감정기류가 생기게 된다. 그 안에는 분노, 행복, 여유, 경이로움과 같은 감정들이 파생된다.

감정은 규칙적이기보다는 불규칙적이다. 지속적이기보다는 가변적이다. 감정은 변덕쟁이다. 일상을 살아가면서 규칙적으로 배열되어 있던 감정의 세계는 공포를 만남으로써 단번에 깨진다. 공포의 침투가 규칙을 깨뜨릴 때에, 우리는 무엇인가 불안정한 느낌을 받게 된다. 일시적으로 나만의 세계가 깨어진 느낌이다. 살아오면서 생겨난 삶의 철학 같은 것들이 단번에 무너지는 느낌을 받는다. 그래서 공포를 회피하게 된다. 옳다고 생각하는 것들이 옳지 않을 수도 있다는 막연한 두려움이 찾아온다.

내가 인식하고 있던 세계 밖에 다른 세계가 존재할 수도 있다는 막연한 두려움이다. 우주 속에 인간만이 유일한 영장류라고 단정했던 전제가 거짓일 수도 있다는 두려움이 그것이다. 지구 속에 존재했던 철학을 넘어서는 다른 철학을 할 때임을 계시해주는 느낌이다. 가까운 일본에서 초대형 쓰나미Snaummi 재난 블록버스터를 보고 있으면 우리의 삶이 금방이라도 깨질 수 있는 작은 존재임을 느끼게 된다. 공포는 어떤 현상으로든지 우리에게 다가올 수 있다.

그러므로 공포는 가시적이든지 비가시적이든지 현재의 현상을 파괴함으로써, 인간의 과거로의 회귀 본능을 자극한다. 일시적인 감정세계의 뒤틀림은 현재를 사는 우리 안에 고대인Ancient people의 원초성과 야만성이 열렬히 살아있다는 사실을 입증해준다. 본능에 따라 살아가는 원초적인 인간, 그것이 첫 번째 인간의 모습이었을지도 모른다는 야릇한 상상을 하게 된다. 그리고 공포를 통해 첫 번째 인간의 원형을 더 구체적으로 상상할 수 있는 기회를 가질 수 있다. 고대세계에서는 개인에게 요구하는 사회의 제약이 현재만큼 없었기 때문에 개인의 자유는 더 많았을 것이다. 지구는 둥그렇고, 중력의 법칙에 따라 무게만큼 중력도 커지지만, 분명 어느때엔가 그 법칙도 깨질 수 있다는 두려움은 종말론을 연상시킨다.

공포는 개인의 탄생과 죽음을 연상시키면서도 우리가 머무는 세계의 시작과 종말에 대해서도 궁금증을 불러일으킨다. 법칙과 규칙이 사라지는 시대가 올 수 있을 것이란 예측을 해보게 된다. 앨런 포의 저택에서 2층으로 나무계단을 걸어 올라가면서 들었던 '삐걱거림'은 개인의 삐걱거림에서부터, 지역의 삐걱거림, 세계의 삐걱거림, 우주의 삐걱거림으로 확장할 수 있다. 이제 불규칙이 규칙의 일부인 시대는 지나가고, 불규칙이 주인이 되는 시대가 도래할 수 있다는 생각을 한다.

17~18C 고전주의 시대를 통과하며 이성주의가 발달하였고, 현대사회는 과학과 기술이 더욱 발전하고 있다. 지구의 종말론에 대해 여러 가설들이 존재하지만, 미래학 분야에서 체계적인 종말론을 연구해볼 필요가 있다. 가까운 미래에 특히 중동지역의 분쟁문제들은 주목할 필요가 있다. 서방국가들에 의해 구획된 중동의 영토와 종교 문제는 언제 터질지 모르는 멜팅팟Melting pot이다.

우리는 지금 이 시간도 그 삐걱거림 옆에서 살아간다. 그 삐걱거림을 발견할 수도, 그렇지 않을 수도 있다. 만약 누군가 그 삐걱거림을 발견하였다면 또 다른 외계를 발견한 것 같아 놀라겠지만, 이상하리만큼 한편으론 희열감을 느끼게 되지 않을까?

엄지환

shire0424@gmail.com

# 되돌아 걷기

100일, 또렷한 눈꺼풀에 힘을 빼고 살포시 눈을 감아보면 감회가 새롭다. 지나고 보면 짧은 순간들의 연속이자 연장선일 뿐이지만 그 단일의 나날들을 들여다보면 모두가 각자의 개성과 특징을 가졌다는 것을 알게 되는 그런 시간. 그 백 일이란 시간은 바람이 우리의 곁을 소리 없이 스쳐 가듯 그렇게 슬며시 지난 발자취를 따라 나의 곁에 산들바람처럼 다가왔다.

소리도, 형체도, 흔적도 없이 지나쳐간 탓일까, 이 시간 속에 '나'란 존재가 담겨져 있는 것인지 약간의 의심이 든다. 너무 가벼워서 그 안에 어떤 삶의 무게가 담길 수 있을까 하는 궁금증 마저 생긴다. 그래서 조용히, 은밀하게 다가왔듯 보낼 때도 조용히, 소리 없이 보내야만 하는 것 같다. 하지만 이상하게도 과거의 그림자를 스쳐온 이 바람을 그냥 없었던 듯이 보내기엔 뭔가 아쉽다. 아무리 짧은 시간이고 한없이 가벼운 시간이더라도 백 일의 기억과 추억을 조금이라도 머금은 것이라면 잠깐 정도는 얼마든지 바람의 속삭임에 집중할 가치를 지닌 것이 아닐까. 그래서 난 잠시 눈을 감고 지난 99일과 지금 현존하는 이 하루, 그리하여 총 백일이란 시간을 향해 천천히 그리고 다시 한 번 걸어보려 한다.

막막함. 이 모든 생활의 출발점에 선 순간부터 이곳에서 백 번째 흔적을 남기는 순간까지 줄곧 머리를 맴돌았던 감정을 요약하자면 이 단어가 적합할 것이다. 사실 요약할 것도 없다. 마치 휑한 것으로는 모자라 사방에 아무것도 없는 모래벌판에 혼자 남겨져 어딘지도 모를 결승선을 찾아야 할 때의 막막함처럼 막연한 기다림이 내가 가졌던 감정의 전부였다. 어쩌면 내가 지금껏 지내온 시간보다도 훨씬 더 많은 시간을 이 해답 없는 문제로 인해 괴로워해야 할 지도 모르겠다. 이런 생각을 하면 꼭 애써 쌓아 올린 종이 탑에 물 한 방울의 불청객이 더해져 와르르 무너져 내리는 것을 지켜보았을 때 나오지 않을 수 없는 그런 한숨만 입 안을 가득

메울 뿐이다.

하지만 나의 손가락 하나조차도 잘 보이지 않는 어둠 속에서도 작은 촛불 하나만 주어진다면 탈출구를 어림짐작이나마 할 수 있듯이, 모래바람뿐인 벌판에 홀로 남겨진 나에게도 작은 희망이 있었다. 뒤늦게야 늘상 잔잔한 춤사위만 보이던 바다는 고양이처럼 사나운 발톱을 감추고 있었단 사실을 알게 되었지만 바다의 가면 속 모습을 들춰 보기 전까지만 해도 바다에 대한 무지로부터 피어나는 위험천만한 로망과 함께 바다라는 공간을 항상 열망하고 있었다. 그 열망은 결국 나를 해양경찰의 길로 이끌었고 오랜 시간을 기다려 마침내 도달한 부둣가. 그 곳은 그야말로 밤하늘의 은하수 너머 외계와도 같은 신비로움을 갖추고 있었다. 그리고 이 미지와의 첫 만남은 달에 최초의 걸음을 내딛는 한 우주인이 느꼈을 강렬함과 통하는 순간이었다.

# 미지와의 조우

세상엔 신비로운 것이 참 많다. 지금 나에 게 이 배를 벗어나 볼 수 있는 사회의 모든 부분이 다 신비로운 존재들로 다가온 다. '제대'라는 단어는 전설 속에서나 볼 법한 비현실을 집대성해놓은 단어나 마찬 가지이다. 그래서 이 '제대'라는 것을 눈앞에 둔 사람들을 보면 그저 신기하고 왠지 모를 비범함이 느껴진다. 예사롭지 않은, 나에게는 먼 세상과도 같은 그런 비범함 을 지닌 존재는 안타깝게도 약간은 이상한 형태로 자리 잡아 버렸지만 오래 전 내 게 비범함을 갖춘 신한 존재는 따로 있었다. 그리고 그 신비의 존재는 바다에 나 를 묶어놓고 매혹시켜 현재의 자리까지 이끈 수 없이 많은 발걸음의 첫 시작이 되 었다.

남들은 어떤지 모르겠다. 난 어릴 때부터 철장 속에 갇힌 각양각색의 동물보다 는 어두침침한 수족관 속 가까운 듯 가까워질 수 없는 물고기를 보는 것이 더 좋았 다. 우리가 쳐다보고 있다는 걸 아는지 모르는 지 도도한 매력을 풍기며 유유자적 하게 시선 위를 거니는 그 모습이 이유 없이 좋았다. 그 중에서도 삐죽삐죽 튀어나 온 날카로운 이빨과 창백한 듯 예리한 눈빛의 회색 빛 상어는 매번 볼 때마다 전설 속의 동물마냥 신비로웠다. 족히 4m는 될 듯한 물고기들 사이로 부드럽게 유영하 는 상어를 보며 그 수족관 안에 들어가 보고 싶다는 생각도 했다. 실상은 닥터피 쉬에게 손가락 몇 개 맡기는 것조차 두려워했지만 바다를 향한 꿈만큼은 거대한 물고기만큼이나 원대했던 철없음이 어릴 적 나의 모습이었다.

학창시절에는 각종 영화와 다큐멘터리를 보며 키운 바다에 대한 해결되지 않은 궁금증은 터질 듯 위태로운 풍선처럼 커져만 갔다. 그저 모든 것이 신기했다. 푸른 빛이 머물며 온갖 생명의 생동감이 가득한 바다부터 완전한 암흑 속에 갇혀버린 미지의 심해까지. 왠지 지구를 품은 바다 속 어딘가엔 판도라의 상자가 엄청난 비

세상엔 신비로운 것이 참 많다.

남들은 어떤지 모르겠다.

학창시절에는

밀을 숨겨둔 채 누군가 깨워주기를 기다리고만 있을 것 같았다. 줄곧 바다의 비범함을 먹고 살아온 난 거친 파도를 헤쳐 나가는 해적이 되어 어딘가 잠들어있을 비밀들을 마구 약탈하는 상상 속 세계에 빠져 살며 로망을 키웠고 먼 훗날 바다라는 미지의 세계와 아무런 가림막없이 마주하고자 다짐했다. 몇 년 뒤 그 다짐은 한국해양대라는 결실을 낳았고 난 그것으로 본격적인 바다와의 만남이 시작된 것이라 믿었다. 하지만 몰랐다, 진정한 미지와의 조우는 아직 이루어 지지 않았다는 사실을. 그저 바다의 향기나 맡으며 바위에 부서지는 파도 속에 사는 것이 미지의 전부가 아니라는 사실을.

나의 믿음이 오산이었다. 세찬 바닷바람에 방심하며 흔들리지 않는 안락한 잠자리와 흙먼지로 그윽한 발자국을 묻히고 다니던 나날 중에 계획된 것이었지만 갑작스럽게 해양경찰이 찾아왔다. 이 만남은 '배'와 '바다'라는 그렇게도 꿈꾸던 새로운 환경 속에 나를 던져 넣었다. 비록 내동댕이쳐지긴 했지만 당혹스럽진 않았다. 어린 시절 꿈꾸던 상상 속 세계와는 많이 다른 모습이었지만 어찌 되었든 미지의 세계 속으로 거침없이 뛰어들어 고대했던 만남을 갖는 것이지 않던가. 하지만 값비싼 장난감을 선물 받은 아이처럼 마냥 해맑을 수도 없었다. 결혼을 앞둔 예비부부의 스트레스가 가족의 사망을 겪었을 때만큼이나 높다고 하듯, 나 역시 설레는 마음만큼 바다에 대한 걱정과 두려움이 깊숙이 자리 잡고 있었다. 그렇게 반으로 나뉜 정신을 챙기고 오래 전 꿈꾸었던 상어와의 격렬한 싸움 같은 비현실적인 그림은 뒤로 한 채 어떤 위험이 도사리고 있을지 모를 미지의 비범함 속으로 조심스럽게 첫 발을 내딛었다.

말로만 들었던 뱃사람이 된 나. 그 시작은 험난했다. 더 이상 흔들리지 않는 안락함과 먼지 휘날리는 흙투성이 신발은 없었다. 대신 쉼 없이 비틀거리는 비좁은 침대와 몇 번을 눈을 씻고 보아도 온통 물투성이인 망망대해가 자리 잡고 있었다. 그리고 바다가 숨기고 있을 거라 생각했던 미지의 비밀들, 그런 건 없었다. 뒤늦게 진실을 깨달은 뒤 내게 남은 것이라곤 그저 바보 같은 착각과 21살 애늙은이의 노망일 뿐이었던, 참혹하게 짓밟힌 로망뿐이었다.

쉽게만 살아가면 무슨 재미가 잇겠냐는 어느 노래 가사의 한 구절이 떠오른다. 맞는 말이다. 무려 100톤에 달하는 큰 배를 흔들 정도로 요동치는 바다는 힘겨웠지만 그만큼 흥미롭고 신났다. 배에 온 지 며칠 되지도 않았던 때, 이미 출렁이는 침대는 집처럼 편해져 있었고 곳곳에서 모습을 드러내는 백파는 심심한 푸른빛을 꾸며주는 장식품에 불과했다. 배의 최상단에 올라서서 안개가 자욱한 지평선 너머를 바라보며 파도의 춤사위와 하나가 될 땐 해적 선장이라도 된 기분마저 들었다. 바보 같지만 지금 겪는 힘겨움이 곧 다가올 즐거움의 예고인 것 같아 오히려 반갑기도 했었다.

때로는 아무것도 모르고 해맑기만 한 바보가 되는 것이 좋았다. 서서히 경계심을 풀고 수줍은 가면을 벗어 던지는, 잔잔한 부둣가에선 알 수 없었던 바다의 꾸밈없는 본모습은 매일 새로운 경험으로 하여금 날 행복하게 만들었다. 낯선 듯 익숙한 그 행복은 무척이나 짧았지만, 오히려 이것이 미지가 내게 보내는 첫 인사의 악수인 것 같아 반가웠다. 이는 곧 바다와 경계심이 아닌 친근함으로 엮인 관계가 된다는 것이고 오래 전부터 상상으로 만들어온 비밀의 탑을 한 층씩 점령할 수 있는 발판이 되는 것을 의미하는 것이었기에 뭔 지 모를 노력에 보람을 느낄 수 있었다. 그리곤 예상대로 하나씩 바다로부터 선물을 간직한 사절단을 맞게 되었다. 그 시작엔 자연이 만들어낸 아침의 작은 기적이 있었다.

어느 날 아침, 부스스한 얼굴로 일어나 아무것도 보이지 않고 기다리지도 않을 문을 열며 밖을 나섰고 숙였던 고개를 들어 올리며 숨이 잦아들어 갔다. 누군가 세상엔 없을 광경에 대한 미련으로 하늘을 화폭 삼아 그려놓았다는 비현실적인 설명 외에는 달리 할 말이 없게 만드는 광경이 눈앞에 놓여져 있었다. 구름 너머로 살며시 녹아 든 아침 햇살과 그 아래로 너울거리는 바다의 조화로움은 인간이 만들어낸 어떤 조형물이나 인공물보다도 뛰어난 미를 자랑하는 자연의 예술작품이었다. 이를 간직할 수 있는 것이 망각의 한계를 지닌 내 눈과 머리뿐이라는 사실에 그저 안타까울 뿐이었다. 그 장관과 바로하게 된 날 이후로, 매일 아침 새로운 바다를 만난다는 기대감에 젖은 채 눈을 뜰 수 있었다. 그리고 그 기대로부터 오는 행복은 하루를 좋은 예감과 함께 시작할 수 있는 작은 기적을 내게 주었다.

이뿐만이 아니었다. 악천후로 인해 자주 피항을 가게 되면서 아침 바다의 부재로 인해 실망하고 하루가 지루해질 때쯤, 민족의 명절인 추석이 다가왔다. 생전 처음으로 차례 상을 준비해보는 값진 경험의 대가로 피곤함을 얻은 채 하루의 막바지로 향하던 그 날, 무심코 하늘을 올려다 본 난 파도의 그림자조차 잘 보이지 않는 암흑 속에서 홀로 빛나는 정월대보름의 달을 보며 붉은 아침 햇살과는 또 다른 매력에 서서히 젖어갔다. 왠지 서글픈 비밀을 간직하고 있을 듯한 달빛아래 검은 물결을 바라보며 바다의 비범함은 점차 삶의 친숙함으로 바뀌어 가고 있었다.

시간이 만병통치약이라던가. 큰 기대를 안고 온 배에서 새로운 생활의 시작을 알리게 된 내게 첫 군간은 온갖 걱정들로 가득하였었다. 하지만 이 모든 걱정은 시간이 흘러감에 따라 자연스럽게 사그라들고 있었다. 나조차 미처 알아채지 못할 정도로 조용히, 은밀하게. 결국엔 다 그런 것이었다. 바다라는 미지의 세계에는 땅 위와 같은 생명이 살아있고 그 비범함 속에는 똑 같은 사람이 살아가는 평범한 일상이 존재하고 있다. 그리고 바다의 흔한 돌고래, 아침과 밤의 무한한 반복, 거친 파도와 같은 평범함이 지닌 이면에는 육지에서 흙먼지나 맡으며 느낄 수는 없고 사람의 감정을 폭풍처럼 휩쓸어가는 비범함이 존재하고 있었다.

한 때 나를 지배했던 로망이 한낱 노망에 지나지 않았다는 사실을 깨닫는 비극적 결말을 맞게 되었지만 결코 아무런 가치 없는 노망은 아니었다. 겉은 해초투성이의 지저분한 조개껍데기였지만 속에 빛나는 진주 하나를 품고 있다는 소중한 사실을 알게 되었기 때문이다. 배와 바다라는 새 환경에 대한 걱정은 눈 녹듯 사라졌고 그제서야 비로소 오래 묵혀두었던 근심이 잘 숙성된 안심으로 변하는 것을 가벼운 마음으로 지켜볼 수 있었다. 녹는 시간이 백일이나 걸렸다는 함정이 있긴 하지만, 빠져 헤맬만한 가치를 지닌 함정이지 않았나 생각한다.

백 번째 발걸음을 떼기 직전인 지금, 나에게 있어 여전히 바다는 수많은 비밀을 간직한 미지의 세계로 남아있다. 분명 오래 전 막연한 호기심으로 바다에 빠져있던 그때의 나와 비교하자면 많은 것이 달라졌다. 비밀스럽고 신비해 보이던 바다가 어느새 집 마냥 편해지기까지 하지 않았던가. 하지만 그렇게 큰 변화를 겪고 난 후에도 여전히 오래 전 간직하고 있던 로망을 유지할 수 있는 것은 그 비범함 속에 평소 우리의 일상과 별반 다름이 없는 평범함이 깃들어있고 또 일상 속 익숙한 평범한 익숙함 속에는 미처 발견하지 못한 삶의 비범함이 숨겨져 있음을 알게 된 덕분이다.

그렇게 비밀들의 신비로움은 무의미함에 힘을 잃어갔고 미지의 세계에 대한 두려움도 점차 줄어들어갔다. 새로움에 힘겨웠지만 또 다른 새로움에 미소 지을 수 있었던 시간들이 지나가고 어느덧 미지의 세상은 나의 소중한 삶의 터전이 되었다. 무지한 상태에서 힘겹게 내딛었던 첫 발걸음에 담긴 수많은 불안과 걱정은 시간이 지남에 따라 자연스러운 흐름 속에 묻혀져 갔고 비범한 아우라를 내뿜던 판도라의 상자는 크리스마스의 푸짐한 선물 상자처럼 다양하고 아름다운 자연의 선물이 담긴 상자라는 것을 알게 되었다. 결국 미지와의 조우에 있어서 내가 가졌던 복잡한 생각을 두고 할 수 있는 것은 앞에 그려진 길을 따라 지금의 내가 서 있는 자리까지 차근차근 걸어오는 것뿐이었고, 이것이 나의 몫이자 역할임을 미리 알아야 했던 것이다.

앞으로 또 어떤 새로움이 닥칠진 알 수 없다. 어느 정도 큰 틀은 예상할 수 있겠지만 그 안에 있는 미세한 구성요소들이 끊임없는 변화를 갈망하며 다가올 삶을 예측 불가능하게 만들 것이다. 하지만 아무리 이상한 형태로 변하여 내게 다가온다 한들 더는 걱정거리란 없을 것 같다. 비밀로 가득한 미지의 세계는 그 안에 뛰어들어 하나가 되고자 마음먹었을 때 비로소 가면을 벗은 본모습을 발견할 수 있고 마침내는 그 안에 숨겨진 일상의 평범함이 가진 아름다움과 행복을 즐길 수 있음을 알게 된 덕분이다. 그래서 난 이 시간들을 잊지 않으려 한다.

어린 시절 가졌던 바다에 대한 로망이 지금의 나와 같은 애늙은이의 노망이었다 한들, 이것이 나를 새로움에 즐겁게 해주고 익숙함에 행복하게 만들어준다면 그것으로 충분히 만족할 일이 아니겠는가. 그렇기에 계속해서 어디로 튈지 모르는 삶이 내게 날아온다 한들, 순수하고 아무것도 몰랐던 어린 시절의 로망을 품에 안고 바보마냥 해맑은 애늙은이가 되어 살아갈 테다. 그렇게 하나의 작은 요정처럼, 미지가 가진 비범함을 먹으며 영원한 행복 속에서 신비로운 존재가 되어 삶의 흐름에 몸을 맡기고 살아갈 것이다.

염경희
1010women@hanmail.net

# 그릇을 닦으며

스텐 밥그릇과 국그릇은 이젠 쓸 일 없다며 아이들 돌 때 받은 옥식기까지 비닐포대에 잔뜩 넣어 어머님이 버리려고 내놓았다. 작은 대접과 옥식기는 주방으로 얼른 갖다놓고 포대화상처럼 불룩한 걸 무겁게 들어 여차하면 노인정에 갖다 주려고 현관 앞에 옮겨놓았다. 예전 시골 살 때 둥글이나 솔가리 등을 태운 아궁이에서 나온 헛간의 재를 묻혀 짚으로 닦던 놋그릇과 녹슬지 않는 27종 스텐이라고 도시로 나오자마자 바꾼 친정엄마가 좋아하던 모습이 떠올랐다. 별 쓸 일 없어도 버리기 싫은 건 뭘까. 내 아집이 빚어낸 욕심일까? 아님 집착일까? 그도 저도 아니면 친정에 대한 아련한 추억 때문인가 싶어도 선뜻 버리고 싶지 않는 건 기정사실이었다. 어머님은 불룩한 포대를 볼 때마다 대문 앞에 갖다놓으라고 지청구해도 며느리가 미적거림을 더는 못 참아 기어이 여든을 훌쩍 넘긴 당신이 손수 수고를 마다하지 않고 내놓자마자 누가 잽싸게 가져갔다. 제대로 임자를 만났다고 딴은 생각하니 차라리 다행이다 싶었다.

일 년에 네다섯 번 쓰이는 각종 제기도 있고, 매일 삼시 세끼 받아먹는 그릇도 있다. 흔히 사람의 마음가짐 됨됨이나 인품의 척도를 그릇에 비유하곤 한다. 그릇이 커야 포용력 있고 이해심도 많아 아량과 도량이 넓어 자비롭고 지혜롭다 한다. 속이 좁은 사람을 밴댕이 소갈머리에 간장 종지 같다고 한다. 화 잘 내는 사람을 양은냄비에 비유해 물이 퍼뜩 끓고 쉬이 식는 것처럼 성질이 들쑥날쑥 갈피를 못 잡고 오뉴월 날씨처럼 변화무상하다고 한다. 또 앞에 돌이 놓여있어도 돌아가지 않고 발로 차는 성격을 가진 사람은 순간 울컥 올라오는 화를 못 참고 붉으락푸르락 안색을 바꿔가며 성질이 괴팍하다 한다. 또 그보다 더 급한 성질을 가진 사람은 가랑잎에 불붙는다고 한다. 뒤끝은 없어도 땡고함 지르며 버럭 화 잘 내는 성격 가진 사람하고 살려면 천둥번개 치며 놋날처럼 쏟아지는 소나기 피하듯 그 순간 잠시 그 자릴 피하는 것이 상책이다. 또 변덕이 죽 끓듯 이랬다저랬다 손바닥 뒤집듯이 말을 상황 따라 달리 자신에게 유리하게 바꾸는 사람은 철면피 같다고도 한다.

골고루 내리는 비도 그릇에 따라 담긴다. 재료에 따라 다루기 까다로운 것도 있고 쉽고 편리한 것도 있다.

내 그릇의 크기는 과연 얼마나 될까?

내 그릇의 질은 대체로 괜찮은 편일까?

내 그릇의 쓰임새는 다용도일까?

내 그릇의 가치는 있기나 있을까?

내 그릇의 수명도 언젠가 다할 날 오겠지.

내가 시집 온 이후로 시조모를 비롯해 층층시하 더군다나 남편이 젊은 나이에 뇌수술로 인해 오랫동안 불편한 몸 때문에 별로 대접 받은 적 없이 살아왔다. 입때껏 당신 아들이 아픈 건 며느리의 팔자 탓으로 좀 돌려야만 그나마 마음이 좀 풀리는 모양. 허구한 날 시난고난한 당신 몸 하나 건사하기 힘들다고 하셔도 오히려 잔병치레 없던 아버님이 재재작년에 먼저 돌아가셨다. 요즘은 돈이 양반이라며 부의 척도에 따라 자식의 서열도 차별하는 것이 당연지사처럼 여기는 우리 집 형편에. 정작 당신 아들이 쓰러져 더더욱 힘들 때 손주들까지 외면하려 들었다. 소처럼 비빌 언덕도 친정의 재력도 그 무엇 하나 번듯하게 내세울 만한 의지가지가 없는 천둥벌거숭이 신세가 되어도 모진 세상풍파 감당한 청상과부가 된 시조모처럼 육남매 홀로 키운 친정엄마처럼 주어진 팔자대로 그렇게 살면 된다고 했다. 집안 경조사에는 가게 일 제쳐두고 그 시절 가뜩이나 길 막히던 앞산순환도로를 타고 일찌감치 와서 일 하도록 어머니의 끈질긴 담금질과 가르침 덕에 마지못해 허드레로 막 쓰일 수 있는 그릇처럼 이리저리 굴리고 채이고 닳아 이젠 누가 거들떠보지도 않고 아무렇게나 대해도 화도 별로 안 나고. 원망하는 마음도 차츰 사그라졌고. 게다가 뭔 욕심을 내봤자 어느 누구도 내 편 들어주지도 않을 뿐더러 또 형편이 형편인지라 남 탓으로 돌리고 싶은 구차히 변명하는 마음도 생길 틈이 없어 접은 지 오래다.

때론 나에게 봇물처럼 쏟아지는 모진 말들이 너무 억울하고 비수가 되어 그 말로 상처가 난 자리에 한이 맺히고 응어리져 갈비뼈가 마치도록 숨을 못 쉴 정도여서 그러다가 어린 자식들 두고 나까지 죽을 것만 같아 어른들의 사고와는 정반대의 길을 가기로 마음먹었다. 발등에 불끄기 바쁜 난 여기 없는 사람. 나의 고집과 생각을 조금씩 죽이기로 했다. 아니면 나하고는 친분관계가 전혀 없는 분들인데 저렇게나마 잘 되라고 꾸중하고 도와주니 감사하고 고맙다고 생각하니 오히려 미안하고 덜 슬펐기에. 어떻게든 매사에 비굴하리만치 왜가리 목청 같은 내 속에서 나오는 불만의 소리는 숨기고 왜가리 깃들처럼 보드랍고 공손한 척 공치사하는 말로 대신했다.

처음엔 스스로도 양심을 속이고 속과 겉이 다르게 행동하는 것이 온당하지 않다고 여겼지만 그것도 자꾸 반복하다보니 습관처럼 습이 붙어 그런 익숙함이 어쩌다 도가 지나쳐 이젠 골수에 겸손이 몸에 밴 듯. 풀죽은 우리 애들이나 나만 보면 억새 잎처럼 서걱대며 속새처럼 빳빳이 또는 풀 먹인 삼배처럼 뻣뻣한 시어른들의 서슬 퍼런 모습 앞에 입에 혀처럼 굴며 연한 배처럼 싹싹하고 곰살갑게 내 의견은 없애고 사니까 정말 투명인간처럼 여기면 어쩌나 쓸데없는 착각도 더러 했지만. 지금 와서 생각해보면 오죽하면 그렇게 날 대했을까도 싶기도 하다. 엄청난 큰아들의 존재가 천 길 낭떠러지로 떨어진 괴리감에 그 애증의 표현을 도저히 감추지 못하고 경제력이 부족한 날 싸잡아 나무란 것은 어쩌면 천부당만부당한 일은 아니지 싶다.

시집와서 처음으로 어머님 말에 반기 들 듯 앙세게 대들지는 않아도 스텐 그릇을 버리라는 말엔 열 손 재배하듯 코대답만 해놓고 즉각 행동에 옮기지 않을 정도로 이젠 환갑이 지났다고 슬며시 배짱까지 부릴 줄 알 정도로 뱃심도 좀 두둑해졌나 싶다. 막상 남편이 쓰러지고 5살부터 세 살 터울로 삼남매 키우며 살기 힘들 때 함께 살자고 아무리 매달려봤자 공허한 메아리와 푸념으로 들리는 하소연에 불과했다. 남들은 시집에 들어와 살기 싫다는데 넌 왜 자꾸 같이 살자고 하느냐며 당신 눈에 흙이 들어가지 않는 한 같이 살기 싫다고 한사코 도리질했던 어머님. 하긴 아버님도 마찬가지로 너희들 보고 내 숟가락 들어달라고 안한다고 그러시더니. 7년 전부터 두 어른이 번갈아 아파서 하는 수 없이 합가를 했다. 돌아가실 때까지 며느리가 밥 떠먹여드리면 고맙다고 수고가 많다며 어눌한 목소리로 울먹이시더니 임종도 맏며느리 혼자 마지막 가는 길 지켜보며 두 눈 쓰다듬어 감겨드렸다.

잘 깨지지 않는 가벼운 수입품 그릇을 아버님 돌아가신 얼마 뒤 당신 손수 대형 마트에서 구입한 후론 구형 스텐 식기를 아예 무용지물로 취급하듯 버리는 것이 왠지 싫었다. 꼭 남편이 아픈 바람에 갖은 구박과 천대를 받아온 나를 대변하는 것만 같았다. 정작 힘들 때 도와달라고 애걸복걸하다시피 매달려도 도와주기는커녕 매몰차게 내치던 그 때처럼 승승장구 잘나가던 자식 사업자금은 대줘도 우리에겐 밑 빠진 독에 물 붓기라고 외면하던 지난날이 떠올라 은근슬쩍 부아가 치밀어 어머님의 말을 무시하려는 속셈이 엿보여 부끄럽긴 했다. 평소에 몸 불편한 아들 꼴보기 싫다며 땅이 꺼지도록 한숨지으시더니. 말년엔 그 몸 성치 않은 아들이 먹을 것 사다 나르고 방청소해주는 걸 왜 진작 몰랐을까 싶다. 부모 앞에 아픈 것도 죄고 불효라고 홀대하던 큰 아들의 아들인 장손이 이젠 할머니 모시고 벌초도 가고 명절날 성묘 가는 날이 왔건만. 지금 돌이켜보면 아마 우리 어머님은 너무나 고집이 세고 속이 좁아터진 날 원만하게 고치려고 또 한없는 자비심을 다해 내 인내심을 테스트하느라 한편으론 내가 분심을 일으켜서라도 뭔가를 깨닫게끔 선지식으로 인연 된 까닭을 곰곰이 생각해보는 계기로 만든 그릇을 통해 더욱 더 그러함을 믿어지기까지.

# 여름날 별미와 그릇 이야기

우리 집 점심은 평일엔 어머님의 입맛대로 시중에서 사온 냉면 사리를 삶아 건져 열무김치에 말아 먹는다. 옥상에서 따온 찰진 토마토와 골패로 썬 오이 고명에다 삶은 달걀과 수박까지 곁들이면 그저 그만이다. 주말이나 휴일엔 아들이 좋아하는 콩국수로 한다. 국산 백태를 푹 삶아 맷돌 믹서기로 갈아 소금 넣어 간을 맞추고 국수 위로 나부죽이 수박과 옥상에서 따온 오이 채 썰어 얹고 여기에다 방울, 대추토마토로 곁들이면 좋아한다. 남편 취향은 간편히 다시 물 내어 만든 잔치국수와 김밥인데 손녀가 오는 날 밥 먹기 싫다고 떼 쓰면 못 이기는 척 김밥 말아준다. 잘 익은 배추김치와 달걀지단, 햄, 당근은 공통으로 들어가고 옥상 텃밭에서 키운 깻잎, 상치, 민들레와 오이로 한 속은 남편 몫이다. 어머님은 매일 드셔도 냉면이 안 물린다 하고 아들과 남편은 계속 먹으면 질린다 한다. 한 집에 살아도 이리 식성이 다르고 어른 아이 할 것 없이 각자 좋아하는 먹거리로 해주면 입꼬리부터 다르다. 남편이 좋아하는 건 언제나 뒷전으로 밀려 어느 장단에 춤 춰야할지 가끔 망설여져도 식구들이 좋아하는 마음 보태 눈치껏 장만한다.

대형마트로 가는 길 옆 아파트 입구 낮은 담 위에 제법 쓸 만한 접시와 토화분 등을 누가 내다놨다. 이리저리 훑어보니 유명 도자기 제품이었다. 시집 올 무렵 주로 혼수로 한 세트씩 장만하던 시절. 그 제품을 사고 싶어도 선뜻 구입할 수 없는데 힘들게 사느라 전전긍긍할 때 여동생이 준 흰 도자기 접시와 같은데 무늬만 달랐다. 요모조모 다양하게 쓸 수 있겠다 싶어 항상 소지하고 다니느라 접어둔 시장용 가방을 얼른 꺼내 담았다. 얼마나 무거운지 겨우 들고 올 정도였다. 다시 토화분은 무거워 재차 가서 마저 가져왔다. 깨끗하게 씻고 끓는 물에 데쳐 행주로 닦아놓으니까 새 그릇처럼 윤기가 자르르 흘렀다. 토화분엔 호야, 장미허브, 화월을 옮겨 심었다. 그릇을 닦을 때마다 가져가라고 내놓은 분께는 남이니까 그런지 더 고마운 마음이 들었다. 화분에 심어진 것도 공짜로 가져와 그런지 더 살갑게 느껴졌다.

어머님은 예전부터 남편이 아팠던 이유를 아래층에 사는 사람이 남편이 다니는 회사에 용역을 얻어 고마움의 표시로 등나무의자를 줘서 가져와서 그렇다고 혀를 차며 나무라셨다. 말인 즉 목신이 들어서 그렇다는 것이었다. 그 뒤부턴 뭐든지 남의 것을 가져오지도 주위오지 말라고 터부시하다시피 하며 신신당부하셨다. 또 초상집이나 그런 곳은 아예 가지 말라고 친정 친척 중에 누가 상당하면 꼭 꺼려하며 눈치를 주고 인상을 찌푸리셨다. 그 어떤 것도 형제간이라도 죽은 사람의 사진 한 장도 집안에 들여놓지 말라고 했다. 참으로 난감했다. 죽은 조상보다 산조상이 더 무섭다는 말이 실감할 정도다. 우리가 힘들 때 큰일 당할 때 와서 위로하고 돕던 그 마음을 나만 외면하란 말인가 싶어 속으로 못마땅해도 겉으론 별달리 내색하지 않고 한쪽 귀로 듣고 또 다른 한쪽 귀로 흘리곤 했다.

이번에 가져온 그릇을 우리가 원래 쓰던 것처럼 끼니때마다 사용해도 이젠 어머님이 까칠하게 묻지도 추궁하지도 않았다. 그만큼 눈썰미도 둔해지고 타박하기도 지친 모양인가 싶어 속으로 다행이다 싶어 안심이 되었다. 또 즐겨 이용하면서 이 세상엔 공짜가 없다는 데 이렇듯 공짜로 얻은 고마움에 일단은 쾌재를 불렀다. 그러면서 자주 이용하다보니 이젠 원래 내 것이었나 착각할 정도가 됐다.

가끔 부엌 설거지 끝나고 한 번씩 점검하던 횟수가 준 것만은 분명해 보였는데 아직도 내가 삶는 것을 번거롭다고 내가 제일 싫어하는 락스를 풀어 걸레나 행주를 소독하려 자주 담그신다. 신혼시절 매일 손수 행주와 걸레를 삶아 빨아 행주와 걸레를 구분 못할 정도로 희고 티 하나 없이 깨끗이 해서 아주 성가셔 죽을 맛이었다. 김칫국물이나 양념 등을 묻히면 햇볕에 말리느라 옥상에 오르고 내리기 바빴다. 워낙 성미가 깔끔해 파리가 낙상할 정도로 집안 구석구석까지 꼼꼼히 하시는 아버님도 청소와 빨래 등 자질구레한 것도 손수하실 정도였다. 어디 외출 갔다가 와서 급하게 옷을 그냥 걸어두면 어김없이 구겨진 내 옷을 다려놓고 또 옷걸이에 걸어 반듯하게 해놓으셨다. 신혼 때는 남편과 떨어져 살았다. 울산에서 와서 시외 터미널에서 만나 친구들 만나고 함께 어울리다 밤늦게 들어오면 우리의 이부자리까지 아버님이 직접 봐놓으셨다.

어머님은 표백제를 즐겨 애용하는 이유를 대자면 어머님 친구 집에 파출부를 불렀더니 락스 한 통을 다 쓰고 갔더라고 했다면서 끈적거림도 찌든 때도 잘 빠진다고 했지만 내 상식으로선 도무지 찜찜해서 대놓고 운동하는 환경운동가는 아니지만 왠지 쓰기가 싫었다. 처음엔 목욕할 때 샴푸도 안 쓰고 세수 비누로 머리를 감았다. 설거지할 때도 꼭 필요할 때만 주방세제를 풀어 쓰는데 이젠 많이 무뎌져 세제와 샴푸는 꼭 사용하게 되었다. 어머님은 거꾸로 편리하다는 이유를 늘그막에 와사야 국이 대면서 락스에 행주나 걸레를 하루걸러 담가 놓으면 어떨 땐 진짜 목까지 화가 치밀어오를 때도 있었지만 이젠 지나온 날 보다 함께 더 지낼 날이 퍽이나 짧아지고 있다는 현실 앞에 다다르고 보니. 당신하시고 싶은 대로 하시라고 한 발 물러서서 그러려니 한다. 더러 된장이나 국을 팔팔 끓여 레인지 위에 올려놓으면 어김없이 냉장고에 선선한 날씨에도 직접 갖다 넣어두신다. 고맙다고 해야 할지. 아니면 내 칠칠치 못함을 꾸중하다 지쳐 저러시는지 알 수 없지만 그것도 이젠 얼마나 더 기력이 남아 챙기실까 싶다.

예정옥
yejeongok@gmail.com

# 노숙인의 DNA

6**9**

오랜 시간, 해운대 바닷가 쪽에서 아르바이트를 하면서 많은 노숙인 들을 지켜본 바 있다. 당시에 내가 하고 있었던 청소 일에 대한, 또 내 삶에 대한 생각이 많았다. 말하자면 망상이었다. 출근 시간 전에 바닷가에 와서 머릿속과 마음에 바닷바람을 채워 넣는 것으로 그 시절을 견딜 때였다.

이른 아침의 바닷가에는 가벼운 옷차림으로 조깅을 하며 새 아침을 활기차게 여는 사람들만 있는 것이 아니었다. 바닷가 벤치에서 밤을 지낸 노숙인 들이 의외로 많았다. 그들을 처음 발견했을 때는 해운대가 국제적인 휴양지인데 구청에서 이런 관리도 하지 않느냐는 식의 의문과 그들에 대한 싫은 감정이 밀려왔다.

씻지 않아서 온몸 전체가 시커멓게 어두워져 있고, 주거지가 없어서 자신이 가진 모든 짐을 들고 다니는 사람은 큰 보따리를 가지고 있었다. 여름인데도 두꺼운 패딩을 입고 있었고, 바닷가 쪽에 있었지만 사람들의 눈에 잘 띄지 않는 시간대에 잘 드러나지 않는 구석진 벤치에 주로 있었다.

특히 눈 여겨 보아 졌던 이들의 공통적인 특징은 계절감각에 둔감한 옷차림과 바르게 걷지 않는다는 것이었다. 척추를 곧게 펴지 않고 어딘가 구부정하며 좌우로 흔들리고 느렸다. 계절에 맞지 않는 두꺼운 옷차림과 바르게 걷지 못하는 느린 보행, 타인의 시선을 피해 숨어 있듯이 구석진 어두운 곳에 있는 특징은 태양 아래서 핫팬츠와 민소매 티셔츠를 입고 바닷가를 가볍게 달리는 사람들과 확연히 비교되는 외적 특징이었다.

노숙인 들이 그런 외형에 이르는 데는 시간이 있었다. 그 시간을 지낸 생활 습관이 있었다. 일반인과 달라 보이는 외형을 결정짓는데 작용한 그들의 생활 습관을 생각해보면 이런 식이다. 많이 먹는다. 언제 또 먹게 될지 모르기 때문에, 늘 굶주려있다는 불안과 불만족 때문에 적당히 먹지 못하고 음식을 탐욕의 대상으로 생각한다.

잘 안 씻는 것, 이것은 말할 필요도 없다. 잘 안 씻는 습관은 추위와 피부병 등 많은 외부 환경과의 관계를 설정한다. 피부자아라는 개념이 있다. 피부는 신체를 둘러싼 거대한 조직으로 세상과 가장 직접적으로 만나는 통로이다. 잘 씻지 않고 사람과의 접촉이 없음으로서 무뎌진 감각은 추위와 더위, 활동, 균형감각, 촉각, 생명감각… 모든 감각을 마비시킨다.

노숙인은 혐오의 대상으로 보기 쉽지만 생활습관의 변화에 따른 질병인 대사증후군에 속하는 일종의 병으로 보였다. 스스로의 의지로 빠져나올 수 없는 무기력의 질병.

오랜 시간, 가까이서 그들을 지켜보면서 많은 것을 느꼈다. 내가 혐오를 느끼면서 지켜본 사람들의 모습에서 그들과 같은 벤치에 앉아서 그들을 관찰하고 있는 나, 내 안에 있는 생존에 대한 두려움의 DNA를 발견할 수 있었다. 다음은 노숙인에 대한 관찰 시절에 가장 인상 깊었던 장면들이다.

하나는 젊은 남성으로 그림을 그리는 사람이었다. ('그렸던'이 맞는 표현일 것이다. 화구를 잔뜩 들고 다녔지만 한 번도 그림을 그리는 것을 본 적은 없었다.) 얼굴과 머리카락 옷차림, 화구와 많은 짐들이 전체적으로 시커먼 무채색의 덩어리를 이루고 있는 이 젊은이는 그 외관에서 '나는 그림을 그리는 사람인데 세상이 알아주지 않는다.'는 메시지가 풍겨나고 있었다.

또 한명은 육십 정도의 여성으로 해운대 식당가를 돌아다니면서 음식 쓰레기를 수거해서 끼니를 때우는 듯 했다. 이 사람은 길을 걸어 다니면서 늘 중얼중얼 무슨 말을 했다. 괜찮은 음식을 하나 수거했다 싶으면 그걸 먹으면서 싱글벙글 웃으면서 중얼거렸고, 음식을 수거하지 못할 때는 불만에 가득 찬 표정으로 중얼거렸다. 자주 볼 수 없었던 그녀의 웃는 얼굴 속에서 아기 얼굴이 보였다. 그러다가 도저히 참지 못할 만큼 화가 치밀었는지 멈춰 서서 세상을 향해 있는 힘껏 소리를 질렀다. 다음은 한 마디도 각색 없이 들은 그대로이다.

"아무거나 던져놓으라고. 내가 개처럼 주워 먹을 테니까!"

끔찍했다. 그녀에게 세상은 자신의 입에 들어갈 수 있는 음식이 눈앞에 있는 세상과 없는 세상, 두 가지로 분열되어 있었다. 음식이 있으면 행복, 없으면 불행. 그렇게 단순하게 양분된 세상 속에서 웃다가 화내다가를 반복하며 죽어가고 있었다. 프로이트적으로 보면 구강기 수유 경험에서 박탈이 심했기 때문일 것이다. 충족되지 못한 욕구가 끝없는 식탐이, 세상에 대한 원망이 되었다.

다른 하나는 당시에 내가 일했던 호텔 앞 벤치에 상주하는 여성으로 나중에 알고 보니 '빨간 우산'으로 통하는 꽤 유명한 노숙인이었다. 안 좋은 모습으로 유명해졌지만 유명해지지 않을 수 없는 행동을 했다.

육십은 족히 되어 보이는 할머니인 그녀는 온통 빨간색 옷을 입고 있었고, 비가 오든 안 오든 빨간 우산을 켜고 있었다. 외적인 특징으로도 눈여겨 봐 졌지만 더 충격적인 것은 갑자기 내지르는 소리였다. 그녀는 자신을 쳐다보다가 눈이 마주치는 사람에게 깜짝 놀랄 만큼 큰 소리를 내질렀다. 그리고는 그 사람이 눈에 보이지 않을 만큼 멀리 사라질 때 까지 그 사람에게 욕을 퍼부어댔다. 사람들은 그냥 눈길을 주다가 봉변을 당하고는 서둘러 그 자리를 빠져나갔다. 그녀가 그토록 화가 나서 끊임없이 하는 말의 내용을 유심히 들어 보았다. 욕이 섞이고 여러 가지 설명이 따라붙었지만 남녀노소를 막론하고 쏟아 붓는 감정의 주된 주제는 "너 때문에 내가 이렇게 됐다."는 것이었다.

사실인지 호기심 많은 사람들이 지어낸 이야기인지 모르지만 들리는 소문에 의하면 젊은 시절 남편이 다른 여자와 바람이 나서 재산도 아이도 모두 빼앗기고 버림받는 바람에 정신이 나가서 미쳤다는 것이었다. 그 이후로 계속 이 곳을 떠돌면서 남성은 자신을 버린 남편으로, 여성은 남편과 바람이 난 여자로, 아이는 잃어버린 자식으로 여기면서 소리를 지르고 있는 것이었다. 참 안된 이야기였다. 그 이야기가 사실이라면 사람이 겪을 수 있는 일 중에서 치유되기 힘든 고통스러운 일을 겪은 것은 틀림이 없다. 그렇지만 평생을 그 상처를 헤집으면서 그 자리에서서 늙어가고 있는 것 또한 틀림없었다.

어디선가 들은 얘기가 떠오른다. 누가 선물을 줬는데 기쁜 마음으로 열어보니 안에 쓰레기가 들어있었다. 실망스럽고 농락당한 것 같아 화가 난다. 그렇지만 '쓰레기네.' 하고 버리면 그만이다. 지혜로운 사람은 그렇게 행동한다. 지혜롭지 못한 사람은 틈만 나면 선물 상자를 열어 보면서 '어떻게 나에게 쓰레기를 줄 수 있지?' 분노한다.

빨간 우산 할머니는 실존 인물이지만 엄청나게 드라마틱한 모습을 통해 나에게 중요한 시사점을 주었다. 용서하지 못하고 미워하는 마음은 나를 항상 그 자리에 머무르게 해서 앞으로 나아갈 수 없다는 것을. 아무리 억울하고 아파도 용서할 때 내가 살 수 있는 길이 열린다는 것을. 삶이 우리를 속일지라도 슬퍼하거나 노여워하지 말자는.

이 글은 메모해 논지 오래 되어서 출처는 모르겠다. 눈만 뜨면 청소 일을 하러 나갈 당시, 삶의 이유를 찾지 못할 때 움직임이 그렇게 무거웠던 시절, 의미를 찾든 못 찾든 사람은 눈을 뜨면 부지런히 몸을 움직여야 한다는 기본을 자각하는데 도움이 된 글이다.

내 안의 노숙인 DNA를 두렵게 확인시켜준 나의 노숙인 친구들에게 바친다.

아침에 눈을 뜨면 가젤은 달린다. 사자도 달린다.
가젤은 잡아먹히지 않기 위해 달린다.
사자는 굶어 죽지 않기 위해 달린다.
우리가 가젤인지, 사지인지는 중요하지 않다.
아침에 눈을 뜨면 달려야 한다는 사실이다.

우리는 감각을 통해 대상과 접촉하는 것으로 세상을 느낀다. 외부의 부정적인 감정에 더 취약한 사람이 있고, 같은 조건이라도 덜한 사람이 있다. 자신을 둘러싼 세계에 대한 생각과 감정을 스스로 청소하고 정리정돈 하면서 보다 가치 있고 아름다운 것들로 재정비하는 것이 우리의 할 일이다. 그럼으로써 흩어져있는 가능성과 잠재력의 조각들을 모으는 것이다.

일생을 통해 자신의 잠재력을 최대한 끌어내고 발현시키는 것으로 하느님을 기쁘게 해드리는 것이 삶의 목적이다. 그러기 위해서는 먼저 나의 상처를 보듬고 자신과 타인을 용서해야만 한다.

# 양자의 세계

69

　　　　　　　　　　　　나 자신의 마음을 돌아보는 공부를 하면서 이 보다 더 중요하고 가치 있는 일은 없다는 마음으로 나와 같은 관심사를 가진 사람들과 함께 공부할 수 있는 클래스를 만들었다.

　나 자신의 고통에 대한 관심으로부터 시작한 공부는 주변에 대한 관심으로 확대되고, 하면 할수록 심리학, 철학, 신학, 문학, 예술, 과학 등 학문과 종교의 모든 분야의 관심으로 확장되었다. 당연한 일이었다. 세상 만물에 대한 관심의 확장은 대우주의 축소판인 소우주인 인간이 세상 모든 것과 연결되어있다는 증거라고 여겨졌다.

　어떤 지점에서 자주 '양자역학'을 맞닥뜨리곤 했다. 꿈에서 본 이미지나 나의 느낌이 그 개념들에 홍미를 증폭시켰다. 그럴 때 마다 관심을 가지고 들여다보았지만 어렵기만 한 물리적 개념이 좀처럼 이해가 가질 않았다. 감각적인 느낌으로 밖에 접근하지 못하고 그 안으로 더 깊이 들어가지는 못하고 있었다.

　마침, 이화여자대학교 기초과학연구원 양자나노과학연구단에서 "양자의 세계"라는 흥미로운 주제로 미술공모전을 개최하는 것을 알게 되었다. 나에게 필요하고 적합한 작업이 되겠다 싶어서 응모하기로 마음을 굳혔다. 감각적인 느낌은 가지고 있지만 과학적인 이해가 부족한 나에게 공모전을 통한 집중적인 작업이 큰 도움이 될 것 같았다. 무엇보다 세상의 이치에 대해 알고 싶은 순수한 호기심과 즐거움이 동기가 된 일이었다.

　공모전 안내 양식에 주제인 양자를 이해하고 아이디어를 내는데 도움이 될 만한 다양한 자료가 제시되었다.

　#앤트맨과 와스프(영화) #슈뢰딩거고양이 #양자역학 #양자나노과학연구단(뉴스)

제시된 키워드로 자료를 하나하나 찾아보면서 막연한 느낌들이 보다 구체적으로 정리가 되어갔다.

이화여자대학교 석박사 통합 과정 김진경님의 공모전에 대한 안내를 돕는 글을 통해 수년간 관심을 가지면서도 좀처럼 명쾌하게 이해가지 않았던 양자세계에 대한 이해에 큰 진전을 이룰 수 있었다. 나는 그 이유를 이분이 과학의 영역인 양자를 연구함과 동시에 미술을 공부함으로써 가지게 된 융합적인 시각에 있다고 생각되었다.

또한 다른 과학자들이 쓴 글을 읽었을 때는 와 닿지 않았던 내용이 이만큼 와 닿은 데는 미술을 전공한 내 이력도 함께 진동했기 때문일 것이다.

양자의 세계를 설명하기 위해 예로 든 화가인 쇠라, 피카소, 토끼-오리 그림은 이미 친숙한 이미지들이었고, 부담스러운 미분 방정식으로 설명했다면 도망갔을 곳에 보다 보편적이고 대중적인 편안한 설명으로 접근했기 때문에 주춤하고 있었던 발걸음을 안으로 들어설 수 있게 했다고 생각한다.

"1 나노미터는 머리카락 굵기의 5만분의 1정도로 매우 작습니다. 그리고 한 단계 더 내려가 원자 안으로 들어가면 양자의 세계가 펼쳐집니다. 양자의 세계에서는 우리 일상에서 불가능한 일이 일어납니다. 동시에 두 곳에 있거나 순간이동을 하듯 벽을 뚫고 지나갈 수 있습니다. 살아있기도 하고 죽어 있기도 한 신기한 상태로 있을 수도 있습니다."

그리고, 동영상을 통해 양자의 성질에 대한 특징을 크게 네 가지로 일목요연하게 설명해주었다.

첫째, 파동과 입자의 이중성

양자는 '빛에 대한 고민'으로 시작되었고, 빛은 파동성과 입자성을 가진다. 파동성은 에너지를 가진 주기적 진동이 물질과 공간에 따라 퍼져나가는 현상이고, 입자성은 점처럼 생긴 작은 알갱이가 운동성을 가지고 있는 것을 말한다. 양자의 파동과 입자에 대한 성질을 시각적으로 잘 보여주는 그림으로 쇠라의 〈그랑자트의 일요일 오후〉를 예를 들었다.

둘째, 불확정성의 원리

양자의 세계에서 입자들은 확률적으로만 존재하기 때문에 입자의 운동상태를 정확히 알 수 없다는 원리로 '슈뢰딩거의 고양이'를 예를 들어 설명했다. 작은 상자에 고양이를 넣고 이 상자에는 방사성 핵이 들어 있는 기계와 독가스가 들어 있는 통이 연결되어 있다. 실험을 시작할 때 한 시간 안에 핵이 붕괴할 확률을 50%가 되도록 조정한다. 만약 핵이 붕괴하면 독가스가 방출되어 고양이가 죽는다. 고양이가 죽었는지 살아있는지는 상자를 열어보아야만 알 수 있다는 것으로, 결과는 예측할 수 없고 오직 확률만으로 존재한다는 것이다.

이 개념에 대한 시각화로 '자신의 나라의 내전 상황의 불확실한 이면'이나 '정신세계와 현실세계의 불완전한 경계의 속성'을 작품화 하는 등 이러한 양자 세계의 불확정성의 원리로 작업을 하는 작가들을 소개했다.

셋째, 중첩은 두 파동의 합을 표현한 것으로, 상자 안의 상태를 0이라고 하고, 상자 밖의 상태를 1이라고 했을 때, 이 두 가지 상태를 합한 것이 중첩이다. 확률적으로 50%는 안에 있고, 50%는 밖에 있다.

중첩에 대한 시각화로 피카소 작품을 예로 들었다. 하나의 시각으로 공간을 구성하는 전통적인 원근법에서 탈피하여 정면과 측면의 혼합이라는 새로운 시각을 던짐으로써 양자적 해석을 하고 있다. 중첩은 단지 다른 두 개의 이미지를 혼합하는 것이 아니라 다른 에너지를 가진 두 개의 상태가 동시에 존재하는 것이다.

넷째, 얽힘은 두 가지 입자가 서로 상태를 공유하는 것으로 기존의 개념으로는 두 가지 입자가 가까워지면 두 입자의 상호작용이 커지고, 멀어지면 상호작용이 약해지며, 두 입자의 거리가 무한대가 되면 두 입자는 개별적이라 생각했다면, 양자적 세계에서는 처음에 얽혀 있었던, 즉 같은 상태를 공유하면 두 입자의 거리가 멀어져도 얽혀있는 상태를 유지한다는 개념이다.

이에 대한 시각적 작업으로 안토니 곰리Antony Gormley의 〈얽힘의 속성Qumtum Cloud〉을 제시했다. 하나하나의 작은 철골을 얽히게 하는 방법을 사용하여 공간 속에 인간 형상의 대형 구조물을 만든 작품으로 중심부로 갈수록 밀도가 높게 구성되어있고, 주변부로 갈수록 밀도가 약해져서 옅은 막 같은 구조물을 형성한다. 작가가 피부라고 표현하는 주변부는 배경과 얽혀있어서 정확한 피부와 배경의 경계를 모호하게 만들면서 확장한다.

이 젊은 과학도는 양자역학을 '삶에 대한 답을 찾는 길'이라고 말함으로써 내가 오랫동안 이해도 되지 않는 양자역학의 주변부를 서성이며 이해하고 싶었던 핵심을 명쾌하게 정리해주었다.

"우리의 하루하루는 정체성을 고민하며 이런 질문의 답을 찾는 과정이라고 할 수 있습니다. 양자는 자연의 기본적인 속성으로, 세상을 전혀 다르게 해석하는 신개념을 제공했습니다. 양자의 결론에 의하면 세상은 절대적인 하나의 진리로 정해져 있는 것이 아니라 오히려 확률로, 추상적으로 존재할 수 있습니다. 우리는 보통의 인식을 벗어난 불확실한 세상에서 살고 있죠. 예술과 과학은 인간과 자연을 탐구하고 표현합니다. 조금 다른 방식으로 말이죠. '얽힘' 상태의 예술과 과학, 그들의 관계를 생각해보면 어떨까요? 이것은 우리가 던지는 질문에 대한 답을 찾는 과정으로써 의미가 있습니다. 과학과 예술이 서로에게 좋은 상호작용을 할 수 있기를, 또 그로 인해 세상을 이해하는데 도움을 주는 결과물이 많이 나오기를 기대해봅니다."

나는 모든 것을 잊고 몰입해서 양자의 세계를 탐구하고 떠오르는 아이디어로 아이가 된 듯이 즐겁게 그림을 그려서 응모했다. 결과는 아직 나오지 않았고, 어떻게 되든 과정을 충분히 즐겼기 때문에 나 자신의 가능성에 대한 성공적인 시도였다고 생각한다. 감상 자체가 이미 양자적이다!

이번 공모전으로 얻은 또 하나의 교훈은 삶의 구체성을 통함으로써만 나에게 의미 있는 이야기가 된다는 것이다. 오랜 시간 '막연한 관심사'였던 양자역학이 '양자의 세계 미술전'이라는 구체적인 세상에 들어가서 탐험함으로써 내 이야기가 있는 나의 세계가 된 것처럼 말이다.

또한 자신들이 공부한 고급 학문으로 대중과 친근하게 소통할 수 있는 장을 제공해준 주최 측의 사려 깊은 나눔 프로젝트를 귀감으로 삼고 싶다는 생각을 하며 감사드린다.

유정인
alice87@hanmail.net

# 견여반석堅如盤石의 중요성

　　　　　　　　　　자율형 사립고(이하 자사고)가 대거 지정
이 취소되었다. 서울은 총 13개 자사고 중 8개가 취소되었다 하는데, '전면 폐지'를
공론화하자는 서울시 교육감의 발언을 미루어봤을 때 지정취소는 이번 한 번으로
끝나지는 않을 듯하다. 자사고 폐지의 근거는 한 마디로 요약할 수 있다. 국영수
위주의 입시 경쟁을 과열시킨다는 것이다. 그런데 그것이 무조건 나쁜 것이며, 타
파해야만 하는 대상인 것인지는 따져볼 필요가 있다.

### 왜 처음에는 쉽고 단순반복적인 일부터 시작할까

　내가 사는 동네 주변이 전부 공사장이 됐던 적이 있다. 출퇴근 시간에 공사현장
을 눈으로 볼 수밖에 없게 되는데, 공사 기간 중 반 이상은 땅만 깊이 판다. 가림막
을 설치해 놓은 현장은 아무것도 볼 수가 없고, 그런 게 안 되어 있는 작은 공사현
장은 깊은 구덩이만 보인다. 그러다 어느 순간, 철근 골격이 세워지고 콘크리트로
겉면이 덮이면서 건물 하나가 금방 생긴다. 즉, 공사기간 중 대부분이 건물 자체
보다는 건물의 지지기반을 닦는 데 소요가 되는 것이다.
　요리를 배우기 위해, 혹은 식당 아르바이트를 하러 요식업계에 입문하게 되면 가
장 먼저 하는 일은 설거지하기와 채소다듬기, 뒷정리라고 한다. 본격적인 요리를
하기 이전에 식당 운영과정이나 식자재의 특성, 선배 요리사들이 요리하는 과정
등을 눈으로 보고 확실히 익히라는 의미일 것이다.
　요리 뿐만이 아니다. 물리학과는 석사과정까지는 물리학 교재 암기, 문제풀이,
시험의 연속이다. 본격적인 연구는 사실상 박사과정부터 시작되기 때문에 물리학
계에서는 석사는 거의 인정이 안 된다고 한다. 비단 요리와 물리학뿐이겠는가. 모

든 분야가 대부분 그런 단순하면서도 반복적인 일을 한다고 보아야 한다. 그만큼 기본기를 다지는 것이 중요하기 때문이다.

## 국영수가 중시되는 근본적인 이유

국어, 영어, 수학 자체가 실생활에 별로 쓰이지 않을 수는 있다. 그러나 실생활을 영위하거나 원하는 분야를 공부하는 데 필요한 지식을 습득하기 좋게 해주는 과목들이다. 국어와 영어는 각각의 언어로 된 텍스트를 이해하는 데, 수학은 - 특히 이과 계열에서 - 논리 구조를 구사하고, 계산하는 데 꼭 필요한 것이다. 대학수학능력시험에 한 번도 읽어보지 못한 지문이 나오는 이유도 여기에 있다. 대학에 가면 많은 문헌들을 소화해야 하므로, 그것이 가능할지를 평가하자는 것이다.

그리고 대학뿐인가. 어느 조직에서 사회생활을 하든, 상사에게 요점만 명확히 추려서 서면으로 보고할 일은 부지기수다. 자기 의사를 정확히 말할 줄도 알아야 한다. 혹자는 예체능계에 그런 게 필요하겠냐고 묻는다. 그럴 땐 토크쇼에서 왕왕 나오는 중견 연기자들의 인터뷰를 찾아보라고 하고 싶다. 인간에 대한 깊은 이해가 있어야 좋은 연기가 나온다며 인문학 서적을 즐겨 읽는다는 그들을. 그 인문학 서적 역시 문자로 되어 있고, 이해 능력이 필요하다.

이런 상황에서, 과연 국영수 위주의 입시가 아이들의 개성을 무시하고 획일화시키는 것일까? 개성도 기본기와 지식이 밑바탕에 있어야 발휘할 수 있는 것이다. 유년기와 청소년기는 자신의 능력이 어디에 있는지 찾는 시기이기도 하지만, 그 능력을 발휘하기 위해 필요한 요소들을 갈고 닦는 시기이기도 하다. 국어, 영어, 수학은 그 요소들 중 일부일 뿐이다.

## 비정한 경쟁?

더불어, 경쟁을 하는 것이 나쁜 것일까. 적당한 승부욕은 자신을 끊임없이 개선하고 발전시켜 나갈 수 있는 좋은 동기가 된다. 국-영-수는 꼭 공부해야 하는 과목들이지만, 공부하기 힘든 과목들이기도 하다. 평가수단과 경쟁이 없으면 어느 누가 공부하려고 들까?

경쟁의 비정함 속에 아이들이 상처를 받는다 하지만, 오디션 프로그램을 보라. 표를 받지 못하면 가차 없이 떨어지는 상황 속에서도, 참가자 사이의 뜨거운 우정과 감동을 엿볼 수 있다. 이렇듯, 같은 목표를 가지고 공부하는 과정에서 좋은 학창시절을 만들어나갈 수도 있는 것이다. 국영수 시험이 없어졌다고 해서 경쟁이 사라지는 것도 아니다. 객관성이 어느 정도 보장되는 시험들이 사라지면, 수행평가나 자소서와 같은 주관적 평가요소들이 그 자리를 차지하게 된다. 친구의 수행평가 성적을 못 나오게 하려고 공책을 몰래 찢어버렸다는 신문기사는 국영수 위주의 시험 대신 교사의 입김이 강하게 작용하는 학생부와 내신이 중요해졌을 때 나왔다. 어느 여고 쌍둥이 학생의 입시 부정 사건도 마찬가지다. 과연 어느 쪽을 더 비정하다고 봐야 하는가.

### '장례희망'인지 '장래희망'인지조차 헷갈리는 청소년들

지인의 권유로 세례를 받고자 성당을 다닐 때의 일이다. 일요일 오전에 하는 미사에 가지 못해 청소년을 대상으로 하는 미사에 가게 되었는데, 주보를 받아 읽다가 경악할 수밖에 없었다. 맞춤법에 대해 쓴 지면에서, 초등학교 받아쓰기 시간에 으레 연습할 것 같은 단어들에 대한 맞춤법을 설명해 놓은 것이다. 이를 테면, '장례희망'은 '장래희망'이라고 쓰며, 질병이 '낳다'가 아닌 '낫다'로 써야 한다는 식이다. 어린이를 대상으로 쓴 글이면 그럴 수도 있으려니 하겠는데, 지면 좌측 상단에는 이렇게 쓰여 있었다. '청소년'이라고. 그러니까, 중고등학생들이 보라고 썼다는 것이다.

분명히 아이들이 쓸 때 틀리는 경우가 많으니 저렇게 소개를 해놨을 것이다. 과연 그 맞춤법 소개문을 보고 '이 단어 이렇게 표기하는 거였냐'며 놀랄 학생들이 대학교를 가도 그 많은 책과 자료들을 소화하는 것이 가능할지 의심이 됐다. 저런 기본적인 단어를 쓰는 것이 안 되는 정도면, 독해력도 그에 상응할 것이라 볼 수밖에 없지 않겠는가. 우려스럽기 그지없었다. 어쩌면 과열된 입시경쟁을 방지하고 자신이 원하는 분야만 할 수 있어야 한다는 이유로 학습량을 줄이고 기본기를 무시한 결과인지도 모른다.

### 억울하게 폄훼되는 자사고

이런 관점에서 자사고를 보자면, 자사고는 국영수를 익혀야 되는 이유를 알고 동기부여가 충분히 된 아이들을 모아서 교육시키는 기관이라 할 수 있다. 이런 기관이 도대체 왜 잘못된 것인가. 학부모들은 그저 내 아이가 열심히 하고자 하는 친구들과 어울리며 인생을 살아가는 데 필요한 바탕을 제대로 갈고 닦았으면 하는 것뿐인데, 그것을 왜 욕심이라고 매도하는가. 자사고가 입시과목 위주의 교육과정으로 학교를 운영했다며 설립취지를 벗어났다고 하는데, 다양한 커리큘럼을 소화하는 데 가장 기본이 되는 과목들을 강조한 것을 왜 그리 비난하는가. 왜 국민의 수준을 그렇게 떨어뜨리려 하는가.

교육 당국은 다음을 심각하게 고민할 필요가 있다. 경쟁이 전혀 없는 체제에서 공부량이 과중하다고 시키지 않는 것이 학생들에게 도움이 되는지를. 오히려 강남 지역으로 몰리던 교육열을 분산시키는 효과를 없애버린 것이 아닌지를.

# 본분을 잊은 가톨릭 교구

                      남편 집안이 가톨릭이라 세례를 받기 위해 성당을 다닌 적이 있었다. '있었다'는 과거형을 사용하는 데에는 이유가 있다. 육아 등으로 시간을 내기가 어려운 부분도 있지만 그 때의 일로 많이 실망하여, 천주교에서 자주 쓰는 단어로 말하자면 '냉담' 중이기 때문이다. 그러니까 세례를 받은 사람으로서, 성당 미사를 비롯한 모든 일에 참여하지 않는다는 의미다. 다른 가톨릭 교구 - 대부분 교구들은 지역을 기준으로 나뉜다. 서울대교구, 인천교구, 수원교구 같은 식으로 - 들이 이렇지 않기를 바라는 마음으로, 실망한 계기를 이 지면을 통해 풀고자 한다.

  가톨릭 세례를 받기 위해서는 성당마다 다를 수는 있는데, 우선 상당히 긴 기간의 교리 교육을 받아야 한다. 내가 다녔던 어느 교구의 성당은 6개월 정도였는데, 출산 직전까지 매주 일요일 아침마다 교리 강의를 들으러 성당에 갔다. 약간의 성실성과 노력만 발휘를 하면 되는 일이니 이 정도는 괜찮았다. 오히려 임산부라고 선생님이나 같이 들었던 수강생 분들이 격려해 주셔서 이 부분은 지금도 감사한 마음이 있다.

  그러나 교리 강의 뒤에는 국가기관에 서류를 제출하는 것보다 더 복잡한 절차가 기다리고 있다. 이 중 하나라도 빠지면 세례를 받는 것은 불가능하다. 첫째로, 혼인 교리를 별도로 듣고 증서를 받아놔야 한다. 둘째로, 관면혼이라 하여 신부님 앞에서 선서를 하는 의식을 치러야 한다. 그냥은 안 되고 남편 쪽 1명, 아내 쪽 1명의 증인이 함께 서야 한다. 이 때문에 나와 남편은 지인 혹은 후배들에게 밥을 사주며 시간을 내 달라고 간곡히 부탁하여 겨우 진행할 수 있었다.

  셋째, 혼인교리 때 받은 증서와 함께 서류를 작성하여 제출해야 한다. 서류는 일종의 질문지인데, 몇 번의 이혼경력이 있는지, 부부관계에 문제가 될 질병 이를 테면, 성병 같은 것을 갖고 있는지도 답을 하게 되어 있다. 그 질문지 양식을 대중들에게 공개하면 파장이 엄청나리라 생각한다. 사생활 및 인권 침해적 소지가 다분한 질문이 꽤 되기 때문이다. 원래 주임신부가 직접 서류 작성하는 것을 보고 가져간다고 하는데, 우리 부부의 서류는 사무장이 대신 가져갔다. 성당을 오랫동안 다녀 절차를 잘 아는 남편은 굉장히 불만을 표시했다. 이제 막 발을 들인 나는 사무장이 서류를 대신 가져가는 것에 어떤 의미가 있는지 몰라 웃어넘겼지만.

교리 교육과 혼인 절차를 마무리하면 그제야 세례를 받을 수 있는데, 여기에도 큰 난관이 기다리고 있다. 남자라면 대부, 여자라면 대모를 섭외해야 하는데 여기서 대부 혹은 대모란, 세례를 받고 이후에 '견진'이라는 절차까지 밟은 신자를 말한다. 쉽게 말해서 이마에 물 바르고(세례), 기름 바르는(견진) 것을 전부 다 한 사람이라는 거다.

세례 한 번 받는 것도 힘든데, 견진까지 다 거친 사람들이 어디 그렇게 흔하겠는가. 설령 많다 하더라도 지금 살고 있는 곳으로 이사 온 지 얼마 안 된 그 시점에 해줄만한 사람을 내가 알 수 있을 리 없었다. 그러나 성당은 세례 받을 당사자가 대모를 구해 와야 한다며, 입문자의 상황을 전혀 배려해주지 않았다. 남편이 성당에 항의하여 겨우 대모를 소개받을 수 있었지만, 진입장벽이 너무 높아 숨이 턱턱 막힐 지경이었다.

그래도 여기까지는 신자를 가려받기 위한 과정이려니 생각할 여지라도 있었다. 6개월 정도의 짧지 않은 시간을 교리 공부에 투자하고, 다른 절차 역시 묵묵히 밟을 정도의 열성을 지녔다면 가톨릭의 기준에서는 괜찮은 사람일 테니까. 사실 하느님이 자신의 자녀를 이렇게 복잡한 절차를 거쳐 가려 받으실 정도로 자비심이 없는 분인가 싶기는 하다. 하지만 종교적인 부분을 뺀다면 회사에 취직하기 위해 면접을 보는 것 같은 과정 정도로 이해해줄 수 있었다.

그러나 내 딸이 돌이 될 즈음 유아세례와 관련하여 벌어진 일은 지금 생각해도 이해되는 부분이 단 한 구석도 없다. 사실 이것이 내가 성당이라면 학을 떼게 된 결정적인 계기이기도 하다. 유아세례는 아기가 돌이 되기 전 받아야 하는데, 이 역시 남자아이라면 대부, 여자아이라면 대모가 필요하다. 조건은 다 동일한데 하나가 더붙는다. '젊은 사람'이어야 한다는 것이다. 아기의 부모 나이대거나, 그보다 좀 더 젊은 사람. 세례를 받을 당사자가 대모를 구해야 한다는 것은 변함이 없었다.

교리 교육을 받는 동안에도 내 나이대의 사람은 한두 명뿐이었고, 미사를 가도 거의 젊은 사람을 보지 못했는데, 어디서 대모를 구하라는 말인가. 교리 선생님께

요청해봤지만 구역장과 상의해보라며 떠넘겼고, 내가 세례를 받을 때 대모를 서줬던 분에게 연락을 취해봤지만 답이 없었다. 같은 교구의 다른 성당이라면 가능할까 싶어 남편이 다른 동에 있는 성당에도 전화를 걸어봤지만, 전화를 받은 성당 모두 주임신부가 연수를 가서 부재중이라는 답이 돌아왔다. 성당 사무장의 자녀분은 안 되겠느냐고 사정을 했지만, 바빠서 시간을 낼 수 없다는 말 뿐이었다.

결국 그러는 사이에 시간이 지나 아이의 돌이 임박했고, 남편은 극약 처방을 사용했다. 교회법상 긴급한 상황에서는 세례를 신도가 직접 줄 수 있다고 한다. 신도가 신부의 권한을 위임한다고 보기 때문이다. 이를 '대세'라고 하는데, 결국 남편은 딸에게 대세를 주는 것으로 유아세례를 갈음했다. 지금 우리가 처한 상황이 긴급한지는 해석의 여지가 있는 것 같긴 하지만, 남편은 그렇게 했다. 그래서 딸은 현재, 세례는 받았으나 성당에 신도 기록은 없는 상태다.

아무리 생각해도 이해할 수가 없었다. 월급을 직원에게 줘야 하는 회사도 직원이 아이를 낳으면 출산휴가와 육아휴직을 주는데, 왜 자비로운 하느님을 믿는 성당이 미래의 헌금수익을 더해줄 신도 하나가 그냥 생기는 일을 저렇게 서로 떠넘기고 안 하려고 하는 것인가.

가톨릭 초보인 나도 이상하다고 생각하는 부분이니, 남편도 그냥 넘길 수는 없었던 모양이다. 후에 서울대교구에 소속돼 있는 어느 성당에 전화를 걸어보았다고 한다. 남편의 말에 의하면, 전후 사정을 설명한 후 유아세례를 받을 수 있냐고 물었는데 직원이 그러더란다. 그 성당 사무실에서 대모를 연결 안 시켜주더냐고. 다른 교구는 적어도 대모를 구하는 과정만큼은 성당에서 책임지고 해 주는 듯했다. 그러니까 내가 세례를 받기 위해 했던 모든 절차들과 유아세례 때 겪은 난감한 일들은 안 겪었어도 될 일이라는 의미였다. 남편은 다른 지역으로 이사를 가기 전까지는 이 동네 성당은 최소한의 고해성사 할 때를 제외하고는 가지 않기로 마음먹었고, 나도 그에 따라 담 쌓고 지내고 있다.

몇 달 전 헌재에서 낙태죄 헌법불합치 결정이 났다. 문득 낙태죄 폐지를 반대하는 대표적인 단체인 가톨릭이 이 판결에 대해 어떻게 대응할지 궁금해졌다. 4월 11일에 판결이 났는데, 다행히 한국가톨릭주교회의에서 이를 기민하게 받아들였는지 신속한 입장문을 냈다. 그러나 교구는 지역별로 상황이 달랐다. 판결이 난 4월 11일 이후 나온, 여러 교구들의 2~3주분 주보를 읽어보았다. 2~3주분 정도로 한정한 이유는, 그 판결을 얼마나 민감하게 생각하는지도 보고 싶어서였다.

의외로 낙태죄 반대에 대한 우려와 탄식이 섞인 글을 주보에서 찾기란 쉽지 않았다. 주교회의 입장문을 그대로 실은 교구도 있고, 교구장의 글을 통해 '무고한 사람을 죽이는 행위'로 에둘러 표현한 교구도 있었다. 그러나 이에 대해 한 단어조차도 언급을 하지 않은 교구가 꽤 많다는 사실은 참 충격적이었다. 언급 안 한 교구들 중 내가 다녔던 성당이 속한 교구가 있음은 물론이다.

혼인 교리 때 여성의 생체 리듬에 맞춰서 사랑을 나눔으로써 자연스럽게(기구를 사용하지 않고. 가톨릭은 피임 기구 사용도 생명 경시 행위로 보는 것 같다) 피임할 수 있는 방법에 대한 강연을 들은 적이 있다. 노동절, 민족통일은 언급하면서 정작 자신들의 교리를 정면으로 부정하는 이러한 사안에는 왜 일언반구도 없는가.

물론 이 글이 세상에 공개되지 않을 수도 있고, 공개되더라도 가톨릭에서는 불성실한 신도의 말도 안 되는 불평으로, 일반인들에게는 먼 나라 얘기로 치부될 수도 있다. 그러나 하느님의 자녀를 맞아들이는 일도 소홀히 하고, 교리의 가치를 침해당하는 일에도 침묵하면 가톨릭은 도대체 왜 존재하는 것인지를 묻고 싶어 이 글을 쓴다. 부디 내 뒤에 교리 교육을 받는 입문자들은 부수적인 절차에 골머리를 앓지 않았으면 좋겠다. 또한 생명을 귀히 여긴다는 장점은 부각시키되 사회의 변화에 맞춘 대안을 제시하여, 모든 이에게 선한 영향을 주는 가톨릭으로 거듭나기를 바란다.

이경수
26ks@naver.com

# 소의 코뚜레와 밭갈이

수년 전 어느 늦은 밤 TV 다큐멘터리 프로에서 외국인이 뾰족하게 생긴 나무 막대기로 버티는 낙타와 힘겨루기를 해가며 코를 뚫는 장면이 나왔다. 아내와 중학생이었던 두 딸아이는 그걸 보더니 너무 징그럽고 잔인하다며 고개를 돌렸는데 충분히 이해가 되었다. 사실 나도 어렸을 때 마을 어른들이 우리 집에서 기르던 송아지의 코를 뚫는 모습을 처음 보곤 적잖이 충격을 받았었기 때문이다. 그전까지는 송아지의 목에 볏짚으로 꼬아서 만든 두툼한 밧줄을 감아둔 곳에 고삐를 연결하여 막무가내로 나대는 송아지를 사람의 힘으로 끌어당기며 데리고 다녔었다. 그러나 송아지가 태어난 지 1년이 넘어가면 힘이 세져서 어른조차도 원하는 곳으로 데리고 다니기가 어렵게 된다.

가끔은 철없는 송아지가 사람인 나조차도 몰라보곤 고개를 푹 숙인 체 마구 돌진해 오기도 하여 꽁지가 빠지게 도망친 적도 꽤나 있었다. 아버지는 이제 때가 되었다고 느끼셨는지 마을 어른 두 분을 부른 뒤 송아지를 아름드리 대추나무 옆으로 데리고 가셨다. 그리곤 송아지가 꼼짝 못 하도록 적당한 높이의 옆으로 뻗은 가지에 목을 느슨하게 묶어 놓은 뒤 한 사람은 못 움직이게 엉덩이를 나무쪽으로 힘껏 밀어붙였다. 아버지는 송아지의 머리가 함부로 움직이지 않도록 꼭 붙잡은 체 힘을 바짝 쓰고 있었고, 또 다른 아저씨는 뾰족하게 다듬어진 어른 엄지손가락 굵기의 짧은 나무로 송아지의 가운데 두툼한 콧살을 찔러 관통시켰다. 그리곤 이미 오래전에 아버지가 물푸레나무를 불에 살짝 달궈 동그랗게 구부려 두었던 코뚜레를 조금 전에 뚫은 소의 코 생살 구멍에 다시 끼워 넣었다.

그런 다음 동그랗게 말려서 양쪽으로 겹치는 부분이 위로 오도록 고삐를 단단히 묶어 소의 이마 뒤로 넘겨 목줄 사이로 빼내었다. 송아지는 갑자기 생살이 뚫려서 붉은 피가 줄줄 흐르는 코가 매우 아픈 듯 큰 소리로 "음매!" 하며 몸부림쳤다. 그렇게 코뚜레를 해놓으면 막무가내로 나대기만 하던 송아지도 고삐에서 가해지는 힘만큼 처절한 고통이 따르기 때문에 한순간에 얌전해진다. 송아지에게는 매우 괴로운 일이지만 적당한 시기에 그렇게 해놓지 않으면 사람이 소를 길들이기가 점점 더 어려워진다. 1970년대만 하더라도 소는 요즘처럼 사육이 주목적은 아니었다. 사람들은 힘든 농사를 짓기 위해선 소의 힘을 적당히 빌려야 했다. 때문에 농부는 송아지 때부터 길을 잘 들이는 것이 매우 중요했다.

아무것도 모르고 나대기만 하는 송아지에게 코뚜레를 매달아 놓고 그곳과 연결된 고삐를 적절히 이용하여 짧은 거리를 오가며 자주 연습을 시키면 된다. 간혹 어떤 사람은 송아지 뒤에 못 쓰는 타이어나 묵직한 나무 동가리를 매달아 놓고 신작로를 질질 끌고 다니기도 한다. 그러나 도로가 없는 우리 집에서는 그렇게 하진 않았다. 평소 햇볕이 잘 드는 낮엔 집 옆의 너른 공터로 송아지를 몰고 나가 넉넉한 길이의 고삐를 말뚝에 종일 매어 놨다 해가 질 무렵에 다시 외양간으로 데려오는 게 전부였다. 그럴 때마다 주인의 목소리와 고삐가 찰랑거리며 송아지 몸에 부닥치게 해서 사람이 원하는 방향으로 가는 것을 감지하는 연습이 반복되곤 했다. 그런 일은 주로 단순해서 국민학생이었던 나도 자주 해볼 기회가 있었다.

어느 날 내가 아직 완벽하게 길들여지지 않은 송아지를 몰고 집으로 향하다 잠깐 한눈을 파는 사이 고삐를 놓쳐버리고 말았다. 고삐가 풀린 송아지는 마침 이때다 싶었는지 줄행랑을 놓아 이미 저만치 달아난 뒤였다. 허겁지겁 뛰어서 땅에 질질 끌리며 따라가는 고삐를 붙잡으려고 하자 송아지는 더욱 맹렬한 속도로 도망을 치기 시작했다. 그대로 내버려 뒀다가는 얼마 전에 아기 주먹만 한 담배 모종을 옮겨 심고 냉해 방지를 위해 여러 밭고랑에 덮어 놓은 투명 비닐을 마구 밟아 못쓰게 만들 것 같았다. 만약 그렇게라도 되면 아버지의 불호령이 떨어질 것이 분명했다. 나는 손으로 고삐 잡는 걸 포기하고 젖 먹던 힘까지 사력을 다해 뛰어가서 발로 힘껏 밟아 버렸다.

그 순간 송아지는 코에서 불이라도 났는지 고개를 옆으로 휙 돌리며 급히 달리는 것을 멈추었다. 당시 송아지의 코가 얼마나 많이 아팠으면 그 이후론 내가 송아지 가까이에 다가서기만 해도 지레 겁을 먹고는 슬슬 피했다. 이런저런 과정을 거치며 길이 잘 든 소와 주인이 오랜 시간을 함께 하다 보면 마음이 척척 맞는 걸 쉽게 볼 수 있다. 우리 마을은 따스한 봄이 오면 씨앗을 뿌릴 준비로 한창 바빠진다. 그에 못잖게 소도 밭으로 나가 힘이 드는 쟁기를 종일 끌어야 한다. 길이 제대로 들여지지 않은 어린 소는 쟁기질이 능숙해질 때까지 누군가 소의 코뚜레를 꼭 붙잡은 체 밭고랑을 따라다니며 인도해 줘야 한다. 아버지는 밭을 갈러 나갈 때면 아침 일찍 어미 소에게 여물을 충분히 먹게 한 뒤 쟁기가 얹힌 지게를 짊어지고 집을 나선다.

땅을 뒤엎을 밭에 도착하면 쟁기를 조심스럽게 내려놓은 뒤 끈으로 매달려 있는 갈매기 모양의 큰 나무 안장을 소의 목에 걸쳐 놓고 비슷하게 생긴 작은 것을 아래로 둘러서 위의 것과 단단히 고정시킨다. 당시 아버지가 소에게 쓰는 단어는 이미 수도 없이 들어본 것들이다.

"이럇!"

제법 큰 위엄 있는 목소리에 소는 뾰족한 날이 땅에 박힌 쟁기를 천천히 끌면서 앞으로 나아간다. 소가 쟁기를 끌며 이동하는 속도가 너무 빠르면 사람이 뒤에서 쟁기를 조절하기가 쉽지 않게 된다.

그럴 땐 "워!" 하면서 고삐를 살짝 당겨주면 잘 길들여진 소는 알아서 천천히 간다. 그 반대 방향으로 가길 원한다면 소의 등 옆으로 고삐가 물결이 일정도로 살짝 두드려 주면 된다. 손에 쥔 고삐는 마치 허공에서 뱀이 소의 목까지 기어가는 모양으로 신호를 보내곤 하는데 노련한 소는 고삐가 완전히 멈출 때까지 천천히 방향을 틀면서 앞으로 나아간다. 물론 그때도 침범을 해서는 안 되는 곳을 훈련이 잘된 소라면 스스로 피해서 간다. 쟁기질을 하다 밭이 끝나가는 지점에서 소를 완전히 멈추게 하려면 고삐를 지긋이 당기며 "워" 하면 된다. 밭의 끝 지점에서 소를 거꾸로 되돌릴 땐 쟁기를 한쪽 손으로 번쩍 들어 올리면서 소의 고삐를 원하는 방향으로 지긋이 당긴다.

이때 들어 올린 쟁기는 소와 같이 뒤따라 돌다 밭의 끝 지점에서 땅에 다시 갖다 댄다. 조그마한 밭 한 뙈기를 갈아엎으려면 이러한 행동을 수백 번은 반복해야 가능하다. 소는 느린 듯하지만 우직스럽게 시키는 대로 일을 잘한다. 이처럼 힘든 일을 하는 날엔 사람은 새참을 안 먹더라도 소는 먹어야 한다. 재미있는 것은 쟁기를 끌던 소가 힘이 부치면 은근슬쩍 멈춰 서기도 한다는 거다. 주인을 은근슬쩍 떠보기 위함인데 이럴 때 아버지는 그대로 소를 멈춰 세운다. 그리곤 둘둘 사린 고삐를 쟁기 손잡이에 대충 걸쳐 놓고 뒤로 한발 물러나 앉아 담배를 태우신다. 그사이 누군가 가까운 개울에서 물이라도 떠다 주면 소는 숨도 안 쉬고 한대야 쯤은 쉽게 마셔버린다.

그러면서도 소는 귀찮게 달려드는 쇠파리를 쫓기 위해 연신 긴 꼬리를 이리저리 흔들며 휴식을 취한다. 초벌 밭갈이가 끝나면 다시 일정한 크기의 골을 내야 하는

데 이때 시간은 절반밖에 안 걸린다. 그것이 끝나면 두골에 한 줄씩 파종 작물에 따라 적당한 량의 거름과 비료를 뿌려나간다. 이번엔 다시 쟁기로 거름을 뿌리지 않은 골을 타고 나가면서 방금 전에 뿌려 놓은 거름을 깊게 덮어 나간다. 이 작업은 처음 골을 낼 때 보다 시간은 절반으로 줄어든다. 일반적인 밭고랑이 다 만들어지면 거름이 묻힌 그 위에 적당한 구덩이를 파서 담배나 고추, 옥수수, 고구마 등 작물을 심으면 된다. 특히 마지막 밭고랑을 탈 때에는 소가 능숙하게 길이 들어있지 않으면 안 된다.

소가 주인이 하는 말과 신호를 제대로 알아듣지 못하면 밭고랑이 구불거릴 수밖에 없다. 그러면 사람이 연장으로 다시 고르게 다듬어야 한다. 그러나 길이 잘 들여진 소는 그런 실수를 잘하지 않는다. 경험이 많지 않은 소는 힘이 들면 천천히 걷다가도 집으로 가는 방향에서는 속도를 더 낸다. 그런 소는 주인이 고삐를 강제로 당겨서 완전히 돌려세울 때까지 그대로 내달리려고만 한다. 한번 그런 생각이 든 소는 그날의 일이 모두 끝날 때까지 비슷한 행동을 반복한다. 그런 소 대부분이 힘을 적절히 분산해 쓰질 못하는 바람에 종일 공룡처럼 가쁜 숨을 몰아쉬며 입에서는 거품이 섞인 침을 연신 흘린다. 그러나 주인과 오랜 세월을 함께 하며 길이 잘든 소는 어느 방향으로 쟁기를 끌더라도 늘 일정한 속도를 유지한다.

괜히 쓸데없이 체력을 낭비하지 않는 것이다. 비가 오지 않는 한 어차피 그 밭을 다 갈아엎어야 집으로 간다는 걸 노련한 소는 알고 있기 때문이다. 소가 능숙하게 밭일을 잘하면 소가 없는 다른 집에서 하루씩 빌려가기도 한다. 주인과 목소리는 달라도 고삐에서 전달되는 느낌으로 사람 말귀를 대부분 알아듣기 때문에 가능한 일이다. 나는 평소에도 아버지의 말 한마디에 소가 움직이고 멈춰서는 것이 무척 신기했다. 어느 날 밭을 갈던 아버지가 소를 멈추게 하고 잠시 쉬고 있을 때 쟁기질을 해볼 기회가 있었다. 왼손은 쟁기의 기둥 끝을 붙잡고 고삐를 쥔 오른손은 아래쪽 가로로 튀어나온 보조 손잡이를 붙잡은 체 그동안 들어온 대로 고함을 쳤다.

"이랴!"

"....?"

하지만 정확한 나의 발음에도 소는 한걸음도 움직이질 않았다.

"이럇!"

이번엔 고삐의 단발 흔들림이 소의 몸통에 전달되도록 후려치며 소리를 질렀다. 그러나 우직한 소는 움직일 생각은 않고 고개를 뒤로 해서 나를 넌지시 바라봤다. 그 모습은 마치 "너는 아직 안 돼." 하는 것처럼 보였다. 이제 겨우 국민학교 3학년

밖에 안된 녀석이 제 몸 보다도 무겁고 큰 쟁기질을 하겠다고 덤비고 있으니 소라고 해서 왜 아니 그런 생각이 들었겠는가.

아버지는 소의 이런 속내를 훤히 읽으셨는지 크게 한바탕 웃으셨다. 가끔 밭에서 일을 마치고 집으로 향할 때 잡다한 물건이 많으면 소의 고삐를 잡을 수 없기도 한다. 이럴 땐 길게 사린 고삐를 소의 등에 가만히 올려놓고 엉덩이를 손바닥으로 살짝 두드려주면 혼자서도 곧잘 집으로 향한다.

"이랴! 워워, 워디! 워디!"

소와의 대화는 이렇게 짧고도 단순하지만 소를 앞으로 가게하고, 멈추고 또 뒤로 돌려세우는데 큰 무리가 없다. 안타깝게도 요즈음 농가에서 사육되고 있는 대부분의 소들은 번식과 고기용이기 때문에 사람의 말귀조차 제대로 못 알아듣는다.

뿐만 아니라 밭을 갈아엎을 줄은 더더욱 모른다. 이젠 기계화 영농으로 인간과 소가 서로 돕고 공생하던 관계가 거의 끝나가는 시대에 접어들었다. 그래서 판소리를 부르는 명창처럼 소를 몰고 다니면서 능숙하게 부릴 줄 아는 사람도 곧 명인으로 불리어질 날이 멀지 않았다. 지난 수천 년 동안 이어오던 우리의 농경문화가 나의 세대에서 자취를 감추게 되어 아쉽다.

# 내가 다닌 단천초등학교
## 가산분교장

충북 단양에서 선암계곡로를 따라 10km 정도 들어가다 보면 좌측 아래로 아담하게 내려앉은 학교가 나온다. 지금은 학생 수가 크게 줄어 단천초등학교 가산 분교장으로 이름만 겨우 유지하고 있을 정도다. 여기가 바로 내가 졸업한 가산 국민학교. 이곳엔 학년별로 1개 반씩 모두 6개 반이 있던 게 다였다. 그래서 각 학년마다 학생이 60명에서 많은 곳은 70명도 넘었다. 따뜻한 남쪽으로 나 있는 학교 정문을 들어서면 바로 우측에 작은 건물이 반긴다. 여긴 1~2학년 교실이다. 이곳에서 넓은 운동장을 지나면 4m 정도 땅이 위로 비스듬하게 돋운 위치에 좌로 3, 4, 5, 6학년 교실이 길게 이어져 있다. 4학년이 있는 우측 칸으로는 학생들이 공부할 때 필요한 도구와 재료를 보관하는 창고가 있고 건물 정 중앙에서 우측 칸에는 교무실이 5학년 반과 붙어있다.

교무실과 창고 사이에는 큰 방만한 넓이의 공간이 별도로 있어 건물 뒤로도 나갈 수 있는 좁은 미닫이문이 있다. 여기서 신을 신고 운동장으로 나가면 넓고 완만한 경사가 진 열 대 여섯 개의 계단이 나온다. 계단 아래쪽에 내려서서 이십여 보를 더 걸어 나가면 넓은 운동장의 정 중앙이다. 그곳엔 1m 정도 높이의 연단이 있다. 여기서 아침 조회나 무슨 기념식이 있을 때마다 교장 선생님은 세 개의 계단을 밟고 연단 위로 올라가 "에... 그리고 끝으로"를 연발하시며 곧 끝날 것 같던 지루한 훈시가 이어지곤 했다. 교무실로 향하는 중앙 계단은 선생님과 외부에서 오시는 손님 말고는 학생들 사이에선 절대로 이용할 수 없는 곳으로 인식되어 있었다. 대신 운동장 동쪽과 서쪽 끝에 만들어진 시멘트 계단을 이용한다.

3, 4학년이 주로 이용하던 좌측 계단 위로 올라가면 아름드리 플라타너스 그늘이 나온다. 그곳 동쪽과 서쪽 면엔 여러 곳에서 물이 나오도록 길게 만들어진 음수대가 있고 남쪽 담장이 가까운 곳엔 철탑 구조물 위에 커다란 물탱크가 얹혀 있다.

그러나 거의 모두 잠겨 있거나 고장 난 상태에서 수도꼭지가 붙어 있는 것도 단 세 개에 지나지 않아 당번들이 그곳에서 주전자에 마실 물을 담아가는 정도로만 사용되었다. 그 뒤쪽으로 더 나아가면 작은 연못이 보인다. 처음에는 그냥 자연스러운 모양이었으나 나중엔 대한민국 지도로 만들었다. 연못 바닥이 보일 만큼 그리 투명하진 않았지만 물 위에는 토란잎과 비슷한 넓은 연잎이 둥둥 떠 있곤 했다. 초가을이 되면 예쁜 꽃이 연등보다 더 밝은 모습으로 피어오른다.

그것을 바라볼 때마다 나는 아버지의 어두운 눈을 띄우기 위해 인당수에 몸을 던지러 팔려 나가는 효녀 심청의 모습이 떠오르곤 했다. 연못 좌측 끝 높은 담장을 따라 빼곡하게 심어진 측백나무가 있다. 거긴 겨우 한 사람 빠져나갈 수 있는 통로도 있다. 먼 길을 걸어 다녔던 아이들보다 학교 앞에서 살았던 #필이 몰래 이용하다 선생님에게 걸릴 때마다 귀를 비틀림 당한 뒤 손을 들며 벌을 서던 곳이다. 3, 4학년 교실로 들어갈 수 있는 미닫이 문을 열고 들어서면 교무실을 거쳐 5, 6학년 교실까지 통하는 긴 마루로 된 복도가 나온다. 그 5, 6학년을 가르는 교실 벽면은 보통 땐 미닫이 벽으로 막혀 있다. 다만 졸업식과 같은 큰 행사를 할 땐 조립식 벽을 뜯어내고 강당처럼 사용된다.

바로 옆 복도에서는 언제나 발 뒤 꿈을 들어 올린 체 천천히 이동해야 한다. 6학년 반을 지나쳐 밖으로 나가게 되면 두 개의 돌다리 같은 사각 콘크리트 불럭이 맨땅에 놓여 있다. 그곳을 밟고 건너가면 심한 냄새가 진동하는 변소(화장실)다. 그 화장실은 우리 집처럼 커다란 바위 아래 자연스럽게 생긴 웅덩이에 굵은 통나무 두 개를 대충 걸쳐 놓은 것이 아니었다. 정말이지 시멘트로 만들어져 있어 내 눈엔 매우 깨끗한 축에 들었다. 화장실 건물의 동쪽과 서쪽으로는 칸막이용 담장 안에서 문을 열고 들어가 용변을 보는 곳이다. 남과 북쪽 면 각각의 벽에는 남학생들이 옆으로 죽 늘어 선체 소변을 볼 수도 있다. 그곳에서는 날씨가 무더운 여름이면 심한 악취가 풍겼다.

그 외에도 화장실 밖으로 쌀 알갱이만 한 구더기들이 아무런 제한 없이 마구 기어 다니는 게 곳곳에서 보였다. 그곳 뒤 북쪽으로 약간 낮은 지대엔 출입문을 앞뒤로 여닫을 수 있는 오래된 건물이 있다. 그 건물의 출입문은 늘 잠겨 있어서 나의 궁금증을 자아내곤 했다. 마침 어느 날 대청소를 하게 되면서 아주 잠깐 문이 열린 적이 있다. 그때 나를 비롯한 다른 아이 두 명과 함께 그 건물 안을 대충 들여다볼 기회가 있었다. 그런데 건물로 들어가는 입구의 천정에서부터 난생처음 보는 굵은 배관 몇 가닥이 두꺼운 보온재에 쌓여 안으로 길게 이어진 모습이었다. 더운 놀라운 사실은 대중목욕탕의 온수를 담아 두는 시설보다 훨씬 더 큰 탕에 흰빛과 푸른 색이 뒤섞인 바둑알 만한 크기의 사각 타일로 건물 벽을 치장해 놓았던 것이다.

그런 모습을 처음 본 나는 목욕탕이라기보다 혹시 수영장은 아닐까? 하는 생각이 들었다. 그만큼 시골 아이의 눈에는 규모가 대단히 크게 보였다. 그러나 내가 다니던 6년 동안 그 건물은 어떤 식으로든 우리 학생들이 이용할 수 있게 개방된 적은 단 한 번 없다. 나는 1979년 봄에 졸업한 사람이다. 우리 학교가 지어진 시기를 역 추적해 보면 광복 직후라는 걸 알 수가 있다. 그 시기에 이런 시설을 만들어 놨었다면 최첨단 교육 시설이 아닐까 싶다. 지금에서야 나는, 시골 촌아이들의 위생과 건강을 위해 학교에서 일정한 시기마다 단체로 목욕(?)을 시키지 않았을까 하는 그럴듯한 상상을 한다. 물론 이 건물은 30년 넘는 세월 동안 시설이 낡아 보수 없이 그대로 방치된 것으로 예측된다.

이 건물 좌측 공터에도 아름드리 느티나무가 한 그루 있다. 무더운 여름이면 운동장으로 잘 나가 놀지 않는 다른 부류의 아이들에게 훌륭한 놀이터 겸 시원한 그늘이 되어 주곤 했다. 그 뒤쪽 담장 안에 있던 아담한 단독 주택은 교감 선생님이셨던 부부 교사가 사택으로 머물던 곳이다. 그 집에 사시던 여선생님은 한때 나의 3학년 담임이기도 하셨다. 가끔 학부모님이 잘 차려입은 모습으로 사이다 병이 위로 삐죽 튀어 올라올 만큼 무언가 가득 든 종이봉투를 가슴에 안은 체 수업 중인 교실 안으로 찾아오곤 했다. 나는 그 어머니의 아들이 무척 부럽다는 생각이 들곤 했다. 우리 집 사정도 어렵지만 고마운 선생님에게 나도 기회가 되면 무언가를 좀 갖다 드리고 싶었다.

어느 날 어머니에게 속내를 말씀드렸다. 어머니는 잊지 않고 계시다 그해 농사를 지어 처음으로 삶은 잘 생긴 옥수수 몇 통을 선생님께 갖다 드리라며 보자기에 싸 주셨다. 나는 기쁜 맘에 학교까지 옥수수를 자신 있게 들곤 왔지만, 막상 먼발치에서 선생님을 대면하게 되자 부끄러운 생각이 들었다. 선뜻 다가서질 못한 체 머뭇거리고 있자 선생님은 곧바로 눈치를 채셨다. 그리고는 너무도 밝은 표정으로 옥수수를 받아 주셨다.

"경수야. 저녁에 집에 가거든 어머니에게 감사히 먹겠단 말씀을 꼭 전해드려야 한다. 알았지."

"네."

선생님께서 좋아하시는 모습을 본 나는 마치 하늘 위로 훨훨 날고 있는 것처럼 기분이 좋았다. 어렵게 6년 과정을 모두 마친 나는 다른 친구들은 쉽게 받아 가던 개근상 한번 못 받고 졸업했다. 집에서 담배 잎을 따는 날이면 종일 쪼그려 앉아 새끼줄에 한두 잎씩 끼워야 했기 때문이다. 집에선 야무진 손놀림에 요령을 피우지 않던 내가 꼭 필요했던 모양이다. 이래서 빠지고, 장마 때 큰 비가 내리면 마을 앞 선암천의 돌다리를 건너지 못하여 또 어쩔 수 없이 결석을 하였던 때문이다. 지금도 눈에 선한 나의 모교는 졸업과 동시에 수많은 추억을 뒤로한 채 멀어져 갔다.

이윤재

kbkim0822@naver.com

# 탈脫원전 아직은 시기상조다

이번 정부가 들어서면서부터 우리나라의 원자력발전소 일부가 안전정비라는 명목으로 운전을 정지하고 있다고 한다. 그러니 전기 생산에 차질을 빚어 수요자원거래제도DR·Demand Response에 가입한 기업에 전력사용의 감축을 요청했다고 한다. 포항의 A기업의 대표는 정부의 급전지시에 동참하면 인센티브를 준다하기에 예전에 DR에 계약을 했단다. 그런데 계약 초기에는 급전지시가 단 3차례로 생산 활동에 지장이 없었다고 한다. 그러나 문재인 정부 출범 이후 탈脫원전 정책이 본격화 되면서 빈번한 급전지시로 생산에 지장을 초래해 화가 치민다고 했다. 그런데도 문재인 정부에서는 탈脫원전을 해도 전기는 부족하지도 않고 전기 값도 안정적으로 유지할 수 있다고 한다. 더구나 전기를 원인으로 생산 활동에 전혀 지장을 주지 않는다고 큰소리를 친다. 이처럼 정부가 떠벌이는 말과 현장에서 벌어지는 실제 행동이 다르니 어디까지 믿어야할지 고개만 갸웃거려진다.

그렇다면 문재인 정부는 왜 탈脫원전을 주장하며 원자력발전의 가동과 증설을 막고 있는 것일까? 이는 한 의대교수가 일본의 후쿠시마 원전사고를 설명하면서 방사능에 오염된 수산물이 인체에 해를 끼칠 수 있다고 과장하여 발표를 하면서부터이다. 거기에 더해 이 의대 교수는 아무런 근거도 없이 우리나라에 예상되는 원전사고가 무척 높다고 발표했다고 한다. 물론 요즘 자주 발생하는 지진에 불안한 마음 없진 않다. 그러나 올해 포항에서 일어났던 지진은 지열발전소 건립을 위해 지층에 물을 투입하여 생긴 지진이었다고 발표했다. 그러니 포항 부근의 지진은 인재였기에 얼마든지 막을 수 있는 것이다. 또 세슘의 안전 기준까지도 아주 낮게 발표를 하면서 오늘에 이르게 된 것이다. 더구나 이런 황당한 주장을 한 교수가 문재인 대선캠프에 참여하면서 원전 정책결정에 많은 영향을 미쳤다는 것이다. 원자

력발전소의 사고로 오염된 먹거리가 인체에 피해를 주는 건 사실이다

그렇지만 우리나라의 원전사고의 예상을 너무 과장했다는 것도 문제가 있는 것이다. 거기다가 우리나라 원자력발전소는 거의 시공이 부실하게 지어졌다고 주장했으니 이 또한 동의할 수 없다. 또 원자력발전소를 가동 유지하는데 규격 외의 부품이 사용되는 일이 빈번하니 안심이 안 된다는 것이다. 그런데다 원자력발전소를 관리하는 인력들의 사소한 오판이나 실수가 돌이킬 수 없는 지경에 이른다는 것이다. 즉 체르노빌과 같이 인재로 인해 발생하면 그 재앙을 막을 길이 없다는 것이다. 이러 이유로 원전의 증설을 반대하고 있고, 지어진 원전도 폐기해야 한다는 것이다. 한마디로 구더기가 무서우니 장을 담가 먹지 말고 대체 음식을 개발해 먹자는 것인데 그것이 그리 쉽지 않다는 것이다.

그렇다면 일본은 후쿠시마 원전 사고와 같은 재앙을 겪으면서도 왜 탈脫원전을 주장하지 않는 것일까? 54기의 원자로를 운영하는 세계 3위인 원자력 대국인 일본은 전체 전력의 1/3 이상을 원자력발전으로 충당하고 있다고 한다. 그런 일본은 지질학적으로 환태평양조산대라 불리는 불의 고리에 위치해 있어 언제 또 원전사고가 발생할지 모른다. 그런데도 일본은 탈脫원전을 입에 담지 않고 있다. 왜 그럴까? 우리와 같이 천연자원이 부족한 일본도 한마디로 원자력발전을 대체할만한 에너지 자원이 없고 축적된 원전 기술을 쉽게 포기할 수 없기 때문이다. 또 원전은 가장 싸게 전기를 생산해 낼 수 있는 경제적 가치를 가지고 있다. 그런 매력으로 현재 신흥국에서까지 원전 도입을 적극 검토하고 있는 실정이다. 만약 탈脫원전을 실시하다 보면 장기적인 면에서 신흥국에 진출하여 경제적 가치를 창출해 낼 수 있는 기회를 잃는다는 것이다. 이런 이유로 일본에서조차도 원자력을 쉽게 버리지 못하는데 우리는 무슨 까닭으로 탈脫원전을 주장하는지 알 수가 없다.

탈脫원전을 주장하는 문재인 정부에서는 원자력발전 대신 신재생에너지로 전기를 생산해 낼 수 있다고 한다. 태양과 바람을 주원료로 이용하는 신재생에너지는 환경 친화적이면서 화석에너지의 고갈 문제를 해결할 수 있는 장점이 있는 건 사실이다. 그러나 아직까지 신재생에너지를 이용한 발전은 기술 수준이 낮아 안정적인 전력공급원으로서 역할수행이 어려운 것이 문제인 것이다. 특히 우리나라는 일조량 및 바람의 세기 등에 따라 전력생산량의 변동이 크다고 하니 그 문제를 한 번 짚어봐야 할 것 같다.

첫째로 태양광발전의 가장 큰 문제점 중 하나는 낮은 효율성에 있다. 현재 주로 사용되고 있는 에너지를 비교해보면 태양광발전으로 기존의 에너지를 대체

한다는 것이 시기상조임을 알 수 있다. 태양광발의 발전효율은 약 8~15%로 통상 12%에 이른다고 한다. 수력 발전이 80%~90%, 화력 발전이 45~50%, 원자력 발전이 30~40%의 발전 효율을 보인다는 것을 고려했을 때, 태양광의 발전효율은 매우 낮은 수치에 해당한다. 즉 동등한 에너지를 발전기에 투자할 때, 태양광발전을 통해 생산할 수 있는 전력량은 미미한 수준임을 의미한다. 만약 발전 효율이 낮다고 하더라도 원자력 발전과 같이 발전량이 많다거나, 단가가 낮거나, 필요로 하는 부지가 적어 많이 지을 수 있다면, 단점이 상쇄될 수 있다. 그러나 아직까지는 이러한 문제를 해결할 수 없으니 태양광발전의 낮은 발전 효율이 더욱 부각되고 있는 것이다.

둘째로 태양광발전은 상당히 많은 부지를 요구한다. 태양광발전은 1의 발전 설비를 구축하기 위해 13.2에서 44의 부지를 필요로 하는데, 원자력 발전이 1의 발전 설비 구축에 0.6의 부지가 필요하다. 이를 비교해 본다면 태양열발전이 매우 비효율적이라는 걸 알 수 있다. 한국은 인구밀도가 높고 산지가 많아 1차적으로 부지를 확보하는 것이 어렵기 때문에 태양광발전의 열효율을 높이는데 걸림돌이 되고 있다. 요즘 차를 타고 여행하다보면 온 산을 까뭉개 태양광발전의 집열판을 설치한 모습을 볼 수 있는데 그 규모가 어마어마하다. 태양광발전의 집열판을 설치하기 위해서는 나무를 베고 산을 깎아야 한다. 산에 있는 나무는 흙을 잡아주고 물을 흡수하는 역할을 하여 장마, 태풍 등으로 인한 집중호우로부터 산사태를 막아주는 역할을 한다. 이런 역할을 하는 나무들을 베고 산을 깎아 집열판을 설치했다면 장마철에 어떤 결과를 초래할 것인가 누구 나 쉽게 예상할 수 있다. 현재 정책 상 태양광 발전은 허가도 잘 나는 편이고 허가 이후에는 별다른 규제가 이루어지지 않기 때문에 엄청남 산림 훼손이 일어나고 있다. 한마디로 친환경에너지를 얻으려다가 자연만 훼손하고 있으니 안타까운 일이다.

세 번째로 태양광발전은 일일이 열거하기도 어려운 수많은 부작용이 존재한다. 태양광 발전의 높은 단가, 태양광발전과 일사량의 변동과 적설의 영향, 그늘 등의 외부 환경에 의한 효율성의 저하문제 등 수많은 문제점이 우리의 앞을 가로막고 있다. 거기다 우리나라에서 풍력발전의 가능지역은 백두대간과 제주도 일부지역 국한되어 있다고 한다. 또 태양광 발전에 적합한 곳도 남부 해안 일부와 영남지역에 국한된다고 한다. 이처럼 태양열도 풍력도 우리 실정에 맞지 않는다면 다른 방법을 찾아야 한다. 그중 완전연소로 공해가 발생하지 않는 각종 가스를 이용해 발전을 해야 하는데 이런 자원 역시 수입에 의존해야 한다는 것이다. 결과적으로 싼

값에 전력을 생산하기 위해서는 아직도 원자력을 대체할만한 수단이 없다는 것이다. 그런데 문재인 정부가 들어서면서부터 탈脫원전이 공약이라는 이유로 30%의 공정을 마친 신고리원전의 공사 중단은 너무 성급하게 결정한 것이다. 다행히 공론화위원회의 현명한 판단으로 공사 중단이 철회된 것은 그나마 다행이라고 할 수 있다.

우리나라의 원전기술은 세계적으로 인정받고 있기에 지금까지는 수출로써 국민경제에 이바지하고 있다. 2009년 아랍에미리트UAE에 원전을 수출한 이후 얼마 전에는 영국 무어사이드 원자력발전 사업의 우선 협상자로 선정되었으니 여러 면에서 의미가 있다. 한마디로 원전산업은 엔지니어링, 건설, 운영, 설비 및 연구개발 분야의 일자리 창출과 파급효과도 매우 크다고 할 수 있다. 그렇기에 우리의 탈脫원전은 아직은 시기상조인 것이다. 원자력발전은 10년 정도의 건설기간이 소요되고 40년 이상 운영되므로 규모와 지속기간에 있어 관련 산업에 미치는 영향이 지대하다고 할 수 있다. 우리나라는 전기가 부족하다해서 지리적 여건상 외국에서 수입하여 사용할 수 없는 실정이다. 그렇기에 가스나 석유 등 에너지 자원을 수입하여 전기를 생산해 내려면 막대한 외화가 소용된다. 결국 성급한 탈脫원전은 전기값의 상승으로 이어져 국민경제에 지대한 영향을 미치게 된다. 이러한 실정인데도 정부에서는 허술한 대책으로 괜찮다는 말만 되풀이 하고 있으니 미래의 전기를 걱정하는 사람이 대부분이다. 그 뿐만이 아니다. 정부는 탈脫원전과 수출은 별개라는 입장이다. 그러나 그건 아니다. 국내에서 위험하다고 원전 건설을 중단하면서 원전을 수출하겠다는 것은 자기모순인 것이다. 이러한 자기모순에 긍정을 보이며 원전건설을 수주해 줄 나라가 정말 있을까?

영국은 원래 원전 종주국이었다. 1956년 최초로 상업원전을 가동했다. 하지만 한동안 원전을 짓지 않은 탓에 이제는 후발 외국 업체에 건설을 맡기는 처지로 전락하였다. 그렇기에 우리 나라가 무어사이드 원자력발전의 우선협상자로 선정되었는지도 모른다. 이러한 예를 비추어 볼 때 원전의 지속적인 연구와 가동은 서플라이체인의 붕괴를 막고 발전을 전진시킬 수 있는 체계를 유지시킨다고 할 수 있다. 영국의 원전기술의 하향에 비해 한국의 원전 기술이 오늘날 세계 최고 수준에 오른 이유는 아주 간단하다. 원자력 발전소를 많이 지었기 때문이다. 1977년 고리 1호기를 시작으로 총 25기를 지었다. 수많은 시행착오를 겪으면서 기술을 축적했고 관련 중소기업으로 이어지는 서플라이체인을 구축하여 필요한 전력의 40% 이상을 원자력 발전이 담당하고 있다. 부존자원이 부족한 우리나라에서는 세계 최고의 원전기술을 가지고 있기에 아직까지는 원자력 발전이 선택이 아닌 필수인 것이다. 그러니 섣부른 탈脫원전 보다는 천천히 모든 조건을 갖춘 후 탈脫원전을 실천에 옮겨야 하겠다. 그래야 해외에서 경제적 가치를 창출할 수 있고 서플라이체인의 붕괴를 막을 수 있으며 국민 모두에게 싼값에 안정적으로 전기를 공급할 수 있을 것이다.

# 찰나의 스승

나이 오십이 되도록 그동안 종교가 뭔지도 모르고 살아왔었다. 그러니 마음이 심란하면 혼자서 끙끙 앓고 드러누워 있거나 시내를 활보했다. 그러다가 만만한 술집에 들어가 요즘 유행하는 혼술을 먹으며 마음을 풀곤 했다. 어떤 때는 전통시장의 골목에서 순대 한 접시와 소주 한 병을 시켜놓고 지나다니는 사람들을 보며 마음을 달래기도 했다. 그리 방황하던 때 내 마음은 공중에 높이 올라간 놀이기구처럼 불안했다. 언젠가는 반드시 아래로 곤두박질쳐 내려올 것이 뻔했기 때문이었다.

"그 따위로 공부를 하려면 당장 서울에서 내려와. 그리고 9급 공무원 시험이나 봐."

서울의 유명 법대를 졸업한지도 2년이나 되었건만 딸은 사법시험에 3번이나 낙방을 했다. 그러니 대학을 7년이나 다니는 꼴이니 고시 낭인으로 전락할까 봐 불안은 엄습했고 마음까지 조급했다. 나는 남매를 두었는데 둘 다 서울의 유명 사립대학에 다녔다. 그러니 혼자 벌어 애들의 뒷돈을 대자니 무척 어려웠다. 그러니 남매의 심적 부담도 대단히 컸으리라. 거기다 큰 딸은 우리나라 최고의 시험이라는 사법시험에 도전을 했으니 합격이 그리 쉬운 일은 아니지 않던가? 그런데도 나는 조급함에 못 이겨 애들을 닦달 했고 딸은 눈물을 흘리며 한 번만 더 기회를 달라고 했다. 그러니 내 마음은 단 하루도 편할 날이 없었으니 오늘은 이것 때문에 마음이 상하고 내일은 저것 때문에 우울했다.

그러던 어느 일요일 나는 심란한 마음을 주체하지 못하고 자동차를 몰고 무작정 길을 나섰다. 마땅히 갈 곳이 없었기에 계룡산을 빙 돌아 신원사라는 절에 들었다. 나는 사찰에 들어서자 대웅전을 기웃거렸다. 대웅전 안에서는 불자들이 저마다의 소원을 가슴에 담고 부처님을 향해 절을 올리거나 경전을 외우고 있었다.

'도대체 저 아주머니들은 부처님을 향해 몇 번을 절하는 것일까?'

지금까지 나는 교회나 성당은 물론 절간에서 기도드리는 모습을 본적이 없다. 사찰 곁을 지나다 안에서 들리는 목탁소리에 맞춰 염불하는 소리는 여러 번 듣긴 했으나 그 뜻은 알지 못했다. 법당 안에서 부처님께 절하는 모습을 본 것은 그 날이 처음이었으니 신기하기만 했다. 나는 밖에 서서 법당 안에서 기도를 드리는 사람과 절하는 사람, 그리고 목탁을 두드리는 스님을 번갈아 보며 눈 안에 넣고 있었다. 그러다가 문득 부처님을 올려다보고 깜짝 놀랐다. 부처님은 그동안 내가 지은 죄를 꾸짖는 듯 노려보고 있었다. 이내 고개를 숙이고 마음으로 참회하고 다시 부처님을 바라보니 어서 들어오라는 듯 얼굴에 온화한 미소를 띠고 계셨다. 역시 어떤 마음을 가지고 부처를 보느냐에 따라 그 모습이 다르게 보였다.

"절에 왔으면 들어가 기도를 해야지 왜 이리 기웃거리나?"

뒤에서 들리는 인자하면서도 단호한 호통소리에 나는 깜짝 놀랐다. 뒤를 돌아보니 노스님 한 분이 젊은 스님의 부축을 받으며 경내를 산책하고 계시다 나를 보고 하시는 말씀이었다. 나는 쑥스런 마음에 얼른 그 자리를 떠나 다른 곳으로 자리를 옮겼다. 스님을 피해 도망간 곳에서 현판을 보니 중악단이라고 한문으로 쓴 글씨가 눈에 띠었다. 그 문화재의 유래를 읽어보니 계룡산의 산신을 모시는 곳으로 지리산에 하악단, 계룡산에 중악단, 묘향산에 상악단이 있었는데 모두 소실되고 계룡산의 중악단만 존재한다고 했다. 이의 건립은 명성황후가 왕실의 안녕을 위해 건립했다고 했다.

"부리나케 도망가더니 겨우 여기까지 밖에 못 왔구나. 나는 혹시나 서방정토까지는 갔나 했더니...."

어느새 노스님은 내 뒤에 서계셨다. 여전히 노스님은 젊은 스님의 부축을 받고 있었다. 나는 더 이상 도망갈 곳이 없었다. 예를 표하는 방법을 몰라 고개를 반쯤 숙였다.

"내가 처사님의 얼굴을 보니 수심이 가득하구나. 내 처소로 가서 차 한 잔 할까?"

순간 고개를 들어 스님의 얼굴을 보니 깡마른 모습에 피죽도 못 얻어먹은 사람처럼 보였으나 어딘지 모르게 풍기는 모습은 의연했다. 또 옆에서 부축을 하는 젊은 스님이 어찌나 경건하고 예의바르게 모시는지 의아스럽기만 했다. 가끔 텔레비전에 나오는 훌륭하다는 스님들의 모습은 얼굴이 번들번들하고 박박 깎은 머리에서는 광채까지 났던 기억이 떠올랐다. 그런데 지금 내 앞에 계신 노스님은 보잘 것 없는 모습이었으니 주신다던 차의 향도 맛도 별로일 것 같았다.

"스님, 오늘은 운동을 많이 하셔서 그만 쉬셔야 합니다."

그러자 노스님은 언성을 높여 역정을 내셨다.

"이놈아, 중의 할 일이 중생을 구제해야 하거늘 몸이 좀 피곤하다고 외면하면 되겠느냐?"

순간 나는 깜짝 놀랐다. 깡마른 체구에서 호령하는 듯 내품는 언성은 낭랑하고 단호했기 때문이었다. 노스님은 나에게 미소를 지으시며 어서 따라 오라는 듯 손을 까불렀다. 나는 엉거주춤하고 서 있었다. 그러자 이번에는 젊은 스님이 따라오라고 신호를 보냈다. 스님의 방안에는 앉은뱅이책상 하나에 옆 책꽂이에는 수십 권의 책이 전부였다. 그러니 정갈하다 못해 공허하기까지 했다. 노스님이 앉으시자 젊은 스님이 나를 채근했다.

"처사님, 스님께 3배를 올리시지요."

젊은 스님의 말을 들은 노스님이 대꾸했다.

"절간에 처음 오신 처사님인 것 같은데 그냥 앉으시지요."

그래도 노스님이 어른이기에, 또 내가 남의 집에 들었기에, 3번의 절로 예를 표했다. 그 때만해도 왜 부처님과 스님께는 3배를 해야 하는지를 알지 못했다. 절이 끝나고 무릎을 꿇고 앉자 편히 앉으라고 말씀하셨다.

"그래, 무엇 때문에 절간까지 와서 방황을 하는가?"

"…."

처음 뵙는 스님에 내 속마음을 이야기하기는 아무래도 무리인 것 같기에 주시는 차만 홀짝홀짝 마셨다.

"이야기 해봐요. 내가 도움을 줄 수도 있을 테니까."

노스님은 얼굴에 미소를 띠다 못해 벙글벙글 웃기까지 하셨다. 한참을 바라보고 있자니 마치 대웅전에서 본 부처님의 모습과 흡사 닮은 듯했다.

"제 여식이 사법고시를 세 번이나 떨어지고, 네 번째 다시 시작을 했는데 1차 시험이 내일이랍니다."

내 이야기를 듣던 스님은 조용히 눈을 감고 그런 일이 있었냐는 듯 고개를 끄덕이셨다. 그리고 입으로는 내 말을 되 뇌이셨다.

"사법고시라… 사법고시라… 그것 때문에 얼굴에 근심이 하나 가득 차 있었구나."

젊은 스님이 끓여온 찻잔에서 퍼지는 향기가 코끝에 맴돌더니 이내 가슴으로 파고들었다. 순간 가슴에 수많은 꽃이 활짝 펴 온몸에 향기가 배는 듯했다. 스님은 그 때까지 눈을 감고 상체를 좌우로 흔들고 계셨다. 노스님께서도 차의 향내에 취했는지 눈을 뜨시더니 나에게 또 다시 뜨거운 차를 권했다.

"한 잔 더 드시지요. 마음이 가벼워질 테니까."

노스님도 차를 한잔 드시더니 갑자기 뒤로 돌아앉으셨다. 그리고 책상에 놓인 사진에 대고 크게 말씀하셨다.

"은사 스님, 이 처사님 여식이 사법시험을 본대요. 어찌해야 되겠습니까?"

그리고는 껄껄 웃고 계셨다. 한참을 생각하던 노스님은 자신이 목에 건 염주를 풀어 내 목에 걸어주시는 것이었다. 그 뿐이 아니었다. 자신의 손목에 차고 있던 단주도 풀어 내 손에 걸어주셨다. 그리고는 조용한 목소리로 말씀하셨다.

"처사님, 이 세상만사에 골몰하지 말고 사시오. 세상만사가 일체유심조─切唯心造로 모두 마음에서 스스로 지어내는 거야. 그러니 마음속으로 딸이 시험에 붙는다고 생각하고 얼굴부터 활짝 펴고 웃으라고. 미리 떨어진다고 생각하고 얼굴을 찡그리면 정말 떨어지는 거야."

노스님의 그 한마디에 그동안 목까지 차올랐던 체증이 다 내려가는 것 같았다. 나는 스님께 인사를 드리고 나오면서 배움이란 시간과 비례하지 않는다는 것을 깨달았다. 원효대사가 해골에 고인 물을 먹고 그리 시원하다고 생각한 것처럼 모든 만사는 마음에 있는 것이 맞는 듯하다. 집에 돌아온 나는 노스님께서 주신 염주는 책상에 고이 모셔두고 단주는 손목에 끼고 다녔다.

그러던 어느 날 친구를 만났다. 그는 내 손목에 낀 단주를 보고 물었다.

"아니, 친구도 절에 다니시나? 언제부터? 어느 절에 다녀? 이 단주는 보통 것이 아닌데 어디서 났어?"

오랜 불제자인 친구는 숨 쉴 새도 없이 내게 묻기에 바빴다. 예전에 그 친구가 절에 함께 다니자고 했지만 그 때만 해도 나는 배부른 중생이었다. 내가 마음만 먹으면 안 되는 일이 없었고 어려움을 겪어보지 못했으니 종교는 사치라고 생각했었다. 그렇게 자만함으로 뭉쳐져 있었다. 그러니 오늘날 조그만 어려움이 내 앞을 가려도 헤어나지 못하고 있었던 것이다.

"계룡산 신원사에 갔더니 글쎄, 거동도 잘 못하시는 노스님께서 자기 방으로 나를 초대하시잖아. 그리고 차를 한 잔 주시면서 이 단주와 염주를 주셨어."

내 이야기를 들은 친구는 그 노스님의 모습을 자세히 물었다. 나는 당시에 본 대로 느낀 대로 이야기해주었다. 그러자 그는 벌어진 입을 다물지 못하고 말만 더듬고 있었다.

"그런 일이 있었다고? 나는 벽암스님을 만나 법문을 듣고 싶어 신원사에 100번도 더 갔는데 단 한 번도 가르침을 받지 못했는데...."

"그 노스님이 벽암스님이라고? 벽암스님이 누구기에?"

"훌륭한 스님이지. 그런 스님한테 염주에 단주까지 받고, 스님께서 합격을 기원해 주셨다니 딸의 사법고시 합격은 따 놓은 당상이네 그려...."

친구는 호들갑을 떨며 손뼉까지 쳤으니 나는 정신이 하나도 없었다. 친구의 덕담을 한껏 듣고 온 그날 나는 인터넷을 뒤져 그 분의 신상에 대해 자세히 알아보았다. 벽암스님은 일본 간사이대학에서 신문학을 공부했다. 그리고 출가하여 정진한 끝에 불국사 주지를 거쳐 조계종에서 여러 일을 맡아 하셨으니 우리나라의 불교발전에 많은 공을 세운 분이고 수많은 제자들의 추앙을 받는 어른이 분명했다. 벽암스님의 방에서 사진으로 본 분은 적음스님으로 벽암스님의 스승이 분명했다.

다음 날 나는 친구와 함께 우리 집 앞에 있는 '세등선원'이라는 도심 속 가람을 찾아 처음으로 기도라는 걸 해봤다. 한참 부처님을 향해 기도를 드리자니 마음이 평안해지고 이번에는 딸이 시험에 꼭 합격할 것 같은 마음이 들었다.

"한 번 백일기도를 해 봐."

친구의 권유로 나는 100일간 지성을 드리기로 마음먹고 실행에 옮겼다. 그런 원인으로 절에 자주 나가다보니 부처님에 표하는 예에 대해 공부도 할 수 있었고 불교의 역사에 대해서도 관심을 갖게 되었다. 그리고 가끔씩 신원사를 찾았으나 두 번 다시 벽암스님은 만날 수 없었다. 또 그 해 우리 딸이 사법시험에 합격했으니 내 어찌 벽암스님과의 만남을 해우로 치부할 수 있겠는가? 그 분과의 만남은 분명 필연이었을 것이고 찰나의 가르침은 내 가슴에 깊이 남아 있다. 이후 나는 더욱 정진하여 불자로써 자리를 잡았으니 단 한 번 만난 그 분은 진정한 나의 스승이셨다.

"신원사 벽암스님이 입적하셨대."

내가 세등선원에서 불자의 길을 걷게 된 몇 해 뒤 대전의 세등선원에도 벽암스님의 입적 소식이 전해졌다. 나는 스승님의 다비식에 참석하기 위해 신원사로 차를 몰았다. 타오르는 불길에 두 손을 합장하고 스승님의 극락왕생을 빌었다. 그리고 서방정토에서 많은 불자에 끝없는 가르침을 주십사하고 머리를 숙였다. 그런 일이 있은 후 나는 새벽기도로 정진하기 위해 새벽 3시만 되면 세등선원으로 향한다. 그리고 기도를 드린 세월이 벌써 해수가 10년 가까이 되었다.

"어쩌면 저리 열심히 기도를 드릴까? 모범적인 처사님이야."

우리 절의 신도나 스님은 나의 정진을 칭찬하지만 늦게 얻은 종교이기에 더 열심히 노력할 뿐이다. 그러면서 잠깐 만난 벽암스님의 가르침을 영원히 잊지 않는다. 세상의 모든 일은 마음먹기 달려 있다는 일체유심조—切唯心造를 가슴에 담고 오늘도 절에서 내 마음을 닦는다.

이은영
rey1278@naver.com

# 시골 버스

　나무 여백을 돌아 나온 햇살 조각이 차창으로 다소곳이 기울다가 창의 표면에서 잘게 부서진다. 한 줄기 빛 사이로 떨어지는 창밖 풍경은 볕의 마디가 버스의 속도에 비례해서 드나듦이 불규칙하다. 가까운 산의 커다란 나무 끝에 빛이 고여 물결처럼 일렁인다. 층층이 겹을 이룬 초록이 재빠르게 뒤로 밀리며 스러진다. 무수한 푸름에 간혔던 풍경이 나를 거쳐 가고 금계국이 흐드러지게 피어 노란 손바닥을 펼쳤다. 그 사이로 드러난 하얀 길은 모서리를 둥글게 공글리고 우두커니 서 있다.

　오늘도 나는 시골 버스를 타고 여유로움에 몸을 담갔다. 창밖 풍경으로 오롯이 들어가고 싶다. 낡은 버스라 의자도 좀 불편하고 흔들림도 많지만 어릴 때의 추억이 서려 있어 난 시골 완행버스를 좋아한다.

　정류장마다 타는 사람도 내리는 사람도 거의 없지만 버스는 멈칫거리다 공글린 길을 밟으며 간다. 농사지은 채소와 과일을 팔러 가는 할머니의 고단함도 배어 있고, 비슷한 연배처럼 보이는 며느리와 시어머니의 외출도 보인다. 참 편안한 광경이다. 그때 덜컹거리는 버스의 진동으로 앞자리에 앉았던 할머니의 장바구니가 앞으로 쏠려 넘어지며 과일과 채소가 우르르 튀어나왔다. 여기저기 흩어진 토마토에서 눈물이 찔끔 삐져나왔다.

　물빛 서린 하늘이 해를 품고 작은 창에 가득 들어온다. 눈이 부셔 손으로 빛을 가렸지만 눈부심은 여전히 살갗을 뚫고 혀를 날름거린다. 나는 볕을 손등으로 가리면서도 이렇게 눈부신 날에 잔바람 안고, 시골길을 달리는 완행버스를 좋아한다. 복잡하고 휘청거리는 현대인의 삭막한 삶, 마음을 편안하게 땅에 내려놓지 못하는 초조함에서 벗어나고 싶었다. 뒤를 돌아다보면 초조할 만큼 바쁜 일이 있었던 것도 아니었는데, 하는 생각이 든다. 풍경에 젖어 내가 풍경이 되고, 들꽃의 흔들림처럼 내 마음도 여유와 일상의 소소한 기쁨으로 바람결에 얹혀 흔들리고 싶다.

오늘은 우연히 알게 된 할머니께 가는 길이다. 할머니를 처음 뵌 것은 대충 2년 전으로 기억된다. 인적 드문 시골의 한적한 길가에 앉아 계셨다. 약간은 멍한 눈빛과 흙이 말라붙은 헐렁한 바지를 입고 있었다. 낡은 보랏빛 슬리퍼를 한 짝만 신고 버스에서 내린 나를 물끄러미 바라보고 계셨다. 할머니가 혼자 계실 자리가 아니라는 생각이 들어서 왜 여기에 혼자 계시냐고 물었더니 아무 말씀을 안 하셨다. 한참 있다가 아기가 울고 있어서 빨리 가야 한다고 초조해하며 같이 가자고 내 팔을 잡아끌었다. 어차피 내가 가는 방향이라 할머니를 부축하고 같이 갔다.

횡설수설하는 얘기에 할머니가 알츠하이머를 앓고 계시나? 하는 생각이 들어 난감했지만 그대로 팔을 놓을 수는 없었다. 일단 집들이 옹기종기 모여 있는 마을로 가기로 했다. 아담한 마을의 지붕과 큰 느티나무가 굽어진 길 입구에 서 있었다. 큰 산이 품고 있는 작은 마을이었다. 인심이 후해서 그런지 집, 집마다 대문이 거의 없었다. 어디선가 동네 할머니 두 분이 우리를 보고 잰걸음으로 다가왔다. 어떻게 된 일이냐고 물으면서 할머니가 알츠하이머를 앓고 있다고 알려 주었다. 그리고 너무 고맙다면서 할머니의 딸에게 전화했다. 딸은 잠시 집안일 하는 틈에 주무시던 할머니가 소리 없이 혼자 나갔다고 했다. 십 여분이 지나자 딸이 왔다. 계속 찾아다녔다고 하면서 울먹거렸다. 그래도 멀리 가시지 않은 게 정말 다행이라고 말하며 연신 고맙다는 인사를 했다.

내가 가지고 있던 초콜릿을 할머니께 드렸더니 맛있게 드신다. 어쩐지 짠하다. 따님이 바쁜 일 아니면 차라도 한잔하자며 같이 가자고 했다. 할머니 집은 말끔하게 정리가 되어 있었다. 마당에는 빨간 접시꽃이 가지런하게 피어 있고 낮 달맞이꽃도 둥근 모서리에 소담스레 앉아 있었다. 이름 모를 초록이 삐죽이 고개를 내민다. 할머니는 피곤한지 마루에 누워 바로 잠이 들었다. 따님이 냉커피를 쟁반에 내어 와서 지나간 이야기를 하기 시작했다.

원래는 아들과 며느리하고 같이 살았는데 아들이 파산하면서 며느리까지 연락이 끊겨 할머니의 속앓이가 심했다고 했다. 지나간 일을 잊어버리고 싶어서 기억의 한 쪽 끝을 놓아 버린 거 같다고 했다.

할머니는 그 이후에 퇴행 행동을 하고 현재의 괴로움을 지우기 위해 자식들의 어린 시절로 기억이 되돌아간 거 같다고 했다. 늘 아이들의 밥을 해 줘야 하는데 아이들이 어디 갔는지 보이지 않는다고 불안해한다고 했다.

처음 뵈었지만 쓰라린 마음이 저며 왔다. 잠든 할머니 얼굴을 보니 잔주름에 세월의 고뇌와 인내가 배어 있는 듯했다. 아들에 대해 그리움이 깊은 주름의 틈 속에 고스란히 고여 있는 듯 힘겨워 보였다. 어머니란 존재는 자식이 늙어 가도 늘 품속 깊숙이 안고 살아가나 보다. 얼마나 참기 어려운 고통이었으면 잡고 있던 기억의 한 쪽을 놓아 버렸을까.

아까 처음 만났을 때 길에 덩그러니 앉아 있던 할머니의 감정을 잃어버린 눈매가 다시 또렷이 떠오른다. 남루하지만 외면할 수 없었던 기억이 파르르 떨려온다.

그 이후로 때때로 할머니가 좋아하는 사탕을 사 가지고 할머니 집으로 간다. 여유를 찾고 싶거나 완행버스의 풍경이 보고 싶어지면 또다시 나는 시골의 에움길을 지난다. 덜컹거리는 버스에 몸을 맡기면서. 이어폰으로 흘러나오는 선율 끝에 앉아 에메랄드빛의 눈부신 하늘을 눈에 가득 담는다. 풀빛 어리는 세상으로 끝없이 흘러가고 싶은 마음이 간절했었다.

할머니를 뵙고 온 날에는 엄마의 인자한 눈길이 떠오른다. 나를 따뜻한 품속 깊이 안고 살아가셨을 엄마가 참 많이 보고 싶다. 엄마 생각에 폭 젖을 수 있는 창밖의 풍경과 달리는 느린 속도를 좋아한다. 기다리는 사람 없어도 들꽃 하늘거리는 정류소마다 잠시 쉼표를 흘리고 가는 시골의 완행버스는 나의 소소한 충전이다.

언젠가 허전함이 밀려오고 삶이 팍팍 해지면 덜컹거리며 흔들리는 나의 마음을 단단히 다잡을 수 있도록 이 푸른 자리 길을 천천히 달리고 싶다.

# 사찰의 고요

             갈맷빛 그늘 사이로 창창한 햇살이 내려앉는다. 짙은 풀잎의 잎맥이 황금 선을 비스듬히 그어댄다. 이제는 계절의 뒤안길로 흩어져 버린 매화나무에 작은 딱새가 앉았다 무난한 착지를 위해 꼬리를 흔들며 스스로 중심을 잡는다. 두 음절의 짧은소리를 내는 부리가 빛을 등지고 입을 동그랗게 벌린다. 푸른 기운이 스며든 에메랄드빛 하늘이 미루나무 끄트머리에서 잘게 부서진다. 끊어질 듯 이어지는 에움길을 돌아가니 회색 자갈돌이 깔린 통도사의 사명암이 고즈넉하게 먼 산을 바라보고 있다.

    사명암은 자연 지세에 따라 북에서 남쪽으로 자리 잡고 있으며, 사방이 산으로 둘러싸여 있다. 과거 사명대사가 모옥을 짓고 수도하면서 통도사의 금강 계단을 수호하였다. 일승대와 월명정이라는 정자가 있다. 사람들은 월명정에 앉아서 휴식을 취한다. 올라오면서 흘린 땀을 식히기도 하고 차를 마시기도 한다. 사명암은 국가중요무형문화재 단청장 제48호이었던 승려 혜각이 주석 하던 곳이다.

    오늘날에는 통도사 사명암에서 승려 동원이 불모로 활동하며 단청의 전통을 이어가고 있다. 단청은 청색. 적색. 황색. 백색. 흑색 등 다섯 가지 색을 기본으로 하여 궁궐. 사찰. 사원. 등에 여러 가지 무늬와 그림을 그려 장엄하게 장식하는 것을 말한다. 오늘날까지 단청문화의 전통이 계승되는 나라는 우리나라뿐이다.

    암자의 처마 밑 얇은 은빛 목어가 바람 따라 떠돌고 투명한 현의 핏줄로 챙강거리는 악보의 음표를 다독인다. 소프라노의 맑은 피아노 음에 가까운 선율이 흐른다. 목어의 흔들림을 눈으로 따라가면 잔잔한 비색으로 덮은 연못의 수면에 금빛 윤슬이 맞닿아 빛이 향기를 드러낸다.

    하얀 다리 위에서 반영된 나뭇잎 떨군 옅은 물살을 한참 바라보니 마음의 잡다한 생각이 희미하게 옅어지고 투명한 공기가 가슴으로 스며들었다. 정신없이 흩어져 있던 잡동사니 물건들이 제자리에 차곡차곡 앉아 있는 듯하다.

계단을 밟고 올라가니 소나무의 갈라진 나무껍질에 담쟁이가 제 몸을 휘감고 어칠비칠 하늘을 향한다. 푸름을 잔뜩 품고 거친 비포장도로를 잘도 올라간다.

돌담 사이의 이음새가 규칙적인 선연함으로 반듯하고 돌의 평평함과 후덕함이 정겹다. 계단 위에서 내려다보이는 하얀 수련의 청초한 향이 스멀거리는 듯 노란 꽃술에 여러 갈래의 무수한 삶이 녹아 있다. 숨구멍을 열고 잡념의 물때를 떨구어 내는 연잎의 매끄러움이 한 방울의 물방울만 품고 있다. 비움의 미학으로.

창호지 문밖의 섬돌에 놓인 하얀 남자 고무신 한 켤레가 고즈넉한 풍경을 더해 준다. 지붕 뚫린 허공에서 목탁 소리와 불경 소리가 고요를 멈추고 사방으로 울려 퍼진다.

사찰을 품고 있는 영축산을 단단히 감고 어디선가 메아리가 되어 되돌아올 듯하다. 지나가던 까치가 돌 항아리에 고인 물에 목을 축이고 깃털을 가지런히 고르고 있다. 검은 깃털에 가려 영리한 눈이 보이지 않는다. 감나무 밑에 다람쥐가 경계하듯 둥근 등을 옹그리고 앉아 있다. 똘똘한 눈망울이 앙증맞다.

키 큰 수직의 나무 잔가지에 역광으로, 이름 모를 작은 새들의 무리가 나뭇잎처럼 새침하게 앉았다. 새가 나뭇잎인지 나뭇잎이 새인지 먼 높이라 구분이 어려웠다. 더군다나 깊은 속눈썹 같은 그늘을 가지 끄트머리에 살포시 얹어 놓았다. 그림자 짙은 공간이라 안심하고 쉬어 가려는 듯 한참을 단단하게 나무를 껴안고 있었다.

파르르 떠는 바람에도 아랑곳없는 동작으로 편안함을 꼬리에 묻고 휘파람을 불어 댄다. 산사의 넉넉함이 어린 생명까지 품는 둥근 마음으로 깃든 풍경의 한 자락을 보았다.

대웅전 입구에 자리한 하얀 돌로 새긴 문양의 연꽃이 날 반겼다. 섬세한 손길이 와 닿았다. 바람결에 밀려온 꽃향기가 스멀거리고 콧잔등을 간지럽힌다. 기와가 얹은 낮은 담벼락에는 갖가지 꽃들이 청초하고 고운 자태로 올망졸망 소담스럽게 피었다. 풀빛의 이파리가 청빈하다.

나도 저렇게 푸름을 가득 품고 싶어졌다. 물빛 가득한 연못의 반영은 있는 그대로의 투명함을 간직하고 휘청거리는 삶의 속내를 드러냈다. 많은 것들을 가슴에 품으려는 나의 욕심이 과했던 거 같다. 투명한 속마음 앞에서 부끄럽고 숙연해졌다.

사람들의 시선을 보지 않고 쉼 없이 올라가는 으아리의 야무진 손끝을 보면서 자연 앞에 드러난 인간의 나약함이 시리게 가슴을 스친다. 속내를 내보여도 좋을 그런 마음의 여유를 가지고 세상의 소통을 향하여 그렇게 넝쿨이 되어 하늘을 바라보며 한 땀씩 살아 내고 싶다.

어느새 해 질 녘의 보랏빛 어스름이 서서히 내리고 산허리에서 불어오는 부드러운 바람 한 자락이 얼굴을 감싼다. 약수의 흔들리는 결에 꽃잎 몇 장이 여름을 담가 놓았다. 저녁의 서늘함은 여름의 총총 맺힌 땀방울을 씻겨 주고, 곧 어둠의 깊이에 가슴을 움츠리며 밤을 건디어나가겠지

창문에서 하얀 등이 하나씩 켜지고 어둠에 가려 노송의 끝이 보이지 않는다. 산사의 하루가 고요 속으로 잦아들고 달무리 진 달빛이 형형하다. 스님들의 말갛게 비운 참선만이 정적을 깬다. 밤인데도 대웅전 안에는 기도하려는 사람들이 많았다.

불빛 흘러나오는 대웅전에서 둥근 무릎 꿇어앉아 겸허한 마음으로 살아갈 수 있도록 기도하고 가야겠다.

환한 등이 드문드문 매달린 허공의 밝음에 감사하며 굽은 길의 곡선을 찬찬하게 내려왔다. 어둠에 젖은 나무들이 청처짐 한 눈꺼풀을 내렸다. 가로등의 창백한 불빛이 비치는 각도에서 점점 멀어질 때 희미한 어둠 속에서 올라오던 스님 한 분의 편안한 표정이 시선에 비친다. 사찰의 풍경과 닮은 스님의 숙연한 합장에 나도 두 손을 가지런히 모았다.

이정수
egooa@hanmail.net

# 마음을 읽어주었을 뿐인데

"○○야! 힘들지?"

작은 풀잎처럼 생긴 ○○의 눈은 나의 말 한마디에 가을 단풍처럼 붉어지더니, 곧이어 물방울이 맺히고 고이더니 울음을 타고 흘러내렸다. 왜 우는 지를 묻지 않고 마음으로 눈물을 받아만 줬던 그날을 돌이켜보면, 28년 교직생활에서 했던 상담 중 최고였다.

나는 학년 초에 출석번호 순서대로 학생들과 상담을 하고 있었다. 그런데 그날 아침 조회시간 내 눈에 들어 온 ○○는 고개를 숙이고 있었다. 나의 시선은 ○○의 등에 머물렀고 그곳에서 슬픈 낯빛과 표정이 읽혔다. 단순히 힘든 것이 아니라 '나 힘들어요.'하는 작은 움직임과 떨림도 있었다. 그런 감정을 느낀 나는 ○○의 상담 순서까지 남은 며칠을 기다릴 수는 없었다. 나는 ○○의 오른쪽 귀 30cm 남짓한 거리에서 나지막한 목소리로 "○○야! 복도에서 데이트를 하자."고 했다. 나의 말에 ○○는 고개는 들었지만 나와 마주칠 눈길은 피했다. ○○에게 복도로 나가자는 손짓을 했다. 그 때까지만 해도 눈은 붉어져 있지도 눈물이 맺혀있지도 않았다.

앞문을 열고 복도로 나갔다. ○○는 복도 창밖을 볼 수 있는 자리에, 나는 벽 쪽에 몸을 반은 감추고 옆으로 서서 ○○에게 "○○야! 힘들지?" 라고 했다. 나의 말은 일상적이지 않았다. 그냥 힘들어보여서, 힘들어하는 마음이 느껴져서 한 말이었을 뿐이다. 그 말이 끝나고 있을 때, ○○는 어깨 쪽 작은 떨림과 함께 소리 없는 눈물을 흘렸다.

남자담임선생인 나는 상담에서 생각도 해 본 적이 없는 여학생의 눈물에 순간 당황스러웠고 놀랐다. 나는 속으로는 왜 그러는데... 하였지만 들리지 않는 눈빛으로 ○○를 잠깐 쳐다봤다. 내 눈빛을 본걸까. ○○는 복받치듯 울었다. 그 날은 개학 후 며칠 지나지 않은 날이었다. 더욱이 서로에 대해 가릴 것 가릴 정도의 시간이었음에도 불구하고, 오래 알고 지낸 사이처럼 스스로의 감정에 복받치는 울음 소리는 호흡하듯 그치지 않았다.

　나는 생각할 시간도 없이 주머니에서 손수건을 꺼내서 ○○의 손에 쥐어주었다. 손수건을 받아서는 눈물을 닦았다. ○○의 울음소리는 복도에서 교실 안까지 들릴 정도의 소리를 내며 울기 시작했다. 교실에 있던 두 명의 여학생이 울음소리를 들었는지 앞문을 미간만큼 열고 우리 둘의 상황을 걱정스럽게 살폈다. 나는 여러 면에서 당황했다. 잠시 후 당황함을 멈추고 주변을 살필 때쯤에 지나가던 선생님 한 분과 몇 명의 학생들이 우리들의 상황을 걱정스런 낯빛과 호기심으로 쳐다보는 장면들도 시선에 들어왔다. 나는 주변 장면들에 신경 쓰지 않고 ○○에게 "울고 싶으면 실컷 울어라."고 했다. 힘들 일이 있거나 울고 싶은 일이 있을 때에는 우는 것이 최선의 방법이라는 것을 나는 오래 전부터 알고 있었기 때문이다. 그 어떤 말로도 위로가 되지 않는 때가 그렇다. 나는 경험상으로 그날 그 시간의 ○○가 원하는 그런 때라는 느낌을 받았다.

　'너가 슬프거나 속상한 일이 있나보구나. 왜 무슨 일이 있는 거니?'하고 묻고 싶은 생각을 ○○에게는 말하지 않았다. 그냥 울음을 그치고 눈물을 다 쏟을 때까지 옆에서 곁에서 기다려주는 일이 내가 할 수 있는 전부였다. 그런데 시간이 지날수록 무슨 일인지 궁금해지기 시작했다. 그러나 이내 든 생각은 내가 알고자 한다고 해서 말해 줄 것 같지도 않다는 것이 느껴졌다. 내가 당시의 상황에서 할 수 있는 일이라고는 서럽게 우는 소리와 눈물을 말없이 마음으로 받아주는 것뿐이었다.

　○○는 20분 남짓 울었나보다. 교실에서 복도로 학생들이 웅성거리며 나오기 시작했다. 아침자율학습시간이 다 지난 것이다. ○○는 그때서야 울음을 그쳤고 내게 "고맙습니다. 손수건은 빨아서 드릴게요."라고 했다. "다 운거니? 정말 다 운거니?" 나의 말에 "다 울었어요. 감사합니다."했다. 주변이 시끄러워지기 시작했음에도 벽이 갈라진 정도의 거리만큼 둘은 서있었기에 또렷하게 들은 말이었다.

　교실에 ○○가 먼저 들어갔고 뒤따라 내가 들어갔다. 교실에는 자리에서 일어난 학생들이 한 명도 없었고 침묵했다. 그런데 분위기를 깨고 한 명의 여학생이 "쌤! ○○를 왜 울리고 그러세요."라고 했다. 나는 쳐다보지도 대꾸를 하지 않았다. "왜 제 말을 씹냐고요." 그 여학생은 내가 ○○를 울린 것으로 생각하는 것 같았다. 학급 학생들 대부분도 그렇게 생각하는 듯한 표정들이었다. 나는 다른 학생들이 ○○에게 왜 울었는지에 대해 묻게 되면 난처해질까 봐 걱정이 되어 "내가 말실수를 해서 ○○를 울게 했다."라고 말하고는 교실을 나갔다. 왜 우는 지를 묻지 않고 마음으로 눈물을 받아만 줬던 그날을 돌이켜보면, 29년 교직생활에서 했던 상담 중 최고였다.

○○는 성격이 예민하고 복잡한 학생이었다. 친하게 지내는 친구 몇 명 외에는 관계를 맺으려고도 하지 않았다. 선생님들이 뭘 물어보더라도 대답을 잘 하지 않는다고 전해 듣기도 했다. 잔지 말이 없고 자주 우울해했을 뿐, 누군가에게 피해를 주거나 누군가의 입방아에 오르내리지도 않았다. 쉬는 시간에도 친구들과 어울리지 않고 공부를 하는 있는 듯 없는 듯한 학생이었다. 쉬는 시간에는 수학문제집을 푸는 경우가 대부분이었다.

종례시간에 ○○는 낯빛과 표정이 아침과는 달리 밝아져 있었다. 그런데도 나는 상담에서 울기만 했던 ○○가 머리와 생각에서 떠나지를 않았다. 나는 학생을 체벌하거나 아프고 슬프고 힘든 학생들과 상담을 한 날에는 거의 대부분 집까지 1시간 30분 남짓 걸리는 거리를 걸어서 퇴근하는 습관이 있었다. 왜, 언제부터 그런 습관이 생겼는지는 나 자신도 기억하지 못한다. 한참을 걷다가 ○○에게 전화를 했다. 통화는 하지 못했다. 걱정하며 걷고 있었는데 잠시 후 문자가 왔다. 학원 수업시간이어서 전화를 받지 못했다고 했다. "○○야! 괜찮은 거지?라는 나의 문자에 "네 괜찮아요. 감사합니다."라는 답장이 왔다. 그 문자를 받고 마음이 조금은 놓이기는 했지만, 걱정까지 잊히기에는 충분하지 않았다.

○○으로부터 온 문자를 한참을 보다가 또 한참을 망설이다가 ○○의 어머니에게 전화를 했다. 신호음이 끊어지면서 잠시 침묵 그리고 들려온 목소리 "선생님, 안녕하세요." 학부모총회 때 오셨던 기억이 없는데, 그날 오신 분들에게만 내 전화를 알려드렸었는데…"아 네, ○○ 어머님이십니까?" "네, 선생님" 나는 그 순간을 준비 없이 망설이다가 이내 "혹시 따님에게 무슨 일이 있습니까." 잠시 또 침묵 후에 "왜 무슨 일 있었는지요." "무슨 일이라기보다는 제가 놀라고 궁금한 일이 있어서요. 오늘 따님과 상담을 했는데, 힘들어 보이기에 '○○야! 힘들지'라고밖에 하지 않았는데, 글쎄 말이 채 끝나기도 전에 눈물을 뚝뚝 흘리더라고요." 조금 긴 침묵 후에 "네 선생님, ○○가 울고 싶은 것을 선생님이 건드린 것 같습니다." 나는 예상하지 못한 어머니의 답변에 당황했다. 다음 순간에, 그것이 무엇인지 더욱 궁금해졌다. 그러면서 들었던 생각인데, 어머니께서도 딸의 마음을 잘 읽고 있다는 생각에 안심은 되었다.

어머니 말씀은 딸이 울고 싶었을 것이라고 하셨다. 나는 조심스럽게 그러나 꼭 알고 싶어서 "왜 어머니께서는 그리 생각하시는 지 실례되는 말씀 같지만 해 주실

수 있으신지요?" 어머니는 잠시 망설이시는 것 같더니 당신도 알고 힘든 일임이 내가 느껴질 정도의 목소리로 "다 저 때문입니다. 제가 엄마답지 못하고, 엄마역할을 제대로 하지 못해서 그랬을 것입니다." 어머니는 딸이 운 것의 원인을 확신하고 있었다. 그러면서 말씀을 잇기를, 딸은 엄마가 직장을 다니지 않고 맛있는 밥도 해주고, 일상적인 얘기까지도 말벗이 되어 주기를 원했다고 말씀하셨다. 직장을 다니면서 음식도 딸의 마음도 챙겨주지 못한 것에 늘 미안한 마음을 갖고는 있었다고 하셨다. 그러나 직장을 그만 두고 전업주부로 생활하는 것은 끔찍하게도 싫었다고 하셨다. 집에 있으면 숨이 막히고 우울하다는 것이었다. 그렇지만 엄마는 자신만을 위해서 살 수 없는 것 아니냐고 하셨다. 엄마가 되면 안 되는 사람이 엄마가 되었다고 자책도 하셨다. 자신의 삶을 포기하는 것이 너무 힘들어서 여러 날을 고민한 결과 딸의 소원대로 직장을 그만 두었다고 하셨다.

딸의 소원대로 자기 딴에는 저녁을 맛있게 해서 밥상을 차려주었는데, 그때마다 "엄마 왜 이렇게 맛이 없어. 이걸 먹으라는 거야."라고 할 때마다 자신의 자존감은 낮아졌고 하기 싫은 것을 억지로 하고 있는 자신에게도 짜증도 났다고 하셨다. 딸에게 맛있는 밥을 챙겨주겠다는 마음으로 요리학원도 다녔다고 하셨다. 그러나 딸의 반응은 달라지지 않았다고 했다. 사람마다 잘 하는 것이 있는데, 요리는 노력해도 나아지지 않았다고 했다. 맛은 없어도 자신을 위해 노력하는 마음을 인정해주지 않고 화만 내는 딸에게 서운함이 컸다고도 하셨다. 그 때마다 초등학교교사였던 자신의 직업을 그만 둔 것이 후회도 되었고, 왜 이렇게 살아야 하는 지에 대한 회의감에 때문에 부부싸움도 잦아졌고, 우울증으로 치료를 받고 있다고도 하셨다.

초등학교교사를 그만 두고 집에서 살림만 한 지난 몇 개월간은 딸에게 시집살이를 하는 기분이었다고 울먹이며 회상도 하셨다. 어머니의 말씀을 들으면서 내 머릿속으로는 엄마와 딸이 티격태격하는 여러 장면들이 떠올려졌다. 그 후에 각자의 방에서 우울한 시간을 보내는 모습까지. 어머니와의 전화통화의 내용과 목소리와 감정은 고스란히 나의 마음으로 전해졌고 온 몸은 지쳐갔다. 나는 주저앉고 싶을 만큼 힘들었다. 정신과의사가 되지 않은 것에 감사했다. 나는 어머니와 딸이 참 많이도 닮았다는 생각을 했다. 딸이 아닌 어머니와 상담을 했어도 딸처럼 우셨을 것이라는 생각을 했다. 어머니는 집이라는 공간에서의 심리적 답답함과 노력에 대한 인정을 받지 못하는 자신에 대해 안쓰러움과 자책감을 강하게 느꼈던 날들을 살고 계셨다.

○○가 손수건을 깨끗이 다려서 자기고 온 날은 그 날 이후 사흘만이었다. 손수

건을 늦게 갖고 와서 죄송하다고 말하면서 손수건은 자신이 손으로 빨았고, 다림질은 엄마가 했다고 말했다. 그 날 손수건과 함께 샌드위치도 함께였다. "이 샌드위치 네가 사온거니?" "아니요. 엄마가 선생님 갖다드리라면서 주신 거예요." 시중에서 파는 샌드위치 포장이었지만 가게 이름이나 상표가 보이지 않았다. 나중에 안 사실이기도 하지만 엄마가 만들어준 수제샌드위치가 분명했다. 나는 어머니와의 통화를 기억하고 있었기 때문에 맛이 아니라 정성으로 먹겠다고 생각하고 한 입 베어 물었다. 그런데 모두 거짓말, 하나 더 있으면 먹고 싶다는 생각이 들만큼 맛있었다.

하루는 ○○가 아침자율학습 시간에 교실에서 나가는 내게 또 샌드위치를 주는 것을 받았다. 이번 샌드위치는 예전에 먹었던 것과는 모양과 재료가 달랐다. 엄마 음식 중에서 그나마 ○○가 사서 먹는 음식보다 맛있다고 한 유일한 음식이라고 했다. 이 수제샌드위치는 요리학원에서 배운 것도 아닌, 재료가 다름에도 불구하고 맛있었던 경험을 떠올려보면, 어머니만의 맛인 것도 알게 되었다. 그 이후 소풍날에도 또 한 번 어머니께서 ○○에게 보낸 샌드위치를 먹어보는 기쁨을 갖게 되었다. 그날도 모양과 재료가 다른 샌드위치였다.

나는 딸과 엄마를 생각해본다. 세상에서 가장 행복한 엄마는 딸자식을 둔 엄마라고 하던데... 그리고 보면 엄마와 딸은 나이 들면서 친구처럼 사는 것을 주변에서 흔히 봐왔기도 했다. 어느 가정에서나 엄마와 딸은 하루에 몇 번씩 좋고 싫은 것 사이에서 다툼과 화해가 반복적으로 이루어진다고 했다. 몇 분, 몇 시간 사이에서 항상 있는 일들이라고도 들은 적이 있다. ○○의 얼굴 표정은 어느 날은 밝았고, 어느 날은 어두웠다. 나는 그 표정이 엄마와 딸 사이의 감정표정이라는 것을 알게 되었다. ○○와 함께 하는 날들이 지나면서 그날 퇴근길에 어머니와 통화했던 내용들을 ○○을 통해서도 전해들을 수 있는 사이가 되어 있었다.

내가 통화만으로 듣고, 수제샌드위치 맛으로 만난 어머니는 딸의 엄마가 되는 것보다 제자의 선생님이 되는 것에 보람을 크게 느끼는 분이라는 생각을 했다. 나의 제자 ○○는 엄마의 딸로도 친구들의 친구로도 힘든 성격이었다. 둘은 많이 닮기도 했지만, 다른 엄마와 딸! 가끔은 어떻게 살고 있는지 궁금한 날들이 있다. 그러나 7년 동안 사용했던 갤럭시S2가 손바닥에서 뜨거워지더니 사망한 사건 이후, 저장돼있던 전화번호가 사라져서 연락할 수도 없게 되었다. 꼭 ○○에게 연락하기 위해서만은 아니었지만, 사망한 스마트폰의 자료를 복구하기 위해 포렌식업체를 찾아가봤다. 복구가 불가능하다고 했다.

    또한 ○○는 학창시절 친구들을 만들지 않았던 터라 누군가에게 물어볼 연락처
도 없다. 나는 다만 엄마의 수제샌드위치 맛을 사랑으로 기억하는 딸로 살기를...
누군가는 나처럼 울음이 가득차면 비워주는 사람을 만나기를... 아니지. 울음이 차
지 않게 하는 사랑하는 사람을 만났기를... 바라는 마음뿐이다. 공부는 잘 했으니
한국사회에 꿈의 열매는 맺었겠지... 걱정하는 것이 아니다. 나는 ○○를 만나는
날까지 궁금할 뿐이다. 궁금한 시간들은 그 때에서 매일을 살아가면서, 그 날 말없
이 받아주기만 했던 눈물이 지금은 내 마음에서 벅차게 빛나고 있다.

# 내가 던진 건,
# 신발 한 짝과 너의 반이었다

학교 등교시간이 자유로운 ○○는 교복을 줄여 입은 적이 한 번도 없었다. 술과 담배를 하는 친구들과 어울려 놀면서도 생활지도부에 불려간 적도 없었다. 수업시간에 잠을 자는 일은 일상이었지만 교과 선생님들에게 불량한 언행을 했거나 수업에 방해되는 행동을 한 적도 없었다.

수업시간 유일하게 잠자지 않고 책을 펼쳐놓고 공부한 것은 문학 한 과목뿐이었다. 그 외의 수업시간에는 책 없이, 작곡을 위한 오선지 노트만이 책상에 있곤 했다. 공부에는 조금의 관심도 없었지만 공부 머리는 타고나선지 전교에서 중간 정도의 성적은 항상 유지했다. 문학수업 외에 학교에서 유일하게 관심을 갖고 열심이었던 활동은 밴드동아리에서 전자기타를 연주하는 것이었다.

어느 날 아침이었다. 평소 아침 조회 시간 이전에 아주 특별한 일이 아니면 교실에 가지 않던 나였다. 그런데 그 날은 교실에 가보고 싶은 생각이 들었다. 교실 근처 복도를 걸어가고 있는데 어디선가에서 기타소리가 들리는 것 같았다. 교실 쪽으로 가까이 다가갈수록 기타소리는 선명했다. 그 소리의 진원지는 내가 담임인 학급이 분명했다. 날도 밝지 않은 이른 시간이라 내 귀를 의심했다. 뒷문 앞에 서서 기타 연주를 한참동안 들었다. 연주의 리듬은 끊어지지 않았지만 기교만이 넘쳤다.

아직 아침이 밝기 전이라 쪽문으로 바라본 교실은 검은 종이를 보는 것처럼 어두웠다. 그 어둠 속에 소리는 있었지만 사람은 보이지 않았다. 교실 뒷문을 열었다. 어둠 속에서 소스라치게 놀라는 묵직한 검은 물체가 흔들리는 것이 느껴졌다. 그 순간 기타소리는 멈추었다. "누구야?" 나는 대답할 시간도 주지 않고 불을 켰다. 가택 침입한 도둑놈이 예고도 없이 들어온 주인을 보고 놀란 표정이 역력했다.
"너 지금 이 시간에 뭐하는 거야."

놀란 표정은 온데간데없고 불만스럽게 나를 쳐다보는 눈빛이 느껴졌다. 그 눈빛을 향해 나는 돌직구를 날렸다.

"내가 기타를 쳐도 너보다는 잘 치겠다. 지금 이 시간에 뭐하는 거야. 장난질 그만두고 공부나 열심히 해라." ○○는 웃기지도 않는다는 표정으로 나를 째리면서 쳐다보면서 "제가 선생님보다 기타를 못 친다고요. 한 번 쳐보실래요."했다. 나는 대꾸도 하지 않았다. ○○는 설치했던 앰프를 정리하면서 퉁명스러운 말을 툭툭 내뱉었다.

조회시간에 ○○는 보이지 않았다. 학급의 학생들한테는 ○○가 일찍 등교했다는 말은 하지 않고 ○○는 아직 등교하지 않았느냐고 물었다. 회장은 "○○는 좀 전까지 있었는데요."라고 했다. 나의 눈은 ○○의 자리에서 뭔가를 찾고 있었다. 책가방이 있는 것을 보고는 안심을 했다. 그날은 문학시간에도 잠을 잤다.

그 날 이후 ○○는 나에 대한 행동과 태도에 작은 변화가 생겼다. 지각이나 결석을 하는 날에 이유를 물으면 변명이라도 했었는데 이제는 대답조차 하지 않았다. 하루에 몇 번이라도 볼 때마다 인사를 했었는데 본척만척했다. 나는 이와 같은 변화에 대해 문제를 삼지도 반응도 하지 않았다.

어느 날에는 7교시에 등교했다. 그동안 지각 중에서 가장 늦은 등교였다. 다음 날에는 무단으로 결석했다. 결석한 다음 날에 나는 ○○를 교무실로 불러 앉히고서 "공부를 하고 안 하는 건 오롯이 너의 선택이지만 네 마음대로 기분대로 등교하는 제자를 가만둔다면 내가 선생이 아닌 거지? 네 마음대로 할 거라면 학교가 필요하지 않은 것 같은데. 그렇다면 학교를 그만두고 네가 하고 싶은 것을 하는 것이 정답이라고 생각하는데..."라고 했다. ○○는 나의 말에 자신도 학교를 그만 두는 것이 이성적으로는 맞지만 감정적으로는 다르다고 했다. 그래서 학교는 다닐 것이라고 했다.

"너의 선택과 결정이 그렇다면 존중한다. 그런데 말이다. 내가 널 존중해 주는 만큼 등교시간은 지켜라."하고 부탁을 했다. 내 말을 들은 ○○은 무슨 생각을 했는지 등교시간을 노력하겠다고 했다. 뭔가에 노력해 보겠다는 말을 담임에게 한 것은 처음이었다. 난생 처음 한 말이라 그 말을 믿었다. 그런데 결과는 말뿐이었다. 나는 배신감을 느꼈다. 물론 자기 나름의 노력은 있었을 거라고 생각했다. 그러나 실천은 없었다. 나는 말만이라도 해 준 것에 고맙게 생각했다.

어느 날이었다. 5교시 수업을 마치고 교실을 나오는데, 복도 저 밀리서 ○○가 체육복을 입고 등교를 하고 있었다. ○○는 나를 보고서도 모른 척 뒤돌아섰다. 내가 자기를 보지 못했다고 생각하고 한 행동이었을 것이다. 체육복을 입고 등교한 일이 없던 ○○다. 나는 "김○○!" 하고 불렀다. 나는 화가 났을 때 누군가를 부를 때는 성까지 붙여서 부르는 습관이 있다. 내가 부르는 소리에 ○○는 내게로 뛰어 왔다.

"너 오늘은 왜 늦었어? 너 뭐야. 왜 날 보고서도 못 본 척하고 뒤돌아 서거니? 너 나하고 뭐 하자고 하는 건데. 그리고 이제는 교복도 안 입고 등교하니?" 나는 오른손을 들어 때리려고 했다. 뒤로 살짝 물러서는 ○○에게 "어 이거 봐라. 너 이리 안 와"라고 하자 "아 왜 그러냐고요. 학교에 왔으면 됐잖아요." "너 지난번에 등교시간 노력하겠다고 했잖아. 지키지 못할 거면 말하지 않았어야지. 왜 약속하고서 기대하게 한 건데. 그래 약속하고서도 지키지 못할 수도 있어. 나쁜 놈, 날 보고서도 못 번 척하고 행동한 것에 무지 화가 난다. 난 너한테 그 정도의 사람인거야." 말이 끝나고 또 다시 손을 올리자 ○○는 뒤로 물러나며 도망치려했고, 그 순간 옷을 잡은 내 손을 뿌리치며 뒷걸음치다가 신발 한 짝이 벗겨졌다.

나는 벗겨진 신발 한 짝을 급히 집어서 복도창문이 열려있는 운동장으로 던졌다. 내가 신발을 던지자 "신발을 왜 던지냐고요? 주워 와요. 주워 오라고요. 아씨~ 짜증나." 나는 순간 이성을 잃고 화를 냈다. "넌 저게 신발로 보이지?" 나도 모르게 ○○이를 비아냥거렸다. "그럼 신발이지 뭐예요. 빨리 주워 오란 말이에요." "이 단순한 새끼. 난 창밖으로 신발과 함께 너를 던진 거야. 그리고 내가 미쳤니. 내꺼도 아닌데 내가 왜 줘와. 줍고 싶으면 니꺼니까 니가 주워오던지" 신발과 함께 너를 던졌다는 말에는 반응도 없이 오르지 신발에만 관심이 있었다. ○○는 분노의 눈빛을 하고 니가 안 주워오냐 보자는 식으로 대들었다. 나는 "니가 주워오던지 말든지 알아서해"라고 화를 던져놓고 그 자리를 떠났다. ○○는 그런 나의 뒤를 몇 걸음 쫓아오더니 어떤 반응을 보이지 않자 무슨 생각을 했는지는 모르지만 더 이상은 따라오지 않았다.

다음 시간 수업 가는 길, ○○는 복도에 보이지 않았다. 창밖으로 신발을 던졌던 곳을 봤다. 신발은 그곳에 없었다. 나는 당연히 주워 갔을 것이라고 생각했다. 내가 생각했던 대로 ○○는 신발을 주워 갔다. 전날 저녁부터 그날 아침까지 ○○는 아버지로부터 그렇게 마음대로 학교 다닐 거면 자퇴하라는 말을 들은 날이었다는 사실을 며칠 지난 후에 ○○의 어머님을 통해 알게 되었다. 아버지가 ○○의 교복과 교과서를 불태웠다고도 했다.

지금 내가 그때를 회상해 보면, "내가 던진 건 신발 한 짝과 함께 너의 반이었다."는 그 말이 여러 가지 생각과 추억을 떠올리곤 했다. 그날을 ○○는 내가 신발을 던졌다는 것만을 기억했고, 나는 신발과 함께 ○○에 대한 내 생각의 반을 던졌던 것으로 기억하고 있다. 지금에 와서는 ○○와 내가 그 날의 그 사건을 함께 행복한 추억으로 기억하고 있다는데 감사하고 있다.

○○와 어울려 놀던 친구 5명은 이런저런 이유로 학교를 그만뒀다. ○○만이 3학년에 진학했다. 다음해는 내가 담임도 아니고 수업도 하지 않았기 때문에 ○○를 학교에서 만나는 일은 거의 없었다. 어쩌다 마주치면 인사를 해도 나는 아는 척을 하지 않았다. 그럼에도 불구하고 ○○는 나를 만날 때마다 인사를 했다.

어느 날 퇴근을 하는데 누군가 말도 없이 백허그를 했다. 순간 나는 놀랐다. 내가 뒤를 확인하기도 전에 "선생님 저 대학 붙었어요." 나는 ○○라는 것을 목소리만으로도 알 수 있었다. 나는 내 허리를 감은 두 손을 풀었다. 축하의 말은 뒤도 돌아보지 않고 걸어갔다. ○○는 그런 나의 행동을 예상하지 못했을까 더 이상의 말도 행동도 없었고 따라오지도 않았다. ○○를 뿌리치고 가는 나에게는 어떤 감정도 남아있거나 생기지 않았다.

졸업을 한 ○○는 스승의 날 즈음하여 몇 년 동안 문자나 전화를 했지만 나는 답장도 전화도 받지 않았다. 몇 년 후에는 자연스럽게 ○○로부터 연락도 끊어졌다. 가끔 2학년 때 같은 반이었던 제자들을 만날 때, ○○의 소식을 물은 적이 있었다. 연락하고 지내는 친구들은 없다고 했다. 소문에는 라이브음악카페를 운영한다는 말을 전해 들었을 뿐이라고 했다.

어느 해 여학생 교실에서 수업을 하고 있는 날이었다. 학생들이 웅성웅성했다. "선생님 밖에 누가 왔는데요." 학생들의 시선은 쪽문을 향해 있었다. 그곳 쪽문 밖에 ○○가 있었다. 나는 못 본 척하고 수업을 계속 이어갔다. 그런데 학생들은 또다시 웅성거리기 시작했다.

"선생님 나가 보셔야겠는데요. 아직 안 갔어요." 나는 수업에 집중하지 못하는 학생들을 위해 하는 수없이 앞문을 열었다. 그리고 다짜고짜 "너 왜 왔니?"라고 했다. 나의 말에 ○○는 당황하는 기색도 없이 "저 며칠 후에 군대를 갑니다. 군대 가기 전에 전국여행을 떠나려고 하는데 선생님을 만나고 가고 싶어 왔습니다." 나는 ○○가 군대를 간다는 말에 "그래 그럼 여행하고 군대 가기 전에 들리거라. 밥이나 먹자."하고 보냈다. 군대 가기 전에 들리겠다고 해서 기다렸는데 그 후에 소식이 없었다. 소식이 오기만을 기다리던 어느 날에 그날 전화번호라도 받아둘 걸 하는 생각을 했었다.

또 그렇게 몇 년이 지난 올해 2월에 ○○로부터 전화가 왔고 통화를 했다. ○○

는 5월에 선생님이 계신 모교로 교생실습을 갈 수 있는지를 물었다. 나는 "졸업생이 교생으로 오겠다면 받아주긴 하는데, 확실한 것은 교생담당선생님에게 확인하고 전화를 줄게."했다. 교생담당선생님에게 확인한 결과 가능하다는 얘기를 들었다. 나는 ○○에게 전화로 "가능하다고 말씀하시는구나. 네가 시간이 되면 직접 그분을 찾아뵙거라. 아니면 직접 전화를 드리고 부탁하는 것이 예의다."라고 했다. ○○는 감사하다며 그러겠다고 했다.

　5월에 교생 와서 내가 근무하는 교무실로 온 ○○를 만났다. 나는 사범대학을 간 것도 아닌데 왜 교사가 되고 싶은지가 궁금했다. 내가 그 이유를 물었는데, "선생님께서 기억하실지 모르겠는데, 제게 음악적인 재능이 없으니 그만 둬라 하였었지요.""어, 그랬었지. 기억하고 있다.""저는 그때 재능도 있고 좋아하는 일이라고 생각하고 열심히 했습니다. 그런데 몇 년 전에 재능이 없다는 것을 깨달았습니다. 그리고 든 생각은 이렇게 살아서는 안 되겠다였습니다. 제 자신을 돌이켜보게 되더라고요. 저의 결론은 꼭 선생을 하고 싶었고, 선생을 하면 잘 할 것 같았고, 안하면 후회할 것 같은 생각이 들었습니다.

　그 때 지난날의 담임이셨던 선생님 같은 선생님이 되고 싶다는 생각이 들었습니다. 그래서 교육대학원에 갔습니다.""그랬었구나. 음악적인 재능이 없다는 것을 알고 자신의 삶을 돌아보는 기회가 있었구나.""내가 알기로는 부모님 두 분이 선생으로 알고 있는데.""네 선생님도 기억하시는군요. 두 분 모두 선생님입니다. 제가 부모님께 선생을 하고 싶다고 말씀드렸습니다. 그랬더니 늦은 나이에 그리고 학교현장이 예전 같지도 않는데... 왜 고생을 사서하려고 하니?라고 하셨습니다. 그럼에도 불구하고 부모님이 걱정하시는 학교 현장의 어려움과 환경을 듣고 알았으면서도 꼭 선생이 되고 싶었습니다. 선생님 같은 다른 학교가 아닌 모교의 국어 선생이 되고 싶습니다."고 말했다.

　"나 같은 선생이 어떤 선생인지 잘 모르겠고, 꼭 선생을 모교에서 해야 하는 너의 이유도 솔직히 난 이해가 되지 않는다. 어디서건 선생이 되고 싶은 거면 근무지가 중요한 것은 아니라고 생각한다.""전 학생 때 아무 생각이 없었어요. 또 어울려 지내던 친구들 모두 퇴학당하고 저만 졸업했잖아요. 제가 새로 학교를 다닌다는 생각으로 저 같이 생각 없는 그리고 퇴학당한 친구들과 같은 조짐이 있는 후배를 가르치는 일은 보람 있고 행복할 거라는 확신이 있습니다. 무엇보다도 선생님께 제가 떳떳할 수 있을 것 같아서입니다." 나는 ○○의 얘기를 짐심을 다해 진지하게 들었다. "네 생각과 결심이 그렇다면 네가 원하는 대로 될 거야."라고 했다. 내가 너에게 궁금한 것이 또 하나 있다. "학창시절에 날 미워하거나 원망하는 마음은 없었니?"라는 나의 말에 "전 선생님 한 번도 싫어한 적이 없습니다. 오히려 선생님은 모르셨겠지만 좋아했어요. 선생님을 미워하지 않았어요. 그냥 그 때의 저는 아무 생각 없었고, 학교 다니기도 싫고 그랬을 뿐이에요. 선생님이 저를 생각한다는 느꼈고 알았어요."

○○는 교육실습생으로 한 달을 함께 하면서 내 수업을 세 번 참관했다. 그리고 참관소감으로 내가 하는 수업방식과 내용이 자신이 하고 싶은 수업이라고도 했다. 어떤 면에서 그러내고 물었다. ○○는 "수업 내용과 관련하여 다양한 관점에서 해석하고 학생 스스로 생각하게 하는 방식이 좋았습니다. 또한 모든 학생들을 따뜻하게 대하는 마음을 학생들이 느끼고 있다는 것을 알았습니다. 특히, 잠자는 학생들을 '핑거스냅'으로 깨우는 것은 다른 학생들에게도 방해되는 않는 선생님만의 방식이어서 좋았습니다."라고 했다.

나는 ○○의 수업을 예고도 없이 불시에 참관을 했다. 참관을 마친 후에 "니가 네게 듣고 싶은 말이 뭐니?"라고 물었다. ○○는 "칭찬을 듣고 싶습니다."라고 했다. 나는 참관한 내용 그대로 가감 없이 "네가 지금 내 대신 수업을 해도 되겠다."라고 했다. ○○는 좋아라고 했다. 문제점을 지적하거나 개선할 점을 조언하는 얘기는 하지 않았다. ○○는 듣고 싶어하지 않았다.

나는 ○○에게 "참고 기다려주는 교육. 제자들이 살면서 가장 힘들 때 생각나는 사람. 꼭 가르쳐야 하는 것이면 지금 제자들에게 밉고 원망스럽게 해서라도 나중에 고맙고 감사가 돌아오는 교사. 즉. 오해와 비난과 원망을 받는 것을 자청하고서라도 제자가 성장하면서 깨달음의 시간을 앞당겨 주는 선생이 되어라."하고 교육실습을 마치고 떠나는 ○○에게 부탁했다.

이홍식

doorebac@daum.net

# 까마귀 날자 떨어지는 배

신문에 올린 글 하나가 문제가 되어 가깝게 지내던 사람과 멀어지게 되었다. 오랫동안 남의 일로만 생각하던 것이 내 문제가 될 줄 몰랐다. 또 이런 일도 있었다. 서로 '형님동생' 하며 지내던 사이였는데 내가 형님이라고 부르는 사람이 쓴 글에 댓글을 달았다가 그로 인해 그 좋던 사이가 깨어지고 말았다. 이처럼 어느 날 갑자기 가까운 사람에게서, 뜻하지 않은 일을 만나고, 뜻하지 않은 일을 겪으며 마치 불에 덴 듯 생각이 확 달라져 버렸다. 그 일은 밖으로 드러나지는 않았지만, 서로를 가두고 있던 울타리에서 벗어나게 했다. 내가 또 다른 세상을 설계하며 앞으로 어떤 길을 가야 할지를 생각하게 했다. 지금 가는 길이 평범한 길이 아니라 진창길이라는 것을 알고는 있다. 그래도 가다가 낭떠러지를 만나거나 한 발짝도 뗄 수 없는 막다른 길은 없을 거라는 믿음은 있다. 나는 그런 마음으로 글 쓰고 누구에게도 눈치 보지 않고 내 말을 하려고 한다. 지금 하는 공부도 결국 내 말 하려는 것 아닌가.

내게서 글 쓰는 일은 삶의 가장 중요한 부분이고 어떤 것보다 커다란 의미를 지닌다. "자신의 머릿속에 우주를 넣고 생각할 수 있는 인간은 우주보다 더 크다."라는 파스칼의 말처럼 내가 어떤 삶을 생각하느냐에 따라 인생의 크기가 달라진다. 사람은 저마다 타고난 한계가 있기 마련이고 가야 할 길이 있다. 주어진 그 길을 걸으며 끊임없는 가치판단의 축적이 우리 인생을 만들어간다. 사람에 따라서는 그것이 그림일 수도 있고, 음악일 수도 있고, 아니면 또 다른 것일 수도 있다. 나에게는 문학 공부를 하며 글 쓰는 일이다. 그렇게 가는 길에는 다른 사람의 어떤 자유나 행복과도 바꿀 수 없는 것이 있다. 좋은 글을 쓰고 좋은 책을 만나는 일도 그중 하나다. 괜찮은 글을 써서 사람들에 감동으로 읽힐 때의 기쁨은 이루 말할 수가 없다. 뭐랄까, 그럴 때는 내가 살아있어 행복하다는 생각마저 든다.

요즘은 인터넷 카페에 글을 올리는 일이 잦아지고 신문에 칼럼도 쓴다. 글을 써서 올리고부터는 사람들과 대화할 일이 많아졌는데 그들의 격려와 충고가 나에게는 힘이 되었다. 좋은 글을 쓰면 여러 가지 일들이 가능해지는구나 하는 생각이 들었다. 글이 별 볼 일 없으면 이 같은 일은 생기지도 않을 것이다. 그런데 참 신기한 것은 내가 쓴 것 중에 어떤 글은 누군가의 일과 기막히게 맞아떨어지는 것이다. 누구를 염두에 두고 쓴 글도 아니고 그렇다고 누구를 빗대어 한 말도 아니다. 그런데 문제는 내가 봐도 쓴 글마다 보기에 따라서는 누군가를 두고 하는 말처럼 여겨질 때가 많았다. 글이란 읽는 사람 생각에 따라 저마다의 기준으로 해석하는 것이기에 충분히 오해 할 만도 하다는 생각이 들었다. 어찌 되었든, 까마귀 날자 배 떨어지듯 나는 여러 번 날았고 날 때마다 배가 떨어졌다.

그것이 한두 번이 아니기에 우연이라 말하기에도 설득력이 떨어짐을 나는 안다. 어느 쪽 생각이 옳고 그르냐 하는 것은 말할 필요도 없이 어느 쪽 입장에 서서 바라보느냐에 따라 달라지는 것이다. 어쩌면 몇 편의 글은 누군가의(한 사람이 아닌 여러 사람) 모습 가운데 어떤 것을 염두에 두고 썼을지도 모르겠다. 그래도 그것은 대부분 원초적인 인간의 속성을 두고 내 나름의 생각을 이야기한 것뿐이다. 세상일에는 아무리 해명하려 해도 그럴수록 오해만 더 깊어질 뿐 설명이 안 되는 일도 있다. 그럴 때는 그냥 가만히 있어야 한다는 누군가의 말이 떠올라 입을 다물어 버린다. 나는 그런 턱도 없는 일로 상대와 논쟁에 휘말리는 것이 싫다. 이런저런 말 하고 싶지도 않고 그 순간에는 그냥 없는 듯 무시해버리는 게 언제나 현명할 것 같았다.

내가 가진 자유로 다른 사람의 자유를 침해할 수 없고, 자기가 가진 것으로 남이 가진 것을 비웃을 수도 없다. 내가 쓴 몇 편의 글이 누구를 향해 날아갔는지 아니면 그 누군가가 나를 향해 날아왔는지 그것은 서로가 모를 일이지만 따지고 싶지 않다. 그로 인해 누군가와 나 사이가 도저히 하나로 합쳐지지 않을 철길이라고 해도 어쩔 수 없는 일이다. 서로가 그렇다 해도 떨어지지 않고, 엇갈려 달리지도 않는다. 서로 마주 보며 끝까지 가는 것이니 어쩌면 자신만의 길을 가며 수행하는 수행승의 모습과도 같다.

수레의 양쪽 바퀴는 영원히 만나지 못하지만, 왼쪽 바퀴가 오른쪽 바퀴를 의식하거나 부러워하지 않고 신경 쓰지 않는다. 경쟁할 것도 없고 제 갈 길을 가기에 언제나 그 모습 그대로다. 오히려 합쳐지려 할 때 제 모습을 잃을 수도 있다. 진정한 사랑은 사랑하는 것이 제 길을 가게 그냥 내 버려두는 것도 사랑의 방법이다. 그런 마음이 들 때, 세상을 향한 나 자신과 싸움은 끝나고 진정한 평화가 찾아올 것이다.

# 결

세상에 존재하는 대부분 것에는 결이라는 게 있다. 바위에도 바람에도 나무에도 결이 있다. 사람에게는 눈에 보이는 것과 보이지 않는 결이 수없이 많다. 예컨대 마음결, 살결, 머릿결, 숨결 등 사람은 안 밖으로 거의 모든 것이 결이다. 그중에서도 숨결은 참으로 다양하다. 조용히 정좌한 체 명상이나 좌선을 하며 내 쉬는 숨, 등산하거나 달리며 내쉬며 헐떡이는 숨, 산을 오르며 가쁘게 몰아쉬는 숨, 근심 걱정으로 가슴을 짓누를 때 나오는 깊은 한숨, 서로 사랑을 하며 내쉬는 숨, 사람은 평생을 이런 숨결과 함께하며 살아간다. 우리가 내쉬는 숨결은 우리의 삶에 따라 온갖 모습으로 그 사람과 함께하는 것인 만큼 숨결을 통해 그 사람의 마음 상태를 가늠하기도 한다. 죽는 날까지 온갖 의미를 가진 숨을 쉬며 살아가는 것이다.

숨을 쉰다는 것은 동물이나 사람의 생명 파동이자 살아있음의 확실한 표시다. 호흡은 늘 현재에 있지 과거도 미래도 없는 것이기에 숨을 멈추는 날이면 우리는 이 세상과 영원히 이별해야 한다. 사람이 숨 쉬는 모습은 세월 따라 다르다. 갓난아기 때는 배로 숨을 쉬다가 나이가 들어가며 가슴으로 숨을 쉬게 되고 세월이 더 지나면 어깨로 숨을 쉰다. 그러다 세상과 이별을 할 때가 가까워지면 목구멍으로만 숨을 쉬다 마지막에는 숨을 쉬지 않는다. TV 사극을 통해 본 것이지만 옛날 왕이 숨을 거둘 때 어의御醫가 코에다 얇은 종이를 갖다 대어 종이가 움직이지 않으니 신하들이 엎드려 통곡하는 장면이 인상 깊었다.

이런 숨결 말고도 또 다른 결들이 있을 것인데 다른 사람의 눈에 비친 나는 어떤 결을 가진 사람일까. 삶의 결 같은 것 말이다. 내 모습을 내가 볼 수 없으니 알 수는 없겠지만, 그리 부드러운 결은 아닐 거라는 생각은 하고 산다. 그래도 누군가에게는 거칠어 보일 수도 있겠고 또 어떤 사람에게는 부드럽게 보일 수도 있을 것이다. 아무튼, 사람이 나이 들어가며 자신의 결 따라 산다는 것이 얼마나 보기 좋은 모습인지 모른다. 아흔이 다된 나이에도 자신의 결 따라 사는 사람을 보면 부럽기만 하다. 그리고는 저 모습을 나의 거울로 삼으리라 다짐하는 것이다. 살다 보면 결을 거슬러 살다가 인생이 망가지는 것을 수없이 보고 살았다. 그런 삶은 언제나 얻는 것 보다 잃는 게 훨씬 더 많다. 사람이 결대로만 살 수 있다면 그때는 우리가 믿는 종교마저도 필요 없을 것이다.

그보다 내가 진정으로 궁금한 것은 내가 쓴 글은 어떤 결을 가졌을까를 생각하는 일이다. 그 사람의 문체라는 말도 좋지만, 결이라는 말이 더 가깝게 느껴지는 것은 글 안에 그 사람의 모든 것이 들어있다고 생각하기 때문이다. 요즘 들어서는 이런 생각이 든다. 글은 나의 삶이 각기 다른 질감으로 하나의 직물을 짜듯 올올이 얽혀 완성되는 것이라는 생각이다. 그러하기에 내가 완성한 직물(글)이 사람들 눈에 어떻게 비치고 평가받을까 하는 것은 어쩔 수 없는 작가로서의 궁금증이다. 글 쓰는 삶을 살아가며 바라는 게 있다면, 내가 쓴 글의 결은 삼베처럼 거칠기도 하고, 모시처럼 깨끗하고 단아하기도 하고, 때로는 비단처럼 부드러운 결이었으면 좋겠다.

작가라는 게 뭐 별것인가. 다르게 보고 다르게 생각하고, 다르게 말할 수 있는 사람이다. 그런 작가의 글은 절대 현학적이지 않다는 것과 생각은 소박하고 단순해서 명쾌한 논리로 물 흐르듯 글을 쓴다. 내가 진정으로 바라는 것도 그렇다. 노자의 물처럼 말이다. 물은 때로는 계곡을 굽이치며 흐르다 떨어지는 폭포가 되고 가다 가로막는 게 있으면 부딪쳐 물보라를 일으키다 돌아간다. 큰 웅덩이를 만나서는 뒷물을 기다려 다시 흐른다. 유유히 흐르는 큰 강을 만나서는 구름도 싣고 바람에 이는 잔물결에 물비늘도 반짝인다. 그러다 밤이면 달과 별을 드리우고 바다로 흘러가는 것이다. 내가 쓰는 글도 넓고 깊은 강의 소리 없이 흐르는 물결처럼, 그렇게 쓰고 싶다.

임윤아

rmftmftkfka6@naver.com

# 임윤아 칼럼

구조의 혁신

   외관에 있어 멀리서도 눈에 들어오는 카페를 다낭의 저녁 길에서 만났다. 이곳은 커피숍 내부에 인공 연못을 만든 것이 아니라, 바깥에 크게 만들어놓았다. 웬만한 수조보다 더 큰 규모에다 정교하게 만들어진 돌길은 구석구석 좌석으로 이어진다.

   목욕탕 같이 생긴 좌석이 밖에 존재한다는 것부터가 굉장한 도전 의식이었다고 본다. 자칫하면, 이용되지 않고 눈요기로만 여겨질 수도 있었던 수조를 미관 이상의 공간으로 작용된다는 점에 흥미가 자연히 갈 수밖에 없다.

   음료 값이 타 카페에 비해 비싼 편이지만, 내부 역시 폐공장을 개조한 카페보다 큰 규모다. 어린아이를 동반한 손님이 많았으므로 조용한 분위기를 기대했다간 방해받을 수 있으나, 쾌적하고 넓은 공간을 원한다면 이곳을 추천할 수밖에 없다.

   무엇보다 커피 이외의 음료도 메뉴에 포함되어 있다는 점에 후환 점수를 주고 싶다. 전면 유리창으로 되어있는 외관 역시 건축상 하나 거머쥘 가치를 지녔다고 여겨진다. 내부는 대구에 있는 핸즈커피 포르테, 오르다커피를 연상시킨다.

   외관은 닮은 커피숍이 당장 떠오르지 않을 정도로 개성이 있으니, 건축의 미학에 관심이 있는 사람이라면, 커피 한잔할 겸하여 새로운 장소로 발붙이면 어떨까 싶다. 자유롭게 다니는 잉어를 구경하며 직접 구석구석 걸어 다닐 수 있는 커피숍은 살아있는 박물관, 커피향 가득한 미술관처럼 느껴진다. 공간적 활용이 가능한 장소가 주민과 여행객을 위해 생성되기를 바란다.

## 호이안 야시장

기대했던 만큼 호이양 야시장은 느림의 미학이라고는 눈곱만큼도 찾아볼 수 없어 크게 아쉬웠다. 어느 골목마다 사람들이 있는데, 문제는 사람들만 있는 것이 아니라 오토바이로 인해 신경을 곤두세우게 된다.

오토바이와 사람들을 피하느라 무엇을 구경하기에도 부적격했다. 부자연스러울 정도로 다닥다닥 붙어있는 각종 상점은 말 그대로 관광객들을 위해 지어졌다고밖에 볼 수가 없다. 모든 공간이 꼭 돈을 쓰러온 여행객 대상으로 만들어졌다는 인상을 준다.

그로 인해 아름다움을 억지 연출을 한 자태라 절로 인상을 찌푸리게 만든다. 부자연스러운 호이안, 호이안의 시작점부터 짙은 위기감이 풍긴다.

어둠이 내린 호이안 시장에 도착했다. 저녁이 깊어가는 소리를 방해하는 각종 소음들. 모든 사람들은 관광객이고, 쉼과 아름다움을 노래하기보단 보여주기식 기록과 오늘의 기념에 매달리고 있다. 분명, 놀라울 정도로 아름다운 뷰이나 역사적 가치보다는 감상에만 치중이 되어있다.

이를 더 입증하고 몰아가는 것이 배타기라는 일종의 놀이, 오늘날엔 완전히 상업적 수단으로 놓여있다. 혼자 온 관광객들을 붙잡으며 호객행위를 만발한다. 갑자기 끼어들거나 확 붙잡아 놀래키는 통에 제대로 야경을 감상할 수가 없다.

여행을 각자 나름의 방식으로 즐기는데, 이를 존중 않고 자신의 장사 방법을 되풀이하는 이곳, 호이안 야시장.'제지'와 '절제의 미학'이 하루 빨리 심어지기를 기대해본다.

아름다움을 헤치는 누군가의 생계가 이처럼 버겁고 거칠게 느껴진다. 여행객이 잊어선 안될 기본적인 자세를 지키는 일도 중요하지만, 여행객을 대상으로 직업을 가진 사람들 역시 선을 지켰으면 한다.

## 고양이들의 낙원

영도에서 변호인 촬영지를 들렀다가 골목골목을 헤매었다. 그러다가 몇 번 마주치는 고양이들이 있었는데, 생각보다 수가 많아서 나도 모르게 고양이 섬을 떠올렸다. 그 정도 수는 아닐지라도 유유자적 걷는 고양이들에게서 터줏대감 그림자를 못 보았다면 거짓말이다. 이 정도의 고양이들을 어떻게 다 감당할까. 고민하며 걷다가 마주한 또 다른 현실. 보일러실 문에 흰색 마카로 정갈하게 쓴 글씨에는 '길고양이 밥 막주지 마세요'라는 문구가 붙어있었다.

이곳에 쓰레기 버리지 마세요, 금연입니다 흡연실에서 피우세요, 물티슈 등 변기에 넣지 마세요라는 경고문과 같이 간결하게 적힌 문장에 나는 잠시 걸음을 멈추었다. 고양이들은 분주하게 낮을 살고 있는데, 세상엔 확실히 사람과 사람이 아닌 것. 고양이를 좋아하는 사람과 좋아하는 것과 별개로 고양이로 인해 불편을 겪는 사람으로 나뉜다는 사실을 영도에서 보았다.

때마침 고양이와 관련된 커피숍을 간 터라 찝찝함이 컸다. 더 레이지 캣이란 커피숍에선 고양이와 관련된 모든 굿즈를 팔았다. 연예인 일러스트를 고양이와 함께 그려 판매 수익금 일부를 기부하는 좋은 일도 진행했다. 벽에는 갖은 고양이 사진이 걸려있었으며, 고양이 에코백, 스티커, 쿠션, 노트, 포스트잇, 메모지, 뱃지, 엽서, 머그잔 등이 판매되고 있었다.

여전히 주택가에선 길고양이들이 어슬렁거리며, 허기를 모면하기 위해 음식물 쓰레기를 뒤진다던지, 쓰레기통을 수색하기도 한다. 길고양이 번식을 막기 위해 대부분이 중성화 수술을 한 고양이 섬에서처럼, 서로가 얼굴 붉히지 않을 수 있는 대책이 마련되어야 한다고 본다. 누구의 잘못도 아니다. 공존을 위해서면, 반대하는 사람과 찬성하는 사람이 타협을 하고, 서로 납득할 수 있을만한 합의를 지정하는 수밖에.

아름다운 자연을 잠깐 들여다보고 떠나는 관광객 입장이 아닌, 이곳에서 영업을 하고, 삶을 사는 사람들의 무게에 대해 생각해본다. 길고양이가 그들에게 어떠한 해를 끼쳤는지. 일말의 해도 끼치지 않았는지. 우리가 얼굴 붉히는 이유가 어쩌면 길고양이를 두고 언성을 높이는 우리 자신에게 있는 게 아닌지를.

### 순천만습지

여름날의 순천만습지는 애니메이션의 한 장면을 연상시킨다. 여름의 뜨거운 기운을 온몸으로 받아내기에 좋은 코스. 가을날의 온도보다 조금 앞서 찾아간 순천만습지는 오늘이 여름 중에서도 진짜배기 여름임을 알리는 자태였다.

양산을 쓴 사람들이 일렬로 걷는다. 가고 싶은 방향대로 흩어지기도 하고, 길 아래에 있는 갯벌을 보기도 한다. 아이들이 뛰놀며, 생각보다 더 잘 들리는 바람 소리에 시선이 어느 순간 한 곳에 고정된다. 보성밭과는 사뭇 다른 느낌이다.

푸른 갈대가 흔들리는 소리에 심장이 넉넉하게 뛴다.

이 아름다움을 알쓸신잡 2회차 순천편에서도 담아냈다. 잘 알려지지 않은 장소만을 위주로 출연진들이 다닌다고 여겼으나, 순천만의 아름다움을 짧게나마 잘 표현했다고 본다. 자연은 인간에게 항소이유서라도 내고 싶은 심정이겠으나, 우리가 일방적으로 짓는 죄에 대해 아무 말 않는다. 그저 왼쪽에서 부는 바람에 흔들리다가, 한쪽으로 너무 치우쳤다 싶으면 다시 오른편에서 부는 바람으로 고개를 돌린다.

어느 계절에 오냐에 따라 자연은 다른 얼굴을 하고 있으나, 우리에게 거짓 같은 기쁨을 주지 그 이상의 충격을 주진 않는다. 그에 반면 우리는 너무 많은 충격을 자연에게 주고 있는 것이 아닌가 싶다. 쓰레기로 둘러싼 여행지를 보면서, 더도 말고 덜도 말고, 그나마 사람들의 발길만이 묻어나있던 순천만과 같아라, 생각한다. 갈대를 꺾지 않듯이, 쓰레기를 버리지 마시오와 같은 문구가 들어섰으면 한다. 양심껏 꽃을 꺾지 않고, 문화재에 낙서를 않고, 침을 뱉거나 쓰레기를 투기하지 않는 사람들로 가득했으면 한다. 다음 계절에 순천만을 찾아오는 사람들과 말없는 자연을 위하여.

## 나비의 섬

통영에서 26km 정도 떨어진 소매물도는 섬 여행 중 가장 대표적인 장소로 손꼽힌다. 이곳은 바다 낚시의 여유와 배를 몰고 나가는 일터의 삶이 공존해있다. 물론, 여행지로써의 풍류 역시 존재한다. 일상의 터와 환상의 나무가 하늘 높이 위로 솟아오른 것처럼 그저 아름다운 곳이다.

가게 앞, 곤히 잠들어있는 강아지, 햇살에 양파 말리고, 전깃줄 위에선 장난치는 새들과 구불구불 춤을 추는 나비. 현재는 보기 힘든 호랑나비부터 크고 작은 나방. 짝을 지어 나는 나비의 춤을 가만히 바라보고 있다가 다시 시선을 돌리면, 꽃 위에서 낮잠을 자는 갈색빛 나비와 눈이 마주친다. 그리고 잠시 잊고 지낸 무당벌레를 만날 수 있다.

무엇보다 제비나비를 심심찮게 볼 수 있다. 다른 나비보다 몸짓이 크고, 까만 빛깔이라 울긋불긋한 꽃과 푸른 나무 사이에서 금방 눈에 띈다. 대형종의 나비를 볼 기회가 많이 없는데, 산호랑나비를 만났을 때와는 또 다른 감정을 준다.

낮에 활동하는 나비의 습성은 사람을 닮아있다. 금방 지는 꽃을 아쉬워하고, 꽃이 활짝 만개하였을 때 축제를 벌이는 우리는 꼭 나비의 날개를 지닌 존재 같다. 나비가 왜 봄을 상징하게 되었는지 생각해보다가, 우리의 몸속에도 꽃을 향해 날아가고픈 마음이 남아있어서 아닐까 생각해본다. 한국산의 250종 나비에 대한 소중함을 익히 다지며, 소매물도가 나비의 섬으로 기억되기를 바라본다.

### 고양이들의 낙원

영도에서 변호인 촬영지를 들렀다가 골목골목을 헤매었다. 그러다가 몇 번 마주치는 고양이들이 있었는데, 생각보다 수가 많아서 나도 모르게 고양이 섬을 떠올렸다. 그 정도 수는 아닐지라도 유유자적 걷는 고양이들에게서 터줏대감 그림자를 못 보았다면 거짓말이다. 이 정도의 고양이들을 어떻게 다 감당할까. 고민하며 걷다가 마주한 또 다른 현실. 보일러실 문에 흰색 마카로 정갈하게 쓴 글씨에는 '길고양이 밥 막주지 마세요.'라는 문구가 붙어있었다.

이곳에 쓰레기 버리지 마세요, 금연입니다 흡연실에서 피우세요, 물티슈 등 변기에 넣지 마세요라는 경고문과 같이 간결하게 적힌 문장에 나는 잠시 걸음을 멈추었다. 고양이들은 분주하게 낮을 살고 있는데, 세상엔 확실히 사람과 사람이 아닌 것. 고양이를 좋아하는 사람과 좋아하는 것과 별개로 고양이로 인해 불편을 겪는 사람으로 나뉜다는 사실을 영도에서 보았다.

때마침 고양이와 관련된 커피숍을 간 터라 찝찝함이 컸다. 더 레이지 캣이란 커피숍에선 고양이와 관련된 모든 굿즈를 팔았다. 연예인 일러스트를 고양이와 함께 그려 판매 수익금 일부를 기부하는 좋은 일도 진행했다. 벽에는 갖은 고양이 사진이 걸려있었으며, 고양이 에코백, 스티커, 쿠션, 노트, 포스트잇, 메모지, 뱃지, 엽서, 머그잔 등이 판매되고 있었다.

여전히 주택가에선 길고양이들이 어슬렁거리며, 허기를 모면하기 위해 음식물 쓰레기를 뒤진다던지, 쓰레기통을 수색하기도 한다. 길고양이 번식을 막기 위해 대부분이 중성화 수술을 한 고양이 섬에서처럼, 서로가 얼굴 붉히지 않을 수 있는 대책이 마련되어야 한다고 본다. 누구의 잘못도 아니다. 공존을 위해서면, 반대하는 사람과 찬성하는 사람이 타협을 하고, 서로 납득할 수 있을만한 합의를 지정하는 수밖에.

아름다운 자연을 잠깐 들여다보고 떠나는 관광객 입장이 아닌, 이곳에서 영업을 하고, 삶을 사는 사람들의 무게에 대해 생각해본다. 길고양이가 그들에게 어떠한 해를 끼쳤는지. 일말의 해도 끼치지 않았는지. 우리가 얼굴 붉히는 이유가 어쩌면 길고양이를 두고 언성을 높이는 우리 자신에게 있는 게 아닌지를.

장세진

tpwls590@daum.net

지난 7일 tvN '아스달 연대기'를 시작으로 1주일 사이에 많은 드라마들이 종영했다. 지상파 3사의 수목드라마 '단, 하나의 사랑'(KBS)·'봄밤'(MBC)·'절대 그이'(SBS)와 SBS 금토드라마 '녹두꽃', MBC 주말극 '이몽' 등이다. '아스달 연대기'는 판타지 사극, 수목드라마 3편은 로맨스물, '녹두꽃'과 '이몽'은 과거 역사를 배경으로 한 사극 내지 시대극이다. 40부(옛 20부)작 '이몽'과 48부(옛 24부)작 '녹두꽃'은 3·1운동 및 대한민국임시정부수립 100주년을 맞아 특별 기획된 의미 있는 드라마들이기도 하다. '이몽'과 '녹두꽃'을 군이 만나보려는 이유다.

문재인 대통령은 6월 6일 제64회 현충일 추념사에서 1919년 의열단(무장독립운동단체)을 조직해 일제에 저항한 약산 김원봉을 언급했다. "약산 김원봉 선생이 이끌던 조선의용대가 편입되어 마침내 민족의 독립운동 역량을 집결"했으며, "통합된 광복군 대원들의 불굴 항쟁 의지, 연합군과 함께 기른 군사적 역량은 광복 후 대한민국 국군 창설의 뿌리가 되고, 나아가 한·미 동맹의 토대가 되었다"고 말한 것.

"사회를 보수와 진보, 이분법적으로 나눌 수 있는 시대는 지났다"고 전제한 후 좌우 이념을 극복한 애국의 중요성을 강조하며 한 말이지만, 즉각 한국당 같은 보수 야권의 반박 등 논란이 일었다. 1948년 월북하여 최고인민회의 제1기 대의원과 국가검열상뿐 아니라 6·25 한국전쟁 때 세운 공적으로 북한의 훈장까지 받은 김원봉의 행적 때문이다.

MBC가 5월 4일부터 7월 13일까지 매주 토요일 밤 방송한 '이몽'은 그 김원봉을 주인공으로 한 드라마다. 살펴보면 천만 영화로 우뚝 선 '암살'(2015년)에서 김원봉(조승우)이 처음 등장했다. 750만 명을 동원한 영화 '밀정'(2016년)에서도 정채산(이병헌)으로 나오지만, 김원봉을 전면에 내세운 건 드라마 '이몽'이 처음이라

할 수 있다.

대통령 언급으로 촉발된 정치권 논란 등 '이몽'으로선 이를테면 뜻밖의 호재를 만난 셈이지만, 결과는 전혀 그렇지 않다. '이몽'은 5.0%(닐슨코리아, 전국기준. 이하 같음)로 시작, 제2회에서 7.1%를 찍어 기대감을 높였던 것과 다른 시청률을 보였다. 논란이 불거진 이후인 6월 8일 제19회 시청률도 직전 방송된 6월 1일 제18회보다 낮은 것으로 나타났다. 최종회 4.3%, 평균 시청률 4.7%로 집계되었다.

'특별근로감독관 조장풍'을 다룬 글에서 이미 말한 바 있듯 '이몽'의 시청률은 방송시간이 겹치는 KBS 주말극 '세상에서 제일 예쁜 내 딸'은 물론 SBS 금토드라마 '녹두꽃'에 비해서도 한참 뒤진다. 케이블 tvN의 '아스달 연대기', 심지어 시간이 겹치지 않는 종편채널 JTBC의 '보좌관'보다 인기가 없는 드라마다. 한 마디로 200억 대작이란 타이틀이 무색해질 정도다.

또한 월~목요일 1시간 앞당겨 밤 9시에 방송하고 있거나 종영한 자사의 평일 드라마 '검법남녀2'나 '봄밤'의 시청률에도 훨씬 못 미친다. '대한민국 임시정부 수립 100주년 기념드라마'란 의미 역시 멋쩍게 되어버렸다. MBC로선 그야말로 미치고 팔짝 뛸 일이 벌어진 셈이라 할까. 그러고 보면 역사 인물 김원봉에 대한 국민적 시선이 아직 곱지 않은 방증일지도 모른다.

그래서인지 MBC는 '이몽'을 이미 버리거나 포기해버린 듯 보인다. 매주 4회 연속 방송해놓고 재방송은 2회만 편성해서다. 물론 재방송 보기는 케이블 방송 등 지상파 아닌 다른 통로가 있지만, 사람들이 보거나 말거나 신경 안 쓰겠다는 편성이나 다름없다. '이몽'보다 늦게 시작한 '검법남녀2'나 '봄밤'의 여러 차례 재방송 편성을 보면 그 점이 뚜렷해진다.

'이몽'은 의열단장 김원봉(유지태)과 히로시(이해영) 조선총독부 병원장의 양녀로 의사인 이영진(이요원)의 활약상이 그려지는 팩션 드라마다. 일본 요인을 암살하거나 군부대를 공격하고, 윤봉길 의사의 상하이 홍구공원 폭파 등 일제에 타격을 주지만, 영화 '암살'이나 '밀정'을 볼 때처럼 뭉클한 뭔가가 박진감 넘치게 와닿지 않는다. 뭔가 끓어오르는 공분公憤으로 그 시대에 동화되지 않는다.

'이몽'은 1930년대 경성·상하이·만주 등지를 배경으로 펼쳐지는 시대극이기도 하다. 전차와 지프라든가 거리의 간판 등 시대상 재현은 그럴 듯하지만, 시대극답지 않게 빠르고 잦은 장면 전환이 몰입을 방해하곤 한다. 첩보스릴러 '본' 시리즈 영화를 떠올리게 하는데, 그러기엔 김구의 한인애국단 밀정이란 이영진의 정체가 너무 빨리 드러나 긴장감을 해체시켜버린다.

김원봉이나 의열단에 대한 신격화 내지 미화는 실소를 자아내기까지 한다. 가령 3화에서 경찰서 취조실에 간힌 배신자를 찾아가 변절한 이유를 묻고 무사히 빠져나오는 김원봉이 그렇다. '청방'에 간 김원봉이 올린 손으로 숫자를 세고 주먹을 쥐자 창밖에서 총탄이 날아드는 6화 끝장면도 마찬가지다. 말 안 되는 그런 연출이 대다수 시청자들을 달아나게 한 건 아닐까.

멜로드라마보다 못한 시청률의 시대극을 보는 것은 안타깝고 아쉬운 일이다. '이몽'의 실패가 100억 이상의 시대극을 포함한 대작 드라마 제작 위축으로 이어질 게 뻔 하기 때문이다. '암살'·'밀정' 등 일제침략기 독립투사들의 숭고한 삶을 다룬 영화들이 상업적으로 성공한 걸 떠올려보아도 대중의 열렬한 지지를 못 받는 '이몽'은 참 의아한 일이다.

일단 인기 면에서 '녹두꽃'은 '이몽'보다 한 수 위다. '녹두꽃' 역시 '이몽'처럼 사실史實에 허구를 가미한 팩션 드라마다. 퓨전 사극 따위가 아닌 '녹두꽃'인데다가 동학농민혁명('동학농민운동'이란 표현도 있지만 여기선 이렇게 쓴다.)을 본격적으로 다룬 최초의 드라마라는 점에서도 볼 이유가 충분한 셈이라 할까.

사실 좀 의아한 일이긴 하다. 다수의 문학 작품이나 여러 차례 연극·뮤지컬·무용, 하다못해 고교생 백일장 등으로 동학 내지 동학농민혁명이 그려지거나 되새겨진데 비해 드라마나 영화로 만들어지지 않은 것은. 하긴 지난 5월 11일 이제야 국가기념일로 공식 지정되고 그 기념행사가 서울에서 열렸으니 너무 늦어진 동학농민혁명의 사적史的 의미가 아니고 무엇인가!

우선 그런 역사적인 일을 공영방송도 아닌 일개 상업방송인 SBS가 해낸 건 참 장한 일이다. 게다가 KBS 대하드라마 '정도전'(2014)의 성공으로 일약 스타작가가 된 정현민 극본에 SBS '뿌리 깊은 나무'(2011)·'육룡이 나르샤'(2015~2016)로 유명세를 탄 신경수 PD 연출이니 기대감 또한 남달랐을 '녹두꽃'일 수밖에 없다.

'녹두꽃'은 4월 26일 시청률 8.6%로 시작했다. 같은 날 방송한 2회 시청률이 11.5%로 올라 전작 '열혈사제'와 같은 대박을 예감케 했지만, 이후 7월 13일 48회로 종영까지 한 번도 두 자릿수에 오르지 못했다. 최종회 시청률도 8.1%로 나타났다. '이몽'에 비하면 한 수 위지만, 그러나 평균 6.6%는 좀 아쉬운 시청률이라 할 수 있다.

'녹두꽃'은 1894년 동학농민혁명의 소용돌이에 내몰린 백이강(조정석)·백이현(윤세윤) 이복형제와 전주의 보부상 송자인(한예리)이 애증으로 얽히고 설켜 살아가는 이야기다. 당연히 동학농민혁명을 이끈 '녹두장군' 전봉준(최무성)이 그들과 함께 한다. 그들은 전봉준과 달리 허구의 인물들이다. 시대의 격랑에 찢기고 짓이 겨지다가 죽어간 수없이 많은 민초들이라 할 수 있다.

특히 이강이 그렇다. 종 출신의 왈패 이강이 동학농민군 별동대장에 이어 전봉준 사후까지도 어머니 유월(서영희)과 함께 의병으로 거듭나는 결말은 '녹두꽃'의 지향점이 무엇인지를 잘 보여준다. 자인의 자금 지원, 관군 출신 이규태(손우현)와 황해도 해주 접주 김창수(박훈. 훗날 백범 김구)의 의병 합류까지 "우리는 실패했어도 틀리지는 않았어"라던 전봉준이 민초에게 여전히 살아있음을 보여주기도 한다.

또한 일본군의 범궐犯闕이 자행된 '갑오왜란'을 '갑오경장'으로 배우고 알았던 무지를 일깨우기도 한다. 아울러 새삼 일본제국주의의 조선 침략에 따른 만행이 치를 떨게 하고 아픔을 자아낸다. 우금치 전투를 보자. 총과 대포로 무장한 일본군을 향해 칼과 죽창만으로 무조건 돌격해야 했던 동학농민혁명군들, 그것이 짐승만도 못한 인간으로 변해버린 이현의 협박과 송봉길(박지일)의 딸 자인을 살리기 위한 협조로 그리 되었다니 가슴이 먹먹해진다.

이현의 존재감도 이강 못지않다. 이강이 망해가는 조선을 구해보려 한 표상이라면 이현은 그 반대 지점에서 찬란한 빛을 발한다. 백만득(박혁권)을 비롯 전봉준을 밀고한 김가(박지환)와 형방에서 이현의 수족이 되어 악행에 동참하는 홍가(조희봉) 등도 '산 자가 죽은 자를 부러워하는 세상'을 환기하고 각인시켜주는데 모자람이 없는 캐릭터들이다.

이현의 권총 자살이 너무 상투적인 권선징악으로 보여 아쉽긴 하지만, 상전인 채씨부인(황영희)과 유월의 화해라든가 이현과 황명심(박규영)의 포옹장면처럼 곳곳에서 콧등을 시큰하게 한다. 전형적인 민초라 할 고부 사람들 남서방(정선철)·억쇠(조현식)가 우금치 전투에 자원해 가는 장면 역시 뭔가 찡한 여운을 남긴다.

스스로를 "금수만도 못한 양반"이라 칭하며 그와 싸우기 위해 동학농민혁명군이 되어 결국 이현의 총에 죽는 황진사(최원영)도 당시 위정僞政 세력을 표상한다는 점에서 마찬가지다. 호송중인 전봉준이 위장하여 찾아온 이강에게 하는 "우리가 말을 해야 통하는 사이더냐?" 역시 주제의식과 관련, 뭉클한 뭔가를 진하게 남긴다.

물론 다소 의아하거나 아쉬운 대목도 있다. 가령 몸종 출신 유월이 언제 글을 깨쳤는지 방문榜文을 척척 읽어냄이 그렇다. 배우들의 전라도 사투리 구사를 위한 노력은 높이 평가하지만, '미안해' 등 간혹 표준어가 섞이는 어색함이 아쉽기도 하다. '미안해'는 24회(6월 1일)에서 한예리가 한 말인데, 전라도 사투리는 '미안혀'다.

하긴 전주에 있는 전라감영 군교 출신이며 백만득 사위 김당손을 연기한 문원주는 전라도 사투리를 거의 쓰지 않고 있다. 또한 여러 배우들이 '야'로 대답하는데, 처음부터 전라도 사람인 나도 지금까지 들어보지 못한 말이다. 발음상 오류도 아쉽긴 마찬가지다. 22회(5월 31일)에서 조정석은 '꽃이'를 '꼬치'라 제대로 발음하는데, 최무성은 '꼬시'라 말하는 걸 예로 들 수 있다.

# 신문을 9개나 보는 것은

"그깟 신문은 봐서 뭐하냐?"

내가 태어난 고향 마을에서 여태껏 살고 있는 외삼촌이 어느 해 추석 성묘 차 들른 내게 시니컬한 어조로 한 말이다. 실제로 외삼촌은 어느 신문도 구독하고 있지 않지만, 나는 다르다. 지금은 모두 9개로 줄였지만, 중앙지(스포츠신문 포함) 8개, 지방지 5개 등 13개의 신문을 집에서 정기 구독해 보았다. 경제지는 제외하고 스포츠지 포함 총 17개의 신문을 정기 구독한 적도 있다.

그쯤 되면 신문들의 굵은 글씨 제목만을 대략 훑어보는데도 1시간쯤 걸린다. 따라서 저녁식사 후 그 신문들을 일별하면서 필요하다 싶은 내용은 따로 챙겨둔다. 뉴스를 볼 시간이 다가와서다. TV 뉴스가 끝나면 비로소 본격적으로 정독에 들어가는 것이 수십 년째 해온 나의 신문보기 수칙이다. 지금이야 퇴직자 신분이라 시간 죽이기로 안성맞춤이라 생각할지도 모르지만, 결코 그렇지 않다.

내가 남들이 다 놀라거나 의아해 할 정도로 그렇게 많은 신문을 가정에서 정기 구독해 보는 것은, 물론 그만한 까닭이 있어서다. 정치나 사회면도 그렇지만 특히 문화나 교육 분야 기사들이 칼럼 등 글을 쓸 때 많은 도움을 주기 때문이다. 아무리 인터넷 세상이라지만 내게 그것은 딴 나라 이야기일 뿐이다. 정보의 바다라는 인터넷이 신문 스크랩 활용만큼 편하지 않아서다. 수십 년을 연도별 분야별 등으로 해온 신문 스크랩 뭉치가 좁은 서재 공간을 차지해 더 비좁게 느껴질 정도다.

또 다른 이유도 있다. 고등학교 교사였던 나는 수업에 학교신문 제작 지도를 해왔다. 14년 넘게 여러 학교에서 1년에 네 번(계간) 올 컬러의 타블로이드판 학교신문을 발행(물론 발행인은 교장이다.)했다. 글쓰기 지도가 포함되긴 했지만, 학교신문 제작 지도를 눈썹 휘날리게 해온 공적을 인정받아 재임 중 제법 유명한 교육상까지 수상한 바 있다.

새삼스런 얘기지만, 신문기사는 사건사고 현장의 직접 취재로 이루어진다. 학교신문도 크게 예외가 아니다. 학생기자들이 취재한 내용은 즉시 기사로 작성하게 한다. 기사문이라 하면 흔히 보도에 관계되는 글만을 가리키는 것이 보통이다. 다른 글에 비해 간결하고 정확한 표현이 되도록 지도한 이유이다. 또한 학생 독자들의 쉽고 빠른 이해를 위해 평범한 단어의 문장으로 쓰도록 지도했다.

기사문이 간결해야 하는 것은 장황한 설명이나 현란한 수식이 필요 없기 때문이다. 지면이 제한되어 있어서이기도 하지만, 신문기사는 사실을 있는 그대로 알리는 것이 목적인 글이어서다. 또한 기사문은 객관적 사실을 있는 그대로 전하는 글이므로 학생기자 개인의 감정이나 느낌, 주장이나 의견이 들어가지 않게 쓰도록 지도했다.

잠깐 학생기자들을 지도하여 발행하는 학교신문 이야기를 했다. 이를테면 학교신문에 기업동향 등 취업과 대입 관련 기사를 생생하고 구체적으로 전하기 위해 나의 많은 신문 보기는 필수 코스가 된 셈이다. 다시 말해 학교신문으로서의 한계를 극복하기 위해 '진짜' 신문을 많이 보는 것이라 할 수 있다.

그러나 신문에 대한 실망감이 만만치 않다. 아마 오랜 세월 많은 신문을 정기 구독해온 독자로서 자연스럽게 생겨난 불만이 아닐까 싶다. 우선 스포츠신문과 내가 사는 지역의 지방신문들이 토요일자를 발행하지 않고 있어 불만이다. 최근 중앙지인 서울신문조차 토요일자를 발행하지 않기로 했는데, 같은 언론인데도 연중무휴인 방송과 너무 다른 신문이지 싶다.

토요일자 휴간은 신선한 뉴스는커녕 그나마 있는 독자들의 외면을 사기에 충분하다. 방송은 제외하더라도 토요일 중앙지로 이미 알게 된 소식을 굳이 월요일자 지방신문에서 또 읽으려 할 독자는 없기 때문이다. 가령 금요일인 7월 26일 오후 2시경 전주상산고등학교의 자사고 취소 결정에 대한 교육부의 부동의 결정이 발표되었다. 전라북도 교육청 결정을 교육부가 뒤집은 것인데, 초미의 관심사인 그런 지역 소식을 다음날 지방신문에서 볼 수 없는게 말이 되나.

월요일인 7월 29일자 신문에서야 보도하니 이미 3일이나 지나 다 아는 그런 소식을 전하는 지방지를 누가 보려 하겠는가! 토요일자 휴간은, 이를테면 스스로 지방신문 볼 필요를 느끼지 못하게 하는 자승자박의 행태인 셈이다. 특히 정치·사회면 기사의 생명인 속보성을 포기하면서 "지역신문을 키우는 것이 지역사랑의 실천입니다" 같은 캠페인 등을 통해 지역신문 사랑 운운하는 것은 참으로 낯 두꺼운 일이라 아니 할 수 없다.

그뿐이 아니다. 가령 어떤 지방지는 관공서와 학교처럼 국경일이나 공휴일은 물론 모든 신문사가 신문을 다 발행하는 그 앞뒤 날까지도 쉰다. 심지어 어느 지방신문은 임직원들이 해외연수를 떠난다며 한 주일을 통째로 쉬기도 한다. 그러고도 신문이라 할 수 있는지 의문이다. 금요일 일어난 사건사고를 다음 주 월요일에나 전하는 신문도 과연 신문인지 묻고 싶다.

그와 관련 생각해볼 것이 있다. 바로 지방신문 난립이다. 전라북도 수도 전주는 유난히 일간지가 많이 나오는 도시다. 인구가 고작 65만 남짓인 중소도시에서 대한민국의 수도 서울이나 제2의 도시 부산보다 더 많은 종합일간지(경제지나 스포츠지를 뺀)가 발행되고 있다. 아마 인구 수 대비 전국에서 가장 많은 일간지 발행이 아닐까 한다.

다다익선이란 말이 있지만, 중소도시의 전국에서 가장 많은 일간지 발행을 두고 그렇게 받아들이긴 어렵다. 전북도내 14개 시·군의 재정자립도나 경제 규모를 감안해보면 도무지 이해 안 되는 지방일간지 난립이라 할 수 있다. 자본주의 시장경제조차 오불관언인, 완전 신기하면서도 의아스러운 지방일간지 난립이기도 하다.

그런 신문들이 비판적 기능의 정론직필을 제대로 수행할 리 없다. 실제로 어느 지방신문은 비판적 칼럼은 거의 싣지 않고 있다. 직접 취재 없이 보도자료에만 의존해 기사화하는 일도 많다. 놀랍게도 일반 기사는 물론 사설이나 사내 칼럼들을 보면 문맥이 부자연스러워 도대체 무슨 말을 하는 것인지 의미 파악이 안 되는 지방신문조차 있어 더 이상 읽기를 포기해버리니 할 말을 잃는다.

또 다른 폐해도 드러나고 있다. 잊을만하면 광고 수주나 기사를 빌미로 한 금품갈취 따위 각종 비리에 연루된 지방일간지 대표, 기자들의 구속·기소 소식이 그것이다. 범죄 연루자들을 두둔할 생각은 추호도 없지만, 물론 그들 나름대로 이유가 있다. 가령 기자들에 대한 열악한 처우가 그것이다. 각종 취재비는 고사하고 월급조차 제대로 받지 못한다면 아무리 투철한 기자정신을 강조해도 검은 유혹에 빠질 수밖에 없는 구조라 할까. 기자들의 잦은 '의원면직'도 그와 무관치 않아 보인다.

뻔한 광고시장이니 그야말로 흙을 파서 신문 내는 '깨진 독에 물 붓기'식 지방신문 발행을 계속 지켜봐야 하는가? 정말이지 이름조차 기억하기 힘든 지방신문 난립 이대론 안 된다. 경제적 시장원리와는 전혀 상관없이 진행되는 이 기현상 타파에 모두 지혜를 모아야 할 때다. 그와 함께 사주나 경영진은 적자 재정의 신문사를 더 운영해야 하는지 심각하게 고민해봐야 할 것이다. 정부도 기자 월급 미지급 따위 부당노동행위가 있는지, 언론탄압이라는 인상을 주지 않는 범위에서의 접근이 필요한 시점이다.

신문사의 은연중 갑질은 또 다른 문제다. 가령 괴이한 문화면이 그렇다. 예컨대 모든 신문 지면의 기본적 구성이라 할 책 소개 기사가 없는 여러 개 지방신문들을 어찌 봐야할지 난감하다. 어느 지방신문의 경우 100% 책 소개가 없는 것도 아니다. 무슨 그런 신문이 있냐며 탄식하는데, 어느 날 보니 대문짝만한 어느 저자의 신간 소개가 되어 있는 게 아닌가! 그렇게 편파적인 기사가 신문사, 좁게는 기자의 은연중 갑질임을 스스로는 모르는 모양이다.

하긴 그 정도는 책 소개 면이 고정되어 있는 신문에 비하면 새 발의 피다. 중앙일간지와 달리 지방지 책 소개는 대부분 신문에서 1명이 전담을 하고 있다. 독점에 따른 폐해라 할까, 일부 신문에선 신간이나 동인지를 보내줘도 아예 싣지를 않는다. 담당 기자와 알거나 그의 마음에 들면 기사로서의 가치가 있다는 것인지 묻고 싶다. 도대체 무엇을 기준으로 책 소개를 하는지, 그야말로 엿장수 마음대로라면 제대로 된 신문인지 의심할 수밖에 없다.

더 어이가 없는 건 좀 아는 기자의 경우다. 신문사의 은연중 갑질이 더 심하게 느껴져서다. 아는 처지라고 매번 신간 소개 기사 등을 써줘 늘 고맙게 생각하는 신문도 있지만, 그렇지 않은 기자들도 있다. 똥구멍 가려운 속 모른다고 아는 기자들이 예년처럼 책소개를 왜 해주지 않는지 알 수가 없다. 대놓고 물어볼 수도 없어 확인할 길은 없지만, 혹 촌지 따위를 주지 않아 그러는 것인가?

현장 취재 후 기사를 쓰는 것이 원칙이지만, 특히 문화면의 경우 대부분의 지방신문이 그렇지 못한 실정이다. 가령 시상식 등에서 기자를 본 바 없는데, 다음날 기사로 잘만 실리고 있어서다. 조금 늦게라도 발행일이나 보내온 순서 등 일정한 기준에 따라 책소개 기사로 모두 소화해내는 지방신문이 되어야 한다. 편파적 기사로 인한 신문사의 은연중 갑질을 더 이상 안보길 기대한다.

그런데 정작 짜증나는 것은 보던 신문끊기다. 오랜 기간 하도 많은 신문을 구독하다보니 별의별 일을 다 겪는 셈이라고나 할까! 벌써 오래 전, 직장에서 보는 신문이라 끊으려고 지국에 전화 걸었더니 아무도 받질 않았다. 다시 전화했을 때도 마찬가지였다. 나는 생각다 못해 문 앞에 '구독사절'이라 점잖게 쓴 큼지막한 메모지를 붙여 놓았다. 이후 구독료는 내지 않겠다는 내용도 밝혀놓았음은 물론이다. 그런데도 강제투입은 계속되었다. 나는 아내에게 신문대금을 내지 말라고 일러두었다. 그리고 몇 달이 흘렀다. 마침내 신문지국과 통화도 이루어졌다.

"아니, 언제 신문 끊으라고 했습니까?"

전화기에서 여자가 날선 목소리로 반문했다. 어쨌든 난 신문대금을 줄 수 없으니 그리 알라고 말했다. 여자는 대뜸 "그렇게 큰 아파트에 사시는 분이 우리 같은 서민을 울려도 되는 거냐"며 고래고래 악을 써댔다. 허, 적반하장도 유분수라더니... 그뿐이 아니다. 어느 지방지의 지국장이라는 사람은 여러 차례 배달이 안 되어 전화한 나에게 "신문 한 부 보면서 되게 깽깽거리네" 따위 말을 내뱉기도 했다. 글쎄, 중앙지들의 구독자 늘리기 경품제공 등 과다경쟁은 딴나라 이야기일 뿐이라 할까. 요컨대 함량미달 지국 종사자들이라는 '불편'을 겪게 된 것이다.

왜 돈 내고 신문을 보면서 그런 불쾌감과 불편을 겪어야 하는지, 적어도 이 땅의 정기구독에선 필요악인지 이해할 수가 없다. 지국장이던 남편이 교통사고로 갑자기 죽자 부인이 꾸려간다는 말에 '구독사절' 이후의 석 달 치 신문대금을 다 주긴 했지만, 찝찝한 기분은 지금까지도 남아 있다. 다른 물품의 장사도 아니고 사회의 목탁이요 거울이라는 신문에 대한 그런 경험은 일어나선 안될 일이라는 것이 나의 판단이다. 신규 독자에 주는 과다경품 역시 우선 먹기는 곶감이 좋은 것일 뿐 장기적으로 신문시장의 활성화와 발전에 걸림돌이 될게 뻔하다.

그럴망정 나의 많은 신문 보기는 계속될 것이다. 말할 나위 없이 신문시장의 활성화와 민주주의 발전을 위하여 라는 기대감과 함께다. 신문 매체의 특성상 방송의 속보성을 따라 잡을 수는 없다. 대신 신문은 방송의 단편, 피상적 보도를 보다 심층적이면서도 자세하게 전할 수 있는 장점이 있다. 입만 열면 인터넷 세상이라 말들 하지만 인쇄매체인 신문이 건재한 건 그 때문이다. 혹 나만 그런 생각일까?

전세영

sse-young5@hanmail.net

# 빗속의 숨소리

햇살이 눈부시게 내리쬐는 어느 봄날의 아침. 기분 좋은 낯선 설레임이 나를 깨웠다.

서른이 다 되도록 제대로 된 연애 한번 하지 못한 나에게 그가 그렇게 봄날의 소나기처럼 찾아왔다. 뜨거운 여름날 내가 겪게 될 신神에 대한 사랑의 열병을 미리 예방해주는 주사처럼. 그가 내게로 내 안에 있던 신의 자리보다 더 깊은 곳으로 순리처럼 침투해왔다.

그는 내가 사랑하는 신을 똑같이 사랑하고 기다리던 사람이었다. 그래서 처음이었지만 첫 만남부터 오래된 친숙한 친구처럼 느껴졌다. 그에게 신은 정의를 통한 사랑의 나라를 실현할 도덕신이요, 넓은 의미의 세상을 구원할 사랑의 신이었다. 나에게 신은 좁은 의미의 나를 구원할 나만의 연인으로서 사랑의 신이었다. 나는 나와 사랑의 모든 교감을 누릴 수 있는 연인으로서의 신을 어린아이처럼 애타게 육안으로 보고 만나기만을 기다려왔다. 그리고 그는 그의 고통으로 허덕이는 삶에서 그를 구원할 정의로 무장한 강력한 사랑의 신을 기다려왔다. 우리의 형태는 서로 달랐지만 똑같은 대상인 신을 향한 강한 그리움은, 우리를 처음 겪는 신선한 사랑이라는 다리에서 만나 조우하게 하였다. 그 다리는 처음에는 불안하게 여겨졌으나 결국 나중에는 그보다 더 견고한 다리가 없다는 것을 뒤늦게 깨닫게 되었고 우리는 그 안에서 영원히 머물기를 간절히 원하게 되었다.

처음 그 사랑의 다리 위에서 멀찍이 걸어오는 그는, 짙은 색의 수트에 장우산을 가지고 검은 중절모를 쓰고 나타난 인생의 황혼기를 한창 맞이하는 점잖고 품위 있는 가을의 신사였다. 그 앞에서 그를 맞이하러 나가는 나는 이제 막 인생의 여름날을 맞이하는, 모든 것이 생경하기만 한 봄날의 어리숙한 처녀였다. 그러나 그것은 그 어떤 장애물도 방해도 되지 못했다. 오히려 우리의 인생의 짧지 않은 세월의 차는 우리에게 예의와 단정함을 선물해주었고, 나는 그를 엄밀한 예의와 진심을 담은 존경으로 대하였다.

그러나 내가 그에게 예와 존중을 다한 것은 나이차 때문만이 아니었다. 나는 그에게서 어떤 숨소리를 들었다. 아니, 오감으로 그 숨소리를 피부로 느꼈다. 마음은 숨길 수 있지만, 표정은 감출 수 있지만, 모든 순간 신의 영역에 속한 숨만큼은 거짓을 지어낼 수 없고 꾸밀 수도 없다는 것을 나는 몇 차례의 원하지 않던 헤어짐과 이별 속에서 잘 알고 있었다.

그래서 내가 그때 그 숨소리에 그때 발걸음을 멈추고 시선을 고정하였는지도 모르겠다. 나는 들었다. 그의 긴 말 한가운데 이미 '한 말'이 아니라 하지 못한 '할 말'을. 그리고 보았다. 들리지 않는 그의 신음 속에서 여실히 잔인하게 보여지는 그의 고통으로 점철되어온, 결코 행복할 수 없었던 삶을. 그 숨소리는 내게 어떤 소리보다 가장 크게 들려왔고, 그것은 나에게 그의 과거부터 숙명처럼 이어져 내려오는 고통에 대한 어떤 책임감을 요구했다. 그를 고통의 소용돌이에서 자유로 해방시켜주어야겠다는 책임감, 그게 그 모든 일의 시작이었다. 나의 발걸음이 멈추고, 온 몸이 쏠리고, 온 마음이 사로잡히고, 내 기도의 모든 내용이 되고 결국 내 삶의 전부가 된 것. 짙은 수트의 장우산을 한쪽 손에 들고 있는 중절모의 신사. 그 신사에게서 느껴지는 애상적 슬픔, 그 빗속의 숨소리 때문이었다.

나는 어떤 사명감을 가지고 그의 고통의 숨이 행복의 숨이 되기를 위해 간구하며 헌신하기 시작했다. 하던 모든 생각을 끊고, 하던 모든 일을 그만두고, 가족에게는 거짓을 말하며 나는 왜 그토록 그의 숨을 보호하고자 했을까?

그것은 나의 아주 오랜 경험에서 우러나온 것이리라. 나는 신의 아주 애틋하고 깊은 사랑과 정을 받은 경험이 있었다. 그 신은 내가 가장 못나고 모두에게 버림받았을 때 나를 찾아와 지극히 사랑해주었다. 그런데 내 앞에서 선 그에게 이제는 내가 기다려온 신의 모습을 닮아버렸던 것 같다. 그래서 그를 의무가 아니라 권리로서의 소명으로 사랑하고 전심 다해 여린 여성이지만 나는 강해졌고, 그를 보호하기 시작했다.

처음 마주했을 때 그의 삶은 슬픔과 억울함으로 무기력을 향해 서서히 빠져들어가고 있었다. 하지만 나는 그가 미소 지을 때마다 보이는, 마치 밤하늘의 어둠을 밝히는 별빛처럼 초롱초롱한 그 두 눈동자에서 그 무언가를 발견했다. 그것은 그가 자신의 고통스러운 삶을 신에 대한 믿음으로 꿋꿋하게 여태까지 스스로 지켜왔다는 것과, 끊임없는 고난 가운데에서도 끝까지 그가 그의 삶에 대한 희망을 놓지 않고 살아왔다는 사실이었다. 게다가 그는 자신의 고통에 함몰된 사람이 결코 아니었다. 그는 그의 신에게서 배운 삶의 태도, 곧 어둡고 소외된 곳에서 힘들어 하는 작고 나약한 사람들에 대한 강한 책임감으로 자신이 할 수 있는 모든 최선을 다하고 있었다. 그것은 자신의 삶을 불태워 세상을 밝히는 빛을 밝히기 위해 제 몸을 녹여 촛농을 흘리며 흐느껴 우는 초와도 같았다.

나는 그런 그의 용기에 결코 거절할 수 없는 숭고한 사명감을 느꼈다. 그는 내게서 자신과 함께 그 고통 속에서 진정한 해방과 자유를 줄 신을 함께 찾고자 하였다. 그리고 결국 그는 그 신을 나에게서 발견했다고 고백하였다. 그는 그 누구도 제대로 된 사람대접도 해주지 못하는 그를 오직 나만이 진정 상대해주고 위해주었고 대해주었다고 누차 내게 암시하며 고마워했다. 그 고마움의 마음은 나도 마찬가지였다.

이렇게 마음이 하나가 되자 서로의 마음도 하나로 소통되고 정신까지도, 감정까지도, 영혼까지도 하나가 되기 시작했다. 그리고 우리의 사랑은 서로의 삶에 대한 예의로 육신으로는 결코 함께 할 수는 없지만 그보다 더 아름답게, 뜨겁게, 짙어지고 깊어만 갔다.

그러자 나의 열정적인 사랑이 그를 조금씩 자유로울 수 있도록 해주는 것을 느꼈다. 그리고 나는 처음으로 진정한 행복을 깨달았다. 사랑은 받을 때보다 줄 때 더 행복하다는 그 보편적인 명제를, 나는 서른이 넘어서야 드디어 몸으로 체득하게 된 것이었다. 나는 세상에서 천국을 나만 소유한 것처럼 느꼈다. 그러나 그 천국 열쇠는 쉽게 주어진 것이 아니었다. 그 천국 열쇠를 열 때마다 나는 가슴으로 울어야했고 끊임없이 비워야만 했다.

그랬다. 나와 그의 사랑에는 아픔과 슬픔이 운명처럼 예고되어 있었다. 그는 지켜야 할 보금자리가 있는 사람이었다. 게다가 그는 고상하고 성품이 너무 선하고 그 선하고 어진 만큼 보살핌에 대한 책임감이 강한 사람이었다. 그의 보금자리에 대한 연민으로 나는 그의 보금자리를 위해 전심으로 정성으로 기도했다. 그것은 내가 배운, 나의 신이 가르쳐준 참사람이 되는 길이었다.

그러나 사랑하는 그의 마음에 내가 온전히 가득 메워 자리 잡지 못하고, 분열된 채 그 상황을 앞으로의 세월동안 버티어야 한다는 것은 참으로 괴로운 일이었다. 무엇보다 그의 울타리를 생각할 때마다 나의 정체성이 당당하지 못하고 떳떳하지 못하다고 생각이 들었다. 그래서 나는 그를 떠나고자 마음먹었다. 그러나 그때마다 그는 나를 떨리는 눈빛으로 붙들었다.

'세영, 지금 내게 필요한 건 도덕이 아니라 사랑이야. 나 정말 쉬고 싶어.'

그래. 버리자. 모든 것을 내려놓자. 나는 모든 것을 버리기로 결단했다. 오직 그의 안식처, 쉼터, 피난처... 이 역할을 감당하기로 했다.

'안심해요. 저는 그대 곁에서 끝까지 그대를 지킬 거예요.'

이따금씩 나의 이기적인 마음이 고개를 들어 나를 향해 묻는다. 그럼 나는 대체 뭔가? 오직 한 사람을 위하여, 그것도 세상에 온전히 실현될 수 없는 이 힘든 사랑을 위하여 나를 연탄재처럼 뜨겁게 타오르다가 그 열정이 수난이 되지 않았는가. 내가 이 모든 일을 비밀로 했던 것은 오로지 그의 존재를 보호하기 위함이었다. 그러나 후회하지는 않는다. 그의 행복이 곧 나의 행복이 되었기 때문이다. 그만 행복할 수 있다면 더 한 고통도 괜찮았고, 또 괜찮다.

때때로 나는 잠들 때 내게로 내뿜어지는 그의 친숙한 숨을 느낀다.

'그래. 그는 지금 안식하여 행복의 숨을 쉬고 있구나.'

비록 그의 숨은 내 인생을 통째로 집어 삼켰지만 나는 사랑하는 나의 소중한 그 사람덕분에 신의 선물로 다른 사람을 신처럼 대하고 진정으로 사랑할 줄 아는 아름답고 정성스러운 마음 밭을 선물 받았다. 그리고 나의 신이 내게 주신 선물로 이제야 내 숨도 맑고 상쾌하고 정갈해짐을 깨닫는다. 그의 안전함과 평안함을 느끼며 나도 그제야 안도하는 것이다.

이렇게 내 숨으로 들어오고 나가는 이 세상 모든 만물이 이토록 눈부시도록 아름답고 눈물겹도록 감사 충만 하기만 한 것을. 이제야 나는 왜 깨달았을까. 아니, 나는 왜 벌써 깨달았을까. 내 세상은 그 사람 그 하나만으로 충만해져 있은 채 오늘도 모든 존재가 의미로 가득하여 사랑의 다리위로 다가온다.

# 사람에 대한 예의
- 폴 리쾨르의 『Critique and Conviction』 8장을 바탕으로

리쾨르는 미학에 대한 그의 견해를 나타냄에 있어서 미학의 '경험'을 그 제목으로 하여 자신의 생각을 풀어 나간다. 그의 글에 의하면, 미학에 대한 이해 즉 심미안의 공유는 단순한 개념어 혹은 개념적인 설명으로서 가능한 것이 아니다. 그것은 특정한 실천적 '경험'에 대한 공유와 공감으로 이루어져야 하는 것이다. 여기서 한 사람의 인생을 조물주가 창조한 하나의 아름다움美이라고 생각할 때, 한 사람이 겪은 인생의 한 '경험'을 매개로 너와 내가 서로 소통하고 깨닫는 것, 이것 역시 하나의 미학적 해석과정이라고 볼 수 있겠다.

미학적 해석과정은 어떤 '경험'에서 비롯된 일종의 독특한 아름다움美에 대한 향유로의 초청이라고 할 수 있다. 그런데 이러한 향유는 칸트의 정언명령에 따른 도덕적인 삶에 대한 추구의 결과를 통해 비로소 완전하고도 온전하게 주어질 수 있다. 왜냐하면 미학 곧 아름다움은 도덕적인 것과 결코 유리될 수 없기 때문이다. 그것은 인간이란 덕과 지혜를 바라지만 이와 동시에 육체적, 정신적 쾌락의 추구 사이에서 갈등한다는 점에서 유추해볼 수 있다. 즉, 진정한 아름다움은 다양한 쾌락을 주기도 해야 하지만 그와 동시에 우리에게 삶의 지혜와 덕을 제공해줄 때 비로소 온전해질 수 있다는 것이다.

그렇기 때문에 우리는 도덕적이지 못한 사람에 대해 그가 행한 경험을 애써 공유하려 하지 않거나 깊이 공감하지 못하고 곧바로 정죄하고 판단하며 미학적 해석과정 밖으로 내던진다. 그 이유는 미학적 심미안의 공유에서 "경험"은 구체적으로 그러한 도덕적이고 선한 삶에 대한 추구의 태도가 전제되어 있어야만 하는데 도덕성이 결여된 사람은 그 전제조건을 이미 상실하였기 때문이다. 하지만 아름다움은 선과 악 너머에 있다는 말을 기억해야 할 필요가 있다. 이처럼 한 사람의 인생을 하나의 미학이라고 볼 때 우리는 그것의 도덕성 여부를 판별하기 이전에 그 인생에 대해

그 자체로 개성적인 아름다움 곧 주체성 있는 독자적인 미美로서 그 삶을 먼저 있는 그대로 수용하고 용납할 줄 아는 일종의 예의가 필요하다. 곧 기본적인 사람에 대한 예의가 필요한 것이다.

그렇다면 작가와 독자가 서로 공유하게 되는 "경험"에 대해서 우리는 어떻게 해석하고 어떤 자세로 받아들여야할까? 이와 같은 미학적인 경험에 대하여 리쾨르의 글을 순서대로 따라가 해석하여 구체적으로 설명하면 다음과 같다. 우선 리쾨르는 미학을 추구하는 마음은 어떤 아름다움을 소유하려는 소유욕이 아니라 그저 감탄, 탄복, 칭찬, 찬양의 감정을 느끼는 것과 같다고 설명한다. 이것은 곧 순전한 마음으로 모든 것을 사랑하려는 감각에서 비롯되는 것이다. 이때 사랑하려는 감각일종의 힘Power이며 이것은 곧 노력하여 학습하고 체득하여 배움으로써 얻어지는 것이라는 점이 중요하다.

즉, 감정적으로는 도덕성이 결여된 사람에 대해 당장에 싫고 꺼려하는 마음이 들지만, 미학을 추구하기 위해 그것의 단점을 전혀 생각하지 않고 오직 장점만을 바라보려는 의지적 자세가 필요한 것이다. 즉, 범죄자의 삶에도 긍정할 부분을 애써 찾고 또 찾아서 예를 갖추어 대하는 결사적 노력이 필요하다고 할 수 있다.

그것은 곧 단점을 버리고 장점만을 택하여 '의지적으로' 사랑하는 것을 일컫는다. 그래서 의지를 가지고 그것의 장점을 더 발견하고 그것을 더욱 극대화하기 위해 최선의 노력을 기울여 그 장점을 아름다움으로 깨달 뿐만 아니라 그것이 다른 사람에게도 아름다움으로 여겨질 수 있도록, 정직하게 정성껏 꾸준히 찬미하고 찬양하는 것을 일컫는다. 즉 우리는 범죄자의 죄를 지적하고 흠에 대해 꾸짖기 이전에 그 사람을 하나의 미학 자체로 인식하고 그의 삶을 긍정하고 그의 삶의 장점을 발견하려는 노력이 필요하다. 그리할 때 그 사람의 인생은 하나의 아름다움으로서 독자적인 지위를 얻고, 비록 범죄자일지언정 자기 자신에 대한 최소한의 예의는 지키며 삶을 교화해 나갈 수 있도록 도울 수 있게 되는 것이다.

이러한 심미안이 길러지기 위해서는 물론 개인적인 그리고 사회적인 훈련이 필요하다. 인생에 대해 예를 갖추고 대하는 것에는 다른 사람에 대해 겸손한 마음으로 나보다 낮게 여기는 마음이 기반이 되어야만 하기 때문이다.

그럼 무엇을 가지고 아름다움을 체굴 하여 장점을 발견하고 극대화시켜줄 수 있단 말인가? 그것은 그 아름다움이 가지는 이야기의 가정 혹은 추정과 관련되어 있다. 즉, 그 아름다움의 외관이 그대로 드러내는, 내적인 보이지 않는 narrative를 추정함으로써 사랑하는 것이다. 여기에는 세월과 세월에 따라 궤적을 밟아온 삶의 태도와 연관이 있다. 즉, 비록 범죄자일지언정 그 모든 일 뒤에는 그의 삶에서부터 비롯되는 어떤 까닭이 있다는 것을 염두에 두어야한다. 그 까닭을 살피는 것이 중요하다는 말이다.

요즘 전남편을 살인한 고유정 씨가 세상 만 천하에 그 이름과 얼굴이 공개가 되어 안타까움을 금하지 않을 수 없다. 그리고 죄가 명백히 밝혀지기 이전에 포토라인을 통해 용의자를 무조건 확실한 죄인으로 취급하는 세상의 일반적인 풍속은 변함이 없다는 것에 한탄을 멈출 수가 없다. 이것은 심도 있는 미학적 해석과정을 거치지 않은, 곧 미학에 있어서 올바른 주체답지 못한 행동이다. 모든 주체는 상대방을 주체로 인식하고 겸손히 맞이하고 그대로 수용할 때 비로소 내 자신도 온전히 주체가 될 수 있는 것이다. 즉 그들의 삶의 연고와 일의 까닭을 헤아려보는 배려있는 신중한 귀가 필요한 것이다. 그리할 때 나도 내 삶의 주체로 인정받을 수 있다.

우리나라는 특히나 죄인에 대한 예의가 없다. 우리는 죄인에 대해 죄를 책잡기 이전에 누구나 죄인임을 인식하는 것이 중요하다. 내가 알지 못하는 내가 연루된 세상 죄가 있다. 그 죄에 나도 연루되어 있고 나도 가해자라는 사실을 인식하는 종교적인 사유, 곧 본회퍼가 말한 양심을 넘어선 세상 죄에 대해 느끼는 일종의 수치심이 필요하다. 그렇게 된다면 우리는 죄인을 포함한 사람에 대해 예의를 지킬 수 있게 될 것이다.

리쾨르에게 있어서 예술의 작업은 예술작품 뒤에 언어의 양상을 발견하는 것과도 같다. 예술의 작업은 이때 한 사람의 인생이라고 볼 수 있다. 한 사람의 인생은 언어의 풍성함을 그대로 노출시킨다. 즉, 삶을 통해서 우리는 그 삶을 온전히 100% 재현할 수 없는 언어의 한계를 체험하게 되는데 이것은 곧 동시에 언어의 풍성함을 드러내는 것과도 같다. 우리는 더 적절하고, 더 명료하고, 더 헤아리는 언어로 그 삶을 표현하고 그렇게 전달하고자 한다. 즉, 다른 사람의 인생을 예의를 바탕으로 대할 때 진정한 소통이 이루어지는 것이고 참된 헤아림과 이해가 이루어지는 것이다. 그러나 이것은 모두에게 보편적으로 이루어지는 것이 아니기 때문에 비밀스러운 소통과 같다고 리쾨르는 그의 미학에서 그처럼 설명한다.

그럼 그 비밀스런 소통은 무엇인가? 그것은 미학의 주체들(독자와 주체라고도 구분 지을 수 있겠다.) 사이에 감정적인 공간이 확대되는 것을 말한다. 그리고 그것은 새로운 감정을 형성하여 감정적인 교류를 하게 한다. 하지만 지나친 감정적인 교류는 예의가 되지 못할 수도 있다. 즉, 이러한 소통이 이루어지되 독자는 항상 주체가 전달하고자 하는 각각의 예술의 작업에서 주체가 구성한 영혼의 조정 Modulation of the soul을 따라야 하고, 그 규칙대로 행해야 한다. 독자는 아무리 주체의 인생을 이해하고 헤아려 비밀스런 소통을 했다고 하더라도 결단코 주체를 온전히 이해하지 못한다는 것을 깨달아야 한다. 그것은 아무리 비슷한 경험을 했을지라도 시대상황과 세월과 역사가 다르고 그 간격이 매우 크기 때문이다. 이처럼 내가 상대방을 다 알지 못하기 때문에 어려워하고 공경하는 것, 이것이 사람에 대한 예의이다.

그것은 극단적인 요소의 차이이며, 이것은 결국 불가능성이다. 따라서 독자는 보다 많은 세월의 환난을 겪고 앞선 역사의 경험을 한 주체를 함부로 포섭하여 설명하려 들어서는 안된다. 그것은 불가능성으로 남겨두어야 한다. 그것은 오래된 책이 가지는 독특한 향기와도 같은 것인데 이것은 한 사람의 육체가 타오르는 것과 같다. 즉, 육체가 타오르는 것만큼 많은 아픔과 고통이 있었다는 것을 뜻한다. 그리고 계속 타오른다는 것은 건드리면 재가 되어 무너질 수 있음을 뜻한다. 따라서 독자는 절대 손을 대서 접촉을 시도해서는 안 된다. 이것은 함부로 그 영역에 침범해서 독자로서 어떤 모양이든지 자신의 영향력을 행사해서는 안 된다는 것을 뜻한다. 예를 들어, 레오나르도 다빈치의 모나리자 그림을 해석하는데 있어서 그것이 레오나르도 다빈치 자신을 그렸다는 등 또는 어떤 그가 마음에 둔 특정한 여인을 그렸다는 등 자기 나름의 해석을 시도해서 그 작품에 흠집을 내서는 결코 안 된다는 것이다.

결국 독자에게는 주체를 존중하고 자신보다 주체를 더 낮게 여기는 겸손한 마음으로 그 가운데서 자신이 알지 못하는 선善을 바라보려는 마음이 우선적으로 있어야 한다. 그러한 마음을 바탕으로 독자는 도덕적으로 덕이 되는 자세를 갖추고 내 앞에 있는 아름다움美인 그 사람의 인생을 조심스럽게 바라보아야 하고 그리할 때 우리의 삶은 독자적인 아름다움의 잔치로 더욱 안전하고 풍요로워질 것이다.

정미자

chongmaria@naver.com

# 결혼식

요즘의 결혼식은 옛날과 사뭇 다르다. 아니, 너무 많이 간소화 되고 있다는 표현이 더 맞는 듯하다. 똑똑한 젊은 세대들이 실리를 추구해서 일수도 있고, 만만치 않은 결혼 자금을 부담하기에 부모세대와 자녀세대의 주머니 사정이 그리 녹녹하지 않기 때문일 수도 있겠다. 잘 한다 박수 쳐 주고 싶지만, 다른 한편으로는 안쓰러운 생각도 든다.

최근에 아주 친한 지인의 서른여섯 살 아들의 결혼식에 갔다. 주례자 자리에는 양가 부모님께서 서 있었고, 신랑신부가 함께 손잡고 예식장에 입장했다. 신랑신부가 양가 부모님 앞에서 서로 서약서 읽고, 신랑아버지가 축사로 편지를 읽고, 사회자가 결혼선언서를 낭독했다. 친구들이 나와서 장난기 있는 노래로 분위기를 띄우며 결혼식을 한층 재미있게 만들었다. 옛날 같은 엄숙함은 없었지만 그래도 나름 재미있는 요즘스런 결혼식이라는 생각이 들었다.

신랑의 어머님과 잘 아는 사이라 들은 이야기로는 서로 예단과 함도 생략하고, 예물 대신 작은 반지 하나 주고받았다고 했다. 그렇게 절약한 돈을 서울에 작은 전세 구입비용으로 사용했다고 한다.

얼마 전 또 다른 결혼식은 평일 오후 여섯 시에 있었다. 일요일 저녁 6시에 있는 결혼식에도 참석했었다. 이제는 결혼식을 꼭 토요일이나 일요일, 공휴일 낮 시간에 해야 한다는 틀도 깨어졌다. 주례자가 없어졌으니 주례자라는 은퇴 후의 명예로운 직업도 사라지고 있다. 어른들보다 아이들이 그렇게 하겠다고 하니 어른들은 따를 수밖에 없다고 한다. 또 일부 연예인들의 작은 결혼식으로 인해 그런 문화가 자리 잡고 있는 듯해서 보기 좋아 보이긴 하다.

결혼식에 양가 부모님들이 반드시 갖추어 입어야 하는 값비싼 한복도 사라질 것 같다. 한 결혼식에서는 양가 부모가 정장 양장을 입고 있었다. 물론 뒤에서 이러쿵 저러쿵 말들을 하긴 했다. 하지만 3년 안에 아들 딸 둘 다 결혼 시킨 지인은 한복 값으로 백만 원이 넘는 돈을 썼다는 이야기를 들으니 그럴 만도 하겠다는 생각이 든다. 두 양가 집안의 용기에 박수를 쳐 주고 싶기도 하다. 이러다 우리도 미국처럼 결혼 중인만 대동하고 동사무소로 가서 서류에 사인만 하고 사진관 가서 웨딩 드레스 잠깐 입고, 아니 웨딩드레스도 생략하고 원피스 입고 부케 들고 사진만 찍는 날이 곧 오려나보다.

요즘은 결혼식장도 크지 않다. 미리 와서 축의금 내고 식사 미리 하고 가는 사람들이 많아서 식장 안에는 주로 친구들과 친지들만이 있는 경우가 많다. 결혼식에 축하하러 왔으면 끝까지 결혼예식을 다 보고 가야 돈만 내고 식사만 하고 가는 것은 너무 성의 없다는 사람도 있다. 이 또한 틀린 말은 아니다. 하지만 이 바쁜 세상에 와 주는 것만도 감사한데 1시간 이상을 붙들어 놓고 결혼예식 다 참석해야만 식사가 제공되는 그런 결혼식을 싫다는 사람도 있다. 나는 후자에 한 표를 던진다. 사실 12시 호텔 결혼식에 참석했다가 밥도 못 먹고 밖에 나와서 추어탕 사먹은 적이 있기 때문이다. 나 역시 이 시대에 편승해 살고 있는 사람이다.

옛날 내가 어린 시절에 동네 언니가 결혼한 날이 생각난다. 옛날식으로 족두리 쓰고 신부 집 마당에서 결혼식 올렸는데 엄마가 그 집 마당에서 떡국 퍼는 일을 맡아서 했다. 결혼 축하파티도 하루 종일 있었고, 온 동네 사람들이 종일 들락거리며 저녁까지 거기서 먹었던 것 같다. 요즘 몽골이나 중국 오지 여행 프로에서나 봄직한 그런 결혼식이 불과 50년 전에도 한국에 있었다. 이제는 그런 결혼식은 족두리 쓰고 마당 병풍 앞에서 보자기에 잘 묶여진 닭과 함께 찍은 빛바랜 사진처럼 아련한 옛 이야기가 되었을 뿐이다.

"함 사세요! 함 사세요!"

요즘은 "함 사세요."라는 재미난 문화도 소리 없이 사라졌다. 아파트에서 30년을 살았지만 이런 외침을 들어 보지 못했다. 한 때 일부 함 잡이들이 너무 많은 돈을 요구해서 서로 싸움이 났다는 뉴스를 텔레비전에서 들었던 적도 있다. 그래서 그런지 요즘은 함을 주고받는 문화는 사라졌다. 대신에 서로 돈 봉투가 오고간다. 신랑 친구들이 함을 들고 오던 것이 신랑 혼자서 함을 메고 오다가, 마침내 돈 봉투가 오고 가게 된 것이다.

그 시절은 신랑 집에서 함을 준비하기 위해서 큰 여행 가방을 사고, 그 속에 한복과 양장, 보석과 함 단지를 정성을 다해 싸서 함 잡이가 들고 왔었다. 함 들어오는 날 집에 있는 사람들은 함 가방을 펴 보고 이런 저런 말고 훈수를 떴었다.

예단과 함을 주고받는 일은 간소화되어 여전히 존재하고는 있지만 함 사라고 소리치는 것은 더 이상 들을 수 없다. "함 사세요."라고 소리치는 것이 좋은 문화였는지, 아니며 싹둑 무 자르듯이 잘라내야 하는 백해무익 문화인지, 보존가치가 있는지 알 수 없다. 하지만 재미난 풍경이 사라진 것에 대해 조금 아쉬움은 있다.

내가 함 받는 날을 떠올려본다. 겨우 30년 정도 밖에 되지 않았는데도 아주 옛날 이야기가 되어버린 듯하다. 그때만 해도 결혼식 일주일 전부터 신부집안은 부산스러웠다. 함이라는 것이 오기 때문이었다. 함이 들어오는 날 밤에 아버지가 마당에 큰 양철통을 가져다가 나무 장작으로 불을 피워 놓고 함 잡이들을 맞았다. 대문에서 꽤 먼 거리부터 오징어로 가면을 만들어 쓴 신랑 친구들이 "함 사세요."를 외쳐서 온 동네 사람들 구경 나왔었다. 여기저기 아주머니들이 자기네도 다 큰 처자가 있으니 자신들이 함 사겠노라고 농지거리를 던지기도 했었다. 아버지와 오빠와 친척 어른들은 함 잡이들을 앞에서 당기고 뒤에서 밀기도하고 온갖 감언이설로 한 발자국씩 앞으로 밀었다. 함 잡이는 뒷걸음을 절대로 치면 안 되기 때문에 있는 힘껏 앞으로 나가지 않으려고 애썼다. 발 한발 앞으로 나갈 때마다 발에 돈을 깔아주기를 바라는 함 잡이와 몇 발자국이라도 더 앞으로 밀어야 하는 우리 집 장정들과 힘겨루기를 하며 한바탕 난리가 났었다. 나는 한복 곱게 차려입고 새신랑과 창문 내다보며 안절부절 못하고 왔다 갔다 했다.

"자기 친구들 좀 너무 심하다 적당히 하지"하며 푸념하자, 새 신랑은 장모 눈치 보느라 좌불안석이었다. 엄마, 이모들, 언니, 올케 언니는 함 잡이들을 위해 음식 차리느라 분주하게 오고갔다.

현관문 입구에는 하얀 통통한 실타래를 밍크 목도리처럼 칭칭 둘러 멘 섹시한 북어가 따뜻하고 폭신한 큰 시루떡 위에 우아하게 누워 이 소란을 즐기며 미소 짓고 있었다. 이런 풍경 지금은 어디에서도 찾아보기 힘들다.

우리 아들딸도 "함 사세요."를 할 것 같지 않다. 만약에 한다면 고성방가 죄로 신고 당하고 경찰이 올지도 모를 일이다. 나는 아들과 딸이 작은 결혼식을 했으면 한다. 사실 축의금을 주었다고 해서 왕래가 끊어져 지금은 잘 만나지도 않는 사람들에게 다 청첩장 돌리는 것은 너무 이해 타산적인 것 같아 절대로 그러고 싶지 않다. 남편이 사업하다 그만 둔 터라 딱히 연락할만한 곳도 많이 없다. 그러니 작은 결혼식은 정말 좋은 구실이다.

한 번은 딸에게 시골 이사 가면 집 마당에서 결혼식 하는 것이 어떠냐고 농담 삼아 물었더니 망설이지도 않고 좋은 생각이라고 흔쾌히 말한다. 친구들과 결혼식과 피로연을 한가하게 즐기고 싶다고 한다. 마치 옛날 신부의 집 마당에서 결혼식을 하고 하루 종일 동네사람들이 들락거렸던 시절처럼... 이렇게 옛날 문화로 다시 돌아가는 독특한 결혼식도 생길 것 같다. 우리 딸이 그 문화의 선두에 서 있으려나 궁금해진다. 나는 정말 찬성하고 싶다. 그 또한 멋지고 기억에 남을만한 결혼식이 될 거라 생각하니 벌써 마음이 설렌다.

결혼이라는 인륜지대사는 옛날이나 지금이나 항상 문젯거리를 안고 있다. 안한다고 해도 고민, 한다고 해도 고민이다. 내 아이들은 남의 눈치 보지 않는 결혼식을 했으면 한다. 실리파인 내 아이들이 원하는 대로 할 거라 다짐해 본다. 쉽지는 않겠지만....

# 로열 스위트룸에 묵게 된 사연

　　　　　　　　　　　　　　　　딸과 나, 시누이와 시누이 딸 모두 네 명이
서 오키나와 여행을 3박 4일로 계획하고 인천공항을 출발했다. 일본 나하공항에
서 미리 렌트한 차를 인계받고 우리가 이틀 밤을 머물게 될 펜션이 있는 북부로 바
로 출발했다.

　북부 해안가에서 여러 해양스포츠를 즐기고, 추라우미 수족관을 관람한 후 북
부에서 다시 나하 시내로 오는 길에 유명한 식당에서 밥을 먹고, 아메리칸 빌리지
에서 쇼핑한 후, 나하 시내에 있는 호텔에서 마지막 밤을 보낼 알토랑 같은 계획
을 짜고 출발했었다. 일등급 호텔은 아니지만 그래도 나름 이름 있는 호텔에서 우
아하게 마지막 날 조식과, 호텔 내에 있는 수영장에서 딸이 새로 산 멋진 수영복을
입고 뽐내는 모습을 감상할 수 있는 즐거움과 함께 오전에 망중한을 즐기고 오후
에 잠깐 국제거리로 갔다가 나하 공항에 4시까지 갈 참이었다. 이 모든 계획을 딸
이 거의 한 달 동안을 이사람 저 사람에게 물어가며 오키나와 여행 사이트를 훑어
가며 세운 것이다.

　그런데, 날씨가 일단 우리계획의 일부를 망쳤다. 오키나와의 4월 말 날씨는 우리
나라의 초여름 날씨라 얼마든지 해양 스포츠를 즐길 수 있다고 했다. 해양 스포츠
를 하고자 계획했던 날 하루 종일 굵은 비가 내렸다. 바람까지 불고, 춥기까지 해
서 도저히 해양 스포츠를 할 수 없었다.

　게다가 시누이 딸이 발목을 삐는 바람에 걷기도 힘든 상황이 왔다. 원래의 계획
은 호텔에 여섯 시 즈음 체크인 한 후 바로 오키나와 시내를 관광하고 일본식 밤거
리의 문화를 즐긴 후 호텔에 늦게 돌아오는 것이었다. 하지만 시누이 딸이 다리를
다친 관계로 모든 계획을 수정할 수밖에 없었다.

　해양 스포츠를 하지 못했기 때문에 호텔에 일찌감치 도착한 시간이 오후 네 시

였다. 오후 6시쯤에 일찌감치 차를 반납하고 국제거리를 시누이 딸을 빼고 우리끼리 저녁 먹고 호텔에 있을 시누 딸을 위해 저녁을 사다 주기로 했다.

국제거리에 갔을 때 우연히 젊은이들이 북적되는 포장마차 거리를 발견했다. 딸은 젊음의 연기가 피어오르고, 와자지껄 건배 소리가 오고가는 그 분위기를 너무 좋아해서 거기서 저녁 먹고, 술 한 잔 하고, 그들만의 문화에 동화 되고 싶어 했다. 하지만 시누이는 저녁을 일찌감치 먹고 딸을 위해서 저녁을 사가지고 가능한 빨리 돌아갔으면 하고 우리를 보챘다. 내 딸의 심사가 조금씩 뒤틀리기 시작한 순간이었다.

나는 원래 남을 위한 배려의 왕이라, 또 시누이 이기도 해서 모든 것을 참을 수 있었다. 하지만 한창 젊은 내 딸은 아니었다. 포장마차 마다 사람이 많아 기다려야 하는 상황에서 술까지 한잔하는 것이 시누이에게는 있을 수 없는 상황이 된 것이다. 그 포장마치 골목길은 아쉽게 사진으로만 추억의 한 장으로만 장식하고 바로 지나쳐서 나왔다.

적당한 식당에 들어가서 시누이의 초스피드 식사에 우리도 덩달아 바빠졌다. 시누이가 딸을 위해 주문한 도시락이 식을까봐서 외투로 그릇을 꽁꽁 동여매고 따라 나서는데 그 모습을 나 몰라라 하고는 더 이상 구경할 수가 없었다. 본인은 아니라고 계속 돌아다니자고는 하지만 행동은 빨리 돌아가자고 보채고 있었다. 여기서 또 내 딸의 심사가 조금 더 뒤틀렸다. 게다가 모든 계획을 딸이 세웠는데, 길 찾으랴, 계획대로 하랴 신경 쓸 일로 머리가 아팠는데 사촌이 발을 다치는 상황에 날씨까지 따라주지 않으니 딸의 표정이 밝지 않았다.

결국 모든 뒤틀린 심사가 호텔에서 폭발했다. 밤 11시 즈음에 갑자기 딸이 이 방에서 못 자겠다고 로비에 가서 항의해야겠다는 것이다. 이유인 즉은 딸의 침대 밑에서 과자 부스러기와 과자 봉지가 나온 것이다. 처음 호텔 방문을 열었을 때도 담배 냄새가 약간 났는데 참았다고 했다. 시누이 딸을 위해 호텔에서 휠체어도 무료로 대여 해 주었기 때문에 불평을 하고 싶어도 참았는데… 침대 밑에서 과자 봉지가 나온 것이다. 딸은 이 방 청소 하지 않은 것 같다면서 침대 시트를 교체했는지 안했는지 어떻게 믿느냐고, 가서 항의해야 된다는 것이었다. 나는 참으라고, 그냥 하룻밤만 자고 가면 되는데 조용히 있다가 가자고 사정했다. 그 과자 봉지가 우리 것이 아닌지 호텔 측에서 어떻게 아냐고, 또 시간은 이미 밤 11시30분을 넘고 있었다. 시누이 딸은 이미 잠이 든 듯했고, 시누이는 무슨 일인지 멀뚱멀뚱 보고만 있었다. 딸은 하루 종일 있었던 스트레스를 이 일로 풀고 싶은 태세였다.

딸의 성화에 못 이겨 프런트 데스크로 정말 개 끌려가듯 질질 끌려갔다. "너는 너무 까다로워, 나 안 닮았어."를 몇 번이나 궁시랑 거리며 로비로 갔다. 둘 다 일본어는 못하지만 그나마 영어는 둘 다 되니까 컴플레인 하는 데는 문제가 없을 거라 생각했다. 우리가 막 나가는 여자들이 아니라는 것을, 또 일부러 이러는 것이 아니라는 것을 보여 주기 위해 일단 외모로 기선 제압을 해야겠다 싶었다.

밤 11시 30분이 넘어서 어울리지 않을 수도 있는 최대한 제일 고급스러운 외출복으로 갖추어 입고 우아한 표정과 말투로 매니저를 불렀다. 야간 호텔 매니저는 영어를 잘 하지 못했다. 번역기를 가지고 영어로 번역해주면 우리가 읽고 영어로 말하면 그 사람이 또 번역기 돌리며 대화를 해야 했다. 지금 생각하면 매니저가 번역기를 가지고 있는데 차라리 한국말을 하지 왜 영어를 했나 싶다.

결국 우리의 컴플레인은 잘 전달되었다. 하지만 4인용 침실 방이 다 찼단다. 2인용 침실이 하나 남았는데 스모킹 룸이라는 것이다. 2인용 스모킹 룸으로라도 갈 거라면 비용은 나중에 컴퓨터 예약 에이전트를 통해서 환불 받으라는 것이다. 내 딸은 더 화가 났다. 그래도 우리는 화를 내지 않고 차분하게 말을 했다.

"우리는 오늘저녁 나하에서 자야 합니다. 애초에 스모킹 룸을 예약한 것이 아니기 때문에 지금 스모킹 룸에 자는 것은 불합리하고 무엇보다 담배 냄새를 싫어합니다. 이건 분명 호텔의 실수이니 다른 호텔이라도 주선해 줘야 하는 것 아닙니까?"

딸의 똑 떨어지는 반격에 매니저는 한참을 어디에다 전화통화를 하고 옆에 있는 동료와 뭐라 뭐라 의논을 한 후에 고민 되는 듯 머리에 볼펜을 몇 번을 찍다가 마침내 결심한 듯 말을 했다.

"그러면, 저희가 로열 스위트룸과, 스모킹 룸을 드리겠습니다."

브라보! 우리 딸의 스트레스가 풀리는 순간이었다. 바보 같은 나는 웬 떡이냐며 좋아서 그런 배려 해주어서 고맙다고 격앙된 목소리로 대답하자 내 딸이 바로 나를 제지시켰다.

"엄마, 너무 좋아하는 티 내지마. 당연히 이런 조치라도 해야 되는 거야. 그리고 우리도 그런 조치를 당연한 듯 받아들여야 해."

사실 너무 똑 소리 나는 행동을 하는 내 딸이 조금은 어색했다. '언제 이렇게 커서 자기 밥그릇 요렇게 잘 찾아먹지'라는 안도감과 '세상 너무 빡빡하게 사는 것은 아닌가.'하는 약간의 걱정까지 들었다.

우리는 바로 로열 스위트룸으로 짐을 옮겼다. 우리가 묵었던 방보다 다섯 배는 커 보이는 방! 화장실이 2개, 하나는 스파까지 나오는 럭셔리한 목욕탕, 회의실과 거실, 넓은 현관, 불필요하게 많은 서랍장과 옷장, 화장실 옆 우아한 화장대까지... 하지만 침대는 더블베드 2개! 다리를 다친 시누이 딸이 하나 쓰고, 나머지 하나는 시누이와 나, 딸은 소파에서 자는 것으로 자리를 정했다. 물론 스모킹 룸은 버리기로 하고...

이렇게 해서 우리는 로열 스위트룸에 묵게 된 것이다. 아침에 호텔 조식뷔페 식당으로 가는 길에 그 매니저를 만났다.

"어제는 잘 주무셨어요? 저는 한국말을 꼭 배우겠습니다. 즐거운 여행되시길 바랍니다."

아주 친절하게 짧은 영어로 우리에게 웃으며 말을 건넸다. 호텔리어라서 그런지, 아니면 일본인들의 친절함이 몸에 배어 있어서 그런지 그는 정말 친절했다.

사실 지극히 서민인 내가 언제 이런 로열 스위트룸에 묵어 볼 것인가를 생각하니 웃음이 나왔다. 아마도 딸의 기분이 좋은 하루였으면 이런 해프닝은 일어나지 않았을 수도 있을 터였다. 아니면 정말 우리 딸은 우리와 다른 대처법을 당연한 듯하고 사는 것일 수도 있다. 이런 컴플레인을 당연한 듯해야 우리 밥그릇을 찾아 먹는 것인지 아니면 조금 불편하더라도 쉽게 쉽게 참고 넘어가는 것이 잘 사는 것인지 나는 잘 모르겠다.

아이들이 세상을 살아가는 방법은 우리와 이렇게 많이 다르다. 우리 시대에는 참는 것이 미덕이고 잘 사는 방법이라 여기며 살았다. 그러나 한편으로 생각하면 소비자들이 상품에 대해 평가를 해주고 때로는 컴플레인을 하지 않으면 그 상품의 질이 좋아지지 않을 것이다. 마찬가지로 사회도 소비자가 불편한 점을 지적하고 잘못에 대한 대가를 요구하지 않고 내 생각처럼 좋은 게 좋다는 식으로 받아들인다면 사회의 발전이 더디거나 후퇴할 수도 있다. 그런 점에서 내 딸의 행동은 옳았다.

정성수

jung4710@hanmail.net

# 비자금은 남자의 힘

얼굴이 불콰해진 후배가 요즘 형편은 좋아졌느냐고 묻는다. 순간 술 맛이 떨어졌다. 그렇잖아도 수입이 없어 마음이 자갈밭이었기 때문이다. 자기는 어제도 인세가 한 다발이나 들어왔다고 자랑을 한다. 와이프 입이 귀에 걸렸다며 염장을 지르는 것이었다.

인세를 받은 지가 언제였는지 기억조차 가물가물하다. 나는 시를 쓰는 전업 작가다. 말이 전업 작가지 인세가 들어오지 않으니 백수나 다름없다. 하지만 사람을 만나 통성명을 하게 되면 자신을 시인이라고 소개한다. 어떤 사람은 시인이라는 말에 시큰둥한 표정을 짓는다. 그런 때는 후회막급이다. 그나마 관심이 있는 사람은 시를 써서 생활이 되느냐고 묻는다. 기회는 이때라는 듯이 요즘 시인들은 옛날하고는 판이하게 다르다고 목에 힘을 주고 말한다. 시인 아무개는 집이 몇 채고 시인 아무개는 외제차를 굴린다고 마치 내 자신인 냥 묻지도 않는 말을 한다.

앞에 앉은 후배는 내 형편을 다 알고 있다는 듯이 나를 빤히 들여다보면서 술을 따른다. 나는 꿀 먹은 벙어리가 되어 후배의 술잔을 채워줬다. 후배가 호기 있게 '브라보!' 소리친다. 나는 힘을 주어 후배의 술잔에 내 술잔을 부딪쳤다. 술잔이 출렁하더니 술이 탁자 위로 쏟아졌다. 후배가 옆에 있던 휴지통에서 한 움큼 휴지를 뽑아 흐르는 소주를 닦았다.

나는 후배에게 비자금 많으냐고 물었다. 뜬금없는 내 말에 후배의 눈이 커지더니 웬 비자금이냐고 되묻는다. 비자금은 부패한 정치인들이 챙긴 부정한 돈이나 기업에서 관련자들에게 뇌물을 주기 위해서 만든 검은 돈이지 우리 같은 문인들이 무슨 놈의 비자금이냐며 피씩 웃는다.

용돈을 달라고 손을 내밀면 아내는 쥐꼬리만 한 월급을 갖다 주면서 돈만 쓴다고 타박하기 일쑤다. 풀죽은 나는 미안하다고 목구멍으로 기어들어가는 소리를 하며 아내의 눈치를 본다. 제발 아껴 쓰라는 아내의 말에 오금이 저린다. 비자금은 나의 로망이자 남편들의 인생 목표가 되기도 한다. 월급쟁이들이 비자금을 만든다는 것은 손쉬운 일이 아니다. 가욋돈을 기대하기 어렵기 때문이다. 부정한 거래를 하지 않고서는 비자금을 만들 수 없을 뿐만 아니라 자칫 마음을 잘 못 먹으면 뒤탈이 난다. 월급 이외에 만들 수 있는 돈은 특근 수당 정도나 출장비 정도다. 그것도 사정이 나은 직장에서나 가능하다. 형편이 어려운 회사에서는 엄감생신 꿈도 못 꿀 일이다.

'주머닛돈이 쌈짓돈'이니 '살강 밑에서 숟가락 줍기'라는 말이 있다. 부부 간에 네 것 내 것 가릴 것 없는 공동이 돈이라는 뜻이다. 돈 씀씀이에 대하여 시시콜콜 따지는 아내의 바가지 긁는 소리에 질린 남편들이 아내 몰래 통장을 만들어 필요할 때 언제든지 꺼내 쓸 수 있는 것이 비자금이다.

정보화 시대에 봉급이나 출장비, 특근수당 등 돈이라고 생긴 것은 모두 아내가 관리하는 통장으로 들어간다. 남편들은 쥐꼬리보다 적은 용돈을 타 쓴다. 가정에서의 권력이나 권위는 돈을 쥐고 있는 아내에게 이동했다. 이러한 상황에서의 비자금 마련은 선택이 아닌 필수가 됐다. 나이를 먹어서 아내에게 손을 벌린다는 것은 자존심 상하는 일이다. 물론 아내가 알아서 용돈을 두둑이 준다면 더 이상 말할 것이 없다. 현실은 어디 그런가?

비자금 없는 남자는 머리카락 없는 삼손이라고 한다. 가정생활, 직장생활, 사회생활을 함에 있어 사람들과 어울리는데 필요충분조건이 되는 것이 비자금이다. 비자금은 마치 실탄과 같다. 전쟁터에 가지고 나가는 총이 아무리 성능이 좋다 할지라도 실탄이 없으면 무용지물이기 때문이다.

어떤 남편은 봉투에 비자금을 넣고 겉봉에 이렇게 썼다고 한다. '당신 힘들 때 필요하면 써 ~ 사랑해!' 그리고는 '꼭꼭 숨어라 머리카락 보인다'며 회심의 미소를 지으면서 심산궁곡深山窮谷에 숨겨 두었다. 이쯤 되면 비자금관리 9단인 남편이다. 들키면 칭찬은 받아 놓은 밥상이요 안 들키면 안심 푹이다.

남편이 비자금을 갖게 되면 아내들의 신경은 곤두선다. 그것은 비자금 자체가 아니라 비자금을 어디에 쓰느냐는 것이다. 대부분의 아내들은 남편이 비자금을 가지면 십중팔구 옆길로 샌다고 생각한다. 우려가 우려로 끝나는 것이 아니라 우려는 대부분 맞는다는 것이다. 그러나 생활을 하다보면 아내 모르게 돈을 써야하는 경우가 많다. 가끔은 며느리에게 옷 한 벌을 사줘 시아버지 노릇을 해야 하고 사위에게 술값을 주면서 장인의 체통을 세워야 한다. 이처럼 아름다운 비밀을 만드는데도 돈은 필요하다. 글을 쓰면서 글이 되지 않아 머리가 지끈거려 훌쩍 여행이라고 떠나고 싶을 때에도 돈의 힘은 위대하다. 그뿐이 아니다. 돈이 들어갈 곳은 많다. 문인들은 모임이나 연회비는 물론 월회비도 내야하고 2차가 있는 날을 빠질 수 없다. 호기 한번 부리면 아내가 준 한 달 용돈은 새 발의 피다. 일 년에 한 번뿐인 아내의 생일날에는 케이크는 물론 선물도 사야하고 결혼기념일에는 꽃다발도 준비해야 한다. 체력단련을 위해서 헬스장에 등록하는데도 돈은 필요하다. 애경사가 생기면 거기에도 찾아가야 한다. 멀리 사는 친구가 생각지 않게 찾아오면 술값에 여관비가 장난이 아니다. 이런 때야 말로 비자금의 진가가 들어난다. 남자는 지갑이 비면 어깨가 쳐진다. 남편들이 아내 몰래 조성한 비자금은 정치권이나 재벌들이 목적을 위하여 불법 조성한 구린내 나는 돈과는 차원이 다르다. 그것은 품위유지를 위한 최소한의 남편 자존심이다. 그렇기 때문에 남자들의 비자금은 몸의 뼈와 살과 피와 같다.

　그렇다면 남편들은 비자금을 어디에 숨겨놓고 어떻게 관리할까? 예전에는 회사 서랍이나 책 사이 또는 앨범 같은 손길이 잘 안 가는 곳에 현금으로 보관하는 아날로그 방법을 썼다. 아내의 눈을 피해 곳곳에 감춰 놓다보면 어디에 놔뒀는지 모르는 경우도 발생했다. 그러나 최근에는 남편들의 비자금 통장으로 불리는 '스텔스 통장'이 나왔다. 스텔스 통장은 적의 레이더망에 포착되지 않는 최신 전투기인 스텔스기와 비슷하다고 해서 붙여진 이름이다. 은행들은 '시크릿 통장' 또는 '보안 계좌' 등으로 부른다. 이른바 '스텔스 통장'으로 알려진 비밀계좌는 인터넷이나 모바일 뱅킹으로도 전혀 조회가 되지 않는다. 보통 공인 인증서와 휴대폰 인증만 있으면 계좌 통합 관리 서비스를 통해서 모든 계좌 잔액과 거래 내역이 뜨는 것과는 차이가 있는 이 통장은 인터넷 또는 모바일 뱅킹에서 로그인을 하더라도 조회가 되지 않는다. 본인이 직접 은행 창구를 찾아가야만 거래가 되는 멍청이란 뜻의 '멍텅구리' 통장으로도 불린다. 비자금 관리 주역으로 떠오른 '멍텅구리' 통장인 '스텔스 통장' 계좌는 본인 외에는 아무도 확인할 방법이 없다고 하니 그야말로 땅속의 금고인 셈이다. '스텔스 통장'을 사용하는 남편들은 월급이나 보너스가 지급될 때 이 계좌로 지급받아 금액의 일정 부분을 떼고 나머지를 매월 지급되는 급여 통장으로 이체하는 방법으로 비상금을 모은다고 한다.

　'스텔스 통장'은 비밀번호는 물론 공인인증서 까지 가지고 있는 아내에게도 계좌 개설 사실을 감출 수 있다. ATM 인출도 제한되는 '스텔스 통장'을 개설할 때는 인터넷 조회가 안 되도록 해달라고 부탁하고 서류만 작성하고 만들 수 있다니 세상의 남편들이 아내 몰래 비자금을 조성해도 된다는 정부의 보증서라고도 할 수 있다. 이런 계좌가 있다는 것을 은행들이 홍보를 하지 않지만 알만한 남편들은 다 알고 있다고 하니 모르는 남편들만 불쌍하다.

내가 퇴임하기 십여 년 전쯤이다. 선배 하나가 비자금을 얼마나 있느냐? 비자금을 모으고 있느냐? 고 묻는 것이었다. 무슨 비자금을 조성해야 하느냐고 물었다. 퇴임을 하면 그 동안 고생이 많았노라고 아내는 칭찬을 할 것이고 이제는 좀 편히 쉬라고 위로의 말을 할 것이다. 말할 것 없이 손만 벌리면 용돈도 두둑이 줄 것이라고 대답했다. 선배는 '흐흥!' 웃음인지 울음인지 감 잡을 수 없는 표정을 지었다. 그리고는 '이 사람아 그건 어디까지나 자네 생각일세. 그 꿈 깨! 꿈깨라고…' 선배의 말에 자존심이 상했다. 선배는 아내라는 말은 '안에 뜬 해'다. 그렇기 때문에 집 안의 해는 하늘의 태양과 동격이라며 감히 태양과 맞장을 뜰 수 있는 남편은 이 세상 어디에도 없다는 것이다. 일찌감치 포기하는 게 신상에 좋다는 조언까지 해 주는 것이었다.

선배의 말은 이어졌다. 자네 퇴임이 십여 년 남았지 않느냐며 아직은 늦지 않았으니 지금부터라고 비자금을 마련하면 퇴임 후 인생이 빛날 것이라고 한다. 지나고 보니 선배의 말은 그야말로 공자님 말씀 가운데 도막 보다 훌륭했다. 지금 나는 선배가 내게 했던 말을 후배에게 한다. 선배가 해 준 말을 흘려들었던 자신의 처지를 돌아보며 앞에 앉은 후배가 새겨듣기를 간절히 바라면서 마치 유언 같은 말을 했다. '어이 후배! 살아가는데 있어서 돈은 인격이야! 배운 것이 많다고 인격이 고매한 것이 아니지, 요즘 세상은 돈 잘 쓰는 사람이 어른이라는 것도 모르나?' 침을 튀겨 가며 말하는 나를 후배는 벌레 씹은 얼굴로 바라보고 있었다. 나이를 먹을수록 불안한 미래와 사고에 대비해서 비자금은 필요하다 비자금은 자신뿐 아니라 집안의 큰일을 해결할 때 요긴하게 쓸 수 있는 나만의 상비약이다.

비자금은 조성 목적에 따라 사용하기에 따라 부정적일 수도 있고 긍정적일 수도 있다. 세상 남자들의 비자금이야말로 검은 돈으로 치부해서도, 뇌물이 될 것이라고 단정해서는 안 된다. 그 비자금은 삶의 윤활유가 되고 믿을 수 있는 빽이 되기도 한다. 요즘은 재벌이 꼬불쳐 둔 수 조원이 부럽지 않은 나만의 비자금을 가지고 있는 남편들이 솔찬히 많다고 한다. 비자금을 신주단지처럼 모시고 사는 남편들을 나는 경배한다.

후배의 얼굴에 대고 한마디 했다. '사랑하는 후배! 2차는 노래방이다. 내가 한잔 사마. 비자금이 아닌 비상금으로 쏜다' 후배가 놀랐다는 듯이 '진짜요?' '그래 난 소금이 아니야! 인마' 후배와 나는 어깨를 걸고 바자금은 남자의 힘이라고 외치면서 노래방으로 발길을 옮겼다.

# 붕어빵

며칠 전 아파트 정문 앞에 붕어빵을 파는 포장마차가 생겼다. 저녁 무렵 그 앞을 지나오는데 단내가 확 풍겨온다. 나도 모르게 침을 꼴깍 삼켰다. 천 원에 2개다. 그렇게 팔아도 재료비 상승으로 남는 것이 없다고 한다. 20년여 전만해도 10개에 천원이었던 것이 물가상승이 가파르다고 말하고 있었다. 어렸을 적 어머니를 따라간 시골 장에서 풀빵을 사 먹던 기억이 흑백필름으로 돌아간다. 사람들이 줄을 서서 사 먹는 이유를 알 것 같았다.

붕어빵에도 여러 종류가 있다. 기본적인 팥만 들어간 통팥 붕어빵은 옛날식이다. 요즘에는 고구마를 넣어 색깔이 나는 고구마 붕어빵이 있다. 그런가 하면 슈크림 붕어빵, 피자 붕어빵, 매운 야채 붕어빵이 있다. 이런 붕어빵을 어떤 사람은 머리부터 먹고 어떤 사람은 꼬리부터 먹는다. 바삭하게 구워낸 붕어빵보다는 축 늘어지고 눅눅한 붕어빵이 제 맛이다.

겨울 시내버스정류장 옆에서 붕어빵 장수가 붕어빵을 굽는다. 붕어 모양으로 파인 검은 무쇠 빵틀에 기름솔로 살살 닦아 준 후 주전자에 담은 묽은 밀가루 반죽을 붓고 맛을 좌우하는 팥으로 만든 앙꼬를 조금씩 떼어 넣은 후 뚜껑을 덮는다. 한참 후에 뒤집는다. 이렇게 구워낸 빵이 붕어빵이다. 빵틀 아래에는 연탄불이 있다. 상당히 숙달된 솜씨가 아니면 꺼멓게 태우기도 한다. ㄱ자 갈고리로 어떻게 사용하느냐가 제대로 된 붕어빵을 만들어 낼 수 있는 관건이다. 이처럼 붕어빵 하나를 굽는데도 자기만의 기술과 노하우가 필요하다

붕어빵은 1,930년대에 일본에서 한국으로 들어왔다. 19세기 말 일본의 '다이야키(조소鯛燒)'라는 빵이 원조다. 이 빵 모양은 붕어라기보다는 도미의 형상을 하고 있었다. 이것이 우리나라에 들어오면서 붕어의 모양으로 바뀌게 되었다. 붕어빵은 단순히 군것질을 넘어 60년대를 대표하는 기호 식품이자 아버지 세대를 대표하는

문화상품으로 자리를 잡았다. 그것은 세련미 대신 투박함이 우리의 정서를 건드려 향수를 불러일으키기 때문이다. 버스정류장이나 재래식 시장 등 붕어빵이 팔리는 장소와 붕어빵이 구워지는 과정 또한 정서적인 호소력을 가지고 있다. 모락모락 김을 내며 달착지근한 냄새를 풍기는 붕어빵을 파는 노점을 바라보면 누구나 겨울이 왔음을 알아차린다. 사람들은 해마다 때가 되면 찾아오는 상징적인 풍경 앞에 푸근함과 친밀감을 느낀다. 이런 요소들이 바쁜 걸음을 멈추게 하여 붕어빵을 파는 포장마차 앞에 줄을 서게 하는 것이다.

붕어빵은 붕어빵틀에 찍어내기 때문에 빵 모양이 똑같이 생겼다. 사람들은 부모를 닮은 자식을 보고 '완전 붕어빵이다'라는 표현을 쓰기도 한다. 돌연변이가 아닌 이상 자식이 부모를 닮는다는 것은 너무나 당연한 이치다. 그러나 우리 주위에는 붕어빵처럼 닮은 것들이 너무나 많다. 어린 날 아버지의 도장을 학습장에 수없이 찍어놓고 똑같은 모양에 신기해하기도 했다. 신발 가게의 검정고무신들이나 청과물시장의 채소, 과일들도 거의 같은 모양이다. 요즘은 사람들이 자꾸만 똑 같은 모습으로 변해간다. 너도 나도 쌍꺼풀을 하고 턱을 깎는다. 머리를 노랗거나 빨갛게 염색을 하고 붕어빵 같은 웃음을 웃는다. 그 뿐이 아니다. 헬스장으로 달려가 다이어트를 하고 날씬한 몸매로 키높이 구두를 신고 커 보이려고 뒤꿈치를 들기도 한다. 이제 누가 누군지 구분 할 수 없게 되어간다. 개성이나 특징이 없는 인간들이 세상에 넘쳐난다. 붕어빵 같은 사람들 틈에서 지인을 찾기 위해서는 이마에 바코드를 새겨야 할 때가 오고 있다. 핸드폰 대신 인간 구별키를 가지고 다녀야 할 날이 머지않았다.

그 뿐이 아니다. '붕어빵 같은 아파트'에서 붕어빵 같은 사람들은 강이 그리운 붕어가 되어가고 있다. '붕어빵 같은 학교'에서 '붕어빵 같은 교육'을 받고 '붕어빵 같은 논문'을 써 내고 '붕어빵 같은 박사'들이 세상을 지배할 것이다. 붕어빵이라는 말은 '천편일률'의 다른 말이다. 그래도 천만다행인 것은 붕어빵이 변하고 있다는 것이다. 통팥 붕어빵이 매콤한 만두소를 비롯하여 새콤달콤한 피자 소스, 색깔이 들어간 고구마, 부드러운 커스터드 크림까지 넣어 별의별 맛을 내고 있다. 겉모습도 달라지고 있다. 크기가 절반으로 줄여 '미니 붕어빵'이라고 명명하고 심지어는 대변 모양까지 만들어 내어 다양화를 꾀하고 있다, 사람들의 입과 눈을 사로잡기 위해 변신을 거듭하는 있는 것이다.

이제 붕어빵은 단순히 먹을거리를 넘어 한 시대를 대변하고 우리 삶의 다양한 이야기를 만들어내며 경제적인 이윤까지 창출하는 하나의 상품으로 발전하였다. 오늘도 붕어빵은 겨울 도시의 삭막함 속에서 손을 호호 불며 추위와 싸우는 사람들과 우리의 따뜻한 삶을 위해 노릇노릇 구워지고 있다. 겨울철 호주머니가 가벼운 사람들에게 큰 사랑을 받는 주전부리는 단연 붕어빵이다. 빈대떡에는 빈대가 없고 곰탕에 곰이 들어있지 않다. 칼국수에 칼이 없고 붕어빵에는 붕어가 없다. 그렇다고 실망은 금물이다.

붕어빵을 먹으면서 강을 그리워하면 언젠가는 푸른 강에 당도하는 붕어가 될 것이다. 희망은 희망의 끈을 움켜쥐고 있는 사람의 것이다. 각자 다른 희망을 갖은 사람들이 많을 때 세상은 살만한 가치가 있다. 이 겨울, 여기저기서 붕어빵을 들고 기도하는 사람들이 많다. 그렇다고 붕어빵 틀에서 찍혀 나오는 붕어빵처럼 자신의 인생을 타인들과 똑같이 살아갈 수는 없지 않은가?

붕어빵은 붕어 모양으로 파인 무쇠 빵틀로 만든다. 먼저 기름솔로 닦아 낸 후 주전자에 담은 묽은 밀가루 반죽을 붓고 팥으로 만든 앙꼬를 넣은 후 뚜껑을 덮는다. 좀 익었다 싶으면 뒤집는다. 숙달된 솜씨가 아니면 까맣게 태우기도 한다. 'ㄱ'자 모양의 갈고리를 어떻게 사용하느냐에 따라 제대로 된 붕어빵을 만들 수 있다. 붕어빵은 모양이 똑같다. 보통 부모를 꼭 닮은 자식을 보고 '붕어빵'이라고 한다. 돌연변이가 아닌 이상 자식이 부모를 닮는다는 것은 당연한 이치다. 우리 주위에는 붕어빵처럼 닮은 것들이 너무나 많다. 운동화나 아이들이 쓰는 연필, 학습장 등 생활용품들은 한결같이 같은 모양이다. 사람들도 마찬가지다. 너도 나도 쌍꺼풀을 하고 턱을 깎는다. 머리를 노랗게 염색을 하고 똑 같은 옷을 입는다. 그 뿐이 아니다. 다이어트는 물론 키높이 구두를 신고 웃음까지도 닮았다. 누가 누군지 구분 할 수 없는 세상이 되어간다. 개성이나 특징이 없는 인간들로 세상이 넘쳐난다. 붕어빵 같은 사람들 틈에서 아는 사람을 찾기 위해서는 이마에 바코드라도 새겨야 할 것이다. 핸드폰 대신 인간 구별키를 가지고 다녀야 할 날이 머지않았다.

요즘 '붕어빵 같은 아파트'에서 붕어빵 같은 사람들이 살고 있다. '붕어빵 같은 학교'에서 '붕어빵 같은 교육'을 받고 '붕어빵 같은 논문'을 쓴 '붕어빵 같은 박사'들이 세상을 쥐락펴락 한다. 붕어빵이라는 말은 '천편일률'의 다른 말이다. 그래도 다행인 것은 붕어빵이 변하고 있다는 것이다. 요즘은 고전적인 통팥 붕어빵에서 매콤한 만두소를 넣거나 새콤달콤한 피자 소스를 넣은 붕어빵이 있는가하면 색깔이 들어간 고구마나 부드러운 커스터드 크림까지 넣어 별의별 맛을 낸 붕어빵이 있다. 겉모습도 달라지고 있다. 크기가 절반으로 준 '미니 붕어빵' 물론 심지어는 '대변 모양의 붕어빵'까지 만들어 다양화를 꾀하고 있다, 사람들의 입과 눈을 사로

잡기 위해 변신에 변신을 거듭하는 있는 것이다.

붕어빵은 60년대를 대표하는 기호식품이었다. 이는 단순히 군것질이 아닌 시대를 상징하는 문화상품이었다. 붕어빵은 세련미 대신 투박함이 구 할이다. 볼수록 향수를 불러일으킨다. 붕어빵은 팔리는 장소와 구워지는 과정은 정서적 흡인력을 가지고 있다. 버스정류장이나 재래시장 등에서 만나는 붕어빵은 꼭 사먹어야 할 것 같은 생각을 들게 만든다. 김을 내며 달착지근한 냄새를 풍기는 붕어빵을 파는 노점을 바라보면 겨울이 왔음을 실감한다. 사람들은 붕어빵을 굽는 포장마차 앞을 지나치면서 푸근함과 친밀감을 느낀다. 이런 요소들이 바쁜 걸음을 멈추게 하여 한 봉지의 붕어빵을 가슴에 품고 집으로 향하게 하는 것이다.

이제 붕어빵은 단순히 먹거리를 넘어 한 시대를 대변하고 다양한 이야기를 만들어내고 있다. 뿐만 아니라 경제적 이윤까지 창출하는 하나의 상품으로 발전하였다. 오늘도 붕어빵은 도시의 삭막함 속에서 추위와 싸우는 사람들의 따뜻한 삶을 위해 노릇노릇 구워지고 있다. 겨울철 호주머니가 가벼운 사람들에게 큰 사랑을 받는 주전부리는 단연 붕어빵이다. 붕어빵에는 붕어가 없다. 그렇다고 실망은 금물이다. 붕어빵에 없는 붕어는 우리들의 가슴속에 살아있기 때문이다. 희망은 언제나 희망의 끈을 움켜쥐고 있는 사람의 것이다. 희망을 갖은 사람들이 많을 때 세상은 살만한 가치가 있다. 붕어빵 틀에서 찍혀 나오는 붕어빵처럼 자신의 인생을 타인들과 똑같이 살아갈 수는 없다. 개성과 특징은 사회를 풍요롭게 한다. 눈이 내리는 날은 붕어빵을 들고 기도하는 사람들이 많다. 붕어빵을 먹어보지 않은 사람은 이 겨울이 춥게만 느껴질 것이다.

정윤하

jyh0910@naver.com

# 거기에 대체 뭐가 있는데

일본 유명소설가인 무라카미 하루키가 쓴 「라오스에 대체 뭐가 있는데요?」라는 책에 보면 이런 내용이 나온다. 라오스에 가기 전 베트남 하노이에서 1박을 하려다가 만난 베트남 사람이 "왜 하필 라오스 같은 곳에 가시죠?"라고 미심쩍은 표정으로 질문했다는 내용이다. 작가는 아직 대답할 내용이 없다면서 그 것이 바로 라오스에 가는 이유라고 멋지게 표현한다. 이 내용을 보는 순간 갑자기 몇 년 전 나의 여행 때 들었던 말이 떠올라서 피식 웃음이 나왔다.

몇 년 전 열심히 공부를 해도 취업이 도저히 되지 않던 나는 홀연히 제주도를 가겠다고 짐을 쌌다. 혼자 한 열흘 정도 마음을 정리하면 다시 공부를 할 힘도, 무언가 해볼 용기도 생길 것 같아서 앞뒤 가리지 않고 그냥 떠났다. 심지어 공부한다고 매번 운전면허 따기를 미뤄둬서 정말 뚜벅이 여행으로 열흘을 꽉 채워 담아야 했지만, 무식하면 용감하다고 아무 생각 없이 제주행 비행기에 몸을 싣고 떠났다.

가기 전까지는 "제주도를 가리라!"라는 거창한 목적만 있었지, 매일매일 어떻게 보낼지에 대한 세세한 계획은 하나도 세우지 않은 채였다. 심지어 그 때는 제주도 게스트 하우스에 방문했다가 사람이 죽었다는 흉흉한 뉴스까지 있어서 주변사람들의 만류도 거셌다. 하지만 제주도에 딱! 내려서 혼자 숙소를 가면서 두려움보다는 여행의 설렘이 가득 채웠다. 비록 무서워서 게스트하우스도 못가고 혼자 숙소에서 열흘을 묵언수행 하듯 있어야 했지만, 그래도 일상을 벗어난 것 자체로 마음이 놓였다.

'어디를 갈까?'라는 생각으로 검색창에 제주도 갈만한 곳, 제주도 여행지 등 다양한 관련검색어를 검색하였다. 당시 숙소가 제주도 시내 쪽이어서 먼저 다음날 갈 곳, 먹을 것만 간단하게 정해서 하루 구경 갔다가 돌아와서 쉬고, 하루 먹고 쉬고를 반복했다. 열흘이라는 시간동안 제주도에 있을 예정이니, 급할 것이 없었다. 하루 종일 바다 앞 커피숍에 앉아 차를 마시면서 바다를 바라봐도 뭐라고 말할 여행 친구도 없었다. 그렇게 하루하루를 보내다가 여행의 중반쯤 되었을 때였다. 협재 해수욕장, 함덕 해수욕장, 곽지 해수욕장 등 바다를 실컷 보고, 가고 싶었던 관광지도 제법 다 가본 후라 어디를 가야할지 막막했다. 다시 검색창을 뒤적뒤적 하다가 '마라도'를 보게 되었다. 마라도. 그래 마라도를 가보자.

갑자기 결정이 된 것치고는 빠르게 계획을 세울 수 있었다. 인터넷으로 어떻게 가야 하는지 확인하고, 뭘 먹을지도 찾아봤다. 예전에 예능에서 마라도 자장면 먹던 것이 너무 맛있어 보였던 것이 생각났다. '마라도 가서 자장면 먹어야지.' 라고 다짐하고 다음날을 기다렸다. 다음날 아침부터 부산스럽게 움직여서 마라도까지 배를 탈 수 있는 모슬포항까지 갔다. 차가 있었다면 1시간도 안 걸려서 갔을 텐데, 차가 없으니 거의 2시간이나 걸렸다. 하지만 바깥의 풍경이 너무 예뻐서 시간이 아깝다는 생각도 안했다. 푸르른 제주의 풍경이 차창 밖을 가득 채웠다. 그렇게 모슬포항에 내려서 마라도 가는 배 탑승권을 구매했다.

"마라도 가는 배, 성인 1명이요."

"들어가는 것은 10시 넘어 있는데 돌아오시는 것은 언제 오실래요? 보통 두 시간이면 다 보시는데 맞춰서 13시쯤 들어오는 배로 탑승권 해드릴까요?"

순간 멈칫했다. 무려 내가 2시간 걸려서 마라도에 왔는데, 심지어 대한민국 최남단이라는 마라도를 2시간 안에 볼 수 있을까? 그 안에서 자장면도 먹어야 하는데?

"그 다음 돌아오는 건 언제예요?"

"그 다음은 15시 다되어야 되요."

다음 배를 타면 충분히 볼 수 있는 시간은 되었지만, 안타깝게 다시 숙소로 돌아가기에는 버스 막차 시간이 걱정되어서 안 될 것 같았다. 결국 울며 겨자 먹기로 13시쯤 돌아오는 탑승권을 구매했다.

여객선을 타고 30분 정도 가니 마라도에 도착할 수 있었다. 오르는 길에 푸름이 가득한 마라도의 풀들이 이리저리 손을 흔들어주었다. 마치 어서 오라는 듯이 바람의 힘을 빌려 인사하는 모습이 장관이었다. 제주도의 아름다움과는 사뭇 다른 고즈넉함이 섬 안에 가득 담겨져 있었다.

마라도에 가서 제일먼저 한 것은 금강산도 식후경이라는 생각으로 마라도 자장면을 먹은 것이다. 마라도에 들어가자마자 제일 먼저 눈에 띄는 풀 다음의 장면은 상상외로 중국집이 주르륵 길을 채우고 있는 전경이다. 그 앞은 바다와 들판이 가득 아름다운 풍경을 자랑하지만 무척 화려한 간판을 내세우고 있는 것은 다 중국집이다. 그 중 한 곳에 가서 자장면을 맛보았다. 제주도 '톳'을 올린 자장면은 뭍사람인 내게 제법 생경한 맛이었다. 제주도에서 자장면 처음이자 마지막으로 먹은 것이 마라도였으니, 아직 나는 제주도 사람들이 '톳'을 일상적으로 자장면에 올려먹는지는 잘 모르겠다. 하지만 매우 독특한 맛이었다는 인상만은 몇 년이 지나도 잊지 못한다.

짜장면을 혼자 다 먹고 나와서 구경한 마라도는 너무 예뻤다. 화려한 중국집 간판을 넘어서는 작은 섬이다 보니 높은 건물하나 없이, 걸음을 옮기는 길가의 왼쪽에는 그 곳에 사시는 분들의 집과 가게들이 바다를 바라보며 아기자기하게 채워져 있었다. 성당하나, 절하나, 교회하나 사이좋게 자리 잡고 종교의 자유를 지키는 모습도 제법 귀여웠다. 그렇게 30분도 안 걸어가면 '대한민국최남단'이라는 기념비가 세워져있었다. 모르는 어른들에게 사진 좀 부탁드린다며 어색하게 웃으며 기념비 앞에서 사진을 찍고 다시 배를 타는 선착장으로 바지런하게 섬을 돌아갔다.

선착장으로 돌아가서 딱 보니 거의 배를 타고 나가야 할 시간에 겨우 도착한 셈이었다. 제일먼저 든 생각은 아쉬움이었다. '한 시간만, 한 삼십분만, 더 있었으면 좋을 텐데.'라는 생각이 가득 찼다. 바다는 오묘해서 한참을 보고 있어도 질리지가 않는데, 나는 뭍사람이라 바다를 볼일이 많이 없으니 이렇게 바다를 보며 길을 걷는 것이 너무 좋았다. 선착장에 도착해서도 시간이 허락하는 한 바다를 보며 있었다. 멀리서 여객선이 제주도로 가는 모습을, 멀리서 마라도로 배가 들어오는 모습을 보며 있다 보니 정말 떠나야 할 시간이 되었다.

그렇게 다시 제주도로 돌아왔다. 모슬포 항도 너무 예쁜 곳이었지만, 마라도는 마라도 나름의 아름다움이 너무 좋아서 마음이 한창 몽글해져서 다시 돌아갈 버스를 타러 정류장으로 걸어갔다. 그 앞에 있는데 제주도 사시는 어떤 할머님 한분이 내게 말을 걸으셨다.

"어디 갔다 오는가?"

기억에는 제주도 사투리가 담겨 있었는데, 정확한 표현은 기억이 나지 않아 안타깝다.

"아, 마라도 갔다 왔어요."

"여기서도 바다 다 보이는데 뭐 하러 거기까지 가는가? 볼게 뭐 있다고?"

뒤통수를 한 대 세게 맞은 기분이었다. 분명 내가 제주도 모슬포항에서 본 바다와 마라도에서 본 바다는 다른 바다였다. 하지만 평생 제주도에 살면서 마라도로 일하러 왔다 갔다 하셨을 할머님 눈에는 이 바다나 저 바다나 다 똑같은 바다였다. 그저 할머님께는 삶의 터전일 뿐이었다. 만약 할머님이 해녀셨다면 늘 언제나 목숨을 걸고 일을 하셨을 바다를 보러 온 내가 더욱이 이해가 안 되셨을 것이다. "그러게요." 라고 할머님 말씀에 수줍게 웃고 버스를 타고 돌아왔다.

할머님 말대로 내가 살면서 봤던 수많은 바다는 어찌 보면 다 똑같은 바다이지만, 몇 년이 지나도 마라도와 제주도에서 봤던 바다는 아직도 눈에 선하고, 그 색과 바다냄새도 다다르게 기억된다. 다시 돌아가서 생각해보자. 무라카미 하루키에게 물었던 그 베트남인은 왜 무라카미 하루키에게 왜 라오스를 가냐고 물었을까? 아마 그 사람이 봤을 때는 베트남과 라오스는 자연환경, 생활 습관 등 여러 부분에서 매우 비슷한 모습을 가진다고 생각한 것이다. 그런 생각이 들면 별다르게 볼 것이 없고, 특이하지도 않고 구지가서 봐야할 곳이 아니라는 생각이 먼저 든다. 특히나 그것이 삶의 터전일 경우에는 이해가 잘 되지 않을 것이다. 누가 내 회사로 여행 온다고 한다면 너무 당연히 그 사람 이상한 것 아닌가 싶을 것이니까 말이다.

하지만 타인의 시선에서는 모든 것이 다르다. 각자 미묘하게 다른 색과 다른 모습을 하고 다른 매력을 뿜어낸다. 특히나 사람에 따라서 비슷하고 같은 것도 그 순간의 기분과 날씨, 표현 등에 따라서 기억하는 바가 천지 차이다. 그 차이를 이해하고 받아들이는 것은 오롯이 여행자의 안목이다. 그러기에 우리는 여행자로서 그 안목을 기르는 것이 매우 중요하다. 동시에, 삶의 터전에 머물러 있는 입장에서 우리의 것을 조금 더 소중하게 생각할 수 있어야 한다. 누군가에게 나의 삶의 터전이 꿈과 희망으로 가득 차 있는 희망의 공간일 수 있다는 믿음을 가져야 한다.

한 번은 부산에 혼자 갔을 때였다. 부산가면 꼭 태종대에 가보라던 친구의 조언을 따라 태종대에 갔을 때였다. 아무것도 모르고 다누비 열차를 타겠다고 그 앞에서 한참 기다렸다. (나중에 안 사실은 기다리는 시간이면 태종대를 절반 정도는 구경할 수 있다.) 한 20여 분은 넘게 기다려서 탄 태종대 다누비에서 어떤 할아버지는 자기 딸과 손자에게 태종대 앞 바다를 가리키면서 이렇게 말했다. "이렇게 예쁘다. 부산의 보석이다." 물론 나에게 하신 말씀은 아니셨지만, 아직도 마음에 남아있는 표현이다. 태종대가 부산의 보석이라고. 그래서 여전히 내 기억 속에 부산의 빛나는 태종대 바다가 보석처럼 아름답다고 기억한다.

만약 제주도 할머님께서 "제주도 바다가 예쁘지. 그리고 마라도 바다는 좀 더 다르게 예쁘지."라고 했다면 나는 더 흔쾌히 "너무 예쁘더라고요!"라고 대답드릴 수 있었을 텐데 아쉽다. 그래서 꼭 열심히 경험해서 안목 있는 여행자가 되어서 그 미묘한 아름다움을 꼭 볼 수 있기를 바란다. 동시에 삶의 터전을 지키는 한명의 일꾼으로서 나중에 안목 있는 여행자를 만나서 꼭 말해주려고 한다. 여행자에게, "그래도 좋지 않았나요? 이곳이 제 마음 속 보석입니다."라고.

# 커피공화국

6 9

2018년 통계에 따르면 한국인의 일주일 평균 커피 소비가 9.31잔이다. 수치를 어림잡아 계산해도 한 사람당 커피를 일 년에 500잔은 마신다는 이야기다. 거짓말 같지만은 않은 것이 주변만 해도 물은 잘 안 마셔도 커피는 하루에 한잔 이상 마셔야 하는 카페인 중독자가 지천이다. 그래서 한집 걸러 치킨집 못지않게 한집 걸러 커피집이 우후죽순 생기고, 사라지고를 반복한다. 그 속도가 제법 빨라서 놀라울 지경이다. 가끔은 '저 많은 커피숍이 안 망하고 다 장사가 되는 것인가?' 싶다가도 점심 저녁 사람들로 그득한 커피숍을 보면 내가 괜한 생각을 하는 것 같아 겸연쩍다. 이쯤 되면 궁금해진다. 한국인들이 이렇게 커피를 좋아하는 것인가? 하루에 한잔이상 커피를 마실 정도로 한국인들은 커피에 푹 빠진 사람들인가? 대체 뭐 때문에 이렇게 커피에 푹 빠져서 커피숍이 골목마다 가득가득 한 것인가?

많은 사람들은 한국인의 커피 소비량의 대부분은 야근으로 인해 피로한 몸이라고 생각한다. 가장 큰 이유이다. 아침에 직장인들이 출근을 하면서 테이크아웃용 종이컵 하나, 혹은 텀블러에 커피한잔 들고 다니는 모습은 너무 흔하다. 취업준비생이던 시절, 친구는 테이크아웃 컵을 들고 출근하는 커리어 우먼이 되고 싶다는 꿈을 꾸기도 했는데, 실제 취업하고 나서는 그게 얼마나 안타까운 모습인지 알았다는 소감을 전해줬다. 주 52시간의 정부 계획보다 빠른 것이 매일의 업무이고, 매주의 끝내야 할 업무이며, 한 달의 마감인 직장인들이다. 정부계획을 무용으로 만드는 무급 야근이 알게 모르게 아직도 있다는 소식이 종종 들리니 슬픈 일이 아닐 수가 없다. 실제로 통계로 봐도 직장인들이 커피소비량이 가장 많고, 직장생활 중에는 하루에도 2~3잔의 커피는 너끈하게 마셔야 하는 일과가 많다. 하지만 이것은 정말 표면적인 통계를 사용할 수 있는 쉬운 계산이다. 정말 그렇게 피로해서 커피를 마실 것이라 멋들어진 커피숍보다는 테이크아웃만 할 수 있는 테이블 없는 커피숍이 훨씬 더 많이 장사가 잘되어야 하는데 꼭 그런 것은 아니다. 그럼 또 무슨 이유가 있는 것인가?

먼저, 1인 가족의 증가로 집의 규모 자체가 줄어서, 커피숍을 통해 공간공유가 늘어서다. '이게 무슨 소리인가' 싶을 것이다. 하지만 1인 가족의 증가는 예전처럼 큰 집을 향유하며 여러 세대원을 한 집에 담았던 삶의 양식을 사라지게 만들었다. 집이 커지면 유휴 공간도 함께 늘어나게 된다. 그러면 가족 구성원이 없는 사이 친구를 불러도 유휴공간을 활용하기 용이하다. 예전만해도 내 친구랑 친구 부모님이 안계시면 친구 집에 가서 놀거나, 엄마의 친구들은 집에 모여서 같이 차를 마시고 놀다가 가시곤 했다. 하지만, 1인 가족의 증가는 집에 누군가를 불러들이기 어렵게 만들었다. 당장 사회 초년생인 나의 주변만 봐도 다들 원룸, 좀 여유가 있으면 투 룸에 산다. 식탁이 있는 1인 가족의 집은 정말 '큰' 집이다. 그렇게 되면 침대 하나 놓고, 짐 좀 챙겨 놓으면 친구는커녕 내 한 몸조차 제대로 둘 곳이 없다. 그러면 친구를 집으로 초대할 수 없다. 그래서 커피숍에서 만나는 것이 일상이 되었다. 효율의 극대화를 위해서 '차' 마시는 가정 경영의 일부분이 커피숍이란 제 3자에게 위탁 처리하게 된 것이다. 그렇게 우리는 커피숍의 자리를 공유한다. 좀 더 큰 집이 생겨서 커피머신을 집에 둘 수 있기를 기대하면서 말이다.

두 번째로, 자유롭지만 방만하지 않은 분위기이다. 내 친구들은 커피숍을 제일 많이 이용했을 때가 바로 자기소개서를 쓰던 취업 전 시기이다. 주변에 취업준비생이 있었던 사람, 혹은 취업준비생의 시간을 보낸 많은 사람들은 안다. 타자 쳐야 할 일이 얼마나 많은지 모른다. 하지만 도서관의 노트북 전용 좌석에서도 타자 치기란 쉽지가 않다. 특히 몇몇 예민한 분들은 잠시 화장실 간다고 좌석을 비우면 수줍게 쪽지를 노트북에 붙여주신다. 절대 '누가 나에게 이런 마음을... 이놈의 인기란...' 이런 헛된 기대를 갖지 말고 쪽지를 보셔야 한다. "타자 좀 살살 쳐주세요. 시끄러워서 공부를 할 수가 없어요." 상당히 시무룩하며 조심조심 타자를 다시치기 시작하지만, 원래 자소서란 결국 자소설로 끝이 나게 되는데, 그 과정에서 나도 모르게 신들린 타자치기 기법이 나온다. 그 날 하루가 가기 전에 그 도서관 대신 알려준다는 익명 게시판 가보면 나의 만행이 MSG 좀 더 쳐져서 올라와 있으니, 어느 누구라도 쉽게 다시 도서관에 갈 수 없다. 그러면 방법은 하나, 커피숍에 가는 것이다. 백색 소음 속에서 나의 타자 소리는 그 옆 테이블까지 잘 안 들린다. 그러면서 기대한다. 나중에는 업무를 이렇게 커피숍에서 하는 직장인이 되기를 말이다. 실제로 직장인이 되어서도 회사로 방문해서 딱딱하게 누군가를 만나는 대신에 커피숍을 이용해서 편안한 분위기에서 업무를 하는 직장인들도 많다.

세 번째 이유는 커피 그 자체 있다. 바로 커피 메뉴의 다양화이다. 스타벅스는 미국에서 시작해서 전 세계로 뻗쳐 있는 다국적기업이다. 하지만 이렇게 커피메뉴를 다양하게 도전하고 매 시즌마다 메뉴를 바꾸며 사람들이 커피를 다양하게 맛볼 수 있는 곳은 오직 스타벅스 코리아뿐이다. 실제로 미국에 가서 스타벅스에서 커피 마신 많은 친구들이 가장 놀라는 것은 음료가 다양하지도 않지만, 맛도 한국만큼 있지 않다는 것이다. 물론, 각 나라마다 선호하는 맛과 향이 조금씩 다르다 보니 보편화하기는 어려운 내용이지만, 확실한 것은 한국인들이 참 열심히 다양한 커피 음료를 개발한다는 것이다. 동네 커피숍만 가더라도 아메리카노만 팔지 않고 다양한 시그니처 커피를 개발하고 홍보한다. 한국인의 커피 메뉴 다양화는 커피 음료만 수십 개인 프렌차이즈의 메뉴판뿐만 아니라, 동네 커피숍까지 뿌리 깊게 뻗쳐있는 것이다. 또한 그 시그니처 음료를 돋보일 수 있도록 신경 써서 준비하는 유리잔도 사람들이 커피숍에 방문하게 하는 이유가 된다.

마지막이지만 가장 중요한 이유는 바로 인스타그램 덕이다. 즉 SNS 인증 때문이다. 워낙 남의 이목을 중시하는 문화 속에 사는 한국인에게 남에게 보여주는 것은 엄청난 중요한 일이다. 뭘 먹었는지, 어딜 갔는지, 무엇을 했는지, 누구랑 했는지 엄청나게 많은 것들을 함축적으로 담아서 SNS에 올리는 문화는 "나는 이런 멋진 것을 했다," "나는 이런 것도 먹어봤다." 등 보여주기 위한 활동을 권하는 느낌까지 준다. 이 과정에서 커피는 매우 좋은 SNS의 피사체가 되었다. 단순하게 맛이 좋은 커피숍, 시그니처 커피가 예쁜 커피숍, 커피숍이 예쁜 커피숍, 주변 경관이 예쁜 커피숍 등 다양한 커피숍이 해시태그와 함께 SNS에 등장하였다. 관심 없던 사람들도 한번 쯤 가보게 되고, 원래는 갈 일 없던 사람들도 괜히 SNS를 통해 접한 카페에 방문하게 된다. 그러다 보면 맛있지도 않고, 사진 속처럼 근사하지도 않은 커피숍에서 웬만한 밥값만한 커피 한잔을 마시고 입맛은 에스프레소를 한 번에 원샷한 것보다 훨씬 씁쓸하게 돌아오는 경험도 하게 된다.

많은 사람들이 한국을 커피 공화국이라고 부른다. 그만큼 커피를 많이 마시기도 하고 쉽게 커피를 접할 수 있어서이다. 하지만 커피 안에 있는 뒷맛은 아직은 우리 사회의 피로, 사회적 구조의 한계 및 어려움, 그리고 사회 문화적인 시선 등 부정적인 부분을 그 검은 액체 안에 비밀스럽게 담고 있어서 처음 접하는 사람에게는 쓰기만 하다. 하지만 익숙해지면 그 쓴맛조차 익숙해져서 모르게 된다. 커피 안의 맛이 많은 카페들의 시그니처 커피처럼 달콤하고, 화려하고, 예쁘면 좋으련만 그렇지 못해서 아쉬운 마음이 크다.

　하지만 오해하지 않기를 바란다. 실제로는 보이는 모습 때문이 아니라 정말 커피가 좋아서 직접 원두를 볶는 것부터 배우고, 그 향에 취해서 커피를 내리고, 바리스타 공부를 하는 분들도 엄청 많다. 커피는 비록 외국 문물이지만, 결국 이것은 우리의 전통인 '다도'와 일맥상통하는 부분이 많다. 단순히 맛이 좋아서가 아니라, 일상 속에서 평상심을 찾고, 그 안에서 다시 나를 가다듬고 해야 할 일에 나서는 모습이 결국은 커피마시기도 '다도'인 것이다. 커피 한잔의 여유를 가지면서 좀 더 자신을 들여다보고, 오늘 하루 고생한 나를 위로하며 좀 더 보듬어 준다면, 시럽 한 방울 안 넣은 커피도 그 안의 단 맛이 입 안 가득 퍼지지 않을까?

정진우

jinu9545@naver.com

# 두물머리 물안개

해 질 녘이면 어김없이 종소리가 들려온다. 하절기 7시, 동절기 6시. 저녁나절 특유의 쓸쓸함을 담은 타종소리는 산을 에둘러 멀리 강까지 닿는다. 소리라기보다는 울림에 가깝지 않을까. 먼 곳을 달려 소리는 청아함을 잃고 둔중한 울림으로 와 닿는다. 일-자 음의 길고 깊은 소리가 산을 넘어 달려든다. 소리의 끝은 울렁울렁, 아주 옅게 여울이 진다. 소리가 지친 기색을 내보인다.

나는 그 타종소리를 운길산의 아래, 한강변 딸기밭과 우리 집에서 종종 듣곤 한다. 이곳에 살면서 내가 얻은 최고의 선물은 바로 운길산 수종사에서 시작되는 타종 소리였다. 간혹 타종소리가 시작 될 즈음에 하늘 복판에서 비어져 나오는 별빛을 보기도 한다. 아직 하늘이 밝은 때에 말이다. 하늘의 복판은 아직 밝은데 멀리 누운 산을 따라 하늘의 가장자 리가 조금은 노랗거나 붉고, 조금은 어두운 듯 해가 물러가는 시간. 저녁이 조금씩 침입해 오는 시간. 해 저무는 시간대에 나는 이곳에서 타종소리를 들으면서 종종 이른 별을 본다. 새벽의 별은 팽팽하다. 무언가가 잡아당기는 듯 끊어질 듯한 별빛이 새벽녘에는 아주 팽팽 하게 당기어 있다. 그렇다면 초저녁의 별은 눈에 띄게 느슨하다. 그 별빛은 느슨하여 흔들린다. 그 흔들리는 모습이 꼭 눈물 맺힌 눈시울 같아서 일렁일렁 흔들린다.

도심에서는 볼 수 없는 이른 별빛이다. 끊어질 듯 팽팽하게 시간이 당기어져있는 도심에서는 별도 하늘에서 메말라 얼마 없다. 별들은 헐거운 시간으로 몰려들어 헐겁게 놀고 있었다. 별들은 도심 속 정교하고 완연한 시간을 벗어나 시골로 몰려들었다. 이곳 봄의 시작은 산수유가 알린다. 마당 있는 집들을 보면 으레 한 그루씩은 산수유나무가 있다. 산수유는 겨우내 가지 끝에 볕을 모아놓고 초봄에 순을 터뜨린다. 봄볕이 가지 끝에 맺힌다. 그것이 산수유의 꽃이다. 산수유 꽃은 햇살이 사방으로 뻗어나가는 모양을 하고 피어난다. 날이 조금 풀리기 시작하고 온도차가 심해지는 날에, 두물머리는 물안개를 한가득 피워낸다. 이 또한 봄에 피는 꽃처럼 절정을 이루어 피어난다. 여름에서 가을, 이 땅의 밤은 소쩍새 울음소리로 가득 찬다. 그들은 귀뚜라미, 풀벌레와 더불어 일정한 간격의 리듬으로 밤새 울음을 뱉는다. '솥 - 적 - 다' 라고 울어서 소쩍새라 한 다는데 막상 들어보면 그렇지 않은 것도 같고, 그런 것도 같다. 그 소리들을 듣고 있으면 밤이 하는 말을 듣고 있는 것 같다. 그것을 받아 적으면 시가 된다. 밤은 말이 많다. 이곳을 수식하고 표현할 말들이 너무나 많다. 하지만 이 이야기는 그렇듯 아름다운 것들에 대한 예찬이 아니다. 아름답기만 했다면 이 이야기는 시작되지도 않았겠지. 물안개. 그렇다 물안개가 너무 많다. 봄꽃처럼 절정을 이루어 피어나는 물안개가....

재작년, 이곳에선 여러 사람이 죽었다. 그 중에는 내가 자주 가는 음식점 집의 젊은 청년 사장도 있었고, 나와는 특별한 사연이 얽힌 교회 집사도 있었다. 공통점은 내가 그들이 해준 밥을 몇 번 얻어먹었다는 점이었다. 그토록 나와 가깝던 이들이 이곳 평화롭고 아름답기만 한 곳에서 연이어 죽음을 택했다. 모두 스스로 택한 죽음이었다. 아직도 입에 도는 듯 그들 이 해준 밥맛이 느껴질 것만 같다. 실한 보리밥에 참기름, 고추장을 섞은 간단하고 투박한 시골 맛. 깊은 향이 진하게 도는 메밀국수 맛. 터질 듯 속이 꽉 차 내용물이 비어져 나오려 는 만두, 김밥까지. 그 풍미가 아직도 입가에 감도는 듯하다. 가끔 고소한 참기름 향을 맡으면 불현듯 그들이 생각나 가슴께가 저릿하다. 작년까지, 붉은 글씨로 쓰인 많은 현수막들이 양수대교로 진입하는 진중삼거리에 길게 걸려있었다. 수십 개가 넘는 현수막들은 탄식, 혹은 탄원, 혹은 단말마 비명이 되어 이곳을 지나는 많은 이들에게 호소했다.

나는 아직도 그 현수막 문구 중 하나를 기억한다. '교도소가는아버지피눈물로배웅한다.' 그린벨트라는 이름의 괴물은 땅과 물을 보호한다는 명목아래 이곳 84개의 가게를 철거시 켰다. 그들의 장사는 엄연히 말하면 불법이었으나 실상은 불법과 합법 사이의 줄타기였다. 그들의 장사는 공무원들이 쉬쉬하면서 이루어진 20여년의 긴 장사였다. 어떤 가게는 나보다 도 나이가 많은 경우도 있었다. 손님 중에는 면사무소 직원도 더러 있었고 김영삼, 이명박 전 대통령의 사진을 걸어놓고 장사를 하는 곳도 있었다. 이곳에서 20년 세월 장사를 하던 많은 이들이 하룻밤 사이에 범죄자가 되었다. 대통령까지 단골로 유치했던 가게가 한순간에 내쫓겼다. 신앙처럼 받들던 전 대통령들의 낡은 사진은 그들이 쫓겨날 때 그들을 보호해주지 못했다. 사진 속의 그들은 한마디도 하지 못하고 멀찍이 서서 자신들이 사랑한 맛이 사라지는 것을 바라보고만 있었다. 시골교회에서는 수십 명의 이름을 빌린 탄원서를 넣어 교도소에 끌려간 교인을 꺼내어 오기도 했다. 나도 거기에 이름을 적었다. 장례 행렬 소리가 온 동네를 요란하게 울린 날도 있었다.

교회에선 교도소에 끌려간 많은 이들을 위해 합동 기도시간을 갖기도 했다. 아직도 이 일을 어떻게 봐야할지 혼란스럽다. 그들은 죄를 지었으니 죗값을 받은 것이 다라고 감히 누가 단언할 수 있겠는가. 가해자가 누구였는가. 그곳에는 아직도 가해자가 없다. 아니 어쩌면 피해자 스스로가 가해자인 경우가 많았다. 누구를 탓할 수도 없었다. 지나친 처사다하며 정부를 탓하자니 그들 자신이 저지른 불법이 생각났다. 많은 이들은 그린벨트라는 이름 뒤에 숨었다. 탓할 수 없다는 것이 가장 큰 고통이었다. 그리하여 그들은 비명만을 현수막에 써내어 자신들의 심정을 토로할 뿐이었다. 그들의 비명은 그렇게 2년 동안이나 길게, 길게 이어졌다.

주말마다 수천 명의 인파가 두물머리로 쏟아지듯 밀려들었다. 지난 2년, 수십 만 명의 인파가 몰려들 동안 그들 목소리에 귀 기울인 사람은 얼마나 되었을까. 그 많은 비명은 그냥 땅에 떨어져 없어지지나 않았을까. 그때 나는 관광지라는 수식어로 많은 관광객들을 빨아들이 듯 흡수해 오는 두물머리와 운길산이 싫었다. 두물머리로 향하는 차들이 몰려드는 양수대교 초입의 진중삼거리는 그때 비명으로 빼곡했다. 그들의 호소는 두물머리에서 피어나는 물안 개만큼의 무게는 되었을까. 혹은 수종사의 타종소리 만큼의 무게는 되었을까. 위선은 그만 떨고 싶다. 이 이야기는 여기까지만 하고 다른 이야기를 하고 싶다.

능내역. 이곳 조안면에는 폐역이 하나 있다. 능내역이 그것이다. 한때 열차가 지나던 길. 그 한때를 기억하고 기념하는 곳이다. 다만 사람 넘치고 호화롭던 한때를 기념하는 것이 아니라 그곳에 넘나들던 작은 인정과 감성을 기억하는 곳이다. 그것을 기억하는 방법은 그곳에 놓인 줄 끊긴 기타, 흑백사진 몇, 끊어진 철길, 낡은 우체통이 전부다. 지나던 사람과 손길이 어디 그 것뿐이었겠느냐마는 과한 감성으로 칠하려 하지 않고, 버린 만큼만 보여주겠다는 것이 오히려 담담하고 담백해 좋다. 폐역에 비추어보니 내가 써낸 글이 모두 욕심이었던 것 같다. 과한 목소리, 과한 색깔, 과한 감정. 어쩌면 모두 욕심이었을지 모르겠다. 내 글이 침묵보다 가치 있는 것일까, 한다면 그렇지도 못한 것 같다. 나는 척했던 것이 아닐까. 호소하는 척, 탄원하는 척, 슬퍼하는 척. 혹은 누구를 탓하려고 했던 것은 아니었을까. 그것은 모두 위선인데 말이다. 하지만 나는 아직도 그곳 두물머리와, 두물머리로 들어가는 진중삼거리의 온도 차이를 생생하게 느낄 수 있을 것만 같다. 한쪽의 웃는 소리와, 한쪽

의 우는 소리를. 온도차이가 두물머리의 물안개를 피워낸다고 했다. 이곳엔 물안개
가 너무 많다. 앞이 보이 지 않을 만큼 너무, 너무 많다.

철길이 끊어져 있다. 이만 생각도 끊는다.

# 섬진강 기행

그들 홍씨가 하는 말 어디에도 매화는 없었다. 매화마을의 시작은 '홍씨'라는 한 어머니에게 있다. 매실 장아찌와 매실을 이용한 각종 음식을 팔던 그 어머니는 오늘날 광양 매화마을의 뿌리가 되었다. 기다랗게 뻗은 섬진강과 강변길을 따라 쭉 펼쳐진 기찻길, 그 옆 언덕으로 매화가 꽃을 피운 채 온 땅을 뒤덮고 있다. 봄에 찾아간 그곳에는 동백과 매화가 함께 피어있었다. 그 이름 동백처럼 늦고, 춥고, 척박한 겨울에 피어나는 동백과, 봄을 가장 먼저 알리는 매화가 그곳에 함께 피어있었다. 어쩌면 한 쪽은 지고 있었다고 말하는 것이 맞을지도 모르겠지만 말이다. 동백이 툭, 내려놓듯 떨어지고 나면 매화는 그 위에 난분분 흩날리며 떨어진다. 아쉬워하듯 눈물 같은 꽃잎을 한참 떨군다.

매화마을에는 수십, 혹은 수백 명의 홍씨가 모여 함께 장사를 하고 있다. 매실 아이스크림, 매실 소주, 매실 막걸리, 매실 엑기스, 매실 장아찌, 매실 양념 낙지호롱 등 열거하자면 끝도 없다. 하지만 매화나무 묘목을 제외하고는 그들이 취급하는 그 어느 것에서도 매화를 찾아볼 수가 없다. 어쩌면 그들은 매화나무가 아니라 매실나무를 가꾸고 있었다라고 하는 게 맞지 않을까. 우리가 매화를 보러 그곳에 갔을 때에도, 그들은 매실을 보고 있었을 테니까. 괜히 친구와 장난을 치던 손길이 부끄럽다. 딸기체험농장을 하는 엄마는 말했다. 체험하러 온 손님에게나 딸기가 딸기인거지 우리 같은 농사꾼들에게 딸기는 그냥 넝쿨, 혹은 돈, 혹은 끼니라고. 귀농은 낭만이 아니었다.

'자식 같은', '땀의 보람', '아름다운 노동의 결실', '마음을 살찌우는 노동' 등의 꾸미는 말들은 미디어나 위선적인 글쟁이들의 한낱 소감에 지나지 않았다. 농사가 1인칭의 노동이 되어보지 못한 이들에게, 귀농은 마냥 낭만인 것이었다. 그런 의미에서 우리 가족은 귀농의 피해자였다. 그것은 차라리 원수에 가까웠다. 끊어낼 수 없으니 원수 같은 자식이라면 조금 더 맞아떨어질까. 홍씨 그들도 같은 마음이 아니었을까. 지천에 꽃이 널렸는데 그들에게 과연 누리고 즐길 매화나무는 이 땅에 존재하고 있는 나무이긴 했던 걸까. 그들이 바라보던 것은 꽃이 아니라 끽해봐야 끼니가 아니었을까. 매화와 매실 사이의 간격이 그렇게나 깊고 멀다. 그들 홍씨가 하는 말 어디에도 매화는 없었다. 광양매화마을 맞은편 섬진강을 건너 동남쪽으로 조금 내려오면 경상도 땅 하동송림을 마주하게 된다. 가볍고 경쾌한 매화마을과는 분위기가 사뭇 다르다. 무겁고 엄정한 분위기의 할아버지 노송들이 그곳에 수백그루 자리 잡고 있다. 매화마을에서는 괜히 친구를 툭툭 건드리며 들뜨던 마음이 그곳 하동송림에선 차분히 가라앉는다. 때로는 적막감마저 휘감고 돈다. 엄숙해진다. 소나무의 결은 이리저리 갈라져있다.

바람이 이쪽저쪽에서 불어오듯 나뭇결도 풍상을 따라 이쪽저쪽으로 갈라져있다. 그 손은 꼭 겨울의 엄마 손을 닮았다. 나는 엄마에게 종종 핸드크림을 권한다. 하지만 그녀는 내가 겨우 핸드크림을 들고 손에 발라줘야만 그때 한번 바르고 말지 평소에는 바르지 않는다. 농사를 하는 이들의 손등은 그렇듯 갈라져있다. 소나무를 보면서 어머니의 모진 고생을 느끼게 되었다는, 가식적인 거짓마음을 전하려는 목적이 아니다. 그것이 위선임을 알고 있다. 나는 효자가 못된다. 지나쳐 살면 편한 것을 괜히 쿡쿡 건드리는 소나무가 마음에 들지 않는다. 나는 그곳 벤치에서 잠시 낮잠을 즐기다, 해海풍이랄 수 없는 섬진강의 해풍을 맞고는 잠에서 깨어 모래사장을 빙 둘러 걷는다. 강 하나를 끼고 전라도와 경상도가 나뉘어있다. 하지만 그 강은 그 둘의 골 깊은 감정처럼 매몰차고 엄정하게 둘을 나누지는 못한다.

하동, 광양에서 조금 올라와 전남의 구례로 가면 또 다른 마을이 하나 있다. 바로 산수유로 유명한 구례 산수유마을이 그곳이다. 광양의 매화마을이 하나의 마을이라기보다는 관광지로의 느낌을 물씬 풍긴다면 산수유마을은 정말 사람 사는 집과 관광지의 경계가 없는 정겨운 마을 감성이 그대로 느껴진다. 돌담길을 감싸는 산수유와 그 정겨운 돌담이 길을 만들어 노란 길이 둘레둘레 이어진다. 꼭 누군가 봄볕을 한아름 가득 품에 안고 달려가다가 콰당, 넘어진 듯한 모습으로 온 들판과 언덕이 노란 봄볕 물결이다. 그 길은 길고도 넓어서 강을 따라 가도 노란 물결, 마을 구석으로 들어가도 노란 물결, 밭이 있는 너른 들판으로 가도 노란 물결이다.

산수유 꽃은 봄볕이 맺힌 모양 같다는 표현밖에 달리 표현할 길이 생각나지 않는다. 꼭 봄 햇살이 그대로 와 맺힌 듯한 산수유 꽃의 긴 행렬은 내가 가장 기다리는 봄의 이른 풍경이다. 나는 그 모습을 보고야 비로소 긴 겨울이 가고 봄이 왔음을 실감한다. 노란색만큼 봄을 극적으로 실감하게 하는 색은 없다. 섬진강을 아우르는 산들은 대개 높지 않고 넓고 펑퍼짐해 마을을 품에 다소곳이, 결코 힘주지 않고 느슨히 안은 듯 보인다. 구례 오산의 사성암에 올라서 보면 그 마을의 풍경이 내려다보인다. 해발 540m의 구례 오산과 내 고향 땅 해발 600m의 운길산에 올라서 보는 풍경이 결코 다르지 않다. 강이 마을 구석구석을 휘감고, 넓게 밭과 들판이 펼쳐져 보이고, 차가 다니는 긴 다리와 낮은 산들이 마을을 감싸 안은 모양까지. 이 정겨운 마을의 모습은 대한민국 곳곳이 다르지 않을 것이다.

섬진강변 여행에, 구석구석 강을 따라 심어진 버드나무에 대한 이야기도 뺄 수 없다. 집으로 올라오는 길 강변길 곳곳은 버드나무로 가득하다. 그것들은 우리들과 너무 가까이에 있어 곧잘 그 아름다움을 잊고 만다. 그 꽃은 가볍다. 흔히 이야기하는 아름다움과 거리가 멀다. 버드나무는 매화나 산수유, 개나리처럼 초봄에 꽃이 잎에 앞서 피어나는 수종이지만 누구도 버드나무의 꽃을 보고 꽃이라고 쉽게 생각하지 못한다. 그 꽃은 조그마한 강아지풀처럼 생겼다. 색도 특별하지 않다. 노르스름하기도 하고, 혹은 연두 빛이 나기도 한다. 흔히 꽃이라고 생각할 때 떠오르는 이미지가 버드나무 꽃에는 없다. 흐드러지는 아름다움 또한 존재하지 않는다. 봄에 피는 꽃나무이지만 봄의 절정을 포기한 나무다. 하지만 그럼에도 버드나무가 아름다운 것은 무엇인가. 능수와 수양버들의 처진 가지는 꼭 내리는 비를 멈추어둔 모습과 같다. 비바람 날리듯 이리저리 흔들리기도 한다. 바람은 버들가지를 피해가지 않고 그 가지 속을 헤집고 지나간다. 바람이 그 속을 지나갈 때면 그들은 우우우웅, 쏴아아 하고 운다. 길게 풀어헤친 잎가지들은 산발이 된 여자의 긴 머리를 닮아 있다. 강변의 버드나무 군락 길을 따라 걸으면 그것들이 이리저리 흔들리면서 우는 듯한 소리가 들린다.

그들은 바람에 이리저리 흔들리면서도 중심을 지켜낸다. 꼭 휘둘린 만큼 돌아오고, 가지는 높아진 만큼 낮아진다. 그 모습이 아름답다. 휘둘리면서도 제자리를 찾아가는 모습이. 나는 그냥, 거기에 마음이 간다. 대나무나 소나무와 같은 강직함은 우리들의 삶과 너무 멀리 있으니까. 조금은 흔들리고 타협하게 되는 게 사람 사는 모습이니까. 그럼에도 기어이 돌아오게 되는 모습은 아름다운 모습이니까.

세상 풍경 중에서 제일 아름다운 풍경
모든 것들이 제자리로 돌아가는 풍경

시인과 촌장의 노래를 들으며 집으로 돌아가는 길. 차창 밖으로 노을이 진다. 강의 물결이 살짝살짝 솟을 때, 햇빛은 물 위에서 반짝이며 여러 방향으로 갈라진다. 물비늘에 잠긴 해 질 녘의 햇빛이 사방으로 튄다. 돌아가는 길목, 공주와 부여를 감싸는 해 질 녘의 금강은 금빛 물결로 가득하다. 문자 그대로의 금숲강이 집으로 돌아가는 나를 작별한다.

정희원

wgd0829@naver.com

# 아메리칸 드림은 과연
# 모두에게 주어지는가

'개천에서 용 난다'란 말을 아는가? 주어진
환경이 열악함에도 불구하고 자수성가한 경우를 이르는 말이다. 물론 대한민국은
법으로 모든 사람이 평등하다고 명시되어 있으니 개인의 노력만 받쳐준다면 개천
에서 용 나는 게 그리 불가능한 일만은 아닐 터다. 몇 년 전 미국문학사 수업에서
아메리칸 드림과 관련된 공부를 했었다. 아메리칸 드림은 가진 것 없어도 노력하
고 근면 성실하기만 하다면 '성공'할 수 있다는 희망을 뜻한다.

다시 말해 사회경제적 계층이 노력으로 바뀔 수 있다고 믿는 것이다. 1차 세계대
전 후 1920년대 유럽엔 전쟁 후유증으로 정치적으로나 경제적으로나 힘든 시간을
겪었던 사람들이 많았다. 그런 이들은 급격히 성장하여 엄청난 경제적 호황을 누
렸던 미국을 기회의 땅으로 여겼다. 여기서 아메리칸 드림이라는 표현이 널리 쓰
이기 시작했다. 모든 인간이 동등하게 태어났다고 선언한 미국 헌법 또한 일부 유
럽에서 귀족이라는 계급이 존재했던 것과는 파격적으로 다른 내용이었을 것이다.
많은 이들이 아메리칸 드림을 꿈꾸며 미국에 이민을 신청했다.

그러나 아메리칸 드림은 결코 모든 사람에게 평등한 기회를 제공하지 않았다.
애초에 이민을 위한 입국 심사에서는 국민이 될 수 있도록 선택받는 사람과 본국
으로 다시 추방당하는 사람들을 선별하는 작업이 존재했다. 국가의 발달에 기여
할 만한 가치가 있다고 평가되는 사람만이 선택되었고 그렇지 않다면 배제되었
다. 처음부터 아메리칸 드림은 모두에게 주어진 것이 아니었다. 뉴욕타임즈가 1년
의 취재기간을 거쳐 게재한 기획 기사들을 모은 〈당신의 계급 사다리는 안전합니
까?〉에서는 주장한다. '미국에서 엘리트로 태어난다는 것은 세상에서 극소수의
사람들만이 경험할 수 있는 특권 뭉치를 갖는다는 것을 의미합니다.

하지만 미국에서 가난하게 태어난다는 것은 유럽이나 일본, 캐나다에서와는 달

리 심각한 불이익을 받는다는 것을 의미합니다.' 교육, 소득, 직업, 재산 등에 의해 사람들은 계급이 나눠진다. 보통 이러한 계급은 아버지에서 아들로, 또 그 아들의 아들로 대물림된다. 이렇게 태어날 때부터 정해진 계층은 그 사람의 인생을 결정한다. 더구나 타국에서의 성공은 노력으로만 이루어지는 것이 아니다. 운이라는 것이 따라줘야 하는 데다 이민자들이라면 영어나 학력 문제로 불이익을 받는 일이 잦다. 극소수의 사람을 제외한 다수에게 미국은 균등한 기회가 주어지지도, 자유롭지도 않았다. 그들은 그야말로 끔찍한 자본주의를 온몸으로 겪었다. 〈이민자들〉이라는 영화에서 이러한 행태를 잘 보여준다.

모든 이들이 아메리칸 드림을 꿈꾸며 평등을 외치며 미국에 왔지만, 모두가 은연 중에 사람들의 계급을 인정하고 그러한 분위기를 따르고 있다. 자신이 얻은 부와 명예를 잃지 않기 위해 가족까지 외면하는 경우도 흔하게 찾을 수 있다. 대부분의 사람들은 자신보다 높은 권위를 가진 사람들에게 잘 보이려 애쓴다. 혹은 수단과 방법을 가리지 않고 돈을 벌기 위해 노력한다. 그래야만 어떤 형태로든 간에 기회가 주어지기 때문이다. 개인의 노력보다는 연줄과 돈이 모든 것을 가능하게 해주는 수단이 다. 아메리칸 드림이라고 하면 많은 사람들이 소설 위대한 개츠비의 주인공 개츠비를 떠올릴 것 이다. 개츠비는 그야말로 성공한 아메리칸 드림의 표본이다. 개츠비는 원래 가난한 집안 출생으로 사랑하는 여자 데이지를 위해 수많은 노력을 했지만 성실한 노력만으로는 그녀에 걸맞은 성공을 이룰 수 없었다. 당시 사회에서는 성공만 하면 거기까지 도달하는데 대한 과정의 도덕성은 그리 중요하지 않았다.

개츠비는 금주법이 시행된 시대 몰래 술을 파는 등의 불법적인 일을 통해 부를 축적했다. 일각에서는 이렇게 가장 순수하다고 할 수 있는 감정인 '사랑'만을 위해 수단과 방법을 가리지 않고 노력하며 치열하게 살아온 개츠비가 그래서 위대하다고 말한다. 나에게는 오히려 역설적으로 성실하고 근면한 노력만으로는 아메리칸 드림을 이뤄낼 수 없다고 얘기하는 것처럼 보인다. 노력뿐만이 아니라 적절한 행운이나 연줄, 기본적인 배경이 있어야지만 가능하다는 그런 현실 말이다. 개츠비 또한 적절한 타이밍에 조력자 댄 코디를 만날 수 있었다는 행운이 따르지 않았다면 이야기가 달라졌을 수도 있다. 물론 〈위대한 개츠비〉라는 작품을 단독으로 감상할 때 치중해야 할 부분은 분명 다르다. 문학작품이기 때문이다. 하지만 아메리칸 드림이 과연 모두에게 주어지는가라는 관점에서 본다면 그렇다.

개츠비는 우 리가 익히 들어 알고 있는, 그렇지 못한 다수가 그들처럼 되기만을 고대하며 노력하는, 성공한 (극)소수라는 얘기다. 하지만 그 시대 이민자들은 아메리칸 드림이 실존한다고 믿으며 미국에 왔고, 그것만이 그 들이 살아가는 힘의 원동력이 되었을 것이라 생각한다. 그들에게는 미국에서 다시 추방당한다 는 것은 곧 새로운 삶을 살아갈 수 있는 기회조차 주어지지 않는 것을 뜻했을 것이다. 실제로 아메리칸 드림의 실현 가능성이 그들에게 있었던 없었던 간에, 드림이 실존한다는 믿음이 이민자들로 하여금 새로운 삶에 대한 기대감과 희망을 심어주었음에는 의심의 여지가 없다. 현재를 살고 있는 우리에게는 어떤 드림이 있을까. 아메리칸 드림에 이어 시진핑의 '차이니즈 드림', 동남아시아에서 한국으로 오는 이들이 꿈꾸는 '코리안 드림' 등의 단어가 생겨났다.

그러나 과연 그들 중 진실로 개인의 노력만을 통해 성공을 이룰 수 있는 '드림'이 있는지는 의문이다. 우리나라도 한때 코리안 드림이라는 말이 널리 쓰일 만큼 새로운 삶을 꿈꾸는 이민자들의 '기회의 땅'인 적이 있었다. 그러나 지금은 노력에 의한 성공과는 거리가 멀어 보인다. 노력보다는 태어난 집안과 돈, 권력 등이 훨씬 중요하다는 걸 보여주는 극명한 사례가 연일 보도되고 있다. 누구는 몇 년간 피땀 흘려가며 공부해도 합격하지 못하는 직장에 권력자의 친인척이 고용되고, 누구는 학창시절 내내 노력해서 들어간 학교를 특례로 입학한다. 일반적인 사람들 은 평생 만져보지도 못할 돈의 수십 배를 손 하나 까딱하지 않고 벌어들인다. 그것도 부정한 방법으로. 믿을 만한 일정한 수준을 넘어서서 황당하기까지 한 현실이 속속들이 밝혀지고 있다.

우리는 이러한 사회에 산다. 노력하면 바뀔 거야, 보상받을 거라 믿으며 우리는 조금씩 보이는 불평등의 기미를 애써 외면해 왔다. 그런데 이제 그걸 눈앞에 들이대고 흔들어 대니 힘이 쭉 빠진다. 사회경제적 계층은 부모에서 자식으로 세습되는 게 대부분이고 노력 자체를 포기하는 사람들도 많아졌다. 3포 세대, 5포 세대, 6포 세대... 시간이 지날수록 사람들이 포기 하는 것들의 숫자도 늘어났다. 모든 민주주의 국가의 헌법에는 자유권과 평등권이 명시되어 있다. 그럼에도 우리는 지금 자유롭지도 평등하지도 않은 사회에 사는 것 같다. 21세기 우리에겐 아메리칸 드림도 기회의 땅도 없다. 우리는 무엇을 보고 살아가야 하나.

# '인어공주' 캐스팅으로 다시 본 정치적 올바름의 부작용

바야흐로 갈등이 최고조인 시대다. 여성과 남성, 기득권과 노동계층, 헤테로와 성소수자, 주류 취향과 비주류 취향 등 수없이 많은 갈래로 나눠 싸운다. 시대가 발전함에 따라 개인은 신체적 특징뿐만 아니라 수없이 많은 기준으로 각자를 세분화 한다. 우리는 어느 한 집단에만 독립적으로 속하는 것이 아니라 복수의 집단에 동시에 속하게 된다. 물론 전통적으로 주류의 위치에 속했던 집단과 그렇지 않은 집단의 영향력 혹은 사회적 지위 등에 대한 차이가 존재한다. 주류로 받아들여져 온 집단이 새로운 집단에게 취하는 태도는 그렇게 호의적이지 않다. 때로 우리는 자신과 다르다고 생각되는 존재에게 적대적인 경우도 있다. 인종과 성별 등에 대한 차별이 법적으로 금지되고 사람들의 전체적인 의식 수준이 높아짐에 따라 pc주의라는 개념이 등장했다. 굳이 해석하자면 정치적 올바름이라고 할 수 있겠다.

'Political correctness'라는 이 용어는 좁은 의미로는 모든 종류의 편견이 섞인 언어적 표현을 쓰지 말자는 신념, 넓은 의미로는 이러한 신념을 바탕으로 추진되는 여러 분야의 사회적 운동을 뜻한다. 이러한 개념이 사회적으로 하나의 윤리 규범에 가까운 것으로 여겨지면서 이를 지키는 것이 권장되었다. 이 개념에 반하는 언행을 입 밖에 내놓는 것은 소위 '개념 없는' 짓으로 박혔다. 과거에는 웃어넘기거나 할 수 있었던 사안들에 문제가 제기되고 피드백이 요청된다. 물론 과거의 잘못된 전통적 습관들을 버리는 것은 분명 필요한 일이다. 대수롭지 않다고 생각했던 차별적 언행들을 아무 생각 없이 썼던 사람들은 반성해야 할 것이다. 그러나 이러한 운동이 너무 과해지면 그 본질이 흐려지기 쉽다는 우려의 목소리가 나오고 있다. 특히 영상 콘텐츠와 관련해서 이런 사례가 두드러진다. pc운동의 일환으로 미디어에 노출되는 인물들의 인종과 캐릭터성에 대한 인위적인 균형을 요구하고 있기 때문이다. 등장인물 중에 일부를 흑인이나 여성, 혹은 동양인 등으로 바꿈으로써 다양한 유형의 사람이 미디어에 노출되어야 한다는 취지다.

이러한 운동의 부작용 중 하나는 우선 작품성이 훼손된다는 것이다. 최근 들어 이와 관련해 가장 화제가 된 것은 디즈니에서 〈인어공주 The Little Mermaid〉 실사화를 진행하면서 주인공 에리얼 역으로 흑인 배우를 캐스팅 한 것이다. 많은 디즈니 팬들은 이러한 캐스팅이 지나 친 pc주의로 인한 잘못된 선택이라고 말하고 있다. 애초에 디즈니의 고전 영화들처럼 오랜 시간 팬들과 함께 나이 들어간 애니메이션들은 원작의 이미지를 얼마나 비슷하게 구현해 내는지 가 흥행에 중요한 요소가 된다. 디즈니 공주들 설정상 인어공주는 백설공주 다음으로 하얗다고 묘사된다. 원작 동화에서도 인어공주를 묘사할 때 몸이 하얗다는 표현이 문장 몇 개에 걸쳐서 나온다. 안데르센의 원작 인어공주와 디즈니의 인어공주는 살짝 다른 면이 있기는 하지만 줄거리와 결말에 대한 수정이지 외모에 대한 변경은 없다. 애니메이션 속 배경환경 묘사, 국가 위치, 규모, 등장인물의 이름 등으로 미루어 짐작할 때 산업혁명 이전의 유럽의 작은 독자적 군주국가로 보는 게 타당하다. 물론 내용 자체가 '인어'가 등장하기에 정확한 시대와 배경을 짐작하는 건 중요한 것이 아니라 하는 의견도 있겠지만, 우리가 픽션에 몰입하게 해주는 것은 뭐니 뭐니 해도 개연성이다. 받아들이기 힘든 변화가 서사에 개입하는 순간 몰입이 확 깨지는 것이다. 1700년대 초반 유럽을 배경으로 한 어느 국가에서도 흑인을 백인과 동등하게 취급하는 경우는 없었다.

결코 인종차별을 옹호하고자 하는 의미가 아니다. 그러나 흑인 인어공주가 해안에 떠밀려와 있다면 흑인이 노예로 재화 취급을 받았던 당시 시대상 결코 왕자와 인연이 될 수는 없는 일이다. 인어공주의 왕자 역 캐스팅에 결국 백인 남성이 협상 중이라는 소식이 밝혀지면서, pc를 지향하고자 한 캐스팅이 오히려 인종차별적인 그림이 되어버린다는 의견도 있다. 인어공주는 작품 속에서 다리와 목소리를 맞바꾸어 말을 하지 못하는 설정이다. 오히려 백인 남성이 흑인 여성을, 그것도 온갖 문명의 이기에 대한 지식이 전무한 흑인 여성을 문명화시키는 내용으로 묘사되는 경우가 되기 쉽다. 물론 배경이 어찌됐든 간에 인종차별을 했었던 과거는 명백히 잘못이고 반성해야 하는 과오다. 하지만 이미 있는 원작의 작품성을 훼손하면서까지 지나치게 정치적 올바름만을 요구하는 것이 과연 문화 산업에 얼마나 도움을 줄지는 미지수다. 실제로 최근 pc주의의 입장에서 불편할 만한 내용을 최대한 배제하려 노력한 콘텐츠들은 영화이든 게임이든 드라마든 인기가 확연히 떨어지고 있다.

〈맨인블랙 Men In Black〉 시리즈와 〈엑스맨 X-Men〉 시리즈의 신작은 모두 생뚱맞은 '정치적으로 올바른' 대사와 행동이 등장해 몰입감을 확 떨어뜨린다는 혹평을 받았다. 물론 디즈니의 다른 영화 〈알라딘 Aladdin〉은 원작 애니메이션에서는 공주가 여성이란 이유로 왕위에 오르지 못했지만, 실사화 영화에서는 남성 없이도 스스로 술탄이 된다는 페미니즘적인 내용으로 각색했음에도 천만 관객을 돌파하며 흥행에 성공했다. 이는 현대화의 시각에 맞게 내용을 바꿨지만 동시에 개연성을 잃지 않았기 때문이다. 또 다른 부작용으로는 이러한 균형 맞추기가 결국 다른 차별로 이어질 뿐이라는 것이다. '캐릭터 체인지'는 유색인종 중에서도 높은 확률로 흑인을 대상으로 이루어진다. 결국 '성룡'이나 '브루스 리'와 같은 극소수의 경우를 제외하고 동양인이 차지하는 비율은 지금도 굉장히 낮다. 또한 백인 캐릭터 대신 흑인 배우들을 캐스팅할 경우 바뀐 캐릭터들이 원래 '진저 Ginger'였던 경우가 상당히 많은 것도 근거로 들고 있다. '진저'는 흔히 아일랜드계 백인에서 볼 수 있는 붉은 머리와 주근깨를 지닌 사람들을 뜻한다.

예로부터 진저는 같은 인종임에도 백인들에게 차별을 받아왔다고 한다. 아일랜드계 중 진저가 유독 많은데, 미국의 아일랜드계 이민자들에 대한 차별에서 시작된 것이다. 흑인들을 비하 하는 단어인 'nigger'에서 따온 'white nigger'라고 불릴 정도로 그 정도가 심하다. 'Kick a ginger day'라는 진저를 구타하는 날도 있어 실제 피해자가 뉴스에 나오기도 한다. 'Ginger pride parade'와 같이 붉은 머리와 주근깨를 갖고 있다는 이유로 차별받은 사람들이 행진하는 퍼레이드도 존재한다. 즉 겉으로는 차별을 없애고 다인종의 동등한 노출을 하고자 하는 것처럼 보이지만 결국 차별의 대상만 바꾸는 것에 불과하다는 것이다. 물론 지구상의 모든 인간은 남녀노소 그들의 외향적 내향적 특성에 상관없이 모두가 평등하다. 과거에 차별이 있었던 것은 우리가 반성해야 할 과오이며, 현재의 차별 또한 뿌리 뽑기 위해 노력해야 한다. 우리가 악의 없이 내뱉은 말들이 어떠한 소수자들에게 상처가 될 수 있음을 인지해야 한다는데 동의한다. 그럼에도 불구하고 서사가 존재하는 콘텐츠에 pc주의를 적용해 재생산하는 경우에는 본래 내용을 훼손해 개연성을 잃지 않도록 최선을 다해야 할 것이다.

조광호

lov35@naver.com

# 초등학교 운동회와 소풍, 어머니는 언제나 아들 곁에

          초등학교는 운동회라 하면서 거의 매년 하였다. 어떤 때는 가뭄이나 홍수 등 흉년이 들면 못한 경우도 있었다. 운동회하면 백군과 청군으로 나눠서 하였다. 청군이 이기면 그해는 풍년이 든다는 말도 하였다. 운동회 하는 날은 온 시골 동네가 축제 분위기였다. 며칠 전부터 학교에는 만국기가 휘날리고, 학교 건물 지붕 위에 설치된 나팔 같은 대형 스피커에서 즐거운 서양 군악대 같은 행진곡 음악소리와 어린이 노래가 몸이 떨리도록 쩡쩡 울린다. 아주 먼 거리에서 들릴 정도로 우렁차게 흘러 나왔다.

          운동회는 100미터 달리기, 운동장 한 바퀴 달리기, 이어달리기 등 달리기가 많았고, 모래주머니 던져 꽃바구니 터뜨려 비둘기 날리기, 줄다리기, 기마전을 하였다. 나는 단체전을 포함하여 항상 대표선수로 선발되었다. 대부분 1등을 하였다. 1등 하면 상품을 준다. 연필 한 타스나, 노트 몇 권씩 나눠 주었다. 달리기는 개인기 종목이다. 달리기 종목은 여러 가지라서 상 타는 기회가 많았다. 경기가 시작되면 "청군 이겨라 백군 이겨라"하며, 응원석에서는 신나게 응원하였다. 영어는 어떻게 알았는지 "브이 아이 씨 티 오 아르 와이" "빅토리~, 빅토리~" 하면서 야단이고 흥분 도가니다. 시골에서 이리 좋은 날은 별로 없었다.

          모든 마을의 학부형들이 거의 다 모이는 거 같았다. 운동장 주변에는 엿장수며, 사탕장수며, 풍선장사며, 온갖 장사들이 화려하고 들뜬 운동회 아래 다 모이는 거 같았다. 언제나 바쁜 어머니도 오셨다. 아들이 언제나 1등하는 것을 보고서 마냥 기쁘다. 내가 잘해서 1등이 아니라 다른 친구들이 달리기를 못 해서 1등하는 거라 생각했다. 달리면서 뒤돌아보며 나름 최선을 다 하지 않아도 언제나 1등을 했었다. 이런 소질로 6학년 때는 초등학교 대표로 군에서 하는 초등학교별 대항 군 운동회에 선발되어 출전하기도 했다.

점심시간이 되자 어떻게 찾았는지 어머니가 아들 앞에 있다. 어머니는 언제나 아들만 보고 있나 보다. 보자기에 귀한 찬함과 따끈한 밥, 부침개, 계란말이, 굴비 생선구이, 나물 등 언제 이리 만들었는지 푸짐하였다. 주위를 보아도 우리처럼 푸짐한 차림은 없어 보였다. 점심도 맛있지만 학교에서 어머니의 얼굴을 보니 기분이 너무 좋았다. 어머니의 정성스런 점심을 펼쳐 놓고 그늘에서 꿀맛 같은 식사를 했다.

지금은 폐교된 초등학교다. 그 초등학교라는 단어만 들어도 큰 나무와 교실 앞 복도에서 웅성거리며 어머니와 함께 젓가락질하던 모습이 눈에 어른거린다.

"날아라 새들아~ 푸~른 하늘을, 달려라 냇물아 푸~른 벌판을~" 오늘은 운동회 날, 운동장엔 만국기가 휘날리고 우리들은 새하얀 체육복을 입고, 어머니와 꿈속 같은 하루를 보냈다.

운동회가 끝나고 한 달여 후에 소풍이 이어진다. 소풍은 6년 동안 산 넘어 불갑사 사찰로 매번 갔었다. 단지 코스만 6년 중 한번 바뀐다. 6학년 때다. 6학년 되면 고학년이라 해서 쉬운 코스를 졸업하고 산 정상 연실봉이라는 곳을 정복한다. 초등학교 부근에서 가장 높은 봉우리다. 정말 아득히 멀고, 하늘과 맞닿은 듯 정상이었다. 보기만 해도 아찔하였다. 하지만 5학년 때까지만 해도 선배들이 부러웠다. 저런 높은 곳을 가는 날이 오기를 기다리기도 했었다. 실제 6학년 되니 뭔가 내가 어른 같기도 했었다. 학교가면 모두 다 후배고, 작은 어린이로 보이기도 했었다. 괜히 으쓱대고 싶은 마음이 있었다.

초등학교 마지막 소풍을 부근에서 가장 높은 연실봉으로 향하여 간다. 이제 내 세상처럼 누구의 안내도 없이 산길을 따라 옹기종기 듬성듬성 여러 무대기로 뭉쳐서 친구들과 겁도 없이 간다. 이제 나름 어른 기분을 낸다. 선생님 안내도 없었다. 가면서 친구들은 여기에 호랑이도 살고 있고, 무서운 곳이라고 말들을 한다. 실제 호랑이 골짜기도 있었다. 약간 무섭고 소름도 느끼지만 다 컸고, 어른이라는 자신감 때문에 대수롭게 생각하지 않았다. 험한 바위와 골짜기를 거쳐 꿈에 그리던 산 정상 연실봉이라는 바위에 선다. 무서운 소름이 조금 있지만, 천하가 다 보이는 듯 구름 조각도 발아래에 있다. 뭔가 모르게 가슴이 뿌듯하면서 신기함을 느낀다. 감개무량하다. 얼마나 열심히 왔는지 온 몸에 땀이 흠뻑 젖어 있다. 시원한 산들바람이 땀을 날려 보낸다. 메아리도 소리쳐 울려 본다. "야~ 호," 멀리서 야~ 호 소리가 에코로 반복하여 파도처럼 들린다. 아쉬움을 뒤로 하고 내려간다. 내려가는 것도 나무사이, 바위와 돌 사이로 한참을 내려간다. 어느덧 사찰 옆구리에 도착한다.

주위에서 6학년이 도착했다고 소리친다. 어른 같은 6학년이 도착했다. 1학년부터 6학년까지 다 모인다. 보물찾기라고 선생님이 말하면 다들 흩어져서 찾기에 여념이 없다. 숨바꼭질 하듯이 생각하고 여기저기 보면 다 보인다. 큰 돌 사이, 썩은 나무 갈라진 틈 사이, 우거진 수풀 숲 사이에 있었다. 두세 장을 찾아서 손에 쥐고 있다. 못 찾는 아이들도 있었다. 보물 표 딱지로 연필이나 노트를 받고, 즐거워하였다.

보물찾기가 끝나면 점심시간이다. 어머니가 부른다. 언제나 아들 가까이 있는 듯, 그 많은 아이들 중에서도 잘도 찾는다. 6년 동안 매번 소풍을 다녔지만 어머니가 온 것은 처음인 거 같았다, 푸짐한 먹거리를 한 보자기 준비해서 왔다. 어머니는 담임선생님 점심도 함께 마련하였다면서 소중하게 갔다 드렸다. 6학년이 되어 어른 같은 마음인데 어머니 옆에 있으니 어린이로 돌아 왔다. 어머니와 함께 있으면 왜 이리 좋은지 모르겠다.

# 어머니와 외갓집 나들이

어머니는 겨울바람이 부는 늦가을 어느 날, 아침부터 분주하게 움직였다. 예쁜 한복도 차려 입고, 머리도 단정히 하고, 버선과 깨끗한 신발도 준비하여 신었다. 함께 외갓집 가자고 한다. 내 옷차림도 잘 만져주면서 얼굴이며 바지며, 지난 오일장에서 사온 고무신과 예쁜 혁대로 마무리를 해준다. 새로운 혁대에서 나오는 상큼한 고무냄새는 어린 시절에 신비롭기까지 했었다. 고무 혁대는 미끈하고 보드라운 감촉이 좋았다. 자랑하고 뽐내고 싶어 들어나 보이도록 옷매무새를 하였다.

외갓집까지는 오 십리 이상 되었다. 형과 누나와 갈 때는 지름길처럼 산과 들로 걸어가기도 하였다. 어머니는 버스를 타고 간다. 버스 타는 일이 거의 없어서 그런지, 버스 타면 멀미가 심하다. 어머니는 아들에게 비닐봉투와 손수건을 미리 쥐어 주었다. 여차하면 토하기 위해 비닐 주둥이를 펴서 입 가까운 가슴에 대고 있었다. 체력이 약해서 멀미를 한다고 하는데, 그 말이 맞는지 모르지만, 비포장도로에서 차가 덜컹 덜커덩거리고, 배가 울렁거려 멀미를 하니 어쩔 도리가 없었다. 맑은 공기를 마시면 괜찮을까 하여 창문 쪽 공기를 마셔도 마찬가지였다. 나름 온갖 방법을 생각하였다. 요동치는 버스가 더욱 멀미를 심하게 하는 거 같았다. 발뒤꿈치를 들고 발 앞 뿌리 발가락으로 서 본다. 그러면 조금 편안해지는 듯하였다. 그런데 조금 지나면 다시 속이 불편하였다. 급기야 참지 못하고 먹은 것을 다 토해냈다. 토하는 불편함보다 주위 사람들에게 미안하여 좌불안석 이였다. 나만 멀미하는 게 아니라 여러 명 있었다. 버스는 사람들로 가득 찬 만원이다. 멀미 방지하는 약이라든가, 방법을 연구하는 사람이 없을까하고 생각하였다. 그런 약을 만들어야겠다는 다짐도 하였다. 고통스런 외갓집 나들이다. 차라리 걸어서 가면 좋을 텐데 하였다. 버스가 얼마나 갔는지, 어렵게 외갓집 동네어귀에서 내렸다.

버스에서 내리니 머리와 가슴 속이 시원하였다. "아들아 참 고생했다. 여기가 어머니가 자란 곳이란다."라고 하셨다. 어머니는 버스를 타고 쉬이 오니 편한 세상이라며 좋아 하셨다.

어머니 동네다. 어머니 동네도 시골이었다. 큰 대문이 있는 우리 집과 달리, 개방된 마당으로 들어서면 마루가 있었고, 안방 한식 격자문과 그 옆 작은 망보는 문이 보였다. 방안으로 들어서니 찌들어 있는 담배 냄새가 쾌쾌하였다. 그런 방이지만 방이 편안함을 준다. 어머니가 어렸을 때 놀았을 집, 어머니 냄새가 어딘가에서 나는 듯 두리번거리며 코를 씰룩거려 본다. 외할아버지와 외할머니는 일찍 돌아가셔서 모른다.

다른 할머니가 엄마 이름을 부른다. "아이고~. 일금이 왔구나. 얼마만이냐. 쪼그만 아들도 델고 오고, 아들이 참 잘 생겼다. 고생했다." 이런 저런 이야기를 많이 하였다. "일금이가 어렸을 때 또래들 누구누구와 동네 여기저기 많이 돌아 다녔지. 그 아이들도 모두 시집갔는데, 어디 사는지 모르겠다. 일금이는 인물이 이쁘고 미인이라서 낚아 채듯 부자 집으로 시집가 잘 살고 있으니 얼마나 좋냐"고 대견스러워 하며, 시골 웃음처럼 감추는 듯한 미소로 얼굴이 환하다. "옛날에 니 엄마가 먹을 복은 갖고 태어났다고 했었지. 멀리서 왔으니 출출하니 뭐 먹어야지"하며 홍시감이랑 수정과를 상으로 갖고 온다. 시장기가 있었는지 냄새부터가 향기롭고 입에서 침이 돌았다.

외갓집 둘레를 이리저리 돌아다니며 뛰어다녔다. 내 또래 누군가 있어 함께 놀았던 거 같은데 기억에 없다. 뒤뜰과 텃밭, 대나무 밭이며, 처마 밑에 꽃처럼 주렁주렁 걸려 있는 곳감이며, 우리 집 분위기와는 달랐다. 초가집을 비~ 빙글 돌면서 어머니의 발자취가 있었던 것을 보물 찾듯이 눈여겨 관찰하였다. 그래 저런 귀퉁이에서 친구들과 술래잡기를 했을 거야, 마당 저쪽에서 고무줄놀이도 하고, 이 평상에서는 수박도 먹고 참외도 먹었겠지. 소 있는 외양간에서는 송아지를 키웠을까. 어머니 어린 시절을 나름 만들어 보았다.

어머니는 저녁 밥 먹으라고 부른다. 얼굴 안색이 어딘지 모르게 아쉬움이 서려 있었다. 6.25때 모두 돌아가신 어머니 직계들, 외갓집이 경찰 집안이여서 모두 몰살당했다 한다. 피붙이라고는 어린 조카 하나 남기고 없다고 한다. 이래저래 어머니는 기구한 운명이다. 그래서 악착같이 살고 있었는지도 모른다. 이런 연유였는지, 외갓집을 별로 많이 가지 않았었다. 막내아들과 함께한 어머니 추억의 고향 외갓집. 어머니가 그리워하는 외할머니와 외할아버지는 어디 계실까.

조세린

22sallyio@gmail.com

## 개와 고양이의 주인

너희에게 미안해.

사실, 미안하다는 말로는 참 부족해.

'주인님'이 힘들 때, 그 들이 그녀를 처음 감싸준 것을 보았어.

그들이 순수하게 아낌없이 보여주던 사랑을 보았어.

그들이 대가없이 묵묵했던 희생을 보았어.

그들이 함께 내도록 단단했던 위로와 안부를 보았어.

그들이 지금까지도 부단히 지켜준 의리와 가치를 보았어.

그런데 '주인님' 뭐야?

대체 '넌' 뭐야?

'주인'

'엄마'

'내 새끼들'

'오직 나에게 네 녀석들뿐이야'

거짓말쟁이....

"아니야."

"지금 잠시 이러는 거야."

"아주 잠깐만 이러는 거야."

"녀석들도 알고 있을 거야."

"아마도 알고 있을 거야."

"그리고 '나'도 알고 있을 거야."

"이건 금세 지나갈 거야."

"곧 지나갈 바람 같은 거야."

"하지만, 녀석들은 아니야."

"이건 진심이야."

"정말이야."

(녀석들이 없는 삶을)

(덩그러니 넘겨질 나를)

(상상만 해도)

(잠시 떠올리기만 해도)

"눈시울이 붉어지는 정도가 아니야."

"그 정도의 슬픔이 아니야."

"그 너머의 슬픔이야."

(아마 '넌' 모를 거야.)

"답이 이미 정해져 있어."

"이제 그만."

"나도 그만."

(아마 '넌' 모를 거야.)

# 뭐라 할까

네가 '이 이야기'를 이전부터 알고 있었을까
몰랐을까

오늘'은' 네가 어땠을까
네가 사실'은' 힘들었던 걸까

네가 알게 된다면 두려울까
네가 알게 된다면 겁이 날까

네게 전하고'픈' 마음을 네가 알고 있을까
뭐라 할까.

"어떤 작은 마을에 말야.
허허벌판 같은 들판 위에 우뚝 솟은 커다란 한 나무가 있었는데 말야.
매일 매일 그 나무를 찾아오는 한 소년이 있었는데 말야.
소년은 심심하면 나무를 타고 올라가 놀기도 하고 말야.
더운 날이면 무성한 나무 그늘 아래서 더위를 피하기도 하고 말야.
아무 일이 없는 날에도 말야, 나무 밑에 와 앉아 시시콜콜 하고 말야.
청년이 된 소년은 말야.
이제는 매일 나무를 찾아가지 않는데 말야.
그래도 나무 그늘에 가끔 와 앉아 낮잠을 청하곤 하는데 말야.
청년의 표정이 말야.

무척이나 편안해 보이더라는 거란 말야.

그러던 어느 날에는 말야.

정말이지 오랜만에 청년이 나무를 찾아왔는데 말야.

웬일인지 그 날은 혼자가 아니었는데 말야.

또 정말 오랜만에 말야.

지난 날, 함께 왔던 그 사람과 말야.

이날따라 청년은 말야.

정말이지 오랜만에 하는 나무와의 대화였는데도 말야.

나무가 처음 보는 표정 이였는데 말야.

너무나도 슬픈 표정으로 말야.

그는 곧 아기가 태어나는데 말야.

그래서 집이 필요하지만 말야.

그는 너무 작은 마을에서 태어났는걸... 말야.

그렇게 청년이 떠난 자리엔 말야.

덩그러니 밑동만 남은 나무가 남겨졌는데 말야.

나무의 표정이 말야.

무척이나 편안해 보이더라는 거란 말야.

시간이 제법 흐른 뒤에 말야.

사실 얼마나 흘렀는지도 기억이 잘 안 나는데 말야.

어떤 작은 마을에 말야.

허허벌판 같은 들판 위에 어김없이 밑동만 남은 한 나무가 있었는데 말야.

매일 매일 그 나무를 찾아오는 한 노인이 있었는데 말야.

그 노인은 말야.

그저 매일 말없이 다가와서 말야.

나무의 밑동에 앉아서 말야.

가만히 두 눈을 감은 채로 말야.

아무것도 하지 않고 쉬다가 가곤 했는데 말야.

노인의 표정이 말야.

무척이나 편안해 보이더라는 거란 말야.”

‘이 이야기’를 이전부터 알고 있었을까

몰랐을까

오늘'의' 네가 어땠을까
네가 사실'도' 힘들어하고 있는 걸까
네게 차마 못했'던' 말을 네가 알고 있을까
뭐라 할까.

네게 차마 전하지 못했'던' 마음이 있었다는걸 네가 정말 알고 있을까
뭐라 할까.
네게 뭐라 할까.
네가 뭐라 할까.

조은수
sue0312@naver.com

# 생을 담는 문장들

길을 걸을 때마다 세상은 여전히 똑같다고 느꼈다. 내리치는 햇살이며 잘게 무너지는 모래 알갱이들, 매번 해는 뜨고 달은 지는데 변하는 건 나뿐이었다. 모든 마음이 예전 같지 않았다. 동생은 아팠고 엄마는 매일 힘들었다. 나는 변할 수 없는 유일한 사람이었다. 나까지 조금씩 무너지는 걸 알았다면 아마 나를 잡고 있는 모두가 알아챘을지도 모른다. 우리의 세계가 변하고 있다는 걸. 그래서 나는 매일 조금씩 부서지는 나를 힘겹게 잡아 올리고 있었다. 내가 할 수 있는 노력은 아무것도 없었다. 그저 절망에게 잡아먹히지 않기 위해 조금씩 금이 가는 나를 숨겨야만 했다. 절망은 내가 무너지길 기다리며 나의 뒤를 쫓아 다녔다. 그랬기에 내가 마주하고 있는 이 모든 상황들이 내 발목을 잡을 때마다 나는 참아야만 했다. 절망이 얕은 미소를 띠며 나를 바라보았다. 내게도 봄이 올까? 켜켜이 쌓여가는 먼지 덮인 희망을 보며 나는 종종 그런 생각을 하곤 했다. 멀찍이 서 있는 보통의 삶이 우두커니 나를 바라보며 고개를 기웃거렸다. 터져 나오는 웃음을 멈출 수 없었다. 눈앞의 모든 사물들이 찰나의 순간마다 덩어리져 흘러가버렸다. 나는 더 크게 웃고 더 가벼워지는 연습을 하기 위해 실없는 소리를 사람들에게 내던졌다.

사람들 사이에서 나는 새롭게 지워진다. 지워짐으로서 분명해진다. 종종 노래를 들으며 스케이트보드를 타며 생각했다. 시시하고 지루하다고. 나는 사람들의 편견과 정확히 일치했다.

직장을 그만둔 지 일 년이 되었다. 사직서는 지루하고 진부한 개인의 이야기를 품고 상사에게 전해졌다. 나는 구질구질한 변명 속 깔끔하게 처리되는 내 사직서가 마음에 들지 않았다. 새로운 직장을 갈 때마다 변명이 늘어졌다. 누군가 물었다. 그럼 아픈 부모님은 지금 괜찮으세요? 길고 긴 의미 없는 하루가 끝날 때 나는 그 끝을 붙잡고 일기를 썼다. 곪아 있던 것들이 종이에 그 모습을 드러냈다. 일기는 매일매일 지워졌다. 역한 냄새를 풍기는 글들은 그랬기에 내 아픔과 함께 매번 새롭게 쓰였다. 살면서 행복했던 순간이 있었는지에 대해 고민했다. 나는 열여섯 그 어딘가에서 마무리되었어야 했는가, 의구심이 들었다.

　지겹게 반복되는 그 지루하고 불행한 뻔한 클리셰. 어쩌면 너무도 평범할지 모르는 이야기들 속에서 나는 펜을 잡았다. 글을 쓰며 나를 이해하기 위해 노력했다. 어쩌면 제일 마주하기 힘들었기에 나는 내가 세상에서 가장 알기 힘든 사람일지도 몰랐다. 나는 내가 무엇을 좋아하는지 몰랐다. 나는 내가 쓰는 글들의 의미를 몰랐다. 동생은 매일 내게 죽고 싶다고 말했다. 지독한 우울증이 나를 잡아먹기 위해 동생의 모습으로 나타난 것 같았다. 나는 그저 평범하고 싶었을 뿐인데, 수많은 생각들이 나를 스쳐갔다. 어쩌면 그때 절망은 알았을지도 모른다. 곧 내가 그에게 빠질 것이라는 것을. 나는 내 바짓가랑이가 온통 젖어 있음을 인지하지 못하고 있었다. 그날도 별반 다르지 않았다.

　나는 길어지는 수술을 기다리며 모든 것들이 하나라도 잘 마무리되길 바랐다. 갑자기 닥쳐온 모든 불행과 불안이 하나씩 그 끝의 매듭을 짓길. 허공을 응시하며 초조해하는 내게 누군가 물었다. 보호자세요? 나는 메마른 목소리로 네,라는 짧은 말과 함께 다시 웅크리고 있는 절망을 바라보았다. 그러자 그 사람은 다시금 내게 말을 붙였다. 잘 될 거예요. 긍정적으로 생각하세요. 희망을 가지고. 그 순간 화면의 수술 중이라는 붉은 글자는 푸른빛을 띠며 회복 중으로 바뀌었다. 나는 그 말에 대해 생각할 겨를도 없이 회복실로 달려가야만 했다. 길고 긴 수술이었다. 한 시간이 지체 되었고 의사는 아무 말이 없었다. 만약 잘못되었으면 어쩌지? 그 만약이라는 말과 함께 절망은 빠른 속도로 내 몸을 뒤덮고 있었다. 회복실로 향하는 억겁의 시간을 지나 수술을 끝낸 할머니의 얼굴을 보았을 때 비로소 울음이 터져 나왔다. 그리고 어쩌면 그 말이 맞을지도 모른다고 생각했다. 희망은 내 옆에 있었다. 하지만 나는 희망 또한 마주 볼 힘이 없었다. 곤히 잠든 할머니를 바라보며 생각을 곱씹었다. 어쩌면 그 사람은 사람의 모습을 한 신이 아니었을까 하고. 집에 돌아와 나는 비어있는 내 일기장을 보았다. 나의 고통스러운 나날들은 매번 남김없이 글로서 남았다 사라졌다. 하지만 그 아린 고통과 감정들은 여전히 손끝에 남아 있었다. 나는 나의 절망을 마주 보기로 결심했다.

　이제 더 이상 피할 곳이 없었다. 만약 절망을 받아들여야 한다면 나는 겸허히 나를 내주고 무너지고 싶었다. 나는 사람이었다. 감정을 이겨내는 것도, 사회에 적응하는 것도 스물 중반의 내게는 너무 벅찼다. 그 모든 것들이 절망이라는 파도에 밀려왔을 때 나는 어쩌면 알았는지도 모른다. 내가 곧 절망을 마주 보아야 한다는 것도. 나는 매일 새롭게 일기를 썼다. 그리고 그 악취가 풍기는 글들을 지우지 않고 차곡차곡 쌓아두었다. 그때의 고통을 절절하게 느낄 수 있도록 나는 내가 유일하게 나와 소통할 수 있는 감정에 충실하여 문장들을 완성해나갔다. 사소한 음식 이름이나 만난 친구들 이름, 옷가지까지 지난 일기들은 나에 대해 누구보다 잘 알고 있었다. 내가 나와 손을 잡게 되는 처음이자 마지막 순간이었다.

나는 작은 것에도 쉽게 좋아하는 사람이었다. 딸기를 좋아했고 눈부신 햇살을 좋아했고 핫도그를 자주 먹었다. 일기에 쓰인 나날들은 고통스러운 날들보다 평범한 날들이 더 많았다. 나는 밀린 일기들을 매일같이 읽었다. 아픈 동생이나 엄마가 아닌 내가 나를 보살필 수 있는 유일한 순간이었다. 가끔 사소한 걸로 좋아하는 나를 보며 내 스스로도 놀라곤 했다. 끝나지 않을 것 같던 겨울이, 고통이 조금씩 그 딱딱함을 녹여내고 있었다. 글을 쓸 줄 몰랐다. 직장을 다니며 세상을 배우고 남들이 말하는 그 정도의 삶만을 살기 위해 노력해왔다. 머리로 쓰는 글에 대해 이해는 했지만 나를 위한, 나를 나타내는 글들에 대해 알지 못했다. 하지만 지금의 나는 나를 위해 글을 쓴다. 누군가에게 보여주기 위함이 아닌 오롯이 나를 위한 글.

금이 가던 아픔은 이제 조금씩 그 자리를 나로서 채우고 있다. 새살이 돋아남과 동시에 나는 나로서 내가 단단해짐을 느낀다. 나는 살아있다. 살아남기 위해서라면 모든 관점을 수용할 수밖에 없다는 점을 잘 알고 있다. 나는 이어질 수 없는 나의 실존을 계속 살게 될 것이다. 그렇기에 여전히 운명은 내 손안에 있다는 사실을 이제는 실감한다.

사람들은 여전히 실존하며 그들의 생을 채워간다. 만약 내가 나를 조금 더 잘 돌볼 수 있다면, 그리고 이러한 것들에 대한 해답을 줄 수 있다면 나는 끊임없이 글을 쓸 것이다. 글은 새로운 형태의 모습으로 내게 나타날 것이고 만들어질 것이다. 우리는 우리에 대해 알지 못한다. 그렇기에 개인이 개인의 아픔을 이해할 수 있도록, 그 아픔의 무게를 헤아릴 수 있도록 나 또한 많은 이들과 생각을 나누고 함께 글을 쓰고 표현하고 싶다.

우리는 모두 조금씩 금이 가있다. 다만 그 아픔을 채워나가는 방법에 대해서 서툴 뿐. 우리는 우리가 누군지 알며 스스로가 스스로를 챙겨줄 필요가 있다. 내가 그랬던 것처럼. 그리고 미래에 마주할 우리처럼.

# 꿈은 그렇게, 온다

처음 도착한 뉴욕의 느낌은 정말 '크다'였다. 모든 건물들은 높게 솟아 있었으며 건물의 문들 또한 내겐 한 없이 크게 느껴졌다. 이 높은 건물들 사이에 내가 다닐 회사가 있다는 것이 실감이 나지 않았다. 내가 다닌 회사는 미디어아트를 지원하며 전시를 돕는 비영리 단체였는데, 다양한 아티스트를 지원하며 그들과 함께 작업 할 수 있었다. 또한 전시 공간 또한 마련되어 있어 트렌디한 작가의 최근작 또한 쉽게 접할 수 있었다.

출근 첫날은 보스가 정말 아무 일도 시키지 않았다. 기껏해야 전선을 정리하는 것이 전부였다. 그 다음날도, 그 다음 다음 날도 나는 도시락을 들고 회사에 출근하여 도시락을 먹는 것이 하루 일과의 전 부였다. 그러던 중 회사에 기술적인 문제가 생겼다. 한 아티스트의 작품이 모니터에 제대로 출력되지 않았던 것이다. 노이즈가 생겼고 계속 화면이 끊겨 출력 되었다. 다들 영상에 대한 이해가 없었음으로 스튜디오에서는 아예 작품이 출력되는 모니터를 꺼놓기까지 해 놨다. 스튜디오 오픈 시간이 다가왔고 괜스레 마음이 초조해진 나는, 보스에게 모니터를 꺼 놓을 바에 내가 작품 출력 포맷을 바꿔서 출력해도 되는지 물어보았다. 스튜디오 오픈 시간이 얼마 없었기 때문에 보스는 흔쾌히 시도해 보라고 하였다. 여러 번의 시행착오 끝에 영상 작품은 화질이 저하되지 않은 채 재 출력되었고, 출력 포트 또한 다른 것으로 바꾸어 영상이 끊이지 않았다.

서툰 영어가 부끄러워 말을 아끼던 나는, 이 일을 끝낸 이후로 크고 작은 영상 작업을 맡을 수 있게 되었고 서툴지만 자신의 의견을 말할 수 있는 자신감까지 얻었다. 전시 일정에 맞추어 영상을 제작하고 다양한 포맷으로 영상을 출력하며 회사를 방문하는 작가들과도 작품에 대해 논의를 할 수 있게 되었다. 직접 작가들과 대화를 하며 그들의 다양한 노하우 또한 배울 수 있었다. 영상에 딜레이를 주는 법,

영상의 화질을 더욱더 고화질로 출력하는 법 등 작가들은 내게 자신들의 표현 방법에 대해 주저하지 않고 알려주었다.

때마침 2월 말, 회사 스튜디오가 하루 비게 되었고 나는 인턴들을 모아 작품을 하는 것이 어떻겠냐고 물어보았다. 세계 각국에서 온 인턴들은 자국에서, 혹은 미국에서 유학을 하며 예술을 전공하고 있었기 때문에 다들 흔쾌히 작품을 하고 싶다며 내 의견에 동의해주었다. 나는 이들의 의견을 모아 보스에게 인턴쇼를 하고 싶다고 전했고 보스 또한 좋은 생각이라며 우리의 의견을 지지해 주었다.

전시와 창작까지는 길지 않은 시간이 남아있었기 때문에 나와 다른 인턴들은 업무를 하면서 틈틈이 작품 창작을 해야만 했다. 부족한 장비들로 작업을 해야했기에 작업 시간이 길어졌음에도 나는 내 작품을 할 수 있어 행복했다. 스튜디오의 크기도 한정되어 있었지만 크기는 문제가 되지 않았다. 나는 다른 인턴들의 대략적인 작품 크기까지 재어가며 작품 구상을 했다. 많은 사람들이 우리 작품을 보길 바라는 마음에 페이스북 홍보와 이벤트 날짜도 설정해 놓았다. 작업을 하지 않았던 인턴들은 스튜디오 밖에 작은 파티를 하기 위해 술과 음식을 준비하기로 하였다.

전시 당일, 생각보다 많은 이들이 "인턴쇼"에 방문하였다. 근처에 있는 파슨스와 NYU학생들이 특히 많이 참가하였는데 내가 올린 페이스북 게시물을 보고 참가한 것이라고 하였다. 다른 인턴들 또한 꽤나 많은 사람들이 스튜디오에 방문하여 놀란 듯하였다.

전시된 작품 수는 그렇게 많지 않았지만 작품 하나하나엔 인턴들의 애정이 담겨 있었다. 베트남에서 온 '루'의 경우 프로그래밍으로 센서가 설치된 작품에 가까이 다가가면 소리가 나는 작품을 만들었다. '캐일리'는 자신이 아끼던 담요를 덮어 모니터에 자신의 얼굴이 출력되는 작품을 제작하였고 '존 슨'은 직접 퍼포먼스를 하며 사람들의 흥미를 끌었다.

나는 아무것도 그려지지 않은 흰 도화지를 상자에 입혀 그 위에 프로젝터로 영상을 입혔다. 총 4개의 상자를 준비했는데, 각 상자마다 하나는 내가 살던 서울의 모습, 다른 하나는 바다, 또 다른 하나는 달, 그리고 마지막 하나는 내가 머물었던 라오스의 작은 숲을 영상으로 출력하였다. 상자에 영상을 입힌 것이기 때문에 어두운 공간 내에서 네 개의 상자만이 빛났고 잔잔한 바다 소리가 작품의 기본음으로 깔렸다. 누군가 소리를 내거나 움직이면 네 개의 상자는 소리에 반응하여 오로라로 변하였다.

운이 좋게도 관람객이 가장 많은 작품은 내 작품이었다. 사람들은 다들 가만히

서 작품을 감상하였고 작품 옆에 서 있는 내게 이 작품이 좋지 않냐며 말을 걸기도 하였다.

어린 시절 경험을 바탕으로 만들어진 내 작품은 "아이가 자라는데 필요한 네가지"란 이름으로, 각 영상들은 아이가 자라는데 있어 무슨 영향을 주었는지, 어떠한 위로가 되었는지에 대해 이야기하고 있었다. 길을 잃고 들어간 서울의 작은 골목, 도망치듯 떠난 바다, 만날 수 없는 이들을 그리워하며 보던 달, 숨을 수밖에 없었던 숲, 그리고 모든 게 신기루가 되어버린 지금. 이러한 주제들은 작품을 하고 싶다는 절실함 끝에 조금 더 작품에 잘 녹아들어 표현되었다.

이 날 방문했던 사람들 중에는 나와 함께 작업하고 싶다는 작가가 있었다. 일본에서 온, 얼마 전 전시를 끝낸 작가였다. 화려하진 않지만 아름다웠고, 감동적이었다며 첫마디를 건넨 그의 표현에선 알 수 없는 편안함이 묻어있었다. 자신 또한 내 작품을 보며 여러 생각을 하게 되었다고 고맙다며 내게 명함을 내밀었다.

그렇게 길지 않은 말이었다. 짧은 문장이었고 찰나의 순간이었다. 이제 나는 할 수 있다는 생각이 들었다. 절실함과 나에 대한 믿음만 있으면.

길면서도 짧았던 인턴이 끝나갈 때 쯤 내 자리를 정리하며 보스와 회사에 있던 인턴들에게 편지를 썼다. 서툴지만 그들과 함께 했던 순간순간들에 대해서 하나도 놓치지 않기 위해 꼼꼼하게 묘사를 했다. 모두들 헤어짐이 아쉬웠기에 떠나기 전 크진 않지만 파티를 열어, 인사를 나누었다.

인턴을 하는 내내 만났던 사람들과 작품들, 인턴들의 전시가 머릿속에 나타났다 사라졌다. 손을 모아 입김을 불며 다녔던 뉴욕 거리며, 많은 사람, 건물들, 룸메이트들까지, 그리워지겠지만 떠날 수밖에 없었다.

지난 삼개월간 종종거리며 걸었던 마지막 퇴근길을 눈에 담으며 다짐했다. 10년 이내에 이곳으로 돌아와 꼭 개인전시를 열 것이라고.

최미연
earth0905@hanmail.net

# 존재를 기억하는 방식
김애란 <칼자국>을 통해 보는 여성의 존재와 고독

"나는 어머니가 잘 익은 배추 한 포기를 꺼내 막 썰었을 때, 순하게 숨죽은 배추 줄기 사이로 신선한 핏물처럼 흘러나오던 김칫국과 자그마한 기포를 기억한다. 어머니가 국수를 삶으면 나는 그 옆에 서서 제비 새끼처럼 입을 벌렸다" (15p)

결혼을 하고 나면 엄마와의 통화가 잦아진다. 그동안 수없이 먹어봤던 반찬이나 국 따위들을 만들어먹자니 도통 그 맛이 생각나지 않아 어깨와 얼굴 사이에 전화기를 대고 엄마와 통화를 한다. 수화기 너머로 엄마가 음식을 하던 모습을 떠올리며 엄마가 불러주는 대로 양념을 넣어가며 그 맛을 떠올리기 위해 수없이 간을 본다. 때로는 직접 할 엄두가 나지 않는 김치 같은 음식들은 엄마에게 부탁해 일손을 거든다며 같이 하고 먹을 만큼 얻어오기 마련이다. 소설 속 주인공이 그랬던 것처럼 제비새끼처럼 입을 벌리는 습관이, 그 기억과 엄마에 대한 사랑의 표현방식이 남아있는 것이다.

사람을 기억하는 방식은 그가 어떻게 살아왔는지, 내가 그와 어떤 관계였는지, 그로 인해 미치게 된 영향이 모두 포함된 포괄적인 개념에서 작용한다. 우리는 각자가 가진 지극히 주관적인 방식으로 사람을 기억한다. '엄마'를 기억하는 방식도 그래서 각양각색이다. 김애란의 소설 속 주인공은 엄마를 '칼자국'으로 기억한다. 도마에 깊이 남겨진 칼자국은 어머니의 삶이 적힌 노트다. 수없이 담금질 하듯 도마 위에 선명하게 남은 칼자국은 칼국수 가게 '맛나당'을 운영하며 식구들에게 밥을 해 먹이는 어머니의 삶을 대변한다. 마지막까지도 어머니는 국수를 삶다 쓰러졌고, 바닥엔 숟가락 하나가 뒹굴고, 음식의 간을 보고 있었으리라고 짐작되었던 삶이 어머니를 기억할 수 있는 마지막 모습이 되었다.

## 음식을 먹는다는 것

살기 위해 먹는다냐, 먹기 위해 산다는 말은 어느 쪽이든 '먹는다'는 요식행위가 중요하다는 것을 알 수 있다. 먹는 행위의 최후 목적은 음식 안에 담겨 있다.[1] 세계 안에서 우리의 실존을 특징짓는 것은 먹거리들이다. 탈존적 실존, 곧 자기 밖에 존재하는 것은 대상에 의해 제한된다. 그래서 우리 사회가 나날이 변화한다 하더라도, 여성에 대한 사회적 역할과 책무는 가사를 하는 행위에 의해 제한될 수 있다. 그런 맥락에서 음식을 하는 행위는 사회에서 여성에게 준 임무와 같은 것이다.

우리가 소풍을 가기 전날 어렴풋하게 잠에서 깰 때면 들리는 도마질 소리로 우리는 엄마의 존재를 인식한다. 그렇게 성장하고 난 후 "서울로 떠나는 나를 위해 어머니가 뭔가를 만들고 포장하는 소리"를 들으며 엄마에 대한 기억이 음식으로 남는다. "잘 다듬은 갈치와 조기, 얼린 바지락, 어금니 동부, 강낭콩, 한 끼씩 데워 먹기 좋게 포장한 돼지갈비, 달래, 똥을 딴 멸치, 얼린 소족, 열무김치, 햇된장, 멸치볶음, 돌김(p.73)" 등을 볼 때마다 우리는 문득 엄마가 그리워진다. 식당에서 맛있는 음식을 먹더라도, 언젠가는 꼭 다시 찾게 되는 우리 엄마 음식이 그리움의 전형인 것이다.

음식을 먹는 행위는 엄마의 정성 혹은 자식에 대한 사랑을 먹는 행위와 일치한다. 소설 속의 주인공은 임신 중이었으나 어머니의 장례식 동안 음식을 먹지 않았다. 주인공의 뱃속에 있던 아기에게도 양분이 가지 못하는 상황이었다. 엄마에서 주인공으로, 주인공에서 다시 뱃속의 아이로 이어지는 먹는 행위는 엄마의 죽음으로 멈추었다. 어머니의 칼이 도마에서 멈췄기 때문이다. 곡기를 끊은 딸과 더 이상 음식을 만들 수 없게 된 어머니의 삶이 동일시된다. 죽음 앞에서 식욕은 더 이상의 힘을 갖지 못한다. 어머니가 음식을 만들어주며 25년 동안 딸의 허기를 채워주었다. 어머니가 될 준비는 하는 딸은 자신의 어머니가 자신에게 먹이고 보살피며 엄마 노릇을 해주었다. 돌봄의 의미를 갖는다. 희생이거나 사랑을 의미하는 칼자국이 아닌, 원초적 힘에서 오는 '식욕', 그리고 살기 위해 해야만 하는 본능이었고 죽지 않기 위해 먹어야만 하는 제비 같았다.

어머니에 대한 서술이 중심인 이 소설은 아버지의 존재가 등장하고 있지만 가족의 정체성에 영향을 주는 존재로서 아버지는 보이지 않는다. '먹을 것'을 준비하며

---

**1.** 임마누엘 레비나스, 『시간과 타자』 문예출판사, 1996)

식당을 운영하는 어머니의 존재가 크게 영향력을 끼치고 있다. 먹는다는 행위는 인간의 가장 원초적 생활을 영위할 수 있도록 해주는 것으로, 삶의 근본이 어머니에게서 나온다는 것을 의미한다.

그래서 주인공은 "진정으로 배곯아 본 경험이 없다는 사실을 깨닫고 어리둥절"해진 적이 있었다. 그야말로 궁핍이나 넉넉함을 떠나 "말 그대로 누군가의 순수한 허기, 순수한 식욕을 다른 누군가가 수십 년간 감당해 왔다는 사실이 이상하고 놀라웠던 까닭"이었다. 주인공의 어머니를 비롯해, 모든 어머니는 "오랜 세월, 어머니는 뭘 재우고, 절이고, 저장하고, 크게 웃고, 또 가끔은 팔뚝의 때를 밀다 혼자 울었"던 이유가 음식을 하는 행위에 지나지 않은 자신의 존재를 한탄하거나 혹은 서러웠을 것이다. 조금 더 편하게 혹은 고귀하게 살고 싶은 마음에 자식 덕이라도 볼 셈 치는 부모도 있겠지만 자식을 향한 무한 애정이 자신의 삶보다도 자식의 삶과 행복을 위해 희생하는 부모가 더 많지 않겠는가.

부모의 마음도 모르고 우리는 엄마가 해 주는 음식을 잘도 먹으며 더 잘 자랐다. 한 해 한 해가 지나면서 엄마, 혹은 부모의 사랑은 더욱 짙어지고, 자식들은 한 걸음 더 성장해 품을 떠날 준비를 하면서 "한 해가 지나면 어머니는 가래떡을 썰고, 다시 한 계절이 지나면 푸른 콩을 삶아 녹색 두부를 만들었다. 나는 더운 음식을 먹고 자랐고 그 안에선 늘 신선한 쇠 냄새가 났(p.51~54)"던 그 때를 우리는 기억한다.

### 사회에서의 여성, 그리고 엄마

김애란의 소설은 여타의 한 부모 가정 소설이거나 아버지라는 기원에서 인식하는 지점에서 벗어나 어머니와 유대하며 모성애적인 관계로 이루어간다. 특히 어머니와 딸이라는 가족의 관계성에서 여성으로 사회적 관계로 치환된다. 어머니는 딸의 엄마이자 아내이기 이전에 여성이었다.

"눈이 크고 이마가 잘생겨 총각들에게 잦은 구애"를 받기도 했고, 지금과는 다른 식당 아주머니의 모습보다 "멋 부리는 것을 좋아해, 조개를 캐 번 돈으로 인조가죽 부츠도 사고 롱코트도 사 입"을 만큼 멋있는 여성이자 보통의 젊은 여성이었다. 어머니에게 다른 남자들의 구애 방식은 여러 가지였다. "철모 가득 딸기를 담아 온 군인"이 있거나 "물 한바가지만 달라고 찾아오는" 남자도 있었다. 하지만 어머니에게 가장 큰 관심을 끌 수 있었던 상대는 "순하고 내성적인 남자"였다. 그런 사람이 아버지였다. "상황은 자신이 만들고 결정은 어머니가 하게 하는. 하여, 칼 잘 쓰는 어머니가 지금까지도 못 자르"게 하는 존재가 아버지였다. 어머니는 그때부터 칼자루를 쥐게 된 셈이다.

어머니가 마지막까지 쥐고 있었던 '칼'은 어머니가 평생 사용하던 도구, 마지막까지 도구화 된 어머니는 끊임없이 음식을 해대고 있었다. 그러나 이 도구는 성별에 의지하지 않는다. 마주침과 건너냄의 과정에 어떤 성별의 논리도 개입하지 않는다. 여자라서 혹은 남자라서 특별히 겪게 되는 마주침은 없다. 여자라서 혹은 남자라서 정념을 처리하는 방식이 달라지는 것도 아니다. 그들의 슬픔은 중성적이고 그 슬픔의 처리과정도 중성적이다.[2]

칼 하나를 이십 오년 간 써왔고, 그 시간은 주인공이 살아온 세월과도 같았다. 주인공이 태어나고부터 거의 같은 시간 동안 어머니는 자식을 돌보고 먹이기 위해 칼자루를 잡았다. 기존의 아버지를 그리는 방식이 '남근'의 개념과 가부장적 사회에 비추어 그려 왔다면 소설 속의 어머니는 성별을 넘어서서 사회적 한 존재로서 그 빛을 발한다.

20여 년 간 맛나당에서 국수를 파는 어머니와 건설 현장에서 일하는 아버지. 우는 여자도, 화장하는 여자도, 순종하는 여자도 아닌 '칼을 쥔 여자'라는 어머니의 묘사는 기존의 사회적 여성성에 반하는 모습을 보여준다.

남성의 지배적 영향력에서 성(性)적인 역할에 갇힌 어머니가 아닌 가장으로서, 그리고 인간 존재 자체로서의 역할을 부여한다. 식당이 잘 될수록 도마에는 어머니의 칼자국이 많이 생겼고, 그 칼자국은 오롯이 어머니의 시간과 어머니의 삶이 자국으로 남는다는 것을 읽을 수 있다.

칼을 쥔다는 행위는 남자의 오랜 상징이었으나 이 소설에서 칼을 쥔 사람은 언제나 어머니였고, 젠더의 경계를 허무는 의미가 있다. 어머니가 뇌졸중으로 쓰러지고 도마 위에 놓인 칼이 우아한 빛을 품었지만 반지나 보석을 낀 손이 아닌 삶을 영위하기 위한 칼의 빛이었기에 더욱 아프다.

화자의 어머니는 칼 하나를 이십오 년 넘게 써 왔다. 그 세월동안 "썰고, 가르고, 다지는 동안 칼은 종이처럼 얇아졌"지만 어머니의 희생과 사회적인 강요에 의해 "썰고, 삼키고, 우물거리는 동안 내 창자와 내 간, 심장과 콩팥은 무럭무럭 자라났다." 우리는 모두 어머니의 뱃속에서부터 양분을 먹고 태어났고, "어머니가 해 주

---

**2**. 신형철, 『몰락의 에티카』 문학동네, 2008)

는 음식과 함께 그 재료에 난 칼자국도 함께 삼켰다." 그래서 우리의 몸속에는 우리가 모르는 "무수한 칼자국이 새겨져 있다." 어머니의 희생과 맞바꾼 우리 각자의 인생과 포만감은 우리의 "혈관을 타고 다니며 나를 건드린다. 내게 어머니가 아픈 것은 그 때문"일지도 모른다.

　소설 속 주인공은 어머니의 죽음으로(부재로) 홀로서기를 준비한다. 홀로서기는 자기로부터의 출발을 통해 현재를 사는 것으로 시작한다. 그래서 주인공이 엄마를 기억하는 방식은 '아픔'으로부터 태어난 또 다른 자화상인 것이다. 그래서 화자는 "어머니는 좋은 어미다. 어머니는 좋은 여자다. 어머니는 좋은 칼이다. 어머니는 좋은 말ᄅ"(p. 55)이라고 기억한다.

# 왜 우리는
## 뉴트로Newtro에 열광하는가?

요즘 트렌드가 된 뉴트로Newtro. 뉴트로는 새로움이라는 뜻의 'New'와 복고풍의 의미를 담은 'Retro'의 합성어로, 복고를 새로운 스타일로 정립해 즐긴다는 것을 말한다. '유행은 돌고 돈다'고 하지만, 한때의 유행이 다른 형태로 나타나 그것을 소비하는 방법에서도 다른 양상을 보이기 때문에 우리는 이것을 뉴트로라고 부른다.

과거 유행했던 패션과 생활소품, 인테리어 등 레트로 감성을 입힌 현대적인 해석에 사람들은 열광하고 있다. 예컨대 하이트진로는 '뉴트로 감성 진로 소주' 출시 72일만에 약 1,104만 병을 판매하며 젊은 세대는 물론 30-40대 세대에게 인지도를 높이고 있다. 특히 진로가 전성기를 맞았던 주점을 동일하게 재현한 팝업스토어 두꺼비집을 운영하면서 제품을 직접 경험할 수 있게 해주면서 젊은층의 관심을 얻기도 했다. 옛 감성을 흥미롭게 수용하는 20대의 특성에 맞춰 캐릭터 개발과 디자인, 광고 홍보 등의 방향을 새롭게 하여 다가간 것이 효과를 얻을 수 있었던 이유다.

그렇다면 하루가 다르게 변화하고 발전하는 사회에서 구시대적이라고 지칭하고 치부했던 것들이 왜 다시금 새롭게 우리의 감성을 자극하고, 소비까지 이어지게 될까. 우리는 과거를 그리워하며 과거에 유행했던 것을 다시 떠올려 당시의 향수를 느낀다. 그러나 뉴트로는 과거의 것을 경험하거나 향유하지 못한 세대들에게는 새로운 상품적 가치로 다가오게 된다.

### 각박한 현실에서 과거의 풍요를 추억하다

레트로를 반기는 이유는 단순히 과거의 향수를 상기하고자 하는 것이 아닌 풍요로웠던 과거 시대와 그 시대 속에서 살았던 우리가 있기 때문이다. 1990년대 초중반 우리나라의 1인당 국민소득은 1만 달러에 달했다. 표준화와 몰개성화[3]를 강조했던 이전의 대중문화와 달리, 각자의 개성을 살리면서 다양화를 추구하는 분위기가 만연하게 됐다. 이에 따라 경제적 호황을 누리면서 사회적인 분위기도 젊은층이 주도해나가며 신세대, X세대, 오렌지족 등과 같은 계층이 매일매일 새롭게 등장하던 시대였다. 수출이 호황을 누렸고, 국가 경제도 덕분에 상향 곡선을 그렸다. 국가 내수 경제 활성화라는 명목 아래 대학생이나 주부들도 신용카드를 발급해주는 카드 회사도 늘어나게 되면서 내수 경제는 정부의 목표대로 활성화를 이룩해내는 데 성공했고, 그에 따라 전 산업분야의 활성화를 도모할 수 있게 되었다. 신도시 계획에 따라 건설경기가 좋아졌고, 그에 해당하는 인테리어 업계와 패션, 음악 산업 등 침체기 없이 경제력은 상승했다.

한국경제연구원의 조사[4]에 따르면, 노동생산성의 성장기여율은 1990년대 85.3%에서 2000년대로 오면서 106.1%로 급증했다가 2010년대에 76.8%로 급감했다. 이와 같은 노동생산성의 약화는 경제성장률 둔화로 이어지고 있다고 볼 수 있다. 1990년대는 베이비붐 세대 덕분에 노동을 할 수 있는 인구가 늘었기 때문에 경제의 기반이 강화될 수밖에 없었으며, 근로시간 증가와 고용 증가, 생산가능 인구 증가율이 높았기 때문에 경제성장의 기반이 될 수 있었다.

그러나 최근 발표한 2019년 경제성장률 전망은 어둡기만 하다. 한국은행은 2018년 10월보다 0.1% 낮춘 2.6%의 경제성장률 전망을 내놓았는데 이는 2012년 2.3% 이후 7년만의 최저치다. 2010년대 초반을 기점으로 실제 성장률이 잠재성장률을 넘어서지 못하고 있다. 이는 최근 주력산업이 약화되고 인구의 고령화와 정책에 반하는 저출산 등의 문제로 노동가능성 인구가 급감함에 따른 문제로 지적되고 있다. 국내의 노동생산성 기여율은 떨어지고, 노동가능 인구가 갈수록 심화되고 있으니 외국 인력의 도입은 어쩔 수 없는 선택지였다. 또한 산업 및 문화 발전에 따라 근로자의 근무시간도 단축되고 주 52시간의 의무화가 법제화되면서 일만 하는 사회가 아니라 이제는 문화를 향유하는 사회적 분위기로 변모하면서 경제성장 또한 새로울 것 없이 유지만 하는 상황에 놓이게 되었다.

지속되는 청년실업률의 향상과 근로시간 단축, 국가 경제 기반의 한 축을 담당했던 건설경기의 침체와 노동생산가능성 인구의 부족 등의 문제가 국가 경제 성장률

---

3. 「1990년대 한국 소비문화:소비의식과 소비행위를 중심으로」 『사회와역사(한국사회사학회)』 남은영, 2007.
4. <올 성장률 2%대 초중반 추락위기>, 파이낸셜뉴스, 2019.03.25

을 위축되게 만들었고, 이에 따라 경제는 제자리걸음을 하고 있다. 이러한 사회적 상황에서 시민들의 소비 심리 또한 위축되기 마련이다. 소비 심리 위축과 물가 상승은 내수 경제에 악영향으로 미친다. 그래서 우리는 소위 '잘나갔던' 1990년대를 자꾸 되내이는 수밖에 없을 것이다. 활발했던 경제상황과 취업 걱정 없이 대학을 졸업하고, 조금만 노력하면 집을 살 수 있었고, 일 할 수 있는 곳이 많아서 가계 경제 걱정은 하지 않고 자녀들을 잘 키워낼 수 있었던 그런 1990년대 말이다. '그때가 좋았지'라고 말하며 웃을 수 있는 좋은 추억들이 그 때에 머물러 있기 때문이다.

물론 IMF 국제 금융위기가 오기 전까지였기 때문에 경제적 풍요는 그리 오래 지속되지 못했다. 금융위기가 닥치면서 국가 경제는 순식간에 무너졌다. 하나같이 허리띠를 졸라맸고, 금모으기 운동이나 아나바다 운동을 통해 시민들은 너나할 것 없이 국가 경제를 살리고자 애썼다. 이후부터 국가 경제는 침체되었고, 소비심리 또한 위축되었다. 그 후로 우리는 고통을 분담하며 바뀌는 국가 정책과 산업 분야에 끼워 맞춰졌고, 빚은 겨우 갚고 정상화 되었지만 위축된 심리만은 다시 활성화되지 못한 채 이어지고 있다.

### 뉴트로의 시각, 그 현대적 감성을 소비하다

국가 경제의 저성장과 지속된 실업률 증가, 청년 취업률 하락, 저출산 심화의 문제는 새로운 세대가 체감하기보다 베이비붐 세대와 1990년대를 살았던 기성세대들에게 더욱 큰 반향을 불러일으켰다. 예전의 베이비붐 세대가 경제적 호황과 가계 경제의 풍요를 누렸기 때문에 현대에 와서도 주 소비계층은 젊은 세대가 아닌 그들 세대였다. 따라서 그들의 향수를 자극하고, 소비를 이끌어 낼 수 있는 새로운 유행이 창조되었다. 더불어, 이전 시대를 경험하지 못했던 새로운 현대 젊은층에게는 복고의 감성이 새로운 유행으로 다가와 자극제가 된 것이다.

뉴트로의 시작과 유행은 미디어를 타고 순식간에 번져나갔다. 2014년부터 2015년까지 총 5회에 걸쳐 방영된 MBC 무한도전[5] 〈토요일토요일은 가수다〉 프로그램의 반향이 있었다. 당시 프로그램에서는 1990년대 초중반을 풍미했던 대중가요의 가수들이 대거 출연하며 새로운 세대들에게 신선한 음악적 충격을 던져주었다. 대중의 반향에 큰 영향을 미치게 되면서 해체되거나 활동을 중단했던 몇몇 가수들은 다시 그룹을 결성하여 활동을 하거나, 개개인으로 방송에 복귀해 활동을 하는 등 과거에서 현재로 올 수 있게 되었다. 이러한 복고 열풍은 대중뿐만 아니라 해당

가수, 나아가 대중가요에도 큰 영향을 미치는 계기가 되었다.

이후 대중들은 옛날 것, 그리고 옛날 것을 다시 현대적인 감각으로 재탄생시키는 것에 열광했다. '뉴트로 감성'이라는 말도 이러한 맥락에서 파생되었다고 할 수 있다. 뉴트로 감성은 쉽게 말해 편안하면서도 따뜻하고 빈티지하면서도 낭만적이고 깔끔하고 세련된 느낌을 준다. 이러한 감성은 SNS를 통해 빠르게 퍼져나갔다. 인스타그램과 페이스북 등 이미지가 중심인 SNS에는 뉴트로 감성을 입힌 소품과 음식, 패션, 인테리어로 채워지기 시작했다.

레트로 매니아들이 좋아하는 롤러장이나, 롤러장을 배경으로 한 광고, 그에 어울리는 촌스럽지만 어딘가 '힙'한 조명, 음악은 세대를 아우르는 공간으로서 새로운 역할을 한다. 화보 촬영이나 뮤직비디오 촬영 장소로도 이미 레트로풍 장소로 사랑받고 있다. 또한 카페도 이와 마찬가지다. 오래된 연립주택을 새롭게 개조해 카페를 운영하는 곳이 늘었다. 예전 같았으면 다 부수고 지을 법한 연립주택 건물을 보수하고 벽 한쪽을 트는 오픈 공간으로 재구성하여 노출 콘크리트 기법을 활용해 빈티지한 분위기를 연출한다. 최근에 종영된 드라마의 경우에도 근대시대를 다루면서 의상과 말투, 단어, 배경까지 1920년대의 감성을 담으며 큰 인기를 누렸던 것도 20대의 감성을 자극했다고 볼 수 있다.

이러한 장소와 대중문화에서 레트로 감성을 느끼고자 하는 사람들이 들면서 사진을 찍고, 그것을 개인 SNS에 업로드 하면 태그를 달고 무한 확장되었다. 그렇게 입소문을 타고 레트로 감성은 퍼졌고 새로운 소비층이 된 20대는 열광했다. 여기에 기존 30-40대도 공감을 불러일으킬 만한 것이었기에 소비층이 확산되었다고 할 수 있다.

4차 산업이 발전하고 생활에 편리함을 주는 현대 사회일수록 대중들의 감성은 따뜻한 것을 원한다. 다소 냉소적이고, 개인주의에 치우칠 수 있는 현대이지만 레트로 감성에 녹아든 특유의 묵직하고 거친 느낌을 우리는 그것을 다듬고 새롭게 재창조해내면서 새로운 유행을 만들어 간다. 오래 되었지만 세련되고, 거칠지만

---

**5.** 무한도전 프로그램은 〈토요일 토요일은 가수다〉 방송을 통해 1990대 초반을 이끌었던 대중가수들을 모아 특별 기획 콘서트 형식으로 진행했다. 그 방송에 참여했던 가수는 김건모, 김현정, 소찬휘, 엄정화, 이정현, 조성모, 지누션, 쿨, 터보, S.E.S가 있다. 당시 시청률은 닐슨코리아 기준 22.2%를 기록하며 최고 시청률을 보였다. 당시 무한도전 제작팀이 만든 룰은 1. 대상은 90~99년에 활동한 가수 혹은 그룹으로 한정한다. 2. 청중은 96년도 이후에 태어난 사람으로 한다. 3. 무한도전 멤버들이 직접 발로 뛰어 섭외하며 사전에 양해를 구하는 것도 이들이 한다. 4. 노래방에서 자기 노래를 불러 95점 이상 나와야 출연이 가능하다. 이 4가지 룰이었다.

따뜻하고, 촌스럽지만 새로운 아날로그적 감성이 성장과 발전뿐인 사회에서 오아시스가 될 수 있기 때문에 우리는 뉴트로에 열광하는 것이 아닐까.

대중의 기억과 추억을 기반한 뉴트로 문화는 우리나라 경제와 사회의 한 단면이기도 하다. 지금 뉴트로 문화에는 현재의 경제와 사회문화가 담겨 있고 지금의 뉴트로가 앞으로 어떻게 재창조될지는 또 다시 두고 봐야 할 일이다.

최형만

ra68673@hanmail.net

# 농담하는 당신은
# 개별적인 사람이다

　　　　　　　　　　　　　　　글을 쓸 때 핵심을 파고드는 어떤 논리의
근원을 붙잡으려고 애를 쓸 때가 있다. 이를 원운동의 관성력에 비유해보면 이는
마치 구심을 향해 안으로만 다가서는 내적인 방식이랄 수 있다. 이럴 경우 우리가
흔히 간과하는 것이 글쓰기의 정석이 아닌, 비틀기를 통한 실험성과 도전이다. 반
면 원심을 향해 지나치게 나아가다 보면 이번엔 내적인 뼈대로서의 구심점을 잃기
십상이다.

　설령 이 두 가지를 전부 충족한다고 하더라도 문제는 또 있다. 중심과 외부를 적
절히 조율하였어도 그것이 가지는 울림이 없다면 이 또한 좋은 글이라고 말할 수
는 없다. 지금도 그렇지만 필자의 경우도 구심과 원심을 적절히 조율해보려고 하
나 여전히 어느 한쪽으로 치우치고 마는 경우가 허다했다. 이럴 때 중심을 잡는 방
식으로 유용한 것이 있다면 필자에게는 공감과 소통적인 측면으로서의 농담 같은
언어가 아닐까 싶다. 이는 직접적인 인간관계나 글이라는 매개를 통한 소통이나
둘 다 언어를 기반으로 하는 것은 마찬가지라는 점에서다. 언어로 촘촘하게 이어
진 관계를 느슨하게 허무는 농담이야말로 말하는 사람과 듣는 사람, 쓰는 사람과
읽는 사람 모두에게 마음의 여유를 가져다줄 수 있을 것이기 때문이다.

　흔히 불안이 많은 사람일수록 지나치게 치열하게 산다고 한다. 우리가 사는 세
상은 과거부터 이어온 불안에 새롭게 등장하는 불안 천지라서 무엇을 하지 않으면
초조해지는 건 아닌지 한 번쯤 자신을 돌아보는 것도 그래서 더 필요해 보인다. 무
수한 삶의 방식이 존재함에도 불구하고 모두가 정답이라고 말하는 것만을 기를 쓰
며 좇는 것은 아닌지 말이다.

　우리는 저마다 자신의 개성을 중히 여긴다지만, 찬찬히 들여다보면 그 개성 또
한 누구나 원하는 것일 경우가 더 많은 듯하다. 가령 어떤 주제에 관해 글을 한 편

쓴다고 하더라도 저마다 다른 글이 나와야 정상이겠지만, 실상은 그렇지 않다는 말이다. 각종 블로그나 커뮤니티만 봐도 하나의 주제를 논하면 비슷한 감정을 공유하는 걸 자주 본다. 이 말은 글을 소비하는 패턴조차도 우리는 알게 모르게 유행을 따라간다는 것이다. 개성 있는 글은 개별적이지 결코 종합적이 아니라는 말을 떠올려보면 이런 현상은 실로 난감한 노릇이 아닐 수 없다. 좋은 게 좋은 거라고 대개가 좋은 말 투성이거나 그도 아니면 모두가 문제라고 지적하는 걸 반복해서 지적할 뿐이다.

한 해를 마감할 즈음의 소감이나 새해를 맞이하는 우리의 각오 또한 종합적 방식에서 벗어나지 않는 것 같다. 그리고 종합적이라는 걸 좀 더 깊이 들여다보면 최종 목적지에는 사회적으로 인정받는 종합적인 성공이나 출세가 앞자리를 차지하고 있는 경우가 대부분이다. 새해에는 좀 더 많은 사람을 돕겠다거나 좀 더 자연을 사랑해보겠다거나 혹은 좀 더 멋대로 살아보겠다는 각오는 도무지 찾아볼 수 없다. 새삼 어떻게 살아야 잘 사는 것인지 말하고 싶지는 않다. 다만, 우리가 원하는 대상이나 어떤 상태적 지위를 획득하기 위해서는 자신이 본질적으로, 그리고 개별적으로 변해야 한다는 것이다. 우리가 어떤 모임에서 웃고 떠들면서 화기애애한 시간을 가졌더라도 지나고 나면 왠지 허탈한 기분이 들 때가 있을 것이다. 이 역시도 개별적이지 못하고 종합적이어서 그렇다.

예로부터 몸에 좋은 것은 쓰다고 했다. 쓴소리를 잘 받아들이는 사람일수록 개별적인 인간이 될 확률이 그만큼 높은데 이는 다른 사람이 원하는 사람이 되라는 게 아니다. 타인의 생각을 받아들이는 공감능력과 함께 자기만의 굳건한 정신을 느슨하게 만드는 여유를 가지라는 말이다. 서두에서 공감과 소통적 측면으로서의 농담을 언급한 것도 바로 그런 이유에서다.

필자나 여러분이나 우리의 최종 목적지는 죽음이다. 제아무리 출세하고 부귀영화를 누릴지라도 한 줌 흙으로 돌아가는 게 우리네 삶이다. 필자는 개인적으로 능행 스님의 글을 좋아하는데 오랫동안 호스피스 활동을 해 오신 스님의 말에 따르면 수천 명의 죽음을 마주했지만, 죽음에 초연한 사람은 단 한 사람도 보지 못했다고 한다. 이는 종교인도 예외는 아니어서 평소에 들판을 베개 삼아, 구름을 이불 삼아 한 세상 살겠노라고 수행한 스님들조차도 마지막 순간엔 삶의 애착을 보였다고 한다.

필자도 한때는 유서를 작성해서 몸에 지니고 다닌 적이 있다. 갑작스럽게 사고를 당할 경우를 대비한 것인데 훗날 유서를 다시 들여다보니 대개가 돈과 관련된 것이어서 쓸쓸해했던 적이 있다. 대충 적어보자면 소지한 카드의 용도와 결제계좌, 비밀번호, 각종 공과금이 결제되는 계좌, 그리고 어머니와 관련해서 정기적으로 지출되는 항목과 보험 등이었다.

이렇듯 죽는 순간까지도 '돈'에서 벗어나지 못했으니 대개의 사람들처럼 참으로 종합적으로 살아왔음을 알 수 있다. 그렇다고 돈을 멀리해야 개별적이라는 뜻이 아니니 이점 오해 없었으면 한다. 다만, 어떤 대상과 관계를 맺는 데 있어 자신을 모두 던져버리고 매몰되지는 말자는 것이다. 이는 자식을 향한 마음에서도 마땅히 그러해야 할 것이다. 그랬을 때 비로소 자식도 자신만의 개별성을 획득할 수 있을 테니까.

머지않아 새해가 다시 돌아올 것이다. 시간이라는 개념에서 헌 해가 따로 있는 것도 아니지만 무엇을 결심하기에는 더없이 좋은 시기다. 새해에는 필자도, 이 글을 읽는 당신도 좀 더 많은 농담을 할 수 있기를 바란다. 그리하여 여유롭고 넉넉한 사고 안에서 자신만의 통점으로 글을 쓰거나 행동할 수 있기를 바란다. 이것이야말로 진정 개별적이고 개성 넘치는 글쓰기며 삶일 것이다.

# 글을 쓴다는 것

글을 쓴다는 것은 자신을 드러내는 최소한의 형식이며 완결된 문장을 쓴다는 것은 드러냄의 방향을 명확히 하는 것이라는 생각이 듭니다. 저는 책을 읽다가 저자의 생몰연대를 살피면서 저자가 살았던 시대적 배경을 참작하며 읽는 편인데 글 쓰는 행위 그 자체로는 시대적 배경과 그리 큰 역학관계가 없는 것이 아닐까 하는 생각을 가끔 합니다. 물론 철학과 역사의 이름을 전면에 내걸고 인쇄된 문장들이야 어쩔 수 없다 하더라도 지금처럼 하루에도 수백 권의 책이 쏟아져 나오는 현실에서 별 비판 없이 그들의 고매한 철학적 원류나 장구한 역사 인식에 기댄 독서법이 실제로 어떤 역할을 해나갈지, 혹은 독자에게 얼마나 긍정적인 영향을 미칠지 그 효용에 있어 막연히 엄지 척을 들 수는 없을 듯합니다.

인간은 기본적으로 자신의 것을 지키려는 보수성을 지녔다고 믿는 편인데(정치 논리가 아닌 현실 논리로서) 그런 점에서 우리가 그 많은 책을 읽으면서 깨닫고 취하는 과정이 어쩌면 애초부터 정립된 개인적 보수성을 더욱 견고히 굳혀가는 과정은 아닐까, 한 번쯤은 짚어봐야겠습니다. 한 권의 책을 읽어도 백 권을 읽은 것 이상으로 생각하는 사람이 있는 반면에 백 권을 읽어도 한 권을 읽은 것보다 못한 경우도 있다고 들었습니다. 이는 단순히 책을 많이 읽었다고 해서 그 사람의 생각이 깊어지는 것은 아님을 뜻하는 말일 겁니다. 오히려 독선과 아집으로 더욱 똘똘 뭉쳐 어지간해선 소통하기 힘든 사람으로 치닫기도 하니까요.

실제로 주변을 돌아보면 책을 많이 읽지 않았음에도 빛나는 사람이 있는 반면에 책을 많이 읽었음에도 가장 기본적인 인간적 소통조차 힘든 사람도 있습니다. 그렇게 본다면 고전 인문학을 많이 읽어야 사유의 폭이 넓어진다는 것도 어찌 보면 한낱 신기루를 좇는 것에 불과합니다. 자칫하면 지적 허영에 빠지는 가장 빠른 길이기도 하다는 말입니다. 아무리 좋은 날줄과 씨줄이 있어도 바르게 엮어나갔을 때라야 좋은 옷을 만들 수 있는 것과 같은 이치입니다. 어떠어떠한 책을 읽어봤다는 것이 중요한 게 아니라 자신이 그 책을 읽음으로써 무엇이 달라졌는가를 늘 염두에 둬야겠습니다. 자기 생각을 더욱 견고히 굳히는 성격이 아닌, 자신을 변화시키는 방편으로 책을 읽어야겠습니다.

그러기 위해 추천하는 첫 번째 방식으로 읽은 책에 대해 리뷰를 쓰는 것도 큰 도움이 되지 않을까 생각합니다. 이는 책뿐만 아니라 영화를 보는 행위에서도 마찬가지로 적용됩니다. 눈으로 본 것은 쉽게 잊기 마련이고 귀로 들은 것도 다른 한쪽으로 빠져나가지만, 자신이 행한 것은 그만큼 오래 간다는 말이 있습니다. 그 과정에서 어휘력이 늘고 타인을 이해시키거나 생각을 표현하는 훈련을 하게 되고 그것이 곧 작문이며 좋은 글쓰기로 이어집니다. 리뷰를 쓰는 방법 또한 단순히 책의 줄거리를 소개하는 데만 그쳐서는 안 됩니다. 책의 저자가 했던 말을 반복하는 앵무새가 돼서는 안 된다는 말입니다. 서두에 언급했듯 이는 저자의 생각에 기댈 뿐이지 결코 자기 생각이 아니기 때문입니다. 물론 무조건 비판만 하라는 뜻은 아닙니다. 한 번의 필터를 통하여 곱씹을 필요가 있다는 말입니다. 그렇게 곱씹는 과정이 사유이며 이 역시 부단한 훈련이 필요한 일이기도 합니다.

이는 책을 선택하는데 있어서도 필요합니다. 간혹 TV에 유명인이 출연해서 책을 소개하거나 드라마에서 PPL 상품으로 노출되는 책은 다음날부터 날개 돋친 듯 팔린다고 합니다. 마치 그 책을 읽지 않으면 교양인이 안 될 것만 같은 느낌도 듭니다. 쉽게 베스트셀러가 되는 이유지요. 이런 현상이 마냥 부정적일 필요는 없지만, 책에 대한 자신만의 선택 기준이 어느 정도는 있어야 하는 이유기도 합니다. 저 같은 경우 좋은 책을 고르는 기준은 추천받은 책에서 시작했던 기억이 있습니다. 좋은 책을 읽다 보면 그 속에서는 반드시 저자가 언급하는 또 다른 책이 한 권쯤은 나옵니다. 그렇게 독서목록을 정하면서 읽었습니다. 그저 노벨상을 받았다는 이유로 책을 선택하는 일은 단 한 번도 없습니다. 그것이 좋은 책이 아니라는 게 아니라 그런 이유로 선택한 책은 저자의 생각에 쉽게 설득당해 아무런 비판 없이 받아들일 확률이 높아서였을 겁니다.

두 번째로 추천하는 방식은 신문의 좋은 칼럼을 찾아서 읽는 것입니다. 칼럼만큼 사유하기에 적합한 글도 없다는 게 개인적인 생각입니다. 우리는 마치 위대한 철학만 사유의 대상으로 보는 데 익숙합니다. 그래서 '실존'이라 하면 적어도 사르트르가 나와야 하고 '사실'이면 발자크나 플로베르 정도는 나와야 한다고 생각하는 경향이 있습니다. 하지만 알고 보면 시대의 위대한 철학자들도 서로서로 맹비난하면서 사유를 넓혀갔을 뿐입니다. 교부 철학과 스콜라 철학이 그랬고, 경험론과 합리론이 그랬습니다. 데카르트나 라이프니츠와 같은 합리론자는 본유관념에 의해 우리는 전부 다 알 수 있다고 했지만, 흄은 '인간 본성론'이라는 책에서 우리는 어느 것에 관해서도 객관적 인식을 가질 수 없다고 했으며, 이는 근대철학에 사형선고와 같은 말이기도 했습니다. 물론, 이후 칸트가 그렇다면 우리는 무엇을 알수 있는가, 라며 선험철학의 흐름을 만들기도 했지만요. 하지만 근대철학의 문을연 칸트 역시도 쇼펜하우어에 이르면 맹비난을 받습니다.

이처럼 우리가 존경하거나 혹은 두렵게 생각하는 철학의 원류를 거슬러가 보면 각자의 주장일 뿐입니다. 이는 철학뿐만 아니라 미술, 음악 등 모든 분야에서의 새로움은 앞선 사상을 뒤엎으면서 시작된다는 걸 말합니다. 그런데 오늘날 우리는 이런 사상을 배우면서 어떤 비난도 없이 받아들이는데 너무나 익숙합니다. 자칫 지적 허영에 빠지기라도 하면 이런 걸 암기하려고까지 듭니다. 이때 우리가 소소한 사유의 즐거움을 배울 수 있는 것이 좋은 칼럼입니다. 우리가 사는 일상을 통하여 보석처럼 빛나는 깨달음을 주는 칼럼은 그 자체로 위대한 철학 못지않게 아름답기까지 합니다. 더구나 지금을 말하고 있으니 시대 배경을 살피는 수고로움도 한결 덜하겠고요. 다만, 흔히 수필로 통칭하는 것과 구별을 할 필요는 있으나 넓은 의미에서 한데 묶는다고 해도 칼럼은 생활 속의 새로운 발견이라는 측면에서도 사유하기에 아주 유용한 도구가 돼줄 거라고 생각합니다.

요즘은 어딜 봐도 좋은 글쓰기에 관한 글은 넘쳐납니다. 읽어보면 모두 공감 가는 말이기도 하고요. 그런데 덮고 나면 솔직히 하나도 기억나지 않습니다. 이유는 단 한 가지입니다. 눈으로 가볍게 읽었기 때문입니다. 호기심이나 재미로만 읽었기 때문입니다. 글쓰기에 관한 본인의 훈련은 없고 그저 읽기만 했기 때문입니다. 그런 방식으로 책을 수천 권을 읽은들 사유에 따른 행위가 개입하지 않으면 얼마 지나지 않아 내용조차 가물가물하다가 결국 잊히고 맙니다. 단지 지식적으로 많이 아는 것은 나이가 들다 보면 그리 큰 자랑거리는 못됩니다. 그러나 정신적 풍요로움을 지니고 있다면 이는 나이가 들어서도 큰 위로가 됩니다.

한 권의 책을 읽더라도 백 권의 책을 읽은 것처럼 변화를 꿈꾼다면 리뷰를 써보거나 좋은 칼럼을 읽어보길 권합니다. 하나의 문장을 쓴다는 것이 생각보다 힘들다는 걸 깨우치는 게 바로 글쓰기의 시작이 될 수 있습니다. 이제는 작가만 글을쓰는 시대가 아니니까요. 저 역시 글을 쓰는 이유는 불안한 생각을 다듬기 위함도

있지만, 이런 행위를 통해서 위로받기 위함이기도 합니다. 그러다 보면 사유는 덤
으로 따라오겠지요.

하민지
lami719@naver.com

# 서른

서른은 참 대단한 나이입니다. 아홉 살에서 열 살이 되고, 열아홉에서 스물 그리고 서른아홉에서 마흔이 되듯이 한 살 더 먹을 뿐인데, 서른은 사람들에게 참 다양한 의미를 주기 때문입니다. 스물아홉이 되니 이제는 '나이가 숫자에 불과하다.'는 말을 저는 이제 조금 이해합니다. 사람들마다 저마다 사는 속도가 다르고, 학교를 다녀야 할 때, 일을 시작해야 할 때가 모두 비슷하지만 무엇을 하든 언제 시작하든 그건 상관없기 때문입니다. 하지만 서른은 예외입니다. 서른을 앞두고 아직 가슴으로는 '서른은 숫자에 불과하다'는 말을 완전히 받아들이지 못하고 있는 겁니다.

서른이 사람들에게 다양한 의미로 다가온다지만 그 의미가 스무 살과는 사뭇 다릅니다. 스물에는 열아홉에는 없던 세상으로 넘어간다는 불안감도 존재하지만 그 불안감보다 훨씬 큰 두근거림과 열정이 기다리고 있기 때문입니다. 서른은 새로운 인생의 시작이야. 서른이 되어야 비로소 어른이 되는 거야 등등 서른에 대한 정의는 많지만 서른은 왜 인지 우리가 한 번 넘어야하는 인생의 첫 산처럼 여겨집니다. 그래서인지 서른은 바라보는 것만으로 힘이 듭니다. 서른에게 이름을 붙인다면 저는 '신데렐라의 마법이 끝나는 나이'라고 부르고 싶습니다.

12월 31일에서 1월 1일을 숱하게 넘기며, 이제 하루 차이로 새 해를 맞이한다고 해서, 나이를 한 살 더 먹는다고 해서 흥미진진한 모험은 없다는 걸 나는 알고 있습니다. 스물아홉의 12월 31일이 지나서 서른의 1월 1일을 맞이해도 멋진 드레스를 벗고 새 엄마와 새 언니 밑에서 허드렛일을 하는 신세가 되는 것도 아닐 겁니다. 재앙이나 불행이 나를 기다리지 않는다는 걸 알면서도 저는 왜 이리 서른 살을 생각하면 숨이 턱 막히는지 모르겠습니다.

서른 살을 생각하면 저는 시험을 앞둔 아이처럼 지난 날 내가 해왔던 일을 돌아

보고, 내가 지금 하는 것들을 펼쳐보고, 못 끝낸 숙제를 한꺼번에 해치우듯 불안하고 버겁습니다. 해야 할 것도 참 많습니다. 서른에는 차도 있어야하고, 번듯한 직장에, 꽤 높은 급여, 결혼을 할 짝도 챙겨가야 합니다. 누가 숙제를 줬는지, 시험은 누가 왜 내는지도 모르는 채 저는 해야 한다고 생각하는 것들을 억지로 끝내느라 버거운 나날을 보냈습니다.

12시를 알리는 종을 치는 신데렐라의 마음이 이렇게 초조했을까요. 29살이 끝나고 30살이 되는 종이 땡 치면 꿈같던 시간은 모두 지나가고, 저는 바꿀 수 없는 초라한 현실을 마주 할 것만 같습니다. 20대가 내 초라한 삶을 덮어 줄 만큼 환상적이었던 건지, 성인으로서 독립적으로 살아가며 희망과 열정으로 가득했던 20대의 종말 선언을 받기 때문에 30대가 되는 것이 두려운 건지 구별되지 않습니다.

동화 속 공주님은 12시가 지나도 현실을 이겨내고 왕장님을 만나기를 간절히 바랐는데, 내가 그 주인공이 되니 현실은 누군가 나를 구하러 와주길 바랄만큼 로맨틱하지도 만만치도 않습니다. 나는 동화 속 주인공이 아니니까요. 30대에 뒤쳐지면 평생 뒤쳐진다던지, 20대에 경쟁력을 갖추지 않으면 30대가 힘들다거나 하는 말들이 저를 채찍질합니다.

신데렐라와 제게는 공통점과 다른 점이 하나씩 있습니다. 신데렐라도 저도 두려운 현실에서 도망쳤습니다. 신데렐라는 유리구두를 한 짝 흘렸고, 신데렐라를 잊지 못한 왕장님이 신데렐라를 찾아왔습니다. 저에게도 왕자님이 있었지만 다른 점은 제게 다른 점은 제가 직접 그 왕자님을 찾아갔다는 사실입니다. 제게 왕자님은 제가 사랑하는 '그림'이었습니다.

영원한 행복이 없듯이, 영원한 불행도 없습니다. 영원한 불행이 있다면 생각만 해도 억울할 겁니다. 30대를 바라보는 마음이 그랬습니다. 모두들 30대를 누군가 내린 저주처럼, 넘어야할 아주 높은 산처럼, 현실을 되돌리는 마법처럼 그랬습니다. 대학을 막 졸업하고도 저는 당장 다가오지 않을 30대를 걱정하는 날들이 있었습니다. 지금 돌아보면, 대부분 쓸데 없는 걱정이었습니다. 하지만 저는 20대의 절반은30이후의 삶을 걱정하며 살았습니다. 앞서가는 친구들을 질투하며 시간을 보내기도 했습니다. 나보다 더 많이 가진 사람을 따라가고 버거운 시간을 보내기를 여러 번 반복하다보니 문득 그런 생각이 들었습니다. 왜 이렇게 불행해야 하며, 이 불행은 어디서 오는 걸까.

그 답은 제가 나답게 살지 않은데 있었습니다. 내가 맞추려는 기준도, 얻으려고 애쓰는 것도 모두 제가 원하는 것들이 아니었습니다. 좋은 자동차를 타고 다닌 것보다 그림을 보러 다니는 것이 좋았고, 가치관이 맞지 않는 곳에서 하루하루 버티는 것보단 내가 원하는 가치를 전할 수 있는 일을 찾아다니는 것이 더 행복했습니다. 그렇게 내가 가진 것들을 인정하고 받아들이니 더 이상 불행한 마음도 앞으로 다가 올 미래가 두렵지도 않습니다.

제가 다시 입고 있던 멋진 마법 드레스를 잃어버린다 하더라도 부끄러울 게 없기 때문입니다. 원래 그게 나이고, 허름한 드레스를 입은 나를 다른 사람이 어떻게 보든 이제 상관없기 때문이죠. 이렇게 생각해보니 서른에게 고맙습니다. 서른이 넘어야 할 산이 아니라 오랜 고민을 통해 마법이 풀려 내 모습으로 돌아오더라도 모두가 행복해지도록 깨닫게 해주는 마법주문 같으니까요.

# 바램

지난 2월 그림책 수업을 신청했습니다. 20
살 때부터 꼬박꼬박 말버릇처럼 '글을 쓰고 싶어, 그림을 그리고 싶어'라고 말하고
다닌 걸 생각해보면 놀랄 일이 아니지만 정말로 큰 용기가 필요한 일이었습니다.
제가 그림을 그려본 적이 없고, 서른을 코앞에 두고 여기저기서 쏟아지는 압박을
이겨내고 하고 싶은 일을 한다는 건 상당한 용기가 필요한 일이기 때문입니다. 저
는 그 용기를 지금까지 이어와 7월 현재까지 그 용기를 이어가고 있습니다.

하고 싶은 일을 하면 꽃길이 펼쳐질 것 같지만, 현실은 마음 같지 않습니다. 하고
싶은 일인 만큼 욕심만큼 되지 않으면 화가 나곤 합니다. 책상 앞에 앉아 끝없이 그
림을 그리다 보면 맞는지 틀리는지 알 수가 없습니다. 그렇게 싫어하던 수학 문제
를 푸는 게 속이 편하겠단 마음도 있습니다. 최소한 수학에는 답이 있으니까요.

좌절스럽기도 합니다. 내가 어떻게 해야 할지 이 길을 계속 걸으면 내 길이 되는
지 확신도 없습니다. 그럼에도 불구하고 저는 포기하지 않고 있습니다. 사람들이
말하는 좋은 직업이나 결혼이 제 인생을 행복으로 채워주지 않기 때문입니다. 결혼
을 하거나 사회적으로 평판이 좋은 직업을 갖는 것이 불행한 일이라는 건 아닙니
다. 단지 남들이 모두 하는 일이라고 해서, 제게 똑같이 행복한 일이 아니라는 의미
입니다. 그래서 아직 불확실한 제 바램이 제게 꽃길을 보여주지 않아도, 저는 가치
관에 맞지 않는 일을 하기보다 좋아하는 일을 하며 행복하기로 결정했습니다.

어떻게 살아야 할까, 무슨 일을 해야 할까, 하고 싶은 일을 해도 괜찮을까 하는
고민이 저 개인의 고민은 아닐 겁니다. 이 시대를 살아가는 모든 이가 한 번씩은
했었고 누군가는 하고 있을 고민일겁니다. 이 고민에 대하여 누군가 제게 묻는다
면 저는 고민을 하는 대신 '용기'를 내보라고 말하고 싶습니다. 터무니없는 말로
들릴지도 모르겠습니다. 고민을 그만하고 용기를 내라니, 흔하디흔한 자기개발서

에 나오는 조언처럼 느껴지겠죠. 하지만 흔히 들었던 그 이야기처럼 아무것도 하지 않으면 아무 일도 일어나지 않습니다. 실패조차도요.

원하는 삶을 살면, 그 삶을 위해 많은 것을 포기하고 용기를 낸 사람들이 그런 삶을 시작하면 모든 것이 마법처럼 바뀔 수 있다는 대답을 듣고 싶어 할지도 모르겠습니다. 6개월간 그토록 원했던 그림책 수업을 시작했다고 저 한테 마법 같은 일이 일어나지는 않았습니다. 저는 여전히 그림을 못 그립니다. 하나가 늘면 다른 하나를 공부해야 하는 막막한 상황이 반복되고 있습니다. 이 노력 끝에는 연봉협상도, 승진도 없습니다. 하지만 한 가지 확실한 건 제가 이전처럼 이유모를 불안으로 울며 밤을 지새우는 일은 없다는 겁니다.

제가 그림을 계속 배운다면 제게 원하는 행복이 언젠간 찾아올까요? 그 대답을 누군가 해 줄 수 있을까요? 아마 아무도 모를 겁니다. 운명이라는 게 있다면 운명을 준 신은 아마 알고 있겠지요. 하지만 제게 운명이 있다면 저는 이렇게 하고 싶은 걸 하며 제 인생을 헤쳐나갈 운명이라고 믿고 있습니다. 저와 같이 불안하고 슬퍼했던 사람들이 있다면 부디 저처럼 자신의 운명에 따라 자신이 하고 싶은 일을 찾았으면 좋겠습니다. 제 선택에 결과를 당장 보여드릴 수 없지만 여러분의 결과는 여러분의 선택이길 바랍니다.

홍지현

art408@naver.com

# 점에 대하여

점이 모여 선이 되고 선들이 만나 면이 되는 것에서 알 수 있듯이 점은 모든 형태의 최소 단위이자 기초적인 존재이다. 뿐만 아니라 점은 선과 선이 만나는 연결점이 되기도 하고 선이 꺾어지거나 구부러지는 변주의 중심이 되기도 한다. 이렇게 다양한 점의 역할에 빗댄 표현들이 많음은 그리 놀랍지 않다. 무수히 많은 점들로 이루어진 선과 평면, 입체가 가지는 공간감에 비해 작고 사소한 점 하나의 역할은 다소 무시되거나 평가절하 되기 십상이다. 그러나 용을 그리고 난 후에 마지막으로 눈동자를 찍어 넣었더니 그 용이 실제 용이 되어 홀연히 구름을 타고 하늘로 날아 올라갔다는 고사에서 유래한 '화룡점정'과 같이 점 하나가 무슨 일을 하는 데에 가장 중요한 부분을 완성하는 데에 큰 역할을 할 수도 있다.

점 하나가 의사소통에도 지대한 영향을 미칠 수 있는데, '같은 말이라도 아 다르고 어 다르다'라는 속담은 살짝 다른 점의 위치만큼이나 사소한 차이에 따라서도 듣기 좋은 말과 듣기 싫은 말로 나뉠 수 있다는 것을 비유적으로 표현하고 있다. 실제로도 한글에서는 점의 위치뿐만 아니라 점을 한 개 찍느냐 두 개 찍느냐에 따라 글자와 뜻이 달라지기도 하기 때문에 말 그대로 받아들이더라도 무리가 없는 속담이다.

'방점을 찍다'라는 말이 있다. '어떤 분야에 두드러진 흔적을 남길 만큼 새롭거나 뛰어나다.' 라고 사전에 명시되어 있는 것처럼 방점은 보는 사람들의 주의를 끌기 위하여 글자 옆이나 위에 찍는 점이다. 무수히 많은 점들 중 주목을 받는 방점을 찍기 위해 지금 이 순간에도 열심히 자기 분야에서 노력하는 사람들이 많을 것이다. 누군가는 방점을 찍는 것이 인생의 목표인 반면, 또 다른 누군가는 정점에 오르는 것이 인생의 목표일 수 있다. 학문의 정점이거나 권력의 정점이거나, 또는 재력의 정점에 오르고자 오늘보다 더 정점에 다가갈 내일을 꿈꾸며 꼭대기를 향해 오르는 사람들은 그 정점을 세상에서 제일 으뜸가는 점이라 여길 것이다.

　주목받거나 정상에 있는 점만 있는 것이 아니다. 우리는 종종 혹은 자주 오점을 남기기도 한다. 찍어서는 안될 점, 찍지 말아야 할 위치에 찍은 점, 너무 크게 찍어버린 점 등 오점이 되어버린 점들의 사유는 다양하다. 그렇게 명예롭지 못한 결점들을 만들어내는 인생을 누군가는 부끄럽게 여기고, 어떤 이는 그다지 신경 쓰지 않으며, 또 누군가는 후회를 한다. 한번 찍힌 오점은 지운다고 해서 지워지는 것도 아니고 덮어 쓴다고 해서 덮어 지지도 않는다. 오점이 한번 찍힌 이상 그것은 평생 동안 끌어안고 가야 할 기록으로 남겨지는 셈인데 이렇게 한번 새겨진 오점을 현명하게 대하는 방법은 그 실수 혹은 과오를 잊지 말고 비슷한 종류의 오점을 다시는 찍지 않도록 스스로를 다잡는 것이다. 다양한 색의 작은 점들은 시각적 혼색을 만들어 내어 쇠라를 비롯한 점묘법 화가들의 재료 가 되거나 TV의 픽셀로서 정보 전달의 역할을 담당하기도 한다. 정보를 담는 최소의 단위로서 역할을 이행하지만 정보를 전달받는 우리 입장에서는 그 사실을 항상 인식하지는 않는다.

　가까이 보면 다양한 형태를 띠고 있지만 멀리서 보게 되면 거의 모든 것들이 점으로 보이기 마련인데, 육안으로 밤하늘의 별들을 관찰할 때와 상공에서 나무들을 바라볼 때가 그러 하다. 보이저 1호가 지구에서 약 수십억 마일 떨어진 거리에서 찍어 보낸 사진 속 창백한 푸른 점 또한 우리에겐 충분히 거대하며 하루에도 수만 가지 일들이 일어나는 이 세상조차 멀리서 봤을 땐 점 하나에 불과하다는 사실을 보여준다. 우리는 인생을 살면서 인생이라는 도화지에 무수한 점들을 찍고 타인이 남긴 점들뿐만 아니라 일상 속에서 수많은 점들을 마주하게 된다. 오늘까지의 인생을 되돌아보고 내일부터의 인생을 계획할 때, 이 점들이 어떤 이정표가 되어줄 수 있지 않을까.

# 완충과 방전

　　　　　　나의 배터리는 대관절 알 수가 없어서 철저한 분석이 필히 요구되는 녀석이기에 하루 날을 잡고 곰곰이 뜯어보기로 마음먹었다. 우선, 에너지 소비와 방전에 대한 특성을 따져보면 어떤 날은 핸드폰 배터리보다 더 빨리 방전되고는 한다. 하루가 막바지를 향해 갈 때 핸드폰 충전을 해놓아야 다음날 아침 방전이 되지 않을 텐데 핸드폰 충전 연결을 해놓을 겨를도 없이 내 스스로가 방전되어 움직일 수조차 없다는 것이다. 그리하여 핸드폰과 나는 거의 모든 일정을 함께 하는 사이임에도 불구하고 완충과 방전의 그래프가 반대의 방향을 향하여 가는 기이한 상황이 종종 반복된다. 게다가, 나의 배터리는 방전이 되는 속도도 예측할 수가 없어 여러 가지 곤란한 상황을 야기한다. 배터리에 빨간 불이 들어오면 빠져나가는 에너지를 어떻게든 붙잡아보려고 안간힘을 쓰는데 야속한 에너지는 속도를 늦추기는 고사하고 더 빠른 속도로 내게 안녕을 고하는 것이 그렇게 얄미울 수가 없다.

　　나는 방전이 되기 직전인데 여전히 주위 사람들은 에너지가 넘쳐나 보일 때 나의 배터리는 왜 이 모양 이 꼴인지 탓하다가 쑥 줄어든 퍼센트 숫자를 보며 깜짝 놀라 제발 조금만 더 버티자고 빌게 된 적이 셀 수 없음은 물론이다. 어떤 이들의 배터리는 즐거운 활동조차 에너지원이 되어 활동을 하는 도중에도 충전이 가능해 방전이 쉬이 되지 않는 경우도 있다고 들었는데, 나에게는 너무나도 생소한 이야기라 듣자마자 놀라움을 금할 수 없었다. 그게 사실이라면 나의 배터리는 어딘가 미세한 구멍들이 여기저기 나 있는게 분명하다. 내게 있어 눈을 뜨고 하는 모든 행동은 에너지 소비를 요하는 것이라 아무리 즐겁고 재미를 느낀다 해도 에너지가 흘러나가는 것은 막을 수 없는 노릇이기 때문이다.

　　한번은 누가 시간을 빨리 감기 한 줄 알았을 정도로 황당한 일이 있었는데, 완충이 된 지 두세 시간밖에 지나지 않아 방전될 위기에 처했던 적이었다. 그 후로는 완충이 된 상태이더라도 언제 방전될지 모르는 불안감을 완전히 지우지 못한 채로 하루하루를 살아 내고 있다. 어떤 날은 에너지가 어느 정도 남아 있는지 정확한 인지가 되지 않아 실제 남은 에너지양과 퍼센트 숫자가 크게 달랐던 적도 가끔 있었다. 물론 오차야 항상 있을 테지만, 반 이상은 충분히 남았다고 여겼는데 실제로 반 이하, 혹은 4분의 1정도만 남아있었던 것이었을 때는 문제가 생기고야 만다. 이를테면 느낄 수 있는 최대의 즐거움을 반 이하로 밖에 못 느낀다든지 계획했던 것을 반 이상 못 해낸다든지 말이다.

완충의 상태도 방전처럼 알 수가 없기는 매한가지다. 도대체 언제쯤 완충이 되려는지, 충전의 속도를 예측할 수 있다면 나는 지금보다 훨씬 생산적이고 효율적인 생을 살고 있을 수 있음을 확신한다. 완충에 대해 한 가지 의심스러운 것은 완충에 대한 인지를 담당하는 부분이 고장 난 게 아닌가 하는 것이다. 충분한 잠을 자고 나면 완충이 되었을 확률이 높을 텐데 여전히 퍼센트 숫자는 100이 아닐 때가 많았다. 휴식이 될 만한 기타 다른 행동을 취하더라도 숫자는 느리게 올라갈 뿐이다. 숫자가 내려가는 속도를 생각하면 이게 말이 되나 싶을 정도로 어처구니가 없을 따름이다. 충전 중의 상태를 더 오래 보내고 싶은 배터리 녀석의 계략이 아니고서야 불가능한 일이다. 결국 완충이 될 때까지는 거의 항상 나의 생각보다 많은 시간이 걸리고 만다.

나는 꽤 오랜 시간 동안 잠을 자는 것만이 충전의 유일한 방법이라 여겼는데, 다른 이들이 즐거움을 또 다른 에너지원으로 받아들이는 것을 보고 나 또한 충전 방법을 다양하게 모색 해보기로 마음먹었던 적이 있다. 음악듣기, 영화보기, 책 읽기, 명상 등 나의 내면을 채울 수 있는 활동이라면 나의 배터리도 채울 수 있지 않을까 하여 활동 전후로 배터리를 살펴보기로 했다. 안타깝게도 내 배터리의 퍼센트 숫자는 내려가는 속도가 느려질 뿐 올라갈 생각은 전혀 하지 않는 것으로 밝혀졌다. 언젠가 마음가짐이 충전 속도에 영향을 미치는 것인지 궁금하여 몇 번 실험을 해보았는데 눈에 띌 만한 상관관계는 없었다. 결과가 그때그때 다 달랐기 때문이다. 충전이 빨리 되어야만 한다는 압박이 먹힐 때도 있었고 아무 도움 안 될 때도 있었다. 그저 매번 평이한 결과가 도출되었던 마음가짐은 '무'의 상태였다.

불확실성과 불가측성으로 가득한 내 배터리에 관하여 한 가지 분명한 것은 완충 상태로 계 속 있을 수도, 방전 상태로 계속 있을 수도 없다는 사실이다. 완충과 방전이라는 극과 극의 상태를 오가지 않고 완충 아래의 언저리와 방전 위의 언저리를 왔다 갔다 하더라도 나의 삶은 지속될 수 있다. 방전이 될 때까지 나를 몰아붙여서 에너지를 쓸 필요도, 완충이 될 때 까지 기다릴 필요도 없이 유연하게 에너지 충전과 소비를 하다 보면 나의 배터리, 평생 지닐 운명의 나의 배터리와 조금 더 친해질 수 있지 않을까. 방전이 되기 전에 충전을 하고 완충이 되기 전에 소비를 하는 순환고리를 자연스럽게 받아들인다면 나의 인생도 보다 유연한 생산성을 획득할 수 있으리라 기대해본다. 이것이 배터리 분석의 하루를 보낸 날, 23시 59분에 내린 결론이다.

황보민

ohmyyou1004@naver.com

# 배현진 아나운서의 대기발령과
# 왕따 문화

           오늘 MBC 아나운서가 대기발령 상태이고 소속 부서도 없으며 사직서를 제출 했다고 한다. 배현진 아나운서가 파업 조직에서 이탈하고 정상적인 직장 업무에 복귀한 것은 개인의 선택이고 자유이다.

  아나운서라는 직무에 충실하고자 했을 뿐. 이를 손가락질하는 것은 옳지 않다. 누군가의 자리를 대신 박차고 올라갔다고 해도 어디까지나 위선에서의 지시 일 뿐 새로운 정권이 자리 잡으면 파업에 동참한 이들이 배현진 아나운서를 눈총 따갑게 바라보는 시선은 당연한 이치이고 자연스럽다.

  하지만 개인의 선택에 대해 보복하는 것은 옳지 않다. 왕따를 격어 본 사람은 왕따의 의미가 어떤지 잘 알 것이다. 대한민국 대표 미디어 기업 MBC에서 이미 왕따 놀이를 했다는 의미에 실망스럽다.

  어느 기업이 대기발령을 3개월 이상 하는가? 이례가 없지 않지만 3개월이 만만한가?

  정년퇴직 3년 앞둔 자신이 한번 이런 대기발령 3개월 동안 겪어보면 어떨까. 일도 없고 백지의 책상에 가만히 앉아서 하루를 보내는 직장 생활을 상상해보라.

  파업에 이탈한 아나운서도 잘못 이긴 하지만 파업 활동은 개인의 선택이다. 강요도 강압도 할 수 없다. 왜? 그 곳은 전쟁터가 아니라 직장이니까.

  파업 조직에서 확실히 이탈 했지만 이건 개인의 선택이고 자유에 좌파든 우파든 배현진 아나운서는 직장 조직에 피해를 준 것이 실제로는 아무것도 없다. 말 그대로 직장이라는 기업과 회사원에 피해를 준 것이 없다는 의미 이다. 그렇기에 배현진 아나운서에게는 타당한 이유가 되지 못하는 대기발령을 받았고 이는 직장 왕따로써 보복을 받았다는 의미로 생각해도 된다.

  개인적으로 MBC의 독립 제작을 파업을 지지 했으나 배현진 아나운서에 대한 보복성 대기발령은 심각한 보복성 왕따로 MBC 정권에 대한 실망감을 안겨줬다.

지금의 나는 MBC 자체가 마치 민주주의가 아니라 공산당처럼 보인다. MBC PD 방송에서도 대기발령에 대해 취재 된 적이 있었다.

그랬던 MBC 스스로 사회에서 이루어지는 대기발령 보복 왕따 행위를 자행하고 있다. 한 가지 예로 든다면 생계가 곤란한 직원으로 하여금 파업에 동참하여라. 이렇게 자의도 아니고 강요, 명령을 한다면 정당한 민주적인 파업 동참이 성립 되는 것일까? 아니면 공산당과 같을까?

60년 전 북한군이 남한을 점령 했을 때 민주적이지 못했던 빨갱이 짓하는 것과 무엇이 다른가? 누구나 충분히 공감하는 범죄나 비리로 인한 대기발령이나 제재라면 몰라도 개인의 자유로 파업에 참여 후 이탈로 인한 대기발령 보복을 당한 배현진 아나운서를 응원한다.

# 통신망의 희비

희(기쁠희) VS 비(비운의 비)

대한민국에서 4G 통신이 시작 된지 불과 대략 6여 년 밖에 되지 않는다. 그런데 세계는 벌써 5G 통신망을 준비하고 있다고 한다.

대한민국 이동통신망을 제외하고 국가 통신망은 대부분 1~2세대 통신망이다. 또 산업에서 주로 쓰이는 통신망은 2~3G 통신망인데 이들의 특징이 있다면 비용이 안 들거나 적게 들거나 근래2~3년 전부터 들어 산업체에서 보편적으로 가장 많이 이용하고 있다는 점이다.

이제 막 수많은 산업체에서 보급화가 지나 보편화가 시작된 시기인데 4G가 아닌 5G의 시작은 어떤 의미를 남기는지 이야기하고자 한다.

어느 면에서 5G는 미래지향으로 보면 좋은 통신망이다. 하긴 앞으로 뭘 하든지 미래를 향할 수 있는 발판의 종류는 다양하다.

그러나 성급하지 말았으면 좋겠다는 것이다. 왜냐하면 아직 3G/4G를 활용하지 못한 산업이 수두룩하고 유일하게 4G를 활용하고 있는 곳은 개발자와 통신사들 뿐이다.

그만큼 대한민국은 4G를 30% 정도 수준만 활용했지 산업의 곳곳에서 활용할 줄은 전혀 몰랐다는 것이다.

이런데도 5G를 제대로 활용할 것 같은가? 30% 수준에서 20% 추가한다면 IoT를 활용하기 시작했다는 것인데 그러면 다 합쳐서 활용률 50%가 되는 것이다.

지금 무엇이 문제인가하면 첫째는 겨우 4G망을 이용한 산업의 역량을 절반만큼 활용했다는 것이고 둘째는 다른 것은 7년만에 4G를 넘어 5G를 시작 할 예정이라는 것이다.

5G로 넘어 간다는 것은 갖고 있는 자원을 제대로 활용하지도 못하고 신경 안 쓰

겠다는 의미인데 이렇게 되면 이용자 즉, 소비자만 피해를 받게 된다는 것이다.

그건 바로 통신 이용 요금이 올라간다. 현재 4G망을 이용한 요금제에 이어 IoT 이용비용도 만만하지 않다. 앞으로 다가오는 5G 통신망의 경우 품질을 생각해 본다면 데이타 사용량이 늘어날 것이 분명하다.

요금제 인가 또한 통신사 자율에 맡겨진 이 시점에 서비스 이용자의 불어나는 통신 이용 요금은 뻔하다.

5G 통신망은 좀 더 연기하고 활용과 연구를 하는 쪽으로 연기하고 산업이 4G망을 더 많이 활용할 수 있도록 역량을 지원하는 국가적인 능률이 필요하다.

그리고 5G망을 부추기는 것은 통신사들의 배를 불리는 로비를 막는 것도 중요하다는 것에 봐야 하는 이유는 대한미국에서 산업의 시작은 로비라고 볼 수 있기 때문이지 세계 최강국의 입자에 있는 미국의 국회의사당으로 불리는 캐피탈은 세계적인 상원/하원에게 전해지는 쪽지는 로비의 중심이나 다름없다.

어느 신문 기자가 밝힌 유명한 발언으로 '세계를 움직이는 것은 1%의 로비이다.'

그래서 산업의 시작의 로비이며 통신의 시작도 통신사에서 시작되기 때문에 통신망 로비의 시작은 통신사에서 시작된다고 볼 수 있다고 생각해도 과언이 아닐지 모른다.

과거의 범죄 기록을 알 수 있는 신문들을 찾아 살펴보면 시장 담합 기사가 나오는 것을 한 번도 아니고 자주 접하는 걸 국민들은 많이 잘 알고 있는 부분이니까.

과거 이명박 정부 때 4대강 공사 이것도 대규모 담합에 하청까지 엄청 긴 꼬리의 담합에 담합으로 이어졌다고 대규모 수사를 통해서 밝혀진 사실이지만 보수당이 계속 점령한 정권에서 보이지 않은 담합의 연결은 더 이상 밝혀내지 않았는데, 왜냐하면 로비가 있었기 때문이다.

결국 앞으로 다가오는 5G 희(기쁠희) VS 비(비운의 비)의 선물은 이용자들에게 좋은 환경을 만들어줄 지 모르지만 제대로 활용하기도 어려운 서민층이 생길지 모르는 통신망 빈익빈 부익부가 계속 생길 것으로 나는 생각하고 있다.

요금미납, 금융이용제한, 재산 가압류 조치 등 이런 문자 메시지와 우편물은 통신 이용자 대다수는 10명중 7명 정도는 경험해 봐서 잘 알 것이라고 생각한다.

이를 막는 방법은 국가적으로 정책에서 나와야 한다고 본다. 5G를 하더라도 4G를 꾸준히 이용할 수 있도록 품질을 저해하지 않도록 하거나 알뜰 폰 통신사들에게 차별을 주지 않고 공평한 혜택을 제공하는 것이다.

통신망을 할당해서 이용하는 알뜰폰 통신사들은 제한적인 요소가 많고 지금도 알뜰 요금제인데도 알뜰하지 않은 요금제가 많기에 활성화가 제대로 되지 않고 있다고 본다.

대한민국은 대한민국다운 요금제가 필요하고 일본이나 중국이나 미국처럼 물가가 다르기 때문에 비교를 하면서 정책을 펼쳐서는 안 되기 때문이고 올챙잇적 생활을 모르는 개구리와 발전을 위해서 필요한 불가부득한 것이다. 우물 속 개구리도 생각해 볼 필요 있다고 생각한다.

황재혁

gogimukja@naver.com

# 충무공 이순신인가
# 라이온킹의 스카인가

작금의 한국과 일본의 관계가 1945년 해방 이후로 최악이라는 평가가 세간에 나온다. 한국과 일본의 관계가 최악인 이유는 여러 가지가 있겠지만 한국과 일본 모두 과거사를 깨끗하게 청산하고 현재의 경제 문제를 조속히 해결하여 쌍방 간 발전적 미래를 만들고자 하는 의지가 부족한 게 아닌가 싶다. 한국은 일제강점기 시절의 악감정뿐 아니라, 오래전부터 일본이 한국에 행한 악행에 원한을 품고 있고, 일본은 한국을 진지한 협상의 대상자로 생각하지 않는 듯한 모습을 계속 보여주고 있다.

이런 시국에 지난 7월 12일 문재인 대통령은 호남에서 열린 '전남 블루이코노미 경제비전 선포식' 연설에서 "전남의 주민들이 이순신 장군과 함께 불과 열두 척의 배로 나라를 지켜냈다"며 호국정신을 강조했다. 이는 사전에 기자들에게 배포된 원고에 없던 내용이다. 문 대통령은 이날 연설에서 이순신 장군을 세 번이나 거론했다. 이는 작금의 한일관계를 문 대통령은 경제전쟁 혹은 외교전쟁으로 인식하고 자신을 임진왜란 당시의 왜군과 결사 항전한 이순신 장군으로 인식하고 있음을 보여준다. 그 다음날인 13일에는 조국 민정수석이 자신의 페이스북에 가수 안치환이 부른 '죽창가'를 공유했다. '죽창가'는 1894년 동학농민운동 당시 봉건 제도와 일본에 맞선 의병에 관한 역사적 사실을 바탕으로 만들어진 민중가요다. 조 수석이 굳이 이 시점에 '죽창가'를 자신의 페이스북에 공유한 사실을 정확히 알기는 어렵지만, 아마도 작금의 한일관계를 동학농민운동 당시의 상황으로 판단하고 스스로를 녹두장군 전봉준으로 인식하는 것은 아닌가 싶다. 청와대 한 지붕 아래에서 거의 매일 얼굴을 맞대고 살아가는 문 대통령과 조 수석이 스스로를 이순신 장군과 녹두장군으로 인식한다면 경색된 한일관계가 당분간 쉽게 풀리기는 힘들 것 같다는 평가가 또한 나온다.

지난 7월 17일에 한국에서 개봉한 디즈니 영화 라이온 킹에 보면 스카 Scar라는 사자가 나온다. 이 스카는 프라이드 랜드의 사자왕인 무파사의 동생이자, 무파사의 아들인 심바의 삼촌이다. 그런데 누구보다 무파사와 심바와 가까워야 할 스카는 타고난 권력욕으로 인해 그들을 증오한다. 결국 영화에서 스카는 무파사를 절벽에서 몰래 떨어뜨려 죽이고, 심바를 쫓아내어 프라이드 랜드의 왕위를 찬탈한다. 스카가 왕의 자리에 오른 것은 스카 자신과 그를 추종하는 하이에나들에게는 매우 영광스러운 일이었다. 그러나 스카가 왕위에 오른 것은 프라이드 랜드의 모든 동물들에게는 대재앙과 같았다. 왜냐하면 스카가 왕위에 오르자마자 모든 육식 동물의 무제한적 사냥을 허용하고, 자신의 측근인 하이에나들의 배를 불리는 정책을 펼침으로 프라이드 랜드에서 그동안 중요하게 여긴 '생명의 순환'Circle of Life을 깨뜨렸기 때문이다. '생명의 순환'이 깨진 프라이드 랜드는 서서히 황폐화되었다.

영화 라이온 킹에 삽입된 '생명의 순환'이란 노래는 라이온 킹의 시작과 끝을 가슴 벅차게 장식한다. '생명의 순환'의 주요 가사는 다음과 같다. "그것이 생명의 순환, 그게 우리 모두를 움직이지, 절망도 희망도 겪게 하고, 신념도 사랑도 겪게 하고, 우리가 있을 곳을 우리의 여정 중에 우리가 찾을 때까지, 그 순환 안에서, 그 생명의 순환."

이 노래는 모든 생명체가 서로 연결되어 있음을 강조하며 또한 아프리카에 널리 퍼진 '우분투'Ubuntu를 떠올리게 만든다. 1984년에 노벨 평화상을 받은 데스몬드 투투 대주교는 아프리카의 '우분투'에 관해 인간은 혼자서 살아갈 수 없는 존재라는 것이 우분투의 핵심이라고 말한 바 있다. 또한 데스몬드 투투 대주교는 남아프리카공화국의 인종차별정책인 '아파르트헤이트 정책'Apartheid으로 발생한 수많은 과거사 문제를 이 '우분투' 정신에 근거해 청산하려 했다. 만약 데스몬드 투투 대주교의 리더십과 '우분투' 정신이 없었다면 남아프리카 공화국은 과거사를 청산하는 과정에서 오히려 더 큰 공동체의 분열과 파괴를 경험했을 것이다. 남아프리카 공화국에서 백인이 흑인에게 아무리 나쁜 짓을 저질렀다 할지라도 그들은 과거의 아픔을 넘어 새로운 미래를 창조해야 했다. 데스몬드 투투 대주교가 쓴 책의 제목처럼 용서가 없다면 그들에게 아무런 미래가 없기 때문이다.

필자는 개인적으로 문 대통령이 살아오면서 일본에 대해 어떤 상처Scar를 가지고 있는지 전혀 알지 못한다. 문 대통령은 지난 7월 18일 여야 5당 대표 회동에서 "반일 감정은 갖고 있지 않고, 그럴 생각도 없다"고 말했다. 그러나 만약 문 대통령이 반일 감정을 가지고 있지 않다면, 어떻게 자기 자신을 '충무공 이순신'에 비유하고, 조 수석이 '죽창가'를 페이스북에 공유해 국민들로 하여금 반일감정을 선동할 수 있었을까? 문 대통령이 집권하고 나서 한국과 일본과의 관계는 1965년 한국과 일본 사이에 맺은 한일 협정의 근간을 뿌리 채 뽑을 수 있을 만큼 위험한 백척간두에 서게 되었다. 현 정부가 애써 외면하고 있지만, 1965년 이후부터 한국과 일본은 군사적으로는 '순망치한'脣亡齒寒의 관계로, 경제적으로는 '상부상조'相扶相助의 관계로, 지리적으로는 '생명의 순환' 속에서 이웃 나라로 살고 있다. 만약 문 대통령이 일본과의 관계를 의도적으로 악화시키며 소득주도성장과 급격한 최저임금인상으로 인한 경제실책을 반일감정으로 덮으려 한다면 이는 어설픈 하수下手의 손놀림이라 할 수 있다. 국민들의 반일감정을 자극해 일시적으로 정권의 지지율은 끌어올릴 수 있겠지만, 그것은 대한민국이 당면한 총체적 문제의 근본적인 해결책이 될 수 없고. 중장기적으로 한일관계를 더 악화시켜 국민들의 삶의 질이 현저히 나빠질 것이다.

영화 라이온 킹에서 '생명의 순환'을 파괴한 스카를 다시 왕위에서 몰아내는 세력은 스카에 의해서 쫓겨난 어린 심바와 그의 친구들이다. 그들은 비록 나이가 어리고 삶의 경험은 많지 않지만, 스카처럼 자신의 이익을 위해 거짓말을 하지 않고, 아주 진실 되며 모든 생명체가 긴밀하게 연결되어 있음을 알고 있었다. 결국 그들이 스카와 하이에나들을 프라이드 랜드에서 몰아내 프라이드 랜드는 다시 '생명의 순환'을 회복하게 되고 그 땅에는 풍요와 번영과 평화가 깃들게 된다. 필자는 한일관계의 새로운 미래를 위해서라도 스카처럼 '생명의 순환'을 파괴하는 기성세대가 아닌 심바처럼 상호동반자 정신에 충실한 다음세대가 한일 양국 모두에 세워져야 한다고 생각한다. 기성세대보다 오히려 다음세대는 과거의 선입견으로 서로를 바라보지 않고, 상대방을 있는 그대로 바라보기 쉬울 것이다. 지금처럼 80년대 운동권 출신이 국가의 요직을 차지한 대한민국이 아니라, 80년대 이후에 태어난 다음세대가 대한민국의 주축이 될 때, 급격히 냉각된 한일관계에 새로운 훈풍이 불고 동북아에 새로운 '생명의 순환'이 시작되리라 기대한다.

# 여행의 절반은 가이드다

유럽의 스코틀랜드는 잉글랜드에 비해 한국인들에게는 조금 생소한 지역이다. 그래서 대다수 한국인들은 잉글랜드를 여행한다고 하면 영화에서 본 런던의 이미지가 있어서 잉글랜드가 상상이 되지만, 스코틀랜드를 여행한다고 하면 특별하게 생각나는 이미지가 없을 수 있다. 물론 스코틀랜드가 스카치위스키와 골프의 본고장으로 유명하지만, 위스키와 골프를 좋아하는 사람들에게나 스코틀랜드가 유명할 것이다. 스코틀랜드는 대다수의 한국인들에게 미지의 땅이며, 특별한 기대가 없는 무관심의 땅일 수 있다.

필자는 2017년 여름에 20여명의 동문들과 함께 유럽으로 종교개혁지 답사를 다녀온 적이 있었다. 그 당시 종교개혁지 답사는 약 2주간 진행되었고 스위스와 프랑스를 거쳐 잉글랜드와 스코틀랜드를 방문하는 것이 주된 답사 일정이었다. 필자는 종교개혁지 답사를 떠나며 개인적으로 스위스와 프랑스 일정보다는 잉글랜드와 스코틀랜드 일정에 큰 기대를 가졌다. 400만원 가량 되는 여비를 12개월 할부로 납부할 정도로 조금 무리해서 종교개혁지 답사를 신청한 이유도 잉글랜드와 스코틀랜드를 직접 내 발로 밟고 내 눈으로 보고 싶어서였다. 만약 종교개혁지 답사 일정에 잉글랜드와 스코틀랜드가 포함되어 있지 않았다면, 아마도 필자는 여러 가지 이유로 종교개혁지 답사에 동참하지 않았을 것이다. 필자가 유독 잉글랜드와 스코틀랜드를 가보고 싶었던 이유는 그 당시 영국유학을 진지하게 고민하고 있었기 때문이다. 과연 영국유학이 가능한 것인지, 그리고 영국대학의 공부환경은 어떤지 너무나 알고 싶었기에 종교개혁지 답사를 2월에 신청하고 답사를 떠나는 6월까지 계속 설레었다.

드디어 2017년 6월 19일 월요일에 인천국제공항에서 유럽으로 가는 비행기를 탔다. 비행기는 먼저 런던 히스로 공항으로 향했고, 우리는 히스로 공항에서 몇 시간을 기다려, 스위스 취리히 공항으로 가는 비행기를 바꿔 탈 수 있었다. 우리는 스위스 취리히에 도착해 여러 유적지를 살펴보고 인터라켄을 오른 이후, 제네바로 버스를 타고 이동했다. 반나절 제네바의 일정을 마친 후 TGV를 타고 프랑스 남부로 이동했고, 이틀 동안 프랑스 남부를 둘러본 이후 다시 파리행 TGV를 탔다. 숨 가쁘게 달려온 파리에서 우리는 토요일 일정을 자유롭게 보내고 드디어 6월 26일 일요일에 파리에서 유로스타를 타고 잉글랜드로 가게 되었다. 답사팀의 몇몇 일원은 파리에서의 일정을 마치고 잉글랜드로 가는 것에 아쉬움을 표했지만 필자는 파리를 떠나는 것이 전혀 아쉽지 않았다. 오히려 지금까지의 스위스와 프랑스 일정은 예고편이었고, 앞으로의 잉글랜드와 스코틀랜드 일정이 본편이라 생각했다.

파리에서 출발한 유로스타가 두 시간 만에 런던역에 멈췄다. 유로스타에서 내리니 어떤 덩치 큰 사내가 우리를 플랫폼에서 기다리고 있었다. 그 덩치 큰 사내는 잉글랜드 일정 동안 우리를 안내할 여행 가이드였다. 그런데 여행 가이드의 얼굴 표정이 그리 밝지 않았다. 처음부터 우리 팀원들은 가이드로부터 환영 받는다는 느낌을 전혀 받지 못하고 가이드의 어두운 얼굴 표정을 보고 가이드의 눈치를 보기 시작했다. 필자는 그 당시 가이드의 표정이 왜 그리 어두웠는지 잘 모른다. 다만 가이드의 표정에는 가이드로서의 기쁨이 전혀 묻어나지 않았다. 그저 어쩔 수 없이 이 일을 하는 느낌이었다.

잉글랜드의 첫 일정은 오랜 전통을 자랑하는 캠브리지를 방문하는 것으로 시작했다. 원래는 잉글랜드의 수도인 런던을 투어 하는 일정이었지만 가이드가 캠브리지를 처음 방문하는 게 좋을 것 같다고 해서 일정을 조금 바꾸었다. 캠브리지로 가는 버스 안에서 가이드가 마이크를 잡고 잉글랜드의 역사와 캠브리지의 역사에 대해 말을 시작했다. 그러나 가이드가 너무나 건조하게 말해서 버스에 탄 팀원들은 대다수 잠을 자기 시작했다. 그리고 버스가 캠브리지에 도착할 때까지 팀원들과 가이드 사이의 어색함은 쉽사리 풀리지 않았다.

대다수가 잉글랜드에 처음 방문한 초행객으로서 우리는 가이드를 통해서 잉글랜드를 접할 수밖에 없었다. 여행자에게 가이드는 창문이자 통로라 할 수 있다. 여행지에서는 가이드를 통하지 않고서는 볼 수 없고, 느낄 수 없는 것이 부지기수다. 그러나 우리 답사팀은 약 이틀간의 잉글랜드 일정 동안 가이드와 너무나 불편한 시간을 보냈다. 우리는 성의 없이 여행지를 안내하는 가이드에게 실망감을 느꼈고, 가이드 역시 우리와 함께 하는 시간이 그리 의미 있지는 않았을 것이다. 가이드와의 관계가 어그러지니 런던에서 봤던 웨스트민스터 사원, 빅벤, 런던아이, 타워브릿지 그리고 윈저성도 그리 인상 깊지 않았다. 필자가 가장 기대했던 잉글랜드 일정이 예상치 못하게 만족도가 가장 낮은 일정이 되고 말았다. 이렇게 서로에게 불편했던 잉글랜드 일정을 뒤로 하고 우리 답사팀은 마지막 일정이 예정된 스코틀랜드를 향해 비행기를 탔다.

스코틀랜드의 수도인 에든버러에 도착하니 런던과는 달리 비가 주적주적 내렸다. 무엇인가 스산하고 음산한 분위기까지 느껴져 스코틀랜드 일정이 잘 마무리될 수 있을까 조금 우려되었다. 비행기에서 내려 수하물 찾는 곳으로 가니 거기에 스코틀랜드 일정을 안내할 여성 가이드가 우리를 반갑게 맞이했다. 그 여성 가이드는 한국인이었지만 자신을 '리디아'라는 이름으로 불러달라고 했다. 리디아는 40대 정도의 여성이었는데, 만나는 사람으로 하여금 미소를 짓게 하는 행복 유전자를 가지고 있었다. 리디아를 만나자 우리 팀원들이 잉글랜드 가이드로부터 받았던 여러 상처와 아쉬움이 서서히 새로운 기대와 소망으로 바뀌는 것이 느껴졌다. 어두웠던 팀원들의 얼굴에 밝은 빛이 비추이고, 잉글랜드에서는 일절 가이드와 대화를 하지 않았던 팀원들이 리디아에게는 먼저 말을 걸기 시작했다. 사실 스코틀랜드에서 보낸 이틀 동안의 일정은 날씨가 썩 좋지 않았다. 비가 오거나 바람이 불거나 어두운 날씨가 계속 되어 어찌 보면 우리 팀원들은 이 어두운 날씨에 심리적으로 부정적인 영향을 받을 수 있었다. 그러나 을씨년스러운 스코틀랜드의 날씨와 별개로 모든 팀원들은 리디아와 함께 스코틀랜드를 여행하는 것을 너무나 행복해했다. 필자 역시도 잉글랜드 일정은 아쉬움이 많았지만 스코틀랜드 일정은 기대이상으로 의미 있었다.

2주간 진행된 유럽의 종교개혁지 답사를 다 마치고 8월 즈음에 한국에서 후기모임을 가졌다. 후기모임에서 팀원들은 하나 같이 이런 이야기를 했다. "유럽에 갈 때 스코틀랜드는 전혀 기대도 안 했는데, 막상 가보니깐 스코틀랜드가 제일 기억에 남는다. 또 가고 싶다." 왜 우리는 기대도 안 한 스코틀랜드의 만족도가 가장 높았을까? 왜 날씨도 흐리고 스산했던 스코틀랜드를 사람들은 또 가고 싶어 할까? 아마도 그 이유는 스코틀랜드에 리디아가 있어서가 아니었을까?

우리는 여행을 떠나기 전에 어느 여행지를 선택할까 많은 고민을 하지만, 정작 여행의 질을 좌우하는 가이드를 직접 선택하기는 어렵다. 여행은 시작이 절반이고, 가이드가 나머지 절반을 차지한다. 인생이란 여행길에서 나는 장차 어떤 가이드를 만나게 될까? 그리고 나는 다른 사람의 눈에 어떤 가이드로 인식될까? 긴 시간을 함께 하지 않더라도 짧은 시간 나를 스치고 가는 모든 사람들이 그들의 인생 여정에서 나를 통해 조금이나마 삶의 행복을 느끼길 소망한다.